한국학의 학술사적 전망 2

근현대편

글쓴이

임형택(林熒澤, Lim Hyoung-taek) 성균관대학교 명예교수.

정근식(鄭根埴, Jung Keun-sik) 서울대학교 사회학과 교수.

정종현(鄭鍾賢, Jeong Jong-hyun) 성균관대학교 동아시아학술원 연구교수.

이혜령(李惠鈴, Lee Hye-ryoung) 성균관대학교 동아시아학술원 교수.

백영서(白永瑞, Baik Young-seo) 연세대학교 사학과 교수.

임상석(林相錫, Lim Sang-seok) 부산대학교 점필재연구소 교수.

한기형(韓基亨, Han Kee-hyung) 성균관대학교 동아시아학술원 교수.

류준필(柳浚弼, Ryu Jun-pil) 인하대학교 한국학연구소 교수.

손병규(孫炳圭, Son Byung-giu) 성균관대학교 동아시아학술원 교수.

김현주(金賢珠, Kim Hyun-joo) 연세대학교 국어국문학과 교수.

미야지마 히로시(宮嶋博史, Miyajima Hiroshi) 성균관대학교 동아시아학술원 석좌특임교수.

배항섭(裵亢燮, Bae Hang-seob) 성균관대학교 동아시아학술원 교수.

김진균(金鎭均, Kim Jin-kyun) 성균관대학교 인문학연구원 리서치펠로우.

황호덕(黃鎬德, Hwang Ho-duk) 성균관대학교 국어국문학과 교수.

박헌호(朴憲虎, Park Heon-ho) 고려대학교 민족문화연구원 교수.

한국학의 학술사적 전망 2 근현대편

초판 인쇄 2014년 5월 10일 **초판 발행** 2014년 5월 20일

엮은이 임형택 **펴낸이** 박성모 **펴낸곳** 소명출판

출판등록 제13-522호 **주소** 서울시 서초구 서초동 1621-18 란빌딩 1층

전화 02-585-7840 **팩스** 02-585-7848 **전자우편** somyong@korea.com **홈페이지** www.somyong.co.kr

값 31,000원

ISBN 978-89-5626-989-4 94810
ISBN 978-89-5626-987-0 (전 2권)

한국학의 학술사적 전망 2 근현대편

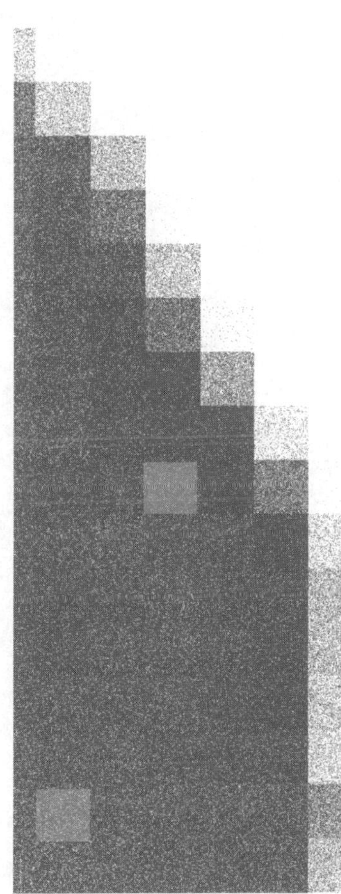

임형택 엮음

PROSPECTS
FOR
KOREAN
STUDIES
FROM
THE
PERSPECTIVE
OF
ACADEMIC
HISTORY

　작년 가을인가, 김영 교수가 내 연구실을 찾아 글을 청했다. 얘긴즉슨, 임형택 선생의 고희를 기틀로 후학들이 한국학의 학술사를 검토·전망하는 논문집을 고전편·근현대편 2권으로 준비하는데, 발간사가 있어야겠기에, 고전편은 자신이 맡았고, 근현대편은 내게 청탁한다는 말씀이다. 그 뒤 실무를 맡은 정환국 교수로부터 더 자세한 경위를 듣고 발간에 직접 참여하지 않은 나로서는 발간사보다는 서문으로 동참하는 게 적절하다고 여겼다.

　이제금 정 교수가 보내준 목차와 원고를 일별했다. 이 침통한 시절에도 현실에 즉해 다른 한국학의 가능성을 골똘히 궁구하는 학인들의 사유궤적을 생생히 보여주는 이 논문집은 그대로 하나의 장관(壯觀)이다. 목하, 한국학은 기로에 서있다. 국망의 위기 속에 국학의 이름으로 태어난 한국학은 식민지 시대를 통과하면서 반식민적 국민국가의 건설이라는 과제를 해결하려는 한국근대사의 부름에 때로는 강렬한 정신사관으로, 때로는 촘촘한 실증주의로, 또 때로는 과학적 사회경제사로 호응했지만, 그 공통 근거를 요약하면 범(汎)민족주의라고 할 수 있겠다. 그러나 도둑처럼 닥친 해방은 결국 몸통 하나에 두 개의 머리를 지닌 분단으로 실현되었으니, 냉전을 준비하는 미소(美

蘇)의 체스판도 옛 제국주의만큼 냉엄하기 짝이 없었다. 분단이 전쟁을 안내한 불운 속에서도 한국은 기적을 일구었다. 4월혁명! 이에 내재적 발전론의 이름으로 부활한 한국학은 그동안 한국사회를 지배한 서구주의를 넘어 통일민족국가의 건축이라는 과제에 진지하게 응답하면서 괄목할 만한 업적을 쌓아왔음은 주지하는 바다. 그런데 4월을 영감(靈感)의 원천으로 삼는 반독재 투쟁의 진전 속에서 민주화와 산업화를 동시에 이룬 드문 나라로 올라서는 순간, 세계화의 보복이 시작된 것은 지독한 농담이다. 통일시대가 열리는가 싶더니 지루한 교착으로 빠지고, 순항하던 동아시아가 암초에 걸려 동시분쟁으로 말려들고, 한국 민주주의 또한 유신의 망령에 시달리는 형국에 처했던 것이다. 세계화에 대한 저항만큼이나 내재적 발전론을 받치는 일국사회주의에 대한 발본적 재검토가 관건이거니와, 민주주의의 완성과 분단의 극복과 동아시아의 평화라는 상생의 연쇄를 창출할 학적 바탕을 마련하기 위한 학인들의 집합적 노력이 다시금 요청되는 때다. 경인(絅人)도 직접 필자로 참여한 이 논문집이야말로 그 수로안내역으로서 맞춤이다.

내가 그동안 한다하는 공부꾼들을 두루 친견했지만, 경인만큼 돈독한 분은 뵙지 못했다. 참으로 학(學)과 습(習)으로 일이관지(一以貫之)다. 그렇다고 학습 그 자체를 목적으로 삼는 순수주의자인가 하면 물론 아니다. 성성한 화두를 들고, 다시 말하면 분단된 나라의 남쪽에서 자국학을 한다는 자의식을 바탕으로 공부의 쓰임새를 곡진히 생각하는 학자임은 이미 주지하는 터, 그럼에도 구멍 뚫린 큰 이야기를 조자룡 헌창 쓰듯 휘두르는 분이 아니다. 주자(朱子)가 그랬던가, "적게 의심하면 적게 나아가고 크게 의심하면 크게 나아간다[少疑則少進 大疑則大進]." 말하자면 적은 의심, 큰 의심을 두루 때맞춰 일으켜 적게 나아갈 때는 적게 나아가고 크게 나아갈 때는 크게 나아갈 줄 아는 그런 분이다. 박람강기(博覽强記)에 바탕을 둔 정치(精緻)한 고증은 경인 장처

의 하나다. 그러매 의외로 융통적이다. 배울수록 자유롭게 된다는 말 그대로
다. 그 연유를 생각건대 그가 고문가임에도 불구하고 금문(今文)에도 조예가
깊다는 점에 주목하게 된다. 한때 창작에도 잠심한 덕인지 경인은 고전문학,
특히 한문학이 본바탕이되 현대문학에도 밝다. 말하자면 금문의 눈으로 고
문을 보고 고문의 눈으로 금문을 볼 줄 아는 쌍방향성이 경인의 학적 자질에
있어서 노른자위에 해당된다고 하겠다. 그 총화가 경인이 일찍이 제창한 '실
사구시(實事求是)의 한국학'일 것이다.

어느덧 계사년(癸巳年)이 저문다. 동트는 갑오년(甲午年)과 함께 우리 배움
의 실사구시도 상호 진화하여 한국학의 21세기도 부윰히 개벽하기를 기원하
면서, 경인의 학덕을 축수한다.

2013년 섣달, 연구실에서
최원식(인하대)

차례

3부 학술담론의 구도와 양상 ─────────────

분단체제하의 한국에서 학문하기

임형택

1. 한반도의 분단상황

1945년에서 오늘에 이르는 우리 당대의 역사는 1,000여 년을 이어온 공동체가 양분된 상태로 전개되었으니 분단시대라고 표현하는 것이 그 실상에 부합한다고 볼 수 있다.

우리가 경험했다시피 1945년 8월 15일 제2차 세계대전의 종결이 한반도상에는 미·소양군의 분할점령으로 이어졌다. 그리하여 1948년에 남녘에는 대한민국, 북녘에는 조선인민공화국으로 체제를 달리하는 국가기구가 성립, 이 상태로 지금에 이르고 있다. 즉 일제식민지로부터의 해방은 현실적으로 남북의 분리를 의미했다. 한반도의 현대사는 식민지시대에서 남북국시대로의 이행이란 매우 특수한 양상을 그려낸 것이다.

한반도상에서 남과 북이 갈라선 국면은 적대관계로 발전했다. 서로의 존재를 부정한 나머지 상대를 철거되어야 마땅한 것으로 제각기 치부했기 때문이다. 그래서 양쪽에 '단독정부'가 들어서고 채 2년도 안돼서 전면전이 일어나고 말았다. 1950년 6월 25일에 발발한 전쟁은 1953년 7월 27일을 기해서 남측의 연합군 사령관, 북측의 조선인민군사령관과 중국인민지원군사령관이 조인한 정전협정으로 총성이 멎었다. 이때 분명한 사실은 그건 전쟁의 종결이 아니고 휴전이었다. 재발할 우려가 상존하는 상태다.

휴전으로 들어간 그 직전까지 싸운 경계를 기준선으로 삼아, 남과 북으로 각각 2Km를 비무장지대(DMZ)로 설정했다. 비무장지대 4Km를 폭으로 한반도를 가로지른 155마일의 경계선이 그어졌다. 다름 아닌 군사분계선(military demarcation line), 통상 휴전선이라고 부르는 것이다. 이 완충지대를 사이에 두고 남과 북이 군사적으로 대치하는 형국이 한반도의 정전상황이다. 이 대목에 덧붙일 사실이 있다. 최근에도 심각한 문제를 야기하는 NLL(해상북방한계선)이다. 정전협정 당시 설정한 군사분계선은 육지에 국한되었을 뿐, 해역에 대해서는 합의된 경계선이 없었다. 그래서 추후로 남측이 해상북방한계선을 그었는데 곧 NLL이다. 북측은 북측대로 해상경계선을 따로 그어 놓았다. 어느 것이건 상호 합의사항이 아니기 때문에, 특히 서해의 백령도 연평도가 위치한 해역은 남북의 대치상황에서 가장 예민한 공간으로 되어왔다. 원천적으로 정전협정에서 애매하게 남겨두었던 까닭에 야기되는, 한반도상의 정전협정이 뿌려놓은 분란의 씨앗이다.

한반도상의 한국전쟁은 도대체 어떤 의미를 갖는 것일까? 엄청난 인적·물적 파괴와 손실을 초래하면서 얻은 것은 무엇이란 말인가? 지도상에 38선이 휴전선으로 경계가 바뀌었으며, 그렇게 개정된 남과 북으로 인력의 재배치가 이루어졌다. 그런 상태로 60년의 세월이 흘렀다. 결과론적으로 보면 한국전쟁은 한반도의 분단이 장기화되기 위한 조정과정이었다. 거기에 다른 하나의 의미를 부여하자면 한반도상의 분단상태는 무력으로 통합이 이루어질 수 없음을 증명한 셈이다. 이는 실로 엄청난 대가와 희생을 치르고 학습한 교훈이다.

이 군사분계선을 사이에 두고 남북이 각기 다 대규모의 병력과 가공할 무기를 배치해놓고 있는 것이다. 그 이남의 대한민국과 이북의 조선인민공화국이란 두 개의 국가가 여전히 상호 배타적으로 존립하며, 한반도의 주민들 모두가 예외 없이 어느 한쪽의 정부에 속해서 삶을 영위하고 있다. 이것이 우리 한반도의 분단상황이다.

여기서 잠깐 필자가 직접 몸으로 겪었던 사실을 술회해볼까 한다. 벌써 반세기에 가까운 1967년, 필자는 그해 초봄에서 이듬해 여름까지 비무장지대에 있었다. 특정한 개인의 경험이었음이 물론이지만 한반도상에서 분단시대에 삶을 영위했기에 겪어야만 했던 일이다. 오늘의 한국인으로서는 역사적이면서 보편적인 의미를 갖는 경험이다. 필자는 대한민국의 국민으로서 의무를 이행하기 위해 군 입대를 했고 마침 전방사단에 배치되었기에, 군복무 2년차로 들어가는 해에 비무장지대 근무를 자원했던 터다. 비무장지대의 근무자는 '민정경찰'이란 마크를 달고 있는데 비무장지대를 관리하는 제반업무를 맡은 요원임을 뜻한다. 그래서 군인신분이면서 명목상 경찰로 표시한 것이다. 실제로는 비무장지대에 민간인이란 생존하지 않기 때문에 경찰업무를 수행할 기회가 아예 생길 수 없었다.

'민정경찰'의 임무 중에 군사분계선 순찰이 들어 있었다. 엄밀하게 말해서 군사분계선은 비무장지대의 중앙선이다. 한반도를 남북으로 분리시킨 이 중앙분계선은 현장에 직접 가보니 가시철선 두 줄이 쳐져 있는 것일 뿐이었다. 휴전 이후 십수 년이나 인적이 끊긴 상태였으므로 잡초만 우거져서 경계가 희미했다. 그런데 중앙분계선에서 2Km 떨어진 남방한계선은 전혀 달랐다.

대략 남방한계선을 따라서 방어벽을 설치하고 밤낮 경계를 서지만 밤에 더 삼엄했다. 내가 처음 비무장지대에 들어갔을 적엔 방어벽이 목책이었는데 나올 무렵에는 철책으로 교체하는 공사가 진행되고 있었다. 그만큼 남북의 관계는 긴장상태가 고조되는 상황이었다.

1968년 그해 1월에 북의 특공대원이 청와대를 기습하려다가 실패한 '1·21 사태'(당시 북의 특공대원 31인 중에 생존자가 김신조 1인이었으므로 대개 사람들이 김신조 사태란 이름으로 기억하고 있다)와 북측이 미 정보함을 나포한 '푸에블로호사건'이 연달았다. 또 그해 11월에는 '울진·삼척 공비 침투사건'이 일어났다. 세 가지 사건은 각각 내용은 다르지만 다 놀랍고 엄중한 사태였다. 한반도상에는 일촉즉발의 전운이 감돌았다. 1968년 그해는 휴전 60년에서 아마도 최고도의 위기 국면이었을 것이다. 무슨 이유로 이처럼 전쟁에 준하는 사태가 자꾸 일어나는 것일까? 휴전상황이 왜 이토록 악화되는지 나로서는 도무지 이해할 길이 없었다. 당시에는 도무지 풀리지 않았던 의문점이었다. 후일에 여러 가지 정황을 종합해서 내 나름으로 이렇게 설명해 보았다. 당시 한국군은 최정예의 전투부대로 보병 2개 사단과 해병대 1개 여단을 베트남전으로 파견했던바 북측으로서는 남한이 증파를 못하도록 하기 위한 '발목잡기' 전략이었으리라는 것이다. 미소가 관여된 분단국가인 한반도와 베트남 사이에는 보이지 않는 전선이 연계되어 있었다.

어쨌건 당시 한반도는 아슬아슬한 준 전쟁상태에 놓여있긴 했지만 다행히도 전면전으로 치닫지는 않았다. 이후에도 휴전선을 사이에 둔 남북의 대치상태는 위기가 일시 소강국면으로 들어갔다가 다시 고조되는 등 오르내림을 반복했다. 우리가 늘 절감해온 실상이다.

지난 20세기의 마지막 10년으로 접어들면서부터 세계냉전체제의 해체와 함께 한반도의 분단상황은 현저히 달라지는 모양이었다. 1998년부터 금강산관광이 개시되고 2000년대로 넘어와 개성공단이 들어서고 남북정상이 만나서 민족의 상생(相生)·공영(共榮)을 위한 공동선언을 발표하기에 이르렀다. 남북의 관계는 화해협력의 계단으로 올라선 것처럼 보였다. 이는 되돌릴 수 없는 방향으로 여겨지기도 했다. 하지만 이명박 정부가 들어서 남북의 화해분위기가 온통 흐트러지더니 마침내 천안함 사태에 이어 연평도 포격 사건으로 위기상황이 고조되었다. 이어 박근혜 정부가 들어선 2013년 지금 남북관계는 장차 어떻게 전개될지 예측을 불허하는 상황이다.

분단시대의 한반도는 1953년에 성립한 정전체제로 유지되고 있다. 방금 회고해보았듯 그것은 매우 불안정하고 위태위태한 구조이다. 전쟁의 일보 전까지 접근한 경우도 한두 번이 아니었지만, 그렇다고 마지막 선을 넘어서지는 않았다. 거기에는 어떤 제어장치가 있는 것이다. 한반도의 중심부를 가로지른 155마일의 휴전선, 남북 4km의 띠가 완충작용을 큰 탈 없이 해낸 모양새다. 그러나 쌍방이 대규모의 병력과 가공할 무기로 대치하고 있는 판에, 한낱 그 완충기능만으로 전쟁사태가 제어될 수 있었을까? 물론 완충기능의 효과도 상당했겠으나, 그 때문에 제어되었다고 말하기는 어렵다. 정전체제의 파국을 원치 않는 힘이, 밖에서도 작용하고 안에서도 남북 공히 작용하는 때문이다. 한반도에서 정전체제로 남북의 분단이 장기화하여 공고하게 되면서 나름으로 특수한 체제를 형성한 것이다. 곧 분단체제이다. 이런 한반도상황의 인식에 분단체제란 개념을 도입했던 백낙청(白樂晴)의 설명을 들어보자.

분단체제는 남북이 서로 적대적이고 단절된 사회이면서도 동일한 '체제'라고 말할 만큼 쌍방 기득권세력이 공생관계에 있고 양쪽이 나쁜 점을 서로 닮아가며 재생산되는 구조다. 동시에 엄밀한 의미의 사회체제는 아니고 세계체제가 한반도를 중심으로 작동하는 국지적 현실에 해당하는 것이기에, 애당초 남북분단을 주도한 현존세계체제의 패권국을 포함해 수많은 외세가 개입해서 굴러가는 다소 느슨한 의미의 '체제'이다.[1]

이 글의 '분단체제하의 한국에서 학문하기'라는 제목은 한반도의 남녘에서 수행해온 학문행위를 전반적으로 살펴보려는 취지에서 붙인 것이다. 한국 현대의 학술사에 대한 고찰에 다름 아니다. 그럼에도 '분단체제하'라는 규정적 말을 앞에다 굳이 붙인 까닭은 우리의 현대 학문이 놓인 현실을 확실하게 인지하고 들어가자는 취지에서이다. 그리고 또 우리의 학문하기가 분단체제와 어떻게 연계되어 왔으며, 그 극복에 어떤 의미가 있고 어떤 기여를 할 수 있을까 한번 살펴보려는 뜻도 포함되어 있다.

'분단체제하의 한국'은 학적 고찰의 대상이기 이전에 필자 자신이 발을 딛고 숨 쉬는 지점이다. 필자는 일제시대의 끝자락에 태어나 어린 시절에 한국전쟁을 체험했고 정전이 시작된 즈음에도 기억에 생생한 대목이 있다. 그리고 분단체제하의 남성에게 병역은 일종의 통과의례라고 할 수 있겠는데, 위에서 술회했듯 필자는 군복무를 비무장지대에서 했다. 그 무렵에 필자는 이미 마음속으로 인생의 진로를 학문 쪽으로 정해놓고 있었다. 분단현실의 여러 국면이 필자의 학문의식 속에 각인되지 않을 수 없었다. 그리고 학문하기가 직업이 된 필자는 생애의 대부분을 대학캠퍼스에서 보냈다. 군부독재 시기에 대학가는 최루탄의 포연이 잦아들 날이 없어 전장을 방불케 했다. 당시 정권의 주적이라면 북쪽의 군대라기보다 남쪽의 대학생이었다고 보는 편이 그 실상이 아니었을까. 필자는 계속 분단체제의 첨예한 현장에 있었던 셈이다.

필자 자신 학적 사고에서 분단현실은 항시 뇌리에서 떠나지를 않았다. 처

---

1   백낙청, 『2013년 체제 만들기』, 창비, 2011, 36면.

지가 그럴 수밖에 없었다. 그래서 이 글은 학문하기로 살아온 자신을 돌아보는 의미에서 위와 같은 제목을 붙인 것이다.

2. 분단체제와 학문의 관련양상

분단체제는 남북의 주민들에게 삶의 기본조건으로 작용했다. 일종의 환경이었다. 물고기가 물속에 있는 것을 저는 모르고 살아가듯 비록 의식하지 못하더라도 누구나 예외일 수 없었다. 학문하기 역시 분단체제와 무관할 수 없었음이 물론이다.

혹자는 반문할 것이다. 학문은 학문으로서의 독자적 영역이 있거늘 굳이 학문외적 문제를 끌고 들어오느냐고. 상아탑 속에서 진리를 탐구하는 것이 학문인데 분단체제와 무슨 관계가 있느냐는 말이다. 학문의 독자성이라면 응당 지켜져야 할 보편적 원칙이다. 그런데 사회현실, 민족현실과 격리된 학문의 공간을 상정하고, 순수주의를 정당화하는 태도 자체가 하나의 입장이다. 이런 '순수학문'의 입장은 본인이 의식했건 못했건 분단체제에 순종하는 태도에 다름 아니다. 분단체제하의 한국에서 주류적 방향은 '순수학문'의 입장이었다고 봐도 맞을 것이다.

과연 순수한 학문의 공간이 어디에 있을까? 오히려 사회현실, 민족현실이야말로 학문이 고민하고 감당해야 할 몫이 아니냐? 이런 입장에 서게 되면 자연히 분단체제에 순종이 아닌, 대항의 자세를 취하기 마련이다. 그래서 분단현실에 매몰되지 않고 그 질곡으로부터 벗어나려는 학적 사고를 하지 않을 수 없다. 지난 1960~70년대에 문학에서는 순수문학과 참여문학의 대립 구도가 형성되었던바 학계를 여기에 비춰보면(이런 용어가 학계에 등장하진 않았으나) '순수학문'의 주류적 형세에 '참여학문'이 두각을 드러냈던 정도였다.

분단체제와 학문의 관련양상을 규명하는 작업은 결코 간단한 일이 아니다. 분단체제에 대한 입장차로 '순수학문'과 '참여학문'으로 양분해볼 수 있다 해도 뚜렷이 변별되는 것이 아니며, 각각의 내부에서도 성격이 단일할 수 없었다. 그리고 더욱 중시해야 할 바 70년 세월의 경과에 따른 변화로 그 관련 양상 또한 부단히 변모한 사실이다. 다음에 1945년으로부터 현재에 이르는 한국의 당대사를 분단체제의 추이를 고려해서 네 시기로 구분지어, 각 시기에 빚어진 양상 및 특성을 정리하면서 학문하기와 어떻게 관련되었던가를 간추려볼까 한다. 구분선을 획정하는 데 있어서는 당초 분단체제를 제기했던 백낙청의 견해를 준용했다.[2] 다룬 내용이 워낙 폭넓고 복잡하기 때문에 서설적 수준을 면치 못하게 될 것임을 미리 밝혀 둔다.

그리고 또 이해를 구할 말이 있다. 필자 자신 분단적 시각이 아닌 통일적 시각을 견지하려면서도 논의는 남을 위주로 전개하고 북에 대해 고려하는 방식을 취할 것이다. 현실적 입지가 남에 있는 자로서는 당연하고도 부득이한 일이 아닌가 싶다.

1) 제1기 1945~1953년 분단시대의 개시

1945년 세계대전이 종결된 지점에서부터 1950~1953년 한반도의 내전이

2　백낙청, 『한반도식 통일, 현재진행형』, 창비, 2006, 45~48면.

정전협정에 의해서 휴지상태로 들어가기까지의 시간대이다. 분단시대의 초기에 해당하는 이 8년은 혼란과 시련이 중첩된 기간이었다.

1945년 8월 15일은 일제에 의한 식민지배가 종결되고 주권회복이 가능하게 되었다는 의미에서 해방 혹은 광복이란 개념으로 인식했다. 하지만, 객관적으로 보면 미소(美蘇) 양대 전승국에 의한 분할점령으로 한반도상에 군정체제가 들어선 시점이며, 그에 따라 분단시대가 개막된 것이다. 1948년 남과 북에 각기 따로 국가가 수립됨으로 해서 남북국시대가 성립하기에 이르렀다.

자유민주주의를 내세운 대한민국의 남과 공산주의에 기초한 조선인민공화국의 북은 상대방의 실체를 부정한데다가 이념적으로 상호 불공대천(不共戴天)으로 여겼던 터이므로, 남북의 대립갈등은 물리적 충돌이 불가피한 노릇이었다. 그래서 '단독정부'가 수립되고 2년이 지나지 못해, 이른바 한국전쟁이란 내전이 발발한 것이다. 이 전쟁은 제2차 세계대전 이후로 형성된 동서냉전체제를 배경으로 일어났고 실제로도 세계대전을 방불케 할 정도로 국제전의 양상을 띠었으나, 전장이 한반도상에 국한되었을 뿐 아니라 전쟁의 목적도 내부문제의 해결을 표방했던 터이므로 내전이라고 호명한 것이다.

8·15에서 6·25까지 수순을 밟듯 진행된 이 기간은 1948년 단독정부수립을 기준으로 이전의 미군정기와 이후의 대한민국성립기, 그리고 1950년부터 3년의 내전기, 이렇게 다시 세 소시기로 나눠볼 수 있다. 1945년부터 1950년 사이를 통상 '해방정국' 혹은 '해방공간'으로 부르지만, 이 용어는 따지고 보면 실제에 부합하지 않고 다분히 현실인식을 흐릿하게 만드는 면이 있다. 미소양군의 점령하에서 분단이 분단국가로 관철된 엄연한 사실을 호도하는 느낌이다.

학술사적으로 이 기간을 살펴보면 소시기를 따라서 크게 달라진 실태를 확인할 수 있다. 1945~48년의 짧은 기간은 식민지 경제구조가 무너지면서 극히 열악하고 혼란스럽긴 했지만, 그때만큼 역동적인 때가 과연 우리 역사상에 언제 있었을까. 초중등학교와 함께 대학들이 우후죽순처럼 설립되면서 학술·문화운동이 활발하게 일어났던 것이다. 어떻게 그럴 수 있었을까? 필자는 두 가지 요인을 손꼽는데 첫째는 일제에 억눌린 가운데 잠재, 축적되었던 연구의 결과와 창조력이 일시에 발양된 까닭이요, 둘째는 해방의 기쁨과 분단의 아픔이 뒤섞인 속에서 국가건설을 기획하고 민족의 진로를 모색하는 열정과 고뇌가 분출된 까닭이다. 방금 지적했듯 당시 현실은 미군정하에 놓인 것이 객관적 실상이지만 대다수의 사람들은 8·15를 식민지억압에서 해방된 것처럼 의식하고 있었다. 일제 36년이 이 땅의 사사물물(事事物物)에 제약을 가하고 영향을 미쳤으므로, 그날은 이 땅에 존재하는 저마다에 해방과 광복의 의미를 갖도록 한 것이다.

이런 해방의 역동적 분위기는 유감스럽게도 얼마 가지 못하고 단기로 끝났다. 대한민국을 주도한 정치권력이 반공이데올로기로 사상통제를 강화하면서 참신하고 진취적인 학술경향은 일체 불온시한 때문이다. 다수의 학자·지식인 들이 폭력적 방식에 의해 제거되거나 위축되었고, 살아남기 위해서 소신을 굽히고 전향하기도 했으며, 혹은 분단의 다른 쪽을 선택하기도 했다. 반대로 북에서 남으로 내려온 경우도 적지 않았다. 남과 북의 두 점령군에 의해서 그어진 38선은 곧 국토와 민족의 분단을 의미했는데 두 개의 배타적 국가가 출현함으로 해서 학계의 분단, 학문의 분단으로 연장되기에 이르렀다.

내전 시기 3년은 남으로 낙동강, 북으로 압록강에 이르는 전 국토가 거의 초토화되고 그에 따른 인적, 물적 손실은 이루 다 말로 그려낼 수 없는 정도였다. 동족상잔이란 표현이 적절하다. 이 과정을 통해 38선이 휴전선으로 조정되어 인적 재배치가 함께 이루어졌다. 학문분야가 입은 손상 역시 심대해서 학문이 일시 황폐화될 지경이었다. 이후로 학문은 분단체제로 개편, 순치되는 양상이 뚜렷하게 되었던바 이에 관해서는 다음에 언급할 것이다.

2) 제2기 1953~1961년 분단체제 성립기

정전협정이 발효된 시점에서부터 1960년 4·19혁명으로 성립한 장면 정권이 이듬해 5·16군부 쿠데타에 의해 전복되기까지의 기간이다.

남북의 단독정부가 대립하여 발발한 내전을 통한 조정과정을 거쳐 정전이 됨으로 해서 분단은 고착화의 길로 들어섰다. 그런 의미에서 이 기간은 분단체제형성기에 해당하는 것이다. 또한 4·19 민주혁명이 한국현대사에서 갖는 의의를 생각하면 1960년을 구분선으로 설정하는 편이 타당하겠으나 분단체제라는 관점에서 보면 1961년으로 내려 잡지 않을 수 없다.

이승만 정권은 애당초 분단세력으로 민족적 지지기반이 허약했던 데다가 '북진통일'을 호언장담한 끝에 북의 선제공격에 형편없이 밀리고 국민에게 엄청난 재난을 입혔으니 더 이상 버티기 어려웠다. 이에 반공이데올로기와 함께 북에 대해 원색적 증오심을 불러일으키는 방향으로 국론을 몰아갔다. 그렇게 해서 패전과 거듭된 실정을 은폐하고 무마하려했지만 국민적 신뢰를 회복하기는 어려웠다. 때문에 독재로 정권을 유지할 수밖에 없었다. 국민적 지지를 받지 못하면서 선거에 이겨야 했으므로 방법은 오직 부정선거였다. 마침내 부정선거가 국민적 분노를 사서 이승만 독재정권은 붕궤되었다. 하지만 4·19에 의해 성립한 민주정부는 1년도 못 가서 군부세력에 의해 전복되고 말았다. 이 기간은 한국의 분단시대가 정전체제-분단체제-독재체제의 삼자 결합으로 작동을 하는 첫 단계라고 할 것이다.

이 단계는 학문 역시 분단체제에 의해서 성격이 분명하게 된 시기이기도 하다. 남쪽에 출현한 분단국가가 반공주의로 부단히 억압·재단(裁斷)을 가한데다가, 전쟁의 피해가 막심해서 학문은 황폐하게 되고 학계는 거의 공백상태가 되었다. 정전 이후 전후복구가 긴급한 사안이었듯, 학문 역시 신속히 수습하고 복원하지 않으면 안 되었다.

서울대학교가 1954년에 인문·사회과학과 자연과학으로 구분해서 『논문집(論文集)』이란 표제로 연구 성과를 묶어 발간한 것은 첫 사례이다. 이어 유수한 대학들이 시차는 있지만 여러 전공분야에 걸친 연구 성과들을 묶어서 유사한 형태로 '논문집'을 발간하였으며, 학회활동도 전공영역별로 살아나고 있었다. 특기할 점은 전쟁의 와중인 부산 피난시절에 국어국문학회와 역사학회를 비롯한 학술단체가 결성된 사실이다. 이 단계의 학술운동을 주도한 것은 해방 후에 등장한 '전후세대'였다. 분단국가가 출현, 대립갈등을 거치는 과정에서 학계가 공백상태에 빠지자 당시로서는 신세대 학자군(群)이 등장했던바 이후 한국학계를 끌고 간 중심이 되었다.

방금 '복원'이란 표현을 썼다. 그러나 8·15 직후의 상황에 견줘보면 복원이란 당치 않으며, 어느 부분을 배제하고 어느 한 부분만 복구되었다. 역사학을 예로 들면, 해방기에 민족사학, 실증사학, 사회경제사학 등 학풍이 공존하여 제법 다양하고 활발한 모양새였는데 어느덧 민족사학은 학맥이 끊기고 사회경제사학은 불온한 것으로 젖혀지고 오직 실증사학의 독무대가 된 것이다. 문헌고증적 실증주의다. 김용섭(金容燮)은 이 무렵을 회고하는 글에서, "우리 학계는 일제 시기의 식민주의 역사학을 충분히 검토·청산할 겨를도 없이, 그 유산을 그대로 물려받게 되었"[3]다고 지적하였다. 그런 까닭에 일제

---

3 김용섭, 『역사의 오솔길을 가면서』, 지식산업사, 2011, 534면.

시대 경성제국대학 교수로 있다가 돌아간 일본인 학자 다카하시 도오루[高橋亨]로부터 한국에서 동방학(東方學 = 한국학) 연구는 자기들이 깔아놓은 레일을 달리고 있다는 평을 들었던 것이다(다카하시의 논평은 『동방학지(東方學志)』 창간호에 대한 서평 형식으로『조선학보(朝鮮學報)』 제7집, 1955에 수록된 것이었음).

역사학의 경우만 아니고 다른 여러 분야 역시 대체로 사정이 유사했다. 실증주의 내지 순수주의가 학문이란 이름으로 정당시되고 있었다. 이는 세계적 차원에서는 냉전체제와 한반도적 차원에서는 분단체제가 연관이 된 현상이었다. 자신이 처한 곳이 '자유진영'에 의해서 방어되는 한편 민족의 현재가 통일적으로 인식되지 못한 나머지 민족현실과 학문의식의 연계를 불필요한 감상쯤으로 여겨지고 말았다. '탈민족의식'은 '탈현실의식'으로 비약해서, 학문의 과학성을 강조한 결과로 객관주의의 '순수학문'에 집착하게 된 것이었다. 민족의식이라면 '분단적 민족의식', 현실의식이라면 '반공적 현실의식'이 있었다. 현실을 외면하도록 만든 학문의 순수주의는 반공 = 반북을 국시로 하는 분단현실에 눈을 감도록 하는 성격을 내장한 것이었다.

탈사회·탈현실의 '순수학문'이라면 인문학이 전형적인 것이었다. 그런 한편 사회현실은 사회과학의 몫으로 돌려졌다. 물론 인문학과 사회과학, 자연과학으로 삼분된 구도는 근대 학문의 일반적 체계이다. 분단체제하의 한국에서 사회경제사적 관점을 불온시한 때문에 인문학은 '순수 학문'으로 편향하였으며, 사회과학 또한 서구 중심주의에 함몰한 나머지 뿌리 없는 학문이 되어 관방학 내지 속류 실용학으로 경사하는 추세를 드러내고 있었다.

3) 제3기 1961～1987년 군부독재 시기

이 기간은 4·19민주혁명이 5·16군부쿠데타의 반전된 시점에서 출발, 30년 가까이 지속되다가 6월 항쟁으로 폐막된 시간대이다.

4·19는 이승만 독재정부를 타도함으로써 운동이 종결된 것이 아니었다. 민주적인 장면 정부가 탄생하자 그 사이 억눌렸던 사회·정치적 의제들이 분출되었는데 운동의 주방향은 민족문제였다. "가자 북으로 오라 남으로"라는 당시 학생들의 구호가 극명하게 표출했듯 남북의 화해소통, 자주통일을 소리 높이 외치고 행동으로 밀고 가는 움직임이 기운차게 일어났다. 분단체제에 대한 도전이었던 셈이며, 이에 좌시하지 않고 군부권력이 일어서 물리적 제동을 가한 것이 5·16이었다.

중간에 1979년 10·26으로 박정희 독재가 종식된 다음, 앞서 4·19에서 5·16 사이 1년의 과도기처럼 10·26 이후 6개월의 과도기를 거쳐서 다시 전두환 군부독재가 재등장을 하였다. 이 28년은 그 앞과 중간에 짧은 과도기를 두고 군부독재가 지속된 상태였다. 그래서 군부독재시대라는 표현을 썼으나, 민주화라는 각도에서 바라보면 4·19로 개시된 민주화운동의 시대이기도 했다.

반공독재라는 측면에서는 이승만시대의 연장선인데 군부가 전면에 나선 점에서 더욱 강경한 독재체제라고 할 것이다. 그러고도 민주화의 요구가 계속 상승·확장해서 지배 권력은 물러나지 않으면 독재를 강화하는 수밖에 달리 도리가 없었다. 박정희 정권은 반공독재체제를 기조로 하면서 1972년에는 위기국면을 모면하기 위해 7·4남북공동선언을 발표하고 이내 강도를 높여 유신체제를 선포했다.

7·4남북공동선언은 ① 자주적 해결, ② 평화적 방법, ③ 민족 대단결을

조국통일의 3원칙으로서 합의한 것이다. 민족의 통일염원을 담아낸 최초의 문건이라는 점에서 그야말로 역사적 의미를 갖는 내용이다. 그 당시 필자는 TV 화면에서 이 성명서를 발표하는 장면을 보고 야! 하고 굉장히 놀랐다. 그러면서도 저건 '깜짝 쇼'가 아닐까 하는 의구심을 마음 한구석에서 떨쳐버리지 못했다. 과연 그 역사적 선언의 메아리가 우리의 뇌리에서 사라지기도 전에 흐지부지되고 이른바 '유신'의 철퇴가 떨어지면서 남북의 적대적 대치국면은 원상태로 돌아갔다. 앞뒤 경위를 뜯어보면 7·4선언은 어려운 국면에 처했던 박정희 독재 권력을 연장하기 위한 정치공작이었다. 이 점은 부인할 수 없는 사실이다. 그렇다 해서 통일을 염원하는 민족의 의지를 담아낸 7·4선언의 획기적 의의 자체가 소멸한 것은 아니라고 봐야 할 듯싶다.

분단체제하에서 민주화운동과 독재체제가 상호 힐항(頡頏) 작용을 하면서 동반상승한 28년 동안에 한국사회는 변모가 급속히 진행되고 있었다. 한국은 이 기간에 농업사회에서 산업사회로 이동하여 사람들의 삶의 양식이 전면적으로 변했고 그에 따라 의식구조 또한 크게 달라졌다. 이 글의 주제와 관련해서 괄목할 측면이 있다. 분단현실에 매몰되지 않고 각성한, 지배체제에 순응하지 않고 대응하는 성격의 학술문화의 움직임이 바로 이 단계에서 대두한 것이다. 이때 시발한 학술문화운동은 4·19가 원천적 계기였거니와, 이후 박정희 정권이 밀어붙인 한일협정, 3선개헌, 유신체제 등에 반대하는 정치투쟁, 이어 5·18광주민주항쟁에 기맥이 통해서 차츰차츰 고양되기에 이르렀다.

이 진보적이고 비판적인 성격의 학문하기에 제일의 열쇠말이라면 '현실'이다. "'지금' '이곳'의 현실을 여하히 인식, 어떻게 파악하느냐는 것은 오늘을 사는 이 땅의 역사학도에게 주어진 가장 절실한 과제다."[4] 당면한 모순·질곡의 현실을 어떻게 타개할 것인가? 종래의 실증주의적 연구에서는 배제됐던 문제의식이었으며, 서구추수적 학문경향에서는 떠오를 수 없는 질문이었다. 한국의 당대를 분단시대로 규정한 것도 바로 이 문제의식의 소산이었다. '분단시대'란 개념을 정식으로 들고 나온 것은 강만길(姜萬吉)인데 그는 "20세기 후반기 즉 해방 후의 시대는 민족분단의 역사를 청산하고 민족통일국가의 수립을 민족사의 일차적 과제로 삼는 시대"[5]임을 확고히 각성한 데서 나온 주장이었다.

오늘의 현실을 역사적으로 사고하면서 가장 중요하게 제기한 의제는 이른바 식민주의 사관의 극복문제였다. 우리가 과거에 걸어온 길을 내재적 발전의 과정으로 규명해냄으로 해서 정체성·타율성 이론으로 왜곡된 역사를 바로잡는 작업이었다. 이는 자국의 역사를 새롭게 체계화하는 의미와 함께 식민지 지배로부터 외세에 의한 분단의 질곡을 겪으면서 굳어진 민족적 패배의식과 자기 모멸감을 벗어나도록 하는 의미가 있었다. 이렇듯 민족이 처한 현실에 주목하면서 민중을 발견하게도 되었다. 민족문학이란 개념이 중요하게 제기되는가 하면 민중을 역사의 주체로 인식하고 문학을 민중적 관점에서 해석하는 연구가 제출된 것이다. 그런 한편 기층민중의 문화에 속하는 탈춤·판소리·민요 등 민속적 연희 형태에 대한 조사, 연구가 활발하게 이루어지기도 했다.

1980년대, 5·18민주항쟁을 폭력적으로 제압하고 들어선 독재체제의 시간대는 이에 항거하여 민주화운동이 과격하게 나간 시점으로 학술문화운동 또한 급진적 변혁을 추구하고 있었다. 이때 사회구성체론이 쟁점으로 뜨거웠으며, 변혁운동에서 계급문제를 우선시하느냐(PD) 민족문제를 우선시하느냐(NL)는 노선갈등이 빚어지기도 했다. 민중예술운동 또한 놀이판과 민중미술에서 창조

---

4 이우성, 「실학연구입문서(實學硏究入門序)」, 『실학연구입문(實學硏究入門)』, 일조각, 1973.
5 강만길, 「분단시대(分斷時代) 사학(史學)의 성격」, 『분단시대의 역사인식』, 창작과비평사, 1982(1978).

적 성과를 보여주었다. 학문하기로 반공 이데올로기를 돌파하고 남북의 통일적 인식을 실현하기 위해 분단의 금기를 대담하게 깨뜨리고 나선 것도 이때 일어난 사태였다.

1980년대에 이른바 운동권학문이 제출되면서 제도권학문과의 대립구도가 형성되었다. 전의 체제순응적 학문과 체제비판적 학문이 경향성의 차이를 드러낸 정도였는데 이때 이르러 대립각이 세워지기 시작했다. 이 현상은 다음 단계에서 더욱 선명하게 드러났으므로 뒤에 가서 언급할 것이다.

4) 제4기 1987~현재 87년체제

1987년 6월항쟁의 성과로서 독재체제를 합법화한 헌법이 개정되어 새 공화국이 출범한 시점으로부터 오늘에 이르는 시간대이다.

종전의 신군부 독재체제에서 2인자의 역할을 하였던 노태우가 대권을 잡았기 때문에 그 당시 민주화를 열망하는 다수의 사람들에게 큰 실망감을 안겨 주었다. 그래서 새로운 단계로 들어선 것이 아닌, 군부독재의 연장처럼 비춰졌다. 물론 그런 측면이 없지 않았으며, 그로 인해서 변혁에 발목잡기가 되고 심지어 역주행하는 현상이 일어나기도 했다. 이는 우리가 이미 경험했던 사실일 뿐이니라, 여태까지 극복하지 못하고 있는 한국사회의 질곡이자 현재적 난관이다. 비록 그렇지만, 오랫동안 우리를 짓누르고 있었던 군부독재체제가 일단 해체되고 민주적 개혁이 진행된 획기적 계기가 되었다. 이로부터 민주화의 길로 진입한 것이다. 때문에 이 기간을 우리는 87년체제라고 단계적 구분을 짓고 있다.

이 시간대에는 지구적 차원에서나 동아시아적 차원에서나 상황이 급변하였고, 국내적으로도 정치·사회적으로 복잡다단하였다. 이 제4기에 일어났던 주요사건들을 확인하는 취지에서 한반도상황을 중심에 놓고 연표 형식으로 대략 정리해 본다.

1987년	6월항쟁, 7, 8월 노동자대투쟁
1988년	노태우 정부 등장, 북방정책 추진
1989년	베를린장벽 붕괴
1990년	소연방 해체, 동서냉전체제 해체
1991년	남북 동시 유엔 가입, 남북기본합의서
1992년	한중수교
1994년	김일성사망, 북한의 체제위기, 선군정치, 북핵위기
1998년	IMF사태, 김대중 정부 등장(수평적 정권교체 실현), 금강산 관광 개시
2000년	제1차 남북정상회담 6·15선언
2003년	노무현 정부 등장, 개성공단 착공
2004년	북핵문제, 6자회담
2005년	9·19공동선언
2007년	제2차 남북정상회담 10·4선언
2008년	이명박 정부 등장, 남북관계 악화
2010년	천안함 침몰 사건, 5·24조치, 연평도 포격 사건
2011년	김정일 사망, 김정은 등장
2013년	박근혜 정부 등장

위에 간추린 연대기에서 두 가지 특징적 양상을 짚어낼 수 있다. 87년체제

와 연동된 현상인데 하나는 지구적 차원에서 냉전체제의 해체에도 불구하고 한반도상의 분단체제는 지속되고 있는 사실이다.

이미 누차 언급했듯, 제2차 세계대전의 전후 처리과정에서 그어진 한반도상의 분단선이 미소의 대립관계가 악화됨으로 해서 냉전체제의 민감한 접점이 되었으며, 그에 따라 한반도의 분단은 하나의 체제로서 고착화되었다. 즉 세계적 차원인 냉전체제의 하위구조로 한반도의 분단체제가 성립한 것이다. 따라서 냉전체제의 해체는 분단체제의 해체로 이어지는 것이 당연한 수순처럼 여겨진다. 냉전체제의 해체에 곧 이어 동서독의 통합이 급속히 진행되었던 것처럼 말이다. 그런데 왜 한반도상의 분단체제는 녹지 않는 얼음골인 양 그대로 있는 것일까?

이 문제점과 관련해서 동아시아 상황에 눈을 돌릴 필요가 있다. 우리가 익히 보았듯, 소연방이 분해되면서 동유럽의 사회주의 국가들은 줄줄이 무너졌으나, 동아시아의 사회주의 국가들은 끄떡없이 서 있는 것이 실상이다. 중국이나 베트남은 시장경제를 도입하고 개방정책을 쓰는 등 변신을 거듭하면서 사회주의 국가의 틀을 견지하고 있지 않은가. 조선인민공화국의 경우 그야말로 존망의 위기에 처했지만 중국이 시종 버팀목이 되어 주었다. 눈을 안으로 돌려보자. 지난 1990년 이래 북의 위기상황이 얼마나 심각했던가. 북주선 권력은 위기 탈출의 극약 처방으로서 '선군정치'를 강행하고 핵무기 개발에 주력했다. 생존전략에 다름 아니다. 대외적으로 '벼랑 끝 전술'을 구사한 것 또한 이 때문이었다. 북 자체가 극한의 어려움을 겪었던 것은 불가피한 일이었겠는데 나름으로 생존능력이 비상했다는 평가도 가능할 것 같다. 그런 생존전략이 주효했던 것은 분단체제의 덕분이기도 했다. 한반도의 분단체제는 냉전체제의 하위구조로 그치지 않고 나름으로 독자성을 지닌 구조임이 증명되는 셈이다.

다른 하나는 한반도상의 특징적 양상으로 87년체제하에서 남북관계가 진전과 퇴보를 반복한 사실을 들어볼 수 있다. 남북관계는 본디 심술궂은 날씨처럼 변덕이 무상하였거니와, 이 단계로 와서는 진전과 퇴보의 기복이 정점을 오고 가는 양상을 연출한 것이다.

1991년 말에 남북 사이에 화해와 불가침을 합의한 문서가 발표되었다. 그 제1조가 "남과 북은 서로 상대방의 체제를 인정하고 존중한다"는 것이었다. 남북이 서로 실체를 인정, 상호 공존으로 기본방향이 잡힌 것이다. 바로 통일은 아니라도 고질화된 적대적 관계를 청산하고 평화 공존으로 나갈 출구가 생긴 모양새였다. 2000년대로 들어와서는 제1차 남북 정상회담과 6·15선언으로 남북관계의 새로운 장이 열리게 되었으며, 다음 제2차 정상회담과 10·4선언으로 진일보하여 한반도의 평화체제는 가시권으로 들어오게 되었다.

그런데 이명박 정부가 들어섬으로서 남북관계는 대립 갈등의 구조로 급선회하여, 그 사이에 닦아놓았던 상생·공영의 틀이 온통 흐트러지고 말았다. 이명박 정부 5년을 경과하고 박근혜 정부로 이어지면서 민족의 자주와 통일의 방향에서 공들여 쌓아놓았던 남북의 신뢰 구도는 파탄지경으로 추락하였다. '공든 탑이 무너지랴'는 옛말이 무색하게 '10년 공부 나무아미타불'이 된 것이다.

이 단계로 들어와서 학문하기는 어떤 양상을 나타냈던가? 당시의 복잡다단했던 상황에 맞물려서 학문분야 역시 복잡다단한 모양새였다. 한국 자본주의의 발전에 상응해서 학문도 외적 확대 성장을 이룩하였던바 분단체제하에서 바람직하게 여겨졌던 순수학문은 실용성을 주장하는 논리에 밀려 주류 학계에서까지 버림당하는 운명에 처했던 것은 특기할 점이다. 다음에 진보적 경향을 중심으로 앞 단계와 비교하는 관점에서 몇 가지 점을 지적해 둔다.

(1) 진보적 학술운동의 등장

진보적 경향의 학술운동이 여러 분야에 걸쳐서 활발하게 일어났던바, 대개 1980년대의 민주화운동 세대가 주도하는 양상이었다. 학자 개인이 양심과 성실성을 지켜내고자 했던 과거의 고립적 차원을 넘어 연구자 집단을 형성하게 되었다. 그리하여 학계는 기존의 보수적 학문과 신세대의 진보적 학문, 제도권 학문과 운동권 학문으로 대립구도를 형성하기에 이르렀다. 이 대립구도는 분단체제하의 한국에서 전에 없었던 현상이다. 그렇다고 상호 빙탄불상용(氷炭不相容)으로 평행선을 그려나간 것은 아니었다. 시간을 경과하면서 진보적 학문이 차츰 제도권 학문으로 포섭·수용되고, 이에 따라 제도권 학문 자체에도 변화가 일어나게 된 것 또한 불가피했다. 큰 눈으로 보면 양자는 서로 대립하며 긴장관계를 가지면서도 주거니 받거니 하는 상보적 관계를 이루고 있다. 하지만 제도권 학문의 보수성은 체질이 되어서 시류를 쫓아 변신을 거듭하면서도 진부한 구태를 털어내지 못한 것이 그 실상이 아닌가 싶다.

한편으로 우리가 진보적 학문을 한다 해서 곧 학문의 수준이 담보되는 것은 아니라는 점을 새삼스럽지만 지적해 둘 필요가 있다고 본다. 보이는, 보이지 않는 단입과 불이익을 감수하면서 진보적 학문을 실천한 그 학자저 자세와 용기는 높이 평가해도 좋을 것이다. 논리적 치밀성과 방법론적 정합성은 학문의 길에서 필수요건으로 진보적이라 해서 예외로 취급될 수 없음이 물론이다. 이는 한낱 형식석 요구사항으로 그치지 않는 일이다. 진보적 가치의 추구가 학문하기의 중심과제로 손꼽히는 이유는 다른 어디가 아니고 우리 인간의 삶의 문제요, 학문이 추구하는 진보는 곧 역사의 진보이기 때문이다.

(2) '북한 바로알기'와 남북학술교류의 열림

한국사회가 반북·수구의 굴레를 벗어나자면 제일의 관건은 반공적 이념의 틀과 법제적인 속박을 돌파하는 데 있다. 그러기에 정치적 민주화투쟁이 진보적 학술운동으로 이어졌다.

분단 한국에서 휴전선 너머 북한땅은 그야말로 금단의 장벽일 뿐 아니라, 학지(學知)가 미치는 자체를 법으로 금기시·불온시하였다. 아울러 북의 존재를 이데올로기적으로 도색하면서 남한 사람들에게 부단히 왜곡된 인식을 갖도록 만들었다. 이에 저항하여 제출된 의제가 이른바 '북한 바로 알기'였다. '북한 바로 알기'운동은 대개 두 측면으로 진행되었다. 한 측면은 재북·월북자들의 작품과 저술을 출판·연구하는 일이다. 이때 비로소 홍명희의 『임꺽정(林巨正)』, 정지용의 시가 독자들에게 읽힐 수 있었다. 다른 한 측면은 분단 이후로 산출된 북쪽의 학문적 성과와 문학작품 들을 소개하는가 하면 좌경서적 일반을 번역 출판하는 데로 확장이 되었다. 북에 가서 쓴 이기영의 『두만강』, 박태원의 『갑오농민전쟁』 등 문학작품이나 김석형의 저작 및 『조선전사』 등등 역사학의 성과물을 접할 수 있게 된 것이다. '북한 바로 알기'는 '분단적 인식'으로부터 '통일적 인식'을 지향하였으니 민족의 역사와 문학사를 복원하는 의미를 갖는다. 이를 계기로 북한학이라는 하나의 학문분야가 성립하게도 되었다.

'북한 바로알기'는 남북의 학술교류사업으로 이어졌다. 전자가 민주화 투쟁의 일환이었다면 후자는 남북관계가 화해국면으로 전환하면서 경제협력사업과 함께 진행이 되었다. 전자는 비합법적 방식으로 진행된 것임에 대해 후자는 합법적 방식(국내법과 남북이 합의한 국제법의 적용을 받으면서)으로 수행된 일이었다. 남북학술교류는 당초 1992년에 발효된 남북기본합의서에 근거하여 시작되었던바 김대중 정부가 들어서고 6·15선언이 나오고 노무현

정부로 이어지는 과정에서 활성화되고 학술분야의 협력사업도 추진되었다. 그러다가 이명박 정부가 들어서자 학술교류와 협력사업 또한 급속히 냉각, 거의 단절상태에 이르고 말았다. 박근혜 정부로 이어지면서 남북의 학술교류는 회생할 기미가 전혀 보이지 않고 있다. 이런 현상 또한 87년체제의 성격으로 해석할 문제점이 아닌가 싶다. 즉 그것을 합법적으로 가능하게 만든 것은 87년체제이지만, 그것을 파탄지경에 빠트린 데서 87년체제의 한계를 여실히 드러냈다.

남북의 학적 만남에 당해서 갖춰야 할 기본자세라면 어떤 점을 들 수 있을까? 현재는 냉각상태이지만 머지않아서 필시 소강국면이 풀리고 학술교류도 재연될 것이기에 챙겨둘 필요가 있다고 생각한다. 필자는 '북한 바로알기' 운동이 전개되는 과정에서 「분단 반세기 남북의 문학 연구 반성」(『민족문학사연구』 제1집, 1991)이란 글을 발표한 바 있었다. '실사구시의 관점에서'라는 부제를 붙였는데 남북의 학적 만남에 있어서도 실사구시의 자세가 긴요하다고 보았다. 어디까지나 학적 만남인 만큼 "감격과 이성의 울림"이 요망되는데 이때 "멸시가 아닌 충고, 비방이 아닌 비판을 서로 아끼지 말아야 할 것이다"고 말했다. 우리의 동포이기 때문에 오히려 충고와 비판을 강조했던 터다. "서로의 존재를 인정하여 상호존중하며 차이를 이해하려는 노력이 앞서야 하겠다. 그러면 북측의 입장에 동조하자는 말인가? 그렇지 않다. 고무찬양하는 법이 서슬퍼래서가 아니요, 부화뇌동하며 남의 징단에 춤추는 모양으로 꼴사납게 되기 쉽기 때문이다."[6] 무엇보다도 주체적 인식이 요망되며, 그러자면 실사구시의 자세는 남쪽에서만 필요한 것이 아니고 북에 대해서도 없어서는 안 된다고 생각한 것이다.

6　임형택, 「분단 반세기 남북의 문학 연구 반성」, 『한국문학사의 논리와 체계』, 창작과비평사, 2002(1991), 490면.

(3) 동아시아로 인식지평의 확대

이 단계로 와서 동아시아 국가들 사이의 상호소통이 가능하게 됨을 따라 인식지평이 확대된 사실을 또 하나의 중요한 특성으로 들어볼 수 있다.

냉전체제하에서 우리와 지리적으로 인접한 지역은 교류소통이 불가능한 공간이 되었다. 중국대륙은 '죽(竹)의 장막'으로, 시베리아를 포함한 소연방은 '철의 장막'으로 범접했다가는 큰일 나는 위험지대였다. '접근불가'라는 현실적 제약은 인식론적 제약으로 작용하게 된 것이다. 냉전체제하에서 동아시아는 없었던 셈이니, 있었다면 우리 눈앞에 대립갈등의 동아시아가 있었을 뿐이다.

유라시아 대륙의 동쪽 끝에 위치한 한반도를 가로지른 분단선이 동아시아의 대립갈등의 핵심 고리였다. 주지하다시피 중국과는 유사 이래 줄곧 역사·문화적으로 긴밀한 관계를 맺고 있었다. 한자문명권이라고 일컫지 않는가. 중국과 현실적으로, 인식론적으로 차단됨으로 해서 문명적 단절이 야기되는 것은 필연이었다. 현실적으로 바다 건너 멀리 미국과의 관계가 종속적으로 기울어졌거니와, 인식론적으로 유럽 중심주의에 사로잡히게 되는 것 또한 이상한 일이 아니었다. 냉전체제의 해체에 이어 한중수교가 개시되어 20여 년을 경과하는 동안 한국과 중국 사이에는 우리가 체감하듯 인적·물적 교류가 놀랍게 빈번해졌으며, 동아시아에 대한 학지도 급증하는 상태이다. 이에 따라 동아시아적 시각이 열리게 되었고 동아시아 담론이 유행을 하는 형편이다. 이 대목에서 지나칠 수 없는 문제점이 있다. 여전히 유럽 중심주의의 틀을 벗어나지 못하고 동아시아의 역사·문화 전통을 진지하게 고려하지 않는 것이다. 심지어 중국과 정치적 관계의 발전을 통해 북한을 소외하려는 속셈을 드러내기도 한다. 동서 냉전체제의 해체는 동아시아를 발견하도록 하긴 했으나, 한반도의 풀리지 않은 분단체제가 우리의 동아시아 인식에 장애 인자로 남아 부단히 굴절, 왜곡시키고 있다.

이상에서 거론한 진보적 학술운동의 등장, '북한 바로알기'와 남북 학술교류의 열림, 동아시아로 인식지평의 확장, 이 세 가지는 분단체제의 한국에서 학술사적 의의를 높이 평가할 수 있다. 그럼에도 문제점들을 이런저런 안고 있었으며, 학적으로 참신한 모색과 노력이 좌절하거나 중단되는 사례가 허다했다. 그 성과도 87년체제가 일궈낸 것이지만 그 한계 또한 87년체제가 끌어낸 것이다. 진작 극복해야 할 체제를 극복하지 못한 때문에 2008년을 지나면서 극도로 악화되고 거의 무위로 돌아가게 된 것이 아닌가 싶다.

3. 분단체제 극복을 위한 학지와 민족경륜

필자가 이 글을 어떻게 끝맺을까 고심하고 있는 시점이 마침 2013년 7월이다. 이달 27일이면 정전협정에 의해 한반도상의 전쟁이 휴지상태로 들어간 지 60주년이 된다. 정전 당시 국민학교(초등학교) 3학년의 소년이 어느덧 고희를 넘긴 늙은이가 되었다. 글의 서두에서 서술한 휴전선에서 필자 자신이 직접 겪었던 일도 46년 전의 일이니 다 옛닐이야기다. 반세기를 훌쩍 넘겼음에도 남북의 대치상태는 어진하다.

지난해 말부터 올해로 와서 금방 터질 것만 같았던 위기상황이 있었다. 북의 3차 핵실험, 이에 대응하여 한미군사훈련이 강화되는 등으로 한반도의 긴장상태는 한껏 치솟았다. 그러다가 우여곡절을 거쳐서 소강국면으로 접어들었다. 이 고비를 넘기고 남북관계가 소강국면으로 들어서기 바쁘게 남한의 정치권은 남남갈등으로 휩싸이고 말았다. 노무현 전 대통령이 2007년 남북정상회담 당시 해상북방한계선(NLL)을 북측에 포기하는 발언을 했다는 것이 집권여당의 주장이며, 야당은 실상을 왜곡, 무함한 것이라고 발끈하였다. 국정원이 지난해 대선에서 불법 개입한 사실이 들통 나서 국정원의 입장이 매우 곤혹스러워졌을 뿐 아니라, 박근혜 대통령의 당선에도 심각한 험이 생기게 되었다. 이에 남북정상의 비공개 대화록을 국면전환용으로 폭로한 것이었다. 드디어 일파만파로 나라 안이 소요(騷擾)하다. 국정원의 대선불법개입이란 민주 제도의 근간에 저촉된 행위가 뒷전으로 밀리게 되었다. 직전에 고조되었던 남북 간 위기국면과 연동되어 남남갈등은 상승효과를 십분 발휘한 것이다.

이번 사태 역시 한반도상에 노상 연출되는 분단체제의 풍경화인데 눈앞에 전개되는 양상을 목도하면서 필자 자신 마음이 착잡한 가운데 특히 의아하게 느낀 점이 있다. 남측의 노무현 대통령과 북측의 김정일 국방위원장이 회담을 하고 합의해서 발표한 공식 문건이 10·4선언이다. 10·4선언의 문면을 보면

> 남과 북은 해주지역과 주변해역을 포괄하는 '서해평화협력 특별지대'를 설치하고 공동어로구역과 평화수역 설정, 경제특구건설과 해주항 활용, 민간선박의 해주직항로 통과, 한강하구 공동이용 등을 적극 추진해 나가기로 하였다.

고 명시되어 있다. '서해평화협력 특별지대'를 설치하자는 이 문안은 NLL을 바로 적시하진 않았지만, 분쟁의 소지를 해소하려는 데 주안점을 두면서 거기에 그치지 않고 훨씬 나아가 남북의 '교류협력'과 '평화발전'을 통 크게 구상한 기획이다. '서해평화협력 특별지대'에 해주지역이 포함되고 해주항 활

용이 제시된 것을 보면 오히려 북측이 양보를 해도 많이 한 것 같다. 우리가 알고 있다시피 마침 노무현 정부의 막바지라서 거기에 관한 후속조치를 취할 기회가 없었다. 실로 민족적 차원에서 유감스런 일이다. 그리고 이명박 정부가 들어서 10·4 선언이 통째로 사문화되기에 이르렀다.

비록 뒤이어 들어선 정권에 의해 부정되었더라도 선언문에 담긴 고유한 역사적 의미마저 소실되는 것은 아닐 터다. 비공개 대화록을 유출하여, 그나마 왜곡을 시켜가지고 국민의 시선을 호도하고 정쟁의 수단으로 삼는 행위가 몰상식의 해괴한 처사임은 더 말할 나위 없다. 이에 대응하는 야당의 방법론이나 관련하여 쏟아져 나온 언설들에 대해서 나로서는 짚어볼 점이 있다고 여겨졌다. 민주당은 그런 발언을 언제 했느냐는 식의 수세적 대응으로 일관하여 말싸움으로 이전투구가 되었으며, 지식인들의 분분한 언설 역시 끝내 문제의 핵심으로 진입하지 못한 것이다. 현실정치에서 야당의 입장은 북이 워낙 '미운 깨를 친' 직후라서 적극적으로 대응할 수 없었다는 변명이 통할지 모르겠으나, 민족문제에 대한 김대중과 노무현의 유업을 계승하겠다는 정치적 의지가 결여된 것으로 보인다. 지식인들의 경우 전후 맥락을 큰 틀에서 살피고 따지는 식견을 찾아보기 어려웠다. 필자는 지금 손쉬운 양비론을 펼치려는 것이 아니다. 민족경륜이 무한히 아쉽게 여겨져서 지적하는 말이다.

한반도의 분단체제는 이미 오래전에 청산되었어야 할 시대역행적인 것임이 물론이다. 북조선의 경우 이 체제를 고수하느라 얼마나 무리수를 두었고, 또 얼마나 난관에 봉착했던가. 국제적으로 고립되고 민중의 고통이 극심했던 사정은, '고난의 행군'이니 '선군정치'니 하는 저쪽의 구호가 담고 있는 그대로다. 반면 남한을 두고 말하면 경제발전에 이어 민주화도 상당한 수준으로 달성되었다. 남북 사이 국력의 격차는 수십 배로 벌어져서 비교도 안 될 정도가 되었다. 이처럼 한국이 발전한 데 있어 분단체제가 순기능을 한 일면도 없지 않다. 하지만, 분단체제가 장기간에 걸쳐 확대재생산한 반공수구 세력이 폭넓게 주류를 형성하여, 민주주의의 발전을 저해해 왔던 것은 물론 진정한 선진사회로 나가는 데도 발목잡기를 하고 있다. 방금도 눈앞에 일어난 남남갈등에서 보듯이 말이다.

오늘의 시대에 제거해야 할 장애물이자 심각한 질곡이 되고 있는 것은 다른 무엇이 아니고 분단체제의 극복문제이다. 그래서 이 글의 마지막 절의 표제를 '분단체제 극복을 위한 학지와 민족경륜'이라고 붙였다.

분단체제는 과연 어떻게 해야 극복될 것인가? 아마도 원인제공자인 정전협정을 평화협정으로 바꾸는 일이 첫 번째 수순일 것이다. 그렇다고 자동적으로 한반도에 평화체제가 구축되고 남북통일로 직진한다고도 단언할 수 있을까? 한반도의 문제에 미국과 중국이 결정적 작용을 해온 것은 엄연한 역사요 현실이다. 일본과 러시아의 존재 또한 과거에는 말할 것 없었고 앞으로도 배제하기 어렵다. 동북아의 정세와 국제적 관계 속에서 분단체제 극복의 방향과 방법론을 추진되어야 할 터다. 그렇지만, 남북의 재결합은 한민족의 역사적 권리임을 망각해서 안 될 일이다. 명백히 말해서 한반도의 남과 북이 주도적으로 해결해 나가야할 민족의 기본과제인데 그 과정상에서 남한이 주도권을 잡을 수밖에 없다. 왜냐하면 현실적으로 남한이 국력이 월등하게 우위에 놓여있는 데다가 다 같은 분단체제하에서도 4·19혁명, 5·18 광주민주화운동, 6월항쟁에서 오늘에 이르는 남한의 민주역량이 통일과정에서도 활력을 불러일으킬 수 있을 것으로 판단하는 때문이다.

민족경륜이라면 정치가의 몫으로 생각되고 학문영역에서는 생소하게 들릴 것이다. 물론 분단극복의 과업은 고도의 정치적 사안이며, 정치지도자의 경륜에 의해서 해결될 문제이다. 그렇다고 현실정치의 구도 속에 맡겨두고 하대명년 바라만보고 있을 일인가. 누차 역설하였듯 민족문제요, 그것도 역사적으로 중차대한 사안임은 더 말할 나위없다. 이는 현실정치를 넘어선 그야말로 거족적 의지와 실천의 과제인 동시에 학문적 이론탐구와 창조적 예지가 요망되는 영역이다. 학문의 목적은 전통적 용어를 빌리자면 치국평천하, 혹은 경세치용(經世致用)에 있었다. 요컨대 경륜인데, 분단체제의 극복이란 민족문제에다 학문의 주요 목적을 두기 때문에 굳이 민족경륜이라고 표현했다. 덧붙여 말하자면 보수와 진보 사이의 진영대립을 지양해 보자는 의미도 내포되어 있다. 민족문제는 냉철하게 생각하면 진영논리로 기를 쓰고 다툴 그런 자리가 아니기에 민족경륜이란 개념을 내세워 주장하는 것이다.

근대 학문의 분과 제도에서 이런 문제라면 으레 사회과학에 속한다고 하겠으나, 민족경륜이라면 사회과학에서 그런 개념이 있는 것 같지도 않다.

근래 세계화와 함께 자유주의가 대세로 밀려드는 판국에서 연구자들은 너나없이 업적주의에 함몰된 상태이다. 이에 따라 인문학의 위기가 도래했는데 학술당국은 인문학정책을 수립하고 매스컴에서도 인문학을 살려야한다고 소리높이 외치지만 그 대책이란 것이 반인문학적 인문학이다. 이런 상황에서 민족경륜을 들고 나선다고 과연 얼마나 먹혀들지 회의적인 생각이 들기도 한다. 하지만, 상황의 심각성을 오히려 반전의 계기로 삼을 수도 있거니와, 낙관적으로 전망해볼 수 있는 측면이 없지 않은 것도 같다. 예컨대 한국의 주체적 역량의 성장, 세계사적 변동, 문명사적 위기의식 등이 그것이다.

분단체제의 한국에서 학문히기는 요컨대 민족경륜을 중심에 놓고 사고하는 것이 요망된다는 결론에 도달했다. 민족경륜을 다루는 학술분야가 따로 있다는 그런 의미가 아니며, 학문하기의 보편적 고려사항으로 학지의 기본이 되어야 한다는 취지이다. 다분히 당위론을 강조하는 말처럼 들린다. 당위론적 차원을 넘어서 구체적으로 실천되어야 할 임무인데 관련해서 몇 가지 사항을 언급해 둔다.

① ‘지금’·‘이곳’은 삶의 현장이자 학문하기의 출발지점이다. 인식론적 두 축, 시간과 공간을 배치함에 있어서 공간을 중심에 놓고 시간을 배려하는 것이 요령이다. 지금 강조하는 민족경륜은 이 인식의 구도상에서 중요시되기 마련이다. 그러나 이에 그치지 않고 일국적으로 구획된 시공간에 갇혀있는 근대 학문의 구획을 해체하는 학적 기획을 담으려 했다. 필자는 이를 ‘지역적 인식’이란 말로 표현하고 있는바 우리가 수행하는 한국학 또한 동아시아 학지로 시야가 확장된 것이다.

② ‘지역적 인식’은 기존의 여러 중심과 주변의 관계를 해체하고 상대적으로 보려는 입장이다. 이 인식논리를 관철하여 유럽 중심주의를 극복하는 것이 일차적 과제요, 역사적 중국 중심주의에 대해서도 해석할 안목이 열릴 것이다. 현재적으로 동아시아국가들 사이의 역사분쟁, 영토분쟁을 해소하는 방향도 잡힐 수 있지 않은가 한다.

③ 한반도상에 평화체제가 구축되고 통일로 이행해서 남북국시대가 청산되는 역사적 과정은 결코 용이한 경로가 아니며, 상당한 시간이 걸린다고 보아야 할 것이다. 통일로 향해가는 시간표는 지혜를 모우고 전략을 세워서 세목까지 정치하게 작성해야 할 터인데 이런 사업이야말로 민족경륜이다. 체제를 달리해온 남과 북이 결합하는 과정상에서 어떤 효과적인 방법과 바람직한 제도를 고안해서 실천할 것인가, 목적하는 통일국가의 형태는 어떻게 설계할 것인가 이것이 민족경륜의 핵심주제일 것이다.

④ 통일의 과제는 ‘한민족의 역사적 권리’이자 우리가 주도적으로 수행해야 할 몫이다. 이 점을 명확히 각성하고 적극적으로 실천해야겠지만, 동시에 국제적 관계 속에서 풀어가야 할 사안이라는 사실도 유의할 필요가 있다. 그래서 동아시아 학지를 강조했거니와, 민족경륜은 곧 세계경륜이 되어야 하는 것이다.

동아시아 냉전·분단체제의 형성과 해체

지구적 냉전하의 동아시아를 새롭게 상상하기

정근식

1. 동아시아에 접근하는 길

1997년부터 2002년까지 6년간, 타이베이, 제주, 오키나와, 광주, 교토 그리고 여수에서 차례로 열린 '동아시아 평화·인권 국제회의'는 필자에게 동아시아라는 범주에 관해 본격적으로 관심을 갖도록 하는 자극제였다. 이 국제회의에 참여하면서 필자는 과거의 식민주의와 전후 냉전체제로의 이행기에 발생한 전쟁과 국가테러리즘, 이로부터 도출되는 반명제로서의 평화와 회복직 징의는 동아시아에 공통적이고 보편적인 현상이었음을 깨달았다.[1]

---

[1] 이 국제회의가 이룬 성과로 일본에서는 徐勝 編, 『東아시아の冷戰と國家테러리즘―米日中心の地域秩序の廢絶をめざして』, 御茶の水書房, 2004. 한국에서는 동아시아평화인권국제회의 편, 『동아시아의 평화와 인권』, 역사비평사, 2000. 오키나와회의와 광주회의의 결과는 정근식·하종문 편, 『동아시아와 근대의 폭력 1―전쟁, 냉전과 마이너리티』, 삼인, 2001; 정근식·김용의·김하림 편, 『동아시아와 근대의 폭력 2 ― 국가폭력과 트라우마』, 삼인, 2001.

이런 맥락에서 필자는 2004년부터 3년간 오키나와에 관한 공동 연구를 기획하고 참여하였다.[2] 한국에서 동아시아에 대한 학문적 관심은 1990년대 중반부터 형성되어 2000년대 초반에 크게 고조되었지만, 오키나와에 관한 연구는 별로 이루어지지 않은 상태였다.[3] 일본 식민주의의 지배와 동아시아 냉전의 공통 경험을 가진 한국에서 오키나와를 연구할 때 주된 관심은 오키나와의 근대사와 1945년 이후에 형성된 미군기지의 지역적(regional) 의미와 역할이다. 오키나와가 근대 일본의 영토로 편입되는 과정을 통해 19세기 후반부터 20세기 전반기의 동아시아의 식민주의를 성찰하게 하고, 오키나와 미군기지를 통해 전후 아시아 냉전체제의 형성과 동학(dynamics)을 성찰할 수 있게 된다. 특히 혹독한 전쟁 경험과 분단상황이 지속되는 한국에서 미군기지 문제를 객관적으로 접근하기란 쉽지 않기 때문에 이를 연구하려면, 오키나와를 경유할 수밖에 없다. 오키나와는 그런 우회로 중의 하나였다.

학문적 비유로서의 우회로는 연구대상으로서의 자신을 객관화하는 방법이자 다양한 시각을 확보하는 방법이다. 흔히 그렇듯이 우회로에는 사각을 비추는 거울이 설치되어 있다. 거울은 현실을 그대로 비추어주는 평면거울

---

2 총 29명의 필자들이 참여한 공동 연구의 결과는 두 편의 책으로 편집되어 출판했는데, 하나는 『기지의 섬, 오키나와』이고 다른 하나는 『경계의 섬, 오키나와』(논형, 2008)이었다. 책의 부제가 말해주듯이 하나는 '현실과 운동'을, 다른 하나는 '기억과 정체성'을 다루었다. 우리의 오키나와 공동 연구의 과정에서 얻은 중요한 소득은 동경외대 나카노 도시오[中野敏男] 교수팀과의 교류였다. 이 연구팀은 '동아시아와 오키나와'라는 주제로 두 차례의 회의와 '계속되는 동아시아의 전쟁과 전후'라는 한 차례의 회의를 통하여 오키나와를 바라보는 시각과 연구의 지평을 재정립할 수 있었다. 이 연구팀의 성과는 『沖縄の占領と日本の復興』(青弓社, 2006)으로 출간되었다.

3 한국에서 동아시아에 대한 관심은 1995년경부터 크게 증가하였다. 그 예로서, 한국의 유력한 출판사인 문학과지성사는 1995년 『동아시아, 문제와 시각』을 시작으로 하여 동아시아를 다루는 책들을 출간하였는데, 여기에는 『발견으로서의 동아시아』(2000), 『주변에서 본 동아시아』(2004) 등 중요한 책들이 포함되었다. 또 한국의 지성계에 큰 영향력을 갖고 있는 창비사도 '동아시아의 비판적 지성' 시리즈를 2003년에 출간하였다. 여기에는 첸꽝신[陳光興], 쑨꺼[孫歌], 추이 즈위안[崔之元], 왕후이[汪暉], 사카이 나오키[酒井直樹], 야마무로 신이치[山室信一] 등의 연구와 사상을 소개하는 책들이 포함되었다.

뿐 아니라 특정 현실을 부각하거나 그것이 담겨있는 배경 전체를 비추는 오목거울이나 볼록거울도 있다. 볼록거울이 미세한 것을 크게 부각해 보여준다면, 오목거울은 연구대상을 둘러싸고 있는 배경까지도 한눈에 바라볼 수 있도록 한다. 오키나와는 한국에서는 잘 보이지 않는 미군기지를 부각해 보여주는 볼록거울이고, 동시에 한국이 어떻게 미국 주도의 동아시아에 포함되어 있는가를 보여주는 오목거울이라고 할 수 있다. 필자는 이 연구의 성과로, '방법으로서의 오키나와'라는 아이디어를 얻게 되었는데, 그것은 오키나와를 관통하는 역사적 구조와 그 변화를 통해 동아시아의 장기적 사회변동, 즉 중화체제로부터 일본 제국체제를 거쳐 전후 동아시아 냉전체제로 이어지는 경로를 보다 분명하게 탐색할 수 있도록 하는 수단을 의미한다.[4]

'지역'으로서의 동아시아를 논의하는 경우, 이를 하나의 통합된 전체로 접근하는 방식(holistic approach), 이를 구성하고 있는 국가 간 관계(inter-state relations)와 상호작용에 초점을 맞추는 방식, 그리고 동아시아의 주변지역들, 즉 강력한 민족국가들 간의 경계에 놓여 있어서 정체성이 유동적이거나 이중적일 수 있는 장소들에 초점을 맞추는 방식이 있다. 오키나와는 세 번째 접근방식을 취하는 경우에 채택할 수 있는 전략적 장소이다.[5]

동아시아에는 20세기 전반기의 식민주의나 20세기 후반기의 냉전을 성찰할 수 있는, 경계를 넘기 쉬운 균열과 복합의 장소들이 다수 존재한다. 남북한 사이에 있는 서해 5도나 중국과 대만 사이에 위치한 금문도(金門島)도 이런 방법론적 장소에 해당한다.[6] 특히 금문도는 오키나와 함께 '냉전의 섬'으로 명명되었다.[7] 필자는 최근 대만에 속한 금문도와 그 대안에 있는, 중국에 속한

---

4 정근식, 「沖繩 ─ 作爲一個硏究方法」, 『臺灣社會硏究』 97, 2010.9.
5 정근식 외, 『기지의 섬 오키나와』, 논형, 2008, 6면.
6 대만과 한국의 학자들은 이런 시각에서 2008년에 '금문학(金門學)'의 가능성을 탐색하는 회의를 개최하였다. 林富士 外, '亞洲視野下的金門學 圓卓會議', 臺灣台中中興大學, 2008.6.15.

하문(廈門)을 방문하여 양안을 가로질렀던 과거의 냉전과 현재의 '탈냉전'을 관찰하였다. 베를린과 금문도, 서해 5도는 모두 전후에 만들어진 분단선이 가로 질렀던 전략적 장소들이지만, 현재의 모습은 장벽, 교류, 통일 등의 상이한 용어로 표현되듯이 매우 다르다. 이들을 통해 유럽의 냉전과 동아시아의 냉전을 비교할 수 있고, 또 전쟁을 경험한 분단과 그렇지 않은 분단의 차이, 또는 대칭적 분단과 비대칭적 분단의 차이를 생각할 수 있다. 또한 지구적 탈냉전에도 불구하고 지속되는 동아시아의 분단의 원인을 질문하지 않을 수 없다.

필자는 이 글에서 지구적 냉전하의 동아시아를 이해하는 한 가지 시각으로, 한국에서 발전한 분단체제라는 개념을 적용하여 '동아시아 냉전·분단체제'라는 개념의 발전가능성을 탐색해보려고 한다.[8] 그것은 1945년부터 현재까지 지속되고 있는 분단한국의 문제를 '역사적 지역주의'의 관점에서 재조명하는 작업이기도 하며, 냉전과 분단이 서로 긴밀하게 결합되어 있지만, 동의어가 아니어서 구별되어야 하는 개념이라는 점을 밝히려고 한다.

2. '분단'의 학문적 개념화

주지하다시피, 한국의 근대사는 1876년 조선이 외국을 향해 개항하면서 세계의 열강들과 근대적 국제 관계를 만들어가는 시기, 1904년 러일전쟁 이

---

7 Szonyi, M., *Cold War island : Quemoy on the front line*, Cambridge University Press, 2008; Johnson, C.(ed.), *Okinawa : Cold War island*, Japan Policy Research Institute, 1999.

8 냉전분단체제라는 용어는 이전의 연구에서도 사용된 적이 있다. 이병천, 「냉전분단체제, 권위주의 정권, 자본주의 산업화—한국의 경험」, 『동향과 전망』 28호, 한국사회과학연구소, 1995.

후 일본에 의해 식민화되고 식민지로 전락한 시기, 그리고 태평양전쟁의 결과로 식민주의로부터 해방되었으나 남북으로 분단된 시기, 1990년대 초반의 세계적 탈냉전과 함께 새로운 발전방향을 모색하는 시기로 구분된다. 오늘날 한국이라는 명칭은 남북한을 포괄하는 이상적 정치단위로서의 민족국가를 지칭하기도 하고, 남한이라는 현실적 국민국가를 지칭하기도 한다. 이런 이중적 의미를 지닌 한국의 20세기 사회변동은 일국적 차원의 내적 요인들에 의해 이루어진 것이라기보다는 세계적이며 지역적인 차원의 요인들, 또는 이들 간의 상호작용에 의해 이루어졌다.

한국의 남북한으로의 분단은 1945년 8월의 미군과 소련군의 분할점령으로부터 시작하여 한국전쟁이 휴전으로 끝나는 1953년 7월까지의 기간에 이루어진 것이다. 한국의 역사학자 정병준은 「한국분단체제의 형성과정과 특징」이라는 논문에서 한국의 분단체제의 형성과정을 '태평양전쟁에서의 미국과 소련의 대한정책'(1942~1945), '미소점령기 좌우·남북대립'(1945~1948), '남북분단정권의 수립과 분단체제의 형성'(1948~1950), '한국전쟁과 분단체제의 고착화'(1950~1953)로 나누었다. 한국의 분단은 1948년에 남북에 각각 국가가 수립됨으로써 가시화되었고, 한국전쟁을 통해 공고화되었다. 현실로서의 두 개의 분단국은 1991년 유엔에 동시 가입함으로써 국제적으로 인정되었지만, 남북한 모두에서 상대방은 외국으로 인정되지 않으며, 통일되어야 할 민족국가의 일부라는 입장이 공유되고 있다.

한국학계에서 '분단'이 하나의 학술적 개념으로 등장한 것은 분단이 이루어지고 거의 한 세대가 지난 1970년대 후반이었다. 역사학자 강만길은 '한국의 오늘'을 '분단시대'라고 명명하고 역사학이 수행해야 할 과제를 제시했다.[9]

---

9 강만길, 『분단시대의 역사인식』, 창작과비평사, 1978. 이와 같은 시기에 법학자 김철수는 '분단국 헌법'에 관한 관심을 표명하고 있다. 김철수, 『분단국헌법과 통일문제』, 서울대 법학연구소,

'분단시대'라는 문제의식은 당시 한국의 극단적인 권위주의적 정치체제에 비판적이었던 학자들 사이에서 수용되었고, 이들의 주축은 1980년 5월 광주에서의 민주항쟁을 계기로 대학교수직을 박탈당했던 이른바 비판적 지식인들이었다. 이들은 한국의 군부통치를 일본 식민주의의 유산이나 남북 분단의 결과와 연결해 생각했고, 민주화라는 정치적 과제와 민족통일이라는 역사적 과제를 성취하는 데 인문학적 사회과학적 연구가 기여해야 한다고 생각했다. 이런 인식과 태도는 1980년대 중반부터 진행된 한국사회 변혁론, 즉 사회구성체 논쟁으로 이어졌다. 그 핵심은 한국에서 민족과 국가의 관계는 무엇인가, 그리고 현재의 한국사회의 자주적 주권과 계급적 불평등, 그리고 민주주의의 상호관계가 무엇인가를 질문하는 것이었다. 이 질문은 한국의 근대 국민국가 형성과 민족주의, 그리고 남한과 북한의 관계를 어떻게 바라보아야 하는가라는 질문을 내포하고 있었다. 한국의 '역사적 현재'를 '분단시대'로 인식하는 흐름은 1987년 민주주의로의 이행이 이루어지는 시기에 강화되었고,[10] 학계의 공통적 인식 틀이 되었다.[11]

분단시대론은 민주주의로의 이행과 사회구성체논쟁을 거치면서 남북한의 상호관계를 사회분석의 중심에 두는 '분단체제론'으로 발전했다. 이것은 민족문학론을 주도하였던 백낙청 교수가 지구적 차원의 탈냉전과 한국의 분

1978. 백영서는 이런 사고의 출발을 천관우가 제시한 '남북연합을 핵심으로 한 복합국가(compound state)' 구상으로 보았다. 천관우, 「민족통일을 위한 나의 제언」, 『창조』, 1972.9, 41면; 백영서, 「동아시아론과 근대적응─근대극복의 이중과제」, 『창작과비평』 139호, 창비, 2008.

10 1987년에 이루어진 학자들의 워크샵에서 '분단시대'가 주요 의제였다는 것은 '제2회 한길사 대토론회─분단시대의 한국사회과학과 민족운동', '지방사회연구회 제2회 심포지엄 분단시대의 국가와 민족문제' 등에서 알 수 있다.

11 이런 인식을 기반으로 출판된 연구 성과는 구중서, 『분단시대의 문학』, 전예원, 1981; 이영일, 『분단시대의 통일논리』, 태양문화사, 1981; 변형윤 외, 『분단시대와 한국사회』, 까치, 1985; 이효재, 『분단시대의 사회학』, 한길사, 1985; 송건호 외, 『민주공화국 40년─분단시대의 한국사』, 중원문화, 1985; 성래운, 『분단시대의 민족교육』, 학민사, 1989; 이종태 편, 『분단시대의 학교교육』, 푸른나무, 1990 ; 임헌영, 『분단시대의 문학』, 태학사, 1992 등을 들 수 있다.

단의 지속이라는 시간적 어긋남에 기초하여 제기한 현대 한국사회를 설명하는 중요한 분석 틀이다.[12] 그의 분단체제론은 『창작과비평』이라는 잡지를 통해 다듬어졌는데, 그에 따르면, "남북한 각각의 체제로 이루어진 한반도는 불안정한 하나의 체제로, 세계체제의 하위체제로 존재하며, 지정학적 이유에서 동북아시아라는 중간 영역의 정치군사적, 경제적 조건에 민감하게 의존한다. 분단체제는 그 아래 존재하는 남북한 각각의 체제의 지배자와 민중들 간의 대립을 주요 모순으로 하는 사회이며, 남북한 각각의 지배층은 적대적이지만 다분히 상호의존적이다."[13]

정치학자 손호철은 백낙청의 분단체제론의 핵심을 남북한 사회의 상호의존성, 남북한 지배세력 간 대립과 이해의 공유, 일국적 변혁모델의 한계에 대한 지적 등으로 요약하면서, 남한은 미국이 주도하는 '자유진영'에, 북한은 소련과 중국 등의 세계사회주의 진영에 더 깊숙이 편입되어 있기 때문에, 남북한 상호의존성 명제는 논리적으로 과도한 것이라고 비판했다.[14] 백낙청은 이런 비판에 대하여 남북한 지배층의 관계를 '공통된 이해관계'보다는 '교묘한 공생관계'로 수정하였다. 그러나 남북한의 관계를 적대성과 상호의존성을 동시에 가진 것으로 파악하고, 세계체제가 분단체제를 매개로 하여 남북한 사회에 영향을 준다고 보는 시각은 분단한국을 바라보는 새로운 관점을 제시하는 것이었다.

이런 논쟁은 분단상황에 놓여 있는 한국에서 민주화가 어떤 수준까지 진전될 수 있는가, 분단이라는 조건에서 계급적 지배관계의 근본적 변화가 가능한가를 질문하는 것으로, 당시의 민주주의로의 이행이나 공고화와 밀접히

---

12 백낙청, 『분단체제 변혁의 공부길』, 창작과비평사, 1994.
13 백낙청, 「분단체제의 인식을 위하여」, 『창작과비평』 78호, 창작과비평사, 1992.
14 손호철, 「'분단체제론' 재고―백낙청교수의 반비판에 대한 답변」, 『창작과비평』 86호, 창작과비평사, 1994.

연관된 의제였다.[15] 특히 1987년에 부활된 대통령 직접선거와 이에 후속하는 1992년 대통령선거에서, 북한의 테러가 냉전적 보수주의적 투표에 큰 영향을 미쳤기 때문에 그런 상상력은 충분히 근거가 있었다. 남한의 중요한 선거들에서 북한의 테러나 심리전이 반복되고, 이것이 한국 국민들의 투표행태에 영향을 미쳤으므로, 이를 '북풍'으로 표현하는 것이 일반화되었다.

1990년대 초반은 한국의 민주주의로의 이행뿐 아니라 세계적 냉전체제의 해체가 진행되고 있었다. 그러나 유럽과 동아시아는 사정이 달랐다. 유럽에서의 냉전이 독일의 분단으로 표현되고, 냉전의 해체가 곧 통일로 연결되었다면, 한국이나 중국을 포함한 동아시아에서는 사정이 달랐다. 동아시아에서의 냉전은 중국의 내전이나 한국의 전쟁을 동반했으며, 세계적 탈냉전에도 불구하고 동아시아에서의 분단은 완전히 해소되지 않았다. '냉전'과 '분단'은 같은 시기에 형성되었으나 서로 다른 차원에 있는 현상임이 분명해졌다.

백낙청은 분단체제를 세계체제와 남북한 각각의 국가체제의 중간에 위치시키면서 세 가지 차원의 상호작용을 분석하고, 각각의 차원에서의 대응, 즉 3중적 사회운동의 필요성을 제기하였다. 이후 한국의 민주화가 더 진전되면서 김대중 정부가 성립하였다. 백낙청은 이런 정치적 변화를 보면서 1998년 '흔들리는 분단체제'라는 제목의 책을 출간했다.[16] 그의 예견대로, 김대중 대통령은 2000년 남북정상회담을 개최하고, 햇볕정책으로 부르는 북한과의 적극적 교류와 지원정책을 가시화했다. 백낙청은 이 회담을 분단시대로부터 통일시대로 전환하는 획기적 사건으로 평가했다. 실제로 2000년 이후 남한의 북한에 대한 경제적 지원과 이산가족들의 교류가 획기적으로 진전되었

---

15 이에 관한 자세한 소개는 김종엽, 「분단체제론의 궤적―회고와 전망」, 『동향과 전망』 61호, 한국사회과학연구소, 2004.

16 백낙청, 『흔들리는 분단체제』, 창작과비평사, 1998.

고, 금강산 관광이 이루어지면서 냉전적 적대감은 크게 완화되었다. 특히 한 국 시민들의 북한을 보는 시각은 적대와 경쟁으로부터 지원으로 바뀌었다. 그러나 2001년에 발생한 미국의 9·11사태와 1994년의 북한의 2차 핵 위기 는 이런 흐름을 제어하는 핵심적 요인으로 작용하기 시작했다.

분단체제론의 핵심은 '적대적 의존'이라는 개념으로 요약되는데, 이와 유 사한 맥락에서 박명림은 '대쌍관계동학'이라는 개념을 사용하였고,[17] 박명 규는 '비대칭적 분단국론'을 제시하였다.[18] 이런 상상력은 분단 한국뿐만 아 니라 중국과 대만의 양안관계에도 적용가능하다. 특히 왜 남한과 대만의 정 치문화와 역사적 발전경로가 유사한가, 중국과 북한의 관계는 왜 그렇게 긴 밀한가에 주목한다면, 더 나아가 만약 한반도의 남북관계와 중국의 양안관 계의 공존과 상호작용에 주목한다면, 우리는 두 지역을 포괄하면서 동시에 개별 국가적 접근을 넘어서는 또 다른 차원의 방법론적 사유나 개념이 필요 하게 된다.

한국에서 동아시아적 시각은 세계적 탈냉전이 진행되던 1990년대 초기, 한국 분단체제론이 형성되는 것과 거의 동시에 강조되기 시작했다. 최원식 은 1993년 발표한 글에서 추상적 문명론이나 탈근대 / 탈식민주의론에 편향 되지 않으면서 탈냉전의 질서재편에 대응하는 방법으로 동아시아적 시각을 끌어들이는 것을 모색하였다.[19] 이것은 한반도 분단체제의 극복이라는 과제 가 민족주의 운동만으로는 달성되지 않는다는 문제의식에 기초하였다. 이와 유사하게 백영서는 한국에서의 중국사 연구도 동아시아적 시각에서 연구해

---

17 박명림, 「분단질서의 구조와 변화─적대와 의존의 대쌍관계동학, 1945~1995」, 『국가전략』 3 권 1호, 세종연구소, 1997.
18 박명규, 『남북관계─비대칭적 분단국체제론』, 서울대 통일평화연구소, 2009.
19 최원식, 「탈냉전시대와 동아시아적 시각의 모색」, 『제국 이후의 동아시아』, 창비, 2009. 이에 관한 자세한 논의는 류준필, 「분단체제론과 동아시아론」, 『아세아연구』 138호, 고려대 아세 아문제연구소, 2009.

야 한다고 생각했다.[20] 한국의 강력한 민족주의는 한국의 분단상황이 한반도의 고유한 문제이며 미국의 한반도 개입의 결과라고 인식하는 경향이 있다. 그러나 한반도 분단이 고착되는 과정이나 현재의 안보상황, 지역동맹체제의 재생산을 주목한다면, '분단'은 한반도에 국한되어 있는 것이 아니라 동아시아 전체에 걸쳐 있(었)다.

1945년 이후 세계적 탈식민과 새로운 민족가형성의 국면에서 한반도뿐 아니라 대만을 포함한 중국, 베트남에서 대규모 국가폭력과 내전에 의하여 '분단'이 발생하고, 또 그것에 대한 대규모 저항이나 그 후유증이 남아 있다. 심지어 1945년부터 1972년까지의 오키나와와 일본, 그리고 미국의 상호관계를 포함하여, 우리는 이들 간의 공통성이나 상호연관성이 작동하는 지정학적 공간을 사유하고, 그것을 위한 분석 틀을 논의해볼 수 있을 것이다.

'분단' 개념을 활용하여 동아시아를 설명하려고 시도한 사례가 이삼성의 '대분단체제'론이다. 그는 1945년 이후 중국과 미일동맹 사이에 형성된 동아시아의 갈등과 동맹의 국제질서를 '대분단체제'로 개념화하고 그 구조와 지속성을 탐구하였다. 그는 동아시아 대분단체제는 미소냉전구조와 동아시아의 차상위 강대국들 간의 관계가 결합된 것으로 정의하고, 이 대분단체제하에 한반도의 남북분단, 대만해협을 경계로 한 중국과 대만의 분단이라는 소분단체제가 놓여 있다고 보았다.[21] 현재의 동아시아는 그의 말대로 중국과 미일동맹을 중심축으로 하면서 중첩적인 양자동맹으로 구성되어 있고, 또한 정치군사적 질서와 경제협력의 질서가 서로 다르게 배치되어 있다. 또한 중

---

20 백영서, 「한국에서의 중국 현대사 연구의 의미－동아시아적 시각의 모색을 위한 성찰」, 『중국현대사연구회 회보』 창간호, 1993.12.
21 이삼성, 「동아시아 국제질서의 성격에 관한 일고－'대분단체제'로 본 동아시아」, 『한국과 국제정치』 22권 4호, 경남대 극동문제연구소, 2006; 이삼성, 「동아시아」, 『민주주의와 인권』 6권 2호, 전남대 5・18연구소, 2006.

국, 일본, 한국 등의 국민국가뿐 아니라 대만, 오키나와와 같은 (국가 또는) 지역들을 포함하고 있다. 분단한국이나 양안관계, 그리고 오키나와-일본(충일)관계를 종합적으로 고려한다면, 동아시아는 명백히 평면적이고 균질적인 국가나 지역 들의 조합들이라기보다는 '중심'과 '주변'으로 구별되는 비균질적 공간들로 구성되어 있고, 이들을 묶어주는 하나의 지역 단위가 동아시아 대분단체제라고 할 수 있다. 이것은 지역적 차원에서는 서로 교통하지 않고 적대하는 국가들로 구성되고, 국가적(domestic) 차원에서는 하나의 완성된 민족국가를 구성하지 못하고 분단되어 있는 두 개 이상의 분단된 국민국가들로 구성되는, 이중적이고 복합적인 구성을 가진다.

동아시아 대분단체제는 분단시대론, 분단체제론을 거쳐 분석의 스케일을 동아시아 전체로 확대함으로써 구성된 것으로, 1945년 이후 현재까지의 지역현대사의 역동성을 고려한다면, 체제의 내적 구성의 변화, 또는 동아시아를 구성하는 국가들 간의 상호관계의 변동에 대한 설명에 둔감하다는 이론적 약점을 지닌다. 특히 지구적 차원의 탈냉전과 동아시아적 차원의 탈냉전의 차이를 반영하지 못한다. 따라서 동아시아 분단체제의 구조 변동을 구체적으로 드러낼 수 있는 개념이 필요해진다.

이런 맥락에서 필자는 동아시아에서 분단과 냉전의 동시적 형성, 탈냉전의 점진적 진행, 분단의 지속성 등에 주목하면서, 동아시아 분단체제를 시간적 차원에서는 냉전기와 탈냉전기로 구분하고, 상호관계의 차원에서는 정치군사적 관계와 사회경제적 관계를 복합적으로 사고할 필요가 있다고 생각한다.[22] 만약 이를 받아들인다면, 동아시아의 분단체제는 냉전·분단체제와 탈냉전·분단체제라는 개념을 제안할 수 있다. 냉전·분단체제가 정치군사

---

[22] 강광식, 「남·북한 분단체제의 복합적 갈등구조와 통일지향적 체제모형 탐색」, 『한국정치학회보』 제42집 2호, 2008.

적 관계와 사회경제적 관계가 결합되어 있다면, 탈냉전·분단체제는 양자가 분리되어 있는 상황이라고 할 수 있다.

동아시아 냉전·분단체제론은 근대적 민족국가의 형성프로젝트가 미완성임을 나타내는 이론적 가설의 산물이기도 하다. 한국의 헌법과 국가보안법의 충돌, 또는 북한의 초기 헌법과 후기 헌법의 차이, 중국 국가성립기의 영토규정의 모호성 등은 모두 이를 나타내는 지표들이다. 오키나와나 대만의 상황도 현재의 한반도에서 나타나고 있는 민족국가와 국민국가의 괴리와 근대적 주권의 본성을 성찰하도록 하는 자극제이다. 1945년부터 1972년까지의 오키나와를 우리는 무엇이라고 부르는 것이 옳을까? 일본의 한 지방도 아니고 독립된 국가도 아닌 상태, 미일 평화조약 제3조에서 표현된 것처럼, 오키나와를 일본의 '잠재주권'이 적용되는, 그러나 미국의 영속적 점령지역이라고 말한다면, 도대체 '잠재주권'은 무엇인가. 이것은 근대 민족국가의 원리인 단일 절대주권론에 대한 이론적 도전을 파생시키며, 나아가 복수주권이라는 개념을 상상하도록 한다. 이와 마찬가지로 오늘날의 분단한국은 보편적인 근대 민족국가론으로 설명하기 어렵다.

동아시아 냉전·분단체제는 소련, 중국, 북한을 한 진영으로 하고, 미국, 일본, 한국, 대만을 한 진영으로 하여 구성된 것으로, 1945년부터 1953년까지의 중국내전과 한국전쟁을 거쳐 형성되고 공고화되었으며, 그것의 해체는 1970년대 미중관계의 변화를 축으로 하여 이루어진 시기를 1단계로, 1990년대 초반, 한국과 중국의 수교를 축으로 하여 변화한 시기를 2단계로 설정하여 설명할 수 있다. 동아시아의 냉전·분단체제의 형성과 해체에 베트남 변수를 포함할 수 있다. 베트남은 1945년부터 1953년까지의 혼란을 거쳐 1954년 북위 17도선을 경계로 분단되었고, 1964년 본격화된 베트남전쟁의 추이가 제1차 동아시아 냉전·분단체제의 제1차 해체에 영향을 미쳤다.

동아시아 분단체제의 제3차 해체는 아마도 북한과 미국의 관계정상화로 상정할 수 있을 것이다. 물론 이 3차 해체가 한국의 통일이나 통합과 동시에 진행될 것인지, 선 북미관계 개선, 후 남북한 통합으로 단계적으로 진행될 것인지 알 수 없고, 중국의 부상에 따라 미국과 중국이 다시 대립하고 남북한 통합이 지연되는 신냉전으로 갈지, 아니면 미국과 중국이 협력하고 남북한 통합이 이루어지는 동아시아 분단체제의 완전한 해체로 나아갈지 현재로서는 알 수 없다.

3. 동아시아 분단체제의 역사적 변동

1) 동아시아 냉전·분단체제의 형성과 공고화

세계적 탈냉전에도 불구하고 왜 분단한국은 독일과는 달리 통일되지 않고 있는가? 중국과 대만의 양안 문제와 남북한 분단이나 통합 문제나 어떤 연관성을 가지는가? 최근 양안관계와 남북한 관계의 양상은 왜 다르게 진행되는가? 이런 질문에 답하기 위해서는 한편으로는 세계의 선후 냉전과 동아시아에서의 탈식민 국가형성의 관계를 검토해야 하고, 다른 한편으로는 국가 간 관계의 변화들을 장기적으로 추적하여 동맹과 적대, 교류와 단절의 전체상을 파악해야 한다. 국가 간 관계는 정치군사적 관계, 경제적 관계, 그리고 사회문화적 관계로 구분된다. 또한 그 관계는 적대와 동맹을 양 극단으로 하여 그 중간에 공존, 교류, 협력 등의 다양한 스펙트럼이 존재하는 것으로 상정할 필요가 있다.

20세기 전반기의 동아시아는 명백히 일본제국이 주도하는 시대였다. 19세기 일본에서 먼저 진행된 민족국가의 형성과정은 곧 일본제국의 형성과정이었고, 주변 지역의 식민화과정이었다. 홋카이도나 류큐를 내부화하고, 청일전쟁, 러일전쟁, 제1차 세계대전을 통해 '외지'라고 부르는 식민지를 획득하여 제국이라는 이름에 값하는 영토를 확보하였다. '외지'의 존재는 일본 본토의 '내지'화를 의미했다. 1931년의 '만주침략'으로 획득한 지역에는 새로운 식민주의적 실험으로서의 '만주국'이 창출되었다. 중일전쟁으로 일본 제국의 관할권은 더 확대되었고, 태평양전쟁은 이른바 대동아공영권으로 표현되는 '대일본 제국'을 실현시키는 것으로 보였다. 이 기간에 주민들은 '제국'의 경계를 따라 이주를 경험하였고, 또한 제국의 성원되기를 강요받았다. 식민지의 주민들은 자신의 민족국가의 성원이 되기 전에 '국민제국'의 '신민'을 먼저 경험하였다.

세계적 냉전에 관한 탁월한 연구자 오드 웨스타드는 전후 냉전을 '자유의 제국'으로서의 미국의 이념과 외부 개입, '정의의 제국'으로서의 소련의 이념과 외부 개입, 그리고 반식민주의로부터 기원한 제3세계 혁명 간의 관계로 설명하였다.[23] 그는 1920년대의 식민주의 시기에 이미 냉전이 배태되기 시작했다고 보았다. 동아시아가 공간적으로 일본제국과 그 외부로 분단되고, 정치적으로 일본 식민주의와 이에 대한 반식민주의가 경쟁하고 있을 때, 반식민주의는 내부적으로 민족주의와 사회주의, 또는 무정부주의로 분열되어 있었으며, 외부적으로는 이들 각각의 국제적 연대가 형성되어 있었다. 이는 일본이나 한국, 중국, 베트남 모두 마찬가지였다. 이 중에서 사회주의자들 간의 연대는 소련의 지원에 의해 상당한 정도로 발전되어 있었다.

---

23 Westad, O. A., *The Global Cold War*, Cambridge University Press, 2007.

일본이 전쟁에서 패배하자 식민지나 반식민지에서 지연되었던 근대 민족 국가 형성 프로젝트가 시작되고, 이 과정에서 민족주의와 사회주의 간의 균열은 점차 내전으로 전화되었으며, 이에 대한 매개변수가 미국이나 소련의 점령정책이었다. 태평양전쟁에서의 미군의 동아시아 점령은 필리핀, 오키나와를 시작으로 한국과 일본에서 진행되었고, 군정으로 이어졌으며, 한국의 38도선에 의한 임시적인 공간적 분리는 세계적 냉전이라는 조건하에서 한국의 '분단'으로 이어졌고, 이후 중국의 내전을 통해 동아시아의 '분단'으로 이어졌다.

1945년부터 수년간 미군은 동아시아를 분절하여 통치하였다. 미군은 전투를 통해 오키나와를 점령하였고, 일본의 무조건 항복에 따라 일본본토를 점령하였다. 일본본토와 오키나와의 점령 시기와 방식의 차이는 양자를 분리시켰다. 또한 한국의 38도선 이남을 점령하여 군정을 실시하고 남한에서 새로운 국민국가를 창출하였다. 소련군은 북중국과 북한을 '해방'시킨 후, 중국에서는 국민당과의 합의에 따라 곧 철군했고, 북한에서는 '사회주의 국가' 수립 이후인 1949년 철군했다. 1945년 종전 당시의 미군과 소련군의 군사적 점령은 이후 미소 간 세계적 냉전과 동아시아의 민족국가형성 프로젝트들과 조합되어 동아시아 분단을 가져왔다. 분단의 경계는 남북한, 중국과 대만, 그리고 일본과 오키나와 사이를 가로질렀다.

1945년의 미군의 오키나와 점령과 이에 이어진 일본의 패전은 일본에게 제국으로부터 국민국가로, 대일본으로부터 소일본으로의 변화를 강요하였다.[24] 제국의 식민지였던 대만이나 한국, 사할린, '만주'는 해방되었다. 이 지

---

24 1951년 체결된 대일평화조약 제3조는 아마미[奄美], 오가사와라[小笠原諸島] 오키나와를 일본으로 분리시켰다. 아마미는 1953년, 오가사와라는 1968년, 오키나와는 1972년 차례로 미국에 의해 일본에 '반환'되었다. 이에 관해서는 아라사키 모리테루[新崎盛暉], 정영신·미야우치 아키오[宮內秋緒] 역, 『오키나와 현대사』, 논형, 2008, 26~27면.

역에서 미국과 소련, 중국의 국제 협정과 이에 따른 군사적 활동에 의해 새로운 경계가 출현했으며, 이 경계에 의해 식민지적 디아스포라는 재구성되었다. 또한 새로운 국가형성과 국민형성이 시도되었는데 그 방향을 둘러싼 새로운 투쟁이 시작되었다. 미국과 일본은 천황제와 오키나와의 관할권을 교환하였다.

1946년부터 가시화된 세계적 냉전의 양상은 유럽과 동아시아에서 확연히 달랐다. 유럽에서의 냉전과 탈냉전이 미소경쟁과 동서독 분단의 직접적 관련성으로 설명된다면, 동아시아의 상황은 이와 다르다. 동아시아에서의 냉전은 미소 간 관계로 환원되지 않는다. 이런 차이에는 동아시아의 역사적 발전의 경로로서의 식민주의와 근대 민족국가형성 프로젝트, 그리고 1946년부터 1949년까지의 중국의 내전과 1950년부터 1953년까지의 한국전쟁이라는 대규모 전쟁이 크게 작동하고 있다. 중국혁명과 한국전쟁의 상호관련성,[25] 중소분쟁과 동아시아 사회주의국가들 간의 비위계적 배치 등은 세계적 냉전구도를 지역에 따라 다르게 만들었고, 이것이 동아시아에서 '전후(post-war)'란 무엇인가를 다시 조명해야 하는 조건이 된다. 유럽에서의 전후가 1945년부터라고 한다면, 동아시아에서의 전후는 아시아 태평양전쟁이 종결된 1945년, 미일 간 샌프란시스코 강화조약이 체결된 1951년, 한국 정전회담이 종결된 1953년 중 어느 것을 의미하는지 모호하다. 베트남전쟁을 감안하다면 동아시아에서 진정한 전후는 존재하지 않았거나 1975년으로 미루어질 수도 있다.

중국의 내전과 그 결과는 동아시아의 분단과 냉전에서 가장 중요한 변수일 것이다. 중국의 내전은 1946년부터 다시 폭발했고, 남북한이 분리 독립된 직후인 1948년 9월부터 1949년 초까지의 요심전역, 평진전역, 회하전역이라

---

25 이에 관해서는 Chen Jian, *China's road to the Korean War : the making of the Sino-American confrontation*, Columbia University Press, 1994.

는 세 차례의 대규모 전투는 중국의 운명을 바꾸었다.[26] 1949년 10월 중국 공산당은 '혁명의 성공'과 새로운 국가의 성립을 선포했다. 여기에는 조선인들의 기여가 매우 컸다, 항일투쟁에서 형성된 중국인과 조선인 간의 협력과 연대가 중국의 혁명에서 지속되었고, 또 1946~47년의 북한의 중국공산당에 대한 지원,[27] 그리고 중국 혁명의 성공 전후에 이루어진 조선인 군사력의 북한으로의 이전은 분단의 형성과 공고화 과정의 동아시아성을 잘 보여주는 또 하나의 지표이다.

식민주의적 질서로부터 '전후 냉전 질서'로 이행하는 과정은 중일전쟁, 태평양전쟁과 오키나와전투, 중국의 내전, 대만의 2·28사건, 한국의 4·3사건과 여순사건, 한국전쟁과 같은 연속전쟁과 대규모 민간인 희생 사건들을 수반했으며, 이것은 '국가의 형성'이자 동시에 새로운 지역질서를 창출하는 패권국가의 '창법적' 폭력이 행사되는 과정이었다.[28] 여기서의 '창법'은 새로운 지역질서를 만들어내는 초국적 과정이자 국가 차원에서의 제헌권력의 창출이며, '자연적 무질서상태'에 있는 사람들에게 국적과 소속을 부여하는 폭력이다. 여기에 복속된 사람들은 이런 창법적 폭력을 '자연적' 질서로 인식하게 되며, 이에 대한 저항은 허용되지 않는다.

한국은 임시적 경계선인 38선을 따라 분단되었고, 1948년에는 두 개의 한국이 성립하였다. 한국의 국가 형성은 국제연합과 전후 자유주의적 평화의 틀 내에서 진행된 것으로, 제헌권력은 한국의 영토를 남북한 전체로 규정하고 여기에 살고 있는 모든 인구를 국민으로 규정했다.[29] 헌법은 완성되어야

---

26 Westad, O. A., *Decisive Encounters : The Chinese Civil War, 1946~1950*, Stanford University Press, 2003.
27 1946년 중국 내전 초기에 만주지역에서의 국민당군의 적극 공세에 밀린 공산군은 북한의 퇴로 제공과 무기 제공에 힘입어 절대적 위기를 넘어설 수 있었다. 이에 관해서는 이종석, 『새로 쓴 현대북한의 이해』, 역사비평사, 2000; 이종석, 『북한-중국관계 1945~2000』, 중심, 2000.
28 김민환, 「동아시아의 평화기념공원 형성과정 비교연구—오키나와, 타이페이, 제주의 사례를 중심으로」, 서울대 박사논문, 2012.

할 민족국가를 상정한 것이었다. 그러나 현실적인 국가권력은 분단국가의 안전보장을 위하여 국가보안법을 제정하지 않을 수 없었다. 국가보안법은 분단된 상황에서의 실질적 주권이 미치는 영토와 국민을 토대로 하며, 분단의 경계를 넘는 월경은 불법으로 규정되었다. 헌법과 국가보안법의 괴리와 충돌은 통일을 지향하는 분단국에 나타나는 보편적 현상이다. 북한 또한 1948년에 자신의 영토를 '조국의 완전한 해방'을 위한 '민주기지'로 규정했고, 수도를 서울로 삼았으며, 이런 헌법 규정은 1972년까지 유지되었다. 북한은 중국과 마찬가지로 강력한 민족주의를 바탕으로 한 '조국의 완전한 해방' 전략을 선택하였다.

제헌권력의 창법적 폭력성은 동아시아 냉전·분단체제의 형성과정뿐 아니라 그것의 공고화 과정에도 작용하였다. 동아시아의 '분단'은 1948년의 남북한의 독립, 1949년의 신중국의 성립을 통해 형성되었다. 특히 1949년 신중국의 성립은 미국의 동아시아 전략을 보다 뚜렷한 냉전적 질서로 바꾸는 계기가 되었다. 북한의 군사력강화와 한국의 우경화, 오키나와의 군사기지화와 미국의 대일정책의 변화 등 1949년의 동아시아의 일련의 변화들은 모두 신중국의 성립과 유관한 변화라고 할 수 있다.

동아시아 냉전·분단체제의 공고화는 한국전쟁, 그리고 중국에서 개념화한 항미원조전쟁을 통해 이루어졌다. 동아시아 분단의 경계는 1948~49년 시기에 확정된 것이라기보다는 한국전쟁을 통해 확정되었다고 보는 것이 정확하다. 한국의 분단선은 한국전쟁을 통해 38선에서 휴전선으로 바뀌었다. 1949년 중화인민공화국의 성립 당시에 중국의 영토와 '국민' 규정이 모호했지만, 신중국의 성립 선포 직후에 이루어진 금문도 전투는 중국 공산당과 국

---

29 정일준, 「한국현대사에서 안보와 자유」, 정근식 편, 『(탈)냉전과 한국의 민주주의』, 선인, 2011, 15~35면.

민당의 교착상태를 만들어내는 균형점이었다. 중국과 대만의 경계는 한국전쟁 종전 후에 이루어진 1954년 미국과 대만사이의 상호방위조약을 통해 뚜렷해졌다.

1950년 6월에 발발한 한국전쟁은 동아시아에서 민족국가 형성을 위한 또 하나의 내전이자 국제적 지역전쟁이었다. 1950년 6월의 북한의 남한 침략과 미국의 전쟁 개입, 그리고 10월의 중국의 전쟁 개입은 동아시아의 분단이 어떤 성격을 보여주고 있는가를 보여주는 핵심적 지표이다. 신중국의 성립과 한국전쟁 발발 사이인 1950년 2월에 소련과 중국 간 체결된 우호조약이 존재하고 있으며, 이 기간에 스탈린과 김일성, 그리고 모택동 간의 3자 협의가 있었다는 것은 널리 알려진 사실이다.

1950년 북한의 군사력은 소련의 무기 지원과 중국의 병력 지원을 통해 강화된 상태였으므로, 전쟁 개전 초기에 일방적 승리를 할 수 있었으나, 한국군은 미국을 비롯한 유엔군의 개입과 지원에 따라 전세를 뒤집었고, 다시 중국지원군의 참전이 이루어짐으로써 세계적 냉전이 지역적 열전으로 전화되는 최초의 사례가 되었다. 한국에서 남북한의 충돌과 동시에 미국에 의한 자유주의적 평화 프로젝트와 중국의 반제 평화론이 충돌했다.

중국은 항미원조 운동을 통해 국가형성프로젝트를 완성하고, 항미원조 전쟁을 통해 동아시아 냉선 분단의 핵심주체로 떠올랐다.[30] 1950년 5월 해남

---

[30] 동아시아 냉전·분단체제에서 발견되는 중요한 정치적 이념의 쌍이 '반공'과 '항미'이다. 이것은 제2차 세계대전에서 형성된 연합과 적대를 재편성하는 것이었다. 일본에서 '귀축미영'은 '친미'로 전환된 반면, 중국에서는 친구이자 지원자였던 미국이 적으로 전환되었다. 이것은 국가 수준뿐 아니라 국민 수준에서 대규모의 동원을 필요로 했다. '항미'는 중국과 북한, 북베트남에서 공통적 이데올로기이지만, 그것의 차이에 관한 구체적인 비교분석은 충분히 이루어지지 않았다. '반공' 또한 일본, 한국, 대만에서 상당한 차이를 보이고 있었으나, 이에 관한 체계적 분석은 부족한 형편이다. 조경란, 「1950년대 동아시아의 반공 자유주의 이데올로기에 대한 재검토—『자유중국(自由中國)』과 『사상계』의 대항담론 형성 가능성」, 『시대와 철학』 Vol. 22, No.1, 한국철학사상연구회, 2011.

도(海南島)를 점령한 중국인민해방군은 대만을 다시 공격할 준비를 하고 있었으나, 6월에 발발한 한국전쟁은 중국 내전의 전선을 고정시키면서 양안의 분단을 항구적인 것으로 만들었다. 한국전쟁 발발 직후 미국 제7함대의 대만해협 봉쇄는 동아시아 분단선이 양안 사이에 설정되는 것을 가시화했다. 대만의 장개석은 한국전쟁이 발발하자 3만여 명의 병력을 한국에 파견할 것을 미국에 제안했으나 거절당했다. 그러나 미국은 중국과 버마 국경에 남아 있던 국민당군을 움직여 운남성을 공격하게 함으로써 제2전선을 만들려는 계획을 실행에 옮겼으나 실패하였다. 중국은 남한뿐 아니라 미국이 주도하는 국제연합군에 적대하는 관계가 되었고, 북한과의 혈맹관계에서 내부적 주도권을 얻었다.

역설적으로 한국전쟁은 분단된 국민국가를 이념에 따라 선택하는 기회를 제공하기도 했다. 전쟁 중에 수많은 자발적이거나 강제적인 월경이 발생하였다. 포로들에게도 그와 유사한 기회가 제공되었다. 1951년 7월부터 진행도 휴전회담에서 핵심적 쟁점은 포로교환문제였는데, 제네바협정에 따른 일괄 송환론과 미국에 의한 개인적 선택론이 충돌하였다. 포로들은 자신의 이념에 따라 자신이 소속할 국가를 선택할 수 있는 의도하지 않은 결과가 발생하였다. 한국전쟁에서 발생한 중국군 포로의 상당수는 중국이 아닌 대만으로 귀환하였다. 또한 한국전쟁은 민간인에 대한 국가폭력의 과정이자 강제적 국민 만들기의 기회이기도 했다. 정치공동체의 잠재적 타자로 간주된 사람들은 전쟁 중에 국가폭력의 희생자가 되었다.

일본에게 한국전쟁은 미국에 의한 국가해체의 위기를 넘기고 샌프란시스코 강화조약을 통해 안전보장을 담보하면서 '전후 부흥'을 이룩할 수 있는 계기로 작용했다. 한국전쟁은 1945년 이후 미루어져 오던 아시아 태평양전쟁의 전후처리를 마감하고 동아시아 냉전의 축을 완성하는 촉진제였다. 1951

년 샌프란시스코조약은 미일안보조약을 수반하였다. 그러나 샌프란시스코조약은 미국과 일본 간의 일방적 강화였으며, 소련이나 중국, 한국의 참여를 배제함으로써 전쟁책임이나 배상문제, 심지어 영토문제를 밀봉함으로써 탈냉전 이후 동아시아 영토분쟁을 낳는 원인을 제공하였다.[31]

한국전쟁은 결과적으로 남북한 분단뿐 아니라 동아시아의 분단과 냉전적 대치를 구조화하는 결정적 계기가 되었다. 동아시아의 냉전·분단체제는 한국전쟁의 정전 직후에 모습을 드러냈다. 휴전협정에 따라 분단국가의 새로운 지리적 경계가 결정되고, 국민의 경계도 보다 분명해졌다. 그 결과는 분단의 공고화와 냉전적 연대의 형성이었다. 미국 주도의 '자유세계'는 1951년 8월 미국·필리핀상호방위조약, 1953년 10월 한미상호방위조약, 1954년 12월 미국·대만상호방위조약, 1960년 1월 미일상호방위조약을 통해 그 모습을 완성하였다.[32] 이와는 달리 1950년대의 북방동맹은 남방동맹에 비해 덜 체계적이었다. 한국전쟁 이후 중국 지원군은 북한에 1958년까지 잔류하면서, 소련을 중심으로 한 동국 사회주의 국가들과 함께 북한 지원을 수행하였으나, 1956년 이후의 중소분쟁에 의해 북방동맹이 파편화되었다. 오히려 동아시아 냉전·분단의 한 축인 북방동맹은 1961년 한국에서 발생한 군사쿠데타에 대응하여, 1961년 7월, 북한을 중심으로 한 '조소 우호조약'[33]과 '조중 우호조약'으로 가시화되었다.

이런 과정을 거쳐 형성된 동아시아 냉전·분단체제는 미국과 소련을 중심으로 하는 유럽의 냉전체제와는 달리, 미국과 중국의 대립을 더 중요한 요소로 한다. 또한 1955년 반둥회의를 기점으로 '제3세계'가 출현하면서, 동아시

---

31 1952년 일본과 자유중국 간의 일화평화조약이 체결되었다. 일본과 소련은 1956년 수교하였다.
32 이 외에 보조적인 것으로 1964년 맺어진 한국과 자유중국 간 우호조약이 있다.
33 이 조약은 1995년 공식적으로 폐기되었다.

아 냉전·분단체제와 제3세계는 서로 중첩되거나 충돌하는 측면이 있었다. 중국은 1950년대에 미국과의 직접적 대립보다는 제3세계를 우회하는 전략을 취했다. 따라서 동아시아 냉전·분단체제는 공산진영과 자유진영의 이원적 대립뿐 아니라 그 소속과 경계가 모호한 지역들을 포함했다. 식민주의의 역사적 경험으로 보면, 한국은 당연히 제3세계에 속해야 했으나, 현실정치에서는 세계적 냉전의 최전선이자 동아시아분단체제의 가장 중요한 성원이었다.

1950년대의 한국 정부는 대만 즉, '자유중국'을 동맹의 대상으로 여겼으며, 17도선 이남의 남베트남과 수교하였고, 심지어 일본에서 분리되어 있던 오키나와의 현상을 인정하고 지지하였다. 전자가 세계적 냉전의 규정력에 의한 것이라면 후자는 탈식민화의 영향에 의한 것이다. 한국전쟁으로 일본과 한국은 같은 '자유진영'에 속했고, 전후 재건 과정에서 경제나 문화의 두 측면에서 급속하게 미국화의 길을 걸었으나, 식민지 지배 책임이나 유산에 대한 처리에 관한 합의가 이루어지지 않은 상황에서 이승만 대통령은 미국의 일본과의 동맹정책에 매우 비판적이었다. 그는 미국의 일본 중심주의에 비판적이었고, 오키나와의 일본반환론에 대해서도 부정적 입장을 취하였다.

동아시아 분단체제의 제1국면에서 발생한 중요한 사건들은 중소분쟁, 베트남전쟁, 한일국교정상화라고 할 수 있다. 중소분쟁은 세계적 냉전에서 유럽과 동아시아의 차이를 만들어내는 핵심적 계기였다. 한국전쟁에서의 중국의 참전과 중소분쟁은 동아시아의 냉전을 미국과 소련의 관계 대신 미국과 중국의 관계를 축으로 하는 구조를 명확하게 만들었다. 이와 함께 베트남전쟁은 동아시아 분단체제의 절정이자 파열음을 내는 단초라고 할 수 있다. 1965년에 이루어진 한일협정은 베트남전쟁에 직면한 미국의 동아시아 전략이 관철되는 조건에서 이루어졌으며, 한국의 압축적 성장에 크게 기여했지만, 식민지배청산은 미흡했고, 이 후유증은 현재까지도 남아 있다. 이 시기에 한국에서는 베트남 분단선이나 양안 분단선을 한국의 휴전선의 연장선으로 인식하는 경향이 있었다. 이런 상상력은 심지어 독일을 가르는 분단선으로 연장되었다. 1963년 서독을 방문한 박정희 대통령은 베를린 장벽을 보면서, 장벽 너머로 북한을 보았다고 말했다.

동아시아 냉전·분단체제의 재생산에서 흥미로운 사건이 한국전쟁 정전 이후의 진영 간 대립의 전선이다. 한국 정전 이후 중국은 1954년과 1958년 대만과의 긴장의 수준을 높였으며, 특히 1958년 8월에는 중국이 대만의 금문도를 포격함으로써, 양안관계의 현실을 세계에 알렸다. 흥미로운 것은 한국전쟁 정전 이후에도 북한에 주둔하던 중국인민지원군은 1954년 위기에 대응하여 1차 철군을 하였고, 1958년 위기에 대응하여 2차 철군을 하였다는 사실이다. 한반도의 상황과 양안의 상황은 1950년뿐 아니라 이후에도 긴밀하게 연계되어 움직이고 있었던 셈이다.[34] 또한 최근의 연구에 따르면, 하문과 금문 사이의 포격전은 중국이 실제로 대만을 공격하여 점령하려는 의도보다는 미국을 향한 심리전의 일환이었다. 중국은 1956년경에 대만을 무력으로 점령하는 대신 하나의 중국 정책을 세계에 알리는 전략으로 전환하였다. 대만은 양안 간 포격전을 미국의 대만 지원의 지렛대로 활용하였다. 중국과 대민, 그리고 미국 간의 3자 관계는 비대칭성을 특징으로 하는데, 이런 구조는 남북한 및 미국의 3자 관계에서도 동일하게 나타난다.[35]

'자유중국'의 지도자 장개석은 항상 '대륙회복'을 대만통치의 핵심원리로 삼았으나 중국의 입장에서 보면, 대만은 중국의 잔재주권이 작용하는 국토의 일부로 규정되었다. 중국과 대만의 양안관계가 남북한 관계와 동질적인

---

34 平岩俊司, 『朝鮮民主主義人民共和國と中華人民共和國─'脣齒の關係'の構造と變容』, 世織書房, 2010.

35 서보혁, 「탈냉전기 한반도 안보질서 변화에 관한 연구─남북미 전략적 삼각관계를 중심으로」, 『국가전략』 14권 2호, 세종연구소, 2008, 63~85면.

가를 질문한다면, 중국은 동의하지 않고, 대만은 동의하는 경향이 나타날 것이다. 남북한 관계가 상대적으로 대칭적이라면 양안관계는 비대칭적이라는 차이가 존재하지만, 대만의 학계는 분단체제론에 실제로 주목하고 있다.[36]

동아시아의 '분단'은 1954년부터 1975년까지의 베트남에도 적용된다. 베트남의 민족해방운동의 지도자 호치민은 1946년 베트남의 독립을 선언했으나, 1954년 제네바협정에 의해 북위 17도선을 경계로 분단국가가 탄생했다. 원래 제네바회의는 한국의 휴전체제를 매듭짓기 위해 소집되었으나 그 결과는 베트남 분단선에 대한 합의로 나타났다. 또한 베트남전쟁은 동아시아 냉전·분단체제의 작동과 해체에서 중요한 의미를 지닌다. 1964년부터 본격화된 베트남전쟁의 당사자는 남북베트남이라기보다는 북베트남과 미국이었다. 한국군이 이 전쟁에 동원될 때, 한국 정부는 그 명분을 자유세계를 수호하기 위한 것에서 찾았다. 흥미롭게도 베트남전쟁에 한국군이 참전한 뒤, 북한은 북베트남을 간접적으로 지원하기 위하여 1967년과 1968년 2년에 걸쳐 남한에 대한 공세를 강화하여 게릴라를 파견하여 국지전을 수행하거나 미군 정보함을 나포하여 미국의 관심을 분산시키려고 하였다. 그러나 중국은 한국전쟁과는 달리, 베트남전쟁에서 북베트남을 지원하지 않았다.

베트남전쟁은 오키나와 미군기지의 의미를 재확인하도록 하였고, 한국정부로 하여금 '총력안보'를 내세운 강압적 권위주의 체제를 만들 수 있는 명분을 제고하였으나 국제적으로는 반전평화운동을 고조시켜 동아시아 냉전분단체제의 제1차적 해체를 가져오는 계기로 작용하였고, 또한 베트남과 캄보디아, 중국 간의 상호긴장을 유발하여 사회주의 간 전쟁을 촉발시키는 계기가 되기도 하였다.

---

36 대만에서 출판되는 잡지 『臺灣社會研究季刊』 74호(2010.9)는 분단체제론을 특집으로 다루고 있다.

2) 동아시아 냉전·분단체제의 점진적 해체

동아시아 분단체제는 1970년대에 제1차적 해체를 경험하였다. 1971년에 이루어진 두 차례의 미중회담과 1972년 5월의 오키나와의 '반환', 9월의 중일 국교회복 성명,[37] 1973년 1월 베트남 평화협정 발효, 1978년 중일 평화우호 조약, 그리고 1979년의 미중수교에 이르는 중요한 체제전환기였다. 1971년 7월과 10월의 주은래와 키신저의 중미회담에서는 주한 미군과 분단 한반도 에 대한 자세한 협의가 이루어졌으나 이에 관한 내용은 공표되지 않았다.[38] 1950년 국제연합과 적대하면서 전쟁을 수행했던 중국은 1972년 국제연합에 서 대만을 대체하면서 상임이사국이 되었다. 한국의 정전협정이 평화협정으 로 대체되지 않은 상태에서 유엔과의 협정 당사자였던 중국이 유엔의 상임 이사국 지위를 획득한 것은 모순이지만, 모순은 현실이었다.

"1960년대 안보개정이 오키나와의 분리와 미군지배를 전제로 한 미일안보 체제의 강화였던 반면, 1972년 오키나와의 반환은 오키나와의 일본으로의 통 합을 전제로 한 미일안보체제의 강화"라고 아라사키 교수는 해석했는데,[39] 한미동맹의 측면에서 이 변화가 무엇을 의미하는지 좀 더 논의가 필요하다.

흥미로운 것은 동아시아 분단체제의 제1차 해체가 한국이나 대만 등의 분 단국가에 미친 영향이다. 미중 간 접촉과 화해의 이 과정에서 한국이 느낀 안 보위기는 한미 간 갈등을 만들어냈다. 이 1970년대는 정치적으로는 이들 국 가에서 권위주의 정치체제가 극단으로 치달으면서 경제적으로는 신흥 공업 국가로의 비약적 성장을 이루는 시기이기도 하다. 또한 이 동아시아 분단체

---

37 이를 통해 일본은 대만과 단교하였다.
38 이에 관해서는 박승준, 『한국과 중국 100년』, 기파랑, 2010 참조.
39 아라사키 모리테루[新崎盛暉], 앞의 책, 58면.

제의 제1차 해체기에 동아시아 사회주의는 격심한 갈등을 겪었다는 점이다. 베트남의 통일은 베트남과 캄보디아 간 전쟁, 그리고 중국과 베트남 간의 전쟁을 수반하였다.[40] 이것은 동아시아의 사회주의혁명의 본질을 재질문하도록 한다. 사회주의라는 이념은 동아시아에서는 민족국가 형성을 위한 토대로 작용한 측면이 있다.

동아시아 분단체제의 제1차 해체, 또는 탈냉전·분단체제로의 전환의 종점에 미중수교와 중국의 개혁개방정책이 놓여있다. 이것은 중국의 국민국가 형성 또는 '제국성'의 회복을 위한 시간이 1949년부터 1978년까지의 30년을 필요로 했다는 것을 의미한다. 중국의 개혁개방은 중국의 발전국가로의 전환을 의미할 뿐 아니라 미국이나 일본과의 관계 변화를 가져오는 출발점이기도 했다. 그것은 경제교류로부터 출발하여 정치적 협력으로 향하는 경로를 밟았다.

동아시아 분단체제의 두 번째의 커다란 전환은 세계적 탈냉전기인 1989년부터 1992년까지의 짧은 기간에 이루어졌다. 독일 통일과 소련해체 등 서구에서의 탈냉전과 함께 동아시아에서도 탈냉전이 진전되었다. 남북한은 1991년 유엔에 동시 가입하고, 1992년에는 남북 기본합의서를 채택하였다. 한국은 러시아와 1990년에 수교하였고, 1992년에는 전쟁당사국이던 중국, 그리고 베트남과 수교하였다. 이는 동시에 한국과 대만의 절교를 가져왔다. 이러한 동아시아의 탈냉전의 진전에 서울올림픽이 미친 영향이 상당히 크다. 이 메가 이벤트는 1980년과 1984년의 LA 올림픽과 모스크바 올림픽과는 달리 세계적 참여가 이루어진 것이었다. 또한 중국은 참여한 반면 북한은 참여하지 않았다는 점을 주목해야 한다. 북한은 중국과 베트남의 개혁개방이

---

[40] Odd Arne Westad · Sophie Quinn-Judge(eds.), *The Third Indochina War : Conflict between China, Vietnam and Cambodia, 1972 ~79*, London · New York : Routledge, 2006.

이루어지는 동안, 자신의 개혁개방의 기회를 놓쳤고, 또 서울 올림픽에 참가하지 않음으로써 개혁개방으로 나아가는 두 번째 계기를 상실한 것으로 보인다.

한중수교에 대해 북한은 강력하게 반대하였지만, 중국은 이런 북한의 태도를 외면하였다. 대만 또한 짧게는 40년, 길게는 60년간의 동맹을 파기한 한국에 대하여 섭섭함을 표현하였다. 이 시기의 동아시아 분단 / 냉전체제의 해체는 비대칭적인 것이어서, 북한과 일본, 북한과 미국의 관계는 정상화되지 않았고, 오히려 북한은 국제사회로부터 고립되었으며, 체제위기에 봉착했다. 북한은 한중수교에 대해 1993년 핵확산금지조약 탈퇴로 응답하였다. 1990년대에 북한이 체제 생존을 위해 치른 대가는 혹독한 것이었다.

동아시아 분단체제의 제2차 해체, 또는 동아시아 탈냉전·분단체제의 전환에는 한국이나 대만의 민주화라는 국내적 요인이 작용하였다. 한국정치에서 북한문제는 언제나 존재하는 상수이지만, 선거를 통해 정치적 정당성을 재구성할 때 이것은 중요한 변수가 된다. 남북관계는 긴장조성을 통해 한국의 보수적 시민층을 동원하기도 하고, 긴장완화를 통해 진보적 시민층을 활성화하기도 하는 유력한 정치적 재화이다. 1991년 이후 남북한은 국제연합에 동시 가입한 두 개의 서로 구별되는 국가이지만, 내부적으로는 남북한 모두 상대를 외국으로 인식하지 않으며, '남북 관계를 국가 간 관계라고 말하지 않는다. 오늘날의 한국에는 미완성의 민족국가가 관념적으로 강력하게 존재하고 동시에 두 개의 분단된 국민국가가 현실적으로 존재한다. '분단'은 근대 민족국가의 세 가지 핵심적 원리 즉, 주권, 영토, 국민의 문제를 재고토록 한다. 그것들 각각은 현실적 차원과 이상적 차원으로 분화되어 있다.

이 동아시아 분단체제의 제3 국면인 1990년대부터 현재까지, 동아시아는 반제연대, 냉전연대, 발전연대(경제발전을 위한 이익연대), 민족연대 등의 관계가 중첩되고 착종된 복합구조를 가지게 되었다. 일본의 식민지 지배와 유산 문제에 관하여 한중 반제연대가, 안보문제에 관해서는 한일 냉전연대가, 영토문제에서는 민족연대가 형성되어 왔다. 냉전 동아시아에서 한국과 일본의 연대는 약한 고리를 구성하여왔다. 한국과 일본 모두, 미국의 정치군사적 질서에 따라 강력한 협력구조를 형성해왔으나, 식민지배의 유산이 완전히 해결되지 않은 상황은 종종 그런 협력에 균열을 내왔다. 한일연대를 거론할 때는 국가 간 관계뿐 아니라 이에 대응하는 시민들 간의 연대도 논의할 수 있을 것이다. 미군기지문제에 국한한다면 한일 간 시민연대의 움직임은 1992년부터, 그리고 한국과 오키나와의 시민연대의 움직임은 1997년경부터 형성되었다.[41]

한국과 중국은 정치군사적으로는 대치관계, 경제적으로는 긴밀한 상호의존 관계를 만들었다. 한국이 외국과 맺고 있는 관계는 크게 6단계로 나뉜다. 우호관계가 강한 순서로 정리하면 이렇다. 포괄적 전략적 동맹 관계＞전략적 협력 동반자 관계＞전략적 동반자 관계＞전면적 협력 동반자 관계＞상호 신뢰하는 포괄적 동반자 관계＞포괄적 동반자 관계다. 최상위 개념인 '포괄적 전략적 동맹 관계'는 중요한 군사 동맹 관계에 있는 국가가 해당된다. 한국과 미국과 유일하게 동맹 관계를 맺고 있다. '가깝고도 먼 나라'인 일본과의 관계는 이 6단계가 적용되지 않는다. '미래 지향적 성숙한 동반자 관계'로 표현한다.

한·일 관계는 실질적으로 전략적 동반자 관계에 가깝지만, 과거 식민지 지배 역사로 인한 민족적 반감(反感) 때문에 양국은 관계 설정에 있어 전략적이란 표현을 삼가고 있다. 전략적 협력 동반자 관계는 정치·안보·외교·

---

41 이에 관한 내용은 정근식·정영신, 「동아시아 평화운동의 발전과 연대-한국, 일본, 오키나와의 반(미군)기지운동을 중심으로」(나고[那護]에서 열린 국제학술회의 발표문), 2009.12.

경제·문화 교류 등 다양한 분야에서 동맹 다음으로 공고한 협력과 파트너십을 유지한다. 중국·베트남 등이 이에 해당한다. 포괄적 전략적 동맹 관계와 전략적 협력 동반자 관계 모두 양국 간 긴밀한 협력 강화를 의미하는 공통점이 있지만 군사 동맹 여부에 따라 구분된다. 전략적 동반자 관계 국가들은 대개 양국 간 평화 모색, 역내 문제는 물론 국제 현안과 대외적 전략까지 함께 논의하며 협력한다. 한국의 경우 인도·멕시코·러시아·유럽연합(EU) 등 10여 개의 국가와 전략적 동반자 관계를 맺고 있다.

한중관계와 북중관계의 관계는 매우 미묘하다.[42] 한국전쟁은 북한과 중국 간 '순치(脣齒)관계'를 만들어냈으나, 1992년 이후 부분적 탈냉전화에 따라, 특히 한국의 민주정부 10년간 한국과 중국 간에는 '전략적 동반자 관계'가 형성되었다. 1992년 이후 동아시아는 보다 완전한 평화, 또는 보다 진전된 탈냉전 / 탈분단을 향해 달려왔지만, 종종 경제발전을 위한 이익의 공유 구조가 안보문제(북중동맹)와 충돌하고 있다. 남북관계가 악화되면 중국변수가 중요해지지만, 남북관계가 좋아지면 중국변수는 약화된다. 양안관계가 남북한관계에 미치는 영향은 상대적으로 미미하다.

현재의 동아시아 탈냉전·분단체제를 움직이는 중요한 축은 중국 경제의 급속한 성장과 한국 경제의 대외 연관성의 변화이다. 중국 경제의 급속한 성장과 함께 한국의 대외무역은 미국 및 일본 중심에서 중국 중심 구조로 급속하게 바뀌고 있다. 나음 표는 1992년 한중 수교 이후의 한국의 무역구조를 표시한 것이다.

---

42 이에 관한 전반적인 설명은 平岩俊司, 앞의 책. 그는 1930년대부터 한국전쟁기에 형성된 북중 간의 '순치관계'는 1992년 이후 '미묘한 관계'로 변화되었다고 본다.

표. 한국의 중국, 미국, 일본과의 무역구조의 변화(단위 : 억 달러)

연도	무역총액	중국		미국		일본	
		무역액	비중(%)	무역액	비중(%)	무역액	비중(%)
1992	1,584	64	4.0	363.8	23.0	310.6	19.6
1995	2,602	165	6.4	545.3	21.0	496.6	19.1
2000	3,328	313	9.4	668.5	20.1	523.0	15.7
2005	5,457	1,006	18.4	719.0	13.2	725.0	13.3
2010	8,916	1,884	21.1	902.9	10.1	925.0	10.4

이 표에 따르면, 1992년 당시 한국의 대외 무역에서 미국의존도가 23.0% 로 가장 컸고, 일본이 다음이었는데, 이후 미국과 일본의존도는 지속적으로 감소한 반면, 중국의존도는 지속적으로 상승하여, 2005년에 이르면, 중국의 존도가 18.4%로 가장 크고, 일본의존도가 13.3%, 미국의존도가 13.2%로 바 뀌었다. 2010년에는 중국의존도가 21.1%로, 일본과 미국을 합한 것보다 많 았다.

세계적 탈냉전 이후 한국의 정치적・경제적 위상이 점차 높아지면서, 이 처럼 경제적으로는 중국의존성이 커지지만, 정치군사적으로는 여전히 미국 의존적 구조가 유지되고 있으므로, 미국과 중국 관계가 한국에 미치는 영향 은 더욱 커지게 된다. 남북관계를 포함한 동아시아 탈냉전・분단체제의 변 동은 미중관계뿐 아니라 한국과 중국의 경제적 상호의존의 증가가 정치군사 적 협력의 필요성을 얼마나 증가시키느냐에 따라 달라질 수 있다.

이런 국제적 차원의 탈냉전과 함께 동아시아 분단체제의 해체를 가져오는 또 하나의 통로는 분단국 내부의 교류와 협력이다. 남북한 간에 교류협력이 공식적으로 시작된 것은 민주주의로의 이행 이후로, 1989년 6월 12일 남한 에서 '남북교류협력에 관한 기본지침'이 마련되었고, 1992년 2월 남북기본합 의서가 채택되었다. 1999년에는 남한 주민들이 금강산 관광을 할 수 있도록 북한 정부와 현대 그룹이 합의하였다. 남북한 간 이산가족들의 통신과 교류 는 1990년 시민차원에서 시작되었고, 2000년부터 남북정부 간 협의하에 이

산가족 간 서신왕래와 가족상봉이 시작되었다. 2002년부터는 북한에 있는 도시 개성에 남한의 자본투자로 공업단지가 만들어지기 시작하였으며, 북한에 대한 한국 정부와 NGO의 경제지원사업이 활성화되었다.

이런 흐름은 양안 사이에서도 마찬가지로 형성되었다. 1971년 국제연합(UN)을 탈퇴한 대만은 '대만과 공산비적은 양립할 수 없다(漢賊不兩立)'는 선언을 하였다. 중국은 1981년 우편과 통신, 무역, 상호왕래를 하자는 삼통정책(三通政策)을 제안했으나 대만은 중국과는 접촉, 대화, 타협하지 않는다는 삼불정책(三不政策)을 고수했다. 이런 상황에서 1988년 1월 취임한 이등휘 총통은 중국 방문이 금지되었던 교육자, 사무원, 경찰관의 대륙 방문을 허용하였고, 적십자사연맹이 중계하는 대륙과의 우편물 왕래를 인정하였다. 1988년 7월 국민당 제13차 대회에서 대륙(중국) 주민이 직계친족과 배우자의 병문안 및 장례식과 문화·예술활동을 위해 타이완을 방문하는 것을 심사를 거쳐 승인하도록 결정하였다. 중국과 대만의 정책 변화는 한국에도 영향을 미쳤다. 1990년 10월 '제2차 남북고위급평양회담'에서 북한의 총리가 남북불가침선언을 채택하자고 제의하자, 남한의 총리는 남북 통행·통신·통상협력 등 삼통협상을 제의하였다.

2001년 양안 사이에는 상당한 변화가 있었다. 중국의 하문과 대만의 금문도, 그리고 대만의 마소도(馬祖島)와 중국 대안 사이에 '소3통'이라는 이름으로 교류가 허용되었다. 대만의 빈진당 정부기 대만독립정책을 추구하자 중국과의 관계가 악화되었지만, 2008년 국민당 정부가 성립한 이후 양안관계는 교류와 협력이 강화되었다. 대만은 2008년 11월, 양안 간 항공, 해운, 우편 왕래, 식품안전 등을 보장하는 4개 항에 합의함으로써 국공내전 이후 59년 만에 이른바 '삼통협정'이 정식 체결됐다.

탈냉전은 분단국 사이에서만 진행되는 것이 아니라 분단국 내에서도 진행된다. 2000년 이후 분단체제 형성기에 발생한 국가폭력과 그 희생자들은 회복적 정의(restorative justice)에 입각한 정책으로 치유되기 시작하였다. 대만의 1947년 2·28사건이나 남한에서의 1948년 4·3사건에 대한 진실규명과 함께 회복적 정의가 실현되고, 나아가 한국에서 2005년에 한국전쟁기의 다양한 민간인 학살에 대한 진실조사를 실시하는 국가 프로젝트가 시작되었다. '진실과 화해, 그리고 평화'는 동아시아에서의 '냉전과 분단'을 대체하는 핵심적 개념이 되었다. 오키나와, 대만의 타이베이, 제주 등 국가폭력의 현장에는 평화공원이 새롭게 조성되거나 재구성되었다.[43]

그러나 이런 탈냉전 탈분단의 흐름이 직선적으로 나아가는 것은 아니다. 2001년 9·11사건 이후 미국의 세계전략이 바뀌면서 동아시아의 미군전략이 바뀌고, 남북관계도 평화체제로 이행되지 못했다. 특히 1998년 이후 10년간의 민주정부 아래에서 한국의 북한정책은 평화지향의 경제지원 / 협력정책으로 요약이 되지만, 북미관계가 이에 조응하며 변화하지 않고, 오히려 북한의 핵개발이 이루어지면서, 한국 내에서는 대북정책이 급격하게 보수화되었다. 보수주의자들은 한국정부가 대북 협력정책을 중단하고 강한 압박정책을 실시하면, 북한체제가 붕괴할 것이라는 신념을 갖기 시작했다. 그러나 전쟁을 피하면서 평화적으로 통일을 하기 위해서는 경제적 지원을 통한 개방 유도가 필요하다는 입장 또한 강력하게 지속되고 있다.

동아시아 분단체제는 1970년대(1971~1979)에 크게 변화하였고, 1989년에서 1992년 사이에 다시 한 번 크게 변화하면서 장기적 해체 국면에 놓여 있다고 할 수 있다. 현재의 동아시아 탈냉전·분단체제는 첫째 정치군사적 관계와 사회경제적 관계의 비조응 또는 시간적 격차, 둘째, 남한의 개방과 북한의

---

43 김민환, 앞의 글.

폐쇄라는 역방향 정책과 격차의 심화, 셋째, 양안관계와 남북관계의 상이한 발전 등으로 요약된다. 이 동아시아 탈냉전·분단체제는 제2차 해체기를 지나 제3차 해체기를 향해 가고 있는데, 의외로 이 기간이 길어지고 있다. 이 3차 해체는 동아시아 분단체제의 완전한 해체와 평화체제로의 전환을 의미할 것인데, 그 주요 내용은 북한과 미국의 평화협정, 북한과 일본의 수교, 그리고 남북한 통일 등이 될 것이다.[44] 다만 앞의 두 가지 사건과 후자가 연속적으로 나타날지 아니면 상당한 시간적 격차를 가지고 발생할지 알 수 없다.

4. 나오며

'전후 냉전'은 유럽과 동아시아에서 거의 동시에 시작되었지만, 그 형성 경로와 작동방식, 해체의 양상은 매우 다르다. 세계적 '냉전체제'는 독일을 초점으로 하는 유럽의 분단과 통합현상을 잘 설명하지만, 한국과 중국을 초점으로 하는 동아시아의 분단과 통합을 설명하기에는 충분하지 않은 개념이다. 냉전을 이끌어온 '전후'는 유럽과 동아시아에서 서로 다르게 규정되며, 동아시아 내에서도 마찬가지이다. 일본적 관점에서 '전후'는 1945년부터이지만, 중국이나 한국의 관점에서 보면 빨라야 1953년이다. 동아시아에서 냉전은 1946년부터 시작되어 1948년과 1949년에 한국과 중국에서 분단국가의

---

44 사실 북한이 일본이나 미국과 수교하려는 움직임이 없었던 것은 아니다. 2002년 제2차 핵 위기가 시작될 무렵에 일본의 고이즈미 총리는 두 차례 북한을 방문하여 이를 협의하였고, 2005년 9월, 6자회담 결과 만들어진 '9·19공동성명'에는 북미 간, 북일 간 국교정상화에 관한 언급이 있었다. 그러나 이것은 실현되지 않았다.

형성을 낳았지만, 본격적인 냉전은 1953년부터 시작되었다고 할 수 있다. 특히 중국의 내전은 동아시아의 냉전이 유럽과는 매우 다른 경로를 걷게 했으며, 한국의 분단체제에 영향을 미쳤고, 또 한국전쟁은 중국의 국가형성과 양안 간 분단의 공고화에 영향을 미쳤다.

동아시아 냉전·분단체제론에서 중요한 것은 한국의 분단과 중국의 분단, 그리고 1945년부터 1970년대까지의 오키나와 문제나 베트남의 분단과의 상호관련성이다. 중국혁명 과정에서 조선인들의 기여가 매우 컸고, 또한 한국전쟁에서 북한을 지원한 중국군의 역할 또한 매우 컸다. 한국전쟁은 내전일 뿐 아니라 동아시아 전쟁이었고, 국제연합군이 대규모로 참전한 국지적 국제전이었다. 중국은 '항미원조'를 내세워 대규모의 지원군을 북한에 파견하였고 1958년까지 주둔하였는데, 그들의 입장에서 보면, 이는 전선이 양안지역에서 한국으로 이동한 것을 의미했다.

또한 한국문제나 양안문제에서 보듯이 동아시아 냉전·분단체제에서 '평화'는 안정적이지 않았다. 전쟁-평화 이분법은 물론이고 '냉전' 개념도 남북관계나 양안관계, 또는 오키나와를 포함한 동아시아를 설명하는 데는 부족한 점이 있다. 한국전쟁에서 본격화된 남북한 간, 그리고 북미 간 심리전은 1953년 휴전에도 불구하고 오랫동안 지속되었다.[45] 또한 양안 간 포격전과 심리전도 20여 년간 지속되었다. 1950년대부터 1960년대 초기까지 동아시아 냉전·분단체제가 확실하게 자리 잡았으나 냉전의 극성기인 1960년대에 한국에서는 작은 유격전이 자주 발생하였고, 심지어 탈냉전기라고 하는 2000년 이후에도 서해 5도에서는 군사적 충돌이 빈번하다.

---

[45] 大田昌秀 前 오키나와현 知事의 오키나와전에서의 심리전 연구는 한국전쟁 및 이후 한반도에서 전개된 심리전 연구에 많은 도움이 된다. 大田昌秀, 『沖繩戰下の米日心理作戰』, 岩波書店, 2004. 남북한 간 심리전은 2004년 비로소 종식되었으나 2008년 한국의 보수정부 성립 이후 부분적으로 재개되었다.

한국이나 대만의 압축적 경제발전이나 사회변동은 명백히 국민국가 단위 내에서의 요인들만으로는 설명하기 어렵고 냉전적 통치성 및 미국의 아시아 전략과 긴밀하게 연결되어 있다. 그렇다고 세계적 탈냉전에도 불구하고 지속되고 있는 분단현상들을 세계사의 수준으로 환원할 수도 없다. 한국의 분단과 양안문제, 나아가 과거의 오키나와·일본관계나 베트남 분단, 각 구성요소들 간의 상호관계를 하나의 시야에서 파악하고, 또 정치군사적 대치와 경제적 협력의 모순적 공존, 분단 한국의 비대칭적 국제관계 등을 복합적으로 사고하기 위한 방법으로 '동아시아 분단체제'라는 개념이 유용하며, 이는 또한 역사적 변동을 반영하는 '냉전·분단체제'와 '탈냉전·분단체제'로 구분될 필요가 있다. 이런 개념들은 국민국가를 넘어서서 동아시아를 접근하도록 하고, 민족국가론의 이론적 한계를 성찰하도록 한다.

유럽연합이 출범하고 세계적인 신자유주의의 정책이 문제를 드러내면서 한국, 중국, 일본을 주축으로 한 동아시아 공동체 논의가 급증하였다.[46] 그러나 이것이 실현되려면, 이 지역에서의 보다 진실한 역사적 화해와 함께 이익의 공유구조가 형성되어야 한다. 이 과정에서 미래의 동아시아가 한중일 3국 관계로 수렴될 것인가, 아니면 남북한 공존과 함께 오키나와나 대만의 자율성이 더 강화되는 방향으로 나아갈 것인가도 큰 쟁점에 속한다. 어느 것이 동아시아 평화를 만들어내는데 유리한 환경을 조성할 것인가는 충분히 논의되지 않았다.

1990년 이후의 탈냉전과 동아시아의 정치공동체 구상에서 '복합국가론'이 유력하게 부상하고 있는데,[47] 이는 1945년부터 1990년까지의 동아시아 냉

---

[46] 예컨대 한일 동북아지식인연대 편,『동북아공동체를 향하여─아시아지역통합의 꿈과 현실』, 동아일보사, 2004; 와다 하루키[和田春樹], 이원덕 역,『동북아시아 공동의 집』, 일조각, 2004 참조.
[47] 백영서,「지구지역학으로서의 한국학의 (불)가능성─보편담론을 향하여」,『동방학지』 147권, 연세대 국학연구원, 2009.

전과 국가 간 관계를 설명하려는 동아시아 분단체제론과 밀접한 연관을 맺고 있다. 오늘날 동아시아의 시민사회에서 제기하는 동아시아 평화체제론이 국가 간 관계의 변화에 영향을 미칠 수 있을 정도로 강력한 것은 아니지만, 동아시아 분단체제론은 국제적인 시민 연대를 이론 구성의 중요한 요소로 고려하도록 한다.*

* 이 논문은 2013년 정부(교육부)의 재원으로 한국연구재단의 지원을 받아 수행된 연구임 (NRF-2013S1A5B8A01054955)

신남철과 '대학' 제도의 안과 밖

식민지 '학지(學知)'의 연속과 비연속

정종현

1. '신남철'이라는 기호

서울대학교병원은 1907년 대한의원 설립을 서울대학교병원이 개원한 해로 산정하여 지난 2007년을 병원 개원 100주년으로 기념하려 하였다. 이러한 서울대학교병원의 기원의 구성에 대한 비판이 제기되었다. 1907년은 대한제국 기이지만 이미 통감정치가 시작된 때이며, 특히 대한의원 설립은 통감부에 의해 주도되었다.[1] 따라서 대한의원을 최초의 근대적 국가 의료 기관으로 기념하고 서울대학교병원의 전신으로 간주하는 인식은 통감부 / 조선총독부를 근대 한국 정부의 출발로 기념하는 것과 같은 행위라는 것이 그 비판의 요체이다.[2]

---

[1] 통감부의 대한의원 설립과정과 '식민지적' 운영에 대해서는 신동원, 「한국근대보건의료체제의 형성, 1876~1910」, 서울대 박사논문, 1996 중 5.1, 5.2절을 참조.

[2] 서울대 개원 100주년을 기념하려는 서울대학교병원 측의 의도에 대해 연세대학교의 의료사 관련 연구자들의 문제제기로 촉발된 이 논쟁에서는 각각 제중원과 대한의원을 한국 근대 의

일련의 논란에서 발견할 수 있는 서울대학교병원의 사고 범주, 즉 '대한의원-경성제국대학병학-서울대학교병원'이 연속한다는 인식은 '경성제국대학-서울대학교'의 연속성에 대한 감각을 기반으로 한다. 이러한 연속성은 서울대학교와 그 동문들에 의해서 공공연히 주장되기도 한다.[3] 이 같은 사고가 지니는 식민주의적 잔재와 문제점을 비판하는 것은 당연하다. 하지만 이것을 비판하는 것만으로 문제가 해결되는 것일까. 경성제국대학 출신의 많은 지식인은 이후 서울대학교와 김일성대학교의 교수로 활동하며 남북한 지식 제도의 창출에 주도적 역할을 수행하였다. 서울대학교병원의 개원을 둘러싼 논란은 이러한 식민지 '학지'를 역사화하여 그 실체를 밝히고 해방 이후의 학문 제도와의 연속/비연속의 측면을 파악함으로써 그것을 지양할 것을 과제로 제기하고 있다.

이와 같은 문제의식 속에서 본 연구는 신남철이라는 식민지 지식인의 이력과 사상에 주목하고자 한다. 신남철은 대학이라는 제도와 관련된 근대 한국의 '지식 제도'의 전개를 개인의 차원에서 보여주는 하나의 기호이다. 그는 경성제국대학 법문학부 철학과의 제3회 졸업생으로 경성제대 조수(1931~1932), 『동아일보』 기자(1933~1936), 중앙고보 교유(敎諭, 1937~1945) 등을 역임하며 식민지 학계와 저널리즘에서 활동하였으며, 해방 직후에는 경성대학 및 서울대 사범

료사의 기원으로 내세우려는 두 대학의 욕망을 확인할 수 있다. 정통성의 기원을 선점하려는 두 대학의 신경전이라는 측면을 부정할 수 없지만, 이 논란에서 보다 큰 책임은 국가 주체는 문제 삼지 않은 채 연속성에 기반을 둔 국립의료기구로서의 특권적 지위를 부여하려는 서울대학교병원의 왜곡된 역사인식에 있다고 할 수 있다.

3 해방 이후 국립 서울대학교는 설립과정에서 경성제국대학의 부지와 건물, 해방 당시의 재학생들을 그대로 흡수하였고, 제국대학 출신자들 다수가 서울대학교 교수로 재직하였다. 공식적 서울대학교사(서울대학교교사편찬위원회, 『서울대학교 50년사』, 서울대 출판부, 1996)는 개교를 1946년으로 잡고 있지만 『서울대학교 의과대학사』(서울대학교의과대학사편찬위원회, 1978), 『서울법대백년사자료집(광복전 50년)』(서울대학교법과대학동창회, 법문사, 1987)에서는 경성제국대학을 자신의 뿌리로 간주하는 이중적 대학사를 가지고 있다. 대한민국의 국립대학 산하의 단과대학들이 자신들을 경성제국대학의 법학부와 의학부의 후신으로 간주하고 동문의 범주 역시 경성제국대학 출신자를 포함하고 있다는 사실은 식민지 '학지'의 연속을 방증하는 사례라고 할 것이다.

대학 교수로 재직하다가 국대안 파동을 거쳐 월북하여 북한의 김일성종합대학(이하 김일성대학으로 약칭함) 교수와 최고인민회의 법제의원 등을 역임한 것으로 알려져 있다.[4] 신남철의 학문적 정체성과 내면을 형성하였던 경성제국대학은 일본의 현실적 필요에 의해 동양학의 일환으로서 '조선학'을 연구하는 전문 기관으로 설립되었으며, 그 교육 이념은 식민지배의 중추를 형성하고자 하는 엘리트교육과 식민지학의 맥락을 띠고 있었다.[5] 식민지 시기 '조선학'은 민족주의적 어감이 강한 '국학'이라는 범주만으로 수렴될 수는 없는 현상이었다. 그것은 경성제국대학을 중심으로 한 식민지학으로서의 '조선학', 비타협적 민족주의 진영의 '조선학'운동, 그리고 이 양자를 모두 비판하며 맑스주의에 기반을 둔 '과학적 조선 연구 방법론'을 제창하는 좌파 학술 진영의 '비판적 조선 연구' 등이 서로 길항하며 역동적 상호 교섭 속에서 전개된 문화적 현상이었다. 전통 지식과도 관련되어 있지만, '조선학'은 기본적으로 제국의 '학지'를 배경으로 형성된 것이다. 경성제국대학에서 교육받았음에도 불구하고 신남철은 관학으로서의 '조선학'을 지양하고 아울러 1930년대 조선 민간 학계의 흐름이었던 민족주의자들의 '조선학운동'도 비판하면서 맑스주의에 기반을 둔 이른바 '과학적 조선 연구'의 방법을 수립하기 위해 노력했다. 식민지 시기 조선학은 민족운동이면서 식민지학의 한 양상이기도 했던 이중적 층위 속

<ol start="4">
<li>김기석, 「김일성종합대학의 창설에 관한 일 연구」, 『일란성 쌍생아의 탄생, 1946 — 국립서울대학교와 김일성종합대학의 창설』, 교육과학사, 2001, 78면. 미군의 노획문서에 따르면 1947년 김일성대학의 초빙교원 일람표에 신남철의 명단이 보이며 구체적 월북의 시기는 확정할 수 없지만 이에 따라 김일성대학으로 자리를 옮긴 것으로 파악된다.</li>
<li>경성제국대학의 성격에 대해서는 정선이, 『경성제국대학』, 문음사, 2002; 박광현, 「京城帝國大學と'朝鮮學'」, 名古屋大 博士論文, 2002를 참조할 것. 정선이의 연구는 예과와 본과를 구별하지 않았다는 문제가 있지만, 경성제국대학 조선인 학생들이 지니고 있었던 엘리트 의식과 식민지인으로서의 차별 사이의 모순적 상황이 설명되어 있다. 박광현의 논문은 특히 식민지학으로 수립된 경성제국대학의 이념과 그 구체적 제도, 인적 집단 등에 대해서 검토한 논문으로 본 연구에 중요한 참조점을 제공하였다. 이 외에도 최근 연구로 정준영, 「경성제국대학과 식민지 헤게모니」, 서울대 박사논문, 2009가 좋은 참조가 된다.</li>
</ol>

에 있었다. 여기서 신남철과 같은 서양 철학 전공자가 '조선학'을 새롭게 구성하고자 했으며, 그것도 조선인들에게 허용되지 않은 대학 제도의 밖에서 시도하였다는 사실은 문제를 보다 중층적으로 만든다. 그는 『동아일보』 기자로 재직하면서 '조선학운동'에 관한 비판적 기획을 수행하였으며,[6] 대학 제도 밖에서의 식민지 아카데미즘 구상의 일환이었던 백남운 주도의 '중앙 아카데미'(1936) 창립 시도에도 관여하였다.

분단 이후 한국 인문학은 자신의 전사(前史)를 식민지 시기 구성된 민족주의적 '조선학'(국학)에 그 시원을 두고 설명해 왔다.[7] '실학-민족주의적 조선학운동(국학)-한국 인문학'으로 이어지는 이러한 계보화는 냉전체제하에서 식민지 시기 맑스주의적 학문 전통을 소거하고 구축된 것이다. 북한의 학계에서도 '실학-좌파적 맥락의 과학적 조선 연구-북한의 사회과학'으로 이어지는 또 다른 계보화가 이루어지고 있다.[8] 이러한 사실은 학문적 제도와 관련

---

6 『동아일보』의 조선학 관련 기사에는 'T기자'라는 이니셜이 등장한다. 신남철은 해방 이후 자신이 『동아일보』 재직 시 번역 게재한 「스탈린과 웰스의 대화」(1935.2.2~3)를 『전환기의 이론』에 재수록하면서 번역자 'T기자'가 자신의 익명의 펜네임임을 밝히고 있다. 이를 통해 신남철의 동아일보 재직 기간에 T기자로 서명된 기사들은 신남철의 기획과 저술임을 확인할 수 있다.

7 일례로 박희병은 「통합인문학으로서의 한국학」(『21세기 한국학, 어떻게 할 것인가』, 푸른역사, 2007)에서 식민지 시기의 학문을 '국학1'(실학 및 양명학 등의 '전통지식'과 연결된 정인보 등의 조선학)과 '국학2'(경성제국대학 및 유학생들의 근대 학문)로 구분하고 '국학1'의 전통적 학문의 통합적 사유 방식에서 한국 인문학의 기원을 찾는 계보화를 수행하고 있다. 이러한 인식은 남한의 학계에서 하나의 역사상(像)으로 자리하고 있다.

8 북한 철학의 분류체계와 그 연구 성과를 통시기적으로 검토하고 있는 전미영의 연구는 한 참조가 된다. 입수 가능한 『김대학보』와 『철학연구』의 철학관련 논문(1962~2004)을 정리한 이 연구에 따르면, '조선 철학' 분야에서 가장 많은 연구가 이루어진 시대는 조선시대이며 분야별로는 조선 후기 실학자들에 대한 연구가 26편으로 가장 많다. 이 중 정약용이 9편, 최한기가 8편이며, 실학 연구의 내용은 "그 진보성을 인정하는 한편, 제한성을 규명하는 내용이 주를 이루고 있다." 전미영, 「북한의 철학」, 강성윤 외, 『북한의 학문세계』, 선인, 2009, 178면 참조. 이처럼 실학을 자신의 관점에서 전유하는 남북한의 사례는 역설적으로 실학이 분단된 한국인문학의 공통지반으로 작용할 수 있음을 보여준다고 하겠다. '실학'이라는 것이 1920~30년대 제국의 학지 안에서 어떻게 새로운 역사적 학문으로 구성되었는가, 또한 그것이 이후 남북한의 인문학 / 사회과학에서 자기 체제의 정당성과 결부되어 전유되는가의 문제는 그 자체로 중요하고 방대한 연구 대상이라고 할 수 있을 것이다. 여기서는 이러한 문제의식만을 남겨두고 차

된 남북한의 기억이 어떻게 분단되어 있는가를 보여주는 사례라고 할 것이다. 경성제국대학에서 정체성을 형성하고 해방 이후에는 서울대학교 교수로 재직하면서 신생 국가의 아카데미 수립에 관여했으며, 월북 이후에는 북한의 최고 학부인 김일성대학 교수로 재직하며 북한 아카데미즘의 중추로 활동한 신남철의 이력은 제국 '학지'의 연속 / 비연속과 학문 제도의 분단 과정을 보여주는 사례이다. 따라서 신남철의 사상과 학술활동의 궤적을 추적하는 것은 식민지 시기와 해방 직후, 분단기를 살았던 특수한 한 개인의 삶과 학문을 문제 삼는 차원을 넘어서, 근대 한국의 '인문학 지식' 제도의 전개 과정을 이해하는 작업이기도 하다.

기왕에 신남철에 대한 연구가 없었던 것은 아니다. 우선 근대 서양 철학의 도입과 맑스주의의 한국적 전개라는 측면에서 신남철에 주목한 연구들이 있다. 김재현은 한국에서의 맑스주의 수용사의 일부로 신남철 철학을 검토하였다.[9] 김재현은 신남철의 철학 관련 논의에 대한 중요한 연구논문을 발표했을 뿐만 아니라 특히 신남철의 『역사철학』(1948)을 주석하여 재출간하는 등 신남철 연구사에서 특기할 만한 연구자이다.[10] 손정수는 역사철학에 기반을 둔 식민지 말기 신남철의 문예비평을 검토하였으며,[11] 이후 신남철의 문학과 사상을 경성제국대학이라는 제도와 연결 지어 설명하는 의미 있는 연구

후 지면을 달리하여 논의하도록 하겠다.

9 김재현, 「남북한에서 서양철학 수용의 역사」, 『철학연구』 60집, 1997; 김재현, 『한국사회철학의 수용과 전개』, 동녘, 2002. 서양 철학 수용사의 맥락에서 신남철을 다루고 있는 또 다른 연구물로는 권용혁, 「철학자와 '사회적 현실'―서양철학수용사를 중심으로」, 『사회와 철학』 4호, 사회와철학연구회, 2002 등을 참조할 수 있다.

10 신남철, 김재현 편, 『역사철학』, 이제이북스, 2010.

11 손정수, 「일제 말기 역사철학자들의 문학비평 연구」, 서울대 석사논문, 1996; 손정수, 『개념사로서의 한국근대비평사』, 역락, 2002. 이 외에도 강해수, 「근대 조선의 '세계사' 경험과 역사철학자들―'교토학파(京都學派)'의 논의와 관련하여」, 『일본문화연구』 18집, 동아시아 일본학회, 2006 등을 참조할 수 있다.

결과를 제출하였다.[12] 손정수의 연구에서는 경성제국대학이라는 지식 제도와 신남철이라는 개인의 의식의 차원을 결부시켜 문제화하려는 통찰이 보인다. 아쉬운 것은 경성제국대학 졸업 이후 『신흥』 및 『동아일보』 등에서의 활동이 갖는 의미에 대한 심화된 접근이 부족하다는 점과, 해방 이후 경성제국대학이라는 식민지 '학지'가 어떻게 연속 / 비연속되는가에 대한 검토가 없다는 점이다. 이 외에도 최근의 연구로 카프의 공백기에 신남철(경성제대)의 신문학사에 대한 개입과 그를 통해 촉발된 임화의 문학사 작업의 장면을 포착하여 문학(사)과 철학(사)이 맺게 되는 과정을 인상 깊게 제시한 김윤식의 『임화와 신남철』[13]을 거론해야 할 것이다.

이 글은 기존 연구의 시각을 확장하여 '대학'이라는 '지식' 제도와의 관련 속에서 신남철의 사상과 학문 및 행적을 크게 3기로 나누어 통시적으로 검토하고자 한다. 제1기는 경성제국대학 입학부터 해방 이전까지의 식민지 시기이다. 이 시기의 검토에서는 경성제국대학 법문학부 철학과와 신남철의 관계, 졸업 이후 맑스주의에 입각한 저널리즘 및 학술활동, 그중에서도 조선 민간 학계의 민족주의적 '조선학' 운동 및 제국 일본의 동양학(조선학)과 길항하며 과학적 '조선학' 수립을 모색했던 신남철의 학문적 구상과 식민지 말기의 변화상 등을 검토할 것이다. 제2기는 해방 이후부터 월북까지의 기간으로 이

---

12 손정수, 「신남철, 박치우의 사상과 그 해석에 작용하는 경성제국대학이라는 장」, 『한국학연구』 제14집, 인하대 한국학연구소, 2005. 그 외에 방기중과 강영안의 연구에서도 신남철에 대한 관심을 부분적으로 확인할 수 있다. 방기중, 『한국근현대사상사연구─1930·40년대 백남운의 학문과 정치경제사상』(역사비평사, 1992)은 대표적 맑스주의 경제학자였던 백남운의 사상과 학문을 연구하며 백남운의 최측근이었던 신남철에 대해서도 언급하고 있으나 단편적이다. 또한 강영안, 『우리에게 철학은 무엇인가』(궁리, 2002)는 근대 철학의 전개와 관념, 범주를 검토하며 신남철이 독일철학에서 큰 영향을 받았고 '가장 다양하고 철학 용어 사용에서 가장 풍부한 철학자'이며 그의 용어가 일본을 통해 형성된 철학용어를 그대로 사용하면서도 또한 번역 가능한 말임에도 원어를 그대로 사용하는 특징을 가지고 있다는 점을 아울러 언급하고 있다. 강영안, 같은 책, 200~207면.
13 김윤식, 『임화와 신남철─경성제대와 신문학사의 관련양상』, 역락, 2011.

시기의 검토에서는 경성제국대학·서울대학교 교수로 재직하고 있던 신남철이 '국대안'에 대한 비판과 함께 제시한 탈식민적 민족교육 구상의 구체적 내용을 살펴본다. 특히 그가 '국대안'을 비판하면서 내세웠던 '자치'의 맥락을 일본 제국대학의 제도 및 역사와 연결 지어 비판적으로 이해하고자 한다. 제3기는 월북 이후 신남철의 행적과 사상에 대한 검토이다. 월북한 신남철은 김일성대학의 교수로 재직하며 향후 북한의 이데올로그가 될 후진들을 양성하였다. 북한에서 남긴 그의 글을 통해 이 시기 신남철의 사상을 점검한다.

2. 경성제국대학과 '식민지적 아카데미즘'[14]의 이율배반

신남철은 1907년 경기도 경성부 출신[15]으로 중앙고등보통학교를 거쳐

---

14 제국의 아카데미즘 출신이면서 그 제도에서 소외된 식민지 지식인들이 민간의 조선어학술과 자신들을 '과학(성)'을 통해 변별하며 수행하였던 일단의 학술적 모색을 '식민지적 아카데미즘'으로 명명하였다. 조선인은 유일한 대학이었던 경성제국대학(법문학부)의 교수직 진입이 막혀 있었다. 대학 제도 안에서 조선어 학술은 허용되지 않았으며, 경성제대 일본인 학자들의 관학에 대항하는 조선인의 학술 진영은 대학 제도 밖에서 마련될 수밖에 없었다. 연희전문의 상과연구회와 『경제연구』, 보성전문의 『보성학회논집』의 간행, 진단학회의 설립과 『진단학보』의 간행, 경성제대 출신자들의 학술지였던 『신흥』이나 당대 철학연구자들을 망라했던 '철학연구회'(1932)와 그 동인지 『철학』, 조선경제학회의 창립(1933), 전문학교에 재직 중인 조선인 최고의 지식인들을 동원하여 각 신문사가 주최한 순회강연 등은 대학 제도 밖에서 구성된 '식민지적 아카데미즘'의 구체적 발현이라고 명명할 수 있는 것이었다. 필자의 개념을 보다 발전시켜 식민지 학술장을 도해하고 있는 연구로 홍종욱의 「'식민지 아카데미즘'의 그늘, 지식인의 전향」, 『사이間SAI』 11호, 국제한국문학문화학회, 2011.11을 참조할 것.
15 신남철의 학적부에 따르면 본적지는 경기도 경성부 청진동 159-1번지이다. 신남철의 출생지를 양평으로 표기하는 경우도 있는데, 이는 그가 유년기를 양평에서 보냈고 그곳을 자신의 실질적 고향으로 회상하기 때문으로 보인다. 「명상의 용문산아―여름 그리운 산, 그리운 바다 16」(『동아일보』, 1934.7.23)에는 양평에서의 유년기와 그곳을 고향으로 기억하는 신남철의

1926년도에 경성제국대학 예과 3회로 입학하였다.[16] 예과 중에서도 '문과 B'[17]에 입학했으며 동기생은 최재서, 현영남(현영섭) 등이었다.[18] 학부 졸업 이후에는 경성제국대학 문학부의 조수로 남아 근무(1931~32)하였다.[19] 이후 동아일보사 기자로 근무하다가 모교인 중앙고보에서 교유(敎諭)로 재직했다.

신남철이 학문적, 사회적 정체성을 형성한 경성제국대학은 식민지 경영을 위한 지식-담론의 생산이라는 국가주의적 목적을 위해 설립되었으며, 총독부 학무국이라는 지배 권력과 결합해 식민지 내 최고의 '지적체계'를 구성했다. 경성제국대학의 설립이 조선인들을 위한 것이 아니었다는 사실은 이 대학의 인적 구성을 일별해도 충분히 알 수 있다. 경성제국대학 입학생 가운데 상당수는 '재조선일본인' 자녀들이었으며, 조선인은 소수에 불과했다.[20] 식

상념이 잘 드러나 있다.

16 신남철의 학적부에 따르면 부형은 신현국으로 되어 있다. 『대한제국관원이력서』에는 신현국의 이름이 두 번 나온다(14책, 364면; 23책, 611면). 여기에 따르면, 그는 1880년 9월 2일 생으로, 가숙에서 수학하고 1902년 9월 19일 육군법원녹사 판임관(육등)에서 출발 1907년 8월 26일 군부서기랑 판임관(5급)에 이르기까지 약 4년 동안 대한제국의 관리로 근무했다. 제적등본에 따르면, 그는 김정규와의 사이에서 3남(남철, 효철, 명철), 2녀(혜철, 효남)를 두었다. 신남철은 황현성과 결혼하여 4남(동현, 동선, 동재, 동녕), 2녀(동주, 방완)를 두었다. 손정수, 앞의 글, 2005 참조. 경성제국대학 학생들의 사회 경제적 배경에서 가장 큰 비율은 지주 집안의 자제이거나 아니면 그에 준하는 계층이었을 것으로 추론할 수 있다. 매월 50~60원의 학비를 부담해야 하는 사정을 감안했을 때, 부형의 직업이 어느 것이든 경제적으로 최상층 계층이었음을 알 수 있다. 정선이, 앞의 책, 139~140면 참조.

17 경성제국대학은 예과와 본과를 구분하여 운영하였으며, 법문학부의 예과는 다시 '문과A', '문과B'로 나뉘었다. '문과A'의 학생은 법학과의 예비생들이었고, '문과B'는 문학과(문학, 철학, 사학)의 예비학생이었다. 신남철 입학 당시 '문과B'의 정원은 24명이었다.

18 이충우, 『경성제국대학』, 다락원, 1980, 119면 및 부록 269면 참조.

19 「조선총독부및소속관서직원록」(1931 / 1932년)에 따르면 신남철은 조선총독부 직속기관 경성제국대학 문학부 조수(관등 6)로 기재되어 있다. 한국역사정보통합시스템 http : //www. koreanhistory.or.kr 참조.

20 1925년 예과 전체 학생 324명 가운데 조선인은 91명으로 28.1%에 불과했으며, 해방 3년 전인 1942년의 경우 본과 · 예과를 합쳐 총 1,432명의 학생 가운데 조선인이 566명으로 약 39.5%를 차지하여 조선인 비중이 증가했지만, 당시 3%에 채 못 미치던 재조선일본인과 97%에 이르는 조선인 인구비율을 비교해 본다면 제국대학의 일본인 편중을 짐작할 수 있다. 정재철, 「일제하의 고등교육」, 『한국교육문제연구소논문집』 5, 중앙대 교육문제연구소, 1989 참조. 입학정원 자체에 대한 비율이 고정되어 있었던 듯하고, 이러한 비율은 시험 제도에 의해서 조정되었다. 제1회

민지 권력이 경성제국대학의 강좌들을 통해 생산하고자 했던 지식-담론은 "일본 제국 인문학의 일부로서 지방학, 혹은 민속학적 지식으로서 의미를 지닌 것"[21]이었다. 경성제국대학은 식민지 통치를 위한 지식을 생산하고, 통치를 수행할 식민지 엘리트를 양성하는 데 그 목적이 있었다. 이러한 의도에 의해 설립된 경성제국대학의 지식-담론에의 동의 구조 속에 조선인 학생들이 위치하는 것이지만, 또한 동시에 이들 경성제대 출신자들은 '조선학'을 지방학과 민속학적 차원으로 타자화하는 제국대학의 이념에 저항하며 '지(知)'의 독립을 추구하고자 했다는 사실을 인식해야만 한다.

일본제국의 지식 '제도로서의 경성제국대학'과 식민지 지식인이라는 자의식에 기반을 둔 '의식으로서의 경성제국대학'의 상은 다른 것일 수밖에 없다. 경성제국대학 출신 지식인의 내면을 분석하기 위해서는 이 두 차원 모두를 함께 검토하지 않으면 안 된다. 앞서 언급한 손정수의 연구는 이 두 차원의 경성제국대학의 의미와 그 길항 관계를 검토하고 있는 글로 많은 시사를 준다. 손정수는 '제도로서의 경성제국대학'이라는 차원에서 신남철이 교수받은 철학과의 교과 과정, 교육을 담당한 교수 그리고 이러한 영향에 의해서 산

입학시험 전형발표 이후『동아일보』는 1924년 1월 19일 자 기사「大學豫科 入學試驗에 對하야―敎育家의 奮起를 促함」에서 입학시험이 "지금 발표된 것을 보선내 그것이 결코 균등이 이니오 일본인학생이 조신인힉생에 비히야 다대한 특수편의를 가졌다. 이것은 불공평이다. 입학시험과목을 보건대 문과에 ① 國語及漢文 ② 外國語 ③ 數學 ④ 歷史요 이과에는 歷史 代에 博物이 들었다. 그중에서 수학, 역사 及 박물의 三科에는 문제가 없거니와 外國語(英語 또는 獨語)部中에 書取를 除하고 '해석'과 '國文英(獨)譯'에는 조선인학생은 일본인학생에 비하야 不少한 불편을 가진다. 서양어를 해석하기는 자국어에 능한 자로도 곤란한 일이니 비록 고등보통교출신이 일어에 꽤 능하다 하더라도 도저히 일본인학생에 及하지못할 것은 분명한 일이다. (…중략…) 외국어와 한문에서 밧는 조선인학생의 불편도 그가 '국문독해' '書取' '작문'에서 밧는 불편에 비하면 극히 경미하다 할 것이다. '국문독해'이라하면 일본인학생조차도 난해하다 하는「源氏物語」,「枕草子」,「方丈記」 등 일본 고대어로 씌운 문학을 일본현대어로 해석하라는 뜻이다"라며 입학시험의 불공정을 비난하고 있다.
21 윤영도,「탈식민, 냉전, 그리고 고등교육」, 성공회대 동아시아연구소 편,『냉전 아시아의 문화 풍경』1, 현실문화, 2008, 160면.

출된 결과물로서 신남철의 졸업논문 등을 검토하고 있다. 경성제국대학 철학과에는 7~8개의 하위전공이 설치되어 있었다. 철학·철학사, 윤리학, 심리학, 종교학·종교사, 미학·미술사, 교육학, 지나(중국) 철학 전공의 7개 전공, 규정상의 사회학을 포함하면 8개의 하위 전공이 개설되었다. 신남철은 이 중 철학·철학사 전공에 속해 있었다.『경성제국대학일람』에 의하면, 당시 철학·철학사의 전공 교수는 아베 요시시게[安倍能成],[22] 미야모토 와키치(宮本和吉, 1883~1972), 다나베 시게조(田邊重三, 1895~?) 등 3명이었다. 경성제대 철학과 교수들은 이와나미[岩波] 그룹의 소장학자들이 중심이었으며,[23] 그중에서도 철학·철학사 전공에 소속된 세 명의 교수들은 이와나미 서점에서 전 10권으로 간행된 칸트 저작집의 주요 역자들이기도 했다. 신남철의 졸업논문인「プレンタノニ於ケル表向的對象ト意識トノ關係ニ就テ(브렌타노의 표향적 대상과 의식의 관계에 대하여)」는 이러한 경성제대 철학과의 프로그램에 영향받은 바 크다는 것이 손정수가 검토하고 있는 제도로서의 경성제국대학

---

22 아베 요시시게(1883.12.23~1966.6.7) : 메이지~쇼와기 철학자. 愛媛縣 출신. 동경대 졸. 1924년에 渡歐, 1928년 경성제국대학 법문학부장, 1940년 一高 교장, 1945년 귀족원 의원, 1946년 文相, 같은 해 文相 사임 후 사립이 된 學習院 원장으로 취임, 경영과 교육에 전념했다. 칸트 연구로 알려져 있는데, 나쓰메 소세키 문하에 들어가 문예평론을 했으며, 一高 시절부터 친구로 지낸 岩波武雄(이와나미 사장)과의 우정에서 '철학총서'를 편집했다. 활동의 폭이 대단히 넓었으며 일본 사상계의 주류의 위치에 있었던 인물이다. 저서로는『岩波武雄傳』,『安倍能成全集』(전 5권) 등이 있다. 아베 요시시게의 조선 체험과 인식에 대해서는 박광현,「'조선'이라는 여행지에 머문 서양 철학 교수」,『비교문학』46권, 한국비교문학회, 2008; 차승기,「경험의 파괴―아베 요시시게[安倍能成]에게 있어서의 식민지 조선, 패전, 그리고 자유」,『대동문화연구』76권, 성균관대 대동문화연구원, 2011 참조.

23 "법문학부 교수 중에서도 특히 관록있게 보인 사람은 철학교수들이었다. 아베(安倍能成, 철학사), 미야모토(宮本和吉, 철학개론), 하야미(速水滉, 심리학), 우에노(上野直昭, 미학) 하면 일본의 이와나미[岩波] 그룹의 철학자들로서 일본서도 이름있는 중견 철학자들이었다. 이 중 아베 교수는 나쓰메 쏘오세끼의 제자였다"(이충우, 앞의 책, 108면)고 기록하고 있거니와, 특히 유진오는 학부개강이 되자마자 이들 교수의 명성에 이끌려 철학과로의 전과원을 내었다가 법문학부 교수회의의 부결로 좌절되었다고 한다. 같은 책, 109면. 유진오는『구름 위의 만상』(일조각, 1966, 264~265면)에서 아베의 명성에 끌려 철학개론과 철학사 강의를 2년 동안 출석했다고 회고하고 있다.

의 측면이다.[24] 제도로서의 경성제국대학과 함께 신남철의 정체성 형성에 중요하게 작용한 다른 차원을 손정수는 '의식으로서의 경성제국대학'이라고 제시하고 있다. "제도상에는 나타나지 않지만 그럼에도 불구하고 오히려 더욱 강하게 구성원들의 의식에 작용하는 힘이 존재"하며 당시의 경성제국대학에서 그것은 "현실적 경향, 곧 마르크시즘의 경향"[25]이었다는 것이 손정수의 지적이다.

실제로 경성제국대학 재학 시절 신남철의 사상적 경향은 여러 가지 증언과 그의 서클 활동, 그리고 그가 남긴 글들을 통해서 추론할 수 있다. 대학 재학 시절 신남철은 맑스 서적을 탐독하며, 맑스주의자를 자처했다. 1930년대 중반 이후 '녹기연맹'의 이사로 활동하며 '조선민족해체론'을 제기한 내선일체론자인 대학 동기 현영섭[26]과 각각 아나키즘과 맑스주의의 대변자로 논쟁하였다고 한다.[27] 대학 재학 시절 신남철의 내면은 무엇보다도 그가 남긴 시

---

24 신남철의 2년 후배인 박치우의 졸업논문이 「ニコライハルトマンの存在論に就いて(니콜라이 하르트만의 존재론에 대하여)」이고 박종홍의 졸업논문은 하이데거 연구였다. 손정수는 이들의 논문이 "브렌타노, 후설, 하르트만, 하이데거에 이르는 현상학적 흐름에 대응되는 것이라고 할 수 있을 것이며, 신남철·박치우·박종홍 등의 개별적 선택 이전에 이미 존재하고 있는 일종의 프로그램"이라고 지적하고 있다. 손정수, 앞의 글, 2005, 195~196면. 강영안은 1930년대 한국의 서양철학자들이 기본적으로 '현실'에 대한 관심으로부터 철학을 하였다는 공통점을 가졌으면서도 또 그 이력에 따라 그 현실의 이해와 파악이 차이가 났다고 지적한다. 그 차이는 안호상, 한치진 등의 해외유학 경험의 철학자들이 '객관적·이성적 방식'으로 현실을 이해하고자 했다면 신남철, 박치우, 박종홍은 '주체적이고 다분히 감성적인 방식'으로 현실을 파악하고자 했다는 것이다. 이러한 지적도 경성제대 출신들의 교육프로그램과 관련되어 있다고 추론해 볼 수 있겠다. 강영안, 앞의 책, 44면.
25 손정수, 앞의 글, 2005, 197면.
26 신남철의 경성제대 동기생으로 아나키스트에서 이후 녹기연맹의 내선일체론자로 변모한 현영섭(본명 현영남, 창씨명 天野道夫)에 대해서는 이승엽, 「녹기연맹의 내선일체 운동 연구─조선인 참가자의 활동과 논리를 중심으로」, 한국정신문화연구원 석사논문, 2000을 참조할 것.
27 "현영남은 아나키스트(무정부주의자)였다. 마르크스 관계서적을 읽는 친구들에게 그는 통제를 일삼는 공산주의를 가지고 무얼하겠느냐고 공박했다. 마르크스주의자를 자처하는 신남철이 가만 있질 않았다. 무정부주의자야말로 아무짝에도 쓰지 못한다고 대들었다. 아무리 떠들어도 결론이 있을 턱이 없었다. 결론 없는 토론이었지만 당시 마르크시스트는 용납돼도 아나키스트는 토론에서조차 저항을 받았던 모양이다." 이충우, 앞의 책, 122면.

와 소설 및 철학 논문을 통해서 엿볼 수 있다. 신남철은 「현실의 노래 2」, 「첫 봄의 새벽」, 「님생각」, 「새삶의 선언」, 「비」, 「유방과 매미(乳房と蟬)」[28] 등의 시편들과 소설 「된장」,[29] 그리고 철학논문으로 「Schopenhauerを通して見たる無常感」[30] 등을 남겼다. 경성제국대학 조선 재학생들의 일종의 학생회보 역할을 했던 조선어 잡지 『문우』에 남긴 시와 소설, 일본어 잡지 『청량』에 남긴 일본어 시와 논문 등 언어의 분리 상태가 흥미롭다. 언어의 분리를 넘어 대학 재학 시절 신남철의 문장들에서는 식민지 근대 풍경에 대한 음울한 시선과 그러한 피폐한 현실과 대결하려는 청년 특유의 포부가 드러나 있다. 또한 생명에 대한 낭만적 찬탄 등을 확인할 수 있다. 대학 재학 시절 신남철의 문장들은 청년의 낭만적 내면과 현실에 대한 대결 의식으로 요약할 수 있다.

이러한 신남철의 내면의 드라마는 그가 학부를 졸업[31]한 후 조수로 재직하며 기고한 「혁명시인 하이네」[32]에서 묘사한 시인 '하이네'를 통해 간접적으로 드러나 있다. 사회주의문화의 선구자로서 하이네를 고평하는 이 글에서 특기할 점은 신남철이 하이네의 특징을 낭만(꿈)과 이성의 양 측면을 간직한 이율배반적 시인으로 묘사하면서 그 낭만적 측면을 배격하지 않는다는

---

28 「현실의 노래」, 「첫봄의 새벽」, 「님 생각」의 3편의 시편은 『문우(文友)』(1927.11)에, 「새 삶의 선언」, 「비」는 『청년』(1928.3)에, 그리고 『乳房と蟬』은 『청량』 5호(1928.4)에 실려 있다. 『문우』는 '경성제국대학 예과 문우회'에서 발간한 문예잡지로, 일종의 조선인 학생회보 기능을 했다. 연 1회 발간되다가 1927년 11월 제5호 출간 이후 종간된 것으로 추정된다. 최덕교 편, 『한국잡지백년』 3, 현암사, 2004, 336~337면. 이들 시편과 소설, 논문은 정종현 편, 『신남철 문장선집』 1, 성균관대 출판부, 2013ㄱ을 참조할 것.

29 신남철, 「된장」, 『문우』 4호, 1927.2.

30 신남철, 「Schopenhauerを通して見たる無常感(쇼펜하우어를 통하여 보는 무상감)」, 『청량(淸凉)』, 1928.5.

31 1931년 3월 25일의 경성제대 제3회 졸업생 140명 중 한국인은 54명이었다. 신남철과 함께 졸업한 졸업생 중에는 문학과의 김태준, 김재철, 최재서, 현영남(현영섭) 등이 있었다. 『동아일보』, 1931.3.26.

32 신남철, 「혁명시인 하이네」, 『동광』 27~28호, 1931.11~12.

점이다. 신남철은 하이네의 "이성과 낭만의 이원고(二元苦)"를 "이성(理性)으로서는 역사(歷史)와 사회(社會)의 필연적 운동(必然的運動)을 긍정(肯定)하는 사회혁명(社會革命)의 선구(先驅)엿지만 낭만(浪漫)으로서는 현실(現實)을 떠나고 환몽(幻夢)의 세계(世界)에서 절연(絶緣)하지 못"하엿으며, "세계(世界) 푸로레타리아 문학운동(文學運動)의 최초(最初)의 선언자(宣言者)이었던 하이네는 (푸란쓰·메링그) 타방(他方)으로 독일(獨逸)의 고전(古典)과 낭만(浪漫)을 결과(結果)짓고 새로운 세대(世代)로 그 유산(遺産)을 전수(傳授)하는 전형기(轉形期)의 정점(頂點)에 서잇는 유례(類例) 드문 인물(人物)"[33]이라고 정리하고 있다. 하이네는 민족의 현실을 고민하며 맑스주의라는 근대적 보편성을 추구하던 청년 신남철의 자아상을 투사한 대상이라고 할 수 있다. '이성'과 '낭만'은 달리 말하면 사회주의라는 근대적 보편과 독일이라는 민족적 '특수'로 변주될 수 있는 것으로 이후 신남철이 교조적 맑스주의자들과 달리 민족적 현실을 중시하는 백남운 계열의 정치 노선을 걷게 된 사정을 짐작할 수 있게 해 준다.

한국의 초기 철학자들의 사유체계를 연구한 강영안에 따르면, 신남철 등의 초창기 서양 철학 전공자들은 철학함을 통해서 서구의 근대성을 습득하고 구현하였으며, 근대성의 문화를 일구는 작업을 철학을 통해서 수행했다고 지적히고 있다.[34] 신남철에게 근대성 및 근대 정신의 표상은 헤겔 철학과 맑스주의였다. 경성제국대학 재학 시절과 졸업 이후 신남철의 행적은 그가 근대성의 표상으로 받아들였던 헤겔과 맑스주의가 삶의 신조로 내면화되고, 사회적 실천의 근거로 전환되었음을 알려준다. 총독부 경무국의 정보보고철의 기록에는 1931~32년경의 신남철에 대한 동향 보고가 남아 있다. 1931년 9월 16일 수신된 경성 종로경찰서장이 발송한 「경종경고비(京鐘警高秘) 제

---

33 신남철, 「혁명시인 하이네」, 『동광』 27호, 1931. 11, 88면.
34 강영안, 앞의 책, 68~69면.

11390호」는 '조선사회사정연구소' 창립에 관한 정보문서이다. 이 단체의 소속원으로 이강국, 박문규, 신남철, 유진오, 최용달, 이종수 등이 적혀 있는데 이들은 모두 경성제국대학 동문들이다. '조선사회사정연구소'는 그 연원을 경성제국대학의 서클이었던 '경제연구회'[35]에 두고 있다. 1926년 경성제국대학 1회 조선인 학생들이 예과에서 학부로 진학하면서 유진오, 이종수 등이 경제연구회를 조직했다. 유진오의 회고에 따르면, 이 연구회에서는 플레하노프, 부하린 등의 저서를 읽으며 좌익사상을 공부했는데 이것은 1920년대 시대사조의 영향이었다. 도쿄제국대학의 '신인회(新人會)',[36] 와세다대학의 '신사상연구회' 등 당시 일본의 대학가에서는 좌익사상이 만연했고, 경성제국대학에서도 이러한 1920년대의 자유로운 분위기 속에서 좌익사상에 대한 연구가 대학의 허가 아래 이루어졌다. 좌익사상을 윤독하던 1회생의 이 모임에 1927년 예과에서 학부로 진학한 이강국, 박문규, 최용달 등의 2회생들이 합류했고, 3회인 신남철은 바로 다음 해인 1928년에 합류한 것으로 보인다. 이들이 합류하며 매주 한 번씩 대학식당에서 연구회를 가졌고 윤독 서적도 『금융자본론』 등 차차 전문 방면으로 심화되어 갔다고 한다. 경제연구회 활동이 활발해지자 총장은 회의 대표인 유진오를 불러 '외부 단체와 교섭을 갖

---

35 유진오의 회고(이충우, 앞의 책, 165면)에 따르면 "그 당시 나는 '경제연구회'를 통한 활동과 교유관계의 영향으로 마르크시즘 쪽으로 상당히 기울어 있었고 그 결과로 '조선사회사정연구소'를 조직하는 등 행동 직전의 단계까지 가 있어서 언제나 그러한 생각을 밑바탕에 가지고 있었다"고 회고하고 있다. 이 책의 124면에는 경제연구회에 대한 소개가 제시되어 있고, 180면에는 반제동맹 사건과 관련된 경제연구회의 역할이 설명되어 있다.

36 '신인회'에 대해서는 쓰루미 슌스케, 최영호 역, 『전향―쓰루미 슌스케의 전시기 일본정신사 강의』, 논형, 2005, 26~35면을 참조할 것. 다이쇼 데모크라시를 대표하는 동경대의 자유주의자 요시노 사쿠조의 연설과 러시아 혁명에 감화된 동경대 법문학부 학생인 아카마츠 가츠마로, 미야자키 류스케, 이시와타 하루오에 의해 1918년 12월에 조직된 '신인회'는 "① 우리 학도는 세계의 문화적 대세인 인류해방의 신기운에 보조를 맞추며 이를 촉진하는 데 노력한다. ② 우리 학도는 현대 일본의 합리적 개조운동을 지지한다"라는 2대 강령하에 조직되었으며 이후 타대학으로 확산되었다. 신인회원들은 1920~30년대 일본 사회주의 운동의 중추로 활동하다가 전향, 일부는 천황제 파시즘의 대표적 이데올로그로 활동하게 된다.

지 않는다'는 조건을 붙여 정식 허가를 해주며 지도교수 2인, 미야케와 스즈키를 배정하여 이 회를 지도하게 하였는데 대표적 좌익 교수였던 그 둘의 합류로 경제연구회 활동이 더욱 활성화되었다.[37] 조선사회사정연구소는 이처럼 '경제연구회'의 핵심멤버들인 경성제국대학 제1, 2, 3회의 동문들이 창립한 것으로 이들은 해방 이후 남과 북의 대표적 지식인, 정치인으로 자리 잡게 된다.[38]

'조선사회사정연구소'로 대표되는 경성제국대학 네트워크 속에서 발전한 신남철의 학문적 정체성에 대해 이해하기 위해 검토해야 하는 학술지가 『신흥』이다. 앞서 살펴본 손정수의 연구는 '제도로서의 경성제국대학'과 '의식으로서의 경성제국대학'을 대별하고 이 둘의 길항을 『신흥』의 신남철의 저술에서 찾고 있다. 요컨대 현상학과 맑스주의 조류의 길항과 결합, 혹은 제도와 의식으로서의 경성제국대학의 두 차원 사이에 놓인 신남철의 좌표를 『신흥』지 소재 신남철 논문을 근거로 설명했지만, 『신흥』이라는 경성제대 동인지가 가지고 있는 성격과 그 잡지를 통해 드러나는 신남철의 정체성에 대한 해명으로는 충분치 못하다.[39] 『신흥』에 대한 최초의 본격적 연구를 수

---

37 이충우, 앞의 책, 124~127면. 잘 알려져 있듯이, 재정학 담당의 미야케 교수는 '경성 트로이카' 사건으로 유명한 공산주의자 이재유를 자신의 집에 은신시켰던 맑스주의자였다.

38 조선사회사정연구소의 활동과 함께 신남철의 활동이 경찰의 수목을 받았던 사례로 '철학연구회'가 있었다. 1932년 6월 15일 자로 수신된 동대문경찰서장이 발송한 「경동경고비(京東警高秘) 제1007호」는 철학연구회 조직에 관한 정보보고를 하고 있는데, 철학연구회 규칙 및 사건 보고와 함께 그 관련자로 신남철(申南澈), 윤태동(尹泰東), 이종우(李鍾雨), 권세원(權世元), 안호상(安浩相), 최현배(崔鉉培), 김두헌(金斗憲), 김법린(金法麟), 이관용(李灌鎔) 등을 거명하고 있다. 철학연구회 구성원의 면면은 경성제국대학 출신사와 일본 및 구미 유학생 등을 망라한 식민지 조선의 엘리트 철학도들이다.

39 손정수의 '제도로서의 경성제대'와 '의식으로서의 경성제대'는 경성제대와 출신 지식인의 정체성을 연결 지어 설명하는 중요한 방법론을 제시했다는 점에서는 학술적 의의를 지니지만 이러한 이분화에 의해 구성되는 경성제국대학 상(像)에 대해서는 비판할 필요가 있다. 식민지 제도로서의 경성제국대학과 그것을 극복하고자 하는 민족 혹은 맑스주의자의 의식적 차원을 대립시킴으로써 지배 / 저항의 구도 속에서 이 대학 출신 조선인 지식인을 정치적으로 구제하는 내러티브가 가능해진다. 이는 경성제국대학 출신 지식인들의 사후적 회고의 논법과 유사

행한 박광현에 따르면, 잡지『신흥』은 일본에 의해 '조선 그 자체의 연구'를 위해 '특종의 학부'로서 설립된 경성제국대학 법문학부의 조선인 출신자들이 그 제도상의 학술적 경험을 재현(Representation)한 종합지이다.[40]『신흥』동인들은 '경성제대 법문학부 졸업의 신예제군'이라고 자신들의 위치를 밝히며 '신흥' 학술과 '기존' 학술을 변별함으로써 아카데미즘의 세례를 받은 자신들을 여타 조선의 민간 학술과 변별하고, "적어도 신흥은 일본잡지의 '아끼나오시(복사판)'"가 아니라고 명명하며 '지(知)'의 독립을 추구하고 있음을 표명하고 있다.[41]『신흥』의 성과와 한계의 핵심을 박광현은 다음과 같이 정리하고 있다.

이 잡지를 통해서, 그들은 '국어 = 일본어'만으로 표상되었던 아카데미즘의 폐쇄성에 대항하고, 그 아카데미즘의 세례를 받은 자신들이야말로 조선어로 표상되는 '학술'을 실현할 수 있다고 믿었을 것이다. 분명, 그 점에서 보면 그들은 조선인 ― 조선어 ― 을 배제하고 성립한 경성제대의 성립과정에서 보이는 아카데미즘의 폐쇄성에 대항하고 있다. 그러나 한편에서는 스스로가 상정한 '학술'의 범위에서 경성제대 법문학부의 경험을 통해 그 제도를 재현하거나 또는 모방하고 있음을 확인할 수 있다. 다시 말해, 경성제대라는 제도가 조선어학술을 그 범위에서 배제한 전례는 표상언어의 차이에 불과한 것이었음에도 불구하고, 경성제대의 성립과정에서 보였던 것처럼 그들도 '아카데미즘의 참신성과 진정성'이라는 언어로 위장하여 그 외부에 존재하는 조선어의 학술 세계를 배제한 것이다.[42]

한 효과를 발생시키는 것으로, 실제 이 지식인들이 처해 있던 존재의 이율배반에 대해서는 설명할 수 없는 독법이라고 생각한다.

40 박광현, 「경성제대와『신흥(新興)』」,『한국문학연구』 26집, 동국대 한국문학연구소, 2003.
41『신흥』 2, 114~115면.
42 박광현, 앞의 글, 2003, 251면.

『신흥』지의 편집진과 그 투고자들은 경성제국대학 시절 이래 신남철이 함께 생활했던 선배, 동기, 후배들이며 같은 서클의 멤버들이었다. 신남철은 이 잡지의 중요 투고자 중 하나였으며, 7호의 경우 실제 편집을 맡기도 했다. 『신흥』 7호는 신남철이 주도적으로 편집하였으며, 그 편집후기에서 이 잡지에 대한 신남철의 의식을 발견할 수 있다.[43] 신남철은 "양두구육(羊頭狗肉)의 시정의 잡지"와 신흥을 비교하며, "당면한 현실적 제문제에 대한 과학적 연구에서 그 체계적 해명"을 임무로 하는 『신흥』이 "진정한 학술논문의 발표기관을 가지지 못한 조선"에서 의미 있는 잡지임을 표방한다. 『신흥』이 "조선에 있어서의 과학비판의 주제적 원천"이 되고자 하며, 그것이 단순히 자신들의 "자부도 아무 것도 아니다. 이것은 우리의 양심"[44]이라고 표명하고 있다. 『신흥』 7호의 편집후기를 통해서 신남철이 당대 조선의 학술, 즉 저널리즘적 차원의 민간의 학술활동에 대해 비판적이며, 자신들을 경성제국대학이라는 아카데미즘의 후예로 인식하면서도, 동시에 식민지학의 본산으로서의 경성제국대학 제도를 거부하고자 하는 이율배반의 태도를 취하고 있다는 점을 알 수 있다.[45] 이처럼 『신흥』에는 본격적 아카데미즘의 세례를 받은 존재로 자

---

43 『신흥』 7, 1932. 12. 이 7호의 '저작 및 발행자'로 명기된 발행인은 1회 졸업생 유진오이지만, 실질적 편집은 신남철이 맡아서 했으리라 추정된다. 7호의 편집후기는 '申'이라는 이니셜로 작성되었다. 유진오와 신남철은 해방 정국에서 좌우파로 살라시지만 경성제대 이래 밀접한 선후배이자 서클과 연구소의 공동멤버로 긴밀한 관계를 맺었다. 유진오는 『역사철학』에 대한 신간평(「신간평 : 신남철, 『역사철학』」, 『동아일보』, 1948. 4. 8~11)에서 신남철의 『역사철학』에 『신흥』 소재 3편의 글이 실렸음을 환기한 후 『신흥』의 역사적 의의를 평가하며 일제에 의해 그것이 탄압되었다고 술회하고 있다. 탄압 여부를 확인할 바 없으나 사실 여부를 떠나 『신흥』에 대한 유진오의 애착을 느낄 수 있는 대목이다. 유진오는 신남철의 이론을 소개하면서도 그가 헤겔 철학에 대해서 강조하는 것을 비판하며 헤겔이 전체주의 철학자라는 점에서 '지금-여기' 해방 조선의 입장에서 취할 바가 없다고 주장한다. 유진오는 헤겔 철학이 '민주주의적 인민'의 이론이 되기 어렵다고 주장하며 '개인'을 강조하고 있다. 식민지 시기 『신흥』의 동인으로 활동하고 식민지 말기 전체주의에 공명하는 활동을 벌였던 유진오와 신남철은 개인과 역사에 대한 강조점을 달리하며 남한의 헌법기초위원, 고려대학 교수와 북한의 법제의원과 김일성대학 교수라는 각기 다른 길을 걷게 된다.
44 「편집후기」, 『신흥』 7, 1932.

신을 여타 민간 조선 지식인과 구별하고, 동시에 일본어 학술로 대변되는 제국 일본의 학지로부터 독립하고자 하는 분열적 주체화 의지가 담겨 있다.[46]

『신흥』지의 학문적 정체성을 구성하는 중요한 배경은 경성제국대학 출신이라는 자부심과 맑스주의를 매개로 한 연대 의식이다. 신남철은 대학 재학 시절에 「헤겔 백년제와 헤겔부흥」(『신흥』 1, 1929)을 발표하고, 졸업 후 문학부 조수로 근무하면서 「신헤겔주의와 그 비판」(『신흥』 6, 1932), 「민족이론의 삼형태」(『신흥』 7, 1932), 「인식, 신체 급 역사」(『신흥』 9, 1937) 등 맑스주의 및 현상학과 관련된 일련의 글들을 발표하였다. 헤겔에 대한 두 편의 글과 「민족이론의 삼형태」 등에서 맑스주의자로서의 신남철의 면모를 엿볼 수 있다. 『신흥』을 통해 표방된 본격 아카데미즘에 기반을 둔 조선어 학술의 독립 모색의 방법론으로 신남철이 근대성을 표상하는 맑스주의를 활용하고자 했다는 사실을 이후의 그의 글들을 통해서도 확인할 수 있다.[47] 그렇다면 그가 구상했던 '과학적 조선 연구'와 식민지 말기의 '동양론'과의 관계를 중심으로 제

---

45 1930년대 '과학'을 매개로 제기된 학술장의 재편에 대해서는 정종현, 「단군, 조선학 그리고 과학」, 『한국학연구』 제28집, 인하대 한국학연구소, 2012.10을 참조할 것.

46 『모던일본 조선판 1940』(홍선영·박미경·채영님·윤소영 역, 어문학사, 2009)에는 「경성학생 르포르타주」라는 제목으로 1940년 당시의 경성제국대학 및 연희, 보성, 이화전문의 특색이 서술되어 있다. '신사적인 경성제국 대학생'의 항에서 기자는 "반도학생은 인원이 많고 부잣집 자제가 많지만 내지에서 온 학생들 중에 고학생이 많은 듯"(같은 책, 271면)하다고 진술하고 경성제대 학생들이 내지의 제국대학 학생들(특히 규슈제대)과 정기적 운동 교류를 하는 반면 조선 내 학생들과 별다른 교류가 없다고 보고하고 있다. 경성제국대학이라는 제도를 민족 문제만이 아니라 계급의 문제로 접근하여야 하며 또한 민족의 차이를 횡단하며 재구성되는 아카데미즘의 문제로 접근할 필요가 있음을 보여준다. 실제로 해방 이후 '국대안'에 대한 반대투쟁에 앞장섰던 많은 제국대학 출신 지식인들의 내면에는 차별적 특권을 가졌던 경성제국대학이 전문대학과 통합되는 것에 대한 반발이 자리하고 있었다는 지적을 참조할 필요가 있다. 이에 대해서는 김기석, 앞의 글들을 참조할 것.

47 사회주의(맑스주의)는 단순히 현실 지향의 이념만이 아니라 "근대적 합리성과 과학성, 체계성의 산물이란 점에서 근대의 적자"(박헌호, 「'계급' 개념의 근대 지식적 역학」, 『상허학보』 22, 상허학회, 2008, 15면)라고도 할 수 있다. 민족, 정신이라는 비과학적 대상이 아니라, 사회, 경제, 하부구조 등을 중요한 분석 틀로 제시하는 맑스주의의 방법론은 근대성의 표상으로 다가왔다고 할 수 있다.

도와 의식으로서의 경성제국대학의 두 차원의 영향 속에서 형성된 신남철의 사상과 학문적 실천이 어떻게 심화되는가를 검토해 보자.

3. '과학적 조선 연구'와 동양론의 길항

신남철은 경성제대 졸업 이후 철학과 조수로 2년여간 근무한 후, 1933년 『동아일보』에 입사[48]하여 기자로 활동하다가 식민지 말기에는 모교인 중앙 고보의 교유(敎諭)로 재직했다.[49] 졸업 이후 신남철의 저널리즘 및 학술계에 서의 활동을 이해하기 위해서 특히 1933~34년에 주목할 필요가 있다. 1933 ~34년은 한국 근현대 학술사의 기원으로 간주되는 해이다. 조선사편수회, 청 구학회 등의 관학적 조선 연구에 대항하여 조선인 학자들은 1934년을 전후하 여 조선경제학회(1933), 철학연구회(1933), 진단학회(1934) 등을 조직하였다. 특 히 실학의 집대성자인 다산 정약용의 『여유당전서』의 간행과 이를 기념한 다 산기념학술행사가 있었으며 이를 계기로 정인보, 안재홍이 '조선학운동'을 주 창하였다.

---

48 『별건곤』(1933.11)의 「만화경」이라는 기사에는 '여기자몰락시대'라는 제호하에 다음과 같이 기록되어 있다. "중앙에서 너긔사 윤성상(尹聖相) 씨가 너이기고 미남자 심훈 씨가 녀긔자 대 리를 보며 대신 김원주 대리에는 또 준미남자 조용만 씨가 보더니 『동아일보』 최의순 씨가 마 주 나아가니 그 대리는 신남철씨다. 그는 만나보지는 못하얏스나 다른사 의례를 보면 무척미 남자일 것이다."

49 『동아일보』를 그만두고 모교인 중앙고보로 전직한 것은 대략 1937년경인 것으로 보인다. 1937 년 학생들을 인솔하여 금강산을 여행하며 남긴 기행문 「금강기행」(『동아일보』, 1937.10.21~ 11.14)에는 교사로서의 신남철의 면모가 드러나 있다. 「동양정신의 특색」(『조광』, 1942.5)의 프로필에도 신남철은 중앙중학 교유(敎諭)로 소개되어 있다.

1934년 9월에 촉발된 '조선학운동'은 조선 연구에 대한 방법론을 둘러싸고 각 진영의 반향을 불러일으켰다. 이지원에 따르면, '조선학운동'을 주창했던 정인보, 안재홍 등의 비타협적 민족주의 좌파 진영을 포함하여 조선 연구에 대한 반향은 대략 네 가지로 정리할 수 있다.[50] 첫째로 극단적 맑스주의 진영의 반응으로 '민족적인 것', '조선적인 것'이 국수성을 강조하는 파시즘의 논리라고 비판하며, 조선학 연구 자체를 부정하는 입장이었다. 이와는 달리 '조선학' 연구의 의의를 인정하지만 그 연구 방법을 달리하는 두 계열이 있었다. 이병도가 주도하는 '진단학회'는 식민지 현실 극복을 위한 실천적 모색을 배제하고, 즉 '조선학운동'의 운동성을 삭제하고 순수학문으로서의 '조선문화연구'를 주장하였다. 또 다른 하나는 '조선학운동'의 관념적 방법론을 반대하며 과학적 입장에서 '비판적 조선학'의 진흥을 주창한 맑스주의 학자들의 입장이었다. 백남운, 신남철, 김태준, 홍기문 등이 그 대표적 인물이다. 이들은 계급주의 성향이 강한 극단적 맑스주의자들과 달리 민족의식과 민족적 주체성을 강조한 인식기반을 가지고 있었다. 신남철은 백남운과 함께 '비판적 조선학―과학적 조선 연구'를 주도했다.

맑스주의자들은 조선학운동의 조선인식 방법론이 과학성을 결여한 관념론적 방법론이며 그 학문관·민족관이 국수주의적이라는 점을 비판하였다.[51] 신남철은 '민족'을 역사적 구성물이 아니라 추상적, 선험적 가치로 전제하는 1930년대의 문화민족주의의 운동과 '조선학'에 대해 비판적 관점을 가지고 있었다.[52] 신남철에게서 맑스주의에 입각한 민족주의적 조선학 운동

---

50 이지원, 「1930년대 '조선학' 논쟁」, 『논쟁으로 본 한국사회 100년』, 역사비평사, 2002, 134면.
51 '조선학 운동'의 구체적 전개와 그에 대한 맑스주의자들의 태도는 다음의 글들을 참조할 만하다. 황종연, 「1930년대 고전부흥운동의 문학사적 의의」, 동국대 한국문학연구소 편, 『한국문학과 근대성의 형성』, 아세아문화사, 2001; 차승기, 『반근대적 상상력의 임계들』, 푸른역사, 2009; 방기중, 앞의 책 등.
52 신남철의 민족주의에 대한 관념은 『신흥』지 소재 「민족이론의 삼형태」를 통해서 그 면모를

에 대한 비판의 핵심적 문장을 발견할 수 있다.

　'조선학'의 수립 — 역사과학적 방법에 의한 — 이 바햐흐로 부르짖어지게 된 것은 현세의 필연한 바라고 하겠다. 그러나 '조선학'이라는 것은 결코 관념적으로 조선의 독자성을 신비화하는 국수주의적 견해와는 아무 인연도 가지지 않은 것이여야 한다는 것을 주의하지 않으면 아니될 것이다. '조선학'은 결코 조선의 과거만을 연구대상으로 하는 것도 아니고 초월적 존재를 신앙대상으로 하는 종교도 아니다.[53]

　신남철이 비판하고 있는 민족주의 진영의 '조선학'의 문제는 그것이 학문이 아니고, 신화와 설화에 기초한 국수주의적, 신비적, 정신적 운동이라는 점이다. 가령 '조선어학회'에 대해 비판하고 있는 「조선어 철자법 문제의 위기에 대하여」[54]는 신남철이 파악하고 있는 민족주의 진영의 '조선학' 구상이 지닌 문제점이 구체적으로 드러나 있는 글이다. 신남철은 '조선어학회'와 대립하고 있던 '조선어학연구회'[55]의 간사였으며 두 학회의 철자법에 대한 논쟁에 대해서 입장을 밝히고 있다.[56] 이 논문에서 조선어학회에 대한 비판의

엿볼 수 있다. 부르주아의 민족이론, 사회민주주의자의 민족이론, 스탈린의 민족이론을 대표적 세 가지 민족이론으로 정리하면서 신남철은 민족을 역사적 구성물로 파악하고 있는 스틸린의 민족이론을 자신의 이론적 입장으로 취하고 있다.

53　신남철, 「최근 조선연구의 업적과 그 재출발 1~4」, 『동아일보』, 1934.1.1~7. 동지 동년 9월 11일 자에 실린 T기자, 「'조선학'은 어떠케 규정할가—백남운 씨와의 일문일답」은 당대 '과학적 조선학 수립의 대표자였던 백남운의 조선학에 대한 규정을 대담한 내용인데 이 T기자가 바로 신남철로 추정된다.

54　신남철, 「조선어 철자법 문제의 위기에 대하여」, 『신계단』, 1932.12.

55　신남철은 문시혁, 백남규 등과 함께 조선어학연구회 창립(1931.12.10)에 관여하였다. 『동아일보』(1931.12.13)는 조선어학연구회의 창립을 전하며 "리긍종, 신남철, 정규창, 문시혁, 백남규" 등 5명이 간사로 선임되었음을 알리고 있다.

56　조선어학연구회는 보통 '정음파'라고도 한다. 그 모체는 박승빈 중심의 '계명구락부'로 소급된다. 이 그룹은 그 성격이 대단히 복잡다단한데, 윤치호, 최남선, 지석영 등등과 관련되어 있다.

핵심은 '철자법'이라는 '문전적(文典的)' 측면보다는 그 배후에 있는 정치적 맥락을 향하고 있다. 신남철은 조선어학회가 자신의 '문전적' 견해를 보편타당성, 자기동일성, 형식적 불변성 속에서 추상화하며 도그마화하는 것을 비판하면서 진리의 상대성을 주장한다. 이어서 브나로드 등의 "민족적인 문화운동"이 "사회적 현상의 전체성에서 보아 반동적"이라고 규정하며 이러한 현상을 "민족을 전제로 한 파시스트적 사상에서 발출하는 것"[57]이라고 분석한다. 신남철은 '한글운동' 등이 "민족 파시스트적 문화와 엄밀한 결합"[58]을 가지고 있다며 '한글운동'의 원천인 조선어학회의 정치적 성격을 비판한다. 이 글의 마지막 부분에서 신남철이 왜 조선어학회를 비판하고 조선어학연구회편에 섰는가를 짐작케 하는 단서를 발견할 수 있다. 신남철은 '한글철자법'은 아동이나 문맹에게 고통을 주는 주장이라고 판단하고 있다. "조선어운동은 대중 자신의 조직에 의하여 독자적으로 그들의 학습의 편리, 음리상의 합리, 역사적 준거 등을 고려하여 진행"[59]하여야 하는 것이라는 신남철의 주장은 조선어 철자법의 제정이 계급 대중에게 편리한 측면에서 고려되어야 한다는 입장에 서 있다. 신남철은 표음주의를 주장한 정음파의 논리가 '조선어학회'의 철자법 보다 무산대중의 현실에 부합한다고 판단했다.

'계명구락부'와 연관된 지식인 그룹은 조선어학회가 언어운동의 이니셔티브를 쥐게 되자 강한 조직적 대응에 나서게 된다. '한글맞춤법통일안'이 나왔을 때 반대성명을 냈는데, 그 반대성명의 인사들 면면은 잡다했다. 그 인사들의 면면과 성명의 내용을 보면 조선어에 공을 세운 업적을 조선어학회가 모두 가로채고 있는 데 대한 서운함이 느껴진다. 두 학회의 전반적 대결 상황에 대해서는 조태린, 「일제시대의 언어정책과 언어운동에 관한 연구」, 연세대 석사논문, 1998을 참조. 고영근(『한국어문운동과 근대화』, 탑출판사, 1998, 71면)에 따르면 이들의 대립은 표음주의(정음파) 대 형태소주의(조선어학회)라고 정리할 수 있을 것이다. 조선어학회와 정음파의 대립과 그 역사적 맥락에 대한 이해는 이혜령, 「한글운동과 근대 미디어」, 『대동문화연구』 47권, 성균관대 대동문화연구원, 2004를 참조할 것.

57 신남철, 앞의 글, 1932.12, 62면.

58 위의 글, 63면.

59 위의 글, 64면.

조선어학회에 대한 비판에서 확인할 수 있듯이 신남철은 '민족적 문화운 동'과 결부된 당대의 조선학운동을 독일, 일본 등의 문헌학, 국학 등의 민족 파시즘과 연결 지어 사고하고 있다. 신남철은 "현대의 낭만적 복고사상은 개 인적이고 주관적이며 나아가서는 파씨스트적이기도 한 것이다. 현대의 낭만 적 복고사상에는 사실로 파씨스트적 쇼비니슴을 만히 가지고 잇다. 나치 독 일의 광신적 행동성을 보라! 그 광신적 행동성에 지배되고 잇는 독일에서 고 대에의 복고가 문제되고 잇다.   (…중략…) 독일의 복고주의자에 관하여서 뿐만 아니라 일본의 그들에 관하여서도 이와 같은 말은 할 수가 잇고 또 조선 의 그들도 비판할 수가 잇다고 생각한다"[60]고 적고 있는데 여기에는 '독일 문 헌학 = 일본 국학 = 조선학운동'이 이어지고 있다는 인식이 내재해 있다고 하겠다.

신남철이 1934년 1월 1일 벽두에 쓴 「조선학은 어떠케 수립할 것인가」도 '조선학' 범주를 구성하는 데 맑스주의자들이 사용하는 과학에 대한 감각과 '국학'에 대한 태도를 보여주는 글이다. 신남철은 조선학이라는 용어가 "일부 '국학자'들 사이에서는 이 말이 유행된 지 벌서 오랫겠지만 그것이 공연히 인 구에 회자되게 된 것은 극히 최근의 일"이라 언급하며, "새로운 세대의 조선 에 대한 과학적 지식을 획득하려는 노력은 당연히 종래 거의 고루하고 관념 적인 빙법에 의하여 연구되어 오는 조선의 역사적 문화에 대한 재음미를 요 구"[61]한다고 주상한다. "조선학은 조선의 역사적 연구로부터 시삭"되며 이 '역사적'이라는 말이 재래의 조선의 학지들에게는 '비역사적'인 "잡박하고 표 면적인 고증과 연대기로써 이해"되었다고 설명한다. 신남철이 말하는 '역사 적 연구의 진정한 의미'는 "과학적 필연성의 법칙을 객관적 발전의 속에 발견

---

60 신남철, 「복고주의에 대한 수언(數言)—E. 스프랑거의 연설을 중심으로」, 『동아일보』, 1935.5.10~11.
61 신남철, 「조선연구의 업적과 그 재출발—조선학은 어떠케 수립할 것인가」, 『동아일보』 1934.1.1~7.

하야서 써 제 형태의 교호관계를 조직하고 이해하는 데 있는 것"이다. 그는 편견 없는 사실로서의 조선 역사를 천명하기 위한 '역사과학'의 3대 과제로 '① 역사의 내면적 원동력으로서의 사회적 생산 관계를 과학 법칙에 입각하여 파악 ② 현대적 정황을 고려한 역사 서술의 기초적 조건인 사료문헌의 선택 ③ 일정한 '전체' 속에서, 전체적 관심 속에서의 서술'을 꼽고 있다. "조선학은 역사의 사회적 연구를 기다"리고 있다거나 '민족적 특수성', '조선적 특수성'을 확립하고 민족적 유대를 강화하는 것이 조선학이 아니라는 그의 언급을 통해서 그가 비과학으로 비판하고 있는 조선학의 실체가 일본 국학과 관련된 조선학의 흐름과 연관되어 있다는 것을 알 수 있다. 여기서 보다 주목할 것은 신남철이 이른바 '국학'을 구분하는 기준이다. 신남철은 일본에서의 국학과 중국에서의 국학에 대하여 전자를 '국수적', 후자를 '진보적·개혁적'이라고 구분한다. 김태준과 마찬가지로 일본의 국학을 승려 게이추(契沖, 1640~1701), 가다노 아즈마마로(荷田春滿, 1669~1736), 가모노 마부치(賀茂眞淵, 1697~1769), 모토오리 노리나가(本居宣長, 1730~1801) 등의 국가의식을 기점으로 한 '황국지학(皇國之學)' 또는 '국학'으로 구성하여 일본 고유의 문화를 선양하면서 그것이 메이지유신에까지 이른 과정을 도해하고, '국학에 대하여 이단자로 박해를 받은 양학이 신일본의 건설자로 등장'한 이후 "전(前)과학적" 국학이 현대에는 국수적·반동적 역할만을 수행하게 되었다고 설명하고 있다. 이에 비해 중국의 첸쉬안퉁(錢玄同, 1887~1939), 차이위안페이(蔡元培, 1868~1940), 후스(胡適, 1891~1962) 등의 국학은 보수적 국수주의를 '국적(國賊)'으로 규정하고 '데모크라시와 과학과 모럴리티'로써 새 중화민국을 건설하려했으며, 서양적 내지 자본주의적 개인사상으로서 신중국의 지도 원리를 삼은 이른바 '민주주의적 국학운동'이었다고 설명한다.[62] 중국의 국학운동은 처음부터 그들의 "반식민지적 사회환경 때문에 진보적"이었다고 정리하며 이 국학운동이 '반드시

오고야 말 다음의 계단으로 변환'했다고 말한다. 이것은 아마도 1930년대의 중국공산당의 대두와 사회주의적 학술을 의미할 것이다.

신남철은 일본의 국학을 복고적 국수주의적인 반동적 사상과의 결합으로, 중국의 국학을 개혁적·진보적 방향으로 출발하여 '보편적 과학방법론으로서의 사회과학적 방법'에 의한 연구로 전환되었다고 정리하며 '조선학'이 중국의 국학과 같은 것이 되어야 한다고 주장하고 있다. 신남철의 논리 전개에는 맑스주의의 사적유물론에 기초한 진보의 서사가 배경으로 자리하고 있다. 당대의 맑스주의자의 담론에서 빠지지 않는 사적유물론에 기초한 '역사과학'이란, 원시공산제 사회로부터 공산주의라는 일종의 초월적 세계를 향해 진행해가는 역사의 합법칙적 발전과 진보에 대한 비전을 공유한다는 점에서 유토피아적 충동을 간직하고 있는 용어이다. 중국의 '국학'을 민주주의적 국학운동으로 정리하는 것은 자본주의 단계에서 사회주의로 전환해가는 이러한 유토피아적 비전의 계선 위에서 발화되고 있다.[63]

---

62 신남철이 언급하고 있는 첸쉬안퉁, 차이위안페이, 후스 등은 서구 사상의 영향을 받은 대표적 자유주의 지식인들이다. 이들은 중국 사회의 변화를 위해 서구의 자유주의 사상을 받아들여 점진적 개혁을 추구하였고 사회주의적인 궁극적 해결을 반대했다. 이에 대해서는 김정화, 「1920년대 초 자유주의 지식인들의 정치활동 - 호적의 노력정치와 채원배의 불합작 정치」, 『역사와 담론』 제54집, 호서사학회, 2009 참조. 중국의 국학도 초기에는 중국을 보편문명으로 인식하는 '중학(中學)'으로부터 출발하여 이후 중국적 천하관이 붕괴되며 여러 가지 네이션 중의 하나로서의 '국학'이라는 인식이 대두하였다. 이후 신남철이 중요하게 거론하는 후스에 이르러서는 '국고정리'라는 개념으로 중국의 문화를 서구적 과학적 체계와 방법을 통해 재검토하여 중국문명을 재건한다는 현대화, 보편화의 담론이 대두하게 된다. 홍석표, 「근대 중국의 '서학' 수용의 이념적 논리와 '국학'」, 『중국현대문학』 제32호, 한국중국현대문학학회, 2005. 신남철은 이처럼 과거의 '국수'에 얽매이지 않고 근대적 과학과 체계적 학문방법에 의해 검증되어 미래와 보편을 향해 열려있는 후스의 '국고정리'의 맥락을 '조선학'의 방향으로 제시하고 있는 셈이다.

63 여러 자료를 읽으면서 일본의 학술 제도 속에서 자신의 학문적 정체성을 구성한 맑스주의 계열의 지식인들이 당대 중국의 학술계의 동향에 깊은 관심을 갖고 '조선학' 혹은 '조선 연구'의 내용과 방향성을 고민하고 있다는 점을 확인할 수 있었다. 신남철, 김태준 등의 후스, 궈모뤄에 대한 관심은 그 한 사례이다. 식민지 조선의 학술과 당대 중국 학술계의 동향과의 관련에 대해서는 향후 연구에서 다루어보고자 한다.

「조선 연구의 방법론」[64]도 제도와 의식으로서의 경성제국대학의 작용에 의해 형성된 신남철의 문제의식이 1934년에 발흥한 '조선학' 운동에 대해 어떠한 태도를 취하게 하였는가를 보여주는 글이다. 이 글을 통해서 신남철은 올바른 조선 연구의 방법론으로 ① '사회적 구체적 연관'을 갖고 ② 사회적 실천의 방면을 자기의 타자로서 내포하여야 하며 ③ 설화적·피상적 역사 연구와 절연하고 조선의 사회적·문제사적 연구를 주제로 하여야 한다고 제언하고 있다. 이 글에서 신남철은 당대 조선 연구에서 강조되는 두 가지 차원의 특수성론을 비판한다. 신남철은 백남운의 『조선사회경제사』를 인용하면서 "적어도 관념적으로 조선문화사를 독자적 소우주로서 특수화하려는 기도"를 가지고 있는 조선인 민간학자들의 연구와 "관인 제공의 조선특수사정이라는 이데올로기"라는 경성제국대학으로 대표되는 관제 조선학 연구가 조선의 특수성을 각각 다른 차원에서 강조하고 있다고 지적한다. 백남운은 전자가 "신비적, 감성적"임에 대해 후자는 "독점적, 정치적"이라는 점을 들어 비판한 바 있다.[65] 백남운의 견해를 바탕으로 하여 이 둘이 본질적으로 인류 사회 발전의 역사적 법칙의 공통성을 거부한다는 점을 지적하는 신남철의 조선학 운동에 대한 관점의 핵심은 인류 사회 발전의 보편의 코스 안에서 조선이라는 특수성의 위치를 동시에 접근해야 한다는 과학적 조선 연구의 방법론으로 귀결된다. 이러한 관점은 단군 신화로부터 시작하는 당대 조선인 민간학술의 신화적, 정신주의적 조선학운동에 대한 교조적 맑스주의자들의 비판과도 맥락을 함께하는 것이지만, 조선 연구의 필요성을 인정하고 조선

---

64 신남철, 「조선 연구의 방법론」, 『청년조선』, 1934. 10. 신남철은 1934년 1월 1일부터 4회에 걸쳐 「조선 연구의 업적과 그 재출발」이라는 『동아일보』 특집에서 '조선학은 어떻게 확립할 것인가'라는 제목으로 연재하고 있다. 『동아일보』 연재의 관점을 확장하여 「조선 연구의 방법론」이 기술되고 있다.
65 백남운, 박광순 역, 『조선사회경제사』, 범우사, 1999, 21면.

적 특수성을 세계사적 보편 속에서 위치 지으며 연구하려는 점에서는 구별된다고 할 것이다.

양명학에 대한 논의를 통해 실학을 성리학으로부터 구획 지어 근대성의 학문으로 구성하고, 정다산을 현창하며 조선학운동의 이념적 기반으로 제시한 것은 정인보이다. 조선학을 근대 내서널리즘과 관련된 학술운동으로 발전시키는 데 안재홍의 공로가 큰 것도 분명한 사실이다. 그렇지만 여기서 간과하지 말아야 하는 것은 정다산 등을 그 시원으로 삼아 구성되는 '조선학'의 맥락에서 이른바 '국학'적 전통이 형성되는 과정에 맑스주의자들의 학문방법론과 자기 인식이 결정적 영향을 끼쳤다는 사실이다. 동 시기의 국학을 일본적인 퇴영적 국학과 중국의 진보적 국학으로 구분하고, 결정론적 사적유물론의 맥락에서 자본주의 단계의 데모크라시와 과학, 모럴리티에 기반을 둔 중국의 국학을 긍정하는 신남철 등의 논의 역시도 실학을 조선이라는 민족적 동일자이자 공동체에 대한 학문으로 구성하며 그것에 진보라는 발전의 동력을 부여하여 실학을 '진보적 국학'으로 범주화하는 데 사회경제사 및 맑스주의가 어떠한 역할을 했는가를 보여준다고 할 수 있다. 그런 의미에서 실학을 한국적 국학으로 재구성해낸 공적은 정인보, 안재홍은 물론이거니와, 근대성과 진보를 기반으로 하는 과학이라는 학술적 의미를 부여한 맑스주의자들에게도 함께 돌려져야 한다. 이것이 해방과 분단 이후 남북한의 학계가 실학을 공유하며 나누어지는 맥락을 이해할 수 있는 기반이기도 하다. 1960년대 이후 자기 내부의 보편의 표지로서 (자본주의적) 근대성을 발견하고 그것을 진보의 감각 위에서 설명하는 내재적 발전론의 전사를 1930년대의 조선학을 둘러싼 학계의 논의에서 찾을 수 있을 것이다. 이에 대해서는 5절에서 상세히 검토하도록 하겠다.

1934년을 전후하여 맑스주의의 과학적 방법론에 기초하여 조선적 특수성을 인류의 보편적 발전론에 입각해 해명하려 한 신남철의 모색은 1930년대 중후반 이래의 일본 파시즘의 강화와 함께 어떻게 변모하였는가? 이를 검토하기 위해서는 1930년대 중후반 새로운 시대 담론으로 등장한 서구 근대에 대한 비판과 결합된 동양론에 대해서 신남철이 어떠한 태도를 취하였으며 또한 그러한 태도가 어떻게 변모하고 있는가를 검토하는 것이 참조가 될 것이다. 1934년 『동아일보』에 연재된 「동양사상과 서양사상, 양자는 과연 구별되는 것인가」[66]는 이러한 검토의 시금석이 될 만한 논문이다. 이 글에서 신남철은 일원론적인 발전론적 사관에 기초하여, ‘자연관, 경제관, 문화관’의 세 범주에 걸쳐서 당대에 제기되기 시작한 ‘동양적’인 것을 ‘서양적’인 것과 구분하여 대립시키려는 시도에 대해서 조목조목 반박하고 있다. 그는 동양적 자연관의 특징으로 치부되는 노자의 ‘도(道)’와 서구의 ‘로고스’가 동일한 원리로 “목적론적, 신비적이라는 점에서 그 근본적 태도를 같이 하고 (…중략…) 베이컨 이후의 서양의 실험적 자연과학적 사상의 영향을 훨씬 뒤에 받은 동양이 서양에 비하여 여러 가지 봉건적 사상을 가미하고 있는 것이고 그 점에 부차적 차이를 성(成)하고 있는 것”뿐이라고 규정한다. 이어서 경제적·문화적 층위에서도 동서양의 차이를 구획하려는 일반적 진술들에 대해서 반박하면서, “지리적 인종적 차이는 결코 문화에 있어서의 구별의 결정적 요인을 성하지는 못하고”, 동서양이 “필경(畢竟)에 있어서는 구별되지 않는다”고 결론을 내린다. 그렇다면 동양과 서양의 차이는 무엇인가? 그 단서는 ‘아시아적 생산양식’에 대한 다음의 서술에서 확인할 수 있다.

‘아시아的生産樣式’이라는 것이 世界史發展에 있어서 ‘古代的아시아的時代’를 取

---

[66] 신남철, 「동양사상과 서양사상 – 양자는 과연 구별되는 것인가」, 『동아일보』, 1934.3.15~23.

扱한것에 不外하고 아시아的, 古代的, 封建的, 及 近代뿌르조아的 生産樣式은 社會의 經濟的構成의 繼承的인時代로써 생각할 수 잇으리라고 한다. 따라서 이 '아시아的生産樣式'의 問題가 何等의 東洋社會의 特殊性을 强要하는것이 아니라 社會構成의 事實上의 特殊性을 客觀的으로 分析하는 方法論的變容이라고 하기도한다.

어떠튼 東洋과 西洋과가 世界史의 發展에 있어서 서로 異質性을 가질 수가 없다. 社會의 基礎的인 부분으로서의 經濟的 組織과 그 思想도 究極的으로 東洋과 西洋과가 區別되는 것이 아니다.[67](강조는 인용자)

인용 구절은 세계를 사적 유물론의 일원론적 진보사관으로 이해하는 방식의 전형에 해당한다. 이러한 일원론적 세계 인식에서 동·서양의 공간적 구별은 임의적인 것일 뿐이며, 단지 진보의 과정에서 다른 시간 차원을 나타내는 술어일 뿐이다. 이것은 유길준이 『서유견문』에서 역사를 '지선극미(至善極美)'를 향한 진보[68]로 인식한 이래, 근대 한국의 계몽의 기획을 추동해온 일원론적 발전사관의 계보에 속해 있는 것이다. 서구 혹은 서구를 체현한 일본을 전범으로 하여 그것을 따라잡는 단일한 역사적 연속성 속에서 개인과 민족 공동체 전체의 위치를 정위하는 이러한 세계 인식은 적어도 1930년대 중반까지는 이념적 편차를 넘어서 조선의 좌·우파 모두에게 공동한 것이었다. 신남철의 위의 논문에서도 '동양적인 것'은 '아세아적 정체성(停滯性)'을 연상시키며 되영과 퇴보의 이미지를 간직하고 있는 그 무엇이다. 여전히 문제는 뒤처진 시간을 어떻게 따라잡아서 '세계사의 종국'에 먼저 안착할 것인

---

67 신남철, 앞의 글, 1934.3.19.
68 유길준은 『서유견문(西遊見聞)』 제14편 「개화의 등급」에서 "開化라 ᄒᄂ는 者ᄂ는 人間의 千事萬物이 至善極美ᄒᆫ 境域에 抵홈을 謂홈이니 然ᄒᆫ故로 開化ᄒᄂ는 境域은 限定ᄒᄀ기 不能"하다고 정의하면서 "天下古今의 何國을 顧考ᄒᆯ든지 開化의 極臻ᄒᆫ境에 至ᄒᆫ者ᄂ는 無"라고 서술하고 있다. 유길준전서편찬위원회 편, 『유길준전서』(중판) 1, 일조각, 1996, 395~396면.

가라는 일원론적 시간 차원에서 다루어진다.

　전형적인 맑스주의적 세계 인식에 충실했던 신남철 역시 식민지 말기의 에피스테메였던 제국일본의 동양론의 담론장에서 자유로울 수는 없었던 것처럼 보인다. 신남철은 1942년 5월, 잡지『조광』이 마련한 '동양정신특집'[69]에 기고한 논문「동양정신의 특색」의 결론에서 동양의 '문화, 사상, 정신'의 우월성을 아래와 같은 논리로 설명하고 있다.

　亞細亞의 歷史哲學的 特徵은 그社會의 停滯性에 있다. 이 停滯性에 依하여 文化, 思想, 精神의 特殊性이 齎來指摘되는 것이다. (…중략…) 따라서 이根源的인 事實에서 東洋의 '文武不岐' '敎學一本'의 思想이 생기며 倫理敎育의 理論이 東洋的 ― 特히 이境遇에는 支那와 그 東方隣接諸社會에 있어서 獨自하게 形成되었다고 하겠다. 이것은 '敎' 또는 '學'이라고 하는 文字의 構造를 보아도 알 수 있는 것이니 이곳에도 如上의 一體觀이 지적될 수 있지 않을가 한다. 倫理道德에 있어서도 天地人三才가 秩序있는 渾圓體로서 一體가되는 곳에 '道'와 '德'이 實現한다고 할 수 있을 것이다. 「仁者以天地萬物爲一體」(程明道・近思錄). 東洋道德의 優越性이 이곳에서 歸納된다. 以上의 敍述에 依하여 大略 東洋文化乃至精神이 무엇이냐 하는 것을 槪觀하였다고 생각한다. 初頭에서 말한바와 같이 具體的普遍者를 우리는 抽象的普遍者를 通하여 歷史社會的으로 證示하였다. 卽 歷史的 自然의 東洋的 特殊性으로서 農業的 停滯性의 問題에 倒着하였다. 이것이 卽 具體的인 것이다. 이 具體的인 歷史性에 依하여 東洋的인 諸徵表는 爲先 다 說明되지 않을가 한다. 合一이니 沒入이니 或은 入神이라고 하는 道와 心과의 一致하는 境地의 說明도 이 停滯性의 問題에까

---

[69] 참고로 특집의 필자와 논문명을 순서대로 적으면 다음과 같다. 신남철, 「동양정신의 특색―한개의 동양에의 반성」; 주병건, 「동양정신의 본질」; 서두수, 「문학의 일본심」; 듀란트, 「서양문명의 몰락―슈펜글러의 문명관」(부분 번역); 손명현, 「동양정신과 서양정신」; 金剛學人, 「동서양정신의 인식론」.

지 遡及해야 할 것이 아닌가 생각된다. 이 停滯性이라는 것은 決코 缺點이 아니라 도리어 長點이 되었다고 하는 것을 잊어서는 아니 된다. 그러면 이 東洋的 特殊性의 地盤으로서의 停滯性과 그것에서 緣由하는 全體에의 沒入·合一性은 現代에 있어서 어떠한 意義를 갖느냐가 當然히 問題되어 오지 않아서는 아니될 것이다.[70]

이 글에는 1930년대 중·후반 이래 '동양'을 동일자로 하여 서구에 대한 대항 담론을 구축해 갔던 일본 제국의 동양주의 담론이 도달한 본질주의적 사고 양식이 압축적으로 드러나 있다. 신남철은 이 논문에서 '동양'을 지리적·문화적·인종적으로 구획되는 실체로 규정할 뿐만 아니라, '구체적인 역사적 개성'을 지닌 내용적·질적으로 통일된 동일자로 인식한다. 논문의 서두에서 신남철은 "동양문화권의 '세계'에는 동양문화의 형성발전의 과정 속에서 일관하여 흐르는 어떤 보편자가 발견되며 (…중략…) 그것을 역사적 통일적 특수성으로 파악하지 않으면 안 된다"[71]고 주장한다. 인용한 결론부에서 추상적 보편자와 구체적 특수자가 통일된 '구체적 역사적 개성'의 지반이 '아세아적 정체성(停滯性)'이며 이것이 '문화, 사상, 정신'의 측면에서 서구보다 우월한 추상적 보편자로서의 동양적 특징을 가능하게 하였다고 결론내리고 있다.

이 글에서 맑스에 의해 생산양식의 전근대성의 징표로 징식화되었던 '아세아적 정체성'은 더 이상 결점이 아니라 동양이 서양의 도덕과 가치체계를 뛰어넘을 수 있게 한 원동력으로 고평된다. 또한, 동양의 "농업적 징체성(停滯性)"은 "합일이니 몰입이니 혹은 입신(入神)이라고 하는 도(道)와 심(心)과의 일치하는 경지" 혹은 "전체에의 몰입·합일성"의 기반이 되는 것이기도 하

---

70 신남철, 「동양정신의 특색―한개의 동양에의 반성」, 『조광』 79호(동양정신특집), 1942.5, 183면.
71 위의 글, 173면.

다. "전체에의 몰입·합일성"이라는 것이 당대 담론의 중심 키워드 중 하나인 '전체주의'와 '유기체론'을 표현하는 또 다른 술어라는 것은 새삼 지적할 필요가 없을 것이다.[72] 요컨대 이 글에서 신남철은 1920년대 초반 사회주의적 세계관의 도래 이래 좌파들의 세계 인식에서 중요한 지평을 형성했던 '아세아적 정체성'론을 전도시켜 동양적 우월성의 원동력으로 재해석하고 있다. 이러한 전도는 신남철에게만 나타나는 특유한 것이 아니며, 1930년대 중후반 이후 등장한 '동양주의'의 여러 맥락이 태평양전쟁의 발발 이후 천황제 파시즘의 이데올로기인 대동아공영권론으로 통합되면서 정식화되는 '동양문화론'의 스테레오 타입에 해당한다.

대략 8년여의 시간적 차이를 갖는 이 두 논문은 한 사람의 저작으로 볼 수 없을 만큼 현격한 인식상의 차이를 보인다. 앞의 논문은 일원론적인 발전론적 사관에 기초하여 사적유물론의 논리를 기조로 당대에 제기되기 시작한 '동양주의'를 비판한 것이라면, 후자는 '동양'이라는 동일자의 실체를 전제로 하여, '아시아적 정체성'을 동양의 미덕이 가능하게 한 원동력으로 격상시키며 '동양주의'를 새로운 세계관으로 받아들이고 있는 글이다. 요컨대, 앞의 논문의 발화자가 일원론적 시간관을 전제로 민족적(동양적) 과거에 도취하는 회고주의를 경계하던 맑스주의 철학자 신남철이라면,[73] 뒤의 논문의 발화자는 지역적, 인종적 경계에 기반을 둔 '동양'이라는 동일자를 매개로 사고하고

---

72 위 글의 전체적 논리, 특히 "天地人三才가 秩序있는 渾圓體로서 一體가되는 곳에 '道'와 '德'이 實現한다" 운운의 구절은, 신남철의 논리가 교토학파의 세계사의 철학 및 1942년의 좌담으로 대표되는 '근대초극의 논의' 등과 연관되어 있음을 암시한다. 교토학파 철학자인 니시타니 게이지[西谷啓治]는 근대초극의 논의 좌담에서 서양문화가 "전체로서의 통일성을 상실"한 데서 파탄에 봉착했다고 지적하며 이를 논의의 출발점으로 상정한다. 니시타니의 설명을 요약하자면, 동양의 천지인삼재(天地人三才)와 마찬가지로 서구에서도 신·세계·영혼의 삼위일체가 문화의 통일을 담당하는 구심이었다가 근대에 이르러 그 전체성을 상실한 데서 서구 문화의 위기가 비롯된 것이다. 히로마쓰 와타루, 김항 역, 『근대초극론』, 민음사, 2003, 26~31면 참조.
73 신남철, 「최근 조선 연구의 업적과 재출발」, 『동아일보』, 1934.1.1~8.

있는 동양론자 신남철이다.

사회파시즘을 비판하고, 1930년대 독일-일본-조선으로의 민족파시즘의 연쇄를 경계하며, 지성과 이성에 대한 신뢰를 발화하던 근대주의자 신남철의 식민지 시기 마지막 문장이 「자유주의의 종언」[74]이라는 점은 신남철 개인에게서나 한국의 사상사의 맥락에서도 가슴 아픈 일이다. 그렇지만 신남철이 과연 식민지 후반기에 맑스주의를 포기하고 제국일본의 새로운 사상을 받아들였는가에 대한 판단은 쉽게 단언하기 어렵다. '사변기념문화논문'이라는 부제를 달고 있는 이 글은 이른바 '대동아전쟁'을 세계 역사의 중추적 의거 원리이던 '자유주의적 질서와 그 이론'에 종언을 고하게 한 세계사의 신원리의 건설로 명명한다는 점에서는 전형적 전시기 프로파간다의 논법을 취한다. 그럼에도 이 논문에서 신남철은 '자유'와 '자유주의'를 구분하고 그것을 딛고 넘어갈 것을 주장한다. 신남철은 "역사적인 자유주의는 '초극'되지 않아서는 아니 된다. 그냥 폐기하여 무(無)에 돌아가게 하는 것이 아니라 그것을 딛고 넘어가지 않아서는 아니 된다. 인간의 '휴머니티'가 아무렇게나 있기도 하고 없기도 해도 좋은 그러한 보잘 것 없는 물건이 아니라 그가 가장 진정한 순수한 알맹이로서 반드시 있어야 하는 것임을 파악하여야 할 것이다. 즉 역사적 임무를 마친 이때까지의 자유주의는 다시 한 번 새 안광을 통하여 극복되어 새로운 대세기의 보무에 발맞춰 야기 재생되지 않으면 아니 될 것이다. 이 점에 '자유주의의 종언'이라는 표제는 그 초극을 의미하는 것"이라고 적고 있다. 신남철은 기존의 자유주의가 중시한 '인간성의 자유'가 새로운 건설에서도 시인되어야 하며, '동아의 해방'이라는 전쟁의 프로파간다를 해석하면서도 그것을 '미영의 식민지적 예속으로부터 민족적으로 해방하는 것'이자

---

74 신남철, 「자유주의의 종언」, 『매일신보』, 1942.7.1~4.

'민족 자체의 내부에서 그 절대다수의 인구를 봉건적 예속으로부터 인간성을 해방'하는 데 있다고 적고 있다. '자유주의'로 언표되는 '근대'는 '초극'되어야 한다는 것인데, 이는 그것의 부정을 의미하는 것이 아니라 신남철의 표현을 빌리자면 그것을 끝까지 저작(詛嚼), 양기(揚棄)하여 새로운 질서의 요소로 이어가는 것이다.

이러한 인식은 「문화창조와 교육」[75]을 통해서도 확인할 수 있다. 이 논문은 식민지 사회가 신체제로 재편되던 시기에 작성된 것이다. 일본의 대표적 철학자인 니시다의 사상에서 변증법의 계기를 본다는 점, 또 당대에 유행하던 비과학적 동양정신, 일본정신의 강조 및 서양에 대한 무조건적 배격을 비판한 니시다의 논의를 합리적 정신의 요체로 인용하고 있다는 점 등에서 이 논문은 문제적이다. 니시다 철학을 인용하는 차원이긴 하지만 동양주의의 광풍과 비합리성에 대한 강조를 비판하고 서구의 합리적 정신을 배격하지 말자고 언급하며 이것이 올바른 황국신민을 만드는 길이라고 주장하고 있는 신남철의 발언은 앞서 살펴본 맑스주의자로서의 신남철, 「동양정신의 특색」을 작성하고 있는 동양론자로서의 신남철의 중간 어디쯤에 위치한다고 할 것이다. 이 논문에서 '황국'의 교육이념에도 기여하리라는 결말부를 제거하고 본다면 이 글은 전체주의 교육이념, 일본주의적 파시즘 교육이념, 서구적 근대성을 부정하는 논리에 대한 비판으로 볼 수 있다. 이러한 측면 때문에 신남철은 마지막 부분의 '황국~' 운운하는 2~3행을 삭제하고[76] 해방 이후의 평론집인 『전환기의 이론』에 이 글을 포함시키고 있다.

동양론과 관련된 식민지 말기 조선 지식인의 발화는 당대적 맥락과 식민

---

75 신남철, 「문화창조와 교육」, 『인문평론』, 1939.11.

76 삭제된 부분은 다음과 같다. "이때에만 비로소 知德合一의 道義的生活이 實現될 것이다. 그리하야 우리 皇國臣民育成의 方法도 以上과 가튼 것을 다 包容하는 優越한것이라야하고 또 사실 그러한 것이라고 생각한다." 위의 글, 15면.

지인이라는 위치를 섬세하게 분별하면서 읽어야 할 필요가 있다. 가령, 신남철과 함께 언급되곤 하는 역사철학자인 서인식과 경성제국대학 후배이기도 한 박치우 등의 이 시기 평론에서도 제국일본의 동아협동체론과 니시다 기타로 및 일본 교토학파의 철학에 공명하는 비평을 볼 수 있지만, 그것을 그대로 맑스주의에서의 전향과 친일 문장으로 일괄하기 어려운 측면이 있다. 그들은 제국일본의 담론을 식민지인의 입장에서 전유하여 발언함으로써, 제국의 논리로 식민지인의 정치적 주권을 보장받을 수 있는 제국 내에서의 탈식민의 담론으로 그 사상을 전유하고 있기 때문이다.[77] 박치우의 경우에도 신남철과 마찬가지로 니시다 철학에서 변증법의 계기와 그 보존의 여지를 간파했고, 그것을 강조하기도 했다. 박치우 역시 해방 이후『사상과 현실』[78]에 식민지 말기에 작성했던 동아협동체론에 관한 비평과 니시다 철학에 대한 비평들을 그대로 싣고 있는데,[79] 이 역시 신남철의 경우와 마찬가지로 식민지 시기 자신의 글이 맑스주의자로서의 변증법적 세계인식과 배치되는 것이 아니라는 판단 위에서 이루어진 것이라 할 수 있다. 니시다의 강연을 인용한 식민지 시기의 교육이념을 해방기 신생 조선의 국민국가의 교육이념으로 제시하고 있는 신남철의 인식에 대해서 그 무반성적 사유를 비판하는 것은 어쩌면 쉬운 일일지 모른다. 그렇지만 신남철의 입장에서는 니시다 철학에서 변증법과 서구적 근대성의 계기를 발견하였으며, 식민지 시기와 해방기의 자신의 사유가 일관된 징표로 이러한 니시다 철학의 전유를 제시하고 있다고 할 수 있을 것이다.[80]

---

77 이에 대해서는 차승기 · 정종현 편,『서인식 전집』1~2, 역락, 2006의 해제 부분을 참조할 것.

78 박치우,『사상과 현실』, 백양당, 1946.

79 이에 대해서는 정종현, 「'중일전쟁'과 탈식민의 환타지」,『전쟁의 기억, 역사와 문학』상, 월인, 2005, 210~213면 참조.

80 5절에서 살펴보겠지만, 니시다 철학의 전면적 부정이 이루어지는 것은 한국전쟁 이후 북한에서의 저술에서이다.

4. 탈식민지기 국가 건설과 아카데미 수립 구상

1) '조선학술원' 수립운동과 '국대안' 파동을 중심으로

해방 이후 신남철은 경성제국대학과 서울대학교 교수, 민주주의민족전선 중앙위원, 연구위원을 역임하였으며, 백남운의 핵심참모로 활동하다가 월북한다. 해방기 신남철의 사상과 실천적 행보는『역사철학』[81]과『전환기의 이론』[82]을 통해서 그 대체적 윤곽을 파악할 수 있다.『역사철학』이 식민지 시기부터 관심을 가지고 있었던 헤겔 철학과 맑스 철학에 기초한 '역사철학'의 이론을 저술한 책이라면,『전환기의 이론』은 주로 해방 이후 쓰인 글로 구성되어 있으며,『역사철학』의 원론을 구체화하는 저술이다.[83] 여기서는 현실적 사회변화와 직접적으로 관련을 맺고 집필된『전환기의 이론』을 중심으로 해방 이후 신남철의 사상과 행보를 검토하겠다.

『전환기의 이론』이라는 표제에서 알 수 있듯이, 신남철은 이 시기를 '전환기'라고 규정하고 있다. '전환기'라는 것은 이 시기의 지식인들에게는 익숙한 시대적 명명이다. 평론집의 표제격인「전환기의 인간」이 1940년 3월『인문평론』에 게재되었던 논문이라는 사실은 시사적이다. 신체제의 수립 시기에 신남철은 이미 당대에 필요한 인간을 '주체적 인간'으로 규정한 바 있는데 그것은 당대의 전환기 담론과 교토학파의 '세계사의 철학'에 대한 공명으로 채

---

81 신남철,『역사철학』, 서울출판사, 1948.1.30.

82 신남철,『전환기의 이론』, 백양당, 1948.5.31.

83 신남철은『전환기의 이론』서문(1면)에서 "전저(『역사철학』—인용자 주)에서 논명하려고 한 역사적 사회의 발전에 대한 원리가 어떻게 '지금과 이곳'에서 구체화되어야 하는 것인가를 따져보지는 못하였던 것"이라고 밝히고 이 책이 "전저에 대한 현실적인 적용이고 전개"라고 규정하고 있다.

워져 있었다. 신남철은 이 논문을 수정 없이 해방 이후의 평론집에 게재하고 있다. 신남철은 이 글을 통해서 인간 유형을 '능산적 인간 / 소산적 인간, 주체적 인간 / 객체적 인간'으로 구분하고, 각각을 전환기와 안정기를 대별하는 인간형이라고 제시하며 전환기의 사회에서는 주체적 인간형이 필요하다고 주장한다. 이러한 주체적 인간을 지향하며 신남철이 걸어간 구체적 행보는 '국립서울종합대학안'(이하 '국대안')을 둘러싼 논쟁과 '조선학술원' 설립에서의 그의 역할을 중심으로 정리할 수 있다.

　해방과 함께 경성제국대학은 교명을 경성대학으로 바꾸고, 조선인 직원들에 의해 '경성대학 자치위원회'가 결성되는 등, 변화의 움직임이 나타나기 시작했다. 하지만 곧 남한이 미군정의 통제를 받게 되면서, 경성대학의 개혁은 미군정 학무국의 주도하에 이루어지게 된다. 1945년 10월 10일 학무국 장교 엘프리드 크로프츠(Alfred Crofts)가 학장으로 임명되고, 10월 16일에는 미군정 법령 제 15호에 따라 정식으로 서울대학이라는 명칭을 사용하게 된다. 1946년 2월 해리 B 앤스테드(Harry Bidwell Ansted)가 학장으로 임명되고 서울대학교를 다른 전문대학들과 통합함으로써 확대·강화하는 방향으로 정책을 진행해 나간다. 정치의 영역에서는 좌우파가 헤게모니의 각축을 벌이고 있었지만, 미군정 치하의 교육계를 장악한 조선인 관료들은 그 계급적 지반과 이데올로기적 측면에서 볼 때, 체제유지적 보수주의와 반공이데올로기 우선주의를 기반으로 하는 세력이 주를 이루었다.[84] 적어도 미군정기에 교육세력 내부에서는 이념 및 정책 대결 과정 없이 우익 편향적 세력이 거의 독

---

84 최혜월에 따르면 "당시 교육 주도세력의 집합체적 성격을 갖고 있던 '조선교육심의회' 구성원들의 사회·정치적 참여와 이들의 계급적 기반" 등에서 "한민당을 비롯하여 민족청년단, 흥사단에 대거 참여한 이들 주도세력은 지주계층 출신의 고학력자와 유학 경험자가 다수를 차지하였고, 체제유지적인 보수정당에 다수가 소속돼 있었으며, 또한 반공이데올로기를 그 이념적 기반으로 하고 있었다는 점 등을 공통점으로 가지고 있다"(최혜월, 「미군정기 국대안반대 운동의 성격」, 『역사비평』 3호, 역사문제연구소, 1988, 10면)고 정리할 수 있다.

점적으로 주도권을 획득하고 있었다. 이들은 교육 제도에 대한 새로운 법령을 마련하였으며 그중에서 국립대학 설치를 규정한 '국립서울종합대학안'을 둘러싼 논란이 교육계에서 거세게 일어났다. 1946년 7월 13일 유억겸 문교부장이 공식적으로 발표한 '국대안'은 경성대학과, 일제시대 설립된 서울 및 그 근교에 있는 10개 관립·사립전문학교를 통합하여 하나의 종합대학교로 통합하는 것을 주요 골자로 하는 안이었다.[85] 해방기 좌우파의 대립은 신탁통치에 대한 찬탁 / 반탁 운동, '국대안'을 둘러싼 찬반운동, 단정 수립에 대한 찬반을 둘러싸고 격렬하게 재연되었거니와, 이러한 이유 때문에 기존의 한국교육사 연구에서는 '국대안'에 대한 찬반도 이러한 좌우파의 대립의 구도로 모두 수렴해서 접근한 측면이 있었다. 그러나 '국대안' 비판을 좌파 이데올로기와 결부시켜서만 사고하는 것은 냉전체제 이후의 이데올로기 대립을 해방기로 역투사하는 것이다.[86] 우파 내부에서도 이 같은 중대한 국가적

---

[85] 『동아일보』, 1946.7.14자에 따르면 경성대학을 포함하여 국립대로 통합된 전문학교는 다음과 같다.

	학교명
관립	경성대학, 경성법학전문학교, 경성의학전문학교, 경성공업전문학교, 경성광산전문학교, 경성경제전문학교, 수원고등농림학교, 경성고등상업학교, 경성사범학교, 경성여자사범학교
사립	경성치과의학전문학교

국대안은 문리과대학·사범대학·법과대학·상과대학·공과대학·예술대학·의과대학·치과대학·농과대학 등 9개 단과대학과 1개 대학원을 두고, 그 통괄기관으로 1개의 이사회를 두며, 그 아래에 총장과 부총장을 한 사람씩 두어 학교를 통괄키로 한다는 내용이었다.

[86] 가령, 해방 이후 서울대학교 교수로 재직하며 해방기와 한국전쟁까지의 당대 풍경을 기록한 역사학자 김성칠은 1950년 6월 26일 자 일기에서 국대안 반대가 좌우파의 이데올로기 대립의 문제로 온전히 수렴될 수 없다고 회고하고 있다. "국대안으로 말하면 나 자신 가장 이를 싫어하는 사람의 한 사람이므로 이렇게 생각되는 건지는 모르지만, 당시에 국대안을 반대한 학생이라 하여 이를 모두 좌익으로 모는 것은 잘못일 것이다. 당시의 국대안 반대 투쟁을 좌익 측에서 이를 조종한 혐의가 있다 하여 그러한 성싶으나 우리가 보기엔 모든 기회를 노리는 좌익이 국대안에 대한 불평을 이용하고 이를 선동하였을 것은 사실이나, 그렇다고 순수한 기분에서 모순과 불합리의 권화(權化)인 당시의 국대안을 반대한 학생들을 모두 좌익으로 몰아서 두고두고 이를 닦달한다는 것은 국가적 견지로 보아서도 득책이 아닐 것이다. 이는 반드시 국대안

관심사는 정부 수립 이후 조선적 입장에서 신중히 검토해야 할 사안이라는 점에서 비판되었고, 당대의 양식 있는 지식인들은 국대안의 수립 과정에서 미군정 관료들에 의한 일방적 기안의 비민주성 및 그 '안'의 내용이 지닌 신식민지성 등을 비판하였다. 당대 국대안에 대한 비판 논의를 정리한 최혜월의 논의를 간략히 발췌 인용하면, 국대안의 문제점은 다음의 다섯 가지로 정리할 수 있다. ① 이사회 조직의 문제로서, 이사회는 총장천거권, 총장에 의한 교수임명권과 정직명령권, 그리고 학생 및 학원운영에 관한 최종 결정권을 갖고 있었다. 이사회 구성의 6명의 이사 모두가 문교부관리로 충원되었다는 점에서 관료적 독재화를 초래할 가능성이 지적되었다. ② 학원의 자치권을 심각하게 위협하고 있음이 비판되었다. 국대안에 의하면, 이전에 학내 문제를 자율적으로 수행할 수 있었던 교직원 중심의 교수회가 폐지되고, 총장을 비롯하여 그 이하 교수들의 지위가 이사회에 종속됨으로써 교수회의 기능이 사실상 폐기처분되었다. 학생들의 자율적 활동도 규제하고, 학장 승인 없이는 어느 단체에도 참여할 수 없다는 규정이 있어서 학생들의 자율적 과외활동을 제한하고 있었다. ③ 국대안 자체가 구상되고 결정되는 방식이 비민주적이고 독단적인 행정이었다는 점 또한 교수, 학생 들의 반대를 유발하는 요인이었다. ④ 국대안은 현실적 기반이 없는 상태에서 제기된 문교관료들의 업적주의의 산물이라는 비판이 있었다. 각 단과대학만으로도 통일된 운영이 어려운 현실 속에서 4년제 종합대학과정을 정규화한다는 것은 현실을 무시하고 구상과 형식만을 중시한 것이라고 비판되었으며, 오히려 가장 시급한 교육 문제는 국민 다수의 교육적 요구를 균등하게 포괄할 수 있는 초

을 반대한 학생들만을 두고 할 말이 아니지만, 대체로 우익 측이 너무 편견을 고집하여 그 때문에 양심적인 중립분자를 많이 좌익으로 몰아세우는 경향이 없지 아니함은 우익을 위해서도 결코 좋은 현상이 아닐 것이다." 김성칠, 『역사앞에서』, 창작과비평사, 1993, 57~58면.

등 교육 문제임이 강조되었다. ⑤ 국대안은 경제학부와 정치학부가 폐쇄되고, 이공학부가 축소되는 결과를 초래함으로써, 일제하에서 기초과학분야가 억압되고 교육이 정치적으로 이용당하던 식민지 상황을 유사하게 반영하고 있다고 비판되었다. 또한 국대안의 외세의존적 식민지성과 관련하여 미국인 총장의 문제가 거센 반발을 유발시켰다.[87]

이처럼 '국대안'은 좌우파 이데올로기 대립의 차원으로만 이해할 것이 아니라 그 절차상의 문제, 독립국가로서의 정부 수립과 무관한 기능주의적, 신식민지적 구도 때문에 광범위한 비판에 직면했던 사정을 인식해야 한다. 신남철 역시 이 과정에서 '국대안'을 반대하며 자신의 민족교육론에 대한 구상을 구체화하였다. 그렇다면 그가 '국대안'을 비판하며 새롭게 제기한 민족교육론은 무엇이었는가? 식민지 시기의 「민족이론의 삼형태」에서부터 스탈린의 민족이론에 입각하여 민족과 문화의 구성적 성격에 대해 강조했던 신남철은 해방기의 논문 「민족문화론」에서도 '민족', '문화'라는 개념 위에서 새롭게 구성되어야 할 민족문화에 대해서 언급하고 있다. 신남철은 "민족문화건설의 문제는 역사적인 전환기에서만 나타난다"[88]고 언급하고 "'팔굉일우'가 '홍익인간'으로 변하였다는 것이 과연 얼마나 무엇을 인민의 생활과 민족해방에 기여공헌한단 말이냐"고 비판하며 식민지 교육이념의 변형이 아닌 조선 교육의 전면적인 탈식민적 재구성을 주장하고 있다. 「조선교육 건설상의 문제」에서 신남철은 일본제국주의 교육의 폐해를 '일제 노예교육의 실황'이라는 항목을 통해 하나씩 구체적으로 지적하여 비판한 후, 건설기 조선 교육의 3원칙을 '자유, 비판, 자치의식'으로 제시한다. 특히 '자유', '비판'의 항목

---

87 최혜월, 앞의 글, 21~22면. 최혜월은 이후 『논쟁으로 본 한국사회 100년』(역사비평사, 2000)의 '국대안' 편에서 반대운동의 논리를 ① 시기상의 문제 ② 일제잔재의 지속 ③ 재임용과정을 통한 진보적 교수의 배제 ④ 과정의 비민주성 등의 네 가지로 정리하고 있다.
88 신남철, 「민족문화론」, 앞의 책, 1948.5.31, 168면.

을 설명하면서 이것을 '국대안' 파동이라는 해방기 최대의 교육 쟁점과 결부시켜 다음과 같이 설명하고 있다.

現 文敎當局의 施策은 안타깝게도 이點에 對하여 遺憾된 點이 있지나 않은가. 去般의 國立 서울大學校案에 對한 當局의 態度는 이 自由, 批判, 責任의 基本的 聯關性에 對하여 全然 無關心 無知覺하다는 非難이 있는 것은 事實로 首肯되는 것이니 그것은 卽 民主主義的 訓練의 敎育的 分野에 있어서 自由로운 討究와 批判의 精神을 容許하지 않는 擧措에 나왔다는 點에서 深甚한 遺憾의 意를 表하지 않을 수 없는 것이다. 더욱이 學界 文化界의 거의 全部를 들어 再考慮를 要請하였음에도 不拘하고 全然 黙殺의 態度를 取하고 있는 것은 自手로 民主主義的 國民敎育의 原理를 拒否하고 있는 것과 다름이 없다. 勿論 그 內部的 苦衷이 있었음을 잘 안다. 잘 아는이만치 또한 期待가 많고 또 諒解하는 바 크다. 그러나 一部層의 煽動에 依한 謀略破壞라고 한다면 너무도 조선의 敎育實情을 無視한 것이라고 하지 않을 수 없는 것이다.[89]

신남철은 '국대안'의 비민주성을 포괄적으로 제기하고 그 결과로 초래된 40여 개교 3만여 명의 학생이 참여한 제네레스트를 언급하면서 다시 이 안의 구체적 문세점을 다음의 세 가지 층위에서 비판한다. 신남철이 비판하는 '국대안'의 부당성은 ① 교육 제도상 거대한 생산분명의 기반 위에서만 가능한 종합대학 제도를 성급하게 이식하였다는 점(국립서울대 법령에 의하면 국립서울대학교는 영구히 존재한다) ② 6·3·3·4의 제도를 채용할 때 구미나 패전 일본은 중학부터 그 개혁을 시작하여, 그 개편이 다 되었을 때 고등교육의 개편

---

89 신남철, 「조선교육 건설상의 문제」, 위의 책, 151~152면.

을 착수하기로 했는데 조선에서는 극단의 비밀주의 속에서 거꾸로 된 개편을 강압적으로 추진하였다는 사실에 그 문제점이 있다고 지적한다. ③ 자치생활이 해방 교육의 근본이라고 할 수 있는데 대학교 당국의 규정은 그렇지 않게 되어 있다고 지적하고 있다. 신남철에 따르면, '국대안'은 교수회의 자치권을 인정하지 않고 학생단체를 대학교의 학생처가 통제간섭하게 되어 있다. ④ 교육행정의 견지에서도 불합리적이고 반민주적이라는 점을 지적하고 있다. 이러한 지적들은 앞서 최혜월이 당대의 '국대안' 반대 논리들을 망라하여 정리한 것과도 일맥상통하는데, 신남철 역시 '국대안'이 갖는 기능주의, 신식민성, 비민주성 등을 근거로 비판하며 새로운 민족국가의 설립과 함께 이 안을 새롭게 제출할 것을 요구하고 있다.

앞에서도 인용한 윤영도의 연구에 따르면, '국대안'에 나타난 인문학 내에서의 지적체계의 재편과정은, "국민국가의 문화적 동일성 형성을 위한 거대서사의 구축, 제한된 타자로서 중국에 대한 제한적 서사, 사라져버린 제국의 중심으로서 일본에 대한 망각, 그리고 새로운 중심으로 부각된 서구라는 타자에 대한 인식"[90] 등으로 정리할 수 있다. 미군정 학무국 주도의 '국대안'은 요컨대 미국 헤게모니 아래에서 지식-담론의 제도를 미국식 주립대학의 편제로 바꾸고 그 학과 편제 역시 미국식 민주주의를 보편가치로 하는 학문적 심상지리로 재구성하는 과정이었다고 할 수 있다. 결국 '국대안'은 새롭게 구축되는 냉전질서 속에서 미국 헤게모니 아래 남한의 지식-담론 및 제도를 재

---

90 윤영도, 앞의 글, 172면. 서울대학교의 문리과대학의 재편에 의해 인문학 관련 학과는 국어국문학과, 영어영문학과, 독어독문학과, 불어불문학과, 중국어중문학과, 언어학과, 사학과, 사회학과, 종교학과, 철학과 등이 개설되었으며 국어국문학과, 사학과 등을 통해 국민국가의 자기동일적 주체성을 구성하고, 지나어문학과에서 중국어중문학과가 외국어문학과에서 영, 독, 불어 3개권역의 어문학과가 증설되었다. 이 과정에서 일본 관련 지식체계는 공식적 학과에서 삭제·망각되었으며, 중국어중문학과 역시 당대 냉전 질서의 구축에 대응하여 식민지기의 실증주의적 지나어문학의 유산을 계승하는 방향으로 구성되었다.

편해가는 정책적 방향성을 지니고 있었고, 그러한 방향성은 한국의 현대 인문학 제도의 근간을 형성한 것이기도 하다. 신남철은 이러한 미국 헤게모니 하의 '국대안'의 방향성을 일본제국 주도의 경성제국대학의 방향성과 동일한 것으로 간주하면서 탈식민의 맥락에서 그 신식민주의적, 반민주적 성격을 비판하고 있다.

그렇지만 신남철도 제기하였던 '국대안' 반대 논리의 핵심 중 하나인 '자치'의 문제는 '국대안' 추진세력과 반대세력을 민주 / 반민주의 진영으로 단순화하기 어려운 측면을 가지고 있었다. 서울대와 김일성대학의 출범에 관해 연구한 김기석에 따르면 '국대안'은 계급, 민족의 문제뿐만 아니라 "'교수자치를 근간으로 하는 대학자치'의 문제가 그 핵심에 있었다. 이 '자치'의 문제가 '민주주의'의 맥락으로 제기되고 있지만 '교수자치'는 제국대학 기득권의 핵심이었다. 서울대학교 교수진의 주축이었던 제국대학 출신자들은 교수 자치라는 기득권을 침해하는 국대안에 거부감을 가질 수밖에 없었고 특히 식민지 '학지'에서는 대학으로 인정하지 않은 전문대학과의 통합을 결코 받아들일 수 없었다는 지적이다. 월북하여 김일성대학에 자리 잡은 서울대 교수들이 교수 자치가 이루어지고 있지 않은 김일성대학에서는 한 번도 자치 문제를 제기하지 않았다는 사실, 또한 김일성대학의 급여 등의 경제적 혜택이 서울대와 크게 차이가 있있다는 사실 등은 '교수 자치'에 대한 다른 해석을 가능하게 하는 증거로 언급될 수 있을 것이다. 자신의 아이덴티티를 형성했던 식민지 교육 제도의 정점인 경성제국대학에 대한 부정과 극복, 지양을 열망하면서도 미국 헤게모니하의 조선 인문학 제도 재편이 가져올 자기 정체성에 대한 부정을 받아들일 수 없었던 복잡한 심리가 '국대안'에 대한 반대에 착종되어 있었다고 정리할 수 있다.

학자이자 실천가로서의 신남철의 면모를 살펴보기 위해서 '국대안' 반대

활동과 더불어 주목할 것은 해방기의 다양한 정치적 활동과 저술이다. 신남철은 1945년 '조소문화협회' 창립[91]에 관여하는가 하면, '조선학술원', '과맹' 설립 등을 주도하며 학술적으로는 새로운 신생국가의 아카데미즘을 확립하려는 노력을 수행하였고, 정치적으로는 백남운 중심의 진보정당운동에 투신하였다. 각 학문분야의 최고 석학들을 모아 지적 최고기구를 구성하는 국가 아카데미아의 설립을 지향했던 '조선학술원'의 구상은 그 연원이 1930년대까지 소급된다. 『동아일보』가 1936년 신년을 맞이하여 마련한 특집 다산 서세백년기념제에서 당대 학술 인력들의 조선 학술에 대한 견해를 모아내면서 식민지 조선 독자의 학술 아카데미를 구성하려는 백남운 중심의 '중앙 아카데미' 창설운동의 구상이 마련된다.[92] 강화되는 파시즘의 기운 속에서 실현되지 못했지만, 이러한 구상은 해방 이후 곧바로 민립 '조선학술원' 창립으로 이어지게 된다. '중앙 아카데미' 창설운동은 『동아일보』의 특집을 통해 마련되었으며, 그 중심인물은 백남운이었다. 연희전문 교수이자 『동아일보』 객원인 백남운을 중심으로 이러한 학술 기획을 마련하는데 당시 『동아일보』 기자로 재직 중이었던 신남철이 깊숙이 관여하고 있었다. 1930년대 백남운과의 만남과 '중앙 아카데미' 구상에의 동참은 해방 이후 신남철의 행로를 결정짓는 것이기도 하다. 해방 직후인 8월 16일 오후 2시 서울에 있는 사람들이 중심이 되어, YMCA에 모여 조선학술원 설립을 위한 준비회의를 열었고 설립준비위원으로 백남운, 신남철 등 17명이 선정되었다. 같은 날 저녁 경성공전에서 조선학술원 설립총회를 개최함으로서, 미리 마련된 잠정규정을 통과시키고 기구의 위원을 선정하여 조선학술원을 창립하였다.[93] 좌우파의 인

---

91 「조소문화협회 창립」, 『서울신문』, 1945. 12. 28. 신남철은 '조소문화협회' 창설 대회의 개회사를 주관했으며, 이사로 선임되었다. 당 협회의 임원진은 다음과 같다. 회장 : 홍명희, 부회장 : 도상록, 김양하 이사 : 백남운 외 29명.
92 이에 대해서는 김용섭, 『남북 학술원과 과학원의 발달』, 지식산업사, 2005, 18~27면 참조.

문학, 사회과학, 자연과학자를 모두 망라한 조선학술원은 불편부당한 민립 아카데미로 출발했지만 이후 정세의 변화에 따라 구성원들이 정치적 견해에 따라 분화하고 좌파 학자들의 월북으로 유명무실화된다. 신남철은 조선학술원이 무력화되어감에 따라 자신의 정치적 입장을 명확히 하면서 새로운 과학자 모임을 역설한 「현하의 과학 정세와 과학자의 임무」의 말미에서 '과맹'의 결성에 자신이 주도적 역할을 했고, 이 글이 '과맹' 결성의 취지문의 성격을 띠고 있음을 밝히고 있다.

「민주주의와 휴매니즘」은 당대 좌파 내부에서의 갈등, 그중에서도 특히 남로당 박헌영과 신민당 백남운의 갈등을 배경에 두고 살펴야 할 논문이다. 이 논문은 '진보적 민주주의 혁명단계'라는 남로당과 일견 공통되는 노선을 제기하는 듯하지만 보다 더 유연한 좌우합작 노선과 중도파적 입장을 견지하고 있으며, 모택동의 '신민주주의론'을 소개 원용하고 있다. 특히 신남철이 데모크라시를 설명하고 휴머니즘과 교양을 강조하면서, '좌익편향', '소아병'을 경계하는 논리에 대해서 주목해야만 한다. 이러한 주장은 인문학적 교양과 정치적 실천이 결합된 지도자론으로 이어진다. 「지도자론」에서는 백남운이 직접적으로 거명되지 않지만 그를 염두에 둔 헌사로 읽어도 무방해 보인다. '과학과 시의 통일', '푸근한 지성', '고민과 포옹의 철학적 수행!'이라는 신남철의 지도자에 대한 형싱화와 "제아무리 징치노신이 다르다 하더라도 우리는 고매한 포옹적 겸허와 보순통일석 전환이 가능하다고 보지 않을 수 없다"[94]는 주장은 당파성을 내세우며 좌우합작에 대한 모색을 기회주의로 명명했던 박헌영과 남로당의 노선에 대한 비판이었으며, 좌우합작 노선을

---

93 위원장은 백남운이며, 신남철은 조직부 위원으로 선임되었다. 도상록, 「학술위원록」, 『학술 —해방기념논문집』, 서울신문사 출판국, 1946, 230면 참조.
94 신남철, 「지도자론」, 앞의 책, 1948.5.31, 236면.

견지한 백남운에 대한 지지 표명이었다. 해방기 신남철의 교육의 이념과 정치적 신념은 교조적 맑스주의와는 거리가 먼 것이었으며, 합리주의적이고 유연한 사고에 기반을 둔 민족국가 수립을 위한 진보적 이념이었다고 정리할 수 있을 것이다.

5. 월북 이후의 신남철

신남철의 월북 시기는 정확하지 않지만 미국 측 노획문서에 1947년 김일성대학 충원대상으로 기록되어 있다는 사실을 감안했을 때 1947년경으로 추정할 수 있다.[95] 신남철이 북한에서 남긴 글들 중 현재 확인할 수 있는 것은 「남조선에 대한 미제의 반동적 사상의 침식」,[96] 「실용주의 철학은 미제침략의 사상적 도구」,[97] 「연암 박지원의 철학사상」[98] 등이다.[99] 여기에서는 『근로자』 소재의 세 편의 글을 간략히 검토하여 월북 이후 신남철 사상의 추이를 살펴보겠다.

「남조선에 대한 미제의 반동적 사상의 침식」은 1950년대 신남철의 사상의 거처를 읽을 수 있는 첫 번째 논문이다. 이 글에서 신남철은 미국 헤게모

---

95 김기석, 앞의 글, 78면.
96 신남철, 「남조선에 대한 미제의 반동적 사상의 침식」, 『근로자』 11호, 평양 노동신문사, 1955.11.
97 신남철, 「실용주의 철학은 미제침략의 사상적 도구」, 『근로자』, 평양 노동신문사, 1957.2.
98 신남철, 「연암 박지원의 철학사상」, 『근로자』, 평양 노동신문사, 1957.3.
99 『력사과학』 1958년 1월호 '학계소식'에는 신남철이 '리율곡의 철학사상'을 구두발표한 내용이 전언되어 있지만, 이 발표문이 활자화되어 게재되지는 않은 것으로 보인다.

니하에서 형성된 1950년대 남한의 사상계와 문화계에 대한 비판을 수행하고 있다. '미제국주의'와 그 '괴뢰인 이승만 도당'이라는 호명에서 알 수 있듯이, 이 글은 '공화국 북반부'를 민족사적 주체로서 설정하고 남한을 '미제국주의'의 '괴뢰'로 상정하는 냉전적 이데올로기 위에서 구성되어 있다. 냉전적 진영 논리에 입각한 글이지만, 동시대 남한 저널리즘과 학술활동 전반을 시야에 두고 검토하고 있으며, 해방기까지 지속되어온 자신의 사상의 특정한 국면과 연관된 니시다 철학 등 제국의 '학지'에 대한 직접적 부정이 드러난다는 점에서 흥미로운 자료라고 할 수 있다. 신남철이 비판하고 있는 것은 이른바 '미제국주의'의 남한에 대한 '문화-사상적 침식'이다. 신남철에 따르면, 미국은 "조선 사회발전의 '낙후성'을 과장하며 인민생활 풍습의 독자성을 멸시하고 미국식 '문명'과 인종적 '우월성'을 설교"하고 있다. 낙후한 상태를 극복하는 방법은 미국화를 통해서 가능하다고 선전하며, 그 첨병으로 '반동적, 반과학적, 관념론적 철학설'을 유포하고 있다고 주장한다. 그가 제시한 남한 사상계를 침식하고 있는 철학설은 세 가지이다. 첫째는 실용주의와 교육의 환경 조화설, 인간 품성의 개변을 주장하며 맑스주의를 비판하는 존 듀이의 철학이다. 신남철은 듀이의 실용주의 철학 등에서 미제국주의의 침략 이데올로기의 철학적 기반을 추출하고 남한의 교육이념, 철학 등에서 이것이 어떻게 재현되고 있는가에 비판의 초점을 맞추고 있다. 둘째는 미국 교회의 신학적 이론적 토대가 된 객관관념론인 인격주의로 기독교계 대학과 교회를 통해서 설파되고 있다고 주장된다. 셋째로는 세계를 논리 계산으로 비꾸어 놓는 주관 관념론인 러셀 등의 논리적 실증주의이다. 그 외에도 코스모폴리타니즘에 입각한 어의론 철학, 가톨릭 세력의 신토마스주의 등을 당대 남한의 사상계를 침식하는 미제국주의의 사상으로 규정하고 있다.

이어서 남한 내에서 이루어지고 있는 '미국식 생활양식과 문화를 강제로

부식시키기 위한 강력한 조치'들에 대해 비판한다. 신남철은 남한 사회에서 이루어지는 이러한 조치들이 병영 내의 '정훈 교육'을 사회로 확산시켜 놓은 것이라고 지적하는데, 특히 주목할 대목은 '한국 자유민주주의'와 관련된 『사상계』 논의에 대한 비판이다.[100] 그 비판의 요지는 '신윤리운동'에 집중 되어 있다. 신남철은 "민족경제와 산업의 파탄을 공격하며 략탈과 가렴 잡세 를 반대하여 투쟁하는 것은 점잖지 못한 일이며 '유물사상'에 물들은 까닭이 니 '양심, 륜리 실덕'을 선전"[101]하는 이러한 윤리운동이 미제국주의에 복무 하는 파쇼 사상의 선전운동이라고 지적하고 있다. 신남철이 비판하는 이러 한 신윤리운동은 1950년대 상황에서는 정권의 부패상을 지적하며 『사상계』 등의 지식인 그룹들이 벌인 자유 민주주의의 본원을 회복하기 위한 측면이 함께 혼재되어 있었다. 신남철은 『사상계』 등의 반이승만, 반자유당의 지식 인 담론과 이승만 정부의 관제 담론을 구분하지 않고 비판한다. 『사상계』 등 의 정론지에서의 '자유', '민주'의 원의와 윤리에 대한 강조는 남한 지배 엘리 트 내에서의 분화상을 보여주는 것으로 이승만 정권의 부패상에 대한 이러 한 비판은 4·19로 이어지는 담론적 기반을 마련한 것이다. 신남철의 입장 에서는 이러한 남한 지배 엘리트 내부의 분화는 중요하지 않았고, 그 차이는 변별되지 않는다. 이 글에서 미소 냉전을 배경으로 맑스주의적 관점에서 바 라본 남한의 사상계와 문화는 모두 미제국주의에 의해 사상적 침식을 당하 고 있다고 일괄되었다. 신남철은 또한 지식인 엘리트의 철학만이 아니라 이

---

[100] 신남철은 이 글에서 「한국 자유민주주의」라고 표기하고 있으나 정확하게는 1955년 8월호 『사상계』 에 게재된 신도성의 「한국 자유민주주의의 과제」라는 글이다. 이 글은 '자유' 특집의 하나로 게재되었다. 특집명은 '자유의 본질 · 자유의 과제'이며 구체적 필자와 논문명을 예시하면 다 음과 같다. 안병욱, 「자유의 윤리」; 제카리아 · 쇄페, 「사상의 자유」; 라인혼드 · 시이버, 「자유 와 권위」; 버트랜드 럿셀, 「고민하는 자유와 그 방향」; 차상초, 「자유주의의 현대적 고찰」; 신 도성, 「한국 자유민주주의의 과제」; 부록 「자유와 자유주의에 관한 문헌소개」 등이다.
[101] 신남철, 앞의 글, 1955.11, 109면.

른바 '미국식 생활양식'을 선전하고 내면화하는 『여성계』, 『신태양』, 『희망』 등 1950년대 남한의 미디어와 영화, 대중가요 등의 대중문화를 아울러 비판한다. 이러한 비판의 근거는 이 대중 미디어들이 동물적 성의 본능에 충실한 인간을 묘사함으로써 미 제국주의를 비판할 수 있는 건전한 인민의 비판 능력을 마비시킨다는 데 있다.

흥미로운 대목은 식민지 말기 서구적 합리성을 보존하는 계기로 활용하고, 해방 이후 민족교육 수립을 위해서 전유했던 니시다 철학을 '비합리적 주체성(主體性)'이라고 비판하며 전면 부정하고 있는 점이다.[102] 이제 신남철은 자신의 정체성 형성의 기반이었던 제국 '학지'하에서 습득한 교양 및 서구 철학과 절연하고, 맑스주의를 전면화한 사회주의자의 입장에서 발화한다. 해방기 신남철의 '국대안'에 대한 비판은 월북으로 이어졌으며 그것은 미국 헤게모니하에서의 남한의 단정 수립과 지식-담론의 미국화에 대한 부정이기도 했다. 월북 이후 신남철은 자신의 철학적 사상적 거처를 소련 헤게모니하의 북한체제에서 찾았으며 그것은 미국식 민주주의를 보편 이념으로 설정한 남한 사상계의 전면적 부정, 나아가 과거 자기 정체성에 대한 부정으로 이어졌다.

「실용주의 철학은 미제침략의 사상적 도구」는 앞에서 살핀 「남조선에 대한 미제의 반동적 사상의 침식」에서 신남철이 미제국주의의 세 가지 반동적 사상이라 거론한 철학 중에서도 특히 '실용주의' 철학을 집중적으로 검토하며 비판하고 있는 글이다. 신남철은 실용주의 철학을 1870년대 말 '제3세계관'으로 미국에서 발생한 것으로, '미제국주의의 철학적 기초'가 되는 '주관 관념론'이라고 정의하고, 찰스 피어스, 윌리엄 제임스, 존 듀이로 이어지는

---

102 위의 글, 같은 곳.

'반동적 침략적 반과학적 사상무기'로서 규정한다. 실용주의 발생의 역사적 근원을 살펴면서, 신남철은 미국 철학사를 3기로 구분한다. 제1기는 초기 식민지로부터 18세기 후반의 독립전쟁 시기로 유럽으로부터의 각종 관념론의 이식기이다. 제2기는 독립전쟁부터 남북전쟁 시기로 계몽적, 유물론적 사상(프랭클린, 재퍼슨)과 에머슨의 객관관념론과의 투쟁기이다. 제3기는 부르주아적 통일국가 형성 시기로부터 현재까지로 전반기는 독일관념론의 영향하에 있었으나, 제국주의로의 이행을 반영하며 경험론적 주관관념론으로서의 실용주의가 미국의 '국민철학'으로 등장했다고 설명한다. 신남철이 수행하는 실용주의에 대한 철학적 비판은 레닌의 『유물론과 경험비판론』에 입각한 '경험'론에 대한 맑스주의적 해석에 충실하다. 이 글에서 신남철이 특히 강조하고 있는 것은 존 듀이의 실용주의가 지니는 교육이론의 반동성이다. 신남철에 따르면, 실용주의 철학의 반동적, 반과학적 이론에 근거한 존 듀이의 교육학은 "완전무결하게 제국주의에 복무할 수 있는 인간을 양성하기 위하여 교육의 본질을 왜곡"[103]한다. 듀이에 따르면 '교육은 인간이 환경에 적응해가도록 자기의 본능의 활동을 개조하는 것'이다. 신남철은 이러한 듀이의 교육론을 "동물이나 인간은 다 같이 환경에 적응하는 생명 지속을 위한 본능의 활동에 있어서 정도의 차만을 가지고 있으며 환경에 적응하기 위하여 '적자생존', '우승열패'의 생존투쟁이 진행되는 것은 당연한 일이라는 사회 다원주의 이론을 교육학에 적용하고 있는 것"[104]이라고 비판한다. 존 듀이의 교육론 중 '민주주의 정신'의 교양에 대한 비판은 특히 신랄하다. 신남철이 파악하는 존 듀이의 '민주주의 정신'의 교양이란 "노동계급과 모든 근로 인민이 자기들의 자본주의적 생활 환경에 적응하며 자기의 '동거인(同居人)'으로서의

---

103 신남철, 앞의 글, 1957.2, 여기서는 정종현 편, 『신남철 문장선집』 2, 성균관대 출판부, 2013ㄴ, 345면.
104 위의 글, 346면.

자본가들과 사이좋게 지내면서 무슨 일에나 서로 '합작'하는 것이 필요하며 그 합작에 의하여 공동적으로, 점차적으로 사회를 개량해 나가는 정신이 곧 '민주주의 정신'이며 그 정신을 배양하는 노력이 곧 교육"[105]이라는 것이다. 신남철은 이러한 듀이의 교육론을 "자본가 계급을 위하여 근로 인민을 노동 노예로 만드는 이론"[106]이라고 요약한다. 이러한 교육론을 담고 있는 듀이의 『민주주의와 교육』이 문교부 차관 오천석에 의해 번역되고, 서울대 총장인 장리욱이 '민주주의 정신'에 의한 교육을 주장하는 데에서 남한의 교육계에 끼친 실용주의의 큰 영향을 지적하고 있다. 이러한 실용주의 철학 및 교육학과의 대척점에 진정한 인도주의를 실현하는 이성적 맑스-레닌주의 철학과 교육학을 설정함으로써 남 / 북한의 냉전적 진영을 철학론을 통해서 재현하고 있다.

　죽기 전 북한에서 활자화된 마지막 글인 「연암 박지원의 철학사상」은 신남철 개인의 사상의 전개에서는 물론 한국의 학술사와 관련해서도 흥미로운 논점을 제기하고 있는 논문이다. 연암 박지원의 철학 사상을 설명하는 이 논문은 1930년대 조선학 연구의 연장선상에서 이해될 필요가 있다. '조선학'이 근대적 전통 (재)구성이라는 민족적 자기 정립의 학문적 표현이었다는 점은 분명하지만, 이때 '조선학'은 근원적으로 '조선'이라는 특정한 역사적 장소와 '(과)학'이라는 보편적 언술체계 사이의 이율배반적 균열을 전제하게 된다. 가령, 식민지 시기의 '단군'을 둘러싼 담론은 조선이라는 특수성을 어떻게 보편적 담론 질서 안에서 설명할 것인가라는 특수 / 보편의 긴상 관계 위에서 설정된 논의이기도 했다. '동방문화권'이라는 복수의 보편성을 주장하는 최남선 논의에서의 단군론은 물론 사적유물론의 전개 속에서 단군 신화를 특

---

105 위의 글, 347면.
106 위의 글, 349면.

정한 역사적 단계의 문화적 표현으로 이해하는 백남운의『조선경제사연구』등은 보편사에 대한 열망을 담고 있었다. 사적유물론이라는 보편사의 체계 속에서 조선이라는 장소의 역사적 경험을 그 보편사의 한 특수한 발현으로 이해하는 식민지 시기의 역사 인식은 분단기 남북한의 역사학계의 발전적 사관에 중요한 문법을 제공했다. 영·정조 시대에서 '자본주의 맹아'를 발견하고 우리 안의 근대성을 발견하는 1960년대의 내재적 발전론의 논법은 '국학'을 발견하여 그 중심에 실학을 두는 정인보, 안재홍의 조선학 운동과 백남운의 사회경제사적 연구와 결부된 1930년대 비판적 조선 연구 양쪽 모두에서 영향을 받은 것이라고 할 수 있을 것이다.

신남철은 연암 박지원의 철학사상을 논의하면서 1930년대의 비판적 조선 연구의 북한식 계승을 보여준다. 신남철은 연암 박지원의 철학사상을 변증법과 유물론의 한국적 전개로 맥락화한다. 이 논문에서 신남철은 서경덕-이율곡-류형원-이익-박지원-정약용으로 이어지는 '기철학'의 계보를 구성하면서 '내발론'의 사유의 일단을 보여준다. 신남철은 박지원 철학사상 발생의 역사적 환경과 사상적 근원의 세 가지 조건으로 ① 영·정조 시대의 '자본주의적 생산의 맹아'가 흐릿하게나마 나타나기 시작한 점, ② 사색당쟁의 격화와 이에 대한 비판 의식 ③ 중국과 서구의 선진 과학 지식과 사상의 전래를 지적한다. 이러한 조건 속에서 싹튼 박지원의 사상의 철학적 기초가 유물론적 변증법이었으며, 그 사상사적 계보는 서경덕, 이율곡, 류형원, 이익의 유물론적 사상 유산을 계승한 것이면서 그들의 사상에 비하여 더 광범하게 전개된 선진 사상이었다고 정의된다. '심(心), 성(性), 정(情), 리(理), 기(氣)'에 관한 종래 중국과 조선 유가들의 주장에 비해 그의 논의가 지닌 유물론적 변증법적 사상의 독창성을 연암의 문장을 통해서 구체적으로 분석하며 이러한 그의 철학론이 윤리학의 인간 평등관과 사회생활에 있어서의 민주주의적 입장을 기초 지어주며 이것으로부터 봉건적 질곡으로부터의 인간 해방의 사상을 피력할 수 있었다고 설명한다. 그렇지만 그의 윤리학이 유물론적 자연관과는 달리 관념론적 성격을 가지고 있는 것이 그의 철학의 제한성이라고 지적하면서, 그것이 맑스주의 발생 이전의 유물론의 역사적 성격과 결부된 것이며 또 그 자신의 계급적 출신과 그가 대변하는 봉건적 농민의 입장과의 모순의 반영이 표현된 것이라고 규정하고 있다. 신남철은 박지원의 "사실주의적 미학적 견해와 선진적 개혁적인 사회 정치적 견해는 그의 유물론적 철학 사상과 더불어 연암의 전체 사상 체계가 18세기 조선 사회 발전의 이데올로기적 반영이며 또 그것의 앞으로의 전진 운동의 객관적 지향을 적나라하게 표현"[107]한 것으로 요약한다. 신남철에 따르면, 선행철학자들의 선진적 이론과 사상을 계승 심화 발전시켜, 그것을 이덕무, 박제가, 정약용 및 19세기 말 20세기 초의 계몽사상가들에게 전수한 것이 박지원의 조선 철학사상의 위치이다. 신남철의 박지원에 대한 설명은 1960년대 이래 남한의 내재적 발전론과 실학 담론을 연상시킨다. 냉전의 지정학적 편제 속에서 신남철의 논의는 사회주의 대 자본주의, 맑스주의 대 실용주의라는 사상적 대립을 조형하고, 다시 사회주의라는 보편의 세계사 안에서 한국의 근대사상사를 맥락화하는 논법을 보인다. 그것은 남한이 영미를 중심으로 하는 자본주의 근대의 보편사 체계 내부에서 '근대성'을 발견하여 배치하는 것과 자웅동체의 사유 방식이기도 하다. 또한 남북한의 긍정적 자기 인식의 중요한 기반이 '실학'이라는 점은 가별히 강조될 필요가 있다. 실학이 발견되고 맥락화되는 과정과 식민지 시기, 분단기의 학술사가 맺고 있는 관계에 대한 논의는 추후 별도의 지면을 통해서 논의하도록 하겠다.

---

107 신남철, 「연암 박지원의 철학사상」, 『근로자』, 평양노동신문사, 1957.3, 여기서는 정종현 편, 앞의 책, 2013ㄴ, 377면.

6. 나오며 – '딛고 넘어가자'의 사상

지금까지 살펴본 것처럼 신남철은 완전히 이질적인 것처럼 보이는 남북한의 '지식'의 체계가 공통의 토대로 삼고 있는 식민지 시기로부터 남북한의 그것이 어떻게 분화했는가를 보여주는 하나의 기호라고 할 수 있다. 경성제국대학이라는 식민지 최고 학부 출신으로 맑스주의적 세계관과 방법론에 기초한 '과학적 조선학' 수립에 매진하였고, 해방 직후에는 서울대학교 교수로 신생 조선의 아카데미즘 확립을 위해 노력하다가 월북, 김일성대학교의 교수로 북한 아카데미즘의 중추로 활약했던 그의 이력을 저술과 함께 검토하였다.

식민지 시기, 해방기, 북한에서의 그의 저술과 행동은 연속되면서 단절되어 있고, 단절되어 있으면서 또한 연속되고 있다. 식민지 시기 신남철은 제도와 의식으로서의 경성제국대학을 통해 자신의 정체성을 형성하면서 조선인 민간 학술과 관제 조선학 사이에서 독립된 조선 '지식(제도)'의 형성을 시도하였으며, 근대성의 지표로 맑스주의를 채택하였다. 조선이라는 민족적 현실과 맑스주의라는 보편 표상은 신남철의 평생을 설명할 수 있는 두 가지 기축이며 그것은 경성제국대학이라는 제국의 '학지'를 배경으로 구성된 것이다. 이러한 두 가지 축은 신남철이 살았던 식민지 시기, 해방기, 북한 사회의 역사적 굴곡과 맥락에 따라서 다르게 변주되었으며, 각각의 사회적 컨텍스트에서 새롭게 재구성되었다. 이 글은 신남철의 저술과 행보를 각각의 시대적 맥락과 결부하여 읽으면서, 그 연속과 비연속의 지점들을 변별하고자 하였다.

「사색일기─형극(荊棘)의 관(冠)」에서 신남철은 보수와 진보에 대해서 사유하면서 자신의 철학으로 '딛고 넘어가자'라는 명제를 제시한다. 그는 "딛고

만 있으면 보수적이 아닐 수가 없고 넘으려면 거점이 없어서는 아니 된다"고 말한다. 늘 새로워야 하지만 "자꾸 흐르기만 하면 썩지는 않을지 모르나 완성은 바랄 수가 없다"고 적고 있다. 그는 이 '딛고 넘어가자'를 단순한 중용도 또한 초월도 아닌 "완성을 약속하는 건설을 군데군데 남겨놓으면서 가는" '영원한 진보'로 명명하고 있다.[108] 그의 저술에 등장하는 맑스주의에 대한 강조와 월북의 행적 때문에 신남철에게는 조금은 경직된 맑스주의자의 형상이 부여되어 있다. 그렇지만 그의 문장들 전체를 읽다 보면 그가 교조적 맑스주의자라기보다는 서구의 근대 지식을 수용하여 그것을 충분히 소화하여 자기 사회의 지식과 사상을 현대화하려는 일종의 근대주의자의 형상에 가깝다는 인상을 받게 된다. 실제로 그의 글과 행적을 통해서 확인할 수 있는 것은 저 '딛고 넘어가자'의 변증법적 실천이다. 가령, 3절에서 살펴보았던, 해방 이후 식민지 시기의 문장을 재구성한 글인 「문화창조와 교육」에서 니시다 기타로, 보이믈러 등 제2차 세계대전 당시 파시즘을 추인하는 철학으로 활용되었던 일본과 독일 철학의 행동성 등을 새롭게 재평가하면서 그것을 '인민적 양기(揚棄)'를 통해서 새로운 사상으로 전환하려는 사유를 진척시키는 장면은 유용한 사례이다. 제국의 담론에 공명했던 많은 맑스주의자들이 식민지 말기에 자신이 수행했던 사유의 고투를 일괄하여 청산하고 새롭게 '흘러가려고' 할 때, 신남철은 파시즘의 전시사상 내부에 있는 그 근대성의 계기를 끌어올리려 한다. 다케우치 요시미가 '근대초극론'과의 대면을 통해서 수행하려던 그 사상사적 과제는 일본과 다케우치만의 전유물은 아니었다. 그의 글을 따라 읽다 보면 근대의 풍성한 양식을 충분히 저작(詛嚼)하여 지금-여기의 식민지 및 탈식민지 '조선'사회의 자양으로 삼으려는 교양과 인문주의에 충

---

108 신남철, 「사색일기―형극(荊棘)의 관(冠)」, 『인문평론』, 1940.10.

만한 신남철의 이상주의적 신념을 마주하게 된다. 분단기 사상의 폐색 속에서 신남철의 이러한 서구적 교양과 인문주의는 비판되어야 할 '자유주의'의 표지였다. 1958년경 '자유주의자'라는 비판과 그 좌절감 속에서 죽었다는 전언이 존재하거니와 신남철의 생애와 사상의 결말은 냉전 사상의 질곡을 보여주는 비극적 사례의 하나라고도 할 수 있을 것이다.

마지막으로 신남철과 박종홍의 비교연구는 본 연구가 향후 이어가야 할 또 하나의 영역이라고 할 수 있다. 경성제국대학 철학과 동문이면서 철학에서 근대성을 찾고자 했던 이 둘은 해방 이후 남북한으로 나뉘어 각각의 체제에서 철학 연구의 핵심으로 자리한다. 신남철이 추구한 헤겔 철학에 대한 경도와 주체성의 철학은 1960년대의 주체사상의 확립에 어떤 형태로든 영향을 끼쳤으리라고 추론할 수 있다. 박종홍의 철학 역시 '한국적 민주주의'론, 즉 유신철학의 입안자라고 할 만큼 주체성의 철학의 핵심으로 자리한다. 이 둘의 철학사상의 비교연구는 남북한 분단체제의 이데올로기를 해명하는 중요한 한 단서가 될 것이다.

인격과 스캔들

임종국의 역사서술과 민족주의

이혜령

1. 들어가며

『친일인명사전』(2011)은 『친일문학론』(1966)으로 친일파 연구를 시작하여 그것으로 일생을 일관하여 온 임종국의 타계 직후 그를 계승하려는 아카데미 안팎의 수많은 연구자들과 시민들의 실천과 지원의 성과였다.[1] 이처럼

---

[1] 이 사전의 「편찬일지」에 첫 나와 있듯이 테이프를 끊은 기록은 1966년 6월 임종국 선생의 『친일문학론』 출간이다. 그다음의 기록은 1989년 3월 15일 임종국 선생, 친일인명사전(1만 명~2만 명 수록) 등 '친일파 총서' 발간 계획 수립, 1989년 11월 12일 임종국 선생 타계, 빈소에서 선생의 유업을 잇는 연구소 설립 발의에 이어, 민족문제연구소가 설립되고, 사전편찬을 위한 계획이 수립되고, 전임교수 1만 명이 지지서명을 하는 등 특히 학계와 각계 시민의 호응 속에서 이루어졌음을 보여준다. 민족문제연구소 친일인명사전편찬위원회, 『친일인명사전』(초판 2쇄) 3, 민족문제연구소, 2010. 최근 필자는 『친일인명사전』에서 지식인에 중요한 무게를 두게 된 소이를 근대의 대표적 지식인으로서의 저자인 문인들의 친일행위를 다룬 『친일문학론』과의 관련 속에서 파악한 바 있다. 이혜령, 「친일파인 자의 이름―탈식민화와 고유명의 정치」, 『민족문화연구』 54권, 고려대 민족문화연구원, 2011 참조.

임종국(1929~1989)은 21세기에 들어 한 장의 역사가 될 만한 방식으로 기념되고 계승되는 역사가이지만, 학계에서 충분히 논구되지 않은 20세기의 역사가이기도 하다. 이 글은 그의 친일파 연구를 중심으로 한 역사 서술과 민족주의의 특징을 드러내는 것을 목적으로 한다.

임종국의 『친일문학론』에서 비롯한 친일파 연구는 6·3사태를 전후로 한 정치적 문화적 상황의 소산이었다. 그의 연구는 역사운동의 시발을 알렸던 내재적 역사 서술이 본격화된 시점과 때를 같이 하고 있었지만, 역사운동과의 조우는 좀 더 때를 기다려야 했다.

내재적 발전론으로 분출된 역사운동[2]과 임종국의 친일 연구는 모두 '재야'의 형성과 그 역사적 기원을 같이한다. 박명림은 군부권위주의체제하에 민주화운동을 전개한 비제도적 반체제 세력을 의미하는 '재야'의 형성 시점을 6·3사태로 들고 있다. 이념적 혼재 상태에 있던 4월혁명과 5·16군부 쿠데타라는 두 역사적 사건은 단절하게 된다. '민족 문제'가 정권과 재야의 분기를 가져왔다는 점에서 민족주의가 통치세력과 저항세력 모두에게 유용한 정치적 동원자원으로 존재하던 한국 현대 정치의 역사적 궤적과 밀접한 관련을 갖는다고 지적한다. 1980년대 통일 문제의 등장 이전까지, 국가 수립 이후 수십 년 동안 식민통치의 경험처럼 강력하게 민족주의를 불러일으키는 요소가 없었던 상황에서 박정희 정부에 맞설 수 있었던 근거는 반일감정에 기반을 둔 민족주의라는 것이다.[3] 임종국의 『친일문학론』은 6·3사태를 지켜본 한 지식인 나름의 실존적·역사적 대응이라는 점에서 그 자장 안에 있

2　여기에 대해서는 김정인, 「내재적 발전론과 민족주의」, 『역사와현실』 77호, 한국역사연구회, 2007 참조.

3　박명림, 「박정희 시대 재야의 저항에 관한 연구, 1961~1979―저항의제의 등장과 확산을 중심으로」, 『한국정치외교사논총』 제30집 1호, 한국정치외교사학회, 2008ㄴ, 33~35면 참조; 박명림, 「박정희 시대의 민중운동과 민주주의―재야의 기원, 제도관계, 이념을 중심으로」, 『한국과 국제정치』 제24권 2호, 경남대 극동문제연구소, 2008ㄱ 참조.

었다고 할 수 있지만 임종국은 재야 세력의 민주화운동은 물론 거기에 가담했던 역사운동과도 적어도 1960~70년대 중후반까지는 무연한 채였다.

　내재적 발전론 등 사회경제사적 시각의 역사서술이 민중사학으로 발전하는 역사운동으로서 정립된 것은 유신체제 성립을 전후로 지식인의 공론장이 폐색된 이후였다.[4] 그 운동의 연장선상에서 민족·민중주의적 시각의 한국사 연구가 민주화운동의 흐름 속에서 학생과 노동자 등 대중들의 호응을 얻는 역사 담론으로 가시화되던 1970년대 중후반 이후, 보다 본격적으로는 1980년대에 들어서야 임종국의 친일파 연구는 역사운동의 중요한 자원으로 수렴되었다.[5] 누구나 다 아는 뚜렷한 예는 1979년 첫 권을 선보인『해방 전후사의 인식』이다. 그는 제1권에「일제 말 친일 군상의 실태」, 제2권(1985)에「제1공화국과 친일세력」을 수록한다. 친일파 연구는 해방 직후 유산된 친일파 청산에 대한 염원의 산물로, 또 친일세력으로 점철된 제1공화국의 경우처럼 남한 지배세력의 부도덕한 기원과 그 연속성을 입증하는 연구로 받아들여졌던 것이다. 임종국도 1980년대에 가장 정력적으로 친일파 연구에 매진하였을 뿐만 아니라[6] 학계에서도 친일파 연구가 진행되기 시작했다.[7] 한편

----

4 필자는 최근에 발표한 논문에서 내재적 발전론의 역사서술을 지식인 운동으로 수렴했던『창작과비평』이 1960~70년대 놓인 매체적 성격과 담론을 살펴보았다. 즉 유신체제 성립을 전후로 한『사상계』,『청맥』등 사회과학과 현실 정치 중심의 지식인 공론장이 폐색되면서 문학 전문 잡지를 표방한『창작과비평』은 현실정치와 사회에 대한 식섭적 언급을 피하면서도 그것을 다룰 수 있는 문학과 역사서술을 매체의 중심적 지식형태로 삼았으며, 식민지와 농촌에 대한 역사직 인식을 통해 국가수도적 근대화라는 시간의식을 민족의 시간을 라이트모티프로 삼는 시간의식으로 변형시키고자 하였다. LEE Hye Ryoung, "Time of Capital, Time of a Nation : Changes in Korean Intellectual Media in the 1960s~1970s", *Korea Journal* 51-3, 2011, pp.81~88.

5 임종국 자신도, 당초 6개월 안에 1만 부는 나갈 것이라는 예상과 달리『친일문학론』은 매스컴의 선전과 인터뷰에도 불구하고 잘 팔리지 않아, 초판을 소화하는 데 꼬박 10년이 걸렸다고 회고한다. 대학가의 현대사에 대한 재조명이 일면서, 1975년 재판을 찍은 이후부터 꾸준히 읽히기 시작했다.「인터뷰 : 민족정기를 살려야 합니다」, 민족문제연구소 편,『임종국 선집 1-친일, 그 과거와 현재』, 아세아문화사, 1994, 18면.

6 그의 대표적 단행본저작을 보면 이러한 대강의 경향을 알 수 있다.『친일문학론』(평화출판사, 1966),『홀러간 성좌』(임종국·박노준, 국제문화사, 1966),『발가벗고 온 총독』(선문출판사,

으로 『해방 전후사의 인식』의 필진들이 잘 보여주듯이, 아카데미를 넘나든 네트워크를 이루고 있었던 당시 대항 이데올로그들이 형성한 지식장의 성격[8]은 그를 그 분야의 선구자일 뿐만 아니라 유력한 학자로 받아들일 수 있는 조건을 허용했다고도 할 수 있다.

『친일인명사전』 편찬운동은 1970~80년대에 전개된 민주화운동의 흐름 속에서 형성된 역사를 통해 현재를 해석하고 전유하려 했던 지식인과 시민들의 잠재적 역량을 바탕으로 출현한 것이다. 87년으로 상징되는 민주화운동의 결실은 오랜 군사 독재의 몰락을 낳았으며 냉전 이데올로기로 봉인되어 있던 과거사에 대한 재해석과 청산의 욕구를 분출시켰던 것이다. 사전편찬운동은 여전히 일각의 논란이 남아 있지만 식민지 시대가 좌우 이념 문제의 긴장이 팽배한 다른 현대사의 영역보다 도덕적·역사적 평가에 대한 어느 정도의 합의가 가능한 역사의 대상이었기 때문에 보다 광범위한 시민들의 관심과 성원 속에서 이루어질 수 있었다.

임종국 스스로 배족사(背族史)라 칭한 친일파 연구는 그 자신을 내부고발

1970), 『한국문학의 사회사』(정음사, 1974), 『한국사회풍속야사』(서문당, 1980), 『일제침략과 친일파(親日派)』(청사, 1982), 『밤의 일제침략사』(한빛출판사, 1984), 『일제하의 사상탄압』(평화출판사, 1985), 『한국문학의 민중사』(실천문학사, 1986), 『ソウル城下に漢江は流れる』(강덕상 역, 平凡社, 1987), 『일본군(日本軍)의 조선침략사(朝鮮侵略史)』 1·2(일월서각, 1988.9) 물론 여기에 『이상전집』(1955; 1966)을 보태어야 할 것이다. 그의 저작목록은 정운현의 『임종국평전』에 「임종국 논저목록」으로 정리되어 있다.

7 김민철·조세열, 「'친일' 문제의 연구경향과 과제」, 『사총』 63권, 역사학연구회, 2006 참조.
8 아카데미를 넘나드는 네트워크의 형성에 있어 결정적이었던 것은 해직교수 집단의 출현이었다고 볼 수 있다. 1974년에 발동된 긴급조치 1호가 대학가를 강타하고 특히 1975년부터 실시된 대학교수재임용 제도에 의해 정부에 비판적이던 교수들이 대거 재임용에 탈락, 해직되면서부터라고 할 수 있다. 이에 대해서는 「캠퍼스 떠난 교수들 그동안 어디서 무엇을」, 『동아일보』, 1979.12.11을 참조. 이들은 1978년 3월 해직교수협의회를 출범시킨다. 10·26사건으로 인한 유신체제가 종식되고 1980년 2월 말 해직교수 전원이 무조건 복직되지만, 5·17이 선포되고 7월 말에 86명의 교수들이 다시 해직되고 1983년 해직교수협의회는 재조직된다. 김정남, 『진실, 광장에 서다』, 창비, 2005, 221~228면 참조. 이러한 상황 속에서 형성된 진보적 사회과학의 시대의 출현에 대해서는, 김항·이혜령 편, 「정근식─사회과학의 시대, 그 속살과 결」, 『인터뷰─한국 인문학의 지각변동』, 그린비, 2011 참조.

자로 낙인찍히게 만들었다는 점에서 그의 작업을 오랫동안 고독한 것으로 만들었다. 그가 다룬 많은 인물이 생존해 있든지 아니든지 식민지 사회에서 형성된 인적 네트워크가 해방 후 남한 사회에 여전히 사회문화적 그리고 정치적 지반을 지탱하고 있던 상황이었던 것이다. 그래서 오랫동안 금기 아닌 금기시된 영역을 파헤쳐온 그의 고독한 작업에 대해 리영희와 강만길 등 한국의 진보적 사학계의 거장들은 헌사를 바친 바 있으며, 그의 친일파 연구에 대한 관련 학술사에서의 위치와 영향에 대한 논의가 드물지만 없는 것도 아니다. 임종국의 뜻을 이은 언론인 정운현은 임종국의 삶과 행장을 관련된 인물들의 인터뷰와 증언을 토대로 꼼꼼하게 재구한 동시에 그가 간행한 저서들에 대한 개괄한 『임종국평전』(2006)을 간행하였다. [9]

그러나 현재까지 그의 저작들이 학계에서 진지한 논구의 대상은커녕 적극적 참조와 인용의 대상이 된 적은 없었다. 최근 친일문학에 대한 연구가 붐을 이루면서 연구사 검토의 첫 자리에 오는 『친일문학론』에 대한 논의 방식 또한 그 저서의 선구성, 친일문학 선정 기준을 둘러싼 이견들, 그리고 '친일문학'의 국가 중심 논리에서 한국의 국민문학 수립을 위한 교훈을 이끌어내야 한다는 그의 결론적 주장에 대한 비판이 주를 이룬다. [10] 그의 연구가 이처럼

---

9 리영희는 "임종국이라는 분은 참으로 훌륭한 일을 했다고 나는 생각한다. 나와는 일면식도 없지만 이 분이 펴낸 『친일문학론』은 앞으로 세워질 독립기념관의 현관, 제일 눈에 띄는 위치에 진열될 만한 가치가 있다"고 썼다. 리영희, 『분단을 넘어서』, 한길사, 1984. 강만길은 「친일민족 행위 진상규명일지」에서 『친일문학론』을 두고 "사실인즉슨 역사학계가 이 일을 먼저 시작했어야 하는데 문학분야에서 먼저 시작되어 지금에는 문학·역사 부문으로 크게 확대되었다. 앞으로 우리 근현대 사학사가 엮어지면, 친일청산이 역사학 쪽이 아닌 문학 쪽에서 먼저 시작된 점이 강하게 지적될 것이다"라고 언급한다. 강만길, 『역사가의 시간』, 창비, 2011, 553면. 이헌종의 「임종국의 친일파연구」(『순국』 15, 1991)는 그가 작고하고 난 후 그의 저작의 규모와 특징을 처음 정리한 글이다. 김민철·조세열의 「'친일' 문제의 연구경향과 과제」(『사총』 63권, 역사학연구회, 2006)는 임종국의 『친일문학론』을 필두로 2000년대 초반 탈식민주의에 입각한 국문학계의 친일문학 연구에 이르기까지를 개괄하고 있다. 그들은 임종국의 가장 큰 업적은 "친일문제를 확산시키는데 중요한 역할을 했다"는 것으로 들고 있다. 김민철·조세열, 같은 글, 174면; 정운현, 『임종국평전』, 시대의창, 2006.

파편적으로밖에 언급되지 않는 이유는 아마도 그의 역사 서술이 지닌 간단치 않은 특성 때문이라고 추정할 수 있다. 그것을 단순화해 말한다면 그의 역사 서술은 대학을 중심으로 형성되고 제도화된 역사 서술의 체계 내지 방식을 벗어나 있기 때문이다. 그의 친일파 연구를 수렴했던 민중사학의 역사학 또한 냉전의 정치·문화적 상황 속에서 제한적 방식이기는 했지만 대학을 중심으로 형성된 이른바 '과학'을 표방한 맑스주의 역사학에 의존하고 있었다. 임종국의 친일파 연구는 그들에게 있어 지배계급의 역사를 보충하고 그 정당성에 의문을 표하는 기능을 하긴 했다. 그러나 그가 다루는 '친일파'라는 대상은 역사학도들에게 권장할 연구대상으로는 꺼려지지 않을 수 없었고, 무엇보다 그의 역사 서술 방식은 습득해야 할 전범은 아니었던 것 같다. 근대 역사학은 과학으로서의 위상을 정립하면서 무엇보다 문학, 혹은 문학적인 것을 배제하고자 했다면,[11] 임종국은 "문학을 지망했던 사람이었음을 파악하게" 해줄 만큼 "논리적인 어법이 아니라 감정적으로, 또 쉽게 문제에 다가

---

10 『친일문학론』 이외에 문학비평가로서의 그에 대한 접근은 『이상전집』(태성사, 1956; 문성사, 1966) 간행을 전후로 한 시인 이상(李霜)의 문학에 대한 1950~60년대 전후 세대 문인들의 강한 공감을 분석하면서 다뤄진다. 최근 논의로는 김자은, 「1950년대 이상 문학의 수용과 정전화 연구」, 연세대 석사논문, 2011; 조해옥, 「전후 세대의 이상론」, 『비평문학』 40호, 비평문학회, 2011 참조. 이상에 대한 공감은 문학사적으로는 분단과정 속에서 냉전 이데올로기의 강력한 자장하에 형성된 주류 문단과 문학 경향에 대한 저항적, 비판적 의미를 띠었으며, 이는 순수문학에 대한 비판으로도 나타난다. 임종국은 1960년대 순수 / 참여 논쟁의 직접적 참여자는 아니었지만, 그는 문학을 사회현상의 일부로 바라보는 시각을 천명하며 '순수문학'론과는 거리를 두고 있었다. '순수'라는 개념, '순수한 문학'에 대한 그의 비판에 대해서는 『한국문학의 사회사』(정음사, 1974)의 「자서」와 「어떻게 문학을 볼 것인가—나도향에 의한 서론의 장」 참조. 애석하게도 그의 『한국문학의 사회사』는 한국문학 연구자들에게 거의 주목받은 적이 없지만 그는 사회사적이고 문화사적인 분석방법론을 자각적으로 구사하고 있다는 점에서 선구적이라고 할 수 있다.

11 자크 랑시에르는 "고유한 이름들로 지칭되는 주체들에게 일어나는 일련의 사건들이 통상적 의미에서의 역사인데, 역사과학의 혁명은 바로 그 사건들의, 고유한 이름들의 우위를 폐지하려고 했고, 장기지속과 무명씨들의 삶을 선호했다"고 주장한다. 자크 랑시에르, 안준범 역, 『역사의 이름들—지식의 시학에 관한 에세이』, 울력, 2011, 9면. 이 저서에서 랑시에르는 아날학파와 문화사에 대한 비판적 독해를 가하고 있다.

가게 했지만" 친일파문제를 "너무도 감정적인 차원에서 파악"하고 있다는 평가를 얻을 만큼[12] 역사적 인물의 행적과 그 인격(personality)을 품평하는 이야기적 서술 방식을 배제하지 않았다.

예컨대, 임종국의 역사 서술에는 "이토[伊藤博文] 통감으로부터 우가키[宇垣一成] 총독까지 역대총독들의 질탕한 '밤의 문화'를 기록한 것"[13]인 『발가벗고 온 총독』(선문출판사, 1970)과 같은 것도 포함되어 있었다. 식민지 지배권력층이었던 총독 등 총독부 고위관료들을 둘러싼 가십과 스캔들의 서사화는 임종국이 즐겨 쓰던 서술 방식의 하나이며, 그것은 『여심이 회오리치면 — 스캔들 근대사』[14]처럼 픽션(fiction)의 형식을 띠고 있을 때도 있다. 실증적 저작으로 손꼽히고 있는 『친일문학론』 또한 그 세부를 들여다보면 서술 방식에 있어서는 1948~49년 무렵 반민특위 시절에 나온 『친일파죄상기』류와 공통점이 있다. 인신공격이라 치부될 만한 풍자의 수사를 구사하고 있다. 법정서사나 '전(傳)' 양식을 채용한 『친일파죄상기』[15]류에서는 볼 수 없는 방대한 참고문헌의 제시를 통해 그들의 친일행적과 작품을 실증적으로 개괄하는 서술을 하면서도, 『친일문학론』의 저자는 전대의 서술 양식을 배제하지 않았던 것이

---

12 박태균, 「서평 : 친일파들에 대한 경고장 — 임종국 지음, 『실록 친일파』(1991, 돌베개)」, 『한국역사연구회회보』 16호, 한국역사연구회, 1993, 29면. 그 외에도 박태균은 그가 한일 관계 속에서만 친일파문제를 바라보는 한계는 해방 후 친일파의 재등용이 미국에 의해 이루어졌음을 간파하지 못했음을 지적한다.

13 정운현, 앞의 책, 367면.

14 이 저서는 『주간여성』에 연재한 같은 제목의 글을 민족문제연구소가 편한 『임종국전집』 5·6(아세아문화사, 2006)으로 간행한 것이다. 정확한 연재 시기는 확인하지 못했다.

15 반민특위의 친일파 재판과정 그 전후의 저서는 다음과 같다. 『민족정기(民族正氣)의 심판』(혁신출판사, 1949.2), 『반민자 대공판기(反民者 大公判記)』(김영진 편, 막풍(漠豐)출판사, 1949.4), 『반민자 죄상기(反民者 罪狀記)』(고원섭 편, 백엽문화사, 1949.4), 『친일파 군상(親日派 群像)』(민족정경문화연구소 편, 삼성문화사, 1948.9). 이상의 저서들은 김학민·정운현 편, 『친일파죄상기』(학민사, 1993)에 수록되어 있다. 「흘러간 성좌」를 『서울신문』에 임종국과 함께 연재할 당시 박노준이 국사편찬위원회에서 빌려온 『친일파 죄상기』를 읽은 임종국은 그것을 손으로 베낄 정도로 충격과 감화를 받았다고 박노준은 증언한다. 정운현, 앞의 책, 238~240면 참조.

다. 애초에 친일파라는 특정한 인간 집단의 형성과 그 활동, 영향에 관심을 둔 그의 역사 서술이 실존했던 고유명의 인물을 초점화하는 것은 불가피하다. 그런 점에서 『친일인명사전』은 그의 역사 서술의 가장 두드러진 특징을 인명사전이란 형태로 극대화하여 그를 계승한 것이다. 그러나 『친일인명사전』의 편찬자들은 "주관적 평가나 판단을 피하고 자료에 기초한 객관적 사실만을 서술하는 것을 원칙으로 한다. 단, 저작물이나 작품 등에 대한 평가는 예외로 한다"[16]를 편찬 기본방침의 하나로 삼고 있다. 이에 반해, 임종국은 그 자신이 다루는 역사의 인물에 대해 '일화(逸話)' 내지 에피소드, '전(傳)'의 서술 방식을 취하여 포폄을 반드시 삼가지 않는다. 예컨대, 『일제침략과 친일파』(1982)에서 그는 송병준에 대해 "상관·주보·요정 경영과 충정공댁 재산을 탐낸 등에서 보듯이 탐심이 드러나는 행적을 남겼다. 신의가 없고 표리부동한 것이 충정공댁 일건(一件)하며 이강호(李康鎬)와의 위약도 그러려니와 (…중략…) 신의 없는 불미한 행적이 비일비재했던 것이다"[17]라고 서술한다. 그는 같은 저서에서 이민사회를 형성한 만주에서의 친일파 형성을 살피기에 앞서, 철로가 생기기 전 홀로 아편을 키워 살았던 한 노인의 기구한 삶의 이야기가 전해져 지명이 되었다는 '노두구(老頭溝) 전설'을 삽입하기도 한다.[18]

임종국의 역사 서술은 이야기충동 또는 이야기꾼이 되고자 하는 충동이 충만할 뿐만 아니라 도덕적 담화이기를 거부하지 않았다. 이 글은 임종국의 저서를 근대 학술의 장으로부터 소외시킨 한 요인이 된 이러한 역사 서술의 특징이 지니는 의미와 민족주의의 성격을 이야기하고자 한다.

---

16 민족문제연구소 친일인명사전편찬위원회, 『친일인명사전』1, 민족문제연구소, 2010, 14면 그 밖의 방침은 "(ㄴ)서술범위는 전 시기의 경력과 행적을 포함하되(민족운동 경력, 해방 이후 경력·행적 포함), 일제강점기 친일 경력과 행적을 중심으로 한다"이다.
17 임종국, 『일제침략과 친일파』, 청사, 1982, 84면.
18 위의 책, 231~232면 참조.

2. 식민지의 (불)가능한 도덕우화, 친일파 이야기

임종국이 박노준과 함께 『서울신문』에 연재한 『흘러간 성좌─오늘을 살고 간 한국의 기인들』(1966)의 교열을 맡고 서문을 쓴 조지훈은 이 책을 '한국 근세기인열전'이라 부를 수 있다고 이야기했다. 수록된 인물들[19]에 대한 서술은 '전' 양식을 취한다. 임종국의 역사 서술의 특징을 설명하기 위해 동원되는 용어인 '전'은 한자문화권에서 널리 공유되고 있는 (문학)양식으로, 근대의 전기문학과 소설과의 장르적 교섭을 활발히 했던 양식 중의 하나이다. 전의 서술 형식상의 특징은 입전 인물의 가계·신분·성명·거주지를 적는 부분인 '인정기술(人定記述)', 입전 인물의 행적을 적는 행적부, 그리고 입전 인물에 대한 작자의 논평이 가해지는 부분인 논찬이라는 3단 구성을 취한다. '전'은 실존인물의 삶을 사실적으로 전달한다는 데 본령이 있으나, 인물의 행적이나 공적보다는 인물의 품성과 재능을 드러내는 데 주안점을 두어 인물에 대한 '포폄(襃貶)'을 위해 쓰인다. 그런 점에서 '일화(逸話)'는 전의 본질과 연관될 만큼 핵심적 위치를 차지하게 된다. 전은 인간의 선행이나 미덕을 표창하고 드물긴 하지만 악행을 징계하며 그것을 역사 속에 길이 전하는 것을 장르적 책무로 삼는다. 그런 점에서 전은 역사로서의 성격을 갖고 있다. '인물을 표장(表章)하여 후세에 전한다'는 '전'은 규범적 이념을 내재화하고 고취하려는 '규범 의식'을 기저로 하기도 하지만, '공감'과 '연민'을 기저로 삼기도 한다. 덕과 재주, 혹은 높은 뜻을 지녔으면서도 부당한 현실이나 불행한 운명 때문에 불

---

19 3권으로 엮인 이 책에 수록된 인물은 한용운·이상재·안창호·이상·권덕규·윤심덕·신채호·황석우·홍난파(1권), 김구·정인보·오상순·나운규·박정현·나혜석·변영만·김동인·장철수·홍사용(2권), 안창남·조병옥·김소월·김명순·변영로·염상섭·배구자·구자균·이상백·이중섭(3권)이다.

우하게 생을 마쳤고 그 이름조차 사람들의 기억에서 이내 잊혀버릴 운명에 처해 있던 인물들을 입전하는 기저에는 '연민의 정서'가 있었던 것이다.[20]

『흘러간 성좌』의 모든 인물에 대한 공통된 '입전(入傳)'의 언술기능을 하고 있는 서문의 글쓴이 조지훈은 수록된 인물의 "공통된 점이 보통 사람과는 다른 특이한 생애와 업적을 지녔을 뿐만 아니라, 성격과 행동, 신념과 고집, 풍자와 해학 등이 거의 기인이행(奇人異行)에 가까웠기 때문"이며, "우리의 역사(歷史)는 예로부터 이런 기인을 많이 낳게 한 슬픈 여건(與件) 아래 있었던 것을 생각하면, 이분들의 신념과 지조, 비분과 강개, 퇴폐(頹廢)와 자기(自棄)는 경의와 눈물과 이해로써 감동하지 않을 수가 없을 것이다. 웃음조차 실상은 눈물일 이 일화(逸話)들은 역사의 희생을 우리 앞에 역력히 비춰주는 거울이 되기도 할 것이다"[21]라고 적고 있다. 이들 인물들 거의 모두가 한국의 식민지화와 해방 후에도 이어진 혼돈스러운 역사적 상황과 사회적 여건 때문에 그들의 사회적 활동은 종종 실패와 불우한 가정사로 귀결되고, 불행한 말년과 죽음을 맞이해야 했다. 이 책을 통해 근대 여류의 기원으로 각인된 나혜석과 김명순이 그러하듯이, 대부분의 인물들은 고독과 낙백 속에서 맞게 된 죽음, 아니면 김구나 조병옥과 같이 정치적으로 혼란하고 긴급한 상황 속에서

---

20 이상 '전'에 대한 개괄적 설명은, 박희병, 『조선 후기 전(傳)의 소설적 성향 연구』, 성균관대 대동문화연구원, 1993, 19~37면에서 발췌한 것이다. 박희병뿐만 아니라 전의 전개양상에 대한 논의는 (근대)소설로의 경사 내지 전환이라는 역사적 과정에 대한 논의로 초점화된다. 김찬기, 『한국 근대소설의 형성과 전(傳)』, 소명출판, 2006; 류사오평, 조미원 외역, 『역사에서 허구로』, 길, 2001. 이 저서들이 이 글을 쓸 때 시사한 바가 많았다. 그러나 '역사에서 허구'로 혹은 '역사에서 소설'이라는 근대소설의 형성이라는 텔로스에 입각해 있기에, 정작 신문과 잡지 등 근대 매체에 있어 주요한 역사서술 방식이자 무엇보다 대중들이 역사에 관한 지식을 얻거나 도덕적 판단을 내리는 데 있어 결정적 기능을 하는 인물과 사건 중심 이야기가 주가 되는 역사서술은 관심의 대상에서 사라진다. 하지만 대학의 분과학문을 중심으로 한 학계가 아닌 곳에서 이뤄지는 역사서술은 대개 인물과 사건 중심의 이야기나 현대사의 경우 르포타쥬가 중심이 된다는 사실은 여전하다.
21 조지훈, 「서(序)」, 임종국·박노준, 『흘러간 성좌』 1, 국제문화사, 1966ㄱ, 1~2면.

맞게 된 암살이나 급서(急逝)와 같은 불행한 죽음 전후의 사정은 『흘러간 성좌』에서 초점화되는 일화 중 하나이다. 즉, 입전의 기저를 이루고 있는 동기는 규범의 고취가 아니라 '연민의 정서'에 입각해 있다고 해도 좋을 것이다.

신채호가 일제하에서는 고개를 숙일 수 없어 허리와 고개를 꼿꼿이 편 채 세수를 했다는 일화의 예에서처럼,[22] 정당한 신념조차도 그것을 표현할 길이 제한되어 있어 '기행'으로밖에 표출될 수 없거나, 김구가 명성왕후의 죽음과 관련 있는 인물인 줄 알고 육군 대위 쓰치다(土田讓亮)를 자살(刺殺)한 살인 사건이 "대담하다 못해 호방한 점"이 있는 성격을 드러내는 일화[23]를 남기는 시대. 근대의 사회적 삶의 장에서 열린 남성들과의 교제가 문란함으로 무조건 치부되어 사회적 실격까지 겪어야 했던 여성들・예술가들의 살점을 뜯어 먹고 사는 저널리즘에 그녀들의 염문설이 흩뿌려지던[24] 시대, 나아가 분업화된 근대사회의 직업적 성취와 열정으로 그가 역사에 남긴 과오를 변명해야 하는, 아니면 그 과오에 대한 비난을 누그러뜨리기 위해 직업적 성취를 힘돋우어 이야기하도록 딜레마를 만드는 시대란 어떤 시대인가?[25] 조지훈이 언급한 "기인을 많이 낳게 한 슬픈 여건"의 역사란 20세기의 세계사적 격변의 와중에서 식민지가 되어야 했던 역사를 주로 가리키는 것이다.

박희병은 '연민의 정서'에 입각한 전의 경우, 그 재능과 선행에노 불구하고 불우하게 생을 마친 인물들에 대해 연민의 염을 품고서 그들의 삶의 입전을 통해 보상하고자 하는 정신에 기초해 있으며 이는 천도(天道)에 대한 회의와 역사에 대한 강한 믿음 위에서 현세에 자기 삶의 정당한 보답을 받지 못한 사람들을 동정하면서 그들을 역사 속에 길이 전함으로써 그 삶을 보상받게 한

---

22 「신채호 편」, 위의 책.
23 임종국・박노준, 「김구 편」, 『흘러간 성좌』 2, 국제문화사, 1966ㄴ, 21~24면.
24 「나혜석 편」, 위의 책, 243~273면; 임종국・박노준, 「윤심덕 편」, 앞의 책, 1966ㄱ.
25 「김동인 편」, 위의 책, 1966ㄴ.

다는 데 역사철학적 토대가 구축되어 있다고 주장한다.[26] 그러나 『흘러간 성좌』의 글쓴이들이 다룬 인물들은 '백이열전'과 같은 곳에 나오는 일사(逸 士)들은 아니다. 달리 말하면 천도에 대한 회의를 드러내는 방식으로든, 미래에 회복될 역사에 대한 신뢰를 표하는 방식으로든 도덕적 포폄이 어려운 시대에 영웅이나 위인은 언제나 일그러진 영웅일 뿐이며, 그 일그러진 인간상은 조금만 주위를 둘러보면 우리에게서 발견할 수 있는 낯익은 것들이라는 게 연민의 정서의 기저를 이루고 있다. 시대의 혼탁을 성격에까지 각인된 불행한 삶으로 증거하고 있는 인물들을 기록한 저자들은 발문에서 "공은 공대로, 과는 과대로, 그 전부가 우리와 가까이 위치한 이들의 생활의 단편이라는 점에서 우리는 혈액(血液)의 직감(直感)까지를 느낄 수 있었다. 그것은 차라리 우리 할머니 할아버지들에게 대해서 느끼는 그런 소박한 친근감이라 하는 것이 더 적절한 표현일지도 모른다"[27]고 적고 있다.

그런 시대를 통해서 천도(天道)와 역사의 일치란 어떤 상태인지를 소망하기 위해서는, 일그러짐을 감추어야 기껏 영웅이나 위인[28]일 수 있는 인물이 아니라 '어두운 시대'[29]의 어두움에 농도를 더하는 적(敵)위인-적(敵)영웅을

---

26 박희병, 앞의 책, 36~37면.
27 임종국 · 박노준, 「발문」, 앞의 책, 1966ㄴ, 411~412면.
28 이상적 주체상이 '영웅'에서 '위인'으로 변화하는 것은 한국의 경우 1900년대에서 20년대까지 이르는 국망과 식민지화의 과정과 맥락이 닿아 있다고 할 수 있다. 특히 국가를 위험에서 구하거나, 혁명을 기도하고, 새로운 국가를 창설하는 등 혁명가, 장군, 대정치가 등의 인물군을 가리키던 영웅은 그들이 조선의 역사적, 정치적 상황을 환기하기에 점차 제외된다. 영웅보다 더 넓은 의미로 쓰인 위인의 범주에서도 그러한 인물들은 밀려나며 그 밖의 위인들도 그들이 수행한 정치적 실천이나 지니고 있던 포부 등의 삭제된 채 직업상의 성공과 결부된 덕목의 실천가로 재현된다. 즉 '영웅' 개념이 비판되고 '위인'은 탈정치화되어, 위인전은 일상적 직업영역에서의 성공, 성공에 이르지 못한다할지라도 근면과 성실을 강조하게 된다. 이에 대해서는 김성연, 「식민지 시기 번역 위인전기 연구」, 연세대 박사논문, 2012, 26~35면 참조.
29 이 말은 한나 아렌트에게서 빌려왔다. 한나 아렌트가 파시즘이 대두하던 서구의 역사적 시기를 일컬었던 "어두운 시대"란 "그 시대 속에서 공적인 영역은 희미해지고 세계는 모호해져서 사람들은 자신들의 생명이 걸린 이해나 개인적인 자유에 대한 것 이외의 정치의 문제에 대해서는 더 이상 요구하지 않는" 시대를 의미한다. 한나 아렌트, 권영빈 역, 『어두운 시대의 사람

드러내는 편을 부득이 택해야 한다. 임종국이 식민지 시대를 '침략과 저항'의 역사가 아니라 '침략과 배족'의 역사로 보려고 했던 것은 적영웅, 적위인을 통해서만이 회복되어야 할 공동체의 삶의 이치로서의 도덕이 무엇이어야 하는지를 말할 수 있었기 때문이다. 임종국은 무엇보다 침략의 정책, 제도, 전략의 고도화 내지 심화로 인해 저항보다, '친일인구'[30]의 증가라고 이를 만큼 배족의 사례가 더 많다는 것에 착안한다. 『친일문학론』의 서문에 나온 그 자신의 '일화'를 들어 이야기하듯, 친일이란 유명한 사람들만이 어린 소년이었던 자신조차도, 부지중에 범하게 되는 삶의 경향성이기 때문이다.[31] 즉 영웅들이나 위인들이 공만이 아니라 과를 지닌 일그러진 자들이며, 그러하기에 소박한 친근감을 느낄 수 있듯이, 그러한 일그러진 영웅의 반대편에 있는 적영웅과 적위인 들은 더욱더 평범한 사람들과 가까울 수 있는 것이다.

그가 '국민문학' 같은 것이 등장할 수 있었던 원인을 '추상적인 것'에서 '더 직접적인 원인'까지 열거하면서 그중 가장 직접적인 원인을 개개인의 친일동기를 들었을 때,[32] 여기에서 개개인은 개인(individual)이라기보다 '인격(personality)'이다. 개인들은 집단의 삶의 영속성을 유지해주는 집단적 영혼(mana)을 할당받았기에 인격이 될 수 있다는 의미에서 말이다.[33] 인격을 지닌다는 것은 또

들』, 문학과지성사, 1983, 20면 참조.

30 임종국, 앞의 책, 1982, 61면.

31 임종국, 『친일문학론』, 평화출판사, 1991(초판은 1966).

32 임종국은 "이완용이가 나라를 팔아먹었기 때문이라는 곳으로 귀결된다. 이완용으로 하여금 나라를 팔아먹게 한 이조 오백년의 모든 불합리"가 가장 추상적인 원인이라면, 보다 직접적인 책임은 '당시의 총독정치와 전시정책'으로, 그보다 직접적인 원인으로는 개개인의 친일동기를 든다. 개개인의 친일행위의 동기를 유형을 나누어, 독립운동이 아닌 황민화운동으로 조선 민중을 위할 수 있다는 신념, 친일행위를 하지 않았더라면 생명에 위협이 가해졌으리라는 생명에의 미련, 시대의 대세에 휩쓸려간 것, 명예욕과 출세욕을 위한 친일행위, 주위의 강권에 못 이긴 친일을 든다. 위의 책, 465~466면.

33 이러한 인격의 개념에 대해서는 뒤르켐에 의거한 고프만(Goffman)의 논의를 통해, 공적 공간(public space)에서 특정한 범주의 사람들이 특정한 상황에서 겪게 되는 무시와 모욕의 의미를 고찰한 김현경, 「공적 공간에서의 무시와 모욕의 의미에 대하여」, 『사회와 역사』 제75집, 한국

한 그 자신이 한 사회의 정당한 자격을 지닌 성원으로 받아들여진다는 것을 의미한다. 친일 행위는 이러한 성원권을 더 이상 인정하기 힘들게 만드는 사태, 곧 인격이 훼손된 상태임을 보여주는 행위로 간주된 것이다. 그것은 또한 집단적 마나의 훼손 행위이다.

아래 임종국의 표현대로라면 '민족사적 생명'이 그가 생각하는 집단적 마나이며, 그것은 각 개인에게 깃들어 있어야 하는 것이지만 한 개인의 생명을 초월한 것이다. 그렇지만 그것은 초역사적인 것이 아니다. 임종국은 친일파 청산을 통해 민족의 정기를 회복하고 민족을 정화시켜야 한다는 주장을 반복적으로 한다. 그러나 '민족의 정기'나 '민족 정화'는 어떤 긍정적 규범이나 이상태로 표현된 적 없이 친일파 청산은커녕 그들이 해방 후에도 '현실적 지배세력'을 이루고 있는 부정적 상태에 대한 비판의 상징적 언어로 쓰이고 있을 뿐이다. '민족사적 생명'은 아래의 '33인이라는 민족사적 생명'이라는 표현에서처럼 사람들과 그들의 구체적 삶의 맥락을 통해 드러나는, 드러나야 하는 인격적이고도 그러하기에 집합적 집단의 시간 경험을 의미하는 역사적 사건으로만 존재하는 것이다.

우리는 친일행위가 일인에게서조차도 동정이나 감사를 받지 못했던 식민지 시대의 참담한 실체였음을 발견하는 것이다. 즉, 친일행위는 우리 민족에게 개인의 죄상이 아니라 식민지 지배의 참담한 실체로서 인식되어야 하는 것이다. 식민지 지배의 희생자는 학병과 징용노무자들만이 아니다. 그들이 남방에서 목숨을 잃었다면, 그들을 남방으로 몰아낸 가령 최린이라면 33인으로서의 귀중한 생명을 잃어버렸다. 33인이라는 민족사적 생명이야말로 개인의 육체적 생명에 감히 비할 수 없이

사회사학회, 2007에서 시사를 받았다.

값지고 영원한 것이기 때문에, 최린이야말로 보다 참담한 희생자라는 논리도 일단 성립될 수 있기 때문이다.[34](강조는 인용자)

위 인용문은 이용가치가 없어지자 외면을 당한, 일진회 회장 이용구(李容九)가 임종 전에 흑룡회의 회장 우치다 료헤이[内田良平]에게 "우리가 바보였어요, 속은 게 아닐까요"라는 말을 남겼다는 일화와, 1970년대 중반 한국의 언론탄압으로 일본의 펜클럽에서까지 논쟁이 벌어지는 상황에 일본에 방문하여 한국에 언론탄압은 없다고 말한 'B'라는 인사의 발언에, 한 일본인 교수가 친일언론인이었던 그 인사의 친일행적을 열거하며 반박하던 일화를 예를 든 후에 나온 말이다.

위 예들은, 그에게 있어 단순히 친일행위의 어리석음과 무반성적 상태를 드러내는 것만이 아니라 진정 친일행위가 식민지 지배의 참담한 실체임을 드러내고 있다는 것으로 해석되고 있다. 밑줄 친 곳처럼, 친일은 일본의 침략과 지배 과정에서 필요할 당시에만 소용될 뿐 종국에는 일본인에게서조차 인정을 얻지 못했다는 것이다. 이 점에서 친일파의 존재는 식민지사회의 이원성의 해소 불가능성, 그것의 해소를 주장하는 이데올로기의 허구성을 드러낸다. 식민지사회란 식민자와 피식민자를 포괄하여 인격을 부여하는 집단적 나나의 형성 자체가 이루어질 수 없는 사회, 따라서 유약한 사회임을 드러낸다.

송병준이 일본의 군납상인과 함께 부산에 상관(商館)을 차렸을 때 그 상관이 '폭민'의 습격을 받고, 임오군란 당시와 갑신정변 때에도 집을 "폭민에게 소각당하고 자신은 남대문밖 농가의 쌀뒤주 속에 숨어서 목숨을 건졌다"[35]는 일화며, 이효석이 경무국의 검열관으로 취직하고 난 후 광화문 통 거기에

---

34 임종국, 「책 머리에」, 앞의 책, 1982, 2면.
35 위의 책, 82면.

서 조금 안면이 있었을 뿐인 이갑기에게 "너도 개가 됐구나" 하고 하는 말에, 또 이갑기가 자신을 팰 듯한 기세에 길거리에서 졸도하고 말았다는 일화[36] 등에서 친일행위는 사람으로 대우받기를, 즉 집단적 마나를 함께 나누어 가진 인격으로 대우받기를 포기한 일로, 그리하여 행위자 자신만이 아니라 집단 전체에게 모욕적인 행위로 의미화된다. 물론 당연하게도 이때 집단적 마나는 식민자와 피식민자로 이루어진 식민지사회 전체 구성원의 것이 아니라 피식민자들의 것이다.

강동진과 비슷하게 임종국이 일제의 친일파 육성의 성격을 '민족분열정책'[37]으로 규정·명명한 이유는 그 정책이 구국운동, 3·1운동 등 공통의 경험을 통해 공유한 기대와 이해에 기초한 도덕 감정을 손상시켰기 때문이다. 특히 임종국이 가장 악질적 친일 행위의 동기로 명예욕과 출세욕[38]을 꼽았는데, 이것은 집단이 처한 공통의 불행한 상황 속에서 몸을 빼냄과 동시에 그 상황을 이용하여 결국에는 자신의 이익만을 취하는 것으로 이해되었기 때문이다. 변절에 의한 입신출세의 과정에는 피식민자들 공통의 경험, 기대와 이해에 기초하여 형성된 연대 의식 혹은 부채 의식, 그 속에서 형성된 자긍심에 손상을 입히는 언행이 개입되어 있다. 그럼으로써 민족 집단의 경계를 약화시키고 결과적으로는 축소시키게 된다는 것이 '민족분열정책'의 함의였던 것이다.

식민지사회란 새로운 합법 / 불법, 새로운 인간형을 주형 하는 제도와 그 규범, 그것을 강제하기 위한 폭력 등 강제적 규율에 의해 식민지사회의 유지

---

36 임종국, 앞의 책, 1991, 329면.

37 임종국, 앞의 책, 1982, 63면. 임종국은 이 저서에서 3·1운동 이후 일본의 '문화정치'를 친일세력의 양상을 통한 분할지배로 규정하고, 민족주의 우파 진영의 실력양성론이 식민지 지배논리와 점차 부합해 간 과정을 규명한 강동진의 『일제의 한국침략정책사—1920년대를 중심으로』(한길사, 1980)를 비중 있게 참조하고 있는데, 김민철·조세열은 각분야별 친일파 문제의 체계적 검토 계획, 그것을 보는 방법인 일제의 침략정책과 친일파 형성의 상관성에 대한 시각에 있어 강동진의 이 저서가 임종국에게 영향을 끼쳤으리라 추정한다. 김민철·조세열, 위의 글, 173~174면 참조.

38 임종국, 앞의 책, 1991, 466면.

에 필요한 질서가 형성될 수 있을는지는 몰라도[39] 임종국의 친일파 이야기는 그 사회를 구성하고 있는 개개인을 인격으로 만드는 성원권의 근거가 되는 공통의 도덕은 형성될 수 없음을 교훈으로 남긴다.

3. 식민자들의 정죄 없는 스캔들과 도덕의 최소한

제국주의 침략의 기구와 제도, 정책을 현실화시키기 위해서는 중개자 혹은 대리자 들이 반드시 요구되며, 그들의 행위는 식민지 원주민들의 동족 공동체의 사회적 관계와 규범을 재구성하게 만들면서 수행된다. 또 한편 저항의 주체나 사건은 단속적이고 계기적이지만, 협력은 그 행위가 개시된 이후 지속성을 띤다는 점에서 피식민 집단을 파고드는 사건이랄 수 있다. 무엇보다 그것은 식민지적 사회로의 재형성의 과정과 나란하다는 점에서 광범해지는 경향성을 띤다.

임종국에게 있어 이처럼 침략 / 배족은 갈수록 더 큰 원환을 그리면서 농심원적으로 구조화되는 식민지화의 사태였다. 이에 친일파에 대한 관심은 불기피하게 침략·지배의 기구, 제도, 정책에 대한 관심을 증대시킨다. 『일제침략과 친일파』가 보여준, 저항에 대한 서술은 짧고 침략 / 친일에 대한 서술은 긴 비대칭적 서술 방식, 그리고 48명 문인들의 친일행위들을 각각 기술

---

39 김진균·정근식이 편저한 『근대 주체와 식민지 규율권력』이 강압적이고 폭력적인 규율권력에 의한 순종적 근대 주체의 생산이란 관점에서 식민지에서 새로운 인간형의 문제를 바라본 이후, 비슷한 문제의식의 연구가 식민지 근대성론의 한 양상을 이루었다.

하기에 앞서 1940년 이후 태평양전쟁에 돌입한 일본이 조선의 인적·물적 자원을 동원하기 위해 실시·설치했던 정책·제도·기구를 서술하는 방식의 체제, 『일본군의 조선침략사』(1988, 1989)가 마지막 저작이 되고 말았지만 "침략의 3대 심장부"[40]인 조선군·조선총독부·동양척식회사 등 주요 침략·지배기구에 대한 연구계획 등이 그러한 경향을 보여준다. 물론『일본군의 조선침략사』과 같은 침략·지배 기구에 대한 기술은 사실과 경과에 대한 기록에 치중할 수밖에 없으며 그 속에서 언급되는 수많은 인명은 '도구'적 기능을 하는 존재들로 그들의 삶 자체가 초점화될 겨를이 없을 정도이다.

그러나 그는 이 책에서 F. A. 메켄지의『조선의 비극』,『독립신문』,『대한매일신보』 등을 참조함으로써 조선군의 잔학상에 대한 도덕적 분노를 대신 표현한다. 당시까지 '조선군'에 대한 연구와 마땅한 사료가 없어 일본 측에서 나온 문헌을 통해 사실의 경과들을 추려내어 써야 했던 임종국은 일본인들이 조선군사를 씀으로써, "개결하고 바르고 당당한" "일본군 최후의 모습에서 경앙을 품게 하려 했"던 것에 반해, 자신이 밝혀낸 조선군의 이미지는 "신마찌유곽과 함께 주둔을 시작한 호색(好色)의 군대, 만세꾼을 작두로 목잘라 죽인 잔인한 군대, 임오군란 때 조선의 군중 앞에서 '개·염소를 죽이리라'며 칼춤을 추던 호전적인 군대 ……. 이런 것이 조선 침략의 최대의 원흉이란 활자와 함께 우리의 뇌리에 찍혀진 천황의 군대의 이미지"[41]임을 주장한다. 임종국의 가장 신랄한 도덕적 비판의 사건과 대상은 침략과 식민화, 침략자와 식민자 들이었다.

『발가벗은 총독』(1970)의 제1부는 역대 조선 총독, 정무총감을 비롯한 총독부 고위관료, 동양척식주식회사와 조선은행의 수뇌들의 왕성한(?) 혹은 기

---

40 임종국, 「서론」, 『일본군과 조선침략사』 1, 일월서각, 1988, 15면.
41 임종국, 『일본군과 조선침략사』 2, 일월서각, 1989, 284면.

괴한(?) 여성편력을 중심으로 한 일본의 침략과 함께 들어온 요정과 유곽 등 일본식 유흥업의 진출과정과 흥망의 역사를 서술하고 있다. 통감·총독 부임을 둘러싼 일본 안팎의 정치적 여건에서 시작하여 일본의 경기 상황, 그리고 식민지의 침략정책과 맞물린 식민지 경제적 상황을 약술한 다음 어느 요정의 어느 기생(들)과의 관계로 들어가는 서술 방식을 취한다. 제2부는 당시 일본인 순사·교사·지주 등이 조선인들에게 가한 강간·성희롱·모욕·사형(私刑) 등의 악행들로, 일본인 부녀간에 통정해 낳은 아이를 극장에 유기한 사건 등 당대 신문지상에서 문제시되어 조선인 여론을 비등시켰던 사건들을 다루고 있다. 1부와 2부의 구조는 다음과 같이 설명된다.

이또[伊藤博文]가 씨를 뿌린 음탕한 기풍은 야마나시[山梨半造]에 이르러 만발할 대로 만발한 다음 미나미[南次郞] 이후의 전시정책(戰時政策)에 의해서 타의적으로 조락했는데 —.

그럼 그 동안 한국인의 생활은 어떠했는가? 오직 전락과 몰락의 연속이었었으니, 한 예로 1917년에 97만 9천 호이던 순소작농은 1932년에 이르러 154만 6천 호로 증가하고 있었던 것이다.(…중략…)
그럼 웃물이 밝아야 아랫물이 맑다는 속담이 있다. 맑은 한국인들은 절망과 빈궁 속으로 몰아 넣으면서 제왕(帝王)처럼 호사스럽기만 하던 역대 총독들의 술자리. 그 꼴을 닮아서 순사(巡査)가, 면서기가, 또 친일파 대담·지사(知事)들까지가 어지간히는 서드럭거리면서 놀아났는데 —.
『발가벗고 온 總督』 제2부는 이들 천태만상의 치화(癡話)·정담(情譚)과 추태 속에서 표나는 몇 가지를 간추려 보자. 이름한다면 여우가 호랑이 노릇을 했다는 옛날 얘기인데 **식민지의 탁류**는 그래서 더욱 어지러웠을 따름이었다.[42](강조는 인용자)

　　침략의 급부는 고위권력층을 비롯하여 일반 식민자들까지 계층구별 없이 식민자 전체를, 그리고 거기에 편승한 친일파까지 도덕과 체면 없이 살 수 있는 "금수(禽獸)의 낙원"(256면)으로 만들었으며, 이러한 '식민지의 탁류' 속에서 심해지는 것은 한국인들의 절망과 빈궁, 모욕이었다는 것이다. 타락상에 대한 임종국의 비판의 어조는 "죄악의 역사는 깊다. 발가벗고 온 식민지의 지배자들이 발가벗고 저질은 허다한 만행! 누가 천인공노(天人共怒)라고 말을 했던가? 능욕·폭행·학살과 패륜으로 점철된 그 행적이야말로 천인공노할 죄상이 틀림없는데!"(237면) "한국인의 범죄에 대해서 필요 이상으로 가혹하던 식민지의 지배자들은, 또한 그들 동류의 범죄에 대해서 이렇게 필요 이상으로 관대했던 것이다."(252면) "그러니까 식민지란 요컨대 금수(禽獸)들의 낙원일까? 발가벗고 저지르는 추태·만행 속에서 패륜(悖倫)의 나날이 오고 가는데 ― "(256면)처럼 격앙된 것이었다.

　　「자서(自序)」에서 임종국은 "발가벗고 온 식민지의 지배자"들을 두 가지 의미에서 사용한다. 하나는 빈 몸으로 와서 조선의 자원을 강탈하고 권력을 탐닉하게 되었다는 의미이다. 다른 하나는 배설 같은 것은 마치 한국인처럼 "미개(未開)한 민족"이나 하는 것처럼 떠들어댄 식민지의 지배자들에게 남작과 육군대장이라는 사회적 위신을 벗겨 놓는다면, 그들 또한 피와 살을 가진 그래서 욕망을 가진 인간일 뿐이라는 의미에서다. 나아가 수치심도 없이 그 욕망을 멋대로 풀어놓고 있다는 의미에서다.[43] 한국인을 미개한 민족으로 지칭하던 그들이야말로 도덕과 체면이 없다는 점에서, 그것이 극악한 범죄 ― 학살, 고문치사를 포함하여 ― 에 이르고 있다는 점에서 '야만'의 상태라는 것이다.

---

42 임종국, 『발가벗고 온 총독』, 선문출판사, 1970, 233~234면. 이하는 본문 인용문 뒤에 괄호 안 면수만 표기.

43 「自序」, 위의 책

　　제국주의와 식민주의가 단순한 부를 얻거나 축적하는 행위는 아니며 어떤 지역과 사람들은 지배를 '받아야만 한다'는 생각을 포함한 이념적 형성에 의해 그리고 지배와 연관된 지식의 형태에 의해 추진되는 것이라 할 때,[44] 이는 '문명화의 사명'이 곧 도덕으로 강요되는 사태를 의미한다. 주지하듯이 그것은 곧 야만에서 문명으로 나아가야 한다는, 저발전의 상태에서 발전으로 나가야 한다는, 실현되어야 할 기획(project)과 관념으로서의 근대성의 서사를 사회의 제도와 삶에 내재화시키는 것이며 그것을 합리적일 뿐만 아니라 도덕적인 것으로 간주하도록 만드는 것이다.

　　임종국의 친일파 이야기나 위와 같은 예의 식민자들의 스캔들을 통해, '문명화의 사명'이 결코 '도덕'을 대체할 수 없으며 새로운 도덕일 수도 없음을 아주 직접적인 방식으로 주장한 것이라 할 수 있다. 식민지라는 사회는 도덕이 파탄된 상태이자 혹은 도덕이 성립 불가능한 사회였다. 식민지화와 그 과정은 나날의 삶의 현장 속에서도 확인될 수 있는 재도덕화 없는 반(탈)도덕화의 심화 과정인 것이다. 그것을 가장 잘 보여주는 것은 식민자들에서 친일파들에 이르는 집단의 스캔들이었다. 그러나 이 스캔들은 스캔들로서의 사회적 기능을 수행했을까?

　　스캔들은 단순한 사전적 의미로는 '매우 충격적이고 부도덕한 사건'이다. 필자는 1920년대 중후반 한국 근대소설에 나타난 스캔들이 소설의 서사구조를 확립하는 데 기여한 현상을 분석하면서, 스캔들의 의미를 '각 개인이 놓인 사회경제적 지위와 역할, 또 거기서 비롯되는 규범, 미지믹으로 사회전체의 개인에게 부과되는 도덕률, 이데올로기, 법질서 등이 사적 욕망과 접합되는 지점에서 발생하는 사건의 형식'으로 정의한 바 있다. 스캔들은 그것이 세상

44　에드워드 사이드, 김성곤 · 정정호 역, 『문화와 제국주의』, 창, 1995, 57면.

에 알려져야 공중(the public)의 주목을 받고 여론을 들끓게 하는 사건으로 성립할 수 있듯이, 서구의 살롱과 카페, 특히 카페의 형성 등 근대적 공론장의 형성과 나란한 것이었다. 가라타니 고진은 스캔들이 18세기 이후 부르주아의 무기로서 나타났다는 미셸 푸코의 말을 인용하면서 다음과 같이 언급한다. "당시까지 귀족이나 국왕은 직접적인 억압을 행사했지만, 부르주아 계급은 스캔들을 통해 그들의 도덕성에 반하는 행동을 배제했다는 것이다. 흥미로운 것은, 근대 소설이 18세기 영국에서 신문의 발달과 함께 탄생했다는 사실이다. 신문의 3면 기사와 소설은 쌍둥이다. 그것들은 새로운 독자, 곧 시민의 욕구와 이데올로기를 충족시키기 위해 세상에 태어났다."[45] 또 한편 알렉산더는 스캔들은 서구사회에서 선의 정립을 위해 사회악을 징죄하는 타락 의례의 일환으로 발생한다고 주장한다. 조금 길게 인용해보자면,

스캔들은 덜 일시적이면서도 틀에 박히지 않은 형태의 사회적 처벌을 의미한다. 스캔들은 개인이나 집단의 지위나 직책을 더럽히는 것으로 간주되는 행위로 인한 개인과 집단에 대한 공적 폄하이다. 선과 악의 구분을 유지하기 위해서는 순수에서 위험으로의 이동으로 행위를 상징화함으로써 개인이나 집단의 행위가 '해명'된다. 서양 시민사회의 종교적 배경은 이러한 타락이 전형적으로 '명예에서 추락', 개인적인 죄, 부패와 책임감 상실로 생겨난 일탈로 보이게 한다. 시민사회 담론에 가장 큰 '죄'는 자신의 자율과 독립을 달성하고 보존하지 못하는 것이다. 이러한 논의의 시각에서 볼 때 스캔들이 발생하는 원인은 시민사회가 다소나마 사

---

45 가라타니 고진, 김경원 역, 「계급에 대하여 ― 나츠메 소세키론 1」, 『마르크스 그 가능성의 중심』, 이산, 1999, 153면. 미셸 푸코에 따르면, 귀족 계급이 특권 계급으로서의 기품을 알리고 유지하기 위해 이용한 것이 '혈통'이라면 부르주아 계급은 자신의 계급적 육체의 차별성을 부각하기 위해 '성'을 이용했다고 주장한다. 즉 부르주아 계급은 스스로 창안한 권력과 앎의 기술체계로 자체의 성을 둘러쌈으로써 그들 자신의 육체, 감각, 쾌락, 건강, 남의 삶의 높은 정치적 가치를 돋보이게 했다는 것이다. 미셸 푸코, 이규현 역, 『성의 역사 1 ― 앎의 의지』, 나남출판, 1990, 136~144면 참조.

회약의 지속적인 '부활'을 요구하기 때문이다. 이러한 타락 의례의 범위는 명백하게 사소한 것에서부터 국가적 혼란을 일으키는 심히 심각한 시민-종교적 것에 이른다. (…중략…) 다시 말해서 스캔들은 도덕적 공황처럼, 문화적인 것뿐만 아니라 근본적인 제도적 효력, 즉 특정한 사람을 지위나 직책에서 끌어내리는 것에서부터 조직의 구조와 정권의 체계적인 변화에까지 이르는 반향을 낳는다.[46]

이러한 서구 근대사회에서의 스캔들의 기능 혹은 수행성과 비교해보았을 때 식민자의 스캔들은 어떠한가? 그들의 스캔들은 이렇게 임종국과 같은 이들을 만나 이렇게 사후적으로 이야기될 수 있을 뿐,[47] 당대의 식민지 사회에서는 어떠한 도덕적 정화 작용도 수행하지 않았다. 바로 여기에 식민지 사회의 도덕적 아포리아가 있던 것은 아닐까. 그들은 추문에 의해 식민지사회에서의 사회적 지위를 잃은 것도 아니며, 제 나라에서라면 차마 범하기 힘든 극악의 범죄를 저지르고도 엄격한(?) 법적 처벌조차도 이루어지지 않았던 것이다. 식민자는 스캔들로 인해 자신의 제국주의 고국에서 사회적 지위를 박탈당하거나 명예를 실추당할 수는 있어도, 그들을 정죄할 수 있는 정치적·법적 자격은 물론 돌을 던질 수 있는 도덕적 심문의 자격도 피식민자에게 주어

---

46 제프리 C. 알렉산더, 박선웅 역, 「악의 문화사회학」, 『사회적 삶의 의미』, 한울아카데미, 2007, 259~260면. 여기서 이처럼 특정한 행위로 인한 사회적 지위와 명예의 상실이라는 의미인 스캔들은 복음서에서 용례를 찾을 수 있을 정도로, 고대적 기원을 갖고 있다. '실족하다'(실족게 하다), '넘어지다', '걸리다', '배척하다' 등과 같이 다채롭게 번역되는 복음서에 여러 차례 사용되는 '스칸달론(skandalon)'의 동사로 '스칸달리조(skandalizō)'라는 단어는 '장애물을 놓다', '전룩거리다'라는 뜻을 지니고 있으며 현대의 스캔들 이면에는 헬라어 스칸달론이 자리 잡고 있으며 그 유사성이 있다고 한다. 차정식, 「'스캔달'과 타자의 윤리―예수의 어록을 중심으로」, 『신약논단』 17권 2호, 한국신약학회, 2010, 296~297면 참조.
47 일탈적 섹슈얼리티는 부정적 일본인론의 주된 레퍼토리이기도 했다. 1969년 9월 『현대문학』에 그 1부가 처음 연재되기 시작한 『토지』의 작가 박경리(1925~2008)는 여러 에세이에서 1920년대 유행한 에로티시즘, 그로테스크, 넌센스를 압축해 놓은 것이 일본의 정체라고 주장하였으며, 『토지』에 나타난 일본인의 성격적 부조화 또한 여기서 벗어나지는 않았다. 김용의, 「박경리의 『토지』와 일본인식」, 『일본어문학』 제51집, 일본어문학회, 2011, 308~311면 참조.

지지 않았다. 아니 공통의 도덕이 성립될 수 없는 식민지 사회에서 어떤 스캔 들도 도덕적 정화에 기능하기는커녕 '호가호위'라는 모방적 만연을 낳아 '식 민지의 탁류'를 형성했을 뿐이다.

이와 관련하여 임종국의 서술은 저자의 의도를 회의스럽게 만들 정도로 남성들의 성적 판타지에 기초한 상투적 표현들로 가득 차 있다. 이는 그 자신 이 의도한 바는 없겠지만 도덕적 정화 없는 스캔들 이야기란 결국 흥미를 만 족시키는 기능만을 남기고 마는 효과 때문인지도 모르겠다. 그럼에도 그가 유독 '밤의 일제침략사'[48]에 관심을 갖고 있던 것은 그것이 식민지사회의 형 성사에 드리운 그늘일 뿐만 아니라, 섹슈얼리티는 그것이 관계적인 것이라 는 점에서 한 사회의 도덕적 상태를 보여줄 수 있는 아주 일반적인 증좌일 수 있기 때문이다. 도덕의 최소한이 성립되어야 하는 곳이 바로 섹슈얼리티의 문제라는 생각인 것이다. 식민지 스캔들을 통해 식민지란 도덕의 최소한조 차 결코 성립시킬 수 없음을 그는 보여주었는데, 유곽과 함께 출현한 일본의 군대가 자신들이 번성시킨 창기들을 태평양전쟁의 전장에 정신대라는 이름 으로 끌고 가[49] 완전한 파멸-죽음의 상태에 이르게 만든 데서 극명하게 드러 난다. 이것이 식민지 스캔들의 종식이라면 종식일 것이다.[50]

---

48 그는 『발가벗은 총독』의 제1부와 거의 비슷한 내용으로 『밤의 일제침략사』(한빛출판사, 1984)를 간행한다.

49 임종국은 이 책 1부의 마지막 장에서 전시체제의 총동원 속에서 극단의 불경기를 맞은 데다가 군수공장, 나아가 전장으로 끌려가야 했던 요릿집 '기생들'의 비참한 운명을 다음과 같이 서술 한다. "이리하여 이들 기생이 비끌어진 일선장병의 위안부들은 당국의 강제력도 작용하여서 마침내 정신대(挺身隊)라는 이름까지 얻고 말았다. 그리고 총알이 쏟아지는 전선에서 그들이 겪어야 했던 기막힌 운명. 그것은 차라리 전쟁보다 더 무시무시하고 끔찍한, 눈 뜨고 차마 볼 수 없는 참상이었다. 위안을 주는 자도 위안을 받는 자도 누구 한 사람을 인간이라고 이름할 수 없는 마치 쌀이나 콩깻묵 배급을 타듯이 수십병 군인들은 장사진을 치고 늘어서서 성(性)의 배급을 탔던 것이다." 위의 책, 232면. 잘 알려졌듯이, 임종국은 일찍이 재일교포 김정면이 쓴 르포타쥬인 『정신대』(일월서각, 1981)를 편역저로 낸 바 있다. 이 저서는 원저자 이름을 명기 하여 다시 1992년에 재발간된다. 이 무렵은 정대협의 발족 등 정신대문제가 정치적 · 사회적 이슈로 떠오른 때였다.

4. 텔로스 없는 민족주의와 그 딜레마, 혹은 의미

이 글은 친일파 연구로 삶을 일관한 임종국의 역사 서술이 지닌 특징을 드러내고자 하였다. 임종국의 저작들을 하나의 책으로 비유하자면, 친일이라는 인간의 행위, 그것이 야기한 사건, 그 사건에 대한 경험을 의미화하는 이야기를 일본 제국주의의 조선 침략이라는 사건과 그 경과에 관한 서술이 둘러싸고 있다. 일본의 침략 또한 총독과 일본군 등 사람에 의해서 야기된 사건들의 역사이며, 그것과 불가분의 관계에 있는 민족의 역사를 배족의 역사, 친일파의 형성사로 쓰고자 했다.

그러나 그런 그의 글쓰기는 반복강박적일 수밖에 없었다. 왜냐하면 앞에서도 말했지만 '민족사적 생명'이나 '민족의 정기'의 회복은 과정이나 패러다임을 지닌 텔로스일 수 없기 때문이다. 그도 그럴 것이, 더 많은 인물들과 사례들을 언급하면 언급할수록 '민족사적 생명'이나 '민족의 정기' 따위와는 도저히 거리가 먼 상황에 직면하게 되기 때문에, 미래로의 기획은 지연되기 때문이다. 대신 악귀를 불러들여 악귀를 쫓는 주술사처럼 또다시 같은 문제를 파고들어 적시하는 것을 자신의 소명으로 삼게 되는 순환의 사태를 맞게 된다. 민족국가의 창립이나, 자본주의 형성 및 발달사를 염두에 둘 틈도 없이 친일파 이야기를 반복강박적으로 했던 그의 역사 서술에서 애써 텔로스를 찾자면 3·1운동과 같은 역사적 사건을 통해서만 현현하는 '민족사적 생명'이나 '민족 정기'의 회복일 터이다. 그의 역사 서술은 그것을 준비하기 위한 제의였는지도 모른다. 이 제의는 갈수록 친일파를 양산하던 식민지 시대는

---

50 일본의 패망이 스캔들의 종식이었지만 누구도 그것이 제2차 세계대전에서의 패전이었지 제국주의와 식민주의에 대한 대가라고 생각하지 않는다.

물론 식민지 유산의 청산이 이루어지지 않았던 그의 시대를 향한 것이기도 했다. 임종국은 친일행위를 한 개인의 행위에 머무는 것이 아니라 파문(波紋)처럼 커지는, 공동체를 균열시키는 사건이며, 이 균열은 서로를 한 사회의 성원으로 받아들이게끔 만든 인격에 가해진 것이라고 인식했다. 그것은 해방이나 국가 건설과 같은 정치적 사건이나 조치에 의해 즉각 회복되거나 치유될 수 없는 사태이다.

인격에 대한 포폄을 포함한 도덕적 담화이기를 거부하지 않았던 임종국의 역사 서술은 근대성을 주요 키워드로 삼아온 식민지와 민족주의에 대한 많은 논의가 미처 다룰 겨를이 없었던 식민 / 탈식민 사회에서 도덕이 어떻게 탈구조화 혹은 재구조화되었는가에 대한 물음이 여전한 논제로 남아 있음을 시사한다.

중국학의 궤적과 비판적 중국 연구

한국의 사례

백영서

1. 문제의 소재

우리는 왜 학술사에 관심 갖는가. 아마도 핵심적 이유는 기존 학술 제도와 이념에 대한 성찰이 필요하기 때문이 아닐까 싶다. 그 같은 작업을 하는 사람들이 등장하는 현상은 각자가 수행하는 학술 관행에 대해 어느 정도의 위기의식을 갖고 그 대안을 모색하고 있다는 증거일 것이다.

사실 근대적 분과학문 속에는 자기검증의 영역이 있기 마련이다. 예컨대 역사학에서는 그 역할을 사학사가 담당해왔다. 그런데 지금 한국 학계에서 이러한 학술사, 특히 한국의 사례가 (한국사학사와 한국문학사 등 극히 일부 주제를 제외하고는)연구 대상으로 그다지 중시되고 있지 않다. 게다가 정규 전공 교과목 편성에서 학술사 관련 과목이 중요한 비중을 차지하고 있지 않다는 사실에서 드러나듯이 교육 면에서도 소홀히 다뤄진다. 우리 사회 전반에서 '인문학의 위기'니 '융합학문'이니 하는 논의가 유행할 정도로 기존 학술제도 전반에 대한 비판의 소리가 높은 상황임에도 그러한 실정은 변함없는 것이다.[1]

그렇기 때문에 필자는 한국에서 수행되어온 학술의 역사를 연구하는 일의 중요성을 절감하면서, 이 글에서 자신의 전공영역인 중국사 연구를 포함한 중국학의 궤적을 역사적 맥락에 비춰 추적해보려고 한다. 역사학과 문학 분야에 중점을 두어 분석하되 중국학 전체를 대상으로 잡은 것은, 중국을 제대로 이해하려면 분과횡단적 통합 연구로서의 중국학이 필요하다는 판단 때문이다. 이것이 이 글을 꿰뚫는 첫 번째 문제의식이다. 이 점은 중국 연구를 가리키는 두 개의 용어, 즉 '한학(漢學)'과 '중국학(中國學)'의 용례를 잠깐 훑어보아도 쉽게 알 수 있다.

한자사용권에서 한학은 중국의 언어·문학·역사·철학 등을 연구하는 것, 즉 중국의 고전세계를 연구하는 인문학 위주의 연구를 주로 가리킨다. 서양의 'Sinology'의 번역어로서 한학도 바로 그런 뜻을 갖는다. 이와 달리 중국학은 영어의 'China Studies' 또는 'Chinese Studies'의 역어로서 중국의 정치·경제 등 사회과학 중심의 연구 곧 지역학(Area Studies)에 속하는 학술 분야를 가리킨다. 이처럼 한학과 중국학을 구분해버리면 매우 간편하게 문제가 정리되는 것 같다. 그런데 연구대상인 중국을 두 개의 중국, 즉 고전텍스트의 중국과 현실의 중국으로 나누고 그에 대응해 (전통)한학과 (현대)중국학으로 나누는 게 과연 타당한 것일까. 중국의 긴 역사와 문명의 연속성이 중시되고 있는 정황[2]을 고려한다면 그런 구분이 지나치게 단순한 것임이 바로 드러난다. 우리는 고전 중국에서 현실 중국으로 흐르는 삶의 유동(流動)을 직

---

1 인문학의 경우가 이러할진대 구미이론에 의존해 근대 사회를 연구하는 데 치중하는 사회과학의 여러 분과학문의 경우는 더욱더 심할 것은 두말할 필요도 없다.
2 그 하나의 예가 최근 '민족국가(nation-state)'가 아닌 '문명-국가(civilization-state)'란 개념으로 중국을 설명하는 관점이다. 마틴 자크, 안세민 역, 『중국이 세계를 지배하면』, 부키, 2010 참조.

시하고 그것을 분절시킴 없이 학술적 과제로 삼아야 한다. 중국인의 삶(또는 중국인의 다양한 가능성)에 대한 총체적 이해와 감각을 키워주는 연구와 교육이 요구된다. 더욱이 최근 우리 학술계에 분과학문을 넘어선 통합학문을 지향하는 분위기가 우세한 형편을 고려한다면,[3] 한학과 중국학을 아우르는 통합적 연구자세가 요구되는 것은 당연하다.

두 번째 문제의식은 중국 연구의 역사를 돌아보기 위해 '제도로서의 중국학'과 '운동으로서의 중국학'을 두루 중시하겠다는 것이다. 흔히 학술사라 하면 근대 학술 제도의 핵심인 대학 안에서 이뤄진 지식의 생산(주로 대가(大家)의 학설사(學說史))만 주목하기 쉽다. 그러나 운동으로서의 학문이란 발상을 도입하면 학술사의 대상이 제도 밖에서의 지식의 생산, 유통 및 수용으로 한층 더 확대되고 그만큼 더 학술사가 풍성해진다. 여기서 말하는 운동으로서의 학문이란 사회운동의 한 영역으로서 사회현실을 변혁하는 데 기여하는 좁은 의미에서의 학술운동만을 의미하지 않는다. 운동을 좀 더 넓은 의미의 탈제도로 이해하면, 활동영역이 제도권 안이든 밖이든 관계없이 주류적 학술 담론과 관행을 변화시키려고 하는 탈제도적 흐름까지 운동으로서의 학문으로서 포괄할 수 있다. 그렇기 때문에 제도 밖에서 이뤄지는 지식활동(예컨대 상업화된 지식)이라 하더라도 주류적 학술 담론과 관행에 대한 비판적 기능을 감당하지 않는 한 운동으로서의 학문이 될 수는 없는 것이다. 마찬가지 이유로 제도 안에서도 비판적 학문은 가능한 것이다. 요컨대 필자가 제도로서의 학문과 운동으로서의 학문을 이분법적으로 분리하여 대립하는 것으로 보려는 것은 아니다. 운동 속에서 제도를 보고 제도 속에서 운동을 보는 형태로

---

3 이 같은 통합학술을 필자와 동료 들은 '사회인문학(社會人文學)'이라 이름 붙이고 그 이념을 실천하기 위해 10년간의 프로젝트를 연세대 국학연구원에서 진행 중이다. 이에 대해서는 백영서, 「사회인문학의 지평을 열며─그 출발점인 '공공성의 역사학'」, 『동방학지』 149권, 연세대 국학연구원, 2010.3 참조.

제도와 운동의 관계를 한층 더 역동적으로 파악하여 양자의 상호 침투와 충돌을 동태적으로 파악하자는 것이 필자의 기본 취지이다.

이 같은 문제의식을 갖는 이유는, 학술사 검토를 통해 미래의 중국학을 전망하기 위해서이다. 말하자면 과거와 미래의 대화를 시도하는 것인데, 그 미래는 '비판적 중국학'의 창발적 재구성이다. 운동으로서의 중국학은 비판적 중국학이 되기 위한 필요조건이지, 그 자체가 비판적 중국학은 아니다. 그에 대한 좀 더 구체적인 모습을 그려보기 위해서는 '비판적'이란 수식어가 갖는 함의가 무엇인가를 명확히 할 필요가 있다.[4] 여기에서 관건은 무엇을 비판의 대상으로 삼는가이다. 그 대상은 고정된 것이 아니라 역사적 맥락에 따라 유동하는 것이고, 중국이란 대상과 그것을 보는 인식 주체의 관계에 따라 변화한다. 특히 비판적 중국학이 재구성하려는 동시대의 주류 학술 제도와 담론의 성격 변화에 따라 다르게 구체화된다고 말할 수 있다.

아래에서 본격적으로 논의되듯이 한국의 중국학의 역사적 궤적을 돌아보면 비판적 중국학의 몇 가지 요건이 떠오른다. 우선적으로 근대적 분과학문 제도 속에서 분산된 채 수행되는 지식생산 방식에 대한 비판이 요구된다. 따라서 분과횡단적 연구를 지향하는 것은 비판적 중국학의 첫째 요건이 된다. 그리고 이 요건은 자연스럽게 연구대상을 고전 중국과 현실 중국으로 분리하는 이분법을 넘어서는 두 번째 요건으로 이어진다. 근현대 중국에 대한 관심을 결여한 '중국 없는 중국학'과 '중국 현실을 뒤좇는 중국학'[5]을 동시에 비

---

4 비판적 중국학이란 발상을 필자가 처음 제기하는 것은 아니다. 김희교, 「한국의 비판적 중국담론, 그 실종의 역사」, 『역사비평』 57호, 역사비평사, 2001과 이에 대한 반론인 이희옥, 「보론 : 한국에서 비판적 중국 연구를 한다는 것」, 『중국의 새로운 사회주의 탐색』, 창비, 2004가 앞서 존재한다. 이희옥이 말하는 비판적 중국학의 비판 대상은 중국의 '현실적 지배권력의 지형도' 내지 '주류적 담론'이다. 최근에는 이남주, 「중국의 변화를 어떻게 볼 것인가」, 『창작과비평』 157호, 창비, 2012도 이 문제를 깊이 있게 다룬다. 그런데 이 글은 (중국 현실 자체보다도) 한국의 제도로서의 중국학을 우선적으로 비판하면서 그 개혁의 가능성을 중국학의 역사에서 찾는 데 상대적으로 무게를 더 두는 학술사 작업이다.

판의 대상으로 삼아야 한다. 오늘의 중국 현실에 비판적 자세를 견지하기 위해서도 중국 역사와 문화에 대한 심층적 이해는 끽긴하고, 또 중국 역사와 문화를 심층적으로 이해하도록 하는 추동력은 현재를 살아가는 사람들의 일상적 삶에서 나오는 것일 터이다. 이 두 번째 요건은 다음의 세 번째 요건과 결합될 때 비판성이 제대로 발휘된다. 그것은 당대의 중국 현실과 주류적 사유체계에 대한 비판적 거리를 유지하는 동시에 비판적 중국 연구를 통해 "우리가 살고 있는 사회(지구적 차원, 지역적 차원, 그리고 일국적 차원)에 대한 인식을 재구성하는 계기"[6]로 삼는 것이다. 그 과정에서 중국과 한국(또는 다른 사회)의 주체 간에 '서로를 비추는 거울' 관계[7]가 성립한다. 그러기 위해서 연구자가 처한 사회의 지배적 사유체계를 중국에 대한 연구에 그대로 적용하는 태도를 문제 삼는 것은 당연히 요구된다. 끝으로 중국 중심주의의 해체도 빠트릴 수 없는 요건이다. 구미에서 발신하는 '중국위협론'에 휘둘리지 않으면서 중국 중심주의를 제대로 극복하기 위해서 한국을 비롯한 동아시아와 연동시켜 중국을 바라보는 시각이 유용하다. 특히 필자가 역설한 바 있는 '이중적 주변의 시각'은 하나의 길잡이가 될 수 있다(이에 대해서는 마지막 절에서 더 깊이 다룰 예정이다).

물론 여기서 제시된 비판적 중국학의 네 가지 요건들은 한국에서 외국학인 중국학을 수행하는 필자의 경험에 일차적으로 기반을 둔 것이긴 하다. 그러나 그것은 중국의 이웃에 위치한 한국인뿐만 아니라 중국인을 포함한 인간 전체의 총체적 삶을 온전하게 성찰하는 서울도 작동할 수 있다고 믿는다.

이와 같은 문제의식에서 중국 연구의 역사를[8] 다시 살펴보노라면 근대 학

---

5 이 두 용어는 溝口雄三, 『方法としての中國』, 東京大學出版會, 1990, 135~136면에서 시사받았다.

6 이남주, 앞의 글, 181면.

7 가가미 미쓰유키[加々美光行]는 이것을 '공동주관성(共同主觀性)'이란 용어로 표현한다. 加々美光行, 『鏡の中の日本と中國』, 日本評論社, 2007, 125면.

술 제도가 형성된 기점으로 흔히 거론되는 일제치하의 제국대학의 지식체계에 머물지 않고 더 거슬러 올라가 조선 후기의 학인들이 중국에 대한 지식을 생산한 북학으로 시야가 자연스럽게 확대된다.

2. 북학(北學), 지나학(支那學) 그리고 한학(漢學)

1) '흔들린 조공질서'[9]하의 중국인식과 '북학(北學)'

근대 이전 한국에서 축적된 중국 고전 연구는(근대 이후처럼 타자로서의 외국에 대한 지식이 아니라) 보편적 문명세계의 탐구였기에 '한문(漢文)'이란 동아시아 공통문어문(共通文語文)으로 쓰인 학술 일반(곧 文에 대한 탐구)인 동시에, 조선의 통치이념과 긴밀히 연결된 조선 역사의 일부로서 그 정치와 문화를 정비하고 변혁하는 것을 목적으로 삼은 실천(經世)의 학문이기도 했다. 이런 특징은 한자문화권에 속한 일본이나 베트남의 중국 연구에서도(정도의 차이는 있으나) 공통적으로 찾아볼 수 있는 현상이다. 서양의 Sinology의 번역어인 한학이 주로 타자인 중국의 언어·문학·역사·철학 등을 연구하는 것과는

---

8 이 글의 범위 밖에 있는 사회과학 분야의 중국 연구를 포함한 중국학 전체의 분석은 필자가 경제인문사회연구회에 제출한 『대중국종합연구(對中國綜合研究) 협동연구총서 10-03-01』 참조(https://www.nrcs.re.kr/reference/together에서 접근 가능). 이 보고서 작성에는 김하림과 이병한(연세대 박사과정생)의 도움이 매우 컸다.

9 동아시아세계를 '흔들린 조공질서'로 설명한 것은 임형택, 「17~19세기 동아시아 상황과 연행(燕行)·연행록(燕行錄)」, 『한국실학연구』 10권, 한국실학학회, 2010 참조. 그 변화를 이끈 두 요인은 명청교체와 서세동점(西勢東漸) 추세이다.

선명하게 구별된다.

그런데 18세기 중엽 이후 조선의 일부 지식인들 사이에서는(고전 중국이 아닌) 동시대 중국의 현실을 직접 견문하고서 그로부터 배우려는 새로운 학풍이 일어났다. 그것은 '북학'[10]이라 불리는데, 당시 중국을 지배한 만주족의 청조를(漢族의 명조인 '중국'에 대비시켜) '북국(北國)'으로 부른 조선인의 관행[11]에 연유한 것이다. 이 학풍을 주도한 인사들은 대체로 연경(燕京) 곧 북경(北京)에 다녀온 경험이 있어 기행문들을 남기고, 스스로 보고 들은 청문화의 우수성을 인식하여 조선의 현실을 개혁하기 위해서는 청조의 문화를 먼저 배워야 한다고 주장했다.

한족의 명조가 멸망한 이후 중화문화(그 핵심인 유교문화)의 정통이 '비한족(非漢族)'의 조선에서 계승된다는 자부심 곧 소중화 의식이 팽배한 조선의 실정에서 제기되었기에 만주족 청조에서 배운다는 북학은 매우 도드라진다. "발로는 모든 것을 가진 중국 대지를 한 번 밟아보지도 못했고, 눈으로는 중국사람 한 번 보지도 못한"[12] 조선 선비의 현실조건에 비춰볼 때, 조선의 이용후생에 필요한 청의 문물을 도입하기 위해 청조라는 현실 중국에 대한 지식을 생산한 그들의 학문 자세는 오늘날 사회과학자들이 주도하는 중국학과

---

10 북학이란 용어는 『맹자(孟子)』 「등문공장귀(滕文公章句) 상」에서 기원한다. 허행(許行)의 농가(農家) 사상을 비판하는 대목에서 진량(陳良) 같은 남만(南蠻)의 지식인이 유교사상을 배운다는 뜻이라고 한다. 그런데 주변부의 처지에서 선진문화를 배우자는 의미를 갖는 '북학'이란 관형사가 한국 학계의 연구자들 사이에서는 당시 주류 사조인 '북벌'과 반대되는 혁신성을 상징하는 표제어로 보거나(유봉학), 아니면 북학론이 북벌론을 비판적으로 계승한 사상이라고 보는(김명호) 등 견해 차이가 존재한다. 허태용, 「'북학사상'을 연구하는 시각의 전개와 재검토」, 『오늘의 동양사상』 14호, 예문동양사상연구원, 2006, 337면.
11 명나라를 중국이라 일컫고, 청나라 사람들을 중국인이나 화인(華人)으로 부르지 않고 중립적 청인(淸人)·청국인(淸國人)·북인(北人)·북국인(北國人)으로 불렀다. 계승범, 「조선 후기 중화론의 이면과 그 유산」, 인하대 한국학연구소 편, 『중국 없는 중화』, 인하대 출판부, 2009, 264면.
12 박제가(朴齊家), 안대회 역, 『북학의』, 돌베개, 2003, 13면의 박지원(朴趾源) 서문.

통하나, 그와 동시에 그들은 중국 고전을 새롭게 해석하여 가치관·세계관
을 재구성하는 인문학적 작업도 겸했으므로 이 글에서 중시한 통합적 중국
연구의 선구 곧 '원체험'이라 할 만하다.

조선 학인들이 중점을 둔 고전 연구 영역이 경학을 재해석하는 일이었다
는 것은 쉽게 수긍되는 일이나, 중국사의 재해석도 또 하나의 주요 영역이었
다. 이적(夷狄) 왕조인 원과 청에 의해 편찬된 송사(宋史)와 명사(明史)의 오류
를 바로잡겠다는 의도에서 『송사전(宋史筌)』, 『자치통감강목신편(資治通鑑綱
目新編)』, 『명기제계(明紀提挈)』 같은 역사서들이 편찬되었다. 그 목적은 역사
서를 통해 성리학을 바탕으로 한 조선의 학문과 의리론을 적극적으로 평가
하는 것이었다.[13] 쉽게 짐작할 수 있듯이, 중국이 만주족인 청조에 의해 장
악되어 번성하는 현실을 지켜보면서 그로부터 배우려는 일부 학인들이 존재
함과 동시에 중화문화를 계승한 '유일한 자'로서 자부심에서 이 같은 학술 작
업을 주로 추진한 조류도 있었던 것이다.

당시 북학자들이 과연 주자학적 유교질서에서 어느 정도 벗어났는지는 아
직 관련 학계의 논란거리인 모양이나,[14] 필자는 이 문제에 깊이 들어갈 능력
도 흥미도 없다. 단지 이 글의 관심사에서 본다면, 그들의 중국에 대한 지식
생산이 당시 주류 지식인 사회에서는 소수의 학술활동이었지만 '흔들린 중
화질서'에 대응하면서 주류 학술에 균열을 일으킨 '운동으로서의 학문'이자

---

13 김문식, 「송사전(宋史筌)에 나타난 이덕무의 역사인식」, 『18세기 조선 지식인의 문화의식』,
한양대 출판부, 2001; 이성규, 「송사전의 편찬배경과 그 특색 ─ 조선학인의 중국사편찬에 관
한 일연구」, 『진단학보』 49호, 진단학회, 1980 참조.

14 조선의 소중화사상은 "단지 중화라는 보편적 문화질서에 스스로를 동참시킴으로써 얻게 되
는 성취감의 자기 의식화일 뿐이다"라고 보는 견해도 있다. 계승범, 앞의 글, 246면. 그에 따르
면, 조선의 자부심은 중화라는 타자의 권위에 의지하여 가능했던 것에 다름 아니다. 임형택은
숭명반청(崇明反淸)-조선중화주의-북벌의 허위성과 폐쇄성의 문제점을 비판하면서 '청의 중
국'에 현실주의적으로 대응한 움직임이 18세기의 홍대용·박지원을 거쳐 19세기의 정약용·
김정희로 이어졌다고 해석한다. 임형택, 앞의 글, 13·21면.

중국이란 거울을 통해 당대 조선사회에 대한 인식을 재구성하는 계기로 삼은 통합적 중국 연구였다는 점에서 '비판적 중국 연구'의 일부 요건을 갖췄다는 점을 지적하고 싶다. 설사 그들이 청나라의 문물은 본디 중화의 문물인데 청나라가 빼앗은 것이므로 조선이 중화의 유일한 계승자가 되기 위해서는 그것을 받아들여야 한다는 중화계승의식을 견지했을지 몰라도, 그들의 학술 내용 속에는 "화이관 자체를 무의미하게 만들 수 있는 가능성"이 부분적일지라도 포함되었다는 해석도[15] 주목해야 옳겠다.

2) 일본 제국 질서 속의 '지나학(支那學)'과 그 균열

당시까지는 소수에 불과했던 그들이 추진한 새로운 비판적 중국 연구의 길은 20세기 들어와 제도적 학문으로 정착하지 못했다. 19세기 말과 20세기 초 신·구학문이 경쟁하는 시기에 중국경전 탐구를 중심으로 한 기존 학문 대신, 주로 일본으로부터 유입된 신학문의 영향 속에서 중국의 지리와 역사 등이(보편문명이 아니라) 낙후한 '동양'의 일부로서 지적 관심의 대상이 되긴 했다.[16] 그러나 '북학'의 경향을 계승하는 중국에 대한 학술적 관심은 일제하 경성제국대학을 거점으로 한 '시나가쿠'(支那學, 이하 지나학)에 압도당하고 말았던 것이다.

중국에 대한 멸시의 어감을 띤 '지나'의 연구 곧 지나학은 일본 근대 학제에서 연원한 것이다. 따라서 일본 제국 시대의 지나학의 맥락을 간략하게라

---

15 허태용, 「조선 후기 중화의식의 계승과 변용」, 인하대 한국학연구소 편, 앞의 책, 317~318면.
16 백영서, 「20세기 전반기 동아시아 역사교과서의 아시아관」, 『대동문화연구』 50권, 성균관대 대동문화연구소, 2005, 43~49면.

도 정리하고 넘어가지 않을 수 없다.

전통시대 일본의 한학은(조선의 중국 연구가 그랬듯이) 고전 중국을 주된 대상으로 삼되, 어디까지나 일본의 정치와 문화를 정비하고 변혁하는 것을 목적으로 하는 실천의 학문이었다. 그런데 메이지유신 이래의 일본 제국대학의 중국 연구자들은 종래의 한학이 유학의 다른 이름일 뿐이고 지나의 것을 지나에서 배우는 것이므로 진정한 학술이 아니라고 지적하면서 자유로운 학술의 견지에서 중국문화를 분석하고 비판하는 지나 연구를 제도화하였다.[17] 그런데 이 과학적 지나 연구에는 두 흐름이 있었으니 하나는 주로 고전어의 문헌 자료를 실증적으로 연구하는 '지나학자'이고 다른 하나는 근대어로 된 기록된 문헌이나 동시대 지나의 사물을 연구하는 '지나연구가'의 갈래이다. 그런데 이 두 흐름이 서로 관련 없이 연구를 수행할 뿐만 아니라 서로 멸시하는 경향이 있었다. 제국대학의 문학·역사학·철학 분야에서의 중국 연구는 전자에 속한다. 그것은 전통 한학의 흐름을 이어받아 고전 중국을 주된 대상으로 삼아 과학적 분석을 수행한 것이지, 동시대 중국의 현실을 연구한 것은 아니다.[18] 한마디로(國學이나 洋學과 대비되는) '일본 한학'은 순수 아카데미즘의 세계에 빠져들어 일본의 현실로부터도 또 당시의 중국의 현실로부터도 멀어진 채 과거의 고전 중국의 문화와 사상을 대상으로 한 학문이었다고 할 수 있다.[19]

이 같은 '일본 한학'에 대해 제국대학의 학술계 내부에서 일찍이 비판이 제기되었다. 즉 한학과 구별되는 과학적 중국 연구를 위해 각 분과 학문에 기초

---

17 津田左右吉, 「日本における支那學の使命」, 『津田左右吉歷史論集』, 岩波文庫, 2006, 190·192면.

18 吉川幸次郎, 「支那學問題」, 『吉川幸次郎全集』 17, 筑摩書房, 1969, 440~441면. 동시대 지나 연구는 주로 외국어학교의 졸업생에 의해 수행되었다. 그 주요 기구는 만철조사부(滿鐵調査部)나 동아연구소(東亞硏究所) 같은 국책연구소였다.

19 加々美光行, 앞의 책, 47~49면.

한 중국문화의 전문 연구가 제도화되었지만 그 문제점이 드러나고 있으니 그것을 극복하기 위해서는 '옛 지나'와 '현재의 지나' 연구의 종합이 이뤄져야 지나학의 진보가 가능하다는 것이다.[20] 제국일본의 지나학 내부에서 제기된 비판의 지향과 한계를 동시에 보여주는 것이 교토제국대학(京都帝國大學)의 지나학이다. 그것은 동시대 중국에의 관심을 학문적 차원으로 끌어올리려는 지향을 가졌다. 그런데 이것 역시 근대화에 실패한 중국을 멸시하고 동시대 중국을 경시한 경향에서 완전히 탈피하지는 못했다.

이 특징은, 교토학파의 지나학의 성립에 기초를 닦은 나이토 고난(內藤湖南)이 말한 "지나인(支那人)을 대신해 지나를 위해 생각한다"는 발언에서 쉽게 간취할 수 있다. 그것은 중국에 대한 초월적 시각을 의미하는데, 여기에는 두 가지 요소가 결합되어 있다. 하나는 정체하는 노대국 중국보다 빠르게 근대국가를 형성하고 구미 제국주의국가 그룹에 진입한 일본이 중국의 외부에서 처방을 제시하는 '제국주의적 중국 경영'의 입장에 호응한 학술적 담론이란 것이다. 다른 하나는 지나라는 연구대상의 외부 관찰자인 일본인 연구자가 서양의 '과학적 방법'을 활용해 체계적으로 분석한다는 것이다. 이 점을 근대 일본의 문헌비판학이 상징적으로 보여준다. 유럽의 한학자가 그러했듯이 일본인 연구자도 외부자의 입장에서 고대 중국문헌을 외국문헌으로 간주하고 문헌비판의 방법을 통해 신용할 수 없는 '불확실한 편찬물'이라고 폭로하면서, 다른 한편으로는 신용할 수 있는 텍스트로 재구성(체계화)하는 것에 힘썼다. 그것이 바로 근대 일본의 지나문헌학 방법이다. 그리고 그것은 사학·철학·문학 각각의 분야에서 연구가 진행되는 체제였다.[21]

이러한 과정을 거쳐 확립된 인문학적 특성을 가진 지나학[22]이 경성제국대

---

20 吉川幸次郎, 앞의 글, 455면.
21 子安宣邦, 『日本近代思想批判―國知の成立』, 岩波書店, 2003, 104·111·145~146면.

학의 학제를 매개로 식민지 한국에 유입되었다. 그로부터 한국의 중국 연구
는 문학·역사학·철학 등의 근대적 분과학문 체계 속에 분산된 채 수행되
었고, 북학을 비롯한 전통적 지식생산의 흐름은 '한학'(곧 전통학문 전체를 통틀
어 타자화하는 용어)으로 통용되면서 점차 유교와 동일시되었다.[23] 그 결과 근
대 분과학문에서 배제된 한학은 근대 교육 제도의 바같에서 민간에서 전수
되는 유교 교양에 대한 탐구와 교육을 가리키는 것으로 그 성격이 변했다.

그렇다고 해서 중국에 대한 당시의 지식 생산의 장에서 '조선 한학'의 의의
를 무시해도 좋은지는 다시 따져볼 필요가 있다. 제도로서의 학문인 지나학
의 입장에서 보면 한학이 근대적 분과학문체계에서 벗어나 '과학'을 등한시
한, 따라서 경쟁력이 없는 학술행위에 지나지 않을 것이다. 그러나 비판적
중국학이란 기준에서 다시 보면 조선민족 문화의 정체성을 지키는 방편으로
서 그 원천이라 할 보편문명인 고전 중국을 제국대학 밖에서 새롭게 해석하
고 그것을 널리 보급한 역할을 수행한 일부 한학자들의 성과는 인정되어야
한다. 예를 들면 문사철에 박통한 백과전서적 학인인 정인보(鄭寅普)는 분과
학문에 얽매이지 않고서도 고증방법론이나 언어학적 해석 등 전통적 학문방
법과 근대 학문의 접합 가능성을 보여줄 뿐만 아니라, 사익(私益)과 중화주의
에 얽매인 주자학자들을 비판하고, 양명학의 정신을 드러냄으로써 국권회복
이란 조선민족의 과제를 해결코자 했다. 필자는 그의 조선학 운동의 일환으
로서의 중국고전 연구를 비판적 중국학의 한 갈래로 볼 수 있지 않을까 궁리
중이다.[24]

---

22 여기서 필자가 말하는 지나학은 교토제국대학의 학술만을 가리키는 것이 아니라 전통 한학의
    성격이 짙은 도쿄제국대학을 포함해 일본 제국 시기에 수행된 중국학 전체를 의미한다.
23 김진균, 「한학과 한국한문학의 사이, 근대한문학」, 『국제어문』 제51집, 국제어문학회, 2011,
    143면. 조선왕조 시대의 '한학'이란 어휘는 성리학 중심의 송학에 대비되는 훈고학을 지칭하
    는 것이며, 또는 역관 선발시험 때 한어 전공자를 선발하기 위한 과목의 명칭이었을 뿐이다.
24 '조선 한학'은 당시 일반적으로 지식인의 교양으로 습득되었지만, 정인보 같은 한학자의 사례

사실, 한학에 반영된 중국인식은 당시 한국인에게 상당 정도 친숙한 교양이라 할 만한 것이었다. 한국인 학생이 경성제대 지나문학과에 처음 지원할 때에는 지나문학이 외국문학이라고 생각하지 않았다고 한다. 지나문학이 대학 제도 안에 위치한 한학 비슷한 것으로 입학 당초에는 받아들여졌다는 회고담[25]은 시사하는 바가 크다.

그러나 그들이 입학 이후 점차 한학과 (외국문학이 된)지나문학을 구분하게 되었다는 사실에서 확연히 드러나듯이, '비과학적' 한학과 구별되는 과학적 중국 연구가 경성제국대학의 학제 안에서 근대적 학문으로 구축되었고, 학생들의 학문관을 규정했다. 이것이 제도로서의 지나학이다. 여기에서 수행된 중국 연구의 대상·이념·방법론 등은 기본적으로 일본 본토의 제국대학의 지나학의 틀을 가져온 것으로 봐도 무방할 것이다.

1924년에 설립된 경성제국대학에서 지나학은 '지나문학과(支那文學科)'와 '동양사학과' 같은 분과학문의 형태로 수행되었다. 근대적 분과주의를 도구로 한학에서 분리된 문학·역사·철학 영역을 각각 대상으로 삼는 과학적 연구가 이뤄진 최초의 장(場)이 형성된 것이다.

지나학의 일부인 역사 영역은 동양사학 강좌에서 다뤄졌다. 일본 대륙정책의 전개와 밀접하게 연계된 동양사학은 중화질서로 상상되어온 종래의 역사를 해체하고 제국사의 일부로서 동양사를 새롭게 창안하는 것이 주된 특징이다. 이 새로운 학문 영역에서는 지나를 '천하'가 아니라 동양의 일부로 파악하는 것과 더불어 지나의 주변인 발해·만주·거란·서역 등의 역사를 지나사와 대등하게 주요한 연구대상으로 삼았다. 이런 학풍은 역사 강좌뿐

가 예외적인 것만은 아니라고 생각한다. 그런 학인들의 학술성과가 앞으로 더 발굴되면 식민지 시기 학술사가 더 풍성해질 것이다.

25 김태준, 「외국문학전공의 변(六)─신문학의 번역소개」, 『동아일보』, 1939.11.10.

만 아니라 외교·윤리학·미술·문학 등 다양한 영역에서도 나타났다. 또 다른 특징은 현재진행형의 역사보다 이미 완결된 과거 역사에 대한 실증적 연구 경향이 강하다는 것이다. 이러한 특징은 강좌제를 운영하는 지도교수의 영향 아래 작성된 조선인 졸업생들의 졸업논문에 자연스럽게 깊은 영향을 미쳤다. 그렇다고 해서 경성제대 지나학이 제국정부가 요구하는 정책 과제를 연구하지 않았다는 뜻은 아니다. 1938년부터 본격화된 북진정책에 동원되어 만주와 몽고에 대한 지식을 생산하고 유통하는 데 힘을 쏟았다. 구체적으로 만몽문화연구회(1932년 설립, 1938년에 대륙문화연구회로 확대 개편) 같은 기구를 통해 만주와 몽고의 조사와 연구를 적극 진행하는 한편 일반대중에게 북진정책의 기초 작업으로 대륙문화를 이해시키기 위해 대륙문화강좌를 여는 등 "대륙에 있는 유일의 제국대학"답게[26] 다양한 활동을 전개했다.

그러나 국책대학이란 성격이 일방적으로 교육에 작용된 것은 아니었다. 극히 제한적이지만 동양사 전공의 조선인 학생 가운데에서 제도로서의 지나학에 작은 틈새를 만들 가능성이 생겨났던 것은 아닌가 추측해볼 수 있다. 한 졸업생이 '지나사(支那史)'에 나타난 주변이민족[蠻夷戎狄]의 방위(方位)와 기원에 대한 졸업논문의 일부를 조선인 졸업생들이 창간한 학술지 『신흥』 5호(1931.7)에 발표하면서, 지나의 '주위 여러 민족' 가운데 조선민족이 독자적 기원을 가졌다고 주장하였다.[27] 지나와 그 주변이란 주제 자체는 경성제대 동양사학의 학풍의 틀에 속하나 조선민족의 기원의 독자성에 착안한 것은 조선인의 주체성을 탐구한 연구로 볼 수 있을 것 같다.

그러나 이것은 (곧 아래에서 논의되듯이)지나문학 전공자들이 제도로서의 지

---

26 「사설 : 대륙문화강좌 개최의 의의-신동아건설의 기초공사」, 『매일신보』, 1939.8.13.
27 3회(1931년) 졸업생 嚴武鉉의 졸업논문이 「동양사상에서 흉노민족의 흥망성쇠에 대하여(東洋史上に於ける匈奴民族の興亡盛衰に就いて)」이다.

나학에 균열을 일으킨 정도에는 미치지 못한다. 동양사 전공자들은 중국의 동시대 문제에 관심을 보인다거나 자신들만의 학술공간을 확보하기 위해 대외활동을 벌이지도 않았다. 왜 그랬을까. 그 이유를 조선인에게 동양사학의 의미가 애매한 데서 찾는 시각도 있다. 즉 그들의 의식 속의 동양사학은 "'국사학'이라는 권력과 잠재적 '국사학' = 조선사학이라는 상상 사이의 중간지점에 있었다"는 것이다. 그들은 식민지 시기의 국가학인 국사학(곧 일본사학)과 (독립국가를 추구하기에)잠재적 국(가)사학이라 할 수 있는 조선사학 사이에서 갈등한 것이다.[28]

동양사학과와 달리 지나문학과에서는 비판적 중국 연구의 가능성을 발견할 수 있다. 먼저 눈에 띄는 것은 1929년 이후 지나문학과 강의에서 현대 지나문예의 계보를 강의하는 등 '현대 중국 연구'의 '실험'을 한 가라시마 다케시[辛島驍]의 시도이다. 고전 지나 연구를 지나학으로 규정했던 제국대학의 학술풍토에 비춰볼 때 이것은 분명 제국대학 지나학의 지향과 대립하는 것이다.[29] 지나문학 강좌가 동시대 중국을 대상으로 한다는 점에서 경성제대 지나문학과에서는 일본 제국대학의 아카데미즘과 분명 다른 면이 엿보인다.

이 사실을 필자는 제국대학 안의 제도로서의 지나학의 균열의 증거로 중시한다. 그러나 교수인 가라시마의 '실험'을 본격적인 비판적 중국 연구로 보기에는 미흡한 점이 있다. 동시대 일본 본토의 제국대학 바깥에서 중국문학연구회(1934~43)기 잡지 『주고구분가쿠[中國文學]』[30]를 거점으로 제국대학의 지나학

---

28 박광현, 「식민지 조선에서 동양사학은 어떻게 형성되었는가?」, 도면회·윤해동 편, 『역사학의 세기』, 휴머니스트, 2009, 234·243면.

29 천진, 「식민지조선의 지나문학과(支那文學科)의 운명 — 경성제국대학의 지나문학과를 중심으로」, 『중국현대문학』 54호, 한국중국현대문학학회, 2011, 328면.

30 동경제대 지나문학과 졸업생인 다케우치 요시미[竹內好]·다케다 다이준[武田泰淳] 등 중국 현대문학 번역자 및 연구자가 중심이 되어 1934년 3월에 결성한 이 연구회는 전전(戰前)에 이미 지나가 아닌 '중국'이란 명칭을 쓸 정도로 현실 비판적 경향이 강했다. 그들의 동인지 『중국문학월보(中國文學月報)』는 1940년부터 『중국문학(中國文學)』으로 개편되었고, 1943년 10월 연구회 자진해산과

을 비판하며 전개한 지식생산과 가라시마가 현대 지나를 연구하는 태도는 서로 달랐기 때문이다. 가라시마가 현대 지나문학을 탐구하였다는 점에서 제도로서의 지나학과 어느 정도 거리를 두었지만, 그것을 추구하는 과정에서 문학이란 보편적 경험에 더 큰 비중을 둔 나머지 지나라는 현실에서 오히려 멀어지게 되었던 것이다. "1930년대 현대지나와의 긴장을 놓아버린 가라시마의 지나문학 논리는 39년 무렵부터 대동아 신질서의 국민문학 논리로 쉽게 전환"되어 버렸다는 지적[31]은 설득력 있다.

일본인 교수 가라시마의 위와 같은 학술의 궤적에 비교할 때, 경성제대 지나문학과의 한국인 학생 가운데 운동으로서의 중국학으로 더 나아간 사람들이 나타났다는 것은 흥미롭다. 그들은 가라시마의 학술적 '실험'과 1930년대 『가이죠[改造]』나 『분게이[文藝]』 등 본토 잡지에 실린 일본 좌파 지식인들의 평론에 영향받아 한학에서 벗어나 지나문학을 외국문학(곧 국민문학)으로서 파악하고, 고전문학과 현대 중국문학을 연결시켜 파악하였다. 물론 그들도 지나를 타자화하는 제국대학이라는 제도로서의 학문의 틀 안에서 식민지 조선의 '외국문학으로서의 지나문학'을 추구하였다. 그러나 이 타자화 과정은 제도로서의 학문과는 다른 지향을 가졌던 것 같다. 고전 지나를 과학적 방법(곧 문헌실증과 맑스주의)으로 체계화함과 동시에 현대 중국의 문학운동에 착안하여 '지나'를 재발견한 과정은 조선문학사를 체계화하는 작업으로 이어졌다. 그 대표적 인물인 지나문학과 졸업생 김태준은 중국문학 연구에서 획득한 문제의식과 연구방법을 활용해 제도 밖의 교양지나 일간지 등 매체를 통해 '과학적 조선 연구'를 주창하였다. 그리고 그 작업이 조선 현실의 변혁에 이론적 무기로서 작용할 것으로 기대했던 것이다. '과학(성)'으로 표방된 학

___

함께 폐간되었다.

31 천진, 앞의 글, 332면.

술의 전문성(학술성)을 공유했다는 점에서 제국대학의 아카데미즘과 기반이 같지만, 경성제대라는 제도 밖에서 미디어를 통해 한글로 학술활동을 전개하고 고전 중국과 현대 중국에 동시적으로 관심을 가졌을 뿐만 아니라 조선문화를 주체적으로 재구성하고 조선 현실의 변혁에 보탬이 될 학문을 추구한 것은 비판적 중국 연구의 요건을 상당히 갖춘 셈이다.[32] 이 흐름이 해방 이후 냉전의 영향 때문에 한반도의 남북 어느 쪽에서도 중국학으로 계승·발전되지는 못했지만, 비판적 중국 연구의 계보를 세우는 데 매우 의미 있는 자원이라 하겠다.

다른 한편, 제도 밖에서도 중국에 대한 지식을 생산하는 흐름이 있었다. 지나학처럼 고전 중국을 연구한 것이 아니라 주로 동시대 중국에 대한 보도와 논평 형식의 글이 언론인과 학자들에 의해 활발하게 발표되었다. 20세기 전반기 중국에 대한 이러한 문장들은 일간지와 대중교양지에 실렸기에 비록 과학적 학술논문의 형식을 갖추지 않았지만 대중과의 소통이 용이한 또 하나의 지식생산의 장[33]이라고 간주해야 할 것이다. 『동아일보』나 『조선일보』 같은 일간지의 중국 특파원의 문장이나 각종 잡지에 실린 동시대 중국 시사문제에 대한 평론[34] 그리고 동시대 중국 문학계의 동향과 작품 등을 한국에 소개하는 글들[35]이 여기에 속한다. 그것들은 똑같이 제국주의적 압박

---

32 여기서 깊이 다루지 못했지만, 일본의 퇴영적이고 국수적 국학과 구별되는 중국의 '진보적 국학'의 흐름을 긍정적으로 평가한 김태준과 신남철의 국학운동에 대한 언급에서 간접적으로 식민지 시기 비판적 중국 연구의 가능성을 읽을 수 있다. 정종현, 「단군, 조선학 그리고 과학」, 『한국학연구』 제28집, 인하대 한국학연구소, 2012, 338~339면 참조.

33 한기형이 제기한 '미디어 아카데미즘'이란 개념은 이 영역을 부각하고 있다. 한기형, 「미디어 아카데미아, 『개벽』과 식민지 민간학술」, 『한국 근대 학술사의 구도』(성균관대동아시아학술원 동계학술 워크샵 자료집), 2012.2.16 수록.

34 이 그룹에 속하는 지식인들에 대한 연구성과의 소개는 白永瑞, 「韓國の中國認識と中國研究」, 『シリーズ20世紀中國史』4, 東京大學出版部, 2009 참조.

35 경성제대 밖에서 중국문학에 대한 지식을 생산하고 유통한 그룹이 있다. 그들이 그러한 활동을 하게 된 계기가 중국 대학에 다녔거나 혹은 중국을 방문하여 중국 현대문학을 직접 접했던

을 받고 있던 식민지 지식인의 중국에 대한 강한 연대감으로 해석될 수 있기에, 대중의 중국 인식에 훨씬 큰 영향을 미쳤을 것으로 추정된다. 이것 역시 비판적 중국 연구의 귀중한 자산이 아닐 수 없다.

마찬가지로 제도 밖에 존재했으나 제도로서의 학문의 틀을 준수한 흐름으로 조선 연구를 위한 종합학회인 진단학회(震檀學會, 1934~1941)가 있다. 그것은 경성제대 출신자와 일본유학파 그리고 조선의 사립전문학교 출신자들의 폭넓은 참여로 1934년 5월 설립되었는데, 그 기관지인 조선어학술지 『진단학보(震檀學報)』는 '조선 및 근린(近隣)문화의 연구'를 목표로 삼았다. 진단학회는 그 활동영역이 경성제대의 밖에 있었고 일부 맑스주의자들도 참여했지만, 학문방법론이나 구성원의 출신학교로 보아 "아카데미즘 출신의 전문학도이자 새로운 학문세대라는 공유감각"을 가진 제도로서의 학문에 가까웠다고 볼 수 있다. 기본적으로 "순수학문을 표방하며 체제내적 지향을 보여준 학자들을 중심으로 한 학술단체"였던 것이다.[36] 그런데 아쉽게도 『진단학보』에 발표된 중국에 관한 글은 극히 적다. 더욱이 동시대 중국에 관한 관심은 (위에서 살핀 제도 밖의 움직임과 달리)전혀 보이지 않는다. 조선인 연구자로서의 "자기의 주체적 확인이 아직 완전하게 되지 않았기 때문에, '밖'의 탐구는 불가능하지는 않아도 대단히 어려웠기 때문일 것이다."[37] 그러나 조선 및 근린(近隣) 문화의 연구를 목표로 삼고 실증적 연구방법을 강조한 진단학회의 주요 구성원들은 해방 이후 새로이 설립된 한국의 대학 안에서 중국학 연구를 주도할 수 있는 위치를 차지했다.

경험으로부터 촉발되었다는 특징을 보인다. 해방 이후 중국 현대문학에 대한 글을 활발히 발표한 김광주, 이용규, 윤영춘, 송지영 등이 모두 1920~30년대에 중국에서 유학한 경험이 있다고 하는 사실은 이를 방증한다.
36 정종현, 앞의 글, 341~342면.
37 민두기, 「韓國における中國史研究の展開」, 『東アジア世界史探究』, 汲古書院, 1986, 41면.

3. 해방 이후 중국학의 궤적과 주요 특징 – 인문학 분야

1) 해방 직후 제도 안과 밖의 중국 연구

1945년 8월 해방된 이후 1948년 남북한에서 각각의 정부가 건립되어 분단 체제가 형성되기까지의 짧은 기간(이른바 '해방공간')은 탈식민과 건국의 과제를 둘러싸고 여러 정치세력이 경쟁하던 창조적 혼란기였다. 따라서 중국에 관한 지식의 생산도 이 시대적 상황과 연관되지 않을 수 없었다.

먼저 제도로서의 중국학의 흐름부터 살펴보겠다. 해방 이후 세워진 다수의 한국 대학들이 경성제국대학의 학제를 모태로 삼음에 따라 일본 제국대학의 학제가 상당 부분 계승되어 중국에 관한 지식 생산에 영향을 미쳤다. 특히 역사학의 경우, 3분과(서양사·동양사·국사)체계의 일부로서 동양사학의 범주가 이후에도 거의 그대로 존속되게 된다. 그만큼 일본 학술 제도의 영향이 컸다는 뜻이다. 특히 제국대학 출신자들이 교육계와 학술계를 주도했기에 제국대학의 학풍 극복(이른바 '식민잔재청산')은 1960년대 이래 학술계의 주요 과제가 되었다.

그런데 여기서 우리가 결코 간과해선 안 될 중요한 사실이 있다. 즉 해방 직후 한국의 동양사학이 제국대학의 실증적 학풍과 더불어, 1930년대 경성제대라는 제도의 바깥에서 진행된 조선학운동의 유신도 일정 부분 계승했다고 평가된다는 점이다.[38] 바로 이 특성에 주목할 때, 대체로 제도 안에서의

---

[38] 윤남한, 「동양사연구의 회고와 과제」, 『역사학보』 제68집, 역사학회, 1975, 107면. 그는 동양사학이 조선학운동(주로 진단학회의 활동)의 유산을 계승했는데, 그 연구 대상 지역이 일본의 동양사학의 주축이었던 만선사학(滿鮮史學)과 중복된다고 지적한다.

탈식민화의 노력이 어느 정도는 기울여지는 가운데 꾸준히 독자적 중국(사) 연구를 진척시켜온 한국 학계의 면모가 제대로 이해될 것이다.

그러나 이 시기는 학술 제도가 안정되지 못하였기에 제도로서의 중국학 역시 본격적으로 연구 성과를 축적하기 어려웠다. "진단학회(震檀學會)에 관계하던 분들이 중심이 되어 만든"[39] 서울대학교 동양사학과의 기틀을 닦은 김상기(金庠基)가 그때 간행한 『동방문화교류사논고』(1948)에 압축되어 있듯이, 당시 동양사는 "한국사란 축에서 '동방문화'를 이해"하는 것, 달리 말하면 각 민족이 주체적 능동성을 갖고 "상호교류하며 발전하는 '동방제국(東方諸國)'의 문화와 그 계통"을 이해하는 것을 주된 관심사로 삼은 단계이다.[40]

이에 비해, 제도 밖에서는 동시대 중국에 대한 탐구가 비교적 활발하게 이루어졌다. 아직 냉전질서가 동아시아에서 확립되기 전인 이 시기에 중국의 국민당과 공산당이 건국의 방향을 둘러싸고 경쟁하던 내전 상황에 대해 좌우익의 대립을 겪던 한반도의 동시대 지식인층이 예민하게 관심 갖는 것은 자연스러운 현상이었다. 특히 현대 중국(특히 중국공산당)에 관한 번역물이 다수 소개되고 중국의 추이에 대해 깊이 있게 평론하는 글들이 좌파와 중도파의 여러 신문과 잡지에서 중요한 비중을 차지했다. 중국 사회의 혁명적 격동을 한반도 운명과 연결시켜 제각기의 정치적 입장에서 적극적으로 평가·전망하는 분위기가 고조되었다.[41] 이런 문장들이 동시대 한국인의 중국 인식에 일정 정도 영향을 주었을 것으로 보인다.

---

39 고병익, 『선비와 지식인』, 문음사, 1985, 129면. 1946년 2월 서울로 올라와서 당시 '경성대학'(한때의 서울대학교 명칭) 동양사학과에 편입시험을 친 고병익은 그 이유를 그렇게 설명했다.

40 이성규, 「김상기(金庠基)」, 『한국사시민강좌』 31, 일조각, 2002, 184~185면.

41 최종일, 「냉전체제 형성기(1945~48) 한국인의 중국인식—신천지를 중심으로」, 연세대 석사논문, 2012.

2) 냉전기(1953~1989) 제도 / 운동으로서의 중국학

— 민두기(閔斗基)와 리영희(李泳禧)

그러나 1948년 이후, 특히 한국전쟁(1950~53)을 겪고 나서 한반도가 분단되고 미국과 소련이 주도하는 냉전질서가 위세를 떨친 시대적 환경 속에서 해방공간에 활기를 보였던 운동으로서의 중국학이 한국(남한)에서 위축된 것은 물론이고, 대학 제도 안의 중국학도 식민지 유산이 냉전문화와 결합된 이데올로기(반공주의)에 크게 제약당한 여건 속에서 연구가 진행되었다.[42]

그 결과, 중국문학계 전반에는 좌파 문학에 대한 논의가 전면적으로 금지되는 가운데 고전문학 위주의 학풍이 1950~60년대를 주도했다. 특히 중국 현대문학은 아예 금기시되거나 관심의 대상이 된다고 해도 반공주의적 입장이 기본적으로 전제된 상태로 연구가 진행되었다. 중국사 영역에서도 중화인민공화국을 '중공'으로, 국민당정권이 지배하는 대만을 '자유중국'으로 불렀던 데에서 잘 드러나듯이 20세기 중국을 학문적 연구대상으로 균형 있게 분석하는 것 자체가 어려웠다. 소수의 연구 성과가 있지만 대만에서 재구성한 국민당사관(國民黨史觀)에 의존하여 해석된 경우가 대부분이었다.[43] 냉전기 한국의 중국 연구는 대체로 일제 학술 제도의 유산인 문헌 중심의 실증주의 연구 방식이 냉전문화를 공유한 대만의 실증적 학풍의 유입으로 더욱 강화되었다.

그런데 1950년대 말기가 되면 중국사의 경우 구미 및 내반과의 학술교류

---

42 이 글에서는 분단된 한반도의 남쪽인 한국의 중국 연구만을 다루고 있다. 북한의 중국 연구가 있었을 법하나 이에 대해서는 정보가 없어 대상에서 제외하였다. 다만 냉전기 북한 지식인의 중국여행기를 분석한 연구가 간접적으로 도움이 된다. 정문상, 「냉전기 북한의 중국 인식―한국전쟁 후 중국 방문기를 중심으로」, 『우리어문연구』 40권, 우리어문학회, 2011 참조.

43 그 시기 거의 유일한 중국현대사 연구자는 김준엽이었다. 그에 대해서는 정문상, 「김준엽의 근현대 중국론과 동아시아 냉전」, 『역사비평』 87호, 역사문제연구소, 2009 참조.

도 시작되고 일본으로부터의 학술정보도 조금씩 들어온 데 힘입어 한중관계 사와는 차원을 달리하는 중국사 자체의 연구가 조금씩 시작되었다. 더욱이 1960년 4·19혁명을 거치면서 한국사 연구에서 민족주의사관이 대두되는 것과 연동되어 중국사 연구에도 중국사를 내재적 발전론의 시각에서 파악하는 경향이 어려운 여건 속에서도 나타났다.

이 시기 제도로서의 중국학의 특징은 연구자들을 세대별로 구분지어 보면 좀 더 명료하게 드러난다. 세대에 의한 구별은 어디까지나 편의적 방식으로서 추세를 보는 데 유용하기에 채택하는 것이다.

중국문학의 경우, 1980년대 초까지 대만 출신 연구자가 주류를 이루었는데, 그들이 '1세대'라 불릴 수 있다.[44] 당시는 대만 유학이 성했고 그에 따라 대만 학풍이 유입되어 연구 방법과 주제 선정 등의 면에서 크게 영향을 미쳤는데 그것이 지금까지도 일정 부분 지속되고 있는 실정이다. 여기에서 대만 학풍이란 주로 훈고(訓詁)와 문헌 중심의 실증주의적 연구 방식 및 사회현실과 거리두기가 그 핵심이라고 지적할 수 있다.

그런데 연구자의 학위취득국의 변화와 그에 따른 학풍의 변화가 연구 동향에 반영되는 경향이 강했던 중국문학 영역과 달리, 중국사 분야는 국내 박사학위 취득자의 비율이 월등하게 높을 뿐 아니라 유학 경험이 전체 연구자

---

44 전형준은 중국 현대문학 연구자들을 세대별로 구분하면서 한국전쟁 이전의 연구자를 제1세대, 1970년대에 연구를 시작한 연구자를 제2세대, 1980년대에 활동하기 시작한 연구자를 제3세대로 규정한다. 전형준, 「중문학－현대문학」, 『한국의 학술 연구－인문·사회과학편』2, 대한민국 학술원, 2001, 121면. 그런데 필자는 1980~90년대 이후의 세대를 강조할 뿐만 아니라 중국사를 포함한 중국학 연구자 전체를 대상으로 세대 구별하기 위해 유학대상국을 주요 기준으로 삼아 재규정하였다. 그래서 전형준이 말한 제1, 2세대를 합쳐 제1세대로, 제3세대를 제2세대로, 1980년대 후반에서 90년대에 걸쳐 1, 2세대의 지도하에 학문적 훈련을 받거나 중화인민공화국에서 학위를 받고 돌아온 유학생들로 구성된 연구자들을 제3세대로 부른다. 이 글에서 중국문학 연구 서술에 주로 참조한 글은 전형준의 글 이외에 임춘성, 「한국에서의 중국 근현대문학 연구의 현황과 과제」, 『중국학보』38권, 한국중국학회, 1997; 임대근, 「'곤혹'스러운 중국문화 연구」, 『현대중국연구』11권 2호, 현대중국학회, 2010 등이다.

분포에서 큰 의미를 갖는다고 보기는 어렵다. 그러나 세대별 차이는 중국사 연구에서도 나타난다.

중국사의 '제1세대'라고 하면 식민지 시대에 학문적 훈련을 받은 세대와 해방 이후 국내 대학에서 수학한 연구자들을 합쳐 말한다.[45] 그들은 대개 고증과 사실 규명을 기조로 하면서 한중관계사를 연구하는 한편, 점차 근대화론에 입각한 중국 연구를 수행하였다.

이러한 학문 경향을 전형적으로 보여주었기에 '중국사담론'[46] 또는 '연구의 표준모델'[47]을 제시했다고까지 평가되는 인물이 민두기(閔斗基, 1932~2000)이다. 따라서 그의 학문적 성취를 이 글의 문제의식인 비판적 중국학의 각도에서 재평가하는 것은 냉전기 중국학의 궤적의 특징을 추출하는 지름길이 될 것이다. 또한 오늘의 제도 안의 중국학을 성찰하는 데도 효과적인 핵심 사례가 될 뿐만 아니라 (뒤에 언급될)제도 밖의 중국연구자인 리영희와의 비교를 위해서도 필요하므로 다소 서술이 길어질 수밖에 없겠다.

위에서 제시했듯이 비판적 중국학의 첫째 요건은 근대적 분과학문 제도에 대한 비판 곧 분과횡단적 연구를 지향하는 것이다. 그런데 냉전기 민두기는 학자로서의 전문적 문제 해결능력(곧 전문성)을 갖추기 위한 분과학문의 훈련을 강조했고, 역사학자로서 개념의 정확성에 따른 분석과 사료의 실증에 입각한 가치중립적이고 객관적인 연구태도를 중시했다. 이런 자세는 식민지 시기 세노로서의 학문으로부터 계승되어 냉전기에 더한층 강화된 것으로 한국 중국학계의 주류적 학풍을 대표했다. 그래서 종종 그는 '실증주의자'로 평가

---

45 하세봉, 「우리들의 자화상─최근 한국의 중국 근현대사 연구」, 『한국사학사학보』 21권, 한국사학사학회, 2010.

46 임상범, 「민두기사학의 일면─한 중국사학자의 '중국사담론'」, 『동양사학연구』 107호, 동양사학회, 2009.

47 하세봉, 앞의 글, 96~98면.

되기도 한다. 그런데 그는 실증 자체를 학문의 목적으로 삼은 적이 없고, 개별적 사실의 구체적 양상의 인과관계를 규명해 일반화와 종합화 즉 "시대적 성격과 사회적 구조 혹은 시대상"[48]을 구축하고자 했다. 이 점에서 볼 때 그가 실증주의자는 아니었지만 냉전기 주류적 학문 제도와 이념에 충실했고 또 그것을 주도적으로 이끈 것은 분명하다. 그 덕에 연구자들로 하여금 학문적 엄격성과 철저한 사료 분석을 견지하게 했고, 그러한 학문적 훈련 아래 정치현실과 거리를 두고 학문의 독립성과 자율성을 중시하는 연구자들이 배출되는 학문 재생산체계, 달리 말하면 제도로서의 중국(사)학을 만들 수 있었다.

그렇다면 그는 연구대상을 고전 중국과 현실 중국으로 분리하는 당시의 주류 학계의 이분법적 담론에도 동조했는가. '과거의 세련된 중국'과 '비도덕적이고 무식한 공산당'이 점령한 중공, 달리 말하면 과거의 인문학적 중국과 현실의 정치적 중국이라는 대비가 지배적이던[49] 냉전기 중국학계에서 민두기가 '전통의 근대적 변모'란 관점을 제기한 것은 돋보인다. 그것은 중국 전통과 근대의 상관성을 일생 일관되게 탐구한 그의 핵심 개념이다. 근대화 과정에 작동한 '전통'에 대해 강조하는 그의 관점은 중국 근대사를 내재적 발전에 따라 파악하고 중국인의 주체적 역할을 중시한 역사관으로 이어진다. 그렇기 때문에 지배 담론인 근대화론에 입각한 '반공냉전형 중공 인식'에 매몰되지 않았고, 더 나아가 '중국의 공산화는 근대화의 또 다른 길'임을 문화대혁명 초반에 이미 주장할 수 있었다.[50] 물론 그는 객관적 연구를 위해서 역사연구

---

48 배경한, 「민두기 선생의 중국근현대사 연구와 그 계승 방향」, 『중국현대사연구』 9권, 한국중국현대사학회, 2000, 98면.

49 김주현, 「『사상계』 동양담론 분석」, 『현대문학의 연구』 46권, 한국문학연구학회, 2012, 447면.

50 이에 대한 상세한 논의는 정문상, 「'중공'과 '중국' 사이에서—1950~1970년대 대중매체상의 중국 관계 논설을 통해 보는 한국인의 중국인식」, 『동북아역사논총』 33호, 동북아역사재단, 2011, 70~72면 참조. 민두기의 근대화에 대한 관점은, 중국공산당을 근대화로부터 일탈된 것으로 보는 김준엽(정문상, 앞의 글, 2009, 245~247면)이나 소련이나 중공도 근대화를 이루어가고 있다고 보는 데 반대한 전해종의 관점(임상범, 앞의 글, 348면)과 구별된다.

자가 '시간의 풍화'를 거친 시기를 연구대상으로 삼아야 한다고 역설했고, 동시대 중국 현실에 대한 연구와 거리를 두었다. 그러나 그 자신이 현실 중국에 대한 (본격적 학술논문이라기보다)사론이나 비평적 에세이를 종종 발표해 자신의 견해를 표명했다는 사실을 간과해서는 안 된다.

바로 이 같은 학문자세는 연구자와 연구대상 사이에 일정한 거리를 두기 위해 그가 애용한 비유인 '역사의 창'과 연결된다. 역사 연구자는 안과 밖을 연결하는 통로이자 밖으로부터 안을 지켜주는 역할을 하는 '창' 안에서 바같을 보는 태도를 취해야 한다. 이런 자세를 가졌기에 전후(특히 문화 대혁명기) 일본의 중국학자들이 중국의 현실을 추종한 이른바 '현실밀착사관'을 날카롭게 비판할 수 있었다. 또한 그는 학문이 '예언자적 해답'을 주거나 즉각적인 '현실적 효용'을 줄 수 있다고도 보지 않았고, 학문의 독립성과 자율성을 평생 역설했다. 그렇다고 해서 중국이나 한국의 현실에 대해 발언하지 않는 실증주의자였던 것은 아니다. 다만 개입하는 방식이 간접적이랄까 우회적이었을 뿐이다. 그것은 그가 역사연구자로서의 학술적 글쓰기와 시민으로서의 저널리즘적 글쓰기를 구별하고 후자를 통해 현실에 대해 우회적으로 발언하는 방식을 취한 데서 잘 드러난다. 그의 저널리즘적 글쓰기는 전자에 비해 훨씬 더 가독성이 높다는 점도[51] 그가 나름으로 한국 사회와의 소통을 염두에 둔 증거가 되겠다.

또한, 그는 중국 중심주의에 대해 1970년대 이미 경계를 했다. 중화사상을 중국인의 자기 중심 사상, 자기우월성, 중국세계론 등을 골사로 하는 것으로 규정하고 그것이 당시 중국(곧 중공)에 "부분적으로 관류하고 있음"을 지적하였다.[52] 그리고 "지금 중국에 통일되고 안정되고 강력하고 안정된 정권이

---

[51] 임상범, 위의 글, 374면에서 민두기의 학술논문에 대한 강조가 후학들에게 문장의 가독성과 흥미 결핍에 대한 자기변명으로 이용된다고 지적한다.

수립"된 것으로 본다면 지난날의 중화주의가 다시 고개를 들 수 있을지도 모른다고 경계할 수 있겠지만 당장은 그리 심각한 상황은 아니라고 조심스럽게 주의를 환기했던 것이다.[53]

연구대상과의 거리를 둘 것을 일관되게 역설한 그가 중국이란 연구대상과 비판적 거리를 유지하는 것은 너무나 당연하다. 그런데 그에 그치지 않고, 만년의 그는 그간 몰두해온 중국사 연구를 동아시아사로 넓혀 재조명함으로써 중국사를 상대화함과 동시에 한국인의 역사적 경험에 기반을 둔 독자적 중국사 연구의 시각을 적극 모색한 바 있다.[54]

이렇게 보면 냉전이란 역사적 상황에서 그가 수행한 중국학은 비판적 중국 연구의 요건을 일부는 갖춘 셈이다. 그런데도 그를 '실증주의자'로 간주하고 역사적 사실에 대한 엄격한 고증과 더불어 자신의 현실적·정치적 관심을 배제한 채 객관적 관점의 유지를 강조했다는 점만 부각하는 '오해'[55]를 범한다면 후학들이 그의 학문태도를 탈역사화하고 '주문(呪文)'화하는 행위에 지나지 않는다.[56] 그런데 그런 후과(後果)가 발생한 것은 그가 전문연구자로서의 학술적 글쓰기와 시민으로서의 저널리즘적 글쓰기를 분리하되 둘 다를 수행한 데서 일차적으로 기인한다. 이 같은 분리는 분명 냉전이란 시대적 상황의 산물인 그의 중국학의 한계로 지적될 수 있고, '비판적 계승'의 대상이 될지도 모른다.[57] 이런 뜻에서 그의 학문세계는 제도권 안에서 수행된 비판적 중국학의 가능성과 한계를 동시에 보여준 사례이다. 이 점은, "한국 현대

---

52 민두기, 「중국의 전통적 정치사상의 특질」(1972), 『중국근대사론』, 지식산업사, 1976, 90·92면.

53 민두기, 「풍속의 문화」(1973), 『역사의 창』, 지식산업사, 1976, 30면,

54 정문상(鄭文祥), 「閔斗基教授(1932~2000)の中國近現代史研究とその歷史像」, 『近きに在りて』 44·45合倂號, 汲古書院, 2004, 15면.

55 김형종, 「고민두기선생의 학문적 업적」, 『동양사학연구』 74호, 동양사학회, 2001, 263면.

56 임상범, 앞의 글, 372면.

57 배경한, 앞의 글, 98면.

사의 성격을 제3세계적 콘텍스트 속에서 파악하는"[58] 새로운 동기를 갖고 중국현대사 연구에 관심 갖게 된 젊은 연구자들 곧 제2세대를 그가 포용하되 어디까지나 학술적 기율을 굳게 지키는 한도 안에서의 일이었다는 사실에서 잘 드러난다.

그렇다면 제2세대란 누구인가. 1970~80년대에 들어오면 제2세대 학자가 학계에서 활동한다. 중국문학의 경우, 1980년대 중반 이후에 국내 대학 출신의 소장 연구자들이 대두했는데 그들이 '2세대'였으며, 중국사의 경우, 1970년대 후반에서 80년대에 걸쳐 중국현대사 연구에 투신하기 시작한 이들을 '제2세대' 학자군으로 부를 수 있다. 2세대 학자들의 경우는 한국의 대학체제가 체계적 틀을 갖추고 있었던 1970~80년대에 학문적 훈련을 받았으며, 1970년대부터 연구자의 수적 증가에 힘입어 형성되었다. 1970년대 중반 이후 문헌 수입 통로가 확대되고 복사 기술이 활용되면서 서울 중심에서 벗어나 지방으로 중국사 연구가 확대되었다.[59] 그들이 활발하게 연구 성과를 축적해 중국학 연구의 양적 증대가 가시화되기 시작했다. 그러한 연구 저변 확대의 결과, 1980년대가 특히 중국 현대문학 연구와 중국현대사 연구 모두에게 획기적 발전의 분기(分岐)를 이룩한 시기였다.

이런 변화에는 1971년 이른바 '닉슨쇼크'로 상징되는 미중화해가 가져온 냉전의 균열이라는 외부적 요인이 작용했다. 그 사건을 세기로 한국에서도 중국에 대한 관심이 사회적으로 높아졌다. 그 단적인 예는 그 여파로 1970년대 초 주요 대학에 중문학과가 신설된 것이다(고려대 중문학과 1972년, 연세대 중문학과 1974년). 이것은 제도로서의 중국학의 발전에 분명 기여했다. 그러나

58　민두기(閔斗基),「韓國における中國史硏究の展開」,『東アジア世界史探究』, 汲古書院, 1986, 50면.

59　이용범,「한국사학계의 회고와 전망－동양사총설」,『역사학보』제84집, 역사학회, 1979, 104~106면; 함홍근,「동양사 연구의 회고와 전망」,『이화사학연구』22권, 이화사학연구소, 1995, 294면.

국제 정세의 변화란 요인보다 영향을 더 깊이 미친 것은 것은 1970년대 이래
의 한국 민주화운동의 열기이다. 그때까지 분단 상황에서 극도로 위축되었
던 학문과 사상의 자유가 민주화운동의 차원에서 조금씩 확보되어갔고, 그
여파가 대학 제도 안에도 스며들어갔다. 물론 그로 인해 세대 간 갈등이 학원
안에서 빚어지기도 했지만, 그동안 학문적 연구대상으로 배제되어 왔던 좌
파문학이 긍정적 혹은 객관적 검토대상으로 부각되면서 중국 현대문학의 개
방적 연구가 시작되었고, 중국현대사에 대한 관심도 그 어느 때보다 한층 더
높아졌다. 특히 이 시기는 현실 참여적 연구가 활발하게 모색된 때로 특징지
을 수 있는데 1980년대를 전후로 진행된 한국사회 각 부문의 변화 특히 학생
운동과 노동운동, 민주화운동의 진전 속에서 한국사회의 변혁이라는 과제
수행에 기여하겠다는 사명을 가진 현대 중국(즉 중국혁명) 연구가 대학 안과
밖에서 진행되었다.

　이것은 해방 직후 제도 밖에서 이뤄진 운동으로서의 중국 연구의 흐름이 한
국전쟁의 참화를 겪고 완전히 소멸된 것이 아니라 복류(伏流)했다가 1970~80
년대 변혁운동의 과정에서 되살아난 것으로 볼 수 있다. 이 무렵 젊은 중국학
연구자가 대거 등장한 것에는 한국이 직면하고 있던 시대적 과제를 해결해 가
는 데 참조할 '거울'로서 중국혁명을 이해하려는 의식적 노력이 강하게 투영
되어 있었던 것이다.

　이렇게 대학 안에서 이뤄지는 중국학에 균열을 일으키며 그 틈새에서 운
동으로서의 중국학이 대두하게 된 데는 대학 밖의 저널과 출판에 의한 지적
활동의 공이 컸다. 주로 중국 현실에 대한 소개와 논평 형태의 글들이 때로는
합법적 공간에서 때로는 비합법적 공간(이른바 불온서적)에서 끈질기게 유통
되었다. 이것을 운동으로서의 중국학이라고 부를 수 있을 것이다. 여기에서
주도적 역할을 한 인물이 중국학자 리영희이다.

냉전기 주류적 학문 제도에서 생산되는 중국에 관한 지식이 도그마에서 벗어나지 못해 '진정한' 학문으로 성립하기 어렵다고 비판한 리영희는 자신의 글을 '가설'로 그리고 자신의 역할을 중국문제에 관한 '해설자'로 규정했다. 이것은 언론인 출신인 그에게 분과학문의 전문성이 결여되어 있음을 자인한 것이 아니라, 반공주의에 입각한 당시의 주류적 분과학문에서 생산되는 중국 논의야말로 실제는 '가설'임을 에둘러서 폭로하는 수사법으로 이해해야 옳다.[60] 그러하기에 그는 논문형 글쓰기가 아니라 루쉰[魯迅]의 잡감문(雜感文)과 통하는 간결하면서도 톡 쏘는 시(詩)와 정론(政論)을 겸한 글쓰기를 구사했고 그 덕에 폭넓은 사회적 반향을 얻었다. 그러나 분과학문 제도 안에서 중국을 연구하고 가르친 것이 아니기에 자신의 작업의 재생산체계를 확립할 수는 없었다.

또한 그가 탐구한 대상은 주로 현실 중국이지만, 그렇다고 해서 고전 중국과 현실 중국으로 분리하는 이분법적 담론을 긍정한 것은 아니다. 그는 중국 대륙의 현실을 제대로 이해하려면 적어도 근대화 백 년사를 거슬러 올라가 이해해야 한다고 주장했고, 중국의 근대화 과정의 특징을 전통과 외래사상의 결합(예컨대 전통과 결합된 맑스주의) 및 물질주의와 정신주의의 길항으로 파악했다. 그에게 전통과 현대의 연속성은 서방과 다른 '중국적 특성'의 발전 모델을 중국이 추구하는 증거가 되었다. 이렇듯 고전 중국과 현실 중국을 연속적인 것으로 인식한 그였지만, 고전 중국보다는 현실 중국이 주로 탐구되었을 따름이다.

그가 현실 중국에 특별히 주목한 이유는, 냉전과 반공의식에 사로잡혀 중국을 바라보는 데 길들여진 한국인(곧 '조건반사의 토끼')를 비판하기 위해서였

---

60 박자영, 「동아시아에서 사회주의 인민의 표상 정치 — 1970년대 한국에서의 중국 인민 논의, 리영희의 경우」, 『중국어문학논집』 47호, 중국어문학연구회, 2007, 339면.

다. 또한 그것은 바로 근대화 과정에서 모순을 노출하고 있는 분단한국의 현실을 비판하기 위한 참조 틀로 중국에 기대를 걸었기 때문이다. 1970~80년대 중국과 베트남의 혁명을 '인류의 새로운 실험'으로 제시한 그의 작업은 반공이란 '우상'에 길들여진 지식청년들에게 인식의 전환을 일으켰다. 즉 그는 그 세대 지식청년 내부에 '가장 원초적 자아의 사회적 기억'을 심어 주었던 것이다.[61] 그만큼 '즉각적 효과'가 있었던 셈이다. 그렇지만 당시 상황에서 미국이란 우상과 그곳에서 수입된 주류 담론과 한국 현실에 대해 강렬하게 비판한 데 비해, 중국 현실과 비판적 거리를 유지하지는 않았다. 더욱이 중국을 우리가 살고 있는 사회에 대한 인식을 재구성하는 계기로 삼았지만 중국과 한국의 주체 간에 서로를 비추는 거울(곧 '공동주관성')의 관계가 작동하도록 적극 노력하는 데까지는 이르지 못했다. 중국은 한국인에게만 작용하는 일면적 거울이었던 것이다.

이런 한계는 그가 중국 중심주의에 덜 민감했다는 데서도 나타난다. 1970년대 중반 중국 소수민족 문제가 남아 있음을 인정하면서도 그들이 "신사회 속에서의 개화과정을 통해 초민족적 통일국가에의 지향을 어느 정도 조화시켜 나가고 있는 것 같이 보인다"[62]고 한 해설은 다분히 당시 중국 관방의 입장을 반복한 느낌이다. 냉전기 서방에 의해 봉쇄된 중국에 대해 '호전적이고 위협적인' 이미지가 지배적이었던 당시의 한국에서 중국(중심주의)에 대한 비판은 '반공냉전형 중공인식'을 강화시키기 십상이었을 것이다. 또한 중국이 제3세계론을 제창하면서 피압박민족들과의 연대를 강조하던 시기였음도 잊어서는 안 된다. 그 같은 시대적 맥락을 감안해 평가해야겠지만, 그가 단기적 현실에 나타난 문제를 중장기적 맥락과 연결시켜 파악하지 못한 점은 지

---

61 위의 글, 352면.
62 리영희, 「중공내의 소수민족은 동화될 것인가」, 『신동아』, 동아일보사, 1974.2, 246면.

적되어야 한다.

어쨌든 그는 중국에 대한 총체적 인식을 제시하거나 여러 각도에서 접근하는 방법론을 제시하기보다 중국을 보는 냉전적 사고 즉 그가 말한 '우상'에 도전하는 실천이성으로서 치열하게 글을 썼고, 중국 연구와 한국 현실변혁의 실천적 지향을 결합했다. 그래서 제도 밖에서의 '교사'가 되었고, 비판적 중국 연구의 중요한 특징인 운동성을 체현한 그는 비판적 중국 연구의 '출발점'으로[63] 평가받게 되는 것이다.

이 같은 운동으로서의 학문에 적극적으로 호응한 소장연구자들은 1980년을 전후한 시점부터 대학원에서 정착된 공동학습과 토론문화를 기반으로 제도권의 영역을 벗어나 새로운 학회·연구회·연구소 등을 결성하고 독자적 학술지를 간행하여 과학적 이론을 정립하고 학술의 운동화를 꾀하는 사회운동의 일부로서의 '학술운동'을 여러 분과학문 영역에서 전개했다. 제2세대 중국 연구자들의 일부는 여기에 적극 동조했고 그렇지 않은 연구자라 하더라도 그 자장 속에 있었다. 말하자면 (위에서 말한 좁은 의미의)운동으로서의 중국학이란 지향은 그 세대의 공통 경험이라 할 수 있다.

3) 탈냉전기(1989~현재) 중국학의 다원화

그런데 탈냉전기에 들어서서 운동으로서의 중국학은 약화되었다. 1980년대 졸업정원제의 시행으로 대학정원이 급격히 증가해 교수 수요가 늘어난 시대 상황에서 제2세대 연구자 가운데 비교적 빠른 시기에 전임교수로서 제도권

---

63 이남주, 앞의 글, 181면. 그 밖에 김도희, 「한국의 중국 연구—시각과 쟁점」, 『동아연구』 50권, 서강대 동아연구소, 2006, 86면; 김희교, 앞의 글, 262면.

에 진입할 수 있는 사람들이 늘어났다. 그들에게 주어진 과제는 대학(및 학회)이란 제도 안에서 운동으로서의 중국학의 핵심인 비판성을 계속 유지하며 그 제도를 재구축할 수 있는가였다. 그런데 결과적으로 1990년대에 들어서면서 그들의 비판성은 상당한 정도로 희석되어갔다.

그것을 학문의 제도화에 따른 불가피한 대가라고 본다면 너무나 단순한 평가이다. 이보다 더 중요한 이유는 제도의 안과 밖이라는 경계가 전처럼 명료하지 않게 변화된 시대적 상황에서 찾아야 할 것이다. 여기에 사회주의 진영의 붕괴(1989)라고 하는 세계사적 흐름과 중국의 개혁 개방(1978년 이래)의 급속한 추진, 국내 정치의 민주화(87년 체제)라는 국내외적 상황 변화가 얽혀 작동했다. 이러한 새로운 상황에 대응하여 제도 안에서 운동성을 유지하면서 비판적 중국 연구를 수행하려면 연구자들이 무엇을 비판의 대상으로 삼을 것인지 진지하게 점검하는 작업이 우선적으로 요구되었다.

그 작업을 감당할 주체는 냉전 시기 후반에 활동한 제2세대와 새로이 합류한 '제3세대'였다. 제3세대는 1980년대 후반에서 90년대에 걸쳐 1, 2세대의 지도하에 학문적 훈련을 받은 그룹과 중화인민공화국에서 학위를 받고 돌아온 유학생들로 구성된다. 대체로 그들은 1980년대 학생운동과 민주화투쟁을 지켜본 사람들이었으며, 운동에 직접 관여하지 않는다 해도 자신의 연구를 일종의 학술운동의 일환으로 보는 경향이 아직 남아 있는 세대라 하겠다. 그들은 중국과의 수교(1992) 이후 중국에 진출해 아예 학위를 얻든 아니면 연수과정을 밟든 중국 현지의 연구체류 경험을 가진 사람들이 다수란 점에서 그전의 세대와 구별된다.

제2세대와 제3세대는 중국과의 국교수립을 계기로 중국 학계와 상호 긴밀한 교류를 추진하면서 개방적으로 연구 과제를 설정하고, 민주화 이후 안정된 대학 제도 속에서 다양한 연구 성과들을 축적했다. 한국 연구자로서 주체적 연구를 모색하면서 다양한 학술의제를 추구하던 1990년대를 거쳐 2000년대에 들어선 한국의 중국학계는 다른 나라도 그러하듯이 점차 탈정치적 성격을 띠며 더욱더 다양한 시각에서 연구를 진행하고 있다. 그러한 학문 조류의 특징들을 비판적 중국 연구의 요건의 각도에서 재조명해보자.

먼저 분과학문 제도에 관련된 특징을 살펴보면, 중국사학계의 경우 한층 더 역력한데 1세대로부터 계승되어온 실증주의에의 관행적 집착이 강하다. 그 덕에 학술성과를 쌓아올린 것으로 평가된다. 그러나 동시에, 연구 주체인 연구자의 역사 해석의 입지를 좁히고 이론적 입장을 적극적으로 개진하지 못하게 할 뿐 아니라 더 나아가서 다른 학술 분야와의 원활한 상호 작용을 가로막고 대중과의 소통까지도 불가능하게 하는 요인으로 작용하고 있지 않은가 하는 우려가 학계 내부에서 거론되고 있다.[64] 중국사 영역과 달리 중국문학 영역에서는 실증주의를 학문권력으로 비판하는 움직임이 1990년대 들어와 출현했다. 과거의 연구 경향을 비판적으로 재구성하면서 새로운 연구방법론을 모색하는 과정에서 그 대안으로 주목을 받고 있는 새로운 경향 중 하나가 바로 분과횡단적 연구를 지향하는 중국문화 연구이다. 현대사 영역에서도 중문학에 비해 많은 수는 아니지만 일부 연구자들이 포스트 모더니즘적 관점을 연구에 석극 적용하려는 움직임을 보인 가운데 '문화사'라고 하는 새로운 연구 영역을 개척하고 있다. 또한 논문 중심주의를 비판하면서 "논리

---

64 실증주의와 중국하이 관계에 대한 민두기의 정재시의 다른 입장에서의 내화는 성재서, 『제3의 동양학을 위하여』, 민음사, 2010, 52~54면; 임상범, 앞의 글, 370~372면. 실증과 실증주의의 구별에 대한 논의는 한국(내지 동아시아) 근대 학술사의 독특한 맥락에서 이해되어야 한다. 사실 문헌 고증의 엄밀성을 의미하는 실증(적 방법)은 연구자라면 누구나 긍정한다. 그와 달리 실증주의는 지금까지 두 가지 차원에서 비판이 가해져 왔다. 첫째는 일제강점기 과학의 두 축의 하나인 실증주의에 대해 또 다른 축인 맑스주의로부터 가해진 비판이다. 실증에 방향을 제시하는 과학적 체계가 부족해 자료의 천착에 매몰될 뿐 전체로서의 사회상에 접근하지 못한다고 공격되었다. 두 번째는 최근 포스트모더니즘으로부터 가해지는 비판이다. 객관적 과거 사실의 재현으로서의 역사라는 인식론 자체를 문제 삼는 것이다.

적이면서도 감각성을 살린" 글쓰기에 대한 고민도 중국 현대문학 영역에서 먼저 제기되었다.[65] 그것은 중국학과 사회(대중)와의 소통 문제를 진지한 토론의 주제로 삼기 시작한 명확한 증거이다.

그러나 전체적으로 보면, 중국 연구가 아직은 개별 전공주제에 치중하는 경향이 강하고 또 학과체제에 갇혀 있다. 그렇기 때문에 현대문학과 현대사 연구가 제도적 학문으로서 괄목하게 발전하면 할수록 고전 중국 연구와 현대중국 연구 사이의 거리는 전문성 때문에 오히려 더 벌어지는 것 같다. 그를 넘어선 분과횡단적 연구와 새로운 연구 틀의 필요성이 학계에서는 공통적으로 인식되고 있음에도 제대로 실천되지 못하고 있는 실정이다. 그런데 현대사 영역에서는 종래의 금구(禁區)인 1949년 이후를 연구대상으로 삼기 시작했을 뿐만 아니라, 2000년대 이후 세계사적 변화에 따라 전통(또는 전근대)과 근대를 단순히 이분법적으로 해석하지 않고 양자의 혼합 내지 전통의 근대적 변모를 적극 파악하려는 구체적 연구가 활발하게 진행되고 있다. 또한 현대문학 영역에서도 '근대성 / 현대성(modernity)'을 다각도로 성찰하기에 이르렀다. 이러한 새로운 움직임이 연구대상을 고전 연구와 현실 중국으로 분리해온 관행을 넘어서는 추진력으로 얼마나 작동할 수 있을지는 좀 더 지켜봐야 할 것이다.

그다음으로 탈냉전기의 연구자들이 당대의 중국 현실에 대한 비판적 거리를 유지하는 동시에 중국을 우리가 살고 있는 사회현실에 대한 인식을 재구성하는 계기로 삼고 있는지를 따져볼 차례이다.

앞서 지적한 바와 같이 1980년대 중·후반에 주류를 이루었던 좌파문학

---

65 김근, 「중국학, 무엇을 위한 학문인가」, 『중국어문학지(中國語文學誌)』 7권, 중국어문학회, 2000, 30면. 그는 논문적 글쓰기를 언문불일치(言文不一致)라고 비판하면서 언문일치의 글쓰기를 대안으로 제시한다. 비슷한 주장은 정재서, 위의 책, 41면에서도 볼 수 있다. 중국사 연구자로부터의 비슷한 문제제기는 하세봉, 앞의 글, 103~104면 참조.

과 혁명사에 대한 긍정적 관심이 90년대에 들어 급격하게 퇴조하기 시작했다. 이러한 변화는 1980년대의 다소간 편향적 관심으로부터 벗어나 중국 현실과 비판적 거리를 확보할 수 있게 되었다는 점에서 일면 긍정적이다. 그러나 1980년대의 중국 현대문학과 현대사 연구에 담겼던 시대적 과제를 학술적 과제로 삼는다는 실천적 의미가 충분하게 점검되지 못한 채 방기되어 버린 것은 아닌지 다시금 생각해 볼 필요가 있다. 이 점에서 1980년대 중반부터 현대사 연구 영역에서 공산당과 국민당이라고 하는 20세기 중국의 정치적 '중심'으로부터 거리를 유지하려는 '제3의 시각'(국민당사와 공산당사라는 두 개의 黨史 중심의 역사관으로부터의 탈피)이 중국현대사를 이해하는 새로운 분석 틀로 제시된 바 있는데, 그 문제의식은 대국굴기하는 오늘의 중국을 낳은 혁명 경험을 철저하게 점검하기 위한 자원으로서 새로운 시대상황에서 적극 재검토해볼 가치가 있다.

이처럼 당대 중국 현실에 대해 비판적 자세를 취하는 요건은 상당히 갖춘 셈인데 비해 중국을 우리가 살고 있는 사회현실을 비판적으로 인식하는 방법으로 삼는 자세는 찾아보기 힘들다. 어떤 연구자가 연구대상 또는 소재를 선택할 때 그가 처한 사회현실에서 촉발된 문제의식이 전혀 작동하지 않는다는 뜻이 아니라, 그것을 의식적으로 논의하거나 중요한 연구태도로 간주하는 풍토가 미약하다는 뜻이다. 바로 이 점 때문에 비판적 중국 연구의 실종이 거론되기도 한다. 더욱이 그 과정에서 중국과 한국의 주체 간에 서로 비춰보는 거울 관계가 작동하도록 노력하는 기준에는 훨씬 더 못 미친다 하겠다.

이에 비해 중국 중심주의에 대한 비판은 아주 활발한 편이다. 역사학 영역에서 중국대륙 중심의 역사서술에서 벗어나 그것을 상대화하려는 시도는 크게 두 가지 범주에서 이뤄지고 있다. 하나는 동북공정이 알려진 2004년 이후 중국대륙 중심의 중국사 서술을 비판적으로 해체하기 위해 중화민족 담론이나 중국 변경지역과 소수민족에 대한 학문적 관심이 높아진 것이라면, 다른 하나는 중국사 자체를 상대화하려는 연구가 '동아시아적 시각'에 입각하여 진행되고 있다는 것이다. 현대문학 분야에서도 유사한 경향이 나타났다. 대만과 홍콩 문학이 주목되고 동아시아 3국 문화가 비교연구되며 '동아시아적 시각'이 도입되었다. 그런데 이들보다 더 중요한 것은, 한국인의 중국인식의 역사적 계보를 추적하는 작업이 활발하게 이루어지고 있다는 사실이다. 그것은 대개 20세기 한국인이 남긴 사료를 분석하고 동시대 한국인의 인식에 반영된 중국의 현실을 재현하는 방식으로 연구되었다. 이것이 한국인의 경험과 사료를 특권화하거나 일국사의 틀에 얽매이지 않고 중국과 한국의 주체 간에 서로를 참조하는 방향으로 논의된다면 비판적 중국 연구에 크게 기여할 것이다.

이와 같이 2000년대 이후에 문화 연구 등 새로운 연구 관점 및 방법론에 입각해 다양하고 폭넓은 주제들이 연구되고 있다는 것은 긍정적으로 평가할 현상이다. 그만큼 우리 사회현실이 복잡해졌다는 얘기이다. 그러나 그 복잡한 현실에 대한 학문적 대응이 연구 소재나 시각의 다원화에 그친다면 문제이다.[66] 다양하고 세분화된 연구 성과에 대한 정리와 종합을 효과적으로 하기 위해서도 그 다양한 소재와 시각의 상호 연관 관계와 그것을 초래한 현실적 맥락에 대한 치열한 성찰이 요구된다. 이 글에서 제기하는 '비판적 중국 연구'는 그 성찰의 근거를 제공할 것이다.

---

[66] 이 같은 현상에 대한 우려 자체는 동양사학계에 내부에서도 나온 바 있다. 즉 통양사 연구기 포스트모더니즘의 영향으로 거시적 이론들이 효력을 잃은 상황에서 "학계가 공유할 수 있는 쟁점과 초점이 희미해졌다"거나,(김택민, 「동양사 연구의 현황과 전망」, 『역사학보』 제199집, 역사학회, 2008, 198면) 세분화된 각 영역의 수많은 연구 성과에 대한 정리와 종합이 미흡하다고 본 것(송정수, 「한국 동양사학 연구의 현황과 전망」, 『역사학보』 제207집, 역사학회, 2010, 91면)이다.

4. 나오며 – 비판적 중국 연구의 과제

이 글의 목표는 서두에 밝혔듯이 운동으로서의 중국학을 동력으로 삼아 제도의 안과 밖을 넘나드는 비판적 중국 연구의 (불)가능성을 전망하는 것이다. 그러한 전망을 확보하기 위해 한국 중국학의 계보를 인문학 영역을 위주로 살펴보았다. 그 결과, 조선 후기 북학의 형성에서 일제강점기 지나학을 거쳐 해방 이후 중국 연구에 이르기까지 제도로서의 중국학과 운동으로서의 중국학이 상호 경쟁하고 침투하는 동태적 과정을 통해서 우리의 중국에 대한 지식을 축적해왔음을 확인할 수 있었다. 그리고 그 일부로서 비판적 중국 연구가 변화하는 시대상황에 대응해 단속적이나마 이어져 왔음도 밝혀졌다.

이제는 비판적 중국 연구가 나아가야 할 길에 대한 전망을 할 차례가 되었다. 그 길이 서론에서 제출한 네 개의 조건을 좀 더 충실히 구현하는 것임은 두말할 필요도 없다. 먼저 분과횡단적 연구를 지향하는 과제는 계속 요구될 것이다. 이것은 고전 중국에서 현실 중국으로 이어지는 중국인의 삶의 유동을 총체적으로 이해하기 위해서는 당연한 요구이다. 그러나 그에 부응하는 방법이 반드시 대학이란 제도 안에서 비판적 중국학이 또 하나의 분과학문으로 정착하거나, 아니면 그 반대로 분과학문 제도를 청산하는 데로 귀결되어야 하는 것은 아니다. 비판적 중국 연구는 연구의 태도이자 접근방법이므로 기존 분과학문체계의 틀 안에서도 수행할 수 있으며, 또한 일정한 분야에서의 기율·훈련(discipline)을 거쳐야 한다. 그렇지 않으면 우리가 아무리 창의적 학문을 추구한다 하더라도 상상력을 발휘하는 일에 그치고, "거짓 지식을 생산"할 위험에 빠지기 쉽다.[67]

비판적 중국 연구를 수행하는 연구자가 위와 같은 위험에 빠지지 않고 분과학문의 강점을 살리는 동시에 그 한계를 넘어서기 위해서는 각자가 처한 현실생활에 뿌리내려 그로부터 촉발된 사회의제를 학술의제로 바꾸려는 열정, 곧 '마음 깊은 곳에서 우러나오는 삶에의 흥미'가 연구를 이끄는 추동력이 되어야 한다. 그렇다고 해서 시사문제를 해설하고 단기적 예측을 하는 시사평론을 하자는 것은 물론 아니다. 단기적 문제나 중기적 문제를 어떻게 장기적 맥락과 연결시키느냐 하는 과제, 달리 말하면 시사문제에서 사상적 과제를 찾아내는 과제를 감당하는 것이다. 특히 한국의 연구자라면 중국에 관한 연구에 종사하면서도 그의 문제의식을 시종 한국의 사상 자원에 뿌리내림과 동시에 한국 사상 탐색에도 기여해야 한다.[68] 그럴 때라야 비로소 중국과 한국의 주체 간에 서로를 비추는 거울(곧 '공동주관성')의 관계가 성립할 것이다.

그 과정에서 새로운 글쓰기 형식은 자연스럽게 그 모습이 드러날 것이다. 여기서 말하는 새로운 글쓰기란 전문적 학술논문이냐 대중적 글쓰기냐의 양자택일의 문제로 단순화할 쟁점이 아니다. 그것은 학술의 공공성, 즉 지식 생산과 유통의 공공성의 문제이다.[69] 중국학 연구자가 지식을 발신하면서 동시에 그것을 수신하는 대중을 위해 매개하는 역할에도 예민하게 관심 갖는 것이다.[70] 이런 점을 연구자가 의식적으로 환기하면 글쓰기가 달라지고

---

67 쑨꺼[孫歌]는 세분화된 학과 사이의 눈에 보이는 울타리만 없애는 식의 '학과 뛰어넘기'는 거짓 지식을 생산할 위험이 있다고 경고한다. 왜냐하면 형식적으로만 분과의 한계를 깨뜨리고, 진부한 사고 형태를 바꾸지 않는다면, 그런 '학과 뛰어넘기'는 학술 생산에 아무런 도움이 되지 못하기 때문이다. 백영서・쑨꺼, 「대담 : 신자유주의시대 학문의 소명과 사회인문학」, 『동방학지(東方學志)』 159권, 연세대 국학연구원, 2012, 427~428면.

68 필자와 유사한 주장은, 孫歌, 『主體彌散的空間−亞洲論述之兩難』, 江西教育出版社, 2002, 234・239면; 양일모, 「'사상'을 찾아가는 여정」, 『일본비평』 6호, 서울대 일본연구소, 2012 상반기, 47면; 이남주, 앞의 글, 196~197면에서도 찾아볼 수 있다.

69 이런 점에서 새로운 글쓰기를 '하향평준화 내지 전문 연구의 포기' 요구(이성규, 「동양사총설」, 『역사학보』 제175집, 역사학회, 2002, 282면)라고만 단정하는 것은 일면적이다.

70 이 글에서 공공성을 시민사회에서의 열린 소통공간이란 의미 정도로 사용하고자 한다. 소통

달라지는 만큼 연구 태도가 변화된다.

끝으로, (서론에서 제기한)비판적 중국 연구가 갖춰야 할 조건들의 바탕이 될 인식 틀의 두 가지 방향에 대해 논의해보고 싶다. 이것은 한국의 중국연구자가 독자적 시각을 확보하는 데는 물론이고 한국이란 장소성에 기반을 두면서도 보편적 호응을 얻을 수 있는 성과를 외부에 발신하는 데도 기여하리라고 기대된다.

첫째는 주변의 시각에 대한 점검이다. 중화세계로 불리는 전통시대의 중국뿐만 아니라 G2로 불릴 정도로 강대국이 된 오늘의 중국을 제대로 구명(究明)하는 작업을 수행하기 위해서는 주변의 시각이 필수적이라고 판단된다. 그런데 주변의 시각이란 발상 자체는 요즈음 별로 낯설지 않다. 여기저기서 종종 만날 수 있을 정도이다. 그 일부를 비판적으로 검토하면서 필자의 문제의식과 어떻게 다른지 밝혀보겠다.

중국대륙에서 왕성하게 활동하는 중국사 연구자 꺼 짜오꽝[葛兆光]도 '주변에서 본 중국[從周邊看中國]'이란 시각을 적극적으로 내세우고 있다.[71] 그의 관점을 이해하기 위해서는 먼저 그가 중국의 자아인식을 중심으로 중국사를 세 시기로 구분하는 논의를 간략히 소개하는 것이 필요하다. 그에 따르면,

---

공간으로서의 공공성은 일차석으로 사람들 사이의 공통의 문제에 대한 열린 관심에 기반을 두고 언어활동을 매개로 타자와 소통하는 공공권(公共圈) 즉 남론의 공간을 의미한다. 이와 관련해 바바 기미히코[馬場公彦]가 일본인의 중국인식의 형성과정을 하나의 하천으로 비유한 것이 주목된다. 정보원(情報源)인 중국이란 큰 호수가 있는데 그 상류는 학술권(學術圈, 1차 정보를 생산하는 중국학자·지역연구자·저널리스트), 중류는 지식공공권(知識公共圈, 1차 정보에 의거해 논제(論題)를 정하고 국민의 여본형성을 위해 공론을 제시하는 것 즉 종합잡지 등 논단에 참여하는 공공지식인) 및 그것을 받아들여 여론을 형성하는 하류로 구성된다. 馬場公彦, 「戰後日本の對中國認識─雜誌メディアを中心に」, 『동북아역사재단 / 동아시아사연구포럼 공동주관 국제회의 '동아시아문화 속의 중국' 자료집』, 서울, 2012.11.2~11.3, 259면. 흥미로운 아이디어인데 상·중·하류란 비유가 위계적인 것 같아 필자는 그것을 바꾸어 잠정적으로 발신-매개(또는 중계)-수신으로 표현해 보았다.

71 葛兆光, 『宅玆中國─重建有關'中國'的歷史論述』, 中華書局, 2011. 본문에서 인용한 곳은 279~280·285·292·295면이다.

중국은 1단계인 '자아 중심적 상상시대' 즉 자기를 비춰볼 타자라는 거울이 하나도 없는 시대를 거쳐, 제2단계인 '하나의 거울만이 있는 시대' 즉 거대한 타자인 서구가 존재하는 시대를 통과한 뒤, 이제는 제3단계인 '다양한 거울에 자신을 비춰보는 시대'로 들어와 있다. 그래서 주변 각 지역에 존재하는 여러 타자의 중국인식으로부터 과거와 오늘의 중국을 다시 보는 일이 중요해졌다는 것이다.

여기서 그가 말하는 주변이란 일본·조선·베트남·인도·몽고 등을 주로 가리킨다. 중국과 서구의 차이를 비교하면 단지 대략적 특징만이 드러날 뿐이다. 그러나 차이가 적거나 심지어 하나의 문화전통을 공유하는 주변 여러 나라와 비교하면 세부의 차이를 진정으로 인식할 수 있고 '중국적인' 것이 무엇인지 확실히 인식할 수 있기에 주변의 관점이 요구된다. 특히 중국 연구자가 '주변'을 대면하게 되면 과거에 중시하지 않던 역사자료와 주변의 각종 언어가 새로운 영역과 공구(工具)를 제공하게 되니, 그로써 학술의 '새로운 성장의 계기'를 이루게 된다. 또한 중국인이 부단히 변화해온 '역사중국'을 '주변'의 반응을 통해 관찰한다면 사실상 '현실 중국' 자체에 대해 새로운 인식을 얻게 되기도 한다.

그런데 그의 주변의 시각은 기본적으로 중국이란 국가에 초점을 두는 것임을 우리는 간파해야 한다. 그는 "우리가 제창하는 '주변에서 중국을 본다'는 것은 '중국'이란 근세에 형성된 문명공간이자 현대에 이미 틀이 정해진 정치국가가 변함없이 문화와 정치 영역에서 강력하게 존재하고 있는 상황에서 중국이란 민족국가를 중심으로 삼는 역사 연구는 여전히 그 나름의 의미가 있다"고 역설한다. 이와 더불어, 중국사연구자인 그는 1930년대에 푸 쓰니엔[傅斯年]에 의해 목표로 추구된 바 있던 '과학적 동방학의 정통'을 오늘날 중국에서 다시 세우려고 한다.

이렇게 요약한 내용만으로도 그가 내세우는 '주변'의 시각이란 지리적 의미의 주변 국가와 민족 들을 통해 중국을 좀 더 다양하게 해석하자는 데 그칠 뿐임을 곧 알아차릴 수 있다. 그러한 그에게 중심-주변의 위계질서가 만든 구체적 실상에 대한 비판적 인식, 더 나아가 그것을 극복하려는(이론적이든 실천적이든) 변혁적 지향을 기대하는 것은 지금으로서는 무리라 하겠다.

꺼 짜오꽝과 마찬가지로 주변의 시각을 내세우지만, 중심-주변의 위계질서를 변혁하는 데까지 관심이 미치지 못하기는 대만의 황 준지에(黃俊傑)도 매한가지이다. 대만에서 동아시아적 관점을 강조하는 그가 중화 중심주의를 비판의 대상으로 삼고, "중심-주변 간에 존재하는 종속원칙"을 인식하고 있다는 점에서 필자의 문제의식과 통하나, "문화일원론과 정치일원론을 넘어서 동아시아 문화의 다원성, 각 지역의 문화가 공통성과 함께 특수성이 있음"을 발견하는 데 그치고 있다.[72] 다원성을 구성하는 요소들이 균등한 것이 결코 아니고 그 사이에 위계질서가 존재함에도 불구하고 그 점을 간과하고 있는 것 같다.

이보다 더 심각한 문제는 위의 두 사람이 제기하는 주변의 관점에서 주변이란 주로 중국이란 중심의 지리적 주변을 의미한다는 점이다. 이와 달리 필자가 일찍이 제안한 바 있는 주변의 시각은 '이중적 주변'의 시각이다.[73] 그것은 서구 중심의 세계사 전개에서 비주체화의 길을 강요당한 동아시아라는 주변의 눈과 동아시아 내부의 위계질서에서 억눌린 주변의 눈이 동시에 필요하다는 문제의식이다. 위에서 검토한 두 사람의 주변의 시각은 수로 후자에 해당하나, 세계사 차원의 중심-주변의 '위계질서'의 존재를 간과한 나머

---

72 黃俊傑, 「做爲區域史的東亞文化交流史 — 問題意識與硏究主題」, 『臺大歷史學報』 43, 台北 : 國立台灣大學歷史系, 2009.6, 196~197면.

73 백영서, 「프롤로그 : 주변에서 동아시아를 본다는 것」, 최원식·백영서 편, 『주변에서 본 동아시아』, 문학과지성사, 2004 참조.

지 비판성이 약화되는 결과를 빚고 만다. 그러다보니 세계사의 주변으로서의 동아시아에 대한 관심도 결여되게 십상이다.

그래서 필자는 이 측면을 다시 한 번 강조하면서 비판적 중국 연구가 새로운 사유의 공간을 열기 위해 고려해야 할 두 번째 방향인 지구지역학(Glocalogy)의 중요성을 상기시키고 싶다. 아직은 문제제기 단계의 구상일 뿐인 지구지역학[74]은 지방적인(local) 것, 지역적인(regional) 것 및 전 지구적인(global) 것을 하나의 차원으로 결합시키는 시각이자 방법인 동시에 연구영역을 규정하는 것이다. 이제까지 필자는 세 차원을 동시에 파악하되 지방적인 것과 지역적인 것이 지구적인 것에 작용하는 측면을 우선적으로 중시해왔는데, 이 글에서는 전 지구적 차원 곧 전 지구적 시각의 중요성을 좀 더 강조하려고 한다.

지구지역학의 관점에서 전 지구적 차원 내지 시각을 강조하는 것은 '이중적 주변'의 시각과 긴밀히 연결되어 있다. 이 문제의식이 조금씩 공유되기 시작한 듯하다. 일례를 들면, 지구사(global history)의 중요성을 역설하는 조지형은 필자가 말한 '주변'이 "지역적 개념이기도 하지만 무엇보다도 비판적 자기성찰의 자리"라고 적확하게 짚어내면서, 지구사를 구체적으로 연구하고 서술하는 데 필요한 방식의 하나로 주변의 시각을 통해 역사를 비판적으로 성찰하자고 제안한다. 그럴 때 국가나 제국과 같은 개념을 사회문화적 구성물로 파악하고 이를 해체하면서 '주변'에서 전체를 바라보는 것이 가능해진다고 주장한다.[75]

이처럼 지구사 개념을 도입함으로써 지구적인 것과 지역적인 것의 상호의존성에 주목하고 서유럽 중심주의와 모더니티를 뛰어넘기 위한 방법론을 시

---

[74] 필자의 신조어인 지구지역학에 대한 좀 더 상세한 논의는 백영서, 「지구 지역학으로서의 한국학의 (불)가능성―보편담론을 향하여」, 『동방학지』 147권, 연세대 국학연구원, 2009 참조.

[75] 조지형·김용우 편, 『지구사의 도전』, 서해문집, 2010, 110~111면.

사받는 것은 '이중적 주변'의 시각을 확충하는 데 매우 유용하다. 그런데 지구사가 대안적이고 복수적 근대성을 논하는 데로 귀결되고 만다면 그다지 설득력을 갖지 못할 것이다. 왜냐하면 딜릭(Arif Dirlik)이 지적하듯이 그 대안들이 "바로 자본의 세계화와 이에 결부된 유럽적(현재는 보다 미국적) 근대성의 세계화에 따른, 하나의 주제곡이 수반하는 변주곡에 지나지 않기 때문이다."[76] 바로 이 지점에서 전 지구적 시각에 변혁적 지향성을 부여하는 '운동으로서의 세계문학' 담론이 주목된다. 우리 문단과 영문학계에서 논의 중인 이 개념은 주변에 의한 중심의 전복과 변혁의 해체 담론과 단단히 연결된 것이기 때문이다.

여기서 말하는 세계문학은 세계에 존재하는 문학 전부를 포괄하는 의미의 '세계의 문학(literature of the world)'도 아니고, 또한 어떤 고정된 고전들로 구성된 체계(예를 들면 세계문학전집 같은 발상)나 추상적 이상으로서의 이념이 아니다. 그것은 "각 민족어 / 지역어로 이룩한 창조적 성과들을 국가의 경계를 넘어서 공유함으로써 공동으로 근대성의 폐해", 곧 "세계 자본주의의 위기에 맞서" 인류의 삶을 더욱 인간답게 만들어가기 위해 세계문학에 기대를 거는 '하나의 국제운동이자 실천'을 의미한다.[77] 유럽과 북미가 중심이 된 세계적 문학공간의 불평등구조, 일종의 '문학의 세계공화국'을 탈중심화하여 "다극화된 연방공화국 내지 '공화국들의 연합'이라는 한층 건전한 모습"의 문학공간을 확보하자는 것이 '운동으로서의 세계문학' 기획이고, 그 일환이 운동성 개념이 내포된 '동아시아 지역문학'의 건설이다.[78]

자본주의에 더 잘 적응하면서도 그것을 극복할 수 있는 능력이 있는 지역

---

76 위의 책, 161면.
77 김영희·유희석 편, 『세계문학론』, 창비, 2010 참조.
78 백낙청, 「세계화와 문학」, 『안과 밖』 29권, 영미문학연구회, 2010, 33면.

이 동아시아이다. 특히 중국이 경제 발전하고 있는 지금 자본주의를 더 잘 발전시킬 수 있는 동시에 그 위기 또한 더 잘 드러내고 있기 때문에 동아시아란 지역은 이제 전 지구적 차원에서 문제적이다. 따라서 자본주의의 위기에 맞서는 '동아시아 지역문학'은 지역 차원의 실천인 동시에 전 지구적 실천의 중요한 고리를 형성한다. 모든 장소를 넘어서야 더욱 보편적일 것이 될 터인 세계문학을 이야기하면서도 문학의 지역성을 강조하는, 일종의 패러독스처럼 보일 수 있는 논의는[79] 바로 지구지역학의 문제의식과 통하지 않는가.[80] 전 지구적 차원에서 G2로 부상한 오늘의 중국의 역할 — 신자유주의질서를 극복하고 대안적 발전모델을 추구할 수 있을지를 포함하여 — 을 지구적·지역적·일국적(및 지방적) 차원에서 동시에 비판적으로 파악하기 위해서 지구지역학의 시각이 적실한 것임을 '운동으로서의 세계문학' 논의를 검토함으로써 재삼 깨닫게 된다.

이상에서 점검해본 인식 틀의 두 가지 방향(곧 이중적 주변의 시각과 지구지역학)을 염두에 두고 한국의 중국연구자가 제도의 안과 밖을 넘나들면서 지식을 생산하고 유통하는 작업에 한층 더 성찰적으로 임할 때 비판적 중국 연구의 모습이 더 구체화될 것이다. 근대성의 폐해를 극복하는 데 '운동으로서의 세계문학'이 유용하듯이, 운동성을 동력으로 삼은 비판적 중국 연구가 연구

---

79 동아시아라는 토포스를 강조하는 세계문학이라는 역설은 세계문학의 실천과 운동성에 대한 고민으로부터 비롯된다고 적확하게 파악한 진은영은 "동아시아는 공간성을 지닌 개념이면서도 확정적 공간성을 넘어서는 아토포스적 개념이다"고 핵심을 찌른다. 진은영, 「동아시아문학의 토포스와 아포포스—싱허이 토론회를 참가하고」, 『창작과비평』 156호, 창비, 2012, 322면.

80 전 지구적 시각을 도입하는 것이 필자가 종래 주장해온 동아시아적 시각과 충돌하는 것이 아닌가 하는 우려도 있을지 모르겠다. 그러나 최근 해외 학계에서 전 지구화의 문맥 속에서 동아시아가 논의되기 시작한 사실을 소개하고, 동아시아적 특색과 배치되지 않는 전 지구화를 지향하는 움직임을 글로컬리즘의 범주에서 논의할 만하다고 보는 견해를 떠올린다면 그 같은 우려는 사라질 것이다. 강진아, 「세계체제와 국민국가의 회색지대—동아시아론의 성과와 한계」, 『인문연구』 57권, 영남대 인문과학연구소, 2009, 129면 참조.

자에게 우리 사회와 중국에 대한 인식을 재구성하는 계기를 제공한다면, 그 보편성이 확산되면서 학술 제도를 변혁할 힘을 얻게 될 것이다.

비판적 중국 연구를 수행하는 일은, 이미 오래전 조선의 학인들이 현실 중국에 대한 지식을 생산한 동시에 중국고전을 새롭게 해석하여 기성의 가치관·세계관을 재구성하는 인문학적 작업도 겸했던 유산, 일제강점기 고전 중국을 과학적 방법으로 체계화함과 동시에 현대 중국의 문학운동에 착안하여 중국을 재발견하면서 그를 거울로 삼아 조선을 주체적으로 해석하는 작업을 수행했던 성과, 그리고 냉전기 제도의 안과 밖에서 선학이 힘겹게 축적한 중국 탐색의 경험이 오늘 여기에서 새로운 모습의 중국 연구로 되살아나는 것이기도 하다.

이렇듯 한국 중국학의 궤적에 닿아있는 비판적 중국 연구는 한국 학계와 사회를 위해서는 물론이고 더 나아가 중국인을 포함한 전체 인간을 위해서 우리의 삶을 더욱 인간답게 만드는 인문학 본연의 이념에 충실할 수 있다. 이 글은 그러한 중국 연구로의 변화에 마음 깊은 곳으로부터 헌신하자는 한국 연구자의 다짐인 셈이다.

유길준의 국한문체 기획과 문화의 전환

신채호, 최남선과의 비교연구

임상석

1.유길준의 국한문체 기획

한국의 근대 초기에서 국한문체 작가로서 가장 먼저 거론해야 할 이가 유길준이다. 국한문체로 『서유견문(西遊見聞)』을 비롯한 주요 단행본을 출간했으며, 『대한문젼(大韓文典)』(1909) 등을 통해 국문 의식을 적극적으로 천명한 동시에 국문과 한문의 관계에 대해서도 선구적으로 체계적 고찰을 시도했다. 공인으로서 그가 주도했던 사업들, 그리고 일본 및 대한제국 황실과의 관계 등은[1] 논란과 의혹 속에 가려진 부분이 많다고 해도 국문 글쓰기에 대한 그의 업적이나 의도는 명백한 것으로 보인다.

---

[1] 을미사변에서의 역할, 일본 망명 시절의 쿠데타 기도 등 공인, 관인으로서의 그의 행적은 여러 가지 의혹을 불러일으킬 만하다. 더욱 유성준, 유만겸, 유억겸 등, 형제와 아들의 친일협력도 유길준 자신의 평가와 분리하기 어렵다 하겠다.

제목에 내세운 유길준, 신채호, 최남선은 공통적으로 근대 초기 국한문체를 대표하는 작가들이지만 조선의 전근대적 신분으로는 차등을 가진 인사들이다. 또한 한국의 근대라는 시대적 격변을 보여주는 인사들이기도 하다. 상신(相臣)의 자리에까지 올랐으며 고종과도 직접적 의리를 지니고 일본과 황실 사이를 오갔던[2] 유길준, 향반의 일원으로 성균관 박사로 입신하였으나 자신의 연원인 사문(斯文)과 사도(斯道)를 극력 배격하다 망명한 신채호, 그리고 서울에 세거한 중인 가문의 축적된 부를 바탕으로 출판과 고전적 정리라는 근대적 문화운동과 자본주의적 시세에 적극 대처하여 한때 시대적 아이콘이 되었던 최남선, 이 세 사람의 이름만으로도 계급과 사회체제의 근대적 전환을 가늠할 만하다. 그러나 이 자리에서는 일단, 글쓰기를 중심으로 한 문화적 전환에 집중하여 근대 초기 국한문체 글쓰기의 변천을 구성하고자 한다.

유길준은 앞서 언급한 신채호, 최남선 등의 후대 국한문체 작가들과 크게 두 가지 차별성을 가지고 있다. 국한문체로 이루어진 언론매체가 활성화된 근대계몽기 이전에 그는 이미 『서유견문』을 통해 국한문체 작문에 대해 거시적 원칙을 설정한 것으로 보인다.[3] 첫째로 그는 문법의 일관성을 추구해 한문이 아닌 한자 형태로 국한문을 혼용하려 했다. 둘째로 그는 한문 산문의 전통적 체격(體格)과 장르에서 벗어난 형태의 글쓰기, 일종의 새로운 장르를 추구한 것으로 보인다. 전자가 『서유견문』의 문체 및 『대한문전』 등을 통해 실증될 수 있는 성격이라면, 후자는 여러 가지 배경에 근거한 정황상의 추론

2　다양한 선행 연구가 있으나, 종합적 성과로 정용화(『문명의 정치사상—유길준과 근대한국』, 문학과지성사, 2004)의 책을 참조할 수 있고, 망명 시절의 구데타 사건에 대해서는 윤병희(「일본망명시절 유길준의 쿠데타음모사건」, 『한국근현대사연구』 제3집, 한국근현대사학회, 1995)를 참조할 수 있다.

3　여기에는 한국 최초의 근대적 언론매체인 관보 『한성순보』와 『한성주보』를 편찬한 경험도 크게 작용했을 것으로 보인다. 전자는 한문이었지만, 후자는 국한문체로 작성된 부분도 있었다. 김영민, 「근대계몽기 문체 연구—유길준을 중심으로」, 『동방학지』 148권, 연세대 국학연구원, 2009 참조.

이다. 또한, 전자가 좁은 의미의 수사, 문법에 관계된 사안이라면 후자는 범위를 한정하기 힘든 문제이기도 하다. 후자에 대해 먼저 논한다.

유길준은 후대의 대표적 국한문체 작가인 신채호, 최남선과 달리 계몽기 언론에 주도적으로 참여하지 않았으며, 국한문체로 된 논설을 잡지나 신문 등 근대적 매체에 거의 게재하지 않았다. 신채호, 장지연, 박은식, 이기 등의 계몽기 논객들이 『황성신문』, 『대한매일신보』, 『대한자강회월보』, 『서북학회월보』, 『기호흥학회월보』 등에 적극적으로 논설을 발표했던 것과는 상반된 모양이다. 유길준의 정치적 입장이나 사회적 신분이 이와 같은 언론 활동에 적합하지 않았던 배경이 있지만, 다른 추론도 가능하다고 본다.

계몽기의 대표적 국한문체 작문교본인 『실지응용작문법』(1909)에서 저자인 최재학이 "국한문체 작문도 한문의 체격(體格)을 지킨다"는 언급을 남긴 것처럼, 대부분의 계몽기 국한문체 논설은 한문 고전의 수사규범에 근간한 한문 산문의 압축미[4]를 지향했다. 개성 없는 활자로 인쇄되어 불특정 대중을 대상으로 하며 묵독을 전제한 근대의 언론이 이미 전통적 한문 산문과 적합하지 않은 상황이지만, 여전히 수사적 기법은 남았던 것이다. 그래서 국문의 통사 구조는 한문 고전의 수사와 충돌하면서 과도기적 문체로 실현되었고, 때로는 이 과도기적 상황을 적극적으로 이용하는 성격의 기법도 나타났던 것이다. 『유길준전서』를 근거로, 유길준이 계몽기 언론매체에 남긴 논설은 1편이고 한문으로 작성되어 있다.[5] 『대한문전』 등의 집필에서도 알 수 있듯이, 그는 국한문의 혼용에 있어서도 일정한 문법을 먼저 설정하려 했을 확률

---

4 낭독, 집필의 상황 혹은 서예로 다시 썼을 때의 감상 방식 등의 여러 차원을 감안하면 미학, 향유 및 수용 등 여러 용어가 결부되는 사안이겠으나 여기서는 일단, 압축미라는 임의적 용어를 쓰겠다.
5 『황성신문』(1908.6.10)에 게재한 「小學敎育에 對호 意見」이 국한문체이지만, 논설과는 성격이 좀 다르다. 『유길준 전서』(유길준전서편찬위원회 편, 일조각, 1971(1908), 전 5권)는 이하 『전서』로 한다.

이 많다. 그렇다면 국한문체로 계몽기의 신문이나 잡지에 적합한 짧은 논설을 집필했을 경우에 나타날 국문 통사와 한문 수사 사이의 충돌을 자신의 문장에 남기려 하지 않았을 것이다. 또한, 『서유견문』에 전개된 그의 논설은 장지연, 신채호, 박은식 등의 논설에 비해 형식과 내용 면에서 한문 산문과의 관련성이 멀다. 한문 문체의 장르인 논(論)과 설(說) 등의 장르적 형식미나 압축미를 따르지 않았던 것이다.

계몽기의 국한문체 논설이 대부분 한문 산문의 격식을 따라 대체로 짧게 응축된 형태를 지니고 있었던 반면, 이 격식에서 벗어난 문체적 전환은 『소년』에 이르러서야 대대적으로 나타났다. 문체적 차원에서 국문의 비중이 높아졌다는 점도 중요하지만, 글쓰기의 양적 확대도 한문 고전의 전범성을 벗어났다는 점도 주요한 징후이다. 그런데 이보다 앞서 유길준은 국한문체로 한문 산문의 규범을 벗어난 『서유견문』, 『노동야학독본』 등의 단행본들을 출간했던 것이다.[6] 문법과 수사의 운용에서 과도기적 혼란을 최대한 피하려 했던 점이 다소 소극적 양상이라면, 한문 고전의 체격을 벗어난 새로운 글쓰기의 장르를 지향한 것은 적극적 시도로 평가할 수 있다. 국한문체 작문에 있어서 계몽기 국한문체 작가들이 한문 산문의 체격 속에서 당면한 사안을 논하는 것에 주력했다면, 유길준은 더 거시적 차원에서 근대적 매체인 독립된 단행본에 적합한 새로운 장르를 구상했던 것이다. 이것은 물론 그가 『대한문전』 등에서 보여준 국한문체의 문법적 고찰과 궤를 같이 한다.

국한문체 작문에 맞는 새로운 장르를 지향했던 것이 그가 신채호, 장지연,

---

6 『보로사국후례두익대왕칠년전사(普魯士國厚禮斗益大王七年戰史)』(광학서포, 1908), 『영법로토제국가리미아전사(英法露土諸國哥利米亞戰史)』(광학서포, 1908) 등도 국한문체로 역술하여 간행하였다. 『서유견문』도 후쿠자와 유키치의 『서양사정』에서 역술한 부분이 있지만 자력으로 집필한 부분도 상당한 분량이다. 이 두 서적의 경우도 원본과의 면밀한 대조가 필요할 것으로 본다. 이 두 서적은 기본적으로 『서유견문』과 비슷한 문체로 작성되었으나, 한문구의 삽입이 훨씬 많다. 아마 원본의 문체에서 비롯한 것으로 추정된다.

박은식과는 다른 한 가지 차별성이라면, 두 번째 주요한 차별성은 문법적 일관성을 시도했다는 점이다. 이 점은 여러 가지의 문화적, 시대적 배경과 함께 따져볼 필요가 있다.

2. 유길준의 문한(文翰) – 문화질서의 교체 속에서

앞서 언급한 신채호, 최남선과 달리 유길준은 그의 신분과 시대가 그렇듯이, 이 두 사람에 비해서 더 전통적인 문자생활을 영위했다. 가장 선구적이고 다소 급진적이기도 한 언어관을 보여주기도 했지만, 남은 문서로 보자면 생전에 시고(詩稿)를 편집한 사람은 이 3인 중에 유길준뿐이다. 조선의 정치체제가 글쓰기 능력, 흔히 문한(文翰)이라 불리는 영역에 크게 의지했던 것은 주지의 사실이다. 유길준은 '국문전주(國文專主)'와 '한문전폐(漢文全廢)'라는 획기적 주장을 남겼지만,[7] 『유길준전서』를 살펴볼 때 관인이자 공인으로서 유길준은 한문의 문한을 버릴 수 없었다. 공적 영역뿐 아니라, 개인적 사교를 위해서도 한시(漢詩)와 서간 쓰기 등은 필수적인 일이었다.

유길준 스스로 주도하여 국한문을 공식어로 채택한 갑오경장의 이후에도 한문의 질서는 정치·사회적 여러 통로에 남아 있었기에 자신의 한문 문한을 발휘할 수밖에 없었다. 공적 사례로, 헤이그밀사 사건으로 한일신협약이

---

7 여기서의 한문(漢文)은 제한된 의미이다. 한자(漢字)를 연철(連綴)하여 구두(句讀)를 이루어 문(文)이 되니, 자(字)마다 띄어 쓰면 문이 되지 않으니, 한자는 사용하되 한문, 즉 한자로 이루어진 문구, 문장을 국문에 쓰지 말자는 주장이다. 유길준, 「小學敎育에 對ᄒ 意見」, 『전서』 2, 258~259면.

체결되고 고종의 안위가 위험했던 1907년에 유길준은 대한제국의 유배자 자격으로[8] 일본의 내각 총리대신인 사이온지 긴모치[西園寺公望]에게 한문으로 건백서(建白書)를 올린다.[9] 사적으로는 후쿠자와 유키치[福澤諭吉]와의 서신 왕래에도 역시 한문을 사용했다. 후쿠자와와의 서간은 사신(私信)이기는 해도 정치와 공적 사업에 관계된 일을 의논한 것이기에 사적 영역에 제한된 성격이 아니다. 긴박한 한일 관계에서 자신의 공적 역할을 다하기 위해서라도 한문의 문한은 필수적이었다.

1912년에 나온 「구당시초(矩堂詩鈔)」(『전서』 5)는 서문을 관로의 조력자로서 공사로 매우 중요한 관계를 맺었던 김윤식(金允植)이 작성한바, 한시의 수창을 근간으로 하는 전통적 교제를 유지한 셈이다. 그 외에 약간의 묘도문자나 전(傳), 기(記) 등도 남기고 있어 그의 문한을 부분적으로나마 짐작하게 한다. 한문 저작 중 눈여겨볼 만한 것은 『대동학회월보』 1호에 실린 「시대사상(時代思想)」이라는 글이다. 시대의 변화에 적응함이 공자의 도(道)이기도 함을 적절한 전거와 간결한 역사적 해설로 풀어내어, 한문 산문 고유의 압축미를 여실하게 보여주는 글이다.

유길준은 한문 문한이 자신의 정체성과 가치를 규정하는 시대에 태어났으나 국문에 대한 지향을 통해 이런 문화적 질서를 개혁하려고 노력했다. 그럼에도 공사의 결정적 순간에서는 자신의 본원인 문한을 사용할 수밖에 없었다. 이는 그가 처한 신분의 한계이자, 근대 초기에도 여전했던 문화적 질서

8　원문에 유배자를 지칭하는 '누인(累人)'으로 지칭하고 있다. 1907년 중반까지 그는 일본에 유배된 상태였다.

9　정밀하게 읽지는 못했지만 대체로, 헤이그밀사 사건이 대한제국 황제의 뜻이 아닌 주변 협잡꾼들의 획책이고 황제는 신협약을 준수할 것이며, 황실과 국민은 일본의 은덕에 심복한다는 내용으로 설득이라기보다 동정을 구하는 읍소에 가까운 느낌이다. 아마도 일본이 대한제국 황실을 보존해주기로 한 것에 이 글이 약간의 영향이나마 주었을 수도 있으며, 1907년에 순종 즉위와 함께 그의 유배가 풀린 것도 관계가 있을 수 있겠다.

를 보여주는 사례이다. 물론 그는 『서유견문』을 위시한 많은 국한문체 저술을 발표하였고, 더 나아가 순 한글에 가까운 『노동야학독본』을 집필하기도 했다. 그러나 고종을 위한 건백서의 작성, 후쿠자와 유키치와의 서간 왕래, 시집 출판 등의 상황을 따져 볼 때 입말을 제외한다면, 그에게 문어로서 모어(母語)에 가까운 것은 한문이지 국한문은 아니었을 터이다. 이렇게 볼 때, 국한문혼용의 격식을 경서언해에서 찾았다는 그의 발언이 더 구체화되고, 그가 제시한 한문의 훈독(訓讀) 방식에서도 일본의 영향에 앞선 자국적 글쓰기 전통의 존재를 구체적으로 논할 수 있다.[10]

유길준의 다음 세대들인, 신채호와 최남선에 이르러는 문한의 질서는 약화된다. 신채호는 입신의 기반이 한문 문한이었지만, 이미 전통적 문한을 기반으로 정치·사회적 역량을 발휘할 공간이 축소된 시대에 살았다. 아마도 그가 가진 문한이라면 입신(立身)을 도운 은인인 신기선을 따라 여규형, 최영년처럼 대동학회나 경학원 등에 몸을 의탁할 수도 있었고, 김택영처럼 중국에 망명하여 출판과 교정으로 생계를 이으며 현지의 인사들과 전통적 문자생활을 영위할 수도 있었겠지만, 이런 선택은 그의 포부나 성격에 전혀 들어맞지 않았다. 입신의 자산인 문한을 버리고 저항과 비타협의 길을 택한 것은 그의 자발적 의도였겠지만, 문한이 큰 역할을 할 수 없었던 시대의 변화와 계급의 차이도 배경으로 작용했을 것이다.

최남선의 경우는 유길준, 신채호에 비한다면 전통적 문한을 아예 가지지 못했다고 해도 과언은 아니다. 최남선이 두 사람에 비해, 근대 초기의 국한문체 작문에 가장 풍부한 내용을 담아낼 수 있었던 것은 상대적으로 한문 고

---

10 『노동야학독본』에 나타난 유길준의 한자 훈독(訓讀) 방식의 자국적 배경에 대해 김영민(앞의 글)이 지적한 바 있고, 『서유견문』과 경서언해의 관계에 대해서는 임상석("Comparative Study of Gukhanmun Style in *Seoyu Gyeonmun* and Mixed Style in *Seiyō Jijō*: On the Formation of Gukhanmun style in Korea", *Korea journal* 54-2, 2014)이 논하였다.

전의 규범으로 대변되는 기존의 문화질서를 가지지 못한 자유로움에서 비롯된 면도 있다.

상대적으로 유길준의 국한문체는 최남선과 신채호에 비해서 자유로움을 가지고 있지 않다. 그렇다기보다는 양자의 문체에 비해 문법적 일관성 면에서 훨씬 선구적인 체제를 가지고 있다. 그것은『대한문전』등을 통해 나타난 어학적 지식,『한성주보』편찬과『서유견문』집필 등으로 얻은 국한문체 글쓰기에 대한 체계적 고찰에서 비롯된 바가 큰 것으로 보인다. 신채호, 최남선이 당면한 과제에 대하여 즉각적으로 대응하는 신문지의 역할에 주력했다면, 유길준이 출간한『서유견문』등은 상대적으로 훨씬 갈고 닦은 문장을 보여준다.[11] 당면한 난제가 있지만, 일단 원칙적이고 거시적 관점에서 문법적으로 작문의 기본을 확립하려 한 유길준의 태도는 그의 신분, 그리고 당대로서는 독보적으로 이질적인 지식체계인 한문 문한과 서구의 신지식을 공유하고 참작했다는 점에서 비롯되지 않았을까?

공적 측면에서는 신채호와 최남선, 특히 전자는 일제에 대한 유길준의 모호한 태도를 참지 못했을 확률이 많고, 유길준도 신채호와 최남선이 적극 활동했던 계몽기의 언론, 단체 활동에 참여하지 않았다. 두 사람이 재야의 길에 있었다면 계몽기의 홍사단(興士團)을 비롯한 유길준의 운동은 왕실의 은사금을 받는 등, 관(官)과의 관계가 적지 않았다. 그러나 신채호와 최남선은 모두 유길준의 지식에 대해서는 동경했을 것이다. 유길준이 작고한 1914년으로부터 3년 후에 나온『무정』에서도 일본 유학을 넘어선 미국 유학이 지고의 대안으로 설정되어 있다. 그러나 이미『무정』의 출간으로부터 수십 년을 앞서 유길준은 일본과 미국에서 근대적 정규 교육 과정을 교수받았다. 거기

---

11 「서유견문 서」에서 유길준은『서유견문』을 신문지라 칭하고 있지만, 사실 계몽기의 신문, 잡지에 비해서 그의 국한문체가 훨씬 일관성 있는 문체였음은 다소 아이러니하다.

에 어린 시절 박규수에게 인정받았으며, 당대의 대가로 꼽히는 김윤식에게 칭송받은 전통적 문한까지 지니고 있었던 셈이다.[12]

당대에, 어쩌면 한국의 근현대를 통틀어서도, 이질적 동서의 지식체계를 공유했다는 측면에서 유길준보다 더 나은 인물은 거의 없지 않을까 싶다. 더욱 대한제국의 대신이자 일본 유학 경력으로 맺은 국제적인 인적 배경도 당시로는 따라갈 인사들이 별로 없었을 터이다. 어쩌면 사(士)와 공경대부(公卿大夫)라는 전근대적 질서는 계몽기에도 어느 정도 그 명맥을 유지한 셈이다. 유길준이 한문이 아닌 한자로 국한문을 혼용하여 국문 글쓰기를 확립하자는 대국적 원칙을 천명할 수 있었던 것도 재야의 사(士)에 불과한 신채호, 최남선을 위시한 다른 계몽기 국한문체 언론인과 달리, 전통적 문한과 신지식을 공유한 대부(大夫)로서의 위치가 영향을 끼친 것은 아닐지 가늠해 본다.

3. 한문(漢文)에서 한자(漢字)로 – 국한문체의 문법적 기틀

신채호와 최남선도 문법적 인식이 없었던 것은 아니지만, 유길준의 체계적 고찰에 비하면 단편적 문제 제기에 그친다. 물론 최남선은 기나긴 저술 생활 동안 국문에 대한 문법적 연구도 남겼지만, 이 글이 대상으로 하는 1910년대까지 별다른 독립적 성과를 내지 않았다. 유길준의 문법 연구에 대해서

---

12 김윤식은 「구당시초(矩堂詩鈔)」에 서문을 작성하면서, 그의 시를 "심하게 좋아하여[酷愛] 한 수를 얻을 때마다 구슬꿰미처럼 여겼다"고 했다. 또한, 어린 시절 유길준이 박규수에게 시로 인정받아 『해국도지(海國圖誌)』를 받은 사적도 이 서문에 기록되어 있다. 「구당시초서(矩堂詩鈔序)」, 『전서』 5, 1912, 161~162면.

는 기존 연구 성과가 많이 있지만,[13] 이 글에서는 국한문체 작문의 실천과 관계된 부분에 집중하여 논하고자 한다.

국한문체 글쓰기에서는 한문이 아닌 한자를 채용해야 한다는 점이 유길준의 입장이었다. 여기에 대해서, 그는 선구적으로 체계적 고찰을 남기고 있다. 앞서 언급한 선행 연구에서 이미 지적한 바 있지만, 논의의 편의를 위해 그 주장을 발췌하여 인용해 본다.

① 二十編의書를成호디**我文**과**漢字**를混集호야文章의體裁를不飾호고**俗語**를務用호야其意를達호기로主호니 (…중략…) 我邦七書諺解의法을大略倣則호야詳明홈을爲홈이라 (…중략…) **我文**은卽我 / 先王朝의創造호신**人文**이오**漢字**는中國과通用호는者라余는猶且**我文**을純用호기不能홈을是歎호노니外人의交를旣許홈애國中人이上下貴賤婦人孺子를毋論호고彼의情形을不知홈이不可호則拙澁호文字로渾圇호說語를作호야情實의齟齬홈이有호기로는暢達호詞旨와淺近호語義를憑호야眞境의狀況을務現홈이是可호니[14](강조는 인용자)

② 一, 國文專主 / 二, 漢文全廢 / (…중략…) 然則小學敎科書의編纂은國文을專主홈이可호가曰然호다然則漢字는不用홈이可호가曰否라漢字를烏可廢리오漢文

---

13 최근의 연구로 고영근, 「유길준의 국문관과 사회사상」, 『어문연구』 121권, 어문연구학회, 2004; 한재영, 「유길준과 『대한문전』」, 『어문연구』 121권, 어문연구학회, 2004; 김영민, 앞의 글 등이 있다.

14 유길준, 「西遊見聞 序」, 『서유견문』, 1896, 5~6면.
"우리글은 즉, 우리 선왕조의 창조하신 인문이오, 한자는 중국과 통용하는 것이다. 나는 또한, 우리글을 전용하기 불능함을 미타하게 여기노니, 외인의 교섭을 이미 허가힘에 국중인이 상하와 귀천, 부인과 아이를 물론하고 저쪽의 정형을 부지함이 불가하기에 졸렬, 난삽한 문자로 혼돈한 주장과 말을 지어내어 실정에 어긋남이 있기보다는 창달한 글 뜻과 비근한 말뜻에 기대어 진경의 상황을 힘써 나타냄이 바로 옳으니."
인용문의 말미가 해석이 조금 어려워, "我文은……"으로 시작되는 부분만 윤문해 보았다. 유길준의 글은 모두 『유길준전서』에서 인용하였고 줄 바꿈과 말 줄임 기호를 제외하고는 원문 그대로이다.

은廢ᄒ디漢字ᄂᆫ可廢치못ᄒ나니라曰漢字ᄅᆯ用ᄒ면是乃漢文이니子의全廢라ᄒᄂᆫ
說은吾人의未解ᄒᄂᆫ바이로라曰漢字ᄅᆯ連綴ᄒ야句讀을成ᄒ然後에是可曰文이니字
字別用ᄒᆷ이豈可曰漢文이리오

一, 錯節語이니卽漢語英語갓티上下交錯ᄒ야其意ᄅᆯ表示ᄒᄂᆫ者 / 二, 直節語이니
卽我國語及日本語갓티直下ᄒ야其意ᄅᆯ表示ᄒᄂᆫ者 / (…중략…) 今에國漢字交用ᄒ
ᄂᆫ書에錯節體法을用ᄒ면是ᄂᆫ文을不成ᄒᆷ이漢文에直節體法을行ᄒᆷ과同ᄒ지라是以
로音讀ᄒᄂᆫ文이라도此ᄅᆯ務避ᄒ여야可ᄒ니訓讀ᄒ然後에此弊가自絶ᄒᆯ지라[15]

③ (丙)漢字의下에國字의添附로成ᄒᄂᆫ形容詞 / 形容詞가漢字의下에國字의添附
로成立ᄒᄂᆫ者ᄂᆫ我國이從來로漢字ᄅᆯ借用ᄒ야漢字가國語로同化되매因ᄒ야動詞又
形容詞에屬ᄒ漢字音의下에助動詞(ᄒ)ᄅᆯ附ᄒ야成ᄒ미라此ᄅᆯ例示ᄒ건대 / 動詞에
屬ᄒ者ᄂᆫ / 往ᄒᄂᆫ (…중략…) 形容詞에屬ᄒ者ᄂᆫ / 靑ᄒ[16]

④ 動詞ᄂᆫ又其活用上表示ᄒᄂᆫ時期ᄅᆯ發現ᄒ야 此ᄅᆯ六種으로分ᄒ니, 曰現在動
詞ᄂᆫ名詞의 現在作用을 發現ᄒ니往ᄒ오, 食ᄒ며의類이오, 曰未來動詞ᄂᆫ名詞의 未
來作用을 推想發現ᄒ니往ᄒᆯ야오, 食ᄒ겟소의 類이오[17]

국자(國字), 국어(國語) 등의 용어를 사용하면서, ‘선왕소의 창조한 인문(人
文)’이라 하여 자국어 의식을 드리낸 배경 아래, 국한혼용의 원칙을 위와 같
이 탐구하였다. 혼용의 워칙에서 결국 중요한 것은 한문[18]의 위상인데, ‘한문

---

15 유길준, 「小學敎育에 對ᄒ 意見」, 『전서』 2, 258~260면.
16 유길준, 『대한문전(大韓文典)』, 1909, 191~192면.
17 유길준, 「선한자혼용작문법(鮮漢字混用作文法) 4」, 『전서』 2, 252~253면.
18 여러 가지 명칭이 가능하겠지만, 한국에서는 주로 문어적 위상에서 그 영향력이 강했다는 역
사적 배경을 감안하여 ‘한문’이라는 용어를 쓰기로 한다.

(漢文)' — 한자로 된 문구 / 문장이 아닌 '한자(漢字)'로서 국문과 결합해야 한다는 것이 주된 대의라고 하겠다. 이 원칙이 명징하게 구성된 것이 ②이고, ③과 ④는 이 원칙 아래, 한자가 한글 어미와 어떤 식으로 결합하는지에 대해 문법적으로 국한혼용의 실현 사례를 들어 주고 있다. 그러나 이런 대원칙은 1900년대에 형성된 것이 아니라 이미 『서유견문』의 집필 중에 탐구된 것으로 보인다.

①에서도 국문은 '아문(我文)'이며 '인문(人文)'으로서 더 본질적인 위상을 부여받았으며, 한자는 중국과 통용하기 위한 것으로 상대적으로 보조적 위상이다. ①에서 속어(俗語)를 쓴다는 말은 여러 가지 측면에서 고찰의 여지가 있다. 『서유견문』 본문을 살펴볼 때, 한글 어휘는 극히 제한적이다. 어미나 조사를 제외하면 어간에 한글 어휘가 사용된 경우가 거의 없다. 그렇다면, 여기서의 속어는 한글 어휘를 지칭한다기보다는 한문 산문의 전통적 체격에서 벗어난 한문 조어나 한자와 결합한 혼용 어휘를 가리키는 것이 아닌가 한다. 어쨌든, 혼용의 격식을 자국적 전통인 칠서언해에서 찾은 것이나 속어를 힘써 쓴다는 발언은 민족주의적 언어관과 함께, 전근대적 전통규범에서 벗어난 일반 언중 위주의 언어관이 반영된 양상이다.

②에서는 국문에서 한문을 배제하기 위하여 훈독을 실시한다는 발언도 문제적이지만, 또한 국문과 한문의 어순을 대비하여 국문 글쓰기에서 '착절체(錯節體)' — 술어 → 목적어 구조가 아닌 '직절체(直節體)' — 주어 → 목적어 → 술어 구조를 지켜야 한다는 원칙도 역시 당시로서는 찾아보기 힘든 언어학적 사고를 담고 있다. ③과 ④는 상대적으로 부분적 언급이기는 하지만, 혼용의 실례를 제시한 것으로 역시, 당시로서는 이와 같은 일관성의 설정을 찾기 힘들다.[19] 또한, 유길준이 위와 같은 원칙을 『노동야학독본』 등의 저술로 실천했던 것은 더욱 독보적이다. 그러므로 유길준은 다른 계몽기 국한문

체 작가들과 달리 대국적 안목에서 국한문체를 기획하였다는 평가가 가능한 것이다.

국한문체에서 한문의 위상이 한문이 아닌 한자로 설정되어야 한다는 점, 한자의 이용도 국문의 어순을 따라야 한다는 점 등은 결국 국한문체가 국문의 통사 구조로 이루어져야 한다는 원칙의 천명이라 하겠다.[20] 그러면 이와 같은 유길준의 국한문체 기획은 실제적 작문에서 어떤 양상으로 실현되었는가? 가장 주요한 점은 한문 접속사 '而'나 한문 종결어미 '也, 焉, 矣' 등을 사용하지 않았다는 점이다.[21] 『서유견문』은 당시로서는 그 내용도 그러하지만, 양적 측면에서도 당대의 근대적 단행본 중에서 가장 호한하다. 이와 같이 방대한 저작에 한문 접속사와 종결어미를 사용하지 않았던 것은 1908년 말부터 간행되었던 『소년』에서나 가능한 일이었다.[22] 이 원칙은 『대한문전』과 『노동야학독본』 등의 단행본과 그의 국한문체 저술에서도 실천된다.[23]

---

19 국문을 강조하여 자국어 의식을 드러낸 논설은 계몽기의 언론에서 적지 않게 찾을 수 있으나, 문법이나 작문의 실현에 대한 고찰을 드러낸 저술은 적다. 이능화(「국문일정법 의견서(國文一定法 意見書)」, 『대한자강회월보(大韓自强會月報)』 6, 1906.12)와 지석영(「대한국문설(大韓國文說)」, 『대한자강회월보』 11, 1907.5)의 글 등이 대표적인데, 유길준의 작업에 비하면 논의의 심도나 범위가 제한되어 있다.

20 한문을 구절이나 문장이 아닌 단어의 양상으로 쓴다는 점에서 한문단어체에 가깝다고 할 수 있다. 한문단어체, 한문구절체, 한문문장체는 임상석, 『20세기 국한문체의 형성과정』, 지식산업사, 2008에서 가져왔다.

21 한문 접속사와 종결어미가 국한문체 글쓰기에서 국문의 통사 구조를 침해하는 주요한 요소임을 필자는 선행 연구에서 논한 바 있다. 위의 책, 128~130면.

22 『소년』은 잡지이기에 그 성격이 나르고, 기사의 성격에 따라 한시나 한문 구절을 그대로 인용한 부분도 자주 눈에 띄지만, 주요한 기사들은 국문 위주로 작성되었다. 더욱이 『서유견문』식의 한문단어체를 벗어나 국문의 위상이 너 높아졌고 띄어쓰기와 문장부호를 삽입한 것도 획기적 시도이다.

23 다만 『보로사국후례두익대왕칠년전사(普魯士國厚禮斗盆大王七年戰史)』(1908), 『영법로토제국가리미아전사(英法露土諸國哥利米亞戰史)』(1908) 등의 문장은 『서유견문』보다 한문이 한자보다는 한문의 양상으로 구현된 사례가 보인다. 후자의 서문에 나오는 "其頑陋不悟ㅎ며 衰頹不振ㅎ야此極에至홈이抑或天心의使然인가", "乃又因循恬嬉홈이幾百年來舊觀에復歸ㅎ니" 등의 구절은 한문구절체에 가까워 4자구들이 대우 관계를 형성하여 한문의 구두를 따른 양상이다. 그러나 『서유견문』 문체처럼, 한문 종결사나 접속사를 사용한 사례는 없다.

한자의 사용에서도 국문의 어순을 고려한다는 점도 당대의 국한문체 작가들과 다른 점이다. 신채호의 경우, 장지연, 박은식, 이기에 비하여 국문의 통사에 대한 고려가 보이는 국한문체를 저술했으나, 일관성을 가지지 못했다.

乙支文德의歷史를讀ᄒ다가氣旺旺ᄒ며膽躍躍ᄒ야卽仰天叫曰然歟然歟아我民族의性質이乃如是歟아如是偉大의人物과偉大의功業은於古에도無比며於今에도無比니我民族性質의强勇이乃如是歟아 (…중략…) 彼乃數百年來로歷史에頌之ᄒ며小說로傳之ᄒ야歌之歟之에永世不忘ᄒᄂ디[24]

인용문에서는 종결어미 '歟'를 자주 사용하여 한문 산문 특유의 영탄하는 어세를 만들어 독자를 끄는 수사적 장치로 이용하고 있다. 뒤에 국문 어미 '아'를 붙이기는 하였지만, 이 종결어미로 한문은 이미 구두를 완결한 문구나 문장의 형태로 실현된다. 또한, '之'를 '頌', '傳' 뒤에 붙여서 역시 한자라기보다는 한문의 구두를 따르고 있다. 앞서 인용한 유길준의 ③과 ④를 따르자면 '之'는 국문 어미로 교체되어야 마땅할 것이다. 이런 한문의 수사적 흥취를 제외한 신채호의 계몽기 국한문체는 사실 거의 상상할 수 없는 반면, 유길준의 국한문체에서는 이와 같은 사례를 거의 찾을 수 없다. 한편, '앙천(仰天)', '무비(無比)', '불망(不忘)' 같은 어휘는 원칙적으로 국문의 통사 구조에서 어긋난 것이지만, 관용으로 익숙해진 것이기에 직절(直節)의 원칙을 관철하기에 어려운 면이 있다. 우리가 일상적으로 쓰는 '등산(登山)', '등교(登校)', '출석(出

---

24 "을지문덕의 역사를 읽다가 기가 왕성하며 담이 도약하여 곧 하늘을 우러러 소리치길, 그렇도다, 그렇도다! 우리 민족의 성질이 이와 같았도다! 이렇게 위대한 인물과 위대한 공업은 고대에도 비할 바 없으며, 지금에도 비할 바 없으니 우리 민족성질의 강용함이 이와 같았도다! (…중략…) 저들은 이에 수백 년 이래로 역사에 기리고, 소설로 전하고, 노래하고 읊어서 오랜 세월동안 잊지 않았는데." 신채호, 「서론」, 『을지문덕(乙支文德)』, 광학서포, 1908.

席)’, ‘유공(有功)’ 등도 마찬가지인데, 유길준이 주장한 훈독은 이와 같은 뿌리 깊은 언어 관습에 대한 문제 제기의 성격을 가진다.[25]

　『노동야학독본』의 훈독체는 김영민에 따르면 국문이 큰 글자로 표기되고 그 위에 한문이 작은 글자로 부속되는 것이 원래의 취지였을 확률이 많다고 한다.[26] 그렇다면, 유길준의 훈독체는 순한글체로 나아가기 위한 과도기적 성격으로서 한문 통사 구조를 따른 어휘를 바로 삭제하기보다 부속적으로 병기한 형태인 것이다. 『서유견문』의 국한문체에서 소학교육의 용도로 더욱 국문화를 확대한 것이 『노동야학독본』의 훈독체인 셈이다.

　유길준의 훈독체와는 다르지만, 『소년』에서 순국문체에 가까운 국한문체를 보여준 최남선도 『태극학보』 등에 실린 논설에서는 위 신채호의 인용문과 비슷한 양상의 문체를 사용했다.[27] 더욱, 1910년대 후반에 이르러서도 유길준이 천명한 원칙과 어긋나는 양상을 보여준다.

　黃口靑瞳인一書生의胸中에先天下,　對百世의殷憂深慮ㅣ往來치아니하는時ㅣ無하고千騎萬甲이日夕으로馳突하야畢竟,　書城을穩守하지못하기에至하얏도다噫ㅣ라自不能已하는耿耿一念이時로더부러共進하얏도다　(…중략…)　實로自不能已의情에서出한自不能已의行이라無謀로다然이나自不能已로다.[28]

25 『노동야학독본』에는 직절의 원칙에서 벗어난, 우리의 언어생활에서 이미 굳어진 등산, 등교, 출석 같은 난어들이 그대로 사용되고 있다. 그렇다면, 직절체의 주장은 이런 단어까지 한글의 통사구조로 교정하자고 주장한 것은 아닐 것이다. 문장에서 한글의 통사구조를 일괸되세 적용하고 앞으로 만들 신조어에서도 되도록 한글의 통사구조를 적용하사는 정도로 이해하는 편이 적당하다고 본다.
26 김영민, 앞의 글, 409~412면 참조.
27 몇 가지 저술이 있으나, 대표적으로 「북창예어(北窓囈語)」(『태극학보』 7, 1907.2)를 참조할 수 있다.
28 “눈빛만 맑은 애송이 서생의 흉중에는 천하를 우선하고 백세를 상대하는 은우(殷憂, 깊은 시름)와 심려가 왕래하지 않는 때가 없고 천 명의 기병과 만 명의 갑병(甲兵)이 조석으로 치달아 결국은 책으로 만든 성을 온전하게 지킬 수 없기에 이르렀도다. 아아! 스스로 멈출 수 없는 쟁

위 글은 신문관의 10년을 기념하여 발행된 『청춘』 14호 특별호에 「저하늘」이란 순국문 시 다음으로 바로 수록되었다. 최남선이 『청춘』에 기고한 다른 기사들에 비해, 특별히 공적 의미를 부여했음이 분명한데, 한문의 비중이 높은 것은 이런 배경과도 관련이 있을 것이다. 최남선은 『소년』, 『청춘』에서 국문체의 확장을 도모한 것이 분명하지만, 더 많은 지식인들을 대상으로 설정된 공식적 성격의 글에서 그는 한문의 비중을 높이고 전통적 한문 수사를 더 자주 사용했다.[29]

최남선의 위 인용문은 크게 두 가지 점에서 유길준의 국한문체 기획과 어긋난다. 우선 문법적으로 한문의 구두를 따른 부분이 적지 않다. "黃口靑瞳인一書生", "騎萬甲이日夕으로馳突하야" 같은 구절들은 국문 어미를 제외하면 칠언 한시의 구절에 유사한 양상이 된다. 그리고 "先天下", "對百世", "自不能已" 같은 구절은 한문의 어순이 적용되어 국문의 통사 구조를 침해한다. 두 번째로 특히 "自不能已"를 반복하여 한문 산문의 격식을 형성한 점이다. 이런 반복을 통해 특유의 어세를 이루는 기법은 신채호 역시, 장기로 삼았다. 이와 같은 전통적 수사 기법을 일종의 한문 산문 특유의 압축미라 할 수 있다. 이 압축미는 앞서 거론했듯이 근대의 언론 매체에서 온전하게 되살릴 수 있는 성격이 아니다. 유길준의 글에서는 이런 한문 산문의 장르적 압축미를 느낄 수 있는 경우가 거의 없다. 그리고 『유길준전서』에 남은 출판물들을 보면, 전통적 장르에서 벗어난 새로운 장르를 기획했던 것으로까지 추정되는 것이다. 그럼에도 계몽기도 지나간 1910년대 말기에까지, 근대 문화에 가장

쟁한 일념이 이때로부터 함께 밀려나왔도다. (…중략…) 실로 스스로 그칠 수 없는 정에서 나온 스스로 그칠 수 없는 행동이라. 무모하도다, 그러나 스스로 그칠 수 없음이로다." 최남선, 「십년(十年)」, 『청춘』 14, 1918.7, 5면.

29 『소년』, 『청춘』의 아동 대상 기사와 위 인용문, 『조선광문회고백(朝鮮光文會告白)』 소책지에 실린 글 등을 비교하면 이는 잘 드러난다. 임상석, 「고전의 근대적 재생산과 최남선의 국한문체 글쓰기」, 『민족문학사연구』 44권, 민족문학사연구소, 2010 참조.

적극적으로 적응했던 최남선이 신문관 10주년이란 기념비적 자리에서 위와 같은 문장을 남긴 것은 어떤 의미를 가지는가?

4. 수용되지 못한 유길준의 국한문체 기획

계몽기나 근대 초기, 일반적 언중들의 실제 언어생활을 직접적으로 실증할 자료는 많지 않다. 계몽기의 신문, 잡지 등에서는 독자투고란을 두고 있었으나, 그것이 얼마나 직접적으로 일반적 언중들의 언어생활을 반영하는지는 미지수이다. 필자가 그동안 연구한 자료로는 작문교본과 독본류 서적들이 있다. 이 서적들은 편찬의 과정에서 언중들인 독자들의 수요가 간접적으로나마 반영되었다고 판단할 여지가 있다. 독자투고는 1910년대에 와서 더 활발해졌는데, 『신문계』와 『청춘』의 투고란은 상당히 주요한 자료가 된다.[30] 이와 같은 자료들을 방증으로 삼아보면, 1910년대까지 보통학교 및 고등보통학교에 다니던 학생들은 여전히 한문 수사의 자장에서 벗어나지 못했다. 또한 1920년에까지 한문 산문 체격에 근거한 작문 교재가 편찬된 것을 보면[31] 적어도 1910년대까지는 한문 산문의 압축미가 글쓰기의 전범으로 남아 있었던 것도 알 수 있다.

한문 산문의 수사적 격식보다는 성격을 달리하는 성격이지만, 문자적 지

30　필자는 특히 전자에 대해서 연구를 발표한 바 있다. 임상석, 「1910년대 작문교육과 한문고전　　－『신문계(新文界)』의 독자투고 문장」, 『작문연구』 14집, 한국작문학회, 2012.
31　임상석, 「1920년대 작문교본, 『실지응용작문대방(實地應用作文大方)』의 국한문체 글쓰기와　　한문전통」, 『우리어문』 39권, 우리어문학회, 2011 참조.

식이 없는 계층에서도 향유했던 것으로 평가되는 조선 후기에 엮어진 판소리 대본에도 한문의 수사적 흥미가 적극적으로 이용되고 있음이 심재기에 의해 지적된 바 있다.[32] 조선 후기에 김삿갓이 한자와 한문을 유희적 차원에서 이용한 시를 남긴 것처럼, 전통적 격식을 벗어난 한자, 한문의 향유 방식이 확장되었던 것이 당대의 과도기적 시대상이었다. 익숙해진 한문의 체격보다 오히려 생경한 국문의 문법을 일관되게 구현한 유길준의 국한문체 쓰기가 적용되기는 시대적으로 맞지 않았던 측면이 있었다 하겠다.

앞 절에서 인용한 신채호의 글은 계몽기 당시에 발표된 것으로 알려진 그의 다른 저술보다 한문의 비중이 더 높다. 그것은 신문이나 잡지 같은 매체가 아닌 단행본으로 출간된 관계도 있을 것으로 보인다. 더욱이 『을지문덕』은 국문역본이 따로 나왔으니, 작자가 한문의 비중을 더 자유롭게 이용했을 수도 있다. 신채호도 국한문체의 문법을 통일해야 한다는 문제의식을 보여주었다. 그는 국한자(國漢字) 혼용의 법을 ① 한문 문법에 국문 토만 더한 것, ② 국문 문세(文勢)로 내려가다 돌연 한문 문법을 쓴 것, ③ 한문 문세(文勢)로 내려가다 돌연 국문 문법을 쓴 것으로 파악하고, '문법통일(文法統一)'이 급무라고 하였다.[33]

문제는 신채호는 문법을 통일해야 한다는 당위만 지적했을 따름이고, 그 구체적 방법에 대해서는 논하지 않았다는 점이다. 신채호의 계몽기 논설을 보면 ②, ③에 속한 문체가 많이 발견된다. 각주에 제시하였듯이 ①과 ②에 속하는 사례를 예시까지 하였던 것은 이와 같은 양상의 문장이 당시의 국한문체 문장에서 가장 많이 나타난다는 점과도 관계가 있어 보인다. 또한, 앞

---

32 심재기, 「국어문체의 형성 3」, 『국어 문체 변천사』, 집문당, 1999, 73~82면 참조.

33 ①과 ②의 사례를 『논어』의 "學而時習之不亦悅乎"를 대상으로 하여 다음과 같이 들고 있다. "① 學而時習之면不亦悅乎아 ② 學ᄒ야此를時習ᄒ면不亦悅乎"(신채호, 「文法을 宜統一」, 『기호흥학회월보(畿湖興學會月報)』 1, 1908.8)

서 인용한 신채호와 최남선의 문장은 바로 ②, ③의 적절한 예시가 된다.[34] 더욱 이런 양상이 논지가 강화되는 부분에서 두드러지게 나타난다는 점이다. 그리고 거시적 안목에서 본다면 ②나 ③에 속한 문체로 글쓰기를 하여 문법을 통일하는 것은 거의 불가능하다. 이런 양상은 심재기의 지적처럼 판소리의 문체를 연상하게 하는 측면도 있다.

(33)不重生男重生女는 날로 두고 이름이로구나(『심청가』 356)

(34)양반의 자식으로 몸 팔린단 말은 外人所視難處허나(『심청가』 331)

(35)恨漲하니 歌聲咽은 東窓의 슬픔이요, 愁多하니 夢不成은 征夫詞의 서름이라 (『춘향가』 284)[35](번호는 원문)

(33), (34)는 국문체 속에서 한문 문구가 그대로 튀어나온 것인데, 이와 같은 양상은 계몽기 국한문체 잡지 등에서 적잖이 찾아 낼 수 있다. (35)는 앞서의 신채호, 최남선의 인용문과 통사적으로 상당히 유사한 형태이다. 전통적 한문의 체격 — 고전적이고 규범적인 문화의 압박에서 풀려난 지 얼마 안 된 당대의 언중들에게는 위와 같은 과도기다운 자유로움이 필요했는지도 모른다.

최남선도 1916년의 『시문독본』 초판에서 '예언(例言)'을 통해 표준어의 설정을 위한 문법적 고찰을 보여준다.[36] 그런데 『시문독본』의 판본 중 가장 널리 수용된 1918년의 정정합편 『시문독본』에서는 이 부분의 '예언'이 탈락한

---

34 이와 같은 경향에 대해서 '계몽기 국한문체의 수사적 실험'이라 칭하고 변영만, 신채호 등의 계몽기 문장들을 대상으로 분석한 연구가 있다. 임상석, 앞의 책, 181~188면.

35 심재기, 앞의 책, 82면.

36 임상석, 「『시문독본』의 편찬 과정과 1910년대 최남선의 출판 활동」, 『상허학보』 25, 상허학회, 2009, 50~52면 참조.

다. 통속과 시속을 지향한 최남선의 문체적 노력에서도 문법적 일관성은 준수하기 어려운 사안이었음을 짐작하게 한다. 더불어『소년』문체에 도입한 일관된 띄어쓰기나 문장부호도『청춘』과『시문독본』에서는 대부분 생략되었으며, 후자들이 훨씬 더 대중적 파급력을 보여주었던 것이다. 계몽기 국한문체의 과도기적 양상은 지금의 안목으로 보면 혼란하기 그지없고, 독해를 방해하는 요소에 지나지 않을 지도 모른다. 그러나 당대의 독자들에게는 마치 판소리처럼, 이런 혼란이 오히려 취향에 들어맞았던 측면이 있었던 것이다. 과도기에는 과도기에 들어맞는 문체가 따로 있다고 할 수 있겠다.

5. 나오며

앞서 논의했듯이, 유길준이 기도한 문법적 일관성을 갖춘 국한문체는 당대 언중들에게 수용되지 못한 셈이다. 또한, 유길준이 추구한 새로운 장르도 당시의 감상 습관으로는 시기상조인 측면이 있었다.『서유견문』같은 긴 호흡의 글을 작성하기 위해서는 많은 시간과 정보가 필요한데,[37] 당시의 환경에서 국한문체 작가들은 그런 시간과 정보를 갖출 여력을 가지지 못한 경우가 대부분이었다. 그러므로 대부분의 국한문체 문장들은 익숙한 한문 산문의 압축미로 회귀하였고, 근대 초반의 작문 교본 및 총독부의 조선어급한문 독본들도 한문 산문 형식을 기본으로 삼아 작성되었다. 문체가 달라졌다 해도, 언중들의 습속으로는

---

[37] 여러 자료를 참조하면, 자료수집이 1881년에서 85년까지 걸렸고, 원고수정은 1885~89년 사이에 이루어졌다고 한다.

『서유견문』 같은 성격의 글보다는 익숙한 한문 산문의 체격이나 장르적 연관성을 갖춘 국한문체 저술이 더 쉽게 받아들여졌을 것이다. 또한, 급박한 정세 속에서 장편의 글을 읽고 있을 여유가 적었음도 쉽게 추측할 수 있다.

문법적 일관성을 갖춘 국한문체 작문법과 한문 산문 체격을 벗어난 새로운 장르의 추구라는 유길준의 2대 국한문체 기획은 독창적이고 탁발한 것이었지만, 당대의 시대상과는 맞지 않는 측면이 있어 언중에 수용되지 못한 양상이다. 신채호를 위시한 계몽기 언론의 주요 작가들은 유길준의 원칙을 따를 수 없었던 것이다. 그러나 유길준의 이와 같은 국한문체 구상은 최남선을 위시한 일군의 새로운 지식인들, 특히 근대적 교육을 경험한 이들에게는 분명히 큰 참조점이 되었을 것이다. 『소년』, 『청춘』, 『시문독본』 등의 신문관에서 출간된 성과들은 문법적 일관성의 원칙에서는 어긋나지만, 한문 산문의 체격에서 벗어난 장르를 모색했다는 점은 유길준의 기획과 들어맞는 부분도 적지 않다. 그리고 이런 문체적 모색이 1920년대에 『개벽』 등에서 본격적으로 나타난 문화적 전환 과정에 하나의 연원이 되었다는 점에서 유길준의 국한문체 기획은 근대계몽기 당대보다는 오히려 후대에 큰 영향력을 미쳤다고 평가할 수 있다.

미디어 아카데미아,
『개벽』과 식민지 민간학술

한기형

문명인은 창조의 생활을 하는 반대로 야만인은 遺習의 생활뿐 하는 것이다. 야만인은 천연 자연의 유물을 아무 창조가 없이 報酬없는 향락을 받는 반대로 문명인은 그것을 창조하고 발명하는 生能을 가진 것이다. 이점으로 보아 저것은 야만인이오, 이것은 문명인이라 할 수 있다. 이러한 판별 상으로 보아 文野의 차별을 판정한다면 우리는 우리의 문명인종 중에서도 다수한 문명적 야만인을 발견할 수 있다.[1]

---

1 이돈화, 「문명화한 야만인」, 『개벽』 66, 1926.2.

1. 들어가며

그동안 1920년대 잡지『개벽』의 성격을 근대 지식문화사의 시각에서 이해하려는 시도들이 있어 왔다. 식민지 사회의 문화적 특수성을 규명하려는 의도하에 이루어진 이러한 일련의 연구들을 통해『개벽』이 수행한 역사적 역할의 실체가 드러나기 시작했다.

사회사상의 관점에서 1920년대의 천도교 교리 분석을 시도한 허수는 천도교리가 당대 '지식 담론' 일반을 포괄하는 것을 통해 사회적 영향력을 행사하려 했다고 주장했다.[2] 그는『개벽』주도층이 러셀의 사회개조론을 지렛대로 맑스주의까지 포섭하여 종교적 이상주의를 '자본주의 비판의 비맑스적 지향'으로까지 구체화하였음을 논증했다.

천도교 인민주의의 선전 회로로『개벽』문학의 역사성을 이해하는 한기형은 정치성과 문학성을 결합하려는『개벽』의 엘리트주의 문학정책에 의해 초창기 한국문학의 지형도가 결정되었다는 점을 강조했다. 천도교의 종교정책과 근대문학의 상호침투가 만들어낸 결과를 중시해야 한다는 그의 논리는 한국 근대문학의 구성 과정이 그 역사적 특수성의 차원에서 해명되어야 함을 지적한 것이다.[3]

방대한『개벽』론을 저술한 최수일은 개벽의 유통 메커니즘과 독자층에 대한 정교한 분석을 시도했다. 그의 연구에 의하면 지·분사의 담당자들과 핵심독자들은 전국의 사회주의 운동가, 독립운동가, 청년단체 간부를 포괄하는

---

2 허수, 「제3의 길,『개벽』주도층의 버트란트 러셀 수용」,『식민지 조선, 오래된 미래』, 푸른역사, 2011, 188면; 허수, 「일제하 이돈화의 사회사상과 천도교」, 서울대 박사논문, 2005.
3 한기형, 「『개벽』의 종교적 이상주의와 근대문학의 사상화」,『개벽에 비친 식민지 조선의 얼굴』, 모시는사람들, 2007ㄱ.

이른바 지역 운동과 여론의 주도자들이다. 각 지역의 반식민 오피니언 리더들을 연계한 배후 구성을 조직하면서 『개벽』의 영향력이 확대되었다는 것인데,[4] 그것은 『개벽』과 독자군 사이의 밀도 높은 '쌍방향성'이 구축되었음을 시사한다. 최수일의 목표는 이러한 현상이 정치집단이나 종교 세력의 영향력 속으로 환원되기 어려운 특별한 사회 구조를 만들어 냈음을 환기하는 것이다.

세 연구자의 주장은 연구의 방향과 목표가 서로 다름에도 불구하고 하나의 공통된 문제의식으로 수렴된다. 그것은 『개벽』이 구현한 독자성을 식민지문화의 특질을 설명하는 기제로 인정해야 한다는 것이다. 식민지 문화지형을 만들어 낸 동력으로 하나의 매체에 주목하는 것이 부담스러운 일이지만, 그것이 1920년대 전반 조선사회의 현실이었다는 것이 이들 연구가 도달한 잠정적 결론이었다.

필자는 그동안 『개벽』을 '미디어적 중심성'과 '식민지 민간학술의 형성'이라는 두 가지 층위에서 관찰해 왔다. 『개벽』이라는 매체에 관심을 기울이게 된 동기는 근대국가의 제도적 아카데미즘이 부재한 식민지 사회가 어떻게 자신의 지식문화와 학술장을 구성했는가라는 질문의 답을 찾기 위한 것이었다.[5] 이 글에서 필자는 조금 더 진전된 논의를 해보려 하는데, 초점은 『개벽』의 역사관과 현실관의 관계를 보다 구체적으로 살펴보는 것에 있다.

본론에 들어가기에 앞서 천도교 신학자이자 『개벽』의 이론가였던 이돈화의 제안을 들어보자. 이돈화는 창간 초기인 『개벽』 4호(1920.9)에 발표한 「조

---

4 최수일, 「제3장 : 『개벽』의 새생산 체계와 그 반향」, 『『개벽』 연구』, 소명출판, 2008 특히 부록 7의 '『개벽』 유통관련 인물편람'을 주목해야 하는데 이 편람은 『개벽』을 매개로 한 식민지 지식네트워크의 성격을 살펴보는 데 핵심적 자료이다.

5 한기형, 「문화정치기 검열정책과 식민지 미디어」, 윤해동 외편, 『근대를 다시 읽는다』, 역사비평사, 2007ㄴ; HAN Keehyung, "Formation of the Minganhak and Modern Magazines in Colonial Korea : Case of Gaebyeok", *Korea Journal* 49-1, 2009; 한기형, 「지식문화의 변동과 문학장의 재구성―1910~1926」, 『근대지식장의 형성과 재편』, 『연세대 국학연구원 심포지움 논문집』, 2010.12.14.

선 신문화 건설에 대한 도안(圖案)」을 통해 조선의 '신문화'와 『개벽』의 역할이 어떠한 차원에서 연결되어야 하는지를 우회적으로 설명했다. 이 글은 『개벽』이 추구했던 지식문화의 성격과 방향에 대한 지침이 담겨 있다는 점에서 주목할 필요가 있다. 여기서 이돈화는 "인류의 본능"인 경쟁 속에서 "열자(劣者)"가 된 조선인이 "기사회생하는 유일한 방법"은 "맹렬히 깨닫고 분연히 일어나 하나하나 실지건설(實地建設)에 착수"하는 것이라고 말하면서 "공뇌(公腦)"라는 단어를 핵심 개념으로 제시했다.[6] 사회 제도의 변화와 성장에 수반되는 충돌과 분열을 조율하고 생산적 협력 관계로 만드는 것이 '신문화 건설'의 성패를 가르는 관건인데 '공뇌'의 육성을 통해서만이 그것이 가능하다는 주장이었다.

'공뇌'라고 하는 것은 일언으로써 말하면 일반인의 공통한 사상을 말하는 것입니다. 譬컨대 신체의 중에는 각 기관이 있어 手는 手의 작용이 있고 足은 足의 작용이 있고 뇌는 뇌의 작용이 있지마는, 필경 그 작용을 통일케 하는 力을 興하는 것은 혈액입니다. 만약 각 기관에 분포되는 혈액이 그 原質의 相違가 있다하면 필경은 그 작용에도 相違가 나게 될 일이지마는, 동일한 혈액이 동일한 작용을 각 부분에 주는 고로 각 부분은 비록 자용의 다름에 불구하고 필경은 신체라 云하는 개성의 공동 裨益을 내게 되는 것입니다. 이와 같이 사회현상의 각 부분이 비록 주의 주장이 다름에 불구하고 그를 원만히 통일케 하여 상호 조화를 얻게 하며 상호 비익을 주게 하는 것은 이른바 '공뇌'라고 하는 것이 冥冥의 작용을 주는 까닭입니다.[7]

이돈화는 차이와 이견을 넘어 대통합의 '융화'로 나아가려면 '편견사지(偏

---

6 '공뇌' 개념의 종교사적 맥락에 대해서는 허수의 『이돈화연구』, 역사비평사, 2011, 53면을 참조할 것.
7 이돈화, 「조선 신문화 건설에 대한 도안(圖案)」, 『개벽』 4호, 1920.9, 16면.

見私知)'를 버리고 '공뇌'를 지닌 '중심인물의 주동적 감화'가 필수적이며 '일반인의 공통한 사상' 속에서 그 자질을 찾아야 한다는 논리는 펼쳤다. '공뇌'의 개념을 각성한 대중의 창출과 그 사회적 보편화라는 의미로 설명한 것이다. 그가 '신문화 건설'의 '제일보'로 신문잡지의 구독을 통한 '지식열'의 고취와 '보통지식'의 확산이 강조한 것은 그러한 '공뇌'의 창출과 직결되어 있는 사안이었다. "우리 동포가 누구든지 우선 신문잡지의 가치를 이해하고 그를 구독함이 최선급무"[8]라는 주장 속에는 근대 지식의 대중화와 그 시무성(時務性)을 부각하려는 의도가 들어 있었다.

그의 표현을 빌려 말하면 '보편적으로 누구든지 실지(實地)에 부합할 만한' 지식을 갖추는 것이 무엇보다 중요한데, 그러한 표현의 행간 속에는 식민지 교육 제도를 상대화하려는 의도가 깔려 있었다. 지식과 학술의 보편적 유통과 그것을 통해 각성한 대중을 창출하겠다는 발상은, 그의 사유 속에서 구성된 '네이션'의 실체화를 의미했다. 신체와 혈액의 비유야말로 지식과 학술이 근대국가와 맺고 있는 관계의 유기성을 명료하게 환기했다.

표면적으로 볼 때, 이돈화의 기획은 이른바 '민족주의 우파의 실력양성론'이란 범주로 이해될 소지가 있었다.[9] 그러나 우파적 민족주의의 발상을 현저하게 뛰어넘는 이돈화의 사상적 체계나 『개벽』이 추구한 지식과 학술 이념의 복잡한 스펙트럼을 놓고 볼 때, 그러한 범주화는 역사의 실상과 상당히 어긋나 있다. '내셔널리즘'의 안과 밖을 넘나들며 기존의 이론적 체계로 포착하기 어려운 구심력을 보여준 『개벽』의 실체에 접근하기 위해서는 새로운 역사 이해의 구도가 필요하다고 생각한다.

---

8 위의 글, 11면.
9 박찬승, 「제3장 : 1920년대 초반 '문화운동'과 '문화운동론'」, 『한국근대정치사상사연구』, 역사비평사, 1992.

2. 배제된 전통론

'전통'에 대한 집중적 성찰과 논쟁을 유도하지 않은 것은 『개벽』의 논단이 보여준 중요한 특징이었다. 주자학의 폐해에 대한 개인적 견해의 표출이나 중국의 '반전통론'을 소개하는 수준의 글들은 산견되지만 조선의 역사와 문화를 중심에 두고 학술 담론의 차원에서 전개된 '전통론'을 개벽의 지면에서 찾아보기는 어렵다. 『개벽』의 이론가 이돈화의 경우도 '신문화 건설'의 내용을 설명하면서 신문화의 개념을 정당화하기 위해 필요했을 법한 반전통론과 같은 이념적 담론은 거의 언급하지 않았다.

'전통론'은 일반적으로 근대 이념의 주체화 과정에서 전개된 구성된 사유의 체계이다. 직면해 있는 근대 세계와 인식 주체의 관계를 어떻게 설정할 것인가의 문제를 해결하기 위해 근대 동아시아의 학술사회는 '전통'에 대한 특정한 입장을 정하지 않을 수 없었다. 사회정치적 근대 개혁의 합목적화뿐 아니라 서구라는 타자로부터 주체의 독립성을 유지하기 위한 관념 축조의 문제에 이르기까지 '전통론'의 용처는 광범위했다.

'전통론'은 근대 형성기 사회에서 사회조직과 사상문화의 변동을 역사적 담론을 통해 조율하는 기제의 하나였다. 시간성을 이념화하는 '전통론'이 만들어낸 '과거'의 가치화는 필연석으로 사회적 관계의 재구성과 밀접한 관계를 맺게 된 것이다. 그렇기 때문에 '전통론'은 각 국가나 지역 내부의 특수한 사정의 영향을 강하게 받았고, 사회세력 내부의 이데올로기 투쟁이란 형식을 갖게 되었다.[10]

---

[10] 그러한 대립 갈등의 중국적 사례에 대해서는 조경란의 「5·4신지식인 집단의 출현과 보수주의」, 『중국근현대사연구』 44집, 중국근현대사학회, 2009; 김용표, 「5·4신문화운동의 전통과

하지만 흥미롭게도 『개벽』은 주자학적 중세 전통에 대한 비판 곧 '반전통론'과 이른바 '조선적인 것'의 정화를 찾는 '국수(國粹)'의 창안이란 '전통창조론' 양 측면의 문제에 모두 둔감했다. 근대 기획의 정당성과 '전통론'을 연결시키지 않은 『개벽』의 태도는 1910년대 '전통론'의 흐름을 염두에 둘 때 예상하기 어려운 일이었다.

식민화 전후의 시기에 『소년』에 발표된 신채호의 「국사사론」(3-8, 1910.8)과 박은식의 「왕양명실기」(3-9, 1910.12)는 고대 전통의 당대적 가치화와 주자학적 중세 전통의 비판을 대표하는 두 개의 상징적 텍스트였다. 최남선의 경우, 이 두 가지 패러다임 가운데 전자에 더 큰 비중을 두고 있었는데 그는 『계고차존(稽古箚存)』(『청춘』 14, 1918.6)을 통해 자신의 고대관을 선명하게 구체화했다. 반면 중세 비판에 있어서는 주자학적 보편주의가 축조한 성리학적 문명관 전체와 대립하는 길을 선택하지 않았다.

그는 「왕양명실기」 서문에서 왕양명(王陽明)이 "사문(斯文)의 후맥(後脈)이오, 오도(吾道)의 직통(直通)"이라 전제한 후 "계왕개래(繼往開來)의 공(功)"이 "후멸(朽滅)"치 아니함에도 조선 성리학의 '전제자'들이 '왕학'을 부정한 것은 그 속에 내장된 "활약생동(活躍生動)의 원기(元氣)"와 "용전건투(勇戰健鬪)의 분발심"을 감당할 수 없었기 때문이라고 진단했다.[11] 한국적 주자학의 폐해를 '왕학'에 기대어 교정하려는 취지의 발언을 한 것이다. 사상 맥락보다 신분제도의 모순에 주안을 둔 「귀천론」(『청춘』 12, 1918.3)이나 「풍기혁신론」(『청춘』 14, 1918.6)에서 제기된 양반비판론도 그러한 맥락 속에서 제기된 문장들이다. 여기서 최남선은 중세의 왕권체제와 주자학 사상의 제도적 연계성과 반근대성을 전체적으로 문제 삼기보다는 '합리적 신귀족'이란 개념을 통해

반전통 요인에 대한 고찰」, 『중국학연구』 14집, 중국학연구회, 1998을 참조할 것.

11 소년인, 「왕학 제창에 대하여」, 『소년』 3권 9호, 1910.12, 3면.

양반계급 실정을 근대적 방식으로 교정하는 것을 대안으로 제시했다.

1910년대 제기된 이광수의 '전통론'은 최남선의 논의보다 상대적으로 심미적 내셔널리즘의 문법에 충실한 것이었다. 그는 「부활의 서광」(『청춘』 12, 1918.3)에서 시마무라 호게쓰[島村抱月]의 논리를 기반으로 주자학과 한자문명이 조선적 민족성을 압살했다고 단정했다. 다음과 같은 이광수의 주장은 음성 중심주의를 주창한 일본 국학의 발상법과 유사한 것이다.

> 유학이 조선문학의 발달을 저해(저해라 함보다 차라리 금지)한 죄는 영원히 소멸치 못할 것이다. 조선유학자는 문자와 사상과를 혼동하였다. 사서삼경이나 제자백가를 공부할 때에 그 속에 포함된 사상을 공부하는 것이 목적인지 그 속에 기록된 문자나 숙어를 공부하는 것이 목적인지를 구별치 못하였다. 그네들은 사서오경이나 제자백가를 지나인이 지나인을 위하여 쓴 지나문 그대로 읽어야만 되는 줄로 곡해하고 만일 공자나 주자가 영국에 낳다면 영어로, 조선에 낳다면 언문으로 春秋나 註解를 저술하였을 것인 줄을 몰랐다. (23~24면)

이광수는 이러한 입장에서 '언문' 보급의 공로자로 신소설과 『매일신보』를, 현대 조선어의 기획자로서 최남선을 주목했다. 중국의 문화지배에 대한 정치직 투쟁이나 중국적 철학을 공적 이데올로기로 삼고 있는 막부의 무가(武家)체제에 대한 부르주아적 비판의 의미를 담고 있는 19세기 일본 국학자의 음성 중심주의가[12] 조선의 근대 이해에 적용된 것이다. "설총선생이 이두(吏讀)를 발명한 동기는 오직 정령(政令)을 인민에게 주지케 하며 지나문학을 국어로 옮기려 함에 있었다 가정하더라도 기왕 국어를 직접으로 기재

---

12 가라타니 고진, 이경훈 역, 「에크리튀르와 내셔널리즘」, 『유머로서의 유물론』, 문화과학사, 2002, 64면.

할 문자가 발명된 이상에 그 문자를 이용하여 자기의 사상을 발표하려하는 욕망이 아니 날 리 없다"고 한 발언은 주자학 '이전'의 '국수(國粹)'를 현존케 해야 한다는 이광수의 사상 지향을 드러냈다.

이광수와 최남선의 논리가 '전통론'을 통해 '내셔널리즘'의 이론화로 나아 간 것과[13] 달리 조선광문회는 학술 유산의 수습과 정리를 통해 '전통'에 대한 이념적 사유와 그 물질적 가시화가 연계될 수 있는 계기를 만들었다. '민족지식'의 내용과 형식이 구체화되고 있었던 것이다.[14] 회원 수가 1,000명에 달했다는 후대의 기록을[15] 그대로 신뢰할 수 없다고 하더라도 조선광문회의 고전 정리 사업은 상당한 사회적 관심을 얻고 있었다. 박은식, 오세창, 유근, 이건방, 정교, 주시경, 최남선, 홍명희 등 참여인물들과『열하일기』,『아언각비』,『경세유표』,『해동명장전』,『택리지』,『해동역사』,『연려실기술』,『산경표』와 같은 실학저술의 간행을 통해 조선광문회가 1930년대 '조선학운동'의 기틀이 되었다고 해도 과언이 아니다.

다양한 성격의 '옛글'들이 근대의 시각으로 가공되어『소년』과『청춘』, 신문관 등을 통해 조선의 독서시장으로 진입했던 것도 고전 자료의 근대적 정전화라는 점에서 주목할 만한 현상이었다. 고전 저작이 적극적으로 읽어야할 근대의 '독물'이자 '교양'으로 신원의 변화를 겪게 되는 현상은 1910년대 조선광문회의 활동과 무관한 것이 아니었다.[16]

무단통치기의 상황에서 '민족지식'의 문제가 근본적으로 심화되기는 어려

---

13 유시현, 「제3부 : 소신학의 제창과 조선적 정체성의 탐구」,『최남선연구』, 역사비평사, 2009.

14 조선광문회의 성격과 역할에 대해서는 오영섭, 「조선광문회연구」,『한국사학사학보』3호, 한국사학사학회, 2001; 이지원,『한국 근대 문화사상사 연구』, 혜안, 2007; 권두연, 「신문관의 문화운동 연구」, 연세대 박사논문, 2010 등을 참조할 것.

15 「삼천리 기밀실」,『삼천리』7권 10호, 1935.11, 21면.

16 최기숙, 「'옛것'의 근대적 소환과 '옛 글'의 근대적 재배치」,『민족문학사연구』34호, 민족문학사학회, 2002, 322면.

왔다. 하지만 문화운동의 확산, 조선어 대중매체의 등장, 식민지 지식인 사회의 형성 등을 이루어낸 3·1운동의 성과와 맞물리면서 새로운 차원의 학술담론으로 부각될 여지는 충분했다. 창간 초기에 '5·4 백화혁명의 발화점'인[17] 후스[胡適]의 「문학개량추의(文學改良芻議)」(1917)가 연재된 것에서 알 수 있는 것처럼[18] 『개벽』은 '전통론'이 갖는 의미와 중요성을 숙지하고 있었고, 중국에서 진행된 '전통론'의 동향을 예의 주시하고 있었다.

『개벽』의 핵심구성원이었던 이돈화와 김기전은 그 특히 유교의 부정적 영향에 민감했다. 이돈화가 공자의 '상고풍(尚古風)'을 '보수'와 '퇴화'로 규정하고 "이른바 사자(士者)-숭고보수(崇古保守)에 퇴굴(退屈)한 여폐(餘弊)는 종(終)에 형식에 포니(抱泥)하고 허명에 절도되어 신(身)을 오(誤)하고 국(國)을 폐(弊)함에 지(至)"하였다고 발언한 것은 『개벽』의 '전통관'이 강렬한 탈유교적 입장 위에 서 있었다는 점을 분명하게 보여준다.[19]

김기전은 중국 신문화운동기 대표적 유교비판자 우위(吳虞, 1872~1949)의 글을 번역·평석하여 중국 '반전통론'의 핵심적 의제를 한국에 소개했다.[20] 그는 「가족 제도는 전제주의의 근거[家族制度爲專制主義之根據論]」, 「왜 유가는 예를 중시하는가[儒家重禮之作用]」, 「식인과 예교[吃人與禮教]」 등 우위[吳虞]의 문제적 글들을 번역·정리한 후 자신의 관점을 부기하는 방식으로 논의를 전개했다.

---

17 무라타 유지로[村田雄二郎], 류준필 역, 「문언·백화를 넘어서」, 임형택 외편, 『흔들리는 언어들』, 성균관대 대동문화연구원, 2008, 147면.

18 후스[胡適], 양건식 역, 「胡適씨를 중심으로 한 중국의 문학혁명」, 『개벽』 5~8호, 1920.11~1921.2.

19 야뢰, 「인내천의 연구 1」, 『개벽』 창간호, 1920.6.

20 우위[吳虞]의 문제의식과 활동에 대해서는 周策縱, 조병한 역, 「12장: 신사상과 전통의 재평가」, 『5·4운동―근대중국의 지식혁명』, 광민사, 1980; 함홍근, 「중국 신문화운동의 유교비판」, 『이대사원』 22·23(합집), 이화여대 사학회, 1988을 참조할 것.

유교의 사상은 악착하게도 명분, 차등의 관념으로 구성되었다. (…중략…) 즉 君臣이 그러하고 父子가 그러하고 夫婦長幼가 그러하고 간신히 朋友有信이란 한 구에서 인간과 인간의 대립을 認하였을 뿐이다. 과연 얼마나 천박 악착한 윤리이냐? (…중략…) 이것이 유교사상의 眞諦이다. 그러나 오늘에 있어서는 어떤가? 이 사상이(인간의 개성을 부인하는) 근래의 자유주의의 견지로 보아 어디까지 용인치 못할 것임은 물론이오, 제일 오늘의 경제관계가 이 사상의 지지를 허하지 않는다. 보아라. 맨 첫째로 유교사상의 결정체이던 가족 제도라는 그것도 현 경제조직의 결과로 생기는 생활 곤란으로 인하여 나날이 파멸되는 동시에 父爲子綱, 夫爲妻綱의 倫綱도 근본적으로 시행될 땅이 없게 되며, 그 외의 夫婦有別같은 것도 이 한편에는 너무 富한 계급이 있어 私設遊廓을 장만하고 저 한편에는 너무 貧한 계급이 잇서 公設遊廓을 요구하기에 이르러 있는 자 업는 자 할 것 없이 서로 서로 ✕*婚狀態를 이루는 중인즉 이렇게 보나 저렇게 보나 儒敎의 사상은 전적으로 파멸을 당하는 것이 오늘의 형편이라 하겠다.[21]

위 글에서 김기전은 '내셔널리즘' 대신 '자유주의'를 거론함으로써 반유교의 문제를 근대적 보편 인권의 차원으로 끌고 나갔다. 그는 묵자(墨子)를 "이천 년 전의 노농주의자"이며, "사상가인 것보담 주의자"라고[22] 규정했다. 유교전통을 혁파하는 혁명가로 묵자를 묘사한 것이다.

그러나 『개벽』에서 이 정도 수준을 넘어서는 '전통론'은 개진되지 않았다. 주자학적 중세권력에 대한 강렬한 부정 의식을 숨기지는 않았지만 논의의 초점을 그 문제로 집중하지는 않았던 것이다. 그런데 남론 차원의 전통론뿐만 아니라 조선광문회의 '국고정리'나 신문관의 고전 현대화 작업까지 『개

---

21 김기전, 「상하·귀천·존비」, 『개벽』 45호, 1924.3, 20면.
22 소춘(김기전), 「이천년 전의 노농주의자―묵자」, 『개벽』 45호, 1924.3, 22면.

벽』이 계승하지 않았던 것은 다소 의외의 상황이었다. 이러한 흐름은 민족 지식의 창안이라는 점에서 『개벽』이 주목했던 지식과 학술의 대중화와 밀접하게 연관된 사안이었기 때문이다.

1920년대 초반 식민지 지식문화의 중심 가운데 하나였던 잡지『개벽』과 출판사 개벽사가 조선광문회와 신문관 등이 주도했던 자국학의 구체화활동을 계승 확대하지 않은 원인이 무엇인지에 대해서 아직 명료한 근거를 얻지는 못했다. 그런데 이 문제와 관련하여 류준필의 견해가 중요한 시사점을 준다. 류준필은 1910년대 최남선의 자국학 관념이 '국가와 민족보다 인류와 우주를 상위에 두는 발상'으로부터 비롯되었다고 주장한다.

> 따라서 조선 민족이 자연적 혈연공동체에 머물지 않고 초월적 가치 = 이상을 실현하는 과제가 제기되고, 이러한 문화 창조가 바로 조선민족의 독자성과 의의를 확인하는 일로 인식된다. (…중략…) 문화를 매개로 해서 민족이 논의될 때, 조선민족의 이상과 가치란 어디까지나 신문화 창조를 통해 인류와 세계에 얼마나 독자적인 기여를 할 수 있느냐에 달려 있는 것이다.[23]

류준필의 판단을 준신한나면, 1910년대에 구축된 자국학의 흐름이 강화될 때 그것은 『개벽』이 추구했던 강렬한 현실성의 방향과 모순될 여지가 있었다. 보편주의의 강조와 식민지 상황에 대한 초점화가 서로 대립될 수 있기 때문이다. 앞서 거론한 「조선 신문화 건설에 대한 도안(圖案)」에서 이돈화는 '신문화 건설'의 방법으로 지식열, 교육보급, 농촌개량, 도시 중심주의, 전문가 확보, 사상통일 등 이른바 '실지건설(實地建設)'의 구체적 과제들을 거론했

---

23 류준필, 「1910년대~20년대 초 한국에서 자국학 이념의 형성과정 ─ 최남선과 안확을 중심으로」, 『대동문화연구』 52권, 성균관대 대동문화연구원, 2006, 58면.

는데 여기서도 류준필이 파악한 것과 같은 추상적 이상주의의 흔적은 보이지 않는다.

3. 문제의식의 당대성

5·4운동 직후 작성된 「신사조의 의의」(1919.11.1)에서 후스[胡適]는 "데(민주)선생을 옹호하려면 공자교, 예법, 정절, 구윤리, 구정치를 반대하지 않을 수 없다. 또 사(과학)선생을 옹호하려면 구예술, 구종교를 반대하지 않을 수 없다. 데선생을 옹호해야 하고 사선생을 옹호해야 하니 국수(國粹)와 구문학을 반대하지 않을 수 없다"(『신청년』 6권 1호)고 말한 천두슈[陳獨秀] 주장에 대한 반론의 형식을 빌려 자신의 '전통론'을 개진했는데, 후스의 견해는 3·1운동 이후 조선에서 '전통'과 관련하여 이루어질 수 있는 논의의 진폭을 짐작게하는데 유용한 준거가 된다. 후스의 논지는 '국수(國粹)'가 무엇인지도 모르면서 '국수를 보존'하자는 논란의 모순을 지적하는 데 있었다.

우리는 구래의 학술에 대해서 오직 한 가지를 적극적으로 주장한다. 즉 '국고(國故)의 정리(整理)'이다. 정리란 형편없이 헝클어진 데에서 하나의 조리맥락(條理脈絡)을 찾아내고, 생각 없이 되어진 것에서 전인후과(前因後果)를 찾아내고 황당스럽게 잘못된 견해에서 하나의 참 의의를 찾아내고 독단적 미신에서 하나의 진가(眞價)를 찾아내는 것이다. 왜 정리를 해야 하는가? 고대의 학술사상은 여지껏 수리(修理)가 없고, 두서(頭序)가 없고, 계통이 없으므로 첫 번째 할 일은 계통적 정리이다. 전인(前人)이 고서(古書)를 연구하는데 있어 역사적 진화의 관점에서 본 사람이 극히 드물었슴으로 종전에는 학술의 연원, 사상의 전인후과를 따지지 않았다. 그러므로 두 번째 해야 할 일은 모든 학술사상이 어떻게 발생하였고 발생 후 어떤 영향과 효과가 있었는가를 찾는 것이다. 전인들은 책을 읽을 때 극소수 학자를 제외하고는 거의가 와전된 틀린 견해를 전하였다. (…중략…) 그러므로 셋째로는 과학적 방법으로 가지고 정확한 고증을 하여 고인의 의의를 명백히 밝혀내야 한다. 고대의 학술사상에는 여러 가지 무단적 편견, 여러 가지 가소로운 미신 ― 예컨대 양주(楊朱)을 욕하고, 묵적(墨翟)을 금수라 하고, 공구(孔丘)는 높여 그 덕이 천지와 같고 그 도는 고금을 통하여 으뜸이라 하는 따위 등 ― 이 있기 때문이다. 넷째로는 앞의 세 방법을 종합 연구하여 각가(各家)의 본래의 진면목을 찾아주고 각가(各家)의 참 가치를 찾아주는 것이다.[24]

민두기 교수는 후스의 생각에 대해 "신문화운동의 온건한 입장을 대표하는 것"이라는 견해를 달았지만,[25] 필자는 후스의 이 글이 '전통'에 대한 인식과 '전통론'의 전개에 있어 근대 학술의 방법적 우위를 천명한 실무적 지침의 성격을 지니고 있었다고 판단한다. 그랬을 때 '국고정리'는 근대 학술과 학술제도에 의해 체계화되는 지저 유산의 계보학 구축이라는 의미를 갖게 되며, 근대 학술은 전통유산에 질서를 부여하는 주체가 되는 것이다.

3·1운동 이후 소선의 학술사회는 1910년대에 전개된 '전통론'을 수렴하면서 전통유산의 전반적인 근대적 새맥락화라는 과제를 안고 있었다. '전통'에 대한 고민은 조선인의 자기 정체성의 수립과 긴밀한 관계가 있었던 과제였다는 점에서 1920년대 신문화운동의 핵심 의제로 부각될 가능성이 있었

---

24 후스[胡適], 민두기 편역, 『호적문선(胡適文選)』, 삼성문화재단, 1972, 34~35면.
25 위의 책, 37면.

다. 하지만 『개벽』의 편집진은 '전통론'을 시대의 과제로 중심화하거나 전통과 관련된 집중적 논의를 촉발시키지 않았다.

임형택 교수는 이 문제를 포함해 1920년대의 부진했던 학술동향에 대한 진단을 하면서 3·1운동이 촉발한 신문화운동이 문학의 영역에서 꽃피우고 학술의 영역까지 나아가지 못한 이유로 '대중적 기반보다 제도에 의존해야 하는 학술의 특수성' 때문일 것이라는 견해를 표명했다.[26] 대학과 같은 고등 학술기관의 부재를 지적한 것이다.[27] 1920년대는 식민지가 조성한 학술 제도의 공백으로 인해 한국 근대 학술의 역사 속에서 강요된 과도기의 성격을 갖게 되었다는 판단인 것이다. 이러한 견해는 식민지 학술사의 흐름에 대한 객관적 이해를 담고 있다. 하지만 식민지의 학술표상과 학술 제도가 가질 수밖에 없는 특수성과 독자성의 관점에서 생각해 볼 때, 대학을 중심으로 하는 근대 아카데미즘의 주도성을 조선의 상황에 일반화한 측면도 없지 않다.

이 글의 목적은 식민권력이 조선사회에서 학술 제도의 근대화를 부정했을 때 조선인들이 어떠한 대응을 했는가 하는 점이며, 그로 인해 생겨난 조선인들의 독자적 모색을 구체적으로 해명해보는 것이다. 그런 점에서 1920년대는 근대 학술의 과도기라기보다 미디어를 매개로한 식민지의 독자적 학술사회가 구체화된 시기로 이해하려는 것이 필자의 입장이다. 과거의 학술자원을 제도적 아카데미즘의 인식체계 안으로 수렴했던 일본이나 중국과는 달리 민간매체가 학술과 지식의 주체가 되었을 때, 그들이 선택할 수 있는 방안을 구체적으로 살펴보고자 하는 것이다.

---

26 임형택, 「국학의 성립과정과 실학에 대한 인식」, 『실사구시의 한국학』, 창작과비평사, 2000, 29~30면.
27 임형택 교수는 1930년대에 들어와서야 비로소 '조선학운동'을 비롯한 근대 학문의 기운이 조성된 것은 독자 연구를 위한 역량의 축적과 일제의 학적 지배에 대한 위기감, 정치운동 봉쇄를 타개하려는 출로 모색 등이 연계되면서 나타난 현상이라고 설명했다. 위의 글.

신식(申湜)은『개벽』에 기고한 글을 통해 그러한 시대상황 문제를 날카롭게 지적했다. 그는 '학교 제도의 불충분'을 조선의 신문화와 신문명을 가로막는 가장 중요한 문제로 지적했다.

> 우리 조선의 학교라는 것은 먼저 초등 정도에서 누구나 다 받지 않으면 아니될 보통교육이 학령 아동의 幾分之一이나 수용할 학교가 있는가? 수년 이래에 경향을 물론하고 소위 보통교육을 배푼다는 소학교에서 입학시험을 시행하여 선발한다는 前古現代에 일찍 보고 듣지 못한 기괴의 事가 연출됨은 식자로 하여금 면목을 차마 들 수 없는 일이 아닌가? 인류로서 이 세상에 생활하려면 적어도 갖지 아니하여서는 아니될 중학지식이나 전문지식을 양성할 기관에 이르러서는 다시 논급할 여지도 없다. 보라. 우리 청년 가운데에는 학문열이 목마르고 지식욕이 배고파 교육을 받으려도 곳이 없고 수양을 쌓으려도 기관이 없어 광야에서 방황하고 중도에서 獻欷하는 자 과연 얼마나 있는가요?[28]

그는 당대 조선이 "외적으로는 다소의 건설이 있는 듯이 보일는지 모르지만 내적으로는 실로 신문명의 확립, 신문화의 발동이 포함되지 아니하였다"고 진단하면서 조선에서 '인습적 사상'이 농후한 원인을 문명과 문화의 제도적 미성숙에서 찾았다. "신문명이 확립되면 구사상은 필경에 불공자퇴(不攻自退)히고 말 것이다"[29]라는 주장 속에는 식민지사회가 식민지인에게 강요하는 불평등의 한계를 돌파하지 않고 조선인들이 문명과 문화의 주체가 되는 것은 불가능하다는 판단이 들어 있었다. 요체는 어떻게 신문명의 제도를 만들 것인가의 문제인데 신식이 주목한 것은 일종의 자율적 사회교육 단체였

---

28 신식, 「문화의 발전 급(及) 기(其) 운동과 신문명」, 『개벽』 14호, 1922.8, 25면.
29 위의 글, 27면.

다. 그는 일본에서 활동 중인 다양한 사회교육 단체의 사례를 제시했다.

> 왼갖 과학과 왼갖 지식을 통속화하며 민중화하려하여 이곳 유지(有志) 식자(識
> 者) 간에는 의미있는 각종의 교양기관을 설립하기에 급급히 진력한다. 금일에 새
> 로 일어난 문화연구회, 생활개조회, 과학보급회, 과학장려회 등 기타 대소의 단체
> 로 조직된 기관은 적어도 이 사회 일반의 공헌에 진력하고 신문화 공헌에 대한 운
> 동의 의미에 일어난 줄로 나는 생각한다.[30]

신식은 이 글에서 조선의 '신문화'와 '신문명'을 위해서는 뜻있는 사람들이
주도하는 자율적 단체의 설립을 암시했는데, 그는 '문화운동이란 무엇인가'
라는 자문에 대해 "널리 말하면 신문명의 확립을 요구하는 부르지즘이오, 좁
게 말하면 사회 일반의 교양기관을 조직함이다"라고 자답했다. 신식은 그러
한 자율적 문화운동을 통하지 않고서 조선에서 해로운 문명의 창도는 불가
능하다고 본 것이다. 대중매체가 신식의 표현을 빌려 말하면 '식민지 교양기
관'으로 부각된 것도 그러한 맥락에서였다.

'네이션'과 학술의 분열로 인해 제도적 아카데미즘이 부재했던 식민지 현
실에서 조선어 매체는 조선인을 위한 지식과 정보, 학술 담론의 거의 유일한
공급자였다. 매체가 교육기관과 학술사회의 역할을 부분적으로 대신하면서
1920년대 식민지 조선의 지식과 학술은 그 형태와 유통 방식에서 제국의 내
부와 중첩되면서 동시에 구별되는 고유한 특성을 지니게 되었다. 『개벽』은
그러한 식민지적 특징을 전형적으로 보여순 매제었으며, 이 잡지를 중심으
로 식민지인이 기획한 지식과 학술의 체계가 광범하게 확산되었다. 식민지

---

30 위의 글, 25면.

사회의 '미디어 아카데미아'가 구체화된 것이다.

지식과 학술의 전 영역을 체계적으로 포괄하지 못하고 사회 담론에 치중되는 내용의 편향성은 식민지 매체의 학술체계가 지니고 있던 중요한 한계였다. 그러나 국가의 교육 제도라는 회로를 거치지 않고 생산자와 수요자 사이에서 지식과 학술이 직접 교환되고, 사회적 관심이 요구되는 사안의 신속한 쟁점화 등은 이 제도가 발휘할 수 있는 중요한 장점이었다. 독서대중의 적극적 참여와 능동적 역할에 기초한 이러한 쌍방향적 상호 교섭의 체계를 주목해야 하는 것이다.

『개벽』의 지면과 담론공간에서 '전통론'에 대한 1910년대의 문제제기를 확대·재생산하지 않은 것은 더 중요한 문제들이『개벽』의 네트워크를 통해 전파되기를 기다리고 있었기 때문이었다.『개벽』이라는 '미디어 아카데미아'는 대중을 조직하면서 동시에 교양해야 하는 무거운 과제를 부여받고 있었다. 그리고 이러한 책무를 감당하기 위해서는 시대의 흐름에 대한 예민한 감각을 가동해야만 했다.

후일 임화는 "이 잡지 전질을 읽지 않으면 그때의 문화사뿐만 아니라 일반 사상사나 정치적인 동향까지를 알 수 없을 만치 중요한 간행물"[31]이라고 말하면서『개벽』의 성공 원인이 바로 그러한 시대감각에 있음을 지적했다.

> 만일 그 때『개벽』의 전 시년이 시대의 사조를 받아들이는데 그와 같이 예민하고 충실치 못하였다면 오늘날 우리가 평가하는 것과 같은『개벽』도 없었을 것이며 그 당시에 개벽도 그와 같은 굉장한 민중의 신망을 일신에 모으지는 못했을 것이다.[32]

---

31 임화, 「문예잡지론」,『조선문학』, 1939.4~6(『임화문학예술전집』평론 2, 소명출판, 2009, 105면).
32 위의 글, 106면.

『개벽』이 시행했던 사회교육의 내용은 다양하고 방대했다. 『개벽』의 독자들은 근대인의 자기표상 방법인 문학과 첨단의 과학언어였던 사회주의 학습을 기본으로 하면서 중국과 일본, 서구를 종횡하는 지역학과 인문지리의 통합적 지식, 조선 현실에 대한 체험을 통한 '네이션'의 물질성에 대한 감각적 이해, 매일 일어나는 사건과 사회변화에 대한 면밀한 모니터링 등을 배우고 익혀야 했다. 그들은 『개벽』이라는 가상의 학교에서 당대의 현실을 이해하는 방식과 개입하는 통로를 확보해야 했다. 『개벽』이란 통신학교는 그러한 이유로 동경과 북경의 학교와는 다른 커리큘럼을 제시할 수밖에 없었다. 기대하는 인재상과 사회적 영향력이 서로 같지 않았기 때문이다.

문학과 사상의 근대적 결합이 추구되고 사회개조의 회로로 문학의 전신(轉身)이 이루어진 것,[33] 조선적 동아시아관의 뚜렷한 내용이 구체화된 것,[34] 농민 현실과 노동 상황과 같은 기층 민중에 대한 지속적 관심과 분석이 이루어진 것, '조선문화 기본조사'를 통해 국토 인식의 현실성을 구체화한 것 등 『개벽』의 지면에서는 근대 지식의 조선적 재구조화가 이루어지고 있었다. 동시에 기층 사회운동과 결합된 『개벽』의 유통 네트워크를 통해 『개벽』이 생산한 지식과 정보는 전국의 독자들에게 빠르게 퍼져나갔다.[35]

『개벽』의 지면에서 과거를 이념화하는 현상이 두드러지지 않았던 것은 이러한 문제의식의 당대성에서 비롯된 것이었다. 그것은 담론의 구성보다 현실 개조의 구체성에 비중을 두었던 잡지 편집 전략의 결과였다. 1910년대의 반전통론은 식민지 현실을 전통의 부정적 유산과 유비시킴으로써 결과적으로 조선의 담론장 안으로 시대의 모순을 해소시켜 버렸다. 이와는 달리 『개

---

33 한기형, 앞의 글, 2007ㄱ.

34 한기형, 「근대 초기 한국인의 동아시아 인식」, 『대동문화연구』 50권, 성균관대 대동문화연구원, 2005.

35 최수일, 앞의 글.

벽』은 당대적 사회개조의 내용을 기획하고 확산하는 것에 주안을 두었다. 그 것이 이 잡지가 '민족 현실'에 투신하면서도 '민족주의'에 함몰되지 않도록 견제한 요인이었다고 판단한다.

4. 『개벽』 이후의 상황

'전통론'은 1930년대의 '조선학운동'을 통해 새로운 차원의 조명을 받았다. '조선학운동'은 매체를 통한 자국 인식의 창출과 그 대중화(운동)의 성격을 띠고 있었다는 점에서 1920년대 조성된 식민지 민간학과 깊은 연관성이 있었다.[36] 경성제국대학 졸업생들로 학술지 『신흥』의 주역들이 '조선학운동'과 같은 저널리즘 차원의 민간학술에 비판적이었다는[37] 판단은 경성제국대학의 설립 이후 가시화된 관학 아카데미즘과 민간학술장의 대립이란 구도가 1930년대 '조선학운동'을 통해 구체화된 측면을 암시한다.

하지만 식민지 민간학이라는 관점에서 볼 때, 1920년대의 상황과는 중요한 차별성도 있었다. '조선학운동'이 학술적 전문화와 대상의 집중화를 통해 담론을 체계화하고 내용을 심화시켰지만 한편에서는 제국의 학술장이 추구하는 '보편적' 근대 지식의 제계 안으로 순화된 측면을 놓쳐서는 안 되기 때

---

36 '조선학운동'의 역사적 성격을 어떻게 정리할 것인가는 매우 논쟁적인 문제이다. 그 논의의 흐름과 다양한 진폭에 대해서는 신주백, 「조선학운동에 대한 연구동향과 새로운 시론적 탐색」, 『한국민족운동사연구』 67집, 한국민족운동사학회, 2011을 참조할 것.
37 박광현, 「경성제대와 신흥」, 『한국문학연구』 26집, 동국대 한국문학연구소, 2003, 251면; 정종현, 「신남철과 대학 제도의 안과 밖─식민지 학지의 연속과 비연속」, 『한국어문학연구』 54집, 한국어문학연구학회, 2010, 398면.

문이다. 무엇보다 중요한 것은 '조선학'이라는 소재가 왜 관심의 초점이 되었는가 하는 점이다.

잡지 『신조선』을 통해 '조선학운동'의 중추로 활동했던 안재홍은 다산 정약용을 '근세 국민주의의 선구자'이며 '국가적 사회민주주의자'라 규정하고 그의 저술 「원목(原牧)」을 루소의 『민약론』에 비견했다.[38] 이는 백남운이 다산을 향해 "조선의 근세적 자유주의의 일 선구자"라고[39] 언급한 것과 긴밀히 연결된 것으로, 서구 근대의 사회변화와 사상 맥락을 다산의 삶과 저작 안에서 추출하려는 노력의 결과였다.

이들은 서구 부르주아의 혁명적 기풍을 다산의 학술적 업적을 통해 발견해 보고자 했던 것이다. 다산 '조선학'의 세계사적 배경이 자유민권사상, 프랑스대혁명, 제국주의의 해외영토 쟁탈전, 국민주의 혹은 민족주의의 확산 과정 등과 연관되어 설명된 것도 이 때문이었다.

> 선생은 이때에 나서 이때에 자랐으매 그 위연(魏然)히 나타난 조선학의 건설은 동서 수만리를 격한 양대주의 풍기(風期)가 오히려 잠연히 서로 통함이 있음을 생각게 하는 것이다.[40]

다산을 주목함으로써 '조선학'의 현실문맥이 당대세계로 향하는 계기가 만들어졌는데, 이것은 1910년대 이광수, 최남선의 반주자학 전통비판이 '조선적인 것'을 찾아 고대로 비약한 것과는 근본적으로 다른 것이었다. 당대를

---

38 안재홍, 「현대사상의 선구자로서의 다산선생의 지위」, 『신조선』 12, 1935.8, 27면. 안재홍은 「原牧」에 대해 "이것은 입헌주의적 정치사상과 좋은 대조어니와 원시사회 이래의 민주적인 합의적의 정치가 붕괴되고 찬탈한 폭군적 오토크라시의 출현을 서술하는 현대 역사사회학에 합치되는바"라고 평가했다.
39 백남운, 「정다산 백년제의 역사적 의의」, 『신조선』, 1935.8, 22면.
40 안재홍, 「조선사상에 빛나는 다산선생의 학과 생애」, 『신조선』 6, 1934.10, 22면.

분석하여 그 거시적 의미를 규정하는 것이 목표가 됨으로써 '조선학'은 학술 실천이라는 운동성과 결합하지 않을 수 없었다. 그 과정에서 '자국학'이 빠지기 쉬운 학술의 심미화 경향이 최대한 억제되었고 조선학과 '과학(성)'의 조우로까지 나아가게 되었다. 사회주의 사상과 '조선학'의 학술적 연계는 그러한 상황 속에서 생겨난 것이었다.[41]

그러나 1930년대 '조선학운동'이 '조선학'을 당대성의 세계로 끌어내리는 중요한 역할을 했음에도 불구하고 식민지 대중과 학술의 관계를 '이념적 민족지'의 구도 안에 가두어버린 것은 부정하기 어렵다. 학술의 주체성이란 명분은 강화되었지만 식민체제를 균열시키는 사회적 영향력은 축소될 가능성이 있었기 때문이다. '조선학운동'이 추구한 반식민 담론실천을 '비평정신의 침묵'으로 정의된[42] 1930년대의 정황 속에서 이해할 필요가 있다.

김병구는 '조선학'이란 개념의 기원 속에 민족주의와 식민주의, 민족적 동일성의 욕망과 식민제국의 욕망이 공모관계에 있었다는 점을 지적했다. 이것은 타자로서의 '조선학'과 자기표상으로서의 '조선학'이 어떠한 차이를 갖고 있었는가에 대한 질문인데, 그의 결론은 다음과 같다. "요컨대 '조선적인 것'에 대한 욕망에 의해 추동된 조선학은 식민제국의 조선 연구를 성립조건으로 한다는 점에서 제국주의의 파생담론이라 할 수 있다. 이런 맥락에서 조선학은 식민제국 일본에 의해 관리되고 통제되었던 것이다."[43] '지방학으로서의 조선학'을 성립시킨 경성제국대학의 영향력이 학적 대상으로서의 조선과 민족주의적 시향의 약화를 교환하는 계기가 되었다는 박용규의 견해도[44]

---

41 정종현, 「조선학과 과학」, 『한국 근대문학과 과학』(동국대 문화학술원 심포지움 논문집), 2012.2.3~4.
42 임화, 「잡지문화론」, 『비판』, 1938.5(『임화문학예술전집』 5, 소명출판, 2009, 38면).
43 김병구, 「고전부흥의 기획과 '조선적인 것'의 형성」, 민족문학사연구소 기초학문연구단 편, 『조선적인 것의 형성과 근대문화담론』, 소명출판, 2007, 25면.
44 박용규, 「경성제국대학과 지방학으로서의 조선학」, 위의 책, 139면.

김병구와 같은 문제의식 위에 서 있다.

1930년대 '조선학운동'이 1920년대 민간학술의 전통을 계승하면서도 그 정치적, 사회적 실천성을 '민족 담론' 안에 가두며 제도적 아카데미즘의 영역으로 이동해 간 것은 『개벽』의 민간학술이 추구한 대중의 주체화를 위한 지식과 학술의 쌍방향적 교환 시스템이 약화되는 것을 의미했다. 카프의 강제해산 이후 문학운동 영역에서 사회주의 리얼리즘의 역사적 정당성을 논증하기 위해 임화의 『신문학사』를 비롯한 다양한 미학적 천착이 이루어진 것, 신간회운동이 좌절된 후 전개된 담론실천으로서의 '조선학운동'은 여러 가지 지점에서 유사한 측면을 지니고 있었다.

'조선학운동'은 그 학술사적 중요성에도 불구하고 탈식민 정치운동의 좌절 속에서 시작되었기 때문에 그 표면적 대중성과는 달리 실제 대중운동과는 단절된 한계를 지니고 있었다. 대중운동으로서의 취약한 기반과 점차 강화된 식민지의 관학 아카데미즘과의 연계로 인해 당대적 문제를 제도 학술의 세련된 언어로 기술하되 그것을 현실의 문제로 완전히 '하방'시키지 못하는 내용상의 특징을 갖게 된 것이다. 그것은 '조선학운동'이 조선인 엘리트들의 학술권력화 과정과 중첩된 현상임을 시사한다. 1930년대 학술장에서 진행된 엘리트와 대중의 구분은 이전 시기 조선의 민간학술이 추구한 흐름과는 질적으로 구별되는 현상이었다.

요컨대 오늘날 조선인은 그 생존의식의 구원(久遠)한 행진의 도정에서 두 가지 관구(關口)에 다닥치고 있다. 하나는 가장 핍근(逼近)한 상대되는 인민집단과의 관계를 어떻게 하여갈 것인가?이오, 또 하나는 각각으로 우리의 주위에서 위대한 물리적 박력(迫力)으로 핍근하여 좁혀 들어오는 세계의 국제적 세력의 복판에서 어떻게 일개 단일 문화집단으로서의 문화적 및 사회적 적응을 하여야 할 것인가?

하는 두 가지 관구에 다닥쳐 있다.

　우리는 전연 무아적인 문화적 사막에서의 가련한 방황자일 수는 없다. 우리는 전연 남의 것을 빌어 살려는 무계획한 신시대의 집단적 룸펜일수는 없는 것이오, 그러므로 우리는 세계문화를 채취하고 적용하는 긴장한 도정에서 어떻게 조선색과 조선소(朝鮮素) 그 수용의 주체로서 확립할까? 줄잡아서 세계문화 채용에 의한 자아 창건의 도정에서 어떻게 조선색과 조선소를 물들이며 짜 넣을까?[45]

이 글에서 안재홍은 일본과 세계를 동시에 상대하면서 '단일 문화집단으로서의 문화적 및 사회적 적응'과 '자아 창건'을 할 수 있는가를 질문했는데, 그가 제시한 '조선색'과 '조선소'가 그러한 문제제기에 합당한 답변이 될 수 있었는지는 회의적이었다. 분석의 당대성과 실천 방안의 추상화라는 간극이 매우 컸기 때문이다.

1930년대의 '조선학운동'은 중국이라는 주류학술(전통)과 조선이라는 지방학술(반전통)을 구분하고 지방의 학술이 주류학술을 부정함으로써 독자화하는 구도를 지니고 있었다. 동시에 조선의 지방학과 서구 학술의 유사성을 조성하여 조선학의 근대성을 증명받으려는 태도를 취했다. 문제는 중국 보편주의에서 서구 보편주의로의 이동이 '조선학운동'이 주구한 '반전통론'의 논리적 기반이었다는 점에 있었다. 그런데 '조선학운동'이 제시한 서구라는 새로운 보편주의는 경험적인 것이 아니라 선험적인 것이었다.

지방성을 인식하는 것이 곧 기존 전통의 가치보다 우월하다는 것을 증명하는 충분조건이 아니었기 때문에 서구라는 절대가치가 필요했던 것이다. 그러나 예상되는 수혜자들로부터의 지지를 전제한 것이 아니라는 점에서 그

45　樗山, 「조선학의 문제」, 『신조선』 7호, 1934. 12.

'반전통'의 성격은 추상적일 수밖에 없었다. '조선학운동'에 내재한 '추상적 서구'라는 속성은 심미적 내셔널리즘과 마찬가지로 보수적 지향과 연결되었다. 그 이유는 '반전통'이 필요했던 근거를 당대 개인들의 삶에서 추출하는 학술의 사회적 윤리성을 충분히 확보하지 못했기 때문이다.[46]

『개벽』 창간호의 모두 논문 「세계를 알라」는 이 잡지가 추구한 민간학술의 지침을 담고 있었다. 이 글은 강렬한 지적 현실주의에 입각해 학술문화의 당대성을 기획했던 『개벽』의 이상을 다음과 같이 정리했다. 필자는 이 글을 『개벽』에서 '전통'의 문제가 '조선학'이라는 술어로 수렴되지 못한 이유가 무엇인가라는 질문에 답하는 문장으로 읽고자 한다.

---

46 식민지 사회에서 '전통'의 문제를 논하는 것은 매우 어려운 일이었다. '전통'에 대한 해석과 판단은 곧 국가건설의 이념과 방법을 상상하는 문제와 직결되어 있었기 때문이다. 식민지의 '전통론'이 종종 관념과 추상의 세계로 나아간 것은 전통론과 국가론의 결합이 만들어내는 정치적 위험성을 회피하려는 시도와 깊이 연관되어 있었다. 전통론이 엄중한 정치성을 지닐 수밖에 없다는 점은 공산당의 신중국 건설 기획과 연계되어 있었던 중국의 문예대중화논쟁이나 민족형식논쟁의 과정을 조금만 살펴보아도 분명하게 알 수 있다. 하나의 예로, 취치우바이[瞿秋白]는 대중적 국민어의 창안을 프로문학의 책임이라 천명함으로써 프로레타리아가 중국의 새로운 국민의 위치로 설정되어야 한다는 것을 강조함과 동시에 국민혁명과 사회주의혁명의 동시화를 추구했다. "중국은 현재 (레닌이 말한) '사랑스러운 투르게네프의 언어'를 갖지 못하고 있다. 중국의 프로문학은 이러한 언어를 창조할 책임을 떠맡아야 한다"는 주장을 통해 그는 5·4 신문화운동기 백화혁명의 불철저성을 날카롭게 비판했다. 구추백은 이렇게 말한다. "이 5·4식의 백화는 이전의 문언과 마찬가지로 여전히 사대부의 독점물이다. 현재 신식사대부와 평민·백성사이에는 여전히 '공통의 언어'가 없다. 현재 중국의 서구화된 청년은 5·4식의 백화를 읽는 데 반해, 평민 내지 하층민은 장회체의 백화를 읽는다. 중국은 또 한 차례의 문자혁명을 필요로 하고 있다. 이러한 문자혁명은 무산계급에 의해 지도되어야 한다. 자산계급은 철저한 문자혁명을 원하지 않으며 오히려 이 혁명에 반대하기 때문이다. 이 혁명은 진정한 속화로 모든 문장을 쓸 것을 주장한다. '백화'라는 단어는 이미 5·4식의 신식사대부와 장회체의 글을 쓰는 거간꾼이나 글쟁이에 의해 독점되어 버린 이상 우리는 이 새로운 문자혁명을 '속화문학혁명운동'이라 불러야 한다." 瞿秋白, 「프로대중분예의 현실문세」, 『문학』 1-1, 1932. 4. 25(김의진·신혜영·성민엽 역, 『문학과 정치』(『중국현대문학전집』), 중앙일보사, 1989, 159면). 이러한 감각은 전통적 언어체계의 해체와 대중언어의 형성 문제가 중국혁명의 과정과 긴밀히 연관되어 있음을 보여준다. 그러나 식민지 조선에서는 '전통론'과 '혁명론', '전통론'과 '국가론'이 공개적 방식으로 구체화되어 표명될 수 없었다. 전통문제를 다루는 취치우바이[瞿秋白]의 글을 읽어보면 한국뿐만 아니라 일본에 비해서도 문제의식의 레벨이 상당히 다르다는 것을 알 수 있는데, 그것은 담론과 사회운동이 맺고 있는 정치적 현실성의 밀도 차이가 만든 필연적 현상이었다.

세계의 범위가 좁아옴에 조차 우리의 활동은 늘어가고 세계의 지도가 축소함
에 따라 우리의 걸음은 넓어가는 금일이었다. 우리와 세계는 자못 한 이웃이 되어
오고 한 가정이 되어 오도다. 우리는 이로부터 세계를 알아야 하고 세계적 지식을
가져야 하리로다. (…중략…)

생각건대 금일 전 세계를 통하여 우리의 노력을 주는 이른바 노동문제, 부인문
제, 인종문제, 사회문제는 다 같이 전 인류의 번민과 비애를 근본적으로 해방코자
하는 인류의 신성한 위력적 표시가 아니랴. 우리가 세계적 번민과 비애로 더불어
한가지로 울며 한가지로 부르짖으며 한가지의 해방을 얻고자 하면 우리는 무엇보
다도 먼저 자기의 노력을 요할 것이며 자기의 근기(根氣)를 요할 것이 안이랴.[47]

위 글은 '세계적 번민과 비애'의 원인과 처방을 위해 '세계적 지식'의 획득
이 필요하다는 점을 강조했다. 그것은 조선의 당면한 모순이 심미화된 내셔
널리즘이나 수양론 등 현실의 관념화를 통해 해결될 수 없음을 암시했다. 탈
내셔널리즘을 식민지의 지식과 학술의 취해야 할 방법적 구성 원리로 제시
한 것이다.

'세계적 지식'이라는 발상은 '조선학운동'이 서구와 조선을 등치시키기 위
해 서구적 근대를 전유했던 태도와 표면적으로 유사한 것이었다. 그러나 '조
선학 운동'이 '서구적 근대 = 세계성'이라는 전제하에 그 권위를 조선의 내부
로 수입하여 자기 이념의 정당화를 위해 활용했다면, 『개벽』이 구사한 '세계
적 지식'은 사회적 실천을 통해서만 얻을 수 있는 어떤 경지의 문제이자 인류
사적 각성을 의미하는 것이었다.

문명의 개념이 생득적이거나 특권적인 것이 아니라 실천과 윤리의 결과임

---

47 「권두언 : 세계를 알라」, 『개벽』 1호, 1920.6.

을 명백히 했던 이돈화가 '문명적 야만인'이라는 개념으로 선진 문명국의 역설적 야만성을 질타했던 것도(「문명화한 야만인」, 『개벽』66, 1926.2) '영각(靈覺)'의 문제와 결합되지 않는 문명의 그러한 위험성과 불온함 때문이었다.

이러한 관점들이 『개벽』의 내부에서 '전통론'에로의 접근을 차단하게 만든 원인이 되었다고 판단한다. '우리의 임무는 사회의 죄악 원인을 탐구함에 있다'라는 에밀 졸라의 발언을 원용한 "우리는 실로 우리의 죄악의 원인을 탐구해 이를 개혁하고 이를 수선하여 세계의 진화와 한가지로 걸음을 역이 우리의 임무라 하리로다"라는 결론에는 새로운 조선의 기획자로 자처했던 『개벽』의 자의식이 묻어있었다.

5. 나오며

미야지마 히로시 교수는 일본의 '국학'과 한국의 '조선학'이 보여준 관심의 차이와 인식의 편차에 주목하면서 그와 관련된 학문적 과제를 제출한 바 있다. 그의 고민은 일본 '국학'이 종교성의 문제에 대해 깊은 관심을 갖고 있었던 것과 달리 왜 '조선학'은 종교적 측면을 무시하거나 비합리적인 것으로 파악했는가라는 점에 있었다. 미야지마 교수는 동학과 그 후신인 여러 신흥종교들과 '조선학'의 관련성을 중시해야 한다고 제언했는데, 그의 제언 속에는 이러한 현상을 만들어낸 한국 근대 학술사회의 특질과 성격을 새로운 차원에서 규명해야 한다는 문제제기가 함께 들어 있다고 생각한다.[48]

미야지마 교수의 질문을 필자의 방식으로 재구성하면 두 가지 차원의 답변이 가능하다. 먼저 과학성의 결여에 대한 식민지인의 자의식이 큰 영향을 미쳤을 것이다. 서구적 근대 학술에 대한 선망과 추종은 그것이 제도로서 존재하지 않았기 때문에 더욱 가치 있는 것으로 과잉 인식되는 결과를 낳았다. 그 과정에서 근대와 과학을 초과하는 것으로 규정된 것들을 주변화하고 가치 절하하는 인식이 생겨났을 것이다. 그러나 더욱 중요한 것은 『개벽』의 기획을 통해 확인되는 것처럼, 지식과 학술을 대중적으로 조직해야 한다는 사회적 열망이 미친 영향이다. 그것이 천도교로 하여금 근대 문명의 확산을 지원하는 선교전략을 선택하게 만들었다. 식민지의 압력이 토착종교로 하여금 식민지의 문명화과정에 적극 참여하도록 만든 것이다. 천도교가 식민지 민간학술의 성장에 자기의 종교적 자산과 역량을 진공(進貢)하게 된 이유가 여기에 있었다.

그러나 그들의 이른바 신앙은 부취진진(腐臭陳陳)한 구신앙(舊信仰)을 다시 요구하는 것이 아니오, 오직 신진리로써 표현된 신신앙(新信仰)이었다. 다시 말하자면 여러 구신앙의 중으로 오직 불변의 진리를 적취(摘取)하여 그를 융화케 하고 우차(又此)에 과학적 사상을 조화하여 철학적 이상을 가첨(加添)하여 원만무결(圓滿無缺)케 된 현대적 신앙이었다. 연(然)하면 현대적 신앙이라 하면 종교에 문(問)하여 교리(敎理)에 불패(不悖)하며, 과학에 문(問)하여 과학에 불위(不違)하며, 철학에 질(質)하여 철학에 적합한 신앙이겠다. 현대의 요구는 실로 이러한 신

---

48 "유교 혹은 주자학이 국가 이념으로서의 지위를 확보하지 않았던 일본에서는 국학이 반유교적인 주장을 하면서 동시에 종교적인 성격을 강하게 띠게 되었는데 주자학이 지배했던 한국에서는 민족적인 정체성을 확립하기 위해서 더욱 복잡한 과제가 존재했었다고 생각된다. 예를 들어 실학사상이나 그것을 계승한 개화사상과 동학사상이 대립적인 면을 많이 갖게 된 것도 이러한 문제와 무관하지 않을 터이고 1930년대 조선학과 천도교, 기타 여러 민간종교와의 관계도 궁금한 문제이다." 미야지마 히로시, 「일본의 국학과 한국의 조선학」, 『동방학지』 143권, 연세대 국학연구원, 2008.

앙이겠다. 그리하여 그들이 신앙으로써 종교의 통일을 도(圖)코자 함은 확실히
현대사상이겠다.[49]

이돈화는 이 글에서 천도교의 지향을 종교성과 현대성의 통일이라는 개념
으로 논리화했다. 그러한 정책이 결정되고 천도교는 1920년대 근대 문화의
형성과 반식민운동의 중요한 배후가 되었다. 그러나 천도교의 종교적 초월
성, 곧 영적 지도력은 확대된 사회적 영향력과 비례하여 심화되지 못했다.
왜 천도교는 종교적 영성과 근대성을 일치시키지 못했는가? 이 문제를 따져
보는 것도 1920년대 식민지문화의 저변을 이해하는 데 필요한 일이라고 생
각한다.

---

49 이돈화, 「인내천의 연구 2」, 『개벽』 2호, 1920.7, 66~67면.

식민지 아카데미즘과
'조선문학사' 인식의 지정학적 의미

경성제대의 한문학 연구

류준필

1. '조선학'의 지정학적 성격

개념적으로 보자면 조선학(한국학)은 '조선'이라는 전체적 표상과 그 체계를 지향하는 학술이다. 조선의 전체적 표상을 학적 대상으로 하기 때문에 조선과 비조선의 경계 구획이야말로 조선학의 핵심적 내용이자 목표일 수밖에 없다. 조선학의 기본 이념을 이렇게 설정한다면, 조선문학의 학술적 지향점 또한 분명해 진다. 그것은 '문학'을 경유해서 조선의 표상적 전체성을 파악하는 일이다. 조선학 즉 근대적 자국학의 지평에서 '문학 = 조선'이라는 표상적 등가성은 '조선문학(연구)'이라는 학문 혹은 학술적 지식의 존립 근거를 제공한다. 이것은 '조선문학' 형성의 출발점이자 도달해야 할 목적지이다.

조선학의 이념이 조선의 전체적 표상에 있다고 한다면, 그 전체성은 기실 실체화될 수가 없다. 조선학은 늘 '조선문학'처럼 '조선○○'라는 환유적 혹은 제유적 하위 영역(부분)으로만 존재할 뿐이다. 그 하위 영역들의 총체가 '조선'이라는 이념적 전체성을 구성한다고 전제하는 것이다. 하지만 그 총합적 전체성은 직접적으로 구성될 수 없다. 다만, '조선○○'라는 환유적 관계를 매개로 삼아 '문학 = 조선'처럼 은유적 동질성으로 전환하는 구조를 통해서만 그 전체성을 환기할 수 있을 따름이다. 그 은유적 동질성을 현상과 본질의 관계로 치환해서 이해해도 무방해 보인다.

'조선학'은 '중국학·일본학·동양학'과 같은 지역학이다. 이런 학문의 실체성은 당연히 국가 혹은 국민(민족)이라는 정치적 현존 형식이 보증한다. 형성 초기에 그 표상적 전체성을 구성하는 주된 요소는 '주체와 환경' 즉 인종·민족과 거주 공간·영토였다. 여기에 현재에 이르기까지의 시간 즉 역사적 변화라는 기술(記述) 방법이 개입한다. 주체와 환경의 상호 관계에 그러한 시간성을 내포할 때, 주체의 이동(이주) 문제가 관건이 된다. 인종·민족의 기원과 이동에 초점을 둔 시각을 통해서 근대적 자국학 혹은 지역학적 자국학의 기본 구조가 형성될 수 있었다.

일본의 기원 논쟁과 관련하여 1889년 구메 구니타케[久米邦武]가 제시한 일본 고대사 인식이 전형적 사례이다. 구메는 일본 고대사를 '일본 열도 남부-한반도-중국 동남부' → '한반도(가야)와 일본 열도' → '일본 열도'의 순으로 전개되는 지정학적 변화의 역사로 인식하였다. 여기에 맞서 이노우에 데쓰지로[井上哲次郞]는 1890년에 '북방 유목민족 → 한반도 → 일본 열도'로의 이동설을 비판하고 말레이계에 더 중심을 둔 기원론을 제기하였디. 한국과 일본의 동질성을 인정하기 어려웠기 때문이다. 1894년 이후 수년간 유라시아 대륙을 시야에 둔 시라토리 구라키치[白鳥庫吉]가 단군론 등 한국 고대사 관련 논의를 펼칠 때, 그 논지는 일본의 기원을 동북아시아에서 찾되 한국과는 거

리를 두려는 것이었다.[1]

'주체·환경·변화(시간)'가 빚어내는 인식 틀이 일본학(자국학)을 규정한 것은 문학사 서술에서도 마찬가지이다. 단적으로 일본 최초의 자국문학사인 미카미 산지[三上參次]와 다카쓰 구와사부로[高津鍬三郎]의 『일본문학사(日本文學史)』(1890)[2]가 원용한 떼느의 문학사 서술 방법에서도 거의 동일하게 확인된다. 떼느의 저 유명한 세 가지 요소 즉 '종족·환경·시대'도 유사한 인식 틀이기 때문이다. 떼느에게 종족성(민족성)이란 변하지 않는 유전적 형질과 같다. 아울러 거주 지역의 차이를 고려하기 위해 '환경'을 들고, 또 같은 환경에서 살아온 종족이라도 시대에 따라 삶의 양상이 다른 이유를 설명하기 위해 '시간'(시대)에 주목한 것이다.[3] 이에 따라 『일본문학사』의 목표는 자국문학을 대상으로 국민성(민족성)을 확인하는 작업이 된다. 중국-유교(한학)·불교와의 관계를 근간으로 하여 '인정풍속(人情風俗)'의 변천을 서술하는 것에 다름 아니다.[4]

『일본문학사』의 경우 문학의 역사라고 하지만 '문학의 문학다움'을 주장하지 않는다. '인정풍속(人情風俗)'의 국민성을 제한하는 문학다움(문학을 문학이게끔 하는 형성 원리나 내적 특질)을 앞세워 국민성을 간접화하지 않는다. 이때 국민성과 문학은 본질과 현상의 관계 속에서 해석될 뿐이다. 이로 인해 일본

---

1 스테판 다나카, 박영재·함동주 역, 『일본 동양학의 구조』, 문학과지성사, 2004, 111~135면.
2 三上參次·高津鍬三郎, 『日本文學史』 上卷, 金港堂, 1890, 26~28면.
3 H. Taine, *Histore de la littérature anglaise*, 301면(유영 역, 「영문학사서설」, 『세계사상교양전집』 5, 을유문화사, 1964). 떼느의 문학사 인식에 대해서는, 김현, 『문학사회학』(『김현문학전집』 1), 문학과지성사, 1991, 233~241면; 조동일, 『동아시아문학사비교론』, 서울대 출판부, 1993, 9~12면 참조.
4 三上參次·高津鍬三郎, 앞의 책, 64~73·98~99·199~202면. 나라조[奈良朝] 이전 시기부터 '한학·불법의 도래'와 '당풍(唐風)'의 모방으로 인해 인심(人心)이 변천했다는 도식이 등장하고, 이 도식은 나라조 문학과 헤이안조[平安朝] 문학에도 동일하게 적용되었다. 떼느와 『일본문학사(日本文學史)』의 관련 양상에 대한 보다 자세한 설명은, 류준필, 「일본 자국문학사 발생의 원천과 맥락」, 『한국학보』 104호, 일지사, 2001, 71~79면.

의 표상적 전체성이 포착 가능한 것이 된다. 『일본문학사』의 저자들이 제국 대학 화문학과(국문학과) 출신이었다고 해서 분과 학문적 이념을 추구한 것은 아니었다. 1888년 제국대학에 국사학과, 국문학과가 설치되었지만, 국문학 과는 화한문학과(화문학과와 한(문)학과)를 계승한 것이었다. 제국대학의 전신 인 동경대학 문학부 제1과가 '사학·철학·정치학'이었고 제2과가 '화한문 학과'였음을 상기할 때, 일본문학(사)이란 기본적으로 지정학적 규정 즉 지역 적 전체성을 학적 대상으로 삼는 것이었다.[5]

이렇게 보자면 '일본학'이든 '조선학'이든 이와 같은 자국학(자민족학)의 이 념은 기본적으로 지역학적-지정학적 성향을 지닐 수밖에 없다. 그것은 국민 과 국경이라는 국민국가의 현재적 형식의 산물로서 '자국학 = 지역학 = 표상 적 전체성'이라는 연쇄 속에서 형성되는 구성적 이념이다. 민족(국민)이라는 주체, 영토(환경)라는 공간을 두 가지 기본 축으로 삼아 그 기원을 설정하고 그로부터 현재에 이르는 역사적 변화 과정을 계통적 연속성 속에서 파악하 려는 이데올로기적 이념이다. 이로 인해 자국학적 이념에는 내적 모순과 불 안정성이 내재되기 마련이다. 한편으로는, 자국학의 전체성이 하위 분과 학 문적 지식으로 끊임없이 개별화될 때 이러한 분절을 무화하고 전체성으로 수렴하는 방향에서 개별화를 통제하려는 경향이 작용한다. 다른 한편으로 는, 개별적 하위 영역이 개별적 독자성에 근거해 전체성을 향해 상승적 통합 을 지향할 때 개별 영역들의 독자성으로 인해 통합을 저해하는 상호 충돌과 모순이 생겨난다.

---

5 '화한문학(和漢文學)'에서 문학이란 글로 쓰인 모든 것을 뜻하는 것이었다. 일본에서의 대학 및 학과 제도 설립 과정과 그 성격에 대해서는, 류준필, 「19세기말 일본 대학의 학과 편제와 국 학·한학·동양학의 위상」, 『코기토』 65, 부산대 인문학연구소, 2009ㄱ, 209~224면 참조.

2. 대학의 학과 제도 건립과 자국(문)학의 성격

근대 아카데미즘의 제도적 구현에 대학의 학과 제도 및 지식 편제는 관건적 요소이다. 자국학과 관련해서 대학의 학과 제도는 결국 자국·자민족의 표상적 전체성이 분절적 개별화로 분화되는 양상으로 이해함 직하다. 일본의 경우 학과 제도의 측면에서 일본 자국학과 동일시되는 화한문학과는 화문학과와 한문학과로 나누어진 다음 다시 국문학과·국사학과·지나문학(및 지나철학)과로 분화되어 간다. 1886년의 '제국대학령'에 따라 제국대학이 설치된 다음 1890년에 이르러 '문·사·철'의 9개 학과가 설립된다.[6] 여기서 '일본과 비일본(중국)의 분리'와 그리고 '문·사·철의 분과화'라는 방향성이 확인된다. 그 결과 일본의 자국학 이념에 직접적으로 대응되는 학과 혹은 분과학문은 존재하지 않게 되었다. 적어도 학과 제도의 차원에서는 일본의 표상적 전체성(일본적인 것)을 담당하는 학문 분야는 없는 것이었다.

그렇다고는 해도 학문의 통합성과 분과성의 차이만으로 분과학문체제 자체가 근대적 특성이라고 할 수는 없다. 비록 그 원리와 형태에 있어서는 거리가 있지만 『논어(論語)』의 '공문사과(孔門四科)'(덕행·언어·정사·문학)처럼 근대 이전에도 학문의 분과성은 분명하게 존재하였다. 송유(宋儒)에 의해 학문 삼분설이 제기되었고 청대 한학(漢學) 즉 고증학의 발흥으로 인해 학문 분류의 전면적 재구조화가 진행되었다. 청 중엽 이래 '의리(義理), 고거(考據), 사장(詞章)' 등과 같은 학문 삼분설이 부각되는 한편 사장(詞章)은 말엽(末葉)에 불과하다는 인식에서 잘 드러나듯 이 셋 사이의 위계적 관계에 대한 토론도 대

---

6 위의 글, 220~224면.

진(戴震) 등 청대 학자들 사이에서 벌어졌다. 동성파(桐城派)를 대표하는 문장가 요내(姚鼐) 같은 인물들조차 학문의 세 영역에서 사장(詞章)이 가장 낮은 위치에 있다고 표면적으로는 인정하고 있었다.[7]

청대 학술의 수용과 교류가 본격화되었던 18~19세기의 조선에서도 사정은 비슷했다. 여전히 주자학 중심의 의리학(義理學)이 배타적 우위에 있던 상황이기는 하였지만 청대 지식인과의 학술 교류 경험은 고증학 중심의 새로운 학문적 경향과 그 분류체계에 영향을 받도록 했다. 홍대용(洪大容)이 '의리·경제·사장'의 삼분설을 자연스럽게 언급하는 장면[8]이나 서형수(徐瀅修)가 여기에 명물학(名物學)을 더한 '의리(義理)·사장(詞章)·경제(經濟)·명물(名物)'의 사분법을 거론하는 경우[9]가 그런 사례이다. 다만 의리학과 같은 특정 분야의 절대적 우위를 인정하느냐 아니면 이들 개별 학문들의 상호 의존성을 부각하느냐에 따라 입장이 달라지는 것이었다.

이런 이유에서 전근대 전통 학문의 경우, 분과학문의 학과 제도화 자체보다는 '경학-경전'으로 상징되는 공통 텍스트의 지배적 권위에 기초함으로써 개별적 분화의 가능성을 허용·통제하는 한편 학문의 위계 구조를 마련하였다고 하겠다. 동아시아에서 일본이 선편을 쥐었던 근대 대학과 학과 제도 건립 초기 과정에서 나타난 두 가지 방향성 — '일본과 비일본(중국)의 분리'와

---

7 余英時, 『中國思想傳統的現代詮釋』, 江蘇人民出版社, 1995, 270~281면 참조.

8 홍대용(洪大容), 「연기(燕記)·오팽문답(吳彭問答)」, 『담헌서(湛軒書)·외집(外集)』 권7(『한국문집총간』 248, 243면). "又曰 : '貴處學問極大者何人?' 余曰 : '學有三等, **有義理之學, 有經濟之學, 有詞章之學**. 且問足下所問者何學也?' 彭與吳相顧笑曰 : '他還分說如此, 乃曰儘如尊言, 三學各擧一人.' 余亦笑曰 : '學分三等, 世儒之陋見, 舍義理則經濟淪於功利, 而詞章泾於浮藻, 何足以言學. 且無經濟則義理無所措, 無詞章則義理無所見. 要之三者舍一, 不足以言學, 而義理非其本乎!' 兩人皆笑稱善."(강조는 인용자)

9 서형수(徐瀅修), 「유송람전(劉松嵐傳)」, 『명고전집(明皐全集)』 권14(『한국문집총간』 261, 305d면). "余曰 : '太學士, **義理之學耶, 詞章之學耶, 經濟之學耶, 名物之學**耶?' 松嵐曰 : '經濟爲主, 而大抵有識見底人, 故立言立功, 皆能脚踏實地.'"(강조는 인용자)

'문・사・철의 분과화'를 이런 각도에서 이해하자면, '자국(자민족) = 일본'의 지정학적 분리 관념과 더불어 전근대 경학(경전)의 자리를 자국학 즉 일본의 표상적 전체성으로 대체하는 흐름을 상정할 수 있겠다. 달리 말해 근대 국가의 지정학적 함의를 학문 제도의 형식으로 위계화함으로써 근대 국민 국가적 형식 속에서 전통 학문적 위계성의 구조 효과를 지속시키는 경로를 뜻한다.

물론 개별 국가마다 사정은 복잡했고 일본만 하더라도 '화한문학(和漢文學)'이라는 학과 명칭에서 드러나듯 국가의 지배적 이데올로기를 상징하는 자국학의 위계적 지위를 획득하기 위해 화학(和學) 즉 국학(國學)과 한학(漢學)의 대립이 심각했다. 이 과정에서 국학파 계열의 대학 제도 설립안은 수용되지 못하였지만, 그 국학 전통에 기반을 둔 자국학의 체계화 제안은 적지 않았다. 메이지[明治]유신을 전후한 시기 일본 국학자들은 일본학 = 국학의 학문적 체계를 주로 '신전학(神典學, 신도(神道))', '언사학(言詞學, 고대 언어와 가요)', '역사학(歷史學, 역대의 사실과 제도)'으로 마련하였다.[10] 하지만 상대적으로 한학의 배제 성향이 뚜렷했던 국학파의 체제 교학화는 실패하고, 한학에 기반을 두어 신도(神道)를 통합하는 방식이 천황제 지배체제의 이데올로기로 강화된다. 천황의 시강이던 모토다 나카자네[元田永孚]가 '인의충효(仁義忠孝)'를 강조하는 「교학대지(教學大旨)」(1879)를 작성하여 윤리・국체 교육의 필요성을 제창하고 유교와 신도에 기반한 국교(國教)의 수립을 주장하였거니와, 이러한 논리는 천황제 이데올로기를 상징하는 『교육칙어(教育勅語)』(1890)를 그 귀결섬으로 하는 것이었다.[11]

---

10 대표적 사례를 정리하면 다음과 같다. 보다 자세한 설명은 高橋陽一, 「國學における'事實'問題の展開と教化」, 寺崎昌男 편, 『近代日本における知の配分と國民統合』, 第一法規, 1993; 藤田大誠, 『近代國學の研究』, 弘文堂, 2007, 376~389・405~409면; 류준필, 앞의 글, 2009ㄱ, 225~226면 참조.

11 이와 관련된 사정은 元田永孚, 「教學大旨」・伊藤博文, 「教育議」・元田永孚, 「教育議附議」, 『教育の體系』(日本近代思想大系 6), 岩波書店, 1990, 78~79, 80~86면; 劉岳兵 編, 『明治儒學與近代日本』, 上

이러한 사정을 감안할 때 일본의 표상적 전체성에 직접적으로 조응하는 학문·학과가 대학의 지식 편제 과정에서 제도화되지는 않았으나, 이와는 달리 '단일한 실체로서의 일본'을 표상하고 동시에 내적 통합의 기제로 작용하는 체제 이데올로기로서의 '일본'은 정치적으로 실재하는 것이었음을 알 수 있다. 이것은 제도권의 안과 밖이나 관학·민간학의 대비와 같은 시각으로 쉽게 파악하기 어려운 측면이다. 달리 말해 정치적 혹은 이데올로기적으로는 늘 조선·일본·중국 등의 자국성이 하나의 실체로서 작용하는 데 반해 그것과 직접적으로 동일시되는 학과 제도나 지식 체계는 존재하지 않는다. 국민국가의 정치적 형식상 국가나 민족은 늘 하나의 단일한 실체로서 표상되지만 그 학문적 형식은 존재하지 않거나 개별적으로 분화되어 있을 뿐이다.

일본의 대학 제도를 참고하여 설립된 중국 경사대학당의 학과체제를 보면 그러한 사정을 더 명확히 엿볼 수 있다. 의화단 사건으로 중단되었던 경사대학당의 재건 책임자로 1902년에 임명된 관학대신(管學大臣) 장백희(張百熙)는 오여륜(吳汝綸)을 경사대학당 총교습(總敎習)으로 초빙한다. 이후 일본 시찰 및 내외 사정의 검토를 거쳐[12] '흠정경사대학당장정(欽定京師大學堂章程)'이 공포되었다. 일본 교육체제의 영향을 받아 '흠정경사대학당장정'은 '충애(忠愛)'를 강조하면서 '윤상도덕(倫常道德)'을 우선으로 해야 한다는 점을 강령(綱領)에 내세웠다.[13] 하지만 강령과는 달리 실제 내용에서는 일본 제국대학의 7개

海古籍出版社, 2001, 37~39, 182~185면.

12 이러한 사정에 대해서는, 王曉秋, 「京師大學堂と日本」, 狹間直樹 편, 『西洋近代と中華世界』, 京都大學學術出版會, 2001, 72~88면.

13 「흠정경사대학당장정(欽定京師大學堂章程)」은 경사대학당의 설립 목적이 '격발충애(激發忠愛)'라고 밝혔고, 중국 학문의 기본정신은 "中國聖經垂訓, 以倫常道德爲先"에 있다고 하였다. 「欽定京師大學堂章程」, 璩鑫圭·唐良炎 편, 『中國近代敎育史資料彙編·學制演變』, 上海敎育出版社, 1991, 235면.

단과대학 제도를 모방한 실용적 지식 위주의 제도에 가깝던 터라 1904년 장지동(張之洞)을 중심으로 '주정대학당장정(奏定大學堂章程)'이 다시 제안되었다. 그 변화의 핵심은 '경학과'의 설치였다.[14]

'주정대학당장정'은 앞서 문학과의 하위 항목이었던 경학을 상위 항목으로 독립시켜 '경학과대학, 정법과대학, 문학과대학, 의과대학, 격치과대학, 농과대학, 공과대학, 상과대학' 등 모두 8개의 분과대학 제도를 마련하였다.[15] 이것은 일본의 천황제 지배 이데올로기를 의방하여, 중국이라는 근대 국가의 지정학적 함의를 '중국학의 이념 = 경학'이라는 학문 제도의 형식으로 위계화한 의도의 산물이다. 일본의 경우라면, 분과학문 제도의 개별적 분화와 그 제도화를 거치는 과정에서 학과 제도를 초월하여 지배 이데올로기의 형태로 전환된 자국학의 이념이, '경학과'라는 다른 학문 영역을 규율하는 제1위적 위치로 표현된 것에 다름 아니다.

중국의 경사대학당 건립이 일본의 경험을 적극 수용하며 수행된 것이라 하더라도 중국은 '경학 = 중국'이라는 이념적 동일성을 구축하기가 비교적 용이하였다. 반면에 일본은 '화학 = 일본, 한학 = 중국'이라는 지정학적 구분은 그것대로 절실한 과제였으며, 국가 지배 이데올로기로서의 한학(유교)의 필요성 또한 필수적이었다. 그런 점에서 일본의 자국학적 이념(화한학)은 대

---

14 「奏定大學堂章程」, 위의 책, 340~358면. 참고로 경학과대학과 문학과대학의 전공 분야를 아래에 정리해서 제시한다.

분과대학명	전문명
경학과대학	주역학, 상서학, 모시학, 춘추좌전학, 춘추삼전학, 주례학, 의례학, 예기학, 논어학, 맹자학, 이학(11門)
문학과대학	중국사학, 만국사학, 중외지리학, 중국문학, 영국문학, 법국문학, 아국문학, 덕국문학, 일본국문학(9門)

15 중국 경사대학당 건립과 북경대학의 설립 과정 및 학과 편제에 대해서는, 류준필, 「경사대학당(京師大學堂) 학과 제도의 설립 과정과 '문학'의 위상」, 『중국문학』 56집, 중국문학회, 2008, 322~344면.

학의 분과적 지식 편제 즉 관학 혹은 아카데미즘의 외부에서 더 강력하게 작동되었다. 과학적 객관성을 표방하며 국문학·국사학 등의 분과적 자국학이 수립되는 한편으로 일본을 배제한 동양학(중국학)이라는 학문이 제도화될 때 봉합되지 않는 균열과 공백이 생겨날 수밖에 없다. 바로 그 자리에 지배 이데올로기로서의 화한학이 군림하기 시작하였다. 그것은 명징한 국체의 '일본'도 아니고 일본이 배제된 동양학도 아닌 자리, 달리 말해 자국을 포함한 동양 혹은 동양을 내재한 자국이라는 위치이다. 국학적 배제의 논리든 한학적 통합의 논리든 이 둘은 적대적 관계 속에서 상호 의존성을 지니면서, 일본의 표상적 전체성을 경합하면서 아카데미즘과는 일정한 거리를 유지하며 정치적 현실에 직접 작용하는 방식으로 자기 근거를 마련해 갔다.[16]

3. 식민지 조선에서의 자국학 이념

대학의 학과 제도와 관련된 일본의 사례를 참조하자면 자국의 표상적 전체성이라는 자국학의 이념은 '일본(민족)과 비일본(중국)의 분리'라는 지정학적 구획의 확정과 더불어 '문·사·철' 등 분과적 제도화가 상호 중첩되는 과정과 연관되어 있다. 여기엔 늘 단일한 실체로서 상상되는(또는 상상되어야 한다는) 국가 = 국민과 개별화된 지식 편제의 불일치 관계가 개재된다. 독자적 학문적 대상을 확립하며 개별적으로 분화된 분과 학문적 지식의 입장에서는

---

16 류준필, 앞의 글, 2009ㄱ, 228~229면.

그 학문적 독자성에 근거해서 자국학적 이념과 통합되는 경로를 찾아야 한다. 그리고 단일한 실체로서의 표상적 전체성을 재생산하려는 이념적 층위에서는 분과학문의 독자적 분화를 억제하고 전체성으로 수렴시키고자 한다. 따라서 대학이 상징하는 학과 제도의 정립 여부가 곧장 자국학 이념과 동일시될 수는 없다. 어쩌면 봉합 불가능한 균열에 가까운지도 모른다.

식민지 시기 한국학 형성과의 관련 속에서 이러한 사정을 헤아린다면 두 가지 측면이 고려될 필요가 있겠다. 첫째, 식민지적 상황에서도 자국학의 이념은 동일한 방식으로 형성되는지 여부이다. 둘째, 경성제국대학의 분과학문체제 등장이 조선학 이념 구성에 어떤 작용을 하였는지 하는 문제이다. 그렇지만 식민지라는 조건은 순차적·계기적 연계 속에서 이루어져야 할 둘 사이의 관계를 서로 분리해 각기 독자적 흐름을 이루도록 만들었다.

무엇보다 '국가' 부재의 식민지 시기 이전에 일본·중국과는 달리 학술의 제도화를 상징하는 대학 설립이 이루어지지 않았을 뿐더러 식민지 시기에 세워진 경성제국대학 또한 식민권력에 의해 주도된 것이기 때문이다. 물론 대한제국의 교육 제도 수립과 (준)고등교육 기관의 건립 그리고 학부의 교과서·서적편찬 사업 등을 통해 자국학적 지식 체계가 단편적으로나마 구성되는 양상도 보였다. 그렇지만 근대 국민국가 건설이라는 정치적·실용적 기획의 틀 속에서 마련된 것이었던 탓에 안정적이고 체계적인 지식의 형태로 자국학의 이념이 추구되기는 어려웠다. 그런 점에서 자국학의 이념은 당위적 발견에의 요청에 가까웠다.[17]

---

17 이 시기 자국학의 이념과 실제에 대해서는, 김도형, 『대한제국기의 정치사상연구』, 지식산업사, 1994; 임형택, 「국학의 성립과정과 실학에 대한 인식」, 『실사구시의 한국학』, 창작과 비평사, 2000; 민족문학사연구소 편역, 『근대계몽기의 학술문예사상』, 소명출판, 2000; 정숭교, 「한말 민권론의 전개와 국수론의 대두」, 서울대 국사학과 박사논문, 2004; 류준필, 「대한제국기 학과 제도 구상과 장지연의 실학」, 『퇴계학논총』 15집, 퇴계학 부산연구원, 2009ㄴ 등 참조.

지식의 전승과 재생산을 위한 교육 제도와 인쇄 매체 등의 문화 제도는 아카데미즘 형성의 물적 기반이다. 식민지 현실이 아카데미즘의 제도적 기반 구축을 더디게 하고 그 방향성 탐색에 적잖은 유예와 시행착오를 초래한 것은 분명하다. 그렇지만 적어도 자국학의 이념이라는 수준에서는 교육·문화 제도의 영역로만 환원되지 않는 차원이 있다. 앞서 언급했듯이 자국학의 이념을 '국민(민족)이라는 주체, 영토(환경)라는 공간을 두 가지 기본 축으로 삼아 그 기원을 설정하고 그로부터 현재에 이르는 역사적 변화 과정을 계통적 연속성 속에서 파악하려는 이데올로기'라고 규정한다면, 국가라는 정치적 현존 형식에 반드시 의지하지 않더라도 그 이념적 지평은 확보 가능해 보인다.

다만, 한 가지 단서가 필요하기는 하겠다. 식민권력이 주도하는 식민학으로서의 '조선(한국)학' 이데올로기와 상호 배제적 대립 관계를 전제로 구성되는 조선학이 아니어야 했다. 그러므로 식민지적 조건 속에서의 자국학 이념이란, '식민지적 상황에 저항적으로 대립하는 조선학'이라기보다는 '식민지적 상황임에도 불구하고 정립되는 조선학'에 가까울 것이다. 이러한 조선학의 이념이 출현하기 위해서는 '조선'의 지정학적 함의가 새롭게 규정되는 인식 지평이 열려야 했다.

1900년대부터 그 단초를 보인 한국에서의 자국학 이념은 1920년대 초에 그 가시적 형태를 뚜렷이 하였다. 3·1운동으로 수감되었다가 가출옥한 직후에 최남선은 이렇게 외쳤다. "자기를 호지(護持)하는 정신, 자기를 발휘하는 사상(思想), 자기를 구명하는 학술(學術)의 상(上)으로 절대한 자주(自主), 완전한 독립(獨立)을 실현할 것이다. 조선인의 손으로 '조선학'을 세울 것이다."[18] 이른

---

18 최남선, 「조선역사통속강화」(1922.10), 『육당 최남선 전집』 2, 현암사, 1974, 410면.

바 최남선의 '조선학 선언'이다. 조선의 '정신 = 사상 = 학술'을 통해 '자주'와 '독립'을 실현할 수 있으며, 그 기획의 이름이 '조선학'이라는 것이다.

이 시기에 최남선이 선언한 조선학과 이전의 조선학은 어떻게 다른 것인가. '조선에 관한 지식의 통일적 방면, 근본적 방면을 찾았다'는 주장에서 보이듯, 통일성과 근본성의 정립이 가능하다는 점에서 그 차이를 확인할 수 있다. 조선을 하나의 단일한 실체로서 혹은 표상적 전체성으로서 포착할 수 있도록 해주는 통일성이자 근본성이겠다. 조선학의 자국학적 이념에 다름 아니다. 당연히 조선의 자주와 독립을 보장하는 조선학이면서 바로 이 조선학의 이념으로 인해 조선의 자주성이 다시 보증되는 구조이다. 달리 말해 '식민지적 상황임에도 불구하고 정립되는 조선학'인 것이다.

식민지라는 제약 조건 속에서 구현되는 조선학의 이념은 '조선'의 지정학적 규정이 달라짐으로써 실현되는 것이었다. 최남선의 조선학은 '조선' 그 자체에서 시작해서 다시 조선으로 귀결되는 폐쇄적 순환성에 의지하는 것이 아니다. "우주 만물은 도무지 유동이다. 한 모에서나 또 한 때라도 가만히 있지 아니한다. 생명의 흐름이 연속(連續)과 편만(遍滿)으로써, 가로는 전 공간(全空間)과 세로는 전 시간(全時間)에 발전한다." 우주 = 생명의 시공간적 전체성 속에서 최남선의 조선학이 등장한다. 조선학의 목표는 "우주의 대생명이 조선인과 및 그 국토를 통하여 얼마만큼 개현(開顯)되었는가를 찾는 것이 조선 역사다"라는 표현으로 정식화되고, 조선학의 이념은 "우주의 대생명"에 조응하는 것으로 규정된다.

"조선인이 조선 국토를 가지고 얼마만큼이나 천지의 화육(化育)을 협찬(協贊)하였는지, 그 성적(成績)을 고사(考査)하고 그 가치를 심판하는 것이 조선역사의 직능이다."[19] '조선인-조선 국토-천지(天地)의 화육(化育)'이라는 세 항이 이어지는 자리에 '조선 역사'가 등장한다. 조선 민족이 우주의 생명 혹은 인류의 가치 실현에 얼마만큼 기여했는지 혹은 기여할 수 있는 방식은 무엇인지 확인하는 것이 조선학의 이념이다.[20] 조선의 조선'다움'이란 특이하게도 조선의 내부에 있지만 조선이라는 지정학적 한정을 넘어서는 보편적 가치와 조우한다.

최남선의 조선학 선언이 불함문화론 등 이후의 조선학 연구를 예비하는 성격이라면 그 가까이에 자리한 안확의 『조선문학사』(1922)와 『조선문명사』(1923) 등은 보다 실질적인 조선학 이념의 구현이었다. 최남선과 마찬가지로 안확의 조선학 = 자국학적 이념은 인류와 세계에 조응하는 보편성(보편적 가치)을 조선 민족 혹은 국가라는 지정학적 경계 내부에서 검증하는 성취였다. 『조선문명사』에서 "조선족의 생명이 기생적 우(又)는 모의적으로 언(言)함이 다(多)하고 독립 우(又) 특수적 문명을 발휘하야 생명을 생명으로 보(保)치 아니한 것으로 장치함이 다(多)하"[21]다고 기존의 인식을 비판할 때, 안확의 '생명'은 최남선의 '우주의 대생명'과 같은 의미를 지닌다.

> 금(今)에 문학과 정치와 비견하면 정치는 인민의 외형(外形)을 지배하는 자오 문학은 인민의 내정(內情)을 지배하는 자이라 고로 一 국민의 문명을 고(考)함에는 정치의 변천보다 문학의 소장(消長)을 찰(察)함이 대(大)하며 쏘한 정치를 부흥코쟈 할진대 몬져 인민의 이상을 부흥하여야 기공(其功)을 가득(可得)하나니라.[22]

위 인용문의 "문학과 정치"는 각각 『조선문학사』와 『조선문명사』에 대응

---

19 위의 글, 408~409면.
20 최남선의 조선학 이념에 대한 서술과 후술할 안확의 조선학에 대해서는, 류준필, 「1910~20년대 초 한국에서 자국학 이념의 형성과정」, 『대동문화연구』 52권, 성균관대 대동문화연구원, 2005에 기반을 두되 새롭게 고쳐 썼다.
21 안확, 『조선문명사』, 회동서관, 1923, 2면.
22 안확, 「조선의 문학」, 『학지광』 6호, 1915, 64면.

되는 것이다. 인민의 내정(內情)으로서의 문학과 외형(外形)으로서의 정치라는 두 개의 항이 조선의 전체성을 표상하는 기본 영역이다. 안확에게서 조선학의 이념은 이런 방식으로 정리된다. 안확에게 문학이란 "인간의 정신상 감명과 이상상(理想上) 활동을 여(與)하는 바"이고 지금의 시대는 "민족성 경쟁"의 시대이다. 안확이 말하는 민족성이란 개별 민족이 세계와 인류의 사명 ― '문화적 가치'의 자각을 뜻한다. 안확의 『조선문학사』는 "국민의 심적 현상의 변천 발달을 추구(推究)하"는 것을 목적으로 하는데, 정신이 물질의 속박으로부터 벗어나는 단계 즉 정신의 '자각' 단계를 현재적 과제로 삼는다. 『조선문학사』의 마지막 절이 '자각론'이고, 『조선문학사』는 "자각론의 서문"이라고 한 이유가 여기에 있었다. 이런 맥락 속에서 '자주', '자유', '자치' 등이 보편적 가치로 제시된다.[23]

보편적 가치가 전제되면, 민족이라는 단위가 이 보편적 가치를 독자적으로 구현하는 과정이 드러나야 한다. 『조선문명사』의 단군론이 대표적 사례에 해당한다. 『조선문명사』에서 단군이란 여러 민족들의 통합 과정을 거쳐 새롭게 구성된 민족 = 공동체의 수장을 말한다. 안확은 단군의 조선 건국을 가능하게 한 역사적 조건을 '혈족적, 즉 동(同)민족적 관념'에서 찾는다. 이것은 '종교'로 표현되기도 하는데, 결과적으로 동질성을 공유하는 민족이 자발적으로 군장을 선택하는 것을 설명해주는 근거가 된다. 이것은, 자치 제도가 내적 통합을 생산한다기보다 민족의 내적 통합이 자치제의 형태로 표현된다는 함의라 할 수 있다.

여기서 단군으로 대표되는 고대사 영역에 초점을 둘 수밖에 없는 것은 조선민족에 대한 지정학적 경계 구획에서 그 이유를 찾아야 할 것이다. 그것은

---

23 안확, 『자각론』, 회동서관, 1920, 3~6면. "자기의 목적은 자기존재의 목적이"어서, "人은 자연 법칙에 굴종치 안코 자주 자치 자유의 의지로써 활동"한다고 설명하였다.

구체적으로 인도와 중국 혹은 불교와 유교 같은 외래문화와의 관계 설정에 해당하는 문제였다. 민족문화의 독자성은 인도나 중국의 영향 이전부터 존재하는 것이어야 하기 때문이다.[24] 이와는 다른 맥락에서 문학 = 내(內), 정치 = 외(外)를 통해 조선의 전체성을 표상하는 데에서 더 나아가 '미술・언어・문학・정치' 등 각각에 독자성을 인정하게 되면 통합성의 약화는 불가피하다. 이념적 차원에서 자국학은 내적 분화를 억제해야 하고, 그렇지 않다 하더라도 자국학의 이념적 전체성과 하위 영역의 독자성은 상호 외재적 관계에 그쳐야 한다. 기실 최남선이나 안확에게서 보이는 자국학의 이념이란 발견된 것이라기보다는 미리 주어진 선험적 전제에 가깝다. 보편성의 이념이 먼저 주어지고 조선민족의 가치가 발견되는 것과 구조적으로 동일하다. 거듭 언급하는 바이지만, 바로 이러한 이유에서 개별적으로 분화된 분과학문과의 직접적 관계가 없다고 해도 자국학의 이념이 그 실체성을 보장받는 것은 가능하다고 보는 것이다.

1920년대 초에 그 형태를 드러낸 안확과 최남선의 '조선'은 정신-물질의 대비 등 초월적 계기를 내포한 이원론에 근거하여 인류・세계와 같은 보편적 지평과의 조우한다. 이를 통해 그들의 조선학은 이념적 정당성을 마련했다. 세계・인류라는 차원과 연결된다는 전제 위에서 조선 민족의 위상을 확보했다. 보편주의와 민족주의가 결합하는 전형적 구도는 이렇게 설정되었다. 물론 그 관념론적 편향과 사회주의의 발흥 등으로 인해 학술 담론에서 주변화되었지만, 보편성의 독자적 구현이라는 근대 자국학의 기본 이념을 구조적으로 선취하였다는 의의는 분명해 보인다.

---

24 안확, 「조선의 미술」, 『학지광』 5호, 1915; 안확, 「조선의 문학」, 『학지광』 6호, 1915.

4. 경성제국대학과 '조선문학사' 인식의 지정학적 함의

조선학 이념의 '전체성'이라는 각도에서 볼 때 경성제국대학의 등장은 획기적 사건이다. 무엇보다 분과학문의 제도화에 근거하여 식민지 아카데미즘의 기본구조를 형성하였기 때문이다. 특히 '조선문학사' 분야에서 그 학문적 체계화는 경성제국대학 출신 조선인 학자들에 의해 수행되었고 그것을 기반으로 이후 조선문학의 학술사가 전개되었다고 해도 과언이 아니다. 하지만 경성제국대학의 제도적 성격에서 보자면 그들은 '문학'연구자들이었다. 다양한 분과 영역의 총합으로서 조선학을 구성할 수는 있겠으나 '조선'의 이념적 전체성에 조응하는 학술적 제도는 존재하지 않았다.

다만 '조선(어)문학' 혹은 '지나(어)문학'이라는 전공분야의 명칭에서 잘 드러나듯이, 그들에게 문학이란 지정학적 규정과 결합되어 있는 것이었다. 따라서 이러한 의미에서 조선문학의 지정학적 함의는 두 가지 방향성을 내포하고 있었다. 하나는 '조선-문학'의 관계 속에서, 다른 하나는 '(조선)문학-(지나)문학-(○○)문학-(○○)문학 ……'이라는 연쇄 관계 속에서 작용하는 것이다. 이 함의는 식민지라는 조건에만 한정되지 않는다는 점에서 일반적 문제이면서 동시에 경성제국대학의 학과 구성이나 총독부의 조선 조사 및 연구 등 식민지 조선의 특수한 상황 속의 문제이기도 하였다. 따라서 식민지 시기의 아카데미즘에서 '조선문학(사)'의 학술사적 의의를 묻는 자리에서는, '문·사·철'에서 문학이라는 개별성과 '조선'문학이라는 지정학적 개별성이 어떻게 상호 작용하며 '조선문학사'를 형성하였는지 들여다보아야 한다.

'1929년.' 조선문학사라는 분야에 착목할 때라면 1929년의 획시기성에 주목할 필요가 있다. 조선문학사 분야를 넘어서서 경성제국대학의 학술 일반으로 확장해도 사정은 마찬가지이다. 첫째, '조선문학'에서 '문학'이란 무엇인가 혹은 문학의 문학다움은 무엇인가를 탐구하는 문제 틀이 시가사 연구를 중심으로 시작되었다. 이것은 몇 가지 사건의 중첩을 배경으로 하고 있다. 1929년, 경성제국대학 법문학부에서 '조선어·조선문학'을 전공한 유일한 조선인 조윤제(趙潤濟)가 대학을 졸업했고,[25] 경성제국대학 교수 오구라 신페이[小倉進平]의 『향가(鄕歌) 및 이두(吏讀)의 연구(硏究)』 및 쓰치다 교손[土田杏村]이 신라 향가를 중심으로 가요의 형식을 논의한 『상대(上代)의 가요(歌謠)』가 간행되었다.[26] 그리고는 곧장 오구라 신페이·쓰치다 교손 사이에서 논쟁이 시작되었다.[27] 이 논쟁이 직접적 계기가 되어 조윤제는 시가의 형식론을 근거로 조선문학사의 기본 구도를 구축해 간다. 이런 맥락에서 1929년의 획시기성을 검토할 수 있다.

둘째, 조선문학사에서 한문학의 위상과 그 역사적 의의를 규정하는 기본 틀의 단초가 마련되는 시기였다는 점에서 1929년은 다시금 주목을 요한다. 김태준의 『조선한문학사』(1931)·『조선소설사』(1933)와 더불어 김재철의 『조선연극사』(1933)가 쓰일 수 있는 근거가 마련되었기 때문이다. 보다 구체적으로는 동경제국대학을 갓 졸업한 '지나문학' 전공의 가라시마 다케시(辛島驍, 1903~1967)가 경성제국대학에 부임하면서부터이다. 이 역시 1929년 4월의 일이다. 김성탄(金聖嘆)의 소설 연구를 졸업논문으로 제출한 가라시마의 부임은 당시 동경제국대학에서 본격화된 지나소설 및 희곡 연구를 도입하는 효과를 낳았다. 이것은 이전에 지나문학과 강사로 있던 고지마 겐기치로[兒

---

25 『도남조윤제박사고희기념논총(陶南趙潤濟博士古稀記念論叢)』, 형설출판사, 1976, 13~24면의 '自編年譜' 참조.

26 小倉進平, 『鄕歌及び吏讀の硏究』, 近澤商店出版部, 1929; 土田杏村, 『上代の歌謠』, 第一書房, 1929.

27 이 논쟁의 자세한 전개 과정에 대해서는, 류준필, 「土田杏村·小倉進平의 향가형식논쟁과 조윤제(趙潤濟)의 시가형식론」, 『한국학보』 97집, 일지사, 1999 참조.

島獻吉郞가 『시경』, 당·송의 시문 등을 읽던 상황과 대조하면 그 차이를 충분히 짐작할 수 있다.[28] 지나문학에 희곡·소설 등 이른바 속문학이 포함되고 그 계통이 정비됨으로써 문언문 위주의 한문학과 지나문학 일반은 그 의미가 달라지게 된 것이다.[29]

조선어문학 전공의 조윤제와 지나어문학 전공의 김태준이 식민지 아카데미즘의 '조선문학사' 연구에 기초를 마련한 인물들이고 상호 연계성이 적지 않다고 평가할 수 있지만, 이 둘의 관계 설정은 자명하지 않다. 개인적 성향의 차이는 차지하더라도 그들의 학문 활동에 작용하는 식민지 아카데미즘의 장력이 서로 다르다는 사실은 강조될 필요가 있어 보인다. 그래서 다음의 한 장면은 식민지 아카데미즘의 '조선문학사'와 관련해서 꽤나 인상 깊다.

1929년 6월 9일 저녁 7시 30분경 경성역으로 동경제국대학 교수를 태운 기차가 들어섰다. 경성제국대학 예과 교수 다다 마사토모[多田正知], 지나문학·철학 전공 교수 후지쓰카 린[藤塚鄰], 지나문학과 강사 가라시마 다케시가 역 안으로 마중을 나왔다. 역 밖에는 하야미 히로시[速水滉]·다카하시 도오루[高橋亨]·가토 조겐[加藤常賢]·후지쓰카 린 부인 등이 학생 10여 명과 함께 기다리고 있었다.[30] 지나문학연구자 시오노야 온(鹽谷溫, 1878~1962). 시오

---

28 당시 상황에 대해서는, 김태준, 「외국문학 전공자의 변」, 『동아일보』, 1939.11.10에서의 회고를 참고할 수 있다.

29 참고로 1931년 조교수 부임 이후 1936년까지 가라시마가 개설한 강의 제목을 보이면 다음과 같다. 아래 표는, 박광현, 「경성제국대학 안의 '동양사학'」, 『한국사상과 문화』 31집, 한국사상문화학회, 2005, 301-303면에 바탕을 두고 정리한 것이다.

연도	강의 제목
1931년	지나근대문학개설, **지나희곡강독-잡극**, 지나소설연습
1932년	지나극과 소설의 관계, 지나문학강독연습, 지나문학사연습
1933년	지나문학개론, 중국신문학운동의 회고, 원곡연습
1934년	지나문학사개설
1935년	지나문학개론, 지나소설해제, 잡극연습
1935년	지나문학사개설, 명대잡극연습

30 鹽谷溫, 「京城游記 上」, 『斯文』 제11편 8호, 斯文會, 1929, 50면.

노야 온은 동경제국대학 한학과 출신으로 중국회곡을 전공한 학자지만 일본의 전통 한학(漢學)을 가학(家學)으로 하는 배경이 있는 학자였다. 후지쓰카・다다・가토・가라시마 등의 스승이자 선배였다. 특히 가라시마 다케시는 제자이자 사위였다. 시오노야를 중심으로 이들은 동경제국대학 지나문학・철학 분야의 네트워크에 속하였다.

당연하다면 당연한 일이지만 이 자리에 조선어・조선문학 전공의 오구라 신페이는 등장하지 않았을 뿐더러 조선에 체류하면서 시오노야가 여러 차례 가졌던 경성제대 문학부 교수들과의 회합에도 함께 하지 않았다.[31] 반면에 같은 조선어・조선문학 전공의 다카하시 도오루는 시오노야를 마중했고 또 따로 사적 자리를 마련했다.[32] 둘은 동경제국대학 한학과 동기동창이었다. 이로 볼 때 경성제국대학 아카데미즘 속의 조선어문학은 학술적 배경을 달리하는 경향이 공존하고 있었음을 짐작하게 된다. 다카하시가 상대적으로 일본의 한학・지나학적 배경에 경사되어 있었다면 오구라는 그로부터 적잖은 거리가 있었다.

오구라 신페이는 언어학적 동양학을 그 학문적 배경으로 삼고 있었다. 오구라의 스승 격인 우에다 가즈토시[上田萬年]에 따르면 언어학이란 산스크리트어의 문법 연구를 비교언어학의 준거로 삼아 그리스어・라틴어 중심의 고전문헌학과의 대립을 전제로 등장한 것이다.[33] 이것은 두 가지 의의를 지닌다. 하나는 전통 국학과의 단절, 다른 하나는 일본어 연구에 비교언어학적 방법을 도입하는 것이다. 그 결과 일본 주위의 아시아 언어가 연구 영역 안으로 들어오게 되었다. 이런 맥락에서 오구라가 수학한 동경제국대학 박언학

---

31 시오노야 온[鹽谷溫]은 「京城游記」에다가 경성에서 만난 사람들에 대해 세세하게 밝혀 놓았다.
32 鹽谷溫, 앞의 글, 62면.
33 이연숙, 고영진・임경화 역, 『국어라는 사상』, 소명출판, 2006, 141~147면.

과(언어학과, 1903년 입학)의 교육과정에는 조선어·아이누어(アイノ語)·지나어(支那語, 속어) 등의 과목이 포함되었다. 1904년 이후 조선의 식민지화가 예감되고 일본의 세력 확장이 준비되는 상황에서, 언어학과의 젊은 연구자들은 '일본어를 위한 언어학'을 위해 매진할 것을 다짐하고 있었다. 만주어와 몽고어 연구자인 언어학과 교수 후지타 가쓰시[藤田勝二]를 위시하여, 오구라 신페이(조선어)·하시모토 신키치(橋本進吉, 일본어)·이하 후유(伊波普猷, 유구어)·긴다이치 교스케(金田一京助, 아이누어)·고토 아사타로(後藤朝太郎, 중국어) 등은 그렇게 성장하였다.[34]

조윤제의 시가형식론이 이러한 학술적 배경과 무관하지 않다. 단적으로 향가 해독과 형식을 둘러싸고 벌어졌던 오구라와 쓰치다 사이의 논쟁의 맥락에 조윤제가 서 있기 때문이다. 표면적으로 이 논쟁은 어학과 문학의 대립처럼 보였지만 그 이면엔 향가─시조를 축으로 하는 조선의 '자국어'문학사라는 관념이 개입되어 있었다. 다만 이 논쟁이 조윤제의 조선문학사 인식에 끼친 가장 결정적인 영향이라는 것은, 어학적 해독으로부터 문학적 형식으로의 전환을 마련해 준 계기였다는 데 있었다. 그리고 그 맞은편에 '일본'이라는 대상이 마주하고 있었다.

비교적 복잡한 논란 과정을 거친 논쟁이어서 세세한 논점들을 다루기는 어렵겠지만, 조윤제의 '조선문학사' 인식과 관련해서는 '율격+가형'이라는 쓰치다土田의 형식론에 주목할 필요가 있다. 쓰치다의 시가 형식론은 『만엽집(萬葉集)』에 수록된 작품의 각 구 음수를 통계적 방법으로 처리하여 획득한 '5·7·5·7·7'의 음수율과 구(句)의 장단에 차이를 보이는 기수구(奇數句)

---

[34] 이들에 대해서는, 『동경제국대학학술대관(東京帝國大學學術大觀)·총설문학부(總說文學部)』, 동경제국대학, 1942, 456~460면; 安田敏朗, 『「言語」の構築』, 三元社, 1999, 42~50면; 류준필, 앞의 글, 2009ㄱ, 217~219면.

형태를 일본 가요의 형식으로 파악하는 데서 출발한 것이다. 동일한 방법을 적용하여 조선의 10구체 향가에 대해 '단구 장구 교호 배열(短句長句交互排列)이라는 비균제성' 지향과 '8·8조의 짝수 구라는 균제성' 지향의 대립을 내포한 형태라고 규정하였다.[35]

오구라와 쓰치다 사이의 논쟁이 진행 중이던 1930년에 조윤제는 쓰치다 교손(土田杏村)의 자수 통계 방법을 거의 그대로 원용하여 시조의 자수를 확정하였다.[36] 그리고 쓰치다의 '단구 장구 교호 배열' 이론이 향가 형식에 부적합하다는 입장에서 '전절대 후절소(前節大後節小)' 이론을 대안으로 제시하였다. 그것은 전후절로 분절되는 조선시가의 특징인데, 장가(長歌)로 발전하는 과정에서 생겨난 과도기적 현상으로 후절(後節)이라는 '특수 형식'을 지니게 되었다는 것이다.[37]

이론적 논의의 정합성과 설명 가능성에 대한 검토는 잠시 미루어 두더라도, 쓰치다 교손의 가요 형식론이 일본 국학파의 가요관을 비판하는 관점에서 연유한 것이라는 점은 환기될 필요가 있다. 쓰치다는 일본 국학의 대표적 인물인 가모노 마부치[賀茂眞淵]과 모토오리 노리나가[本居宣長]의 국수주의적 가요관을 비판하면서 외국문화와의 영향 관계를 인정해야 한다는 입장을 취한다. 일본의 가요는 동아시아 가요사 전체의 맥락에서 검토되어야 마땅하다고 주장하였다.[38] 이로부터 '남부 조선·서부 일본·유구'를 동일 가요 문화권으로 파악하는 데에 이른다. 일본 가요는 홀수 음수로 구성된 홀수 구의 형식을 주된 경향으로 하고, 조선 가요는 같은 음수로 된 짝수 구로 이루어진

---

35 土田杏村, 앞의 책, 46·138~139면 등등.

36 조윤제, 「시조자수고(時調字數考)」, 『신흥(新興)』4호, 1930(조윤제, 『조선시가의 연구』, 을유문화사, 1948에 수록), 132~145면.

37 조윤제, 「시가의 원시형」, 『조선어문』 7호, 1933(조윤제, 위의 책에 재수록), 43~51면.

38 土田杏村, 앞의 책, 20~23면.

형식을 고유한 특성으로 한다. 그런 점에서, '단구 장구 교호 배열' 형식의 등장은 다른 문화와의 교섭을 거친 결과일 수밖에 없는 것이다. '남부 조선·서부 일본·유구는 동일한 가요문화권이다'가 그 결론이었다.[39]

물론 이러한 가요권역의 설정이 발휘하는 정치적 효과는 다양할 수 있다. 공존의 논리로 전환될 수도 있고 침략적 확산의 논리로 활용될 수도 있다. 이것은 시가 형식론의 지정학적 함의가 꽤나 폭넓게 검토될 수 있음을 암시한다. 그렇지만 조윤제의 시가형식론은 조선의 지정학적 경계에 동요와 혼란을 초래할 수 있는 쓰치다의 방향과는 경로를 달리 했다. 그보다는 조선 시가의 형식적 변천에 내재된 고유한 내적 규칙을 확인하고자 하였다. 1932년부터 집필을 시작한 『조선시가사강(朝鮮詩歌史綱)』에서도 이러한 경향은 뚜렷이 유지된다.[40]

『조선시가사강』에서 조윤제가 주목하는 시가의 형식이란 문학의 문학다움이면서 동시에 조선문학의 독자성의 근거가 된다. 이러한 형식의 발견으로부터 고유문화와 외래문화라는 대립 구도의 도입이 가능해진다. 가령, 외래문화의 압박이 강화되는 시대에 대해, "조선문화는 또다시 모진 서리를 만났다. 문학도 겨우 그 형식적 방면만을 갖추고, 그 내용에 이르러서는 지나 사상에 흠벅 감염되고 말았"[41]다고 하는 장면에서 조윤제의 '형식'의 함의가 분명히 부각된다. 외래사상의 침윤에 좌우되는 '내용'과는 달리 '형식적 방면'에서 조선문화의 고유한 독자성이 보장되기 때문이다. 따라서 이러한 시가 형식에 기초한 '조선문학사'란 시가 형식 변천의 규칙을 내재적으로 설명할 수 있을 때 가능해진다.

---

39 위의 책, 323~371면.
40 『조선시가사강(朝鮮詩歌史綱)』에 대한 논의는, 류준필, 「『조선시가사강』의 학술사적 의의를 다시 묻다」, 『국문학연구』 25권, 국문학회, 2012, 257~271면에 근거하되 새롭게 서술한다.
41 조윤제, 『조선시가사강』, 동광당서점, 1937, 160면.

이처럼 식민지 아카데미즘에서 '조선문학사' 인식을 자국학 이념의 표상적 전체성으로 상승시키는 경로 가운데 하나가 조윤제의 시가 형식론이라 할 수 있다. 인류사회의 보편적 현상인 가요의 발생에 자국학적 이념을 투영할 때 발견되는 것이 '형식'이다. 이에 따라 '어떠한 원시민족일지라도, 그 민족의 가요는 처음부터 부인치 못할 것이요, 다만 그것이 여하한 형식으로 표현되는가'가 문제의 핵심이다. 시가를 시가일 수 있게 하는 요건인 그 '형식'은 이제 '조선'의 형식이어야 한다. 조윤제에게 '시가다운 시가'란 조선적 형식 혹은 그 형식화 규칙이 조선적일 수 있어야 했다. 그렇기에 "정형적(整形的) 시형을 구성한 시가"의 발생이란 곧 '조선'의 발생이기도 했다.[42] 『조선시가사강』의 '조선'은 형식 '이전'과 '이후'로 양분되는 것이라 하겠다.

하지만 조윤제의 시가형식론에는 치명적 약점이 있었다. 바로 '가사'라는 특이종 때문이었다. 향가 형식과의 근친성을 확인하기 어려울 뿐만 아니라 "각 절(各節)에 분단(分段)할 수 없는" 연속적 형태이기 때문이다. 결국 조윤제는 가사를 시가의 범주로부터 몰아내는 길을 선택한다. 훗날 '시가·가사·소설·희곡·한문'의 다섯으로 한국문학의 장르를 구분하는 데서 시가로부터 떨어져 나간 가사의 위치를 확인하게 된다.[43] 이렇듯 형식 변천의 내적 규칙화에 예외가 생겨나면 자국학적 전체성의 이념에는 균열이 생길 수밖에 없다. 더군다나 시가사만이 아니라 여타의 개별적 장르를 포함하는 문학사 일반으로 확장된다면 표상적 전체성은 '형식'만으로 감당하기 어렵게 된다. 해방 이후 등장한 조윤제의 『국문학사』가 결국 '민족정신'을 초월적 본질로 내세움으로써 조선문학사의 유기체적 전체성을 주장한 것은 불가피한 경로였다고 하겠다.

---

42 위의 책, 7·24면.
43 조윤제, 「가사문학론」, 앞의 책, 1948, 114~116면; 조윤제, 『국문학개설』, 동국문화사, 1955, 3~4면.

시가 형식론을 입구로 삼아 조윤제의 '조선문학사'가 걸어간 경로는 기실 일본 시가 형식과의 대결 과정에서 마련된 것이었다. 쓰치다의 형식론이 그 맞상대였던 탓이 크다. 『조선시가사강』 등에서 보이는 조선문학사 인식이 중국으로 대표되는 외래문화와의 관계를 준거로 서술되고 있지만 그 현실적 의의는 일본과의 비동질성이라는 함의가 더 짙어 보인다. 이러한 조선문학사 인식이 식민지 상황과 조우할 때 파생되는 정치적 효과는 분명하지만, 이러한 측면만으로 식민지 아카데미즘의 '조선문학사'가 학술적 근거를 확보하기는 어려운 일이었다. 외래문화의 대표적 상징인 유교·한문학을 전면 배제하고서 조선문학사의 연속성을 확보할 수는 없는 일이다.

조윤제의 '조선문학사' 인식을 논의하는 출발 배경으로 삼았던 1929년, 시오노야 온이 경성을 방문한 것은 공식적으로 병석에 누운 고지마 겐기치로를 대신하여 '지나문학개론'이라는 제목의 강의를 진행하기 위해서였다. 강의의 세부 주제는 '언어론-문자론-문체론-사부론(辭賦論)-시체론(詩體論)-전사론(塡詞論)-희곡론-소설론' 순이었다. 시오노야에게는 고지마의 『지나문학개론(支那文學槪論)』과 유사한 『지나문학개론강화(支那文學槪論講話)』라는 제목의 저술이 있었는데, 시오노야의 강의는 자신의 저술 내용에 근거한 것이었다. 공히 지나문학 개론서라고 할 수 있는 시오노야와 고지마의 저서를 비교해 보면 그 둘 사이에 어떤 차이가 있는지 곧장 드러난다.[44] 아래에서 보이듯, 가장 확연한 차이는 시오노야가 희곡과 소설을 독립된 장으로 구성한 데서 찾을 수 있다.

---

[44] 兒島獻吉郎, 『支那文學槪論』, 京文社, 1928; 鹽谷溫, 『支那文學槪論講話』, 大日本雄辯會, 1923.

고지마 겐기치로, 『지나문학개론』			시오노야 온, 『지나문학개론강화』		
제1편	서론	文學の本質實體, 文學の價値功用, 文學と時代, 文學と政治, 文學と道德, 文學と宗教	제1장	음운	支那語の特質, 四聲及び百六韻
제2편	내용론	理智と感情, 主觀と客觀, 悲觀と樂觀, 理智文學, 感情文學, 詩人の人格, 詩人の態度, 詩人と大自然, 詩人と雪月花, 詩人と酒, 詩人と美人	제2장	문체	辭賦類, 騈體文
			제3장	詩式	古體, 近體
제3편	형식론	形式的區別, 詩文の同軌, 詩文の殊塗, 句法, 篇法, 詩の三體, 文の三體, 賦と騷, 詞と曲	제4장	樂府 塡詞	樂府, 絶句の歌法, 塡詞
제4편	결론		제5장	희곡	唐宋の古劇, 金の雜劇, 元の北曲
			제6장	소설	神話傳說, 兩漢六朝小說, 唐代小說, 諢詞小說

    시오노야 온은 한학 전통을 계승하는 인물이자 일본의 지나문학사를 체계화한 인물로서 1930년 봄에 일본 천황에게 『상서(尙書)・요전(堯典)』을 진강(進講)하기도 하였다. 한편으로 당송팔대가(唐宋八代家), 당송시선(唐宋詩選) 중심의 한학과를 넘어서서 송사(宋詞)・원곡(元曲)・명청소설(明淸小說)을 포함하는 '지나문학'을 건립하여 영문학・불문학・독문학 등 서양문학과 대등한 지나학(문학 연구)의 기틀을 마련하였다는 평가를 받는다. 시오노야의 『지나문학개론강화』에 따르면 '희곡・소설'이 포함된 지나문학사가 가능해지면서 동양학으로서의 지나문학이 결여나 미달이 아니라 객관적인 학적 대상으로 자립할 수 있음이 보장된다. 지나문학도 서양문학과 대등한 같은 일원이 되는 셈이기 때문이다. 요컨대 시오노야를 통해서 지나문학사의 객체화 즉 '문언문 중심의 한문학사 + 희곡・소설 중심의 속문학'의 연속체・복합체로서 지나문학사의 구도가 체계화되는 것이다.

    이러한 기본 구도의 정립은 일본의 지나문학사 인식에서뿐만 아니라 경성제국대학의 '조선문학사' 인식에도 영향을 미쳤다. '한문학사'와 '속문학사'의 공존 가능성이 확보되는 동시에, 한문학사와 속문학사의 계기적 연결이 가능하도록 하는 인식 틀이기 때문이다. 이런 맥락에서 가령 김태준의 조선문학사 서술을 이해하자면, 『조선한문학사』와 『조선소설사』의 접점, 즉 한문학과 국문문학의 연계성이 문학사 인식의 관건처로 부각될 수밖에 없는 것이다. 유사한 시기에 조선 중기를 중심으로 한문학사를 연구하였던 경성제국대학의 예과교수 다다 마사토키의 조선한문학사 인식[45]과 다카하시 도오루의 '문체반정(文體反正)' 관련 논의, 김태준의 『조선한문학사』(『조선소설사』)를 대비해 보면 이러한 경향이 어떤 함의를 내포한 것인지 비교적 뚜렷이 드러난다.

이 시기 즉 김태준의 문학사 서술이 본격적으로 진행되던 무렵을 전후하여, 경성제국대학의 아카데미즘과의 관련 속에서 전개되었던 한문학 연구의 문학사적 인식을 간명하게 정리하기는 쉽지 않다. 다만 그 대표적 성과를 우선적으로 고려하자면, 다다 마사토모의 「宣祖·仁祖朝 文學の一考察(선조·인조조 문학의 한 고찰)」에서는 시의 경우 '삼당시인(三唐詩人)과 이안눌(李安訥)·권필(權韠)'을 중심에 두었고 문(文)의 경우는 '최립(崔岦)과 월상계택(月象谿澤)의 사가(四家)'를 핵심으로 보았다. 다카하시의 「弘齋王の文體反正(홍제왕의 문체반정)」에서도, 정조의 '문체반정'에 초점을 둔 까닭에 문장론을 중심으로 논의를 펼치고 있지만 논리 전개의 필요상 한시사(漢詩史)의 전체적 흐름을 개략적으로나마 서술해 놓았다. 이에 비해 김태준의 『조선한문학사』는 통사적 서술답게 다다와 다카하시가 주로 거론한 작가들을 포함하되

---

45 多田正知,「宣祖·仁祖朝 文學の一考察 (上)」,『朝鮮』206號, 1932.7; 多田正知,「宣祖·仁祖朝 文學の一考察(下)」,『朝鮮』207號, 1932.8; 高橋亨,「弘齋王の文體反正」,『青丘學叢』7호, 1932.2. 이하 多田正知와 高橋亨의 조선 한문학사 연구에 대한 기술은 기본적으로 이 글에 의한 것이다.

그 이외의 훨씬 다양한 내용을 담고 있다.

가령 정철의 가곡에 대한 김태준의 언급은 특기할 만하다. 무엇보다 다다와 다카하시의 한문학사 인식과 가장 뚜렷하게 구분되는 차이가 이른바 '국문문학'에 대한 적극적 고려에 있기 때문이다. 선조~정조 시기의 한문학사에 '수필(隨筆)·야담(野談)·유서(類書)의 홍수출(洪水出)'이라는 독자 항목을 마련한 데서 이미 엿볼 수 있듯이, "획기적 '소설가'의 발흥"이라는 제목으로 송세림·임제·허균을 3대 소설가로 다루거나, 김만중을 두고 "언문학에 대하여 비상한 조예"가 있는 작가로 거론하고 독보적 소설 작가로서 박지원을 평가한 데서 여실히 드러난다.[46]

여기엔 무엇보다 김태준이 『조선한문학사』와 거의 동시에 『조선소설사』를 집필하고 있던 상황이 작용한 탓이 크겠지만, 선조~인조 무렵의 "이때를 지나고 나니 한문학(漢文學)이 침체(沈滯)하기 시작된다. 국문문학(國文文學)이 대두(擡頭)하여 온 것이 이때의 일이다"[47]는 진술을 감안하자면 여기서 한문학만이 아니라 국문문학을 포함하는 조선문학사 인식의 형상을 엿볼 수 있다. 이런 맥락에서 특히 주목되는 작가가 허균과 박지원이다. 『조선한문학사』에 함께 주요한 작가로 등장하지만 동시에 자세한 서술은 "『조선소설사』로 미룬다"고 되어 있다.[48]

다다 마사토키의 조선 중기 한문학 연구에서 허균(許筠)은 무엇보다 오명제(吳明濟)가 『조선시선(朝鮮詩選)』을 편찬·간행할 수 있도록 하는 데 적극 기여하고 누이 난설헌(蘭雪軒)의 시집이 중국·일본으로 전파·간행되는 데 결정적 역할을 한 인물로 기술되어 있다. 반면에, 김태준의 주안점은 조금

---

46 김태준, 『조선한문학사』, 조선어문학회, 1931, 15~154·170·176~179면 등.
47 위의 책, 113면.
48 위의 책, 164·179면에 각각 허균과 박지원이 언급되어 있다.

다른 곳에 있었다. 물론 이러한 측면을 소홀히 했다고 하기는 어렵지만, 특히 이달(李達)과의 관계를 중심하였다.

> 그들은 시로서는 말할 수 없는 절창이지만은 조선에서 학대하는 서얼로 태여나서 상당한 사회지위를 보전치 못하고 ① **남으로 廣寒樓와 북으로 浮碧樓에 醉往醉來하다가 불우한 생애에 침륜하여 버리고 말엇다.** 그럼으로 ② **그들의 句는 美妙하고 세련된 일면에 悲壯한 기색이 있으며 그가 唐人의 遺響을 전한 것은 순전히 그들의 才致에서 天成되여 나온 것이엿다.**[49] (강조는 인용자)

삼당시인에 대한 김태준의 서술인데, ②에서 보이듯이 삼당시인의 시풍에 대한 총평은 크게 두 가지이다. 첫째는 미묘·세련되지만 비장한 기색, 둘째는 내면의 자연스러운 표출의 결과[天成]. "조선에서 학대하는 서얼로 태여나서"라는 서술까지 고려한다면, 김태준이 실지로 염두에 둔 인물은 이달이었다고 할 수 있다. 삼당시인 특히 이달에 대한 김태준의 이러한 이해는, 아무래도 『홍길동전』의 작가로서 허균이 지니는 문제성이라는 인식에서 연유한 것이다. 김태준에게 『홍길동전』은 '계급타파 특히 적서(嫡庶) 차별 폐지'가 그 핵심적 주제의식이고, 계축옥사와 연루된 '강변칠자'라는 서류(庶流)가 그 실제 역사적 배경이었다.[50] 따라서 서얼 출신의 이달과 허균의 관계 또한 이러한 측면에서 중시될 수밖에 없었다.

> 대저 그의 시는 '정(情)' 일자(一字)로 시종하엿으며 성수시화(惺叟詩話)를 보면 그가 시에 대해서는 투철한 감식안이 있엇스나 그는 조정귀현(朝廷貴顯)의 시

---

49 위의 책, 137면.
50 김태준, 『조선소설사』, 청진서관, 1933, 57~61면.

보담 산림은일(山林隱逸)의 시를 좋아하며 양반(兩班)의 시보담 서얼(庶孽)의 시를 사랑하엿나니 이손곡(李蓀谷)의 시집에 서(序)하며 손곡의 불우에 깊이 동정하야 그 전(傳)을 짓고 동인(東人)의 시를 避(選?)함에 정도전(鄭道傳)의 시로 웃듬을 삼고 심우영(沈友英)의 시를 가입식혓다는 것은 유명한 말이다.[51]

인용문에서 잘 드러나듯이 김태준은 허균에게서 적서차별을 부정하는 저항의식을 읽고 이것을 '정(情)'이라는 문학적 경향과 연계시킨다. 삼당시인의 총평에서 '비장(悲壯)'과 '천성(天成)'을 강조한 것도 이런 맥락에서 이해할 수 있다. 『조선한문학사』에서도 허봉·허균·허난설헌 등을 다루면서 "하곡(荷谷, 허봉)의 시보담 성옹(惺翁, 筠)의 시와 소설이 유(有, 名)하고 균(筠)이와 제명(齊名)한 것이 난설(蘭雪)의 시(詩)"라 하고 "하곡의 시와 조천록(朝天錄)을 보면 또한 표일(飄逸)한 필치(筆致)가 없음은 아니나 그의 일제일매(一弟一妹)의 시처럼 정적(情的)의 것은 아니다"[52]고 동일한 시각을 보였다. 또한 '허난설(許蘭雪)과 여류문학(女流文學)'이라는 항목에서 "난설의 문집을 보면 구(句)마다 열정(熱情)이 있고 허식(虛飾)이 적으며" "이와 같은 감상적(感傷的) 작품(作品)은 그의 천품에 의하는 자(者) 많지만은 그의 시사(詩師)인 손곡(蓀谷)·이달(李達)과 하곡(荷谷)에게 부(負)하는 바 많"[53]다고 한 경우도 마찬가지 태도이다.

한문학과 국문문학의 관계를 의식한 문학사를 고려할 때 허균만큼 중시되는 존재가 박지원이다. 다음은 다카하시가 문체반정과 관련해서 박지원에 대해 언급한 내용이다.

---

51 위의 책, 61면.
52 김태준, 앞의 책, 1931, 164면.
53 위의 책, 167면.

근래에 조선의 문장가라고 평가되고 몇 해 전에 돌아간 윤희구(尹喜求) 선생이 조선 고금에 맞설 자 없다고 절찬한 연암(燕巖) 박지원(朴趾源)이 결국 과거를 통해 뜻을 얻을 수가 없었던 것에 대하여, 후세 어떤 이는 홍재왕(弘齋王)이 자신보다 탁월한 인재를 수용하기 힘들었던 협소한 국량 탓이라고 평가하지만, 전혀 그렇지 않다. 연암의 초기의 글은 명나라 문장의 습기를 띠었으며, 재능을 믿고 지나치게 분방하고 절제가 부족하여 문장의 품격이 높지 않으니, 얼마간 패사(패사)·소품(小品)의 유행에 영향을 받았다고 볼 수 있다. 홍재왕이 문체반정이라는 국가 운영의 높은 입지에서 보아서 연암을 과거에 급제시키지 않았던 것은 오히려 입장에 충실한 것이며 일관된 주장을 견지하고 있었다고 말해야 한다. 남공철(南公轍)이『금릉집(金陵集)』권십삼(卷十三)「김지현상임농정서발(金知縣相任農政書跋)」에서 연암의 글을 비평하기를, '그 때(정조대(正祖代))에 농서를 헌상한 자는 무려 수백 명에 달하였으나, 세상에서는 유창애(兪蒼崖)·박연암(朴燕巖)의 저술이 가장 뛰어나다고 평가했다. 유창애는 문장은 기굴(奇崛)하나 실상에 어둡고, 박연암(朴燕巖)은 속어를 섞어 써서 쩨 마뜩치 않으니, 모두 숙도(叔度)의 분명하고 확실함에 미치지 못한다[同時進農書者, 毋慮累百人, 世稱兪蒼崖, 朴燕巖之作爲最著, 兪文章奇崛, 而闊於事務, 朴雜以俚語, 頗可厭, 俱不如叔度之明且確也]'라고 하였다. 속어를 섞는 것이 고문에서 매우 기피되고 있음은 요내(姚鼐)의 『석포헌문집(惜抱軒文集)』권6「복조운로서(復曹雲路書)」에서 운로(雲路)의 글에 왕왕 속어가 섞여 있는 것을 지적하고, '선생께 바라옵건대, 어록체처럼 속어에 가까운 것은 모두 고쳐서 문장을 만든다면 좋겠다고 생각합니다[願先生凡辭之近俗如語錄者, 盡易之使成文, 則善矣]'라고 비판한 데서도 알 수 있다. 요내(姚鼐)로 하여금 연암의 글을 보게 하였다면 필시 같은 비난을 가하였을 것이다.[54]

---

[54] 高橋亨, 앞의 글, 10면.

인용문에 앞서서 다카하시는 정조의 문장관과 문체정책이 공자에서 연원하고 당송 고문가들이 주창한 도문일치론의 입장에 부합할 뿐만 아니라 전겸익(錢謙益)에서 싹이 터서 청대 동성파에 이르러 흥성한 문장론과 거의 흡사하다고 평가하였다.[55] 다카하시 도오루는 기본적으로 대진(載道)의 논과 당송고문파적 문장론을 지지하는 입장에 서 있었다. 이와는 전혀 다른 입장에 박지원에 대한 김태준의 인식이 자리한다.

> 그가 과연 패관문학자(稗官文學者)인가? 그에게는 과농소초(課農小抄), 농정신서(農政新書)가 있고, 또 자세히 열하일기(熱河日記)를 분석하여 보면 어느 것이 우국적 경세적 문자가 아님이 없다. (…중략…) 또 그는 표현방법에 있어서도 다각적 시험(多角的試驗)을 하엿섯다. 즉 그의 문중(文中)에는 시희(詩戱), 구희(句戱), 자희(字戱)가 많은 것과 가장 적절한 비유(譬喩)를 많이 쓴 것이다. (…중략…) 송인(宋人)의 문(文)을 표절(剽竊)하며 철습(掇拾)하야 자기의 문(文)을 윤식(潤飾)하기로 위주하든 당시(當時)의 풍상(風尙)을 좇지 아니하고 모든 것을 독창(獨創)에 대(待)하야 아무 구속도 받지 아니하고 천마(天馬)가 행공(行空)하는 듯 행운유수(行雲流水)와도 같이 유로(流露)하되 자연히 中絶(中絶)하는 자! 조선 문원(文苑)의 과거에는 오즉 박연암이 있다 하노라.[56]

『조선소설사』에서도 김태준은 "하물며 그 글(열하일기)은 패관자류(稗官者流)와 동일히 보게 되어 일즉 정조(正祖)의 천람(天覽)을 달(達)하야 정조까지도 연암을 패관문학자로 취급하엿다"[57]처럼 자신의 논의를 반복하고 있다.

---

55 위의 글, 6~7면.
56 김태준, 앞의 책, 1931, 177~179면.
57 김태준, 앞의 책, 1933, 128면.

김태준이 이처럼 박지원의 평가에 중요한 의미를 부여하는 것은, 한문학과 국문문학(속문학)의 교차점에 박지원의 문학이 놓이기 때문이다. 박지원의 한문학은 한문학사의 흐름 내부에서도 혁신적 의의를 지니는 것이므로 정통 한문학의 후퇴나 타락이라는 시각에서 접근하는 것은 부당하다고 인식하였다. 한문학의 혁신과 국문문학의 발전이라는 연쇄는 '문언문-속문학'이라는 문학사 인식의 기본 구도와 전형적으로 부합한다. 이것은, 김태준의 문학사 서술과 조연제의 시가사 연구로 대표되는 경성제국대학의 아카데미즘에 의해 '문학사의 조선학'이 기본 구도를 정립하게 되는 과정이기도 하다. 향후 진행되는 자기 갱신이나 다양한 분화 또한 이 자장 안에서 이루어졌다고 볼 수 있다.

시카타 히로시[四方 博]의
조선시대 '인구 · 가족' 연구에 대한 재검토

손병규

1. 들어가며

'인구'란 구체적 개개인이 아니라 그것을 집단화하여 통계학적으로 인식하기 위한 개념이다. 인구학은 개인의 일생 가운데 출생, 혼인, 사망과 같은 인구학적 사건을 집단적으로 계량하여 분석함으로써, 현재의 인구 현상을 파악하고 그것으로부터 미래의 인구 변동을 예측하는 학문이다.[1] 그 분석은 주로 특정 시기에 전국 일제히 실시되는 '인구조사(population census)' 자료에 의거하는 경우가 많다. 여기서는 인구학적 분석을 위해 개인의 성별, 나이,

---

[1] 학술적 정의로서 인구학은 출생 · 사망 · 이동이라는 인구동태와 인구증가 · 인구구조와의 사이의 법칙성을 밝히는 학문이다. 河野稠果, 「序章 : 人口問題」, 『人口學への招待』(中公新書, 1910), 中央公論新社, 2007.

배우자 유무 등이 조사되어 지역 행정 단위로 집계된다. 다양한 개성을 무시하고 개인을 집단화하여 일률적 분석을 시도하는 것은 근대 학문의 일반적 연구방법이다.

'가족'이 근대적 개념의 '인구'라는 용어와 함께 거론될 때에 이 '가족'도 근대 법제로 규정되는 것을 가리키는 경우가 많다. '인구'가 그러하듯이 이때의 '가족'도 통계학적으로, 평균적 지수로 인식되는 개념이다. 실생활에서 일견 명백해 보이는 '가족'은 사실 근대사회에 특수화된 역사적 존재임이 증명되고 있다.[2]

그런데 동아시아사회에서 이러한 인구와 가족의 집단적 파악은 근대국가 형성 과정에서만이 아니라 중국 고대사회부터 집권적 전제주의 국가에 의해 진행되어 왔다. '가(家)' 혹은 '호(戶)'를 단위로 구성원 '구(口)'를 파악하고 지역별 '호구총수(戶口總數)'로 집계하는 '호적(戶籍)'이 그것이다. 한국에서 조선왕조의 호적을 인구학의 자료로 삼은 선구적 연구는 1930년대에 시카타 히로시[四方博]에 의해서 이루어졌다.[3] 이에 앞서 젠쇼 에이스케[善生永助]도 '총독부 조사자료(總督府調査資料)'의 하나로 '유래(由來)'의 인구와 가족을 다룬 바 있으나,[4] 조선왕조 호적의 호구총수와 같은 통계수치를 인용하는 데에 그쳤다.

---

2 牟田和惠, 「'近代家族'槪念と日本近代の家族像」, 大日方純夫 편, 『日本家族試論集 2－家族史の展望』, 吉川弘文館, 2002, 213~235면.

3 조선왕조 인구, 가속에 대한 시카타 히로시의 일련의 연구는 다음과 같다.
「李朝人口に關する一研究」, 『朝鮮社會法制史研究』(『京城帝國大學法學會論集』第9冊), 1937.5; 「朝鮮に於ける大家族制と同族部落―その歴史的觀察の一試論」, 『朝鮮』第270号, 1937.11; 「李朝人口に關する身分階級別的觀察」, 『朝鮮經齊の研究』第三(『京城帝國大學法學會論集』第10冊), 1938.10; 「李朝時代の都市と農村とに關する一試論―大丘戶籍の觀察を基礎として」, 『京城帝國大學法學會論集』第12冊, 1941.12; 「大丘戶口帳籍に就いて」, 『大丘府史』特別篇, 大丘府刊, 1939. 이 논문들은 시카타 히로시의 연구논문들을 집대성하여 1976년9월에 일본의 國書刊行會에서 간행한 『朝鮮社會經齊史研究』中에 재수록되었다. 이 글은 재수록된 논문집에 의거하여 서술되었다.

4 善生永助, 『朝鮮の人口現像』(調査資料 第22集), 朝鮮總督府刊, 1927.12. 대가족 제도와 관련해서 진행된 '동족부락' 연구에는 善生永助, 『朝鮮の聚落』(調査資料 第41集－生活狀態調査 8), 朝鮮總督府刊, 1935.3); 善生永助, 『朝鮮の姓氏と同族部落』(民族政策研究所研究叢書 3), 刀江書

식민지 시대 사학자로서 시카타 히로시만큼 그의 연구가 후대의 전공분야 연구자들에게 많은 영향을 끼친 사람은 없을 것이다.[5] 그러나 조선왕조 호적을 분석한 시카타의 연구는 해방 후 한국 연구자들에게 조선시대 사회 계층 구조에 대한 연구로만 알려져 있다. 더구나 시카타의 계층 분석은 1960년대 이후에 한국사 연구의 '식민지사관 극복'을 위한 비판 대상이 되었는데, 그것은 그의 조선 시대 신분 계층에 관한 인식이 조선사회의 후진성을 역설하고 있다고 판단되었기 때문이다. 그럼에도 불구하고 조선왕조 호적을 자료로 하는 사회 계층 구조 변동 연구는 최근까지도 기본적으로 시카타의 사회 계층 분류 방법에 의존하고 있다.[6]

시카타의 호적 연구를 다시 검토하고자 하는 것은 단지 후대 한국 연구자들에게 지대한 영향을 끼쳤기 때문만은 아니다. 조선 후기 호적장부가 전산화되면서 기존 연구에 대한 비판적 연구가 활발히 진행되었지만,[7] 조선왕조 호적을 위시한 인구 자료에 대해 여러 측면에서 새로운 연구방법론의 제시가 요구되고 있다. 여기에 시카타 히로시가 '인구'와 '가족'의 관점에서 호적을 검토했다는 사실을 상기하게 된다. 더구나 역사 인식의 전환이 요구되는 현시점에서, 당시의 조선사 인식에 기초하여 진행된 식민지 시대 일인학자의 조선 인식을 학술사적으로 재검토할 필요성을 느낀다.

院刊, 1943.7이 있다.

5 한양대학교 비교역사문화연구소에서는 2013년도 국제학술회의 '공동연구―일본의 '식민주의 역사학'과 제국'(2013.5.31~6.1)에서 식민사학자들의 전공분야별 연구현황을 '식민주의 역사학'이라는 관점에서 재검토할 기회를 가졌다.

6 손병규, 「조선 후기 국가적인 신분 규정과 그 적용」, 『역사와 현실』 48호, 한국역사연구회, 2003, 31~52면; 송양섭, 「조선 후기 신분·직역 연구와 '직역체제'의 인식」, 『조선시대사학보(朝鮮時代史學報)』 34집, 조선시대사학회, 2005ㄴ, 127~157면.

7 정진영, 「조선 후기 호적 '호'의 새로운 이해와 그 전망」, 『대동문화연구』 42권, 성균관대 대동문화연구원, 2003, 137~170면; 권내현, 「조선 후기 호적, 호구의 성격과 새로운 쟁점」, 『한국사연구(韓國史研究)』 135호, 한국사연구회, 2006, 279~303면; 심재우, 「조선 후기 사회변동과 호적대장 연구의 과제」, 『역사와 현실』 62집, 한국역사연구회, 2006, 223~246면.

2. 조선 후기 사회 계층 구조와 변동에 대한 이해

시카타 히로시의 연구 가운데 이후의 호적연구자들에게 크게 영향을 주면서도 비판의 대상이 되었던 것은 그의 '신분계급'에 관한 연구이다.[8] 여기서 그는 『대구부호적대장(大丘府戶籍大帳)』을 이용하여 처음으로 호적상의 개인별 직역(職役)과 노비(奴婢) 기재를 기준으로 '양반(兩班)-상민(常民)-노비(奴婢)'라는 신분 구분을 시도했다. '직역'이란 관직 및 군역과 같은 국가의 공공업무나 그것과 관련된 '국가적' 신분 규정을 말하며 노비와 대비하여 양천 제도하의 '양인(良人)'에게 부여되는 것이 원칙이었다.[9] 말하자면 시카타가 '신분계급'으로 제시한 '양반'과 '상민'은 모두 양인이지만, 호적상 국가에서 규정하는 신분이 아니라 사회적으로 인식되는 신분이다.

시카타도 '신분계급'을 구분할 때에 소위 '중간계급'으로 지적되는 자들을 지적하며 신분을 서너 개로 대별하는 것은 매우 곤란하고 '대담한' 일이라고 말한다. 단지 그러한 '신분계급' 구분의 시도는 그 목적이 '특권계급인 양반과 기타 계급과의 비교 관계'를 수적으로 추산하여 '당시 사회의 재정력과 생산력의 기초를 이해하는 자료로 삼고자 하는' 데에 있다고 하여 상대적 개념으로 신분을 이해하고자 했다. 따라서 그가 호적의 법제적 신분 기재로부터 우선적으로 추산해내고자 하는 사회계층은 '양반'이었다.

그는 다년간 조선총독부 통역관을 역임한 다나카 도쿠타로[田中德太郎]의 말을 인용하여 지방의 양반을 '향반' 혹은 '토반'이라 인식한다. 호적상 이 '향반'을 확인하기 위해서는 족보를 조사해야 하지만, 그것이 불가능하기 때문

---

8 四方 博, 앞의 글, 1938.10(四方 博, 『朝鮮社會經濟史研究』 中, 國書刊行會, 1976, 109~241면).
9 손병규, 앞의 글, 31~32면.

에 그는 '양반'을 가리키는 가장 안전한 기준을 다음과 같이 제시한다. 우선 호를 단위로 대표자 부부의 남성은 전현직 관직자 이외에도 '유학(幼學)', '학생(學生)', '진사(進士)', '생원(生員)' 등을 기재하여 분명히 유생(儒生) 혹은 과거 등제자의 신분임을 밝히는 자를 양반으로 삼는다, 여성의 경우에는 성에 '씨(氏)'를 붙여서 호칭하고 호적기재양식상 연령에 '세(歲)', '령(齡)', 본관에 '적(籍)'을 사용하는 자가 그것이다. 여기에 호 내 구성원 가족과 친인척도 첩과 그 자식들을 제외하고 양반으로 간주한다. 소위 '서얼'이나 '준양반'으로 규정되는 '중간계급'은 편의상 '상민'에 가산했다.

다음으로 호적상 신분 기재가 비교적 분명한 노비에 대해서도 주인의 호에 존재하는 것으로 등재된 노비 이외에 독립하여 호를 구성한 노비가족의 신분계급 규정이다. 어미가 '비(婢)'이면 그 소생들은 모두 노비인 원칙을 적용하여 양인과 노비가 혼인하여 형성된 가족구성원까지 별도로 집계했다. 노비라는 신분을 기재하지 않은 '무기재(無記載)'의 노비 가족의 신분을 구별해내어야 했던 때문이라 여겨진다. 여기서 '양천상혼(良賤相婚)'의 사례가 감소하는 현상을 시카타는 노비의 '모양(冒良)', 도망, 투탁 등을 이유로 든다. 양천교혼이 호적상 양인호로 변해가는 현상과 함께 신분 관계 여하의 중요성이 감소하는 현상임을 지적하고 있다. 양반과 마찬가지로 노비에게도 신분계급의 가변성이 존재함을 간파한 셈이다.

시카타의 신분계급 구분은 기본적으로 호적기재상 직역이나 여성호칭을 집계하여 추적하는 방법이다. 그러나 시카타가 '준양반'이나 '양천상혼'의 경우를 상정하고 '모록(冒錄)'을 예견하듯이 신분상승의 욕구에 기인하는 직역 및 여성 호칭과 사회계층의 현실 사이의 괴리가 전혀 고려되지 않은 것은 아니다. 통계상의 현상과 후술하듯이 그것에 대한 평가는 별개의 문제다. 오히려 문제는 호적으로부터 조선사회의 신분 구조와 그 변화 양상을 계량적으로 분석해내기 위한 이러한 신분 구분은 아직도 유용한 분석 방법으로 사용되고 있다는 점이다. 후대의 연구에는 직역과 현실의 사회적 위상이 시기에 따라 달라짐에 착목하여 동일직역의 의미 변화를 추적하기도 했으나,[10] 호적상의 직역과 현실의 사회신분을 동일시하는 관점이 대부분이다.

그러나 시카타의 호적 연구에서 높게 평가될 수 있는 선구적 분석방법은 호적에 등재된 개개인을 일일이 계량했다는 점에 있다. 시카타는 호 대표자만이 아니라 호 내의 개별 인구에 대한 신분별 집계를 감행하여 통계상의 상호비교를 행했다.[11] 호적대장에 기재된 개개인의 모든 인적사항이 전산화되어 연구자들이 쉽게 개개인을 계량·분석할 수 있게 되기 전까지 해방 이후 연구자들의 조선왕조 사회 구조 변화에 대한 분석은 주로 호의 대표자에 한해서 이루어졌다.[12] 방대한 자료의 양으로부터 개인별 집계가 매우 지난한 일임을 생각하면, 후대의 연구자들은 통계 분석 방법에서 오히려 후퇴한 감이 없지 않다.

호 단위의 대표자와 호 내 구성원 개개인으로 집계한 각각의 결과를 가지고 추산한 사회구성의 변화양상은 서로 다르게 나타난다. 호의 대표자에 한해서 집계하면 유학(幼學)을 비롯하여 전현직, 생원 및 진사, 품관명 등을 직역명으로 사용하는 자들이 17세기 말에 10% 미만에서 이후 점차 증가하여 19세기에는 70%에 이른다. 반대로 노비는 17세기 말에 거의 반에 가깝다가

---

10 이준구, 『조선 후기신분직역변동연구』, 일소각, 1993, 1~6면.
11 조선왕조 호적에 호의 대표자에 대한 칭호는 기재되지 않는다. 각 호의 첫 번째 기재자를 통상 호의 대표자로 간주할 뿐인데, 조선왕조의 법제상으로는 '주호(主戶)'로 공칭된다. 호구단자(戶口單子)나 준호구(准戶口)와 같은 개별 호적문서에는 '주호'와 함께 '호수(戶首)'라는 칭호가 보이기도 한다. 대한제국기의 소위 '광무호적' 양식에 호의 대표자를 '호주(戶主)'로 칭하고 있다.
12 단, 일찍이 이노우에 가즈에가 19세기 '경상도단성현호적대장'의 일부 지역에 대해 인구를 일일이 집계하는 연구를 시도한 적이 있다. 井上和枝, 「李朝後期慶尚道丹城縣の社會變動」, 『學習院史學』 24, 學習院大學, 1986, 1~25면.

점차 줄어들어 18세기 말에는 10%를 밑돌고 19세기에는 거의 나타나지 않는다. 그런데 호 내 구성원을 신분별로 일일이 집계하면 양반은 19세기 중엽에 50% 정도인 반면, 노비는 18세기 말까지 15% 정도로 감소했다가 19세기 중엽에 30%로 다시 증가하는 것을 발견할 수 있다.

호 대표자에 대한 집계와 개개인에 대한 집계에서 가장 큰 차이는 18세기 후반에서 19세기에 걸친 양반과 노비 비율의 변화에 나타난다. 그것은 일차적으로 호 내 구성원이 동일한 계층으로 일원화되어 있지 않기 때문에 발생한다. 17세기 말에서 18세기 초에 걸친 시기에 노비는 주인호의 '솔거(率居)'로 현존하는 이외에도 독립호를 형성하여 호의 대표자로 존재하는 자들도 많았다. 노비호의 비율이 높은 이유다. 그러나 18세기 말 이후에는 독립한 노비호가 사라지는 대신에 호 내에 한두 명의 노비를 솔거로 기재하는 호가 늘어나면서 19세기 중엽에는 다시 노비의 수가 증가한 것으로 계산되었던 것이다.

이것은 이후의 연구자들에 의해 다양한 각도에서 해석되었다. 양반호의 증가는 양반지향적 성향이 강해짐을 의미하는데, 노동을 하지 않는 양반의 행세를 위해서는 대신에 노동할 노비가 그만큼 필요하게 되었다는 것이 그 하나이다.[13] 혹은 19세기에 단지 호적 기재가 노비를 등재하는 양반호의 형태로 일원화하는 경향이 있었음을 지적하기도 한다.[14] 역시 양반지향적 성향과 더불어 양반이 즐겨 사용하던 직역명을 호적에 기재하면서 동시에 호적 기재 양식을 갖추기 위해 노비 한두 명을 가명으로 등재하는 경우도 있었다는 것이다. 19세기 중엽의 노비 증가가 갖는 현실성 여부에 차이가 있다.

---

13 宮嶋博史, 『兩班―李朝社會の特權階層』(中公新書 1258), 中央公論社, 1995, 197~203면.
14 김건태, 「조선 후기 호적대장의 인구기재 양상―단성호적을 중심으로」, 『역사와 현실』 45, 한국역사연구회, 2002, 195~226면.

그런데 이러한 경향의 이유에 대해서 시카타는 사회적 우월성의 추구만이 아니라 부세 및 군역의 가중을 피하려는 피역(避役)의 결과, 신분 '모칭(冒稱)'으로 이해했다. 국가의 수요는 증가하지만, 재정이 고갈되어 매관매직이 성행한 점도 여기에 가세되었다고 한다. 특히 19세기에는 상민호(常民戶)에 대한 국역부담의 가중, 호 단위 부담으로부터 탈피하기 위한 양반호로의 투탁이 대대적으로 일어나서 '사회적 통제의 상당한 결함'이 드러난 것으로 판단되었다. 여기에는 19세기 사회에 대한 시카타의 강한 역사 인식이 내재되어 있다. 시카타는 "봉건적 질곡이 강력한 이상, 그 조직의 중요요소인 신분의 변경이 이렇게 용이하게 행해질 수는 없다"고 전제하면서, 그래서 호적상의 신분변동을 '농간'에 의한 것으로 단정한다. 시카타에게 조선왕조 19세기는 자체의 모순이 증폭되기는 하나 봉건적 질곡에 강하게 규정받는 사회였다.

정작 이후의 호적연구자들은 직역과 노비 기재에 의거한 그의 신분분류 방법을 기본적으로 따르면서, 한편으로는 18세기 말 이후의 신분변동에 대한 인식을 달리하고 있다. 후대의 호적연구자들은 호적상의 신분 기재는 현실을 그대로 반영하는 것으로 여기고 신분 변동에 대해 '양반화'를 필두로 하는 전반적 신분상승의 진행과 그에 따른 노비제 해체로 이해하는 것이 대세다. 양반호의 격증과 노비호의 격감으로 상징되는 '신분제 붕괴'와 그것을 포함하는 '봉건사회 해체'를 이야기하면 되었던 것이다. 시카타의 연구에 대해서는 봉건왕조의 보수적 지배계층인 양반이 감소하기는커녕 오히려 지속적으로 증가하고 근대 직전의 시기에 중국 고대사회에서나 존재하는 노비가 다시 증가하는 현상을 밝히는 것만으로도 충분히 한국 역사의 후진적 경향을 드러내는 데에 기여했다고 여겼는지도 모르겠다.

문제는 후대의 연구가 시카타의 신분모칭론에 대한 비판을 행하지 않고 그것을 모순적으로 수용하는 경향이 있다는 데에 있다.[15] 호적상의 신분 기재가 모칭이나 농간에 의한 허구성이 존재하는가 아니면 사회계층적 현실을 충실히 반영하는 것인가를 따지지 않는다는 것이다. 시카타의 관점 가운데 조선왕조를 봉건사회로 인식하고 말기의 붕괴해 가는 문란상을 부각한 점만을 받아들여 근대사회를 지향하는 전환기의 역사 인식을 공유하고자 했을 뿐인가?

양반들이 호적에 주로 사용하는 '유학(幼學)'이라는 직역은 민간에서 함부로 '모칭'할 수 있는 것이 아니며, 노비의 양인화도 무언가의 반대급부를 지불한 결과로 이해될 수 있다.[16] 양반호와 함께 노비 1~2명을 등재하는 호가 호적상에 증가하는 현상이 동포(洞布)·호포(戶布)의 징수와 같은 지역적 공동납과 이에 대응하기 위한 호 편제의 산물이라는 시각도 제기된 바 있다.[17] 호적상의 직역 기재는 지방 차원의 재정 및 군역 운영과 관련하여 현지의 주민과 지방 관아 사이의 합의에 기초하여 이루어졌으며, 그것이 지방사회에서 정당화되고 중앙정부에서 묵인되었다는 점도 놓칠 수 없다.

시카타의 신분계급 분석에서 지적되어야 할 점은 호적이 조선왕조의 국가적 필요에 의해서 기록되는 '합법적' 측면을 고려하지 못하고, 군현별 총액제에 의거하여 호구가 파악된다는 사실을 간파하지 못했다는 것이다.[18] 군현

---

15 심재우, 「조선 후기 단성현 법물야면 유학호의 분포와 성격」, 『역사와 현실』 41호, 한국역사연구회, 2001, 32~65면.
16 손병규, 「호적대장 직역란의 군역 기재와 '도이상(都已上)'의 통계」, 『대동문화연구』 39권, 성균관대 대동문화연구원, 2001, 165~196면; 손병규, 「18세기 지방의 사노군역(私奴軍役) 파악과 운영」, 『한국사학보』 13호, 고려사학회, 2002, 383~420면.
17 송양섭, 「19세기 양역수취법(良役收取法)의 변화─동포제(洞布制)의 성립과 관련하여」, 『한국사연구』 89호, 한국사연구회, 1995, 145~194면; 송양섭, 「19세기 유학호(幼學戶)의 구조와 성격─『단성호적대장(丹城戶籍大帳)』을 중심으로」, 『대동문화연구』 47호, 성균관대 대동문화연구원, 2004, 119~162면; 송양섭, 「19세기 유학층(幼學層)의 증가양상─『단성호적대장』을 중심으로」, 『역사와 현실』 55호, 한국역사연구회, 2005ㄱ, 323~346면.
18 시카타가 연구할 당시에 여러 식년에 걸쳐 군현 전체의 온전한 장부로 현존하던 『경상도단성현호적대장(慶尙道丹城縣戶籍大帳)』을 아직 시야에 두지 못했던 것도 한 이유라고 생각된다.

단위의 호구정책에 의해 '호구총수'에 의거하여 현주민의 일부만이 호적에 등재되고, 내부의 지역 간 호구 수 조절과 같은 자치적 호구 파악이 시행되었다는 사실은 지방재정과 직결된 직역·신분 기재가 합법적으로 이루어진 것과 더불어 단성호적(丹城戶籍)을 이용한 연구에서 일찍이 제기된 바 있다.[19] 조선왕조의 신분제가 제도와 관습으로 왕조 말기까지 존속하면서도 변동이 가능한 유동성을 그 특징으로 한다는 점도 지적되었다.[20]

3. 조선시대 호적 분석을 통한 '인구' 연구

호적을 분석한 시카타의 연구 가운데 오히려 주목되는 것은 사회계층 구조 분석에 앞서서 호적의 개별 구성원을 일일이 계산하여 '인구'로 취급하고 있다는 점이다. 시카타는 신분계급에 관한 연구를 발표하기 전인 1937년에 「이조 인구에 관한 한 연구(李朝人口に關する一研究)」라는 논문을 발표한 바 있다.[21] 이 논문은 시카타가 서론에서 밝혔듯이 그가 1934년부터 연구해온 조선왕조 호적에 관한 연구의 한 결과물이다.[22] 그런데 호적에 등재된 호구를 '인구'로 인식하고 분석 방법도 남녀인구 연령 분포나 혼인 관계와 같은 인구학 연구 방법을 구사하고 있다. 또한 조선왕조 호적상의 통계를 1909년부터

---

19 정진영, 앞의 글, 137~170면.

20 미야지마 히로시[宮嶋博史], 「조선시대의 신분·신분제 개념에 대하여」, 『대동문화연구』 42권, 성균관대 대동문화연구원, 2003, 61~78면.

21 四方 博, 앞의 글, 1937.5(四方 博, 앞의 책, 1976, 3~105면).

22 '혼인연령(婚姻年齡)'이라는 극히 인구학적 개념을 테마로 하는 연구가 별도로 발표되기도 했으나 현존하지 않는다고 한다. 위의 책, 9면.

1910년대에 조사된 민적(民籍)의 통계와 1925년부터 5년 정도 간격으로 실시되던 인구조사, 즉 '국세조사(國勢調査)'의 통계와도 비교하였다.

우선 인구증감에 대해서 시카타는 실록 등의 연대기에 기록된 전국 규모 호구 통계를 사용한다. 연구 당시 일일이 집계한 대구호적의 4개 면 두 식년 ― 숙종경오(1690)와 영조신유(1741) ― 통계가 확보되었지만, 그것만으로는 인구증감을 거론하기 어려웠을 것이다.[23] 1693년 이후의 전국 규모 구수 변화는 전체적으로 일진일퇴의 증감현상을 보이는데, 그는 이것에 대해 통계상 조작의 느낌이 있다고 말한다. 다만 그가 집계한 두 식년 가운데 후자인 '영조신유년'을 전후하여 전국규모 구수도 격감하는 현상은 당시 자연조건의 악화를 증명하는 것으로 이해하며, 기타 식년에 남성인구가 감소하는 경향에 대해서는 '재무 군역(財務軍役)'상의 누락을 의심하는 데에 그친다. 그러나 신분계급별 관찰을 하는 뒤 시기의 논문에서 호적상의 인구증가율에 대해 신분별로 비교적 단기간 내에 급격한 변동을 보이는 점에 대해서는 의문을 표하고 있다.[24]

인구밀도에 대해서도 두 식년의 조사 지역 면적 1㎢당 평균 호적 등재 인구수를 제시하고 그것을 식민지기 전국 규모 및 경상북도의 인구밀도와 비교한다.[25] 합병 당시의 민적통계로부터 1930년, 1935년 국세조사 통계에 이르기까지 인구밀도의 증가 경향을 전제하고 숙종대의 경상도와 대구부의 인

---

23 집계를 시도한 두 식년의 지역 가운데 동일한 면은 하동(河東), 하남(河南), 하서(河西), 하북(河北)이다. 1년 뒤의 논문에서는 동일한 지역에 대해 숙종 16년(1690), 영조 5년(1729)과 8년, 정조 7년(1783)·10년·13년, 그리고 철종9년(1858)의 호적을 집계하여 신분계층별 호구변동을 제시한다. 四方 博, 앞의 글, 1938.10(위의 책, 109~241면).

24 위의 글(위의 책, 129면).

25 대구 일부 조사 지역 1690년 호적에는 1평방km당 인구수가 92.8, 1741년 호적에는 78.8이다. 합병 당시 1평방km당 인구수는 전국 59.5, 경상북도 82.4, 1930년 국세조사에는 각각 95.4, 127.3, 그리고 1935년은 각각 103.7, 135.0으로 나타난다. 四方 博, 앞의 글, 1937.5(위의 책, 3~105면).

구밀도가 타당성을 갖는 것으로 판단한 것이다.

또한 여성인구 기준 남성인구의 대비율로 나타내는 남녀성비에 대해서도 1930년대 국세조사에 경북이 102 정도인 것에 반해 숙종대 호적에서 집계한 것은 87 정도로 '괴이한 현상'이라 하면서도 납득할 만한 이유를 찾고 있다. 즉, 17~18세기에는 조선왕조에 여성이 원래 많이 존재하거나 부역을 피하기 위해 남성의 신고 탈락이 많은 현상으로 이해한다. 연령대별로 성비를 보면 나이가 적을수록 낮아서 0~14세 사이의 성비는 73 정도에서 15~59세 95, 60세 이상에서 99에 이른다. 이것에 대해서는 여아가 점차 사망하거나 여아를 등록하지 않다가 등록하게 됨으로써 이후 정상수치를 회복하는 것으로 설명된다.

약간의 신고 탈락 문제를 감안하면 호적에 등재된 인구가 현실성을 갖는다고 생각하는 시카타의 생각은 연령별 인구 분포의 분석에서 확연하게 드러난다. 호적상에 단지 '노장약(老壯弱)'이라는 연령구분이 병기되는 지역별 호구총수의 통계수치만으로는 인구 분포 상황을 알기 어렵다. 시카타가 호적 본문에서 개개인을 일일이 집계하여 제시하는 1690년과 1741년 호적의 인구 수치에는 연령대별 분포를 알 수 있다. 그런데 여기에 납득할 수 없는 호구 등재 상황을 발견하게 된다. 시카타가 선택한 1690년의 대구호적 남녀 연령별 인구 분포는 20세 전후가 짤록한 표주박형을 나타낸다. 거의 원통형을 보이는 1741년의 호적은 비상시의 예외적 것으로 하더라도 1690년의 대구 호적의 인구 분포에는 상대적으로 연소자층이 많이 등재되어 있다. 거기에 부역이 시작되는 연령대에서 탈락이 있음을 감안하면 시카타에게 호적의 인구 분포는 충분히 현실성을 갖는 것으로 보였을지도 모른다.[26]

---

[26] 근대화 이전의 남녀 연령별 인구 분포는 보통 피라미드형을 띠게 되지만, 조선왕조 호적에 등재된 인구의 그것은 30대 이하로 감소해가는 다이아몬드형이 일반적이다. 손병규, 「인구사적

시카타는 이상의 인구 구성에 이어 이번에는 혼인 관계에 대해서는 혼인 연령 ― 초혼 연령 ― , 유배우율, 부부의 연령차를 분석하고 있다. 호적에 여성의 초혼 사실은 확인할 수 없다. 간혹 호구 출입 상황으로 '출가(出嫁)'라 기록되어 지난 호적을 작성했던 3년 사이에 혼인을 한 사실을 알 수 있을 뿐이다.[27] 따라서 시카타는 남성 12~13세, 여성 18~19세의 조혼 풍습에 대한 언급을 인용한다.[28] 대신에 이 사실을 연령별 유배우율로 반증하고 있다. 즉 1930년대 여성의 유배우율이 가장 높은 연령대가 일본의 경우 35세 전후인데 반해 조선의 경우는 25세이므로 조선의 초혼 연령이 더 낮을 것이라는 판단이다. 그런데 숙종대나 영조대의 호적에서는 여성의 유배우율이 가장 높은 연령대가 일본과 같이 35세 전후거나 그보다 더 늦다. 이에 대해 시카타는 호적상에 조혼 사실이 고의로 말살된 것으로 이해한다.

시카타는 연령대별 유배우율의 순위에 주목하여 그것을 길게 설명하고 있으나, 사실 연령대별 유배우율 자체 ― 시카타가 표로서 제시하고 있다 ― 의 검토에서 위의 사실에 대한 더욱 분명한 지표를 얻을 수 있다. 1930년대의 식민지 조선 남녀의 유배우율은 19세 이하의 연령대에서 일본의 그것에 비해 월등히 높게 나타난다. 이 시기 조혼의 인상은 여기에서 비롯되는 듯하다. 또한 그 시기 남성은 34세까지 일본에 비해 유배우율이 높고 여성은 44세까지 일본에 비해 유배우율이 높다. 그런데 숙종대와 영조대의 호적에 남녀 유배우율은 19세 이하의 연령대에서 1930년대 식민지 조선에 비해 월등히 낮게 나타난다. 더구나 15~19세 여성의 유배우율은 1930년대 일본의 그

측면에서 본 호적과 족보의 자료적 성격」, 『대동문화연구』 46권, 성균관대 대동문화연구원, 2004, 79~110면.

27 김건태, 「18세기 초혼과 재혼의 사회사 ― 단성호적을 중심으로」, 『역사와 현실』 51호, 한국역사연구회, 2004, 195~224면.

28 1924년 1월의 『조선』에 게재된 조선총독부 통역관 田中德太郎의 논문이다.

것보다 낮다. 숙종대 남녀의 유배우율은 20세~24세에서만 1930년대 일본의 그것보다 약간 높을 뿐이다.[29] 낮은 연령대의 유배우율을 대비해 보건대 이 시기의 호적에 조혼 사실이 고의로 과소평가된다고 하기보다는 오히려 1930년대 조선의 경우 낮은 연령대의 높은 유배우율이 예외적인 것으로 느껴진다.

다음으로 숙종대와 영조대 호적에서 부부의 나이차는 부부가 어릴수록 처의 나이가 많은 경우가 더 많고 나이가 많을수록 처가 더 어린 경우가 많다. 후자의 경우, 부부가 나이를 먹으면서 어느 한쪽을 사별할 때, 여성은 재가하지 않는 반면에 남성은 재혼하면서 어린 여성과 혼인하게 된 결과로 여겨지고 있다. 이것은 위에서 낮은 연령대에서 여성의 유배우율이 남성에 비해 높고 유배우율이 가장 높은 연령대가 남성에 비해 여성이 낮다는 사실과도 부합한다.

다만 조선 후기 남성재혼의 경향이 시기에 따라 변화하며 식민지 조선의 그것과는 또 다른 양상이 예상됨을 염두에 두어야 한다. 가령 조선 후기에 남성의 재혼은 19세기 초를 정점으로 이후 점차 감소하는 것으로 나타난다.[30] 그렇다면 높은 연령대에서 처가 더 어린 경향은 완화될 것이다. 그러나 숙종 및 영조대의 나이 어린 부부의 경우에 처의 나이가 많은 경향 역시, 위에서 시카타가 예상하는 조혼의 관례와 부합되지 않는다.

호적으로부터 인구 구성과 혼인 관계를 분석한 시카타의 관점에서 지적될 수 있는 것은 첫째로 호적 자료의 현실성을 과신한다는 점, 둘째로 식민지 시

---

29 영조대 호적에는 남녀 유배우율이 다른 경우에 비해 전반적으로 낮은 편인데 비상시의 상황이 반영된듯하여 비교의 의미가 없다.

30 Son Byung giu, "The Effects of Man's Remarriage and Adoption on Family Succession in the 17th to the 19th Century Rural Korea", *Sungkyun Journal of East Asian Studies*, Vol. 10, No. 1, 2010, pp.9~31. 남성의 재혼은 후계를 잇고자 하는 욕망에서 비롯된 것으로 추측되는데, 19세기 초 이후로는 재혼 대신에 양자를 들이는 것으로 전환되기 때문이다.

대 인구에 대한 인식이 조선왕조 인구 분석에 강하게 투영되었다는 점이다. 이에 대해 뒤에서 상술하겠지만, 이 논문에 이어 발표된 위의 계층 분석 논문도 호적에 대한 이러한 자료 인식에 근거하고 있다는 점이 가장 주요한 문제점이다.

이 논문에서 그는 호적 자료의 '신빙성'과 관련하여 결론적으로 실상에서 완전히 벗어난 기록은 아니라고 판단한다. 조선왕조의 호적은 국방과 재정의 필요성에서 나온 것으로 '국민생활 안정'이라는 근대적 생각과는 거리가 있으며, '신고주의'에 의거하고 조선왕조 법전의 규정과 다른 기재실태를 보인다는 점이 지적되고 있다. 그러나 그는 호적 각 호의 말미에 '호구상준(戶口相準)'이라 기재하여 신고한 것과 실상이 일치하는지 관에서 일일이 대조하는 과정을 거치며, 식민지하의 당시 국세조사나 호적의 신고주의 상황을 생각해보면, 조선왕조 호적 자료가 실상을 반영하는 것으로 간주된다고 하였다.

4. 조선시대 '가족'에 대한 인식

시카타 히로시의 '가족' 인식은 인구에 대한 연구의 연장선에서 도출되었으며, 그것은 또한 20세기 초 식민지 조선의 동족집단 발달 현상에 대한 이해에 논리적 연속성을 제공했다. 가족에 대한 인식은 위의 인구 분석과 함께 시도되어 1937년 11월의 『조선(朝鮮)』 제270호에 게재된 시카타의 논문, 「한국의 대가족제와 동족부락―그 역사적 관찰의 일시론」에서 개진되었다.[31]

우선 인구 분석과 함께 시도된 가족 연구는 호적상 '호당 구수'로부터 추적되었다. 1905년 이후 일본의 조사와 젠쇼 에이스케의 연구에서 조선의 가족은 한 집에 많으면 7~8인에서 적어도 3인, 평균 5명이며 대가족의 경우에는 3~4 부부가 되는 사례도 매우 많아, '대가족 제도'에 가까운 생활을 영위하고 있다고 분석되었다. 또한 1925년도 국세조사에 1세대 평균 인구는 5.32인이었다. 시카타는 이와 같은 당시의 대가족 인식에 대해 호적상의 호구 분석으로부터 문제제기를 한다.

시카타는 대가족제를 식객과 노비 등을 포함한 것과 여러 세대의 혈족이 동거하는 것으로 나누어 생각했다. 조선시대 호적에서 호당 인구를 검토하면 50~100명이나 되는 큰 호도 발견되지만 노비 등을 제외하면 혈연 가족은 많아야 5~6명에 지나지 않는다. 그는 신분계급별 관찰 논문에서도 동일 신분의 구성원만을 계산할 때, 양반호의 호당 평균 인구는 17세기 말에 3.5명, 18세기 말에 3.7명, 19세기 중엽에 3.1명, 상민호는 각각 4.1명, 4.0명, 3.2명, 노비호는 3.7명, 2.7명, 2.1명으로 제시한다.[32] 계급별 차이가 있으나 대체로 적은 규모의 가족으로 호를 구성하고 있다. 따라서 시카타는 혈연관계에 의한 대가족은 존재하지 않으며, 고용인을 포함하는 광의의 대가족은 예외적 존재라고 한다.

그러나 조선왕조 호적의 호당 구수가 노비 등을 포함해도 숙종대 4.4인, 영조대 4.6인에 머무르며, 당시 실록의 전국 규모 평균 호당 구수도 4.2인에 머무르는 데에는 의문을 제기한다. 1905년도 전국조사 호당 구수가 4.7인에서 1930년대 국세조사에는 5.3인으로 증가하는 현상으로 계산되기 때문이다. 이것은 문화가 발전함에 따라 가족의 규모가 점차 축소되어 '개인주의적 생활태도'가 나타나는 경향과 역행된다는 것이다. 따라서 시카타는 호적상

---

31 四方 博, 앞의 글, 1937.11(四方 博, 앞의 책, 1976, 245~261면).
32 四方 博, 앞의 글, 1938.10(위의 책, 127면).

의 호의 규모가 수령에 의한 분호(分戶)의 강요에 의한 것으로 판단한다. 분호로 인하여 호수가 증가하는 반면, 부역을 피해 남의 호에 기탁하는 행위를 법으로 금지함으로써 현실보다 과소평가되었을 가능성이 있다는 것이다.

대가족에 대한 이러한 논지는 시카타의 '가족' 인식에 기인한다. 시카타는 가족에 대해 그것이 '가(家)'를 중심으로 하는가, '개인'인 부부를 중심으로 하는가가 관념상의 결정 요소라고 하여 두 가지 다른 개념으로 분리하여 인식한다. 예시로서 그는 '증조모-조부모-호주-자-손'이라는 구성의 가족과 '호주부부-5남5녀'라는 구성의 가족을 비교하고 있다. 전자는 6인이라 하더라도 '대가족적 색채가 강한' 가족이며, 후자는 12인이라 하더라도 '개인주의적 가족구성'으로 구분될 수 있다고 한다. 물론 후자의 혼인에 의한 '분가분호(分家分戶)' 형태의 가족에 비해 누대에 걸친 전자의 가족이 호당 인구수가 많은 것이 일반적이다.

시카타는 여기서 가족을 단순히 규모만이 아니라 그 구성 내용에 따라 분가 이전과 이후의 두 가지 측면의 가족을 상정한다. 이와 같이 시카타의 가족 인식은 '가'라는 말단의 사회 집단을 전제하고 그것으로부터 '개인'이 떨어져 나가서 형성하는 가족이라는, 사회 집단과 개인의 대조에 의한 분류에 기초하는 것이다. 그런데 시카타의 가족 인식에는 '가'와 '호'의 개념 구분이 애매모호하다. 호적상의 '호'를 가족으로 칭하면서도 후자의 분가가 가능한 '개인주의적 가족 구성'으로 인식하는 듯하다. 분호의 형태로 독립호를 형성하는 호적의 호를 자료 분석 가운데 경험하면서도 국가적 파악대상으로의 '호'가 민간에서 인식하는 '가족'과 다르다는 사실을 인정하지 못하고 있는 듯하다.[33]

---

[33] 가와 호의 구분에는 문화인류학이나 역사학에서 가족과 세대로 나누어 생각하는 개념과도 관련성을 찾아볼 수 있을 것이다. 木下太志, 「家族と世帶の研究史―文化人類學と歷史學を中心として」, 『人類史のなかの人口と家族』, 晃洋書房, 2003, 83~100면. 그러나 호적의 호는 세대와는 또 다른 호적작성 원리상의 개념을 갖는다.

시카타 본인도 자료상의 문제를 생각하지 않은 것은 아니다. 소가족 발달은 근대적 현상인데 그것에 역행하는 현상이 자료상의 문제임을 재확인한다. 유년자층의 누구(漏口)가 예상되었으며, 지방관이 증호(增戶)를 위해 작호분호(作戶分戶)하는 실록의 폐단 기사가 다시 지적되었던 것이다. 그러나 조선시대 호당 구수 4.3명은 여전히 1930년대 당시의 5.3명에 비해 적다. 김두헌(金斗憲)의 조사에 의한 7.55명을 생각하면, 여전히 조선시대 대가족은 예외적 존재로 판단될 수밖에 없다. 이에 호적상 호당 구수의 평균치에 머무르지 않고 대가족과 소가족의 분화라는 시각에서 가족을 각각 다르게 관찰하는 방안이 제시되었다. 이것은 위에서 가족을 '가' 집단화와 개인주의의 두 가지 서로 다른 지향으로 인식하는 것과 상통된다.

여기에는 전국 26개 고등학교 학생을 대상으로 한 900여 건의 가족관계 조사에 기초하여 시도된 김두헌의 연구가 거론되고 있다. 이 사례에서 고용인 등을 제외한 '순가족'의 가족규모는 평균 7.55명으로 1925년 이래 국세조사 전국 평균 5.3명과 상당한 격차를 보인다. 이것은 김두헌이 조사한 가족이 고등학생을 보유하는 중산층 이상의 가족인 것에 이유가 있는 것으로 이해되었다. 김두헌이 거론하는 사례는 가족 규모가 5명 이하인 것이 37.4%, 6∼10명인 것이 51.7%로 대규모인 가족이 많은 비중을 차지한다. 이에 대해 1930년대 국세조사에는 5명 이하가 61.7%로 더욱 많고 6∼10명인 경우가 35.9%에 머무른다. 따라서 시카타는 여기서 경제적 환경이 좋은 일부 계급이 비교적 대가족이라는 경향성을 도출한다.

인구 구성 연구와 더불어 진행되었던 1937년 5월의 가족 연구에서 "대가족제의 연장선에 동족 부락이 존재한다"고 애매하게 제시되었던 대가족제와 동족 촌락의 관계는 1937년 11월 연구의 이러한 대가족 인식에 기초하여 타당성을 확보했다. 가족과 동족 집단의 관계에 대해 시카타 히로시는 일부 가족에 대규모의 가족이 존재하며, 대가족 제도와 '동족 부락'이라는 두 가지 개념을 동일시하지는 않지만, 양자의 현실적 상관관계를 설명하고 있다.

즉 시카타의 정의에 의하면, 대가족 제도란 가장(家長)의 엄밀한 통제하에 다수의 가족성원이 공통의 이해감을 가지고 협동 생활을 영위하는 것을 순수 형태로 한다. 공통의 유대감은 혈연일 것을 필수로 하지는 않지만 많은 경우 혈연 집단인 것이 보통이라는 것이다. 그런데 이러한 가족은 반드시 1호 내에 동일한 세대로 생활을 영위할 것을 요건으로 하지는 않는다. 이 가족은 인구 이동이 제한된 시기에 동일 동리에 별도로 거주할 수도 있다. 여기서 '동족 부락'은 '동일 선조로부터 나온 동성동본으로 한 지역에 집단 거주하는 것'으로 정의되었던 것이다. 따라서 시카타는 대구에서 대가족은 예외적 존재이지만 당시에 동족 집단은 매우 발달했다고 판단하고 있다. 가족 내 동거 인원이 팽창하거나 인근에 별거하는 대가족제는 동족 촌락 형식으로 발달할 수 있었다고 보는 것이다.

시카타 히로시는 조선왕조의 호적이 통치와 재정 운영을 위한 기본대장으로 필요에 따라 편제된 것이라기보다, 등재된 호구가 현실의 가족과 인구에 가까운 것으로 이해했다. 호적에 등재된 가족의 규모를 현실적인 것으로 판단하여 인구 현상을 추정하고 신분별로 그 차이를 논했던 것이다. 현재 '편제호'설을 부정하는 조선시대 호적 연구자들의 일반론도 여기서 한 치도 벗어나지 못했다. 그렇다고 현실의 가족과 인구가 그대로 하나의 호구로 등재된 경우가 적지 않을 것이라는 추측을 부정하는 것은 아니다. 식년마다의 호구가 호적 작성 원리와 호구정책상의 변화에 따라 조정되어 등재된다는 점에 주목할 때에 시카타의 연구와 같은 오류를 피할 수 있다는 것이다.

18~19세기 전국 규모 호구 수는 일정 수준에 머물러 변동이 별로 없을 뿐더러 호당 구수의 전국적 평균치도 4.2명 전후로 거의 고정되어 있었다. 이

것은 지역별 '호구 총수'로 고정화되는 현상과 병행되었으며, 이 호구 총수는 지방에서 호적을 작성할 때마다 등재 호구수를 조정하는 기준이 되었다.[34] 한 호에 여성 인구나 노비 인구를 증감시켜 호수와 구수의 지역별 총액을 맞추었던 것이다. 물론 호적 작성에는 부부와 미혼자식을 한 호에 등재하고 자식이 혼인하면 '별호(別戶)'로 분가하는 원칙이 지켜졌다.[35] 비혈연 가족이 한 호에 함께 등재되는 조선왕조 호적상의 호 개념에도 불구하고 호의 평균 인구 규모가 낮게 유지되는 것은 이 때문이다.

한편, 아직도 동족 촌락이나 부계 종족 집단이 이른 시기부터 발생하여 17세기 이후로 일반화되어간다는 것이 일반론으로 자리 잡고 있으면서 가족의 축소 경향과 부계 친족 집단으로의 확대 경향을 동시에 설명할 수 있는 논리는 전제되지 않고 있다.[36] 현재의 이러한 연구 환경에서 가족의 다양성과 분화에 관한 시카타의 인식은 시사하는 바가 크다. 단지 시카타는 조선왕조 호적의 호와 식민지 시대 민적, 혹은 호적의 호를 끝내 구분하지 못했다. 당시의 대가족과 동족 촌락에 대한 인식에는 식민지 시대의 '본적지주의(本籍地主義)' 가족 인식과 부계친족 결집운동의 열기가 영향을 끼쳤을지도 모른다.

---

34 김건태, 앞의 글, 2002, 195~226면.

35 손병규, 『호적─1606~1923 호구기록으로 본 조선의 문화사』, 휴머니스트, 2007, 407~434면.

36 김경란, 「조선 후기 가족 제도 연구의 현황과 과제」, 『조선 후기사 연구의 현황과 과제』, 창작과비평사, 2000, 376~406면.

5. '역사인구학'의 관점에서

시카타 히로시의 인구 연구에 앞서 1927년에 조선총독부 촉탁 젠쇼 에이스케[善生永助]가 '총독부조사자료(總督府調査資料)'의 하나로 『朝鮮の人口現像』을 편찬, 출간한 바 있다.[37] 이 책 서문에서 그는 "인구문제는 세계의 중대한 고민거리이며, 정부가 인구식량문제조사회를 설치하여 대책을 심의해온 중요한 문제"라 인식하고 있었다. '유래인구(由來人口)'에 대한 조사는 단지 당면한 인구조절(人口調節), 혹은 '식량자급(食量自給)'에 머물지 않고 사회 전반의 '시설연구상(施設研究上)'에 기초가 된다고 하여, 그것이 근대 인구학의 정책적 필요성에 기인함을 밝히고 있다. 이 조사보고는 1925년에 실시된 식민지 조선의 '국세조사(國勢調査)'에 의거하여 현재의 인구 현상을 파악하였는데, 그렇게 되기까지 '유래'의 인구통계는 『호구총수(戶口摠數)』(1789년 간(刊))나 연대기(주로 『조선왕조실록(朝鮮王朝實錄)』)에 기록된 것과 같은 전국적 통계를 이용하고 있다. 시카타가 시도한 바와 같이 호적에서 개개인을 집계한 인구 통계는 아니다.

그런데 호적 자료에 대해서 두 가지 염두에 두어야 할 점이 있다. 하나는 조선시대의 전국적 호구 통계는 지역마다 보고된 호적 장부 말미의 호구 총수에서 도출된 것이라는 점이며, 다른 하나는 1930년을 전후하는 당시에 근대적 인구학이 요구하는 '인구 조사'와 함께, 법제적 가족을 단위로 구성원 개개인을 '본적지(本籍地)'에 근거하여 파악하는 호적 제도가 병행되고 있었다는 점이다.[38] 어느 시기의 고정된 인구를 일제히 조사하는 인구 조사와 거

---

37 善生永助, 앞의 책 참조.
38 손병규, 「한말 일제 초 제주 하모리의 호구파악—광무호적과 민적부의 비교 분석」, 『대동문화

주지별로 동거하는 가족을 단위로 등록하는 '주민등록형태'의 호적은 목적과 자료 형태가 서로 다르다. 그러나 국가에서 얻는 지역별 인구 통계나 개인의 나이와 배우자 유무를 확인할 수 있다는 점은 동일하다. 시카타는 그 점을 이용하여 호적에서 인구 조사에서와 같은 통계를 확보한 것이다.

그러나 시카타는 당시 국세 조사의 결과로 얻어진 인구 통계에도 남녀 인구 연령 분포에서 연소자층이 결여되어 있다는 사실을 감안하지 못했다. 마찬가지로 조선왕조 호적에도 연소자층이 결여되어 있었으나 집계한 호적이 연소자층을 높은 비율로 등재하는 예외적인 것이었음을 발견하지 못했다. 결국 양측의 남녀 인구 연령 분포가 서로 비슷한 점을 들어 둘 다 현실의 인구 분포로 간주하는 오류를 범하고 만 것이다. 더구나 조선시대 호적에는 현존하는 많은 가족이 통째로 누락되어 있는 경우도 많다는 것은 더욱더 알 수 없었다.

인구와 가족에 대한 당시 학자들의 혼동된 인식도 이러한 인구 조사와 호적 등록의 병행에 원인이 있다. 또한 시카타 히로시가 식민지기 호적의 '가'와 조선시대 구호적의 '호'를 구분하지 못하고 두 가지를 현실적인 것으로 동일시한 데에는 상품화폐시장과 근대 자본주의 등, 식민지 조선사회에 대한 그의 근대주의적 역사 인식이 역할을 한 것으로 보인다.[39]

유럽에서 전국적 인구 조사는 19세기에나 실시되어 그 이전의 인구 현상은 서구에서는 교구부책에서 얻어질 수 있었지만, 전제주의적인 집권적 중앙정부가 존재한 동아시아에서는 일찍이 고대부터 호적이 작성되었다.[40] 또

연구』 54권, 성균관대 대동문화연구원, 2006, 1~39면.

39 시카타 히로시가 호적 연구를 본격적으로 시도하기 전에 식민지 조선의 자본주의적 발달에 대해 연구했다(四方博, 「市場を通じて見たる朝鮮の經濟」, 『朝鮮經濟の研究』(『京城帝國大法文學會 第1部論集』 第2冊), 1929.9; 四方博, 「朝鮮に於ける近代資本主義の成立過程—その基礎的考察」, 『朝鮮社會經濟史研究』(『京城帝國大學法學會論集』 第6冊), 1933.12).

40 速水融, 『歷史人口學の世界』, 岩波書店, 1997, 37~68면.

한 서구 전통사회의 가족 관계는 동거 여부를 떠나서 모자 관계(母子關係)를 기본으로 하는 '사회학적 가족'을 설정, 복원하여 연구 대상으로 삼지만, 동아시아의 호적에는 이미 호 단위로 '가족'이 편성되어 있다. 그러나 그 호는 현실의 다양한 가족을 가능한 한 일률적으로 편제하고자 한 결과물이었다.

또한 인구사 혹은 가족사에서 설정한 가족의 최소 단위, 즉 부부와 미혼 자식으로 구성되는 '핵가족'은 근대사회에서 일반화된 것으로 이해되고 있다.[41] 근대화의 진행과 더불어 가족의 규모는 대가족에서 소가족으로 축소되는 과정을 거친다는 것이 상식으로 자리 잡고 있었다. 그러나 사회인류학과 역사인구학 연구는 산업화 이전에 소가족이 일반적으로 존재했다는 사실을 밝히고 있다.[42] 조선왕조 호적에서 찾을 수 있는 다양한 가족 가운데 단혼 소가족 내지 직계가족을 일반적으로 발견할 수도 있다.

그런데 조선왕조 호적상의 호로 나타나는 가족은 1910년대에 혈연적 가족을 민법상의 법제적 가족으로 규정하는 과정을 거쳐서 1920년대부터 작성되는 '본적지주의(本籍地主義)' 호적의 가족으로 확대되었다. 식민지 호적은 동거하는 세대별 주민등록이 아니라 결혼하여 어디에 거주하든 본적지의 나이 많은 부모 밑에 등재하는 경향을 나타낸다.[43] 현실적으로 가족의 규모가 커져서 소가족으로부터 대가족으로의 전환이 진행되었는지는 알 수 없다.[44] 개념이 추상적일 수밖에 없는 '가족'은 구체적 현실로서는 다양하며, 그 규모는 가족 자체의 라이프코스를 가지고 항상적으로 변화하는 과정에 지나지

---

41 上野千鶴子, 「'家族'の世紀」, 『'家族'の社會學』, 岩波書店, 1996, 1·22면.

42 R. J. Smith, "Small families, small households and residential instability : town and city in 'pre-modern' Japan", P. Laslett(ed.), *Household and Family in Past Time*, Cambridge U. P., 1972; Akira Hayami·Nobuko Uchida, "Size of household in a Japanese county throughout Tokugawa era", P. Laslett(ed.), *Household and Family in Past Time*, Cambridge U. P., 1972.

43 손병규, 앞의 글, 2006, 1~39면.

44 손병규, 「조선 후기 상속과 가족형태의 변화」, 『대동문화연구(大東文化研究)』 61권, 성균관대 대동문화연구원, 2008, 376~404면.

않는다. 그러나 식민지 호적은 가족을 또 하나의 '상상의 공동체'로 편성하는 근대적 소산이라 할 수 있다.[45]

조선왕조를 비롯한 전통시대 동아시아 주민등록 자료로부터 '인구'를 발견하는 데에 가장 장애가 되는 것은 그것이 일정한 원칙과 기준으로 '편제'되었다는 점이다. 단순히 인구 파악 능력이 떨어져서 현대의 인구 조사와 같이 모든 인구를 망라적으로 파악하지 못한 것은 아니다. 또한 인구학적 분석을 위해 모든 인구가 파악될 필요는 없다. 인구 현상의 의미 있는 분석은 우선 그 대상이 되는 샘플이 얼마나 '랜덤-무작위 —'한가에 달렸다. 서구 전통사회의 교구부책에서 발견되는 인구는 그러한 통계를 제공한다.

그러나 조선왕조의 호적에는 인구와 가족이 이미 필요에 따라 정제된 상태로 기록되어 있다. 시카타와 같은 식민지기의 조선 인구 연구와 그 방법론을 따르는 후대의 연구는 서구 근대적 인구학 방법론에 의거하여 호적에 등재된 인구와 가족을 랜덤한 샘플로 이해하고 분석하는 데에 그쳤다. 호적의 자료적 성격이 호구정책과 관련하여 재검토되어야 하는 이유는 여기에 있다. 호구정책에 따른 의도된 인민 파악의 결과를 찾아내고, 나아가 그것을 벗어난 우연한 기록들을 인구학적 수법으로 확인하는 작업이 제시될 필요가 있는 것이다.

가족에 대한 역사인구학의 관점은 말단 사회조직으로서의 가족이 갖는 유동성에 주목한다. 어느 시대에 일반적으로 존재하는 가족의 규모를 거론할 때에 조사 당시의 가족을 규모에 따른 비중으로 관찰하는 정태적 관점에 기초한다. 그러나 인구학 방법과 마찬가지로 가족도 생성에서 소멸까지의 라이프코스를 가지며, 사이클의 변동 과정에 인구학적 요소가 개입 — 개개인

---

45 그런 의미에서 근대 일본의 호적과 식민지 조선의 호적은 '전통적 방법의 근대적 적용'이라 할
    수 있다.

의 개별적 선택 — 된다. 또한 현 시점에서 이미 변동의 잠재력을 안고 있다.[46] 이러한 시각은 가족 규모나 가족 형태의 정형화로부터 해방되어 다양한 가족의 존재를 발견하는 계기를 제공할 수도 있다.

가족의 라이프코스에는 혼인, 출산 = 출생, 사망이라는 인간의 라이프사이클이 변동의 요인으로 작용한다. 혼인과 출산 이외에도 간혹 이혼, 재혼은 물론 양자결연과 같은 인구학적 선택이 요구되기도 하는 것이다.[47] 가족에 대한 이러한 역사인구학적 관점은 지금까지의 사회구조적 가족 인식과는 다르다. 사회 조직, 사회 집단으로서의 가족은 국가나 사회 권력에 대응하는 방편으로서, 가족의 결집과 확대라는 구심력과 원심력의 조율에 기초하여 형성된다. 그러한 목적성을 강조할 때에 가족은 다른 가족이나 사회 집단에 대해 배타적이고 폐쇄적이며 스스로도 고정화된다는 인상에서 벗어나기 어렵다.

조선시대 가족에 대한 연구 가운데 사회 집단으로서의 가족에 대한 대표적 인식이 바로 '부계혈연집단'이다. 가족이 '확대'되어 부계남성 중심으로 '결집'된 사회집단이다. 족보(族譜)는 선영(先塋), 사당과 함께 "부계혈연집단의 결집을 위한 물적 근거"로 규정되었다.[48] 한 사람의 부계 선조를 공유하는 — 동일 성씨를 사용하는 — 남성들의 집합체를 말한다. 그런데 이러한

---

46 가족은 남녀가 혼인으로 부부가 되면서 생겨난다. 출산으로 자식이 늘어나면서 가족의 규모도 커진다. 그러나 자식이 혼인하기 전까지 '단혼소가족'으로 존재한다. 자식이 혼인해서 부모로부터 '분가'하여 별도의 단혼소가족을 형성하기도 한다. 혼인한 하나의 자식부부가 분가하지 않고 부모와 같이 산다면 '직계가족'으로 존재한다. 그 사이에 부모가 모두 사망한다면 다시 단혼소가족으로 돌아오지만, 형제가 또 혼인하여 여전히 분가하지 않으면 '복합가족'이 된다. 가족규모는 부부가 2쌍 이상으로 최대치의 대가족으로 확대될 가능성이 있다. 반대로 혼인한 부부가 분가해 나간다면 다시 가족규모는 축소되고 모든 가족구성원이 사망한다면 그 가족은 소멸한다.

47 黑須里美,「ライフコース」,『「ユーラシア社會の人口・家族構造比較史研究」プロジェクト』(보고서), 2000.3, 2편 '家族史'의 4장.

48 김경란, 앞의 글, 376~406면.

집단의 형성은 중국사회에서 일찍부터 추진되어왔다. 그러나 결론적으로 말해 그것은 한국사회에서는 뒤늦게 — 18세기 후반 이후 — 전혀 다른 형태로 형성되거나, 형성되기조차 어려운 관례를 가지고 있었다.

그것은 결정적으로 조선시대에 유동적이나마 신분이 존재했으며, 그것은 어미의 신분에 구애된다는 사실에 기인한다. 중국의 경우는 어미가 본처든 아니든 아들들은 아버지의 '기(氣)'를 고르게 이어받아 일원적으로 '부계혈연'을 공유하는 배타적 집단으로 구성된다.[49] 그러나 한국의 경우는 어미의 신분에 따라 적서(嫡庶)의 신분 차별이 있어 부계혈연으로 동화되는 것을 방해한다. 모든 자식이 부모의 재산을 상속받으나 — 심지어 딸도 받는다 — 적서에 따라 차등적이다. 양자는 부계의 선조를 공유하는 남자로부터 데려오나 신분적 배타성에 제한받아 '적통(嫡統)'에 한정된다.

적통에 한정된 후손들이라 하더라도 다시 일정 범위의 친족에 한해서 '문중(門中)' 구성원이 확정된다. 그러나 그 이상으로 확대되는 집단은 관념적인 것이기 쉽다. 현실적으로는 몇 대 이상의 선조 제사를 위한 재원의 확보를 위해 족계(族契)가 형성되어 공유 재산은 그 재원을 유지하는 정도에 그친다.[50] 반면에 전국으로 개방되는 성씨, 종중의 관념적 확대가 지속적으로 진행되었다. 이것은 20세기 전반에 활발하게 진행된 족보 편찬과 문집 출간 붐을 불러왔다.[51] 그러나 확대된 혈연 집단의 구성원 명부인 대동보(大同譜)에는 평생 얼굴을 볼 수 없는 자가 대부분이다. 당시의 이러한 상황이 가족을 인식하는 데에 혼란을 초래했다고 여겨진다.

---

49 上田 信, 『傳統中國ー'盆地'宗族'にみる明淸時代』, 講談社, 1995, 84~96면.

50 정구복, 「한국 족계(族契)의 연원(淵源)과 성격(性格)」, 『고문서연구』 16 · 17, 한국고문서학회, 2000, 127~152면; 김문택, 「16~17C 안동 진성이씨가(眞城李氏家)의 족계(族契)와 문중조직의 형성과정」, 『조선시대사학보』 32, 조선시대사학회, 2005, 5~51면.

51 손병규, 「20세기 전반의 족보편찬 붐이 말하는 것」(성균관대 동아시아학술원 HK사업단 2012년도 기획학술회의 발표문), 2012.8.24 참조.

6. 나오며

시카타 히로시의 조선왕조 호적 연구는 특히 사회계층 구조와 관련하여 후대의 연구자들에게 많은 영향을 끼쳤다. 19세기 '양반'계층 인구의 급증을 비롯한 계층 구조의 변동에 대해 시카타는 그것을 사회적 통제에 상당한 결함을 갖는 조선사회의 후진성으로, 그리고 후대의 연구자들은 근대사회로의 이행을 촉진하는 봉건사회의 해체 현상으로 각각 서로 다른 평가를 내린다. 그러나 호적의 기재사항으로부터 사회계층을 분류하는 등의 구체적 연구 방법이나 역사 발전 과정에 대한 일반적 이해는 크게 다르지 않다. 당시 식민지 사학자들 가운데 시카타의 역사 인식이 차지하는 위상을 분명히 할 수는 없지만, 시카타와 후대 연구자들이 공통적으로 근대주의 시각에 머무른다는 점은 분명하다.

시카타의 신분계급 분석에는 호적이 조선왕조의 국가적 필요에 의해서 기록되는 '합법적' 측면을 고려하지 못했으며, 지역 단위의 총액제에 의거하여 호구가 파악된다는 사실을 간파하지 못했다는 점이 지적되어야 할 것이다. 호적 기재 현상을 단지 서구적 근대화를 위해 상대화된 것으로 바라보지 말고, 조선왕조의 국가 통치와 민의 사회 활동이 정치문화적 지향점을 공유한 결과라는 시선에서 눈여겨볼 필요가 있다.

그런데 시카타의 호적 연구에서 후대의 연구자들이 놓치고 있었던, 새롭게 주목할 만한 문제는 인구, 가족에 관한 분석과 인식이다. 인구증감의 시계열 변화를 제시하지는 못하지만, 인구동태를 가늠할 수 있는 인구밀도, 남녀성비, 연령별 인구 분포를 분석하고 혼인 관계에 대해서는 초혼 연령, 유배우율, 부부의 연령차 등을 계산한다. 호적으로부터 인구 구성과 혼인 관계를 분석한 시카타의 관점에서 지적될 수 있는 것은 첫째로 신분계급 연구에서와 마찬가지로 호적 자료의 현실성을 과신한다는 점, 둘째로 인구가 근대적 경제 발전의 척도로 여겨지는 식민지 시대의 인구 인식이 조선왕조 인구 분석에 강하게 투영되었다는 점이다.

시카타 히로시의 '가족' 인식은 인구에 대한 연구의 연장선에서 도출되었으며, 그것은 또한 20세기 초 식민지 조선의 동족 집단 발달 현상에 대한 이해에 논리적 연속성을 제공했다. 따라서 가족 연구도 당시 식민지 호적의 '본적지주의' 가족 규정에 영향을 받아 인구 연구에서와 같은 문제점이 지적될 수 있지만, 대가족과 소가족의 분화라는 시각에서 가족을 각각 다르게 관찰하는 방안이 제시되었다는 점이 주목된다. 가족의 다양성과 분화에 관한 시카타의 인식은 현재의 가족사 연구에도 시사하는 바가 크다. 여기에 나아가 대가족제는 동족 촌락이나 친족 집단 형식으로 발달할 수 있는 것으로 인식했다.

호적을 비롯한 인구 자료는 역사인구학 자료로서 새롭게 인식될 필요가 있으며, 시카타 히로시의 호적 연구에서 그 단서를 발견할 수 있다. 역사인구학은 전국적 인구 조사가 이루어지기 이전 시기의 인구 자료를 분석하여 출산력이 공업화 이전부터 떨어지기 시작했음을 밝히는 것으로 시작되었다. 각 지역 출산력의 차이는 결혼 연령, 평생 독신율 등에 의해 영향을 받는다는 인식으로 연구가 발전되었으며, 이러한 연구의 진전은 결혼의 패턴, 수유관행, 건강상태 등, 기타 사회경제적 및 문화적 요인에 대한 관심으로 인구 연구의 시야를 확대했다.

이와 같은 서구의 역사인구학 연구방법론은 자료적 기반을 달리하는 동아시아 사회의 인구에 대해서도 적용되었다. 아시아사회가 후진적 인구 현상을 보인다는 견해에 대한 반론으로부터 동아시아 지역에서도 일찍부터 출산력 저하를 위한 노력이 제도적, 문화적으로 의도되어 왔음을 밝히는 것이었다. 그러나 현재 동아시아의 역사인구학은 인구 변천의 서구적 패턴을 발견하는 데에 한계를 느끼면서 새로운 연구 시각이 요구되고 있다. 여기서는 지역과 시기에 따라 당시의 인구학적 분석 방법을 재고하며, 지역마다의 자료적 특성으로부터 방법론을 창출하는 것이 하나의 방안일 것으로 여겨진다. 그것은 또한 서구근대적 관점과 대비되는 전통적 방법에서 찾아질 것이라 기대된다.

식민지 시기의 '조선인 구'에 대한 연구도 근대화를 기치로 하면서 전통적 방법을 적용하고자 했던 당시 중앙정부의 인민 파악 방법, 그 동아시아사회의 근대화 분위기를 감안한 위에서 재고될 필요가 있다고 본다. 동아시아 인구 자료의 특성은 인구 현상과 변천에 대해 서구적 근대와 대별되는 전통적 방법론을 말해준다. 가령 가족을 위시한 사회조직의 활동이 개인의 인구학적 선택에 기인한다는 관점에 대하여, 한편으로 집단을 위하여 개인을 희생할 수 있는 관습적 = 제도적 인식이 인구 현상을 구속할 수 있다는 관점이 제기될 수 있다. 그것도 국가나 사회공동체의 인구 조절과 구휼이 일방적 조직적 통제에 기인하는 것이 아니라 '수신제가치국평천하(修身齊家治國平天下)'와 같은 개인으로부터 집단으로의 동심원적 확산 방법에 근거해서 이해되는 그런 것이다.

이것은 근대사회에 대한 전통사회로부터의 연속 및 단절의 문제와도 관련된다. 인구에 대한 전통적 운영 원리가 서구근대적 방법과 어떠한 공통점, 그보다 어떠한 차이를 갖는 것인지를 밝혀나갈 때가 아닌가 한다.

『창작과비평』이라는 네트워크와 한국(인문)학의 인식론적·정치적 기약

김현주

1. 『창작과비평』의 한국학운동, 그 배경과 기약

현재 국문학계는 5·16 이후 권위주의적 국가와 자본의 요구에 대응하면서 재편되어간 문화／지식 장의 구조와 성격에 대한 연구를 본격화하고 있다. 연구 대상은 문학을 포함하여 언론, 출판, 방송, 영화, 학술 등 다양한 영역에 걸쳐 있다. 연구 주제도 검열을 비롯한 문화정책의 양상 및 효과, 문화·학술의 제도적／담론적 재구성 과정, 문학／지식의 번역 및 유통 상황, 정치권력-지식인-대중 관계의 변형 등 광범위하다. 지식／문화 영역에 대한 국가와 자본의 지배가 체계화, 조직화되는 양상에 대한 분석과 함께, 그러한 지배에 적응, 길항, 타협, 대결한 문화／지식 주체들의 욕구와 실행에 대한 분석이 연구의 주조를 이루고 있다.

이 글에서 살펴보려는 『창작과비평』도 1960~70년대 국가 권력-자본-문화 / 지식 주체 사이의 관계 재편성에 관련된 위의 연구 주제들과 다층적으로 연결되어 있다.[1] 『창비』의 탄생과 성장은 지식 / 문화 장에 대한 규제와 지원을 체계화한 법 제정과 정책 실행, 그리고 그에 따른 언론계·문화계·학계의 구조적 재편 등과 긴밀한 관련이 있다. 특히 『창비』는 대학 제도, 교수-학생 집단의 정체성, 분과 / 전공의 체계, 그리고 아카데미즘과 저널리즘의 관계가 개발과 근대화를 목표로 하여 재편성되던 1960년대 중반에 창간되었다.[2] 아울러 『창비』의 성장은 『선데이서울』 같은 대중 주간지나 라디오, TV, 영화 등 대자본에 기반을 둔 대중문화의 영향력이 확장되는 한편에서,[3] 대중문화의 수용자와 완전히 분리되지는 않지만, 대학생으로 대표되는, 새로운 지식 / 문화 주체들 또한 확대되고 있던 정황을 반영하고 있다.[4] 『창비』라는 계간지의 등장 및 영향력 확대는 1960년대 중반 이후 국가 권력 및 자본의 필요와 지식 / 문화 주체들의 욕구 사이의 역동적 길항, 대결을 배경으로 삼고 있었던 것이다.[5]

---

1 계간지 『창작과비평』은 1966년 봄에 창간되어 1980년 여름호(56호) 이후 전두환 정권에 의해 강제 폐간되었다. 부정기간행물 형태로 1985년에 57호를, 1987년에 58호를 발간했으며 1988년 봄에 복간되어 2013년 여름까지 총 160호를 발간했다. 이 글은 창간호에서 1980년 여름호까지를 분석하며, 본문에서는 『창비』로 줄여 표기한다.

2 성균관대 대동문화연구원의 기관지 『대동문화연구』 75권(2011)에 실린 이봉범, 「1960년대 검열체제와 민간검열기구」; 김건우, 「1960년대 담론 환경의 변화와 지식인 통제의 조건에 대하여」; 임경순, 「1960년대 검열과 문학, 문학 제도의 재구조화」 참조. 이봉범은 신문·방송윤리위원회, 잡지·예술·주간신문·출판 분야의 윤리위원회 등에 의한 민간 검열을 다루었다. 임경순은 검열체제와 분단, 문인집단의 동향에 주목했으며 김건우는 매체 환경과 대학 및 대학교수의 존재 방식의 변화에 주목했다.

3 홍석률, 「1960년대 지성계의 동향」, 한국정신문화연구원 편, 『1960년대 사회변화 연구―1963~1970』, 백산서당, 1999; 김건우, 위의 글 참조.

4 1950년대 대학에서 인문학 교육의 제도화 과정에 대해서는 나종석·서은주·신주백·최기숙 외, 『한국 인문학의 형성』, 한길사, 2011 참조.

5 『창비』의 창간 배경에 대한 좀 더 상세한 검토는 김현주, 「1960년대 후반 '자유'의 인식론적, 정치적 전망―『창작과비평』을 중심으로」, 『현대문학의 연구』 48권, 한국문학연구학회, 2012

학문 / 지식 장의 재편성이라는 차원에서, 『창비』가 『사상계』에서 『한양』, 『청맥』, 『신동아』, 『세대』, 『정경연구』에 이르는 다른 잡지들과 구분되는 점 가운데 하나는 4·19세대 인문학자들 / 사회과학자들과 연결망을 형성, 확장해나갔다는 것이다. 『창비』의 네트워크는 창간 당시에는 외국문학 전공 비평가와 소수의 사회과학자에 제한되었으나 점차 한국을 연구 대상으로 삼고 있는 인문학자들, 특히 역사학과 문학 분야의 소장 학자들로 확장되었다. 『창비』는 한국 경제사, 사회사, 사상사, 문학사를 전공하는 학자들이 생산한 지식을 상호 교류, 통합시켰으며, 1970년대 중반 이후에는 민족경제론, 민중교육론, 민중사회학, 여성학 등 비판적 사회과학으로 관심을 확장, 전환했다.[6]

학자 네트워크의 지속성과 중요도를 감안할 때, 대학교수-학자들이 『창비』를 매개로 하여 자신들의 사회적 존재 방식을 어떻게 변화시키려 했는지에 주목할 필요가 있을 것이다. 『창비』는 권위주의적 국가와 성장주의적 근대화라는, 변화된 정치경제적 환경에서 대학교수-학자들이 사회적 위치와 역할을 갱신하려는 실험이자 그 결과물이었다. 즉 『창비』에 참여한 대학교수들은 학문적 연구와 사회적 실천, 사회과학의 방법과 인문주의적 의식, 과학의 목표와 문학의 기약, 학술적 논문의 규범과 평론적 글쓰기의 요구, 아카데미즘과 저널리즘을 통합함으로써 스스로를 유례없이 강화되는 국가권력과 자본의 지배에 대한 사회적 항체로 재구성하려고 했다. 이러한 새로운 종류의 비판적 지식인 집단에 의해 『창비』와 인문학 / 사회과학, 그리고 문학이 동반 성장한 시기가 1970년대이다.[7]

참조 바람.

6 김인환은 『창비』를 제도권의 교과서에 대비하여 "재야의 교과서"로 비유한 바 있다. 김인환, 『언어학과 문학』, 고려대 출판부, 1999 참조.

7 이혜령은 인문학운동이라는 관점에서 『창비』와 인문학자들의 결합에 대해 흥미로운 의견을

하지만 『창비』의 학술 또는 학술장과의 관계에 대한 연구는 아직 미흡한
형편이다. 이제까지 국문학계는 『창비』가 문학과 사회적 현실 사이의 관계
에 대해 새로운 인식을 촉구했다는 점에 주목해왔다. 이는 문학운동의 주체
로서의 위치를 강조하는 접근 방식이다.[8] 언론사 연구에서 『창비』는 『사상
계』와 함께 비판적 지식인 잡지로 분류되었는데, 정치 권력에 대한 직접적인
비판의 기능을 중요시한 연구에서는 학술 담론이나 학술장과의 관계가 주목
을 받기 어려웠다.[9] 『문학과지성』과 함께 『창비』를 '체제 비협조적 종합학
술지'로 조명한 논문이 있지만, 이 경우도 정치사회적 담론, 곧 민족주의나
근대화 담론에 대한 대응에 초점이 맞춰졌다.[10] 학술운동의 관점에서 접근
한 것으로는 역사학 연구의 사회적 소통 및 실천의 매개체로서의 역할을 검
토한 연구가 있고,[11] 비판적 사회과학을 확산한 의의를 평가한 글이 있다.[12]
『창비』를 문학사 연구의 소통과 제도화라는 관점에서 접근한 연구는 아직
없으며, 학술 담론의 통학문적 성격을 전체적으로 분석한 글도 없는 형편이
다.[13] 『창비』와 인문학 / 사회과학의 장 사이의 상호 영향 관계에 대한 연구

제시한 바 있다. 이혜령, 「자본의 시간, 민족의 시간─4·19 이후 지식인 매체의 변동과 역사─
비평의 시간의식」, 『지식의 현장 담론의 풍경』, 한길사, 2012 참조.

8 이에 대해서는 『창비』를 민족주의, 민중주의, 리얼리즘적 문학운동의 관점에서 분석한 연구
들을 통해 많은 검토가 이루어졌다. 최근 연구로는 하상일, 「1960년대 현실주의 문학비평 연
구─『한양』, 『청맥』, 『창작과비평』, 『상황』을 중심으로」, 부산대 박사논문, 2004이 있다.

9 이용성, 「1960년대 비판적 지식인 잡지 연구─『사상계』의 위기와 『창작과비평』의 등장을 중
심으로」, 『동아시아문화연구』 37집, 한양대 동아시아문화연구소, 2003.

10 김민정, 「1970년대 '문학 장'과 계간지의 부상─『창작과비평』과 『문학과지성』을 중심으로」, 서울
대 석사논문, 2011. 김민정은 『창비』와 '문지'가 모두 민족주의와 근대화라는 지배 담론에 대
해 '절충적' 비판의 태도를 보였다고 평가했다.

11 이경란, 「1950~70년대 역사학계와 역사 연구의 사회담론화─『사상계』와 『창비』를 중심으로」,
『동방학지』 152권, 연세대 국학연구원, 2010.

12 김동춘, 「한국사회과학과 창비 30년」, 『창작과비평』 91호, 1996, 90~100면. 김동춘에 따르면,
1970년대에 『창비』는 분단자본주의, 종속자본주의라는 관점에서 한국사회의 모순구조를 규
명했으며, 비판적 사회과학 잡지가 아직 존재하지 않았던 시기에 민족민중적 변혁을 지향하
는 비판적 사회과학 진영의 입장을 확산시켰다.

13 『창비』의 민족문학론의 지적 자원으로 역사학과 비판적 정치경제학 담론을 분석한 최근 성과

는 더욱이 찾아보기 어렵다.

　『창비』의 학술사적 위상에 대한 본격적 연구를 기대하면서, 이 글은 우선 1960~70년대 『창비』에서 전개된 한국학 담론, 즉 한국에 대한 학술적 담론의 성격을 규명하는 데 초점을 두고자 한다. 2절에서는 창간호(1966 봄)에서 제56호(1980 여름)까지의 『창비』에서 한국학 담론의 존재 양태와 전개 과정을 포괄적으로 검토했다. 이는 한국학의 생산, 소통 장치로서 『창비』의 특징을 확인하기 위해서이다. 이어서 『창비』의 한국학 담론의 성격을 살펴보았는데, 3절에서는 1972년에 『창비』가 제안하고 추진한, 사회경제사를 중심으로 운동사, 사상사, 문학사를 학제적으로 결합시킨 '근대사' 기획의 전체 구조와 서술을 분석했다. 특히 근대사 담론이 내재적 발전론, 즉 역사적 근대의 기원 또는 형성에 관한 거시적 탐구, 즉 역사적 사회과학을 지향했다는 점에 주목했다. 4절에서는 근대사 연구 가운데 가장 지속적이고 체계적이었던 조선 후기 문학사 서술을 분석했다. 여기서는 문학자들이 역사학자들에 의해 개척된 역사적 사회과학을 수용하여 조선 후기 문학의 연구, 해석체계를 어떻게 형성해갔는지를 검토했다. 5절에서는 『창비』가 내재적 발전론 또는 근대의 기원에 대한 역사적 사회과학을 수용하고 지지하게 된 지적 배경과 의미를 분석했다. 이를 통해 내재적 발전론을 역사학의 이론이나 방법론의 차원이 아니라 더 넓게 한국의 근대에 대한 연구 또는 근대한국학의 인식론적, 정치적 기약이라는 차원에서 성찰하고자 했다.

로 한영인, 「1970년대 『창작과비평』 민족문학론 연구」(연세대 석사논문, 2012)가 있다.

2. 한국학 담론의 존재 양태와 전개

창간 직전인 1965년 6월에 백낙청은 문학인을 포함한 지식인들이 "책임 있는 현실 감각"을 갖추고 "사태에 대한 정확한 파악"을 하기 위해서는 '우리 시대 우리사회 작가들의 증언' 이외에 (문학)비평의 정신, 발전한 자연과학과 사회과학, 그리고 외국문학 연구에서 도움을 얻어야할 것이라고 말했다.[14] 실제로 창간 당시 『창비』는 이러한 네 종류의 지식을 두루 구비했다. 학술 담론으로 좁히면, 주요 분야는 사회과학과 서양문학 연구였다. 『창비』는 영문학, 독문학, 불문학 등 서양문학 전공 교수, 그리고 정치학, 경제학 전공 교수를 끌어들여 유럽과 미국의 철학, 사회비판, 문학사, 문학 / 문화비평, 사회과학 연구방법론 비판 등을 번역, 소개하고 이를 한국의 사회, 문화 / 문학, 학문 경향을 해석, 비판하는 데 응용하려고 했다. J. P. 사르트르, R. 윌리엄즈, C. W. 밀즈, A. 하우저 등 유럽의 후기 맑스주의, 미국의 신좌파 내지 진보적 자유주의가 중요한 담론 자원이자 레퍼런스였다.[15] 하지만 1960년대 말 즈음에는 이미 한국 학자들이 생산한 한국에 대한 지식이 이와 같은 외래의 레퍼런스들을 압도하기 시작했다.

『창비』의 한국학 연구자 네트워크에서는 우선 역사학자 집단이 주목된다. 『창비』가 역사학자들과 접점을 형성한 계기는 '실학의 고전' 연재였다. 1967년 여름호(6호)에서 1969년 가을겨울호(16호)까지 박제가, 박지원, 정약

---

14 백낙청, 「궁핍한 시대와 문학정신—문명의 위기와 문학인의 입장」, 『청맥』 9호, 1965.6, 141면.
15 일반적으로 후기의 사르트르는 실존철학에 맑스주의를 접맥한 사상가로, 윌리엄스는 포스트 맑스주의자로서 유물론적 문화비평을 개척한 비평가로, 그리고 밀즈는 미국 신좌파에 이론적 토대를 제공한 비판적 사회과학자로 분류된다. 김동춘은 『창비』 초창기에 등장하는 사르트르, 밀즈, 마르쿠제를 '신좌파', '급진적 자유주의자'로 분류했다. 김동춘, 앞의 글 참조.

용, 유형원, 유수원, 우하영, 이익, 최한기(2회) 등 실학자들의 대표 저작에 대한 간략한 해설이 연속해서 실렸다. 필자는 이성무, 송찬식, 한영우, 정구복, 한영국, 정창렬, 정석종, 이돈녕, 박종홍이었는데, 이 가운데 8인이 역사학자였다. '실학의 고전' 연재에 참여한 역사학자들 중 『창비』에 지속적으로 글을 실은 이는 이성무(6, 28, 32호), 송찬식(7, 27, 32호), 정창렬(13, 35, 41, 50호), 정석종(14, 25, 44호)이었다.[16] 이들과 더불어 신용하(7, 22, 31, 49호), 이우성(11, 32, 38, 54호), 김용섭(12, 29, 45호), 안병직(19, 29, 30, 40, 52호), 강만길(24, 30, 32, 34, 39, 44, 48호)이 참여했다.[17] 이 10여 명이 1980년 폐간 때까지 경제사, 사회사, 사상사, 운동사 담론의 주 생산자였는데, 대략 1970년경부터는 사회학과와 경제학과에 소속해 있던 신용하와 안병직을 제외한 역사 분야 필진과 1967년 12월 16일에 설립된 소장 역사학자들의 학회인 '한국사연구회'의 회원, 간사진이 폭넓게 겹쳤다.[18]

문학 연구자들의 진용은 역사학 분야에 비해 늦게, 그리고 좀 더 복잡하게 구성되었다. 초창기에 조동일의 「전통의 퇴화와 계승의 방향」(3호), 천이두의 「현실과 소설 ─ 한국단편소설론 3」(4호)이 실렸지만, 한국문학 연구자들의 참여는 16호 이후에야 본격화되었다.[19] 조동일(16, 24호) 구중서(17, 29, 33,

---

39, 41, 51, 53, 55호), 임형택(19, 27, 42, 43, 49호), 이선영(28, 32, 34, 39, 41, 49호), 김흥규(31, 33, 35, 38, 40, 43, 45, 49, 52호), 임헌영(35, 46, 50, 52호), 김인환(35, 39, 44, 50호), 최원식(46, 48, 51, 54호)의 순서로 국문학자들이 참여했다. 『청맥』에 연결된 '청년문학가협회'나 서울대의 '우리문화연구회', 또 '연사회' 등에서 활동하면서 한국문학의 내재적 발전 맥락을 구성하고자 했던 조동일과 임형택의 참여가 앞섰다.[20] 두 사람이 주로 조선 후기 문학을 연구 대상으로 삼고 있었다면, 그 후에 참가한 이선영, 김흥규, 김인환, 최원식 등은 식민지기 문학에 대한 연구 결과를 발표했다. 구중서, 임헌영 등과 함께 '상황'에 참여하고 있던 김병걸과[21] 『창비』의 주간·편집인이었던 백낙청과 염무웅 등 외국문학 전공 교수들도 근대문학사 담론의 주요 생산자였다.[22]

　『창비』에서 이들 한국 역사와 문학 전공 교수/비평가의 담론을 실어 나른 가장 중요한 지면은 '논문'과 '평론'이었다. 처음에는 '평론논문'을 함께 묶어놓았다가 1974년 가을호(33호)부터 평론과 논문을 구분하기 시작했는데, 1975년 가을호(37호)부터 강제 폐간되기 직전인 1980년 여름호(56호)까지 몇 호를 제외하고는 평론과 논문을 계속 구분해서 실었다. 그런데 어떤 글이 논문 또는 평론에 속하는가는 글의 목적이나 논증의 형식을 포함한 글의 스타일과 거의 상관이 없었다. 문학사 관련 연구물들은 모두 당대 문학에 대한 비평과 함께 평론 지면에 수록되었다. 그 외 분야의 학술적 담론들은 논문으로 분류되었다.[23]

20　조동일은 '비평작업' 동인이었고, 『청맥』 산하단체인 '새문화연구회'와 연결된 '청년문학가협회'에 참여했으며 서울대 '우리문화연구회'를 주도했다. 임형택은 '우리문화연구회'의 회원이었다.

21　'상황'은 1969년 임헌영, 구중서, 백승철, 신상웅, 김병걸에 의해 결성되었다. 강진호·이상갑·채호석 편, 『증언으로서의 문학사』, 깊은샘, 2003, 296면 참조.

22　서울대 독문과 출신으로 '청년문학가협회', '상황' 등에 참여했던 염무웅이 한국문학 연구자들과 『창비』 사이에 다리를 놓은 것으로 알려져 있다.

23　『창비』의 '평론'에 대한 인식은 연구와 비평, 논문적 글쓰기와 평론적 글쓰기의 교류 및 융합을

논문이나 평론이 어떤 경로를 거쳐 『창비』에 실리게 되었는지를 섬세하게 추적하기 위해서는 네트워킹에 대한 더 섬세한 연구가 필요하지만, 텍스트 안에서도 몇 가지 단서는 찾을 수 있다. 1967년 '경제사학회'가 주최한 한국사의 시대 구분에 관련한 학술대회에서 발표된 김철준의 「나말여초의 사회전환과 중세지성」은 『창비』 1968년 겨울호(12호)에 수록되었다. 1976년 봄호(39호)에 실린 강만길의 「민족사학론의 반성」은 제18회 전국역사학대회(1975)에서 발표된 후 『역사학보』 68집에 실렸던 것을 일반 독자를 위해 고쳐서 다시 실은 것이었다. 1977년 가을호(45호)에 게재된 김용섭의 「조선 후기의 농업 문제와 실학」은 『동방학지』 17집(1976.12)에 실렸던 것이다. 이와 같은 예로 미루어 볼 때, 역사학 논문은 이미 역사학계에서 발표, 평가를 거친 것을 재수록하는 방식이 일반적이었던 듯싶다.

역사학자들은 당시 인문학계에서 가장 응집된 담론을 생산하고 있었으며 담론의 생산-유통-평가 시스템의 수준도 상대적으로 높았던 것 같다. 1952년 동양사, 서양사, 국사 세 전공의 학자들이 모여 설립한 '역사학회'와 그 기관지인 『역사학보』에서는 1950년대 후반부터 점차 국사 관련 논문의 비중이 커졌다. 1960년대 초반에 들어서 소장 국사학자들은 식민지기에 형성된 실증주의적 방법을 비판하고 이념(민족주의)과 연구 방법(사회경제사학)을 재정립하면서 매우 활발하게 담론을 생산했다. 이는 '한국사연구회'의 설립으로 이어졌으며 여기서 소장 학자들은 조선 후기 연구의 성과를 바탕으로 근대의 기점, 민족운동사 등 새로운 논제를 제기하고 연구를 개척해나갔다. 경제사 전공자인 김영호가 18세기 중엽을 근대적 전환기로 본 「한국 자본주의의 성립과정」을 발표한 것은 『신동아』 1966년 8월호였고, 내재적 발전론이

특징으로 한 새로운 지식 형태 / 지식인의 등장을 알리는 현상이다.

학술적 개념으로 맨 처음 제시된 때는 1967년 '한국경제사학회'의 심포지엄에서였다고 한다. 『역사학보』를 보면, 1969년에는 이미 사회경제사와 내재적 발전론이 역사학계에서 확실한 기대주로 부상하고 있었음을 알 수 있다.[24] 1970년대에 『창비』는 '한국사연구회'를 필두로 하여 역사학계에서 평가되고 응집된 내재적 발전론과 민족운동사의 연구 성과를 역사학계 외부로 확산하는 역할을 했다고 할 수 있다.[25]

국문학계의 경우는 사정이 좀 달랐다. 문학사 담론은 국문학계에서 이미 평가를 받아 응집된 담론이 『창비』를 매개로 하여 외부로 확산되었다기보다 『창비』에서 비로소 체계적으로 구성, 생산되었다고 할 수 있다. 1960년대까지 국문학계는 의제 생산 수준과 담론의 응집력이 상대적으로 낮았다. '국어국문학회'의 학회지인 『국어국문학』에서 가장 많은 논문이 발표된 분야는 고전문학이었는데,[26] 1960년대까지 고전문학 연구는 문헌학적, 실증주의적 접근이 대부분이었으며 새로운 방법론의 모색이나 적용에는 소극적이었다.[27] 1960년대 중반부터 현대문학이 독자적 연구 영역으로 인정받게 되지

---

24 『역사학보』는 1968년 10월부터 매년 마지막 호를 '회고와 전망'에 할애했는데, 이는 한국사, 동양사, 서양사 분야의 연구 동향을 소개하고 성과를 집적하는 지면인 동시에 개별 학자들의 논문의 가치를 생산하는 지면이었다. 1968년도의 '회고와 전망'을 보면, 대학의 인문학연구소의 기관지를 비롯하여 한국사 관련 논문을 발표할 수 있는 지면이 매우 확대되었음을 알 수 있다. 1969년도의 '회고와 전망'을 보면, 내재적 발전론에 입각하여 조선 후기에서 자본주의의 맹아를 검출하려는 경제사 연구들이 역사학계에서 주목의 대상이 되고 있음을 알 수 있다.
25 『창비』가 역사학 담론을 소통, 확산한 역할에 대한 자세한 논의는 이경란, 앞의 글 참조.
26 1950~60년대 『국어국문학』에 수록된 논문의 전공별 수와 비중은 〈표 1〉과 같다. 표는 최기숙, 「1950년대 대학의 국문학 강독강좌와 학회지를 통해 본 국어국문학 고전연구방법론의 형성과 확산」, 『한국고전연구』 22권, 한국고전연구학회, 2010, 480면 〈표 4〉를 축약한 것임. (괄호 안은 %)

표 1. 『국어국문학』에 수록된 논문의 전공별 수와 비중

1950년대					1960년대				
국어학	고전문학	현대문학	국어교육	기타	국어학	고전문학	현대문학	국어교육	기타
65(40)	73(45)	9(6)	4(3)	10(6)	108(31)	146(42)	31(9)	48(14)	13(4)
총 161편					총 346편				

만, 개화기문학 연구에서 약간의 성과가 있었을 뿐 식민지 시기 문학에 대해서는 형식주의와 구조주의의 영향하에 개별 작가와 작품 연구가 겨우 시작된 형편이었다.[28] 주요 대학 인문학연구소의 기관지에서도 국문학 분야는 의제의 선도성, 담론의 응집성이 매우 낮았다.[29] 4절에서 상세히 살펴보겠지만, 조선 후기의 문학사는 『창비』에서 매우 체계적으로 구성되었으며, 식민지기의 문학에 대해서도 『창비』는 담론을 선도했다고 할 수 있다.

문학사 관련 글들은 모두 '평론'으로 분류되었지만 역사학 '논문'보다 더 정밀하게 학술논문의 체제를 갖추었다. 예컨대 이선영의 「식민지시대 시인의 자세와 시적 성과―이상화의 경우」(32호, 1974 여름)는 각주와 부록(작품 연보)까지 제시한, 완전한 형식을 갖춘 학술논문으로서 분량이 40쪽에 달했다. 김흥규의 「윤동주론」(33호, 1974 가을), 「육사의 시와 세계인식―육사 및 식민지시대 시의 해석·평가에 관한 반성」(40호, 1976 여름), 「'근대시'의 환상과 혼돈―1910년대 후반에 나타난 이른바 '근대자유시'의 성격과 역사적 의미」(43호, 1977 봄) 등도 선행 연구의 전제와 연구 방법을 비판적으로 검토하고 새로운 분석과 주장을 제시함으로써 학술적 토론에 개입하려는 의도를 가진, 완벽한 형태의 소논문이었다.

---

27 김흥규, 「고전문학연구사 총괄」, 국어국문학회, 『국어국문학회 50년』, 태학사, 2002, 481~496면. 최기숙에 따르면, 1950~60년대 『국어국문학』에 수록된 고전분학 논문 219편 중 24%인 52편이 텍스트를 원문, 번역, 주해의 형식으로 소개하는 글 등 자료 관련 글이었다. 최기숙, 위의 글, 482면.

28 조남현, 「현대문학연구사 총괄」, 위의 책, 671~715면. 1975년까지 서울대 국어국문학과에서 제출된 문학 전공 박사논문 10편 가운데 현대문학 분야는 전광용의 「신소설연구」가 유일했다. 고려대 국문과에서는 1975년경부터, 연세대는 1981년부터 박사학위자를 배출했다.

29 예컨대 연세대학교 '국학연구원'의 전신인 '동방학연구소'는 1963년에서 1976년까지 『동방학지』를 총 12집 발간했으며 여기에 81편의 논문을 수록했다. 한국을 연구대상으로 한 논문 69편 중 역사학이 29편, 언어학이 15편, 문학이 12편이었다. 『동방학지』에서 역사학은 논문 비중이 가장 컸을 뿐만 아니라 학술 의제를 주도한 분야였다. 김현주, 「『동방학지』를 통해 본 한국학 종합학술지의 궤적」, 『동방학지』 151권, 연세대 국학연구원, 2010, 67~74면 참조.

이러한 편집체제는 『창비』의 목표 독자 및 그에 따른 소통 전략을 짐작하게 해준다. 『창비』의 기대 독자는 대학생을 포함한 넓은 범위의 지식인이었다. 한국의 사회, 문학, 사상의 역사에 대한 담론은 이들에게 일종의 공통 지식 / 교양으로 제공된 것이다. 3절에서 살펴보겠지만, 『창비』에서 경제사, 사회사, 사상사, 문학사 담론은 이념, 이론 및 연구 방법을 공유하고 있었기 때문에 다소 전문적인 소재나 주제를 다룬 경우에도 소통과 이해의 범위가 넓었다. 하지만 『창비』의 주요 분야는 역시 문학이었고, 목표 독자는 문학에 대해 전문적 지식과 관심을 가진 이들이었다. 특히 문학사와 관련된 글은 전문 독자를 이해시키고 설득하기 위해 쓰였다고 볼 수 있다. 역사학의 경우, '한국사연구회'라는 소장 역사학자들의 학회가 주축이 되어 학계에서 이미 평가를 거친 주장을 비전문 독자에게 전달, 확산한다는 취지가 강했다면, 학술 단체의 기반이 없었고 담론 결집력과 의제 생산력도 낮았던 국문학계에서 『창비』는 전문 학술지의 역할까지 담당하고자 했던 것이다.

평론 / 논문 이외에 학술적 담론을 생산한 또 다른 지면으로는 '서평', '자료', '좌담'이 있었다. '서평'은 창간호에서 8호까지 계속되다가 중단되었는데 이때까지는 외국 서적에 대한 리뷰가 대부분이었다. 서평이 부활한 때는 평론과 논문을 구분하기 시작한 1974년 가을호(33호)였으며, 이때 신간 소설집과 시집이 리뷰의 대상이 되었다. 서평은 36, 37, 38호에 잠시 사라졌다가 39호 이후 본격화되었다. 이때부터 창작집 이외에 비평집이 서평의 대상이 되었으며 곧 역사학과 문학사 관련 학술서도 서평의 대상이 되었다.[30] '자료'로

---

30 1976년 봄(39호)에서 1980년 여름(56호)까지 서평 대상 학술서는 다음의 표와 같다. 서평은 매호 평균 6~7편이 게재되었으며 그중 1편 정도가 역사 / 문학사 관련 학술서에 대한 리뷰였다. 두세 권의 저서에 대한 주제 서평도 있어서 서평 대상 저서의 수와 서평의 편수는 일치하지 않는다.

는 1973년 봄호(27호)에 한용운의 「조선불교유신론」이 제시된 이후 「양주별산대놀이」 연희본(28호), 「수영야유(水營野遊) 야유극본(冶遊劇本)」(29호), 「동래 들놀음」 연희본(30호), 「광대줄타기 연희본」, 이동안의 줄타기 재담(33호) 등 민중문화 관련 채록 자료들과 해설이 연속 게재되었다. '좌담회'는 1976년 봄호(39호) 창간 10주년 기념 좌담회에서 선을 보인 후 한 호 걸러 한 번씩 게재되다가 1977년 가을부터 정기화되었다. 한국시의 반성, 분단시대의 민족문화, 농촌소설, 민족문학과 문화운동 등 문학 / 문화운동에 관련된 주제가 많았으며, 역사학, 문학 연구와 관련된 좌담도 각각 1회씩 실렸다.[31] 『창비』는 서평, 자료, 좌담 지면을 통해서 문학 / 문화사와 역사학 분야의 연구 동향을 모니터링하며 그 성과를 비판적으로 점검하고 연구 자료를 제시하는 방식으로 학문 장에 개입하고자 했다.

1970년대 말에는 『창비』의 학자 네트워크가 사회학자, 여성학자, 교육학

표 2. 1976년 봄(39호)에서 1980년 여름(56호)까지 『창작과비평』의 서평 대상 학술서 목록

호/간기	서평 대상 학술서	편수
39/1976년 봄	유종호, 『문학과현실』; 김병걸, 『문학과 사회의식』; 신동욱, 『한국현대비평사』	1
40/1976년 여름	김용섭, 『한국근대농업사연구』	1
41/1976년 가을	이병두, 『한국고대사연구』; 김철준, 『한국고대사회연구』; 천관우, 『한국 상고사의 쟁점』	1
42/1976년 겨울	이기백, 『한국사신론』(개정판)	1
44/1977년 여름	이우성·강민길 편, 『한국의 역사인식』	1
45/1977년 가을	윤병석·신용하안병직 편, 『한국근대사론』; 조동일, 『한국소설의 이론』	2
46/1977년 겨울	이용희, 『한국민족주의』; 송건호, 『한국 민족주의의 담구』	1
48/1978년 여름	박현채, 『민족경제론』; 박현채, 『전후 30년의 세계경제사조』	1
49/1978년 가을	최민지·김민주, 『일제히 민족언론사론』	1
50/1978년 겨울	강만길, 『분단시대의 역사인식』	1
52/1979년 여름	송건호, 『한국현대사론』; 정병욱, 『한국 고전의 재인식』; 이재선, 『한국현대소설사』; 염무웅, 『민중시대의 문학』	2
53/1979년 가을	조동걸, 『일제하 한국 농민사연구』	1
56/1980 여름	박성수, 『한국독립운동사연구』	1

31 이우성·강만길·정창렬·송건호·박태순·백낙청, 「대담: 민족의 역사, 그 반성과 전망」, 『창작과비평』 41호, 1976; 조동일·임형택·이재선·염무웅, 「국문학연구와 문화창조의 방향」, 『창작과비평』 51호, 1979.

자, 경제학자, 신학자 등으로 확장되었으며 담론의 성격도 전환되었다. 1978년 봄호(47호)에 백낙청과 박형규 목사의 대담 「한국 기독교와 민족 현실」이 실린 이후 『창비』 좌담의 주제는 문학 / 문화와 역사 담론의 자장을 벗어나 현실적이고 실천적인 지향이 강해졌다. 민족교육(48호), 여성문제와 여성운동(52호), 대중문화(53호), 경제현실(54호) 등을 이슈화하면서 『창비』는 김인회, 한완상, 이효재, 변형윤, 전철환, 박현채 등 비판적 교육학자, 사회학자, 경제학자 들과 사회운동가 집단, 예컨대 기독교운동가, 여성운동가 들과 교류와 연대를 강화했다.

이와 같은 이슈의 전환과 네트워크의 확장은 논문 / 평론, 서평 지면에도 광범하게 반영되었다. '민족문학과 문화운동'이라는 제목하에 백낙청, 염무웅, 임헌영, 고은의 글이 실린 1978년 겨울호(50호) 이후에는 만해 한용운, 심산 김창숙, 단재 신채호의 탄생을 기념한 논문들[32] 이외에 평론 / 논문 지면에서 문학사나 역사학 관련 연구물을 거의 볼 수 없다. 대신해서 지면을 채운 것은 중국학, 비판적 교육학, 여성해방론, 민족 / 민중경제학, 제3세계론, 분단사회학, 해방신학 등 새로운 분야의 지식이었다. 서평란의 학술 콘텐츠도 현대 중국 연구의 현황, 제3세계 혁명운동 및 민중운동, 해방신학, 제3세계 관점의 국제경제동향 분석, 비판적 교육학 이론과 교육현장 분석, 민족 / 민중경제학, 여성해방이론과 운동, 노동운동, 비판적 사회이론, 미국을 중심으로 한 자본주의의 경제 독점 비판, 비판적 중국학 등으로 대폭 확장되었다. 나아가 서평의 대상은 에세이집, 논픽션, 전기, 서한집 등 좀 더 실천적이고 운동적인 담론을 소통하는 장르들로도 확대되었다. 함석헌의 『새벽을 기다리는 마음』, 이문영의 『겁 많은 자의 용기』, 백기완의 『자주 고름 입에 물고

---

32 만해 탄신 100주년 기념 논문 2편(52호), 심산 김창숙선생 탄생 100주년 기념 논문 5편(54호), 단재 신채호선생 탄생 100주년 기념논문(55호, 56호 각 1편).

옥색 치마 휘날리며』, 표문태의『천도복숭아의 신화』, 고은의『이름 지을 수 없는 나의 영가』, 이부영 외 9인의『한국논픽션선집』등 보다 대중적인 장르의 글들이 서평란을 통해 소개되었다.

이상의 논의를 요약하면, 대략 1960년대 말에서 1970년대 중후반까지 『창비』에는 한국의 경제, 사회, 사상과 문학에 대한 역사적 지식이 매우 큰 비중을 차지하고 있었다.『창비』는 논문 / 평론, 서평을 통해 한국의 역사에 대한 지식의 가치를 생산했으며, 좌담을 통해 그 연구의 성과와 동향을 평가하고 과제와 전망을 제시했다. 일차 자료를 제공해주기도 했다. 특히 문학사의 경우에는 연구사 검토와 비판, 주장과 논증, 그리고 각주를 완비한 학술논문을 게재함으로써 학술적 토론에 직접적으로 개입하고자 했다. 이와 같은 작업을 통해서『창비』는 전체 지식 / 문화의 장에서 한국학 연구의 위상과 가치를 상승시켰다. 1970년대 말에는 사회과학자, 사회운동가로 네트워크를 확장하고 실천적, 운동적 지향을 강화함에 따라 한국학 담론의 생산, 소통, 평가의 기관으로서『창비』의 역할은 상대적으로 약화되었다.

3. '근대사' 기획 후발자본주의사회의 역사적 사회과학

『창비』에서 생산된 한국에 대한 학술적 담론의 가장 두드러진 특징은 '역사적' 퍼스펙티브였다. 1969년 김우창이 신동엽의『금강』을 평하면서 말했듯이, "어느 분야에서나 역사적 관심은 눈에 띄는 경향 중의 하나"였다.[33] 이 절에서는 1972년에 제시된 연구 아젠다인 '근대사'를 중심으로 하여『창비』에서 형성된 한국학 담론의 구조를 분석하고 그 요체인 내재적 발전론을 거시구조 연구와 역사 연구를 결합하여 근대의 기원 또는 형성 과정을 재현하고자 한 역사적 사회과학이라는 관점에서 검토할 것이다.

근대사 기획안이 맨 처음 제시된 것은 1972년 여름호(24호)였다. 편집진은 "한국의 근대화 진행 과정에 대해 사학계를 중심으로 여러 분야에서 연구·토론"된 성과를 종합하여 제시하겠다는 '야심적인 기획'을 제시했다. "이조 봉건체제와 일제 식민주의를 청산·극복하고 참된 시민적 근대사회를 형성하고자 했던 노력의 과정을 좀 더 본격적으로 다루어 보기로" 했다는 것이다. 이 기획의 목적은 ① 근대사에 관한 기왕의 연구 업적을 문제 중심으로 종합하고, ② 이를 비전문 일반 독자에게 알기 쉽게 소개하고, ③ 그럼으로써 필자·독자·편집자가 오늘의 현실을 역사적 원근법 속에서 올바르게 이해하자는 것이었다.

기획의 기본 컨셉은 '민중운동사', '경제사', '사회사상사', '문학사' 분야의 연구 성과들을 종합하여 조선 후기 이래 한국사회가 주체적으로 근대화를 추진해온 과정을 체계적으로 제시한다는 것이었다. 1972년 여름호에 경제사와 문학사 분야의 소주제('문제')들이 각각 12개씩 제시되었다. 이어서 가을호에는 민중운동사 분야의 소주제 12개가 제시되었다. 사회사상사 분야의 소주제는 제시되지 못했다.[34] 소주제에 관한 논문을 3년 동안 연재하고 나서 단행본을 발행할 계획이었다. 경제사와 사회사 분야의 안병직, 정창렬, 김영호, 정석종이 기획에 참여했다. 문학에서는 조동일, 임형택이 참여했다.

---

33 김우창, 「신동엽의 금강에 대하여」, 『창작과비평』 9호, 1968.

34 '실학의 고전' 연재에 나타나듯이 『창비』의 인문학 담론은 맨 처음 학술과 사상 연구에서 시작되었는데 역사학적 접근법이 우세했다. 실학은 역사학자들에 의해 전유되면서 사유 방식, 철학의 차원에서 논의되기보다 역사적 성격과 의의가 중요시되었다. 초창기 『창비』에는 이규호, 박종홍 등 철학자가 등장한 적이 있지만, 전체적으로 철학자들의 참여는 매우 저조했다. '근대사'의 기획자 가운데 철학 전공자는 물론이고 사상사 전공자도 없었다.

경제사 분야의 소주제로는 농업과 상업 구조의 변화, 매뉴팩쳐의 발생 등 조선 후기 사회에서 '자본주의의 맹아'를 검출하려 한 경제사 연구의 성과들이 맨 앞에 배치되었다. 역사학계에서 조선 후기의 농업, 상업과 시장, 수공업, 신분제 등의 변화에 대한 연구 성과를 맨 처음 결집한 것은 1972년『대동문화연구』특집호(제9집)로 알려져 있는데, 여기에 '19세기의 한국사회'라는 표제하에 김용섭의「18·19세기의 농업실정과 새로운 농업경영론」, 김영호의「조선 후기 수공업의 발전과 새로운 경영형태」, 강만길의「도고(都賈)상업체제의 형성과 해체」, 정석종의「조선 후기 사회 신분제의 붕괴」가 실렸다. 이 특집은 '자본주의 맹아론의 완결판'으로도 불린다.[35] 조선 후기의 경제사회적 변화에 대한『창비』의 분석은『대동문화연구』특집호의 그것과 일치하며 시기적으로도 거의 동시에 진행되었다.『창비』의 '근대사' 기획진과『대동문화연구』특집 필진이 겹친 데 나타나듯이, 이 기획과 특집의 공통 계기 혹은 촉발제는 조선 후기 사회에서 자본주의의 싹을 발견한 경제사의 성과였다. 경제사 분야에 추가된 소주제들로는 환곡고리대, 봉건지주에의 토지집중, 자본주의와의 접촉과 무역 문제, 객주여각·상회사(商會社)의 설립 등 상업·시장의 변화, 근대적 화폐 제도의 확립, 근대적 기술 수용, 대일차관과 일본인의 토지수탈 등이 있었다. 농업, 상업, 수공업 분야에서의 변화를 더 세부적으로 검토하는 한편, 화폐, 무역, 기술, 대일차관 문제 등을 보완하는 형태였다. 연구대상 시기는 대한제국기까지로 제한되었으며 식민지기는 포함되지 않았다.

문학사 분야의 소주제는 조선 후기 문학과 신문학(新文學)이 각각 6개였다.

---

35 김건태,「대동문화연구원의 사학사적 위치」,『대동문화연구원 50년 1958~2008』, 성균관대 대동문화연구원, 2008, 72~89면; 정승진,「김용섭의 원축론과 사회경제사학의 전개 ― 조선 후기 농업사 연구 1, 2를 중심으로」,『한국사연구』147호, 한국사연구회, 2009, 335면 참조.

먼저 가면극, 판소리, 평민소설, 가사·창가·민요 등 조선 후기의 소위 '평민문학'의 장르들을 민중의식, 근대의식, 항일의식이라는 관점에서 해석했다. 한문학에 대해서는 현실주의의식을 강조했다. 신문학에서는 신소설의 개화 정신, 식민지적 문단의 형성 과정, 일제하 민족현실과 리얼리즘 소설, 서구문예사조의 수용 양상, 근대적 문예비평과 문학사 연구, 신문학과 근대의식의 성장이 소주제로 제시되었다. 경제사 분야와는 달리 연구 시기가 식민지기까지 내려왔지만, 소주제들은 제재만을 제시하거나 양상 및 과정 탐색 정도를 목표로 하고 있었으며, 따라서 해석과 평가는 잘 드러나지 않는다.

민중운동사 부문에서는 홍경래란, 조선 후기의 농민란, 제국주의의 침략과 민중저항, 위로부터의 개혁운동의 실패, 동학농민혁명, 항일의병투쟁, 대한제국시대의 애국계몽운동, 기미민족독립운동, 일제하의 노동·농민·문화운동, 항일민족독립운동 순서로 소주제가 구성되었다. 민중운동사는 조선 후기 이래 농민을 포함한 민중들의 움직임을 반(反)봉건적, 반(反)제국주의적 근대 지향으로 해석하고 식민지기의 독립운동과 다양한 사회운동을 그 연속선상에 배치한 데 특징이 있었다.

위와 같은 근대사 프레임의 특징을 다음과 같이 요약할 수 있다. 첫째, 연구의 포커스는 근대 혹은 자본주의의 기원에 있었다. 한국사의 새로운 연구 패러다임으로서 내재적 발전론은 한국사의 전체 시기를 연구 대상으로 했지만, 가장 빈번하게 재현의 대상이 된 것은 정체성 담론의 공격 지점이자 타율성 담론의 원천이었던 조선 후기였다. 새로운 연구 가설은 조선 후기 사회가 세계사의 보편적 발전 법칙에 따라 주체적, 자율적으로 근대사회로 변화, 발전하고 있었다는 것이었다. 『창비』에서 조선 후기는 경제구조, 사회관계, 그리고 문화가 격변하던 시기로 묘사되었는데, 자본주의적 경제 관계의 형성, 민중의식과 민족의식의 성장, 근대적 의식과 문화(문학)의 등장이 핵심 내용이었다. 『창비』의 근대사 연재 기획의 첫 번째 목적은 조선 후기에 근대, 자본주의가 싹트고 있었다는 것을 증명한 여러 분야의 연구 성과를 종합하는 데 있었다.

　둘째, 민중운동사, 경제사, 사회사상사라는 세 분야의 선택과 그것들 사이의 관계를 조직화하는 데서 최종심급은 사회경제적 구조였다. 『창비』는 인문/사회과학의 여러 분야에서 생산된 지식들을 결집하고 그것들 사이에 특정한 관계를 맺어줌으로써, 궁극적으로 한국의 과거에 대한 새로운 형상화를 시도했다. 특히 조선 후기 연구에서 나타난 경제사·사회사·운동사·사상사 간의 상호 연결 및 그것들과 문학사 분야와의 결합은 획기적이면서도 생산적인 것이었다. 이러한 역사적 연구의 토대는 사회경제사였다. 경제적 구성 및 계급 관계, 즉 계급들 사이의 힘의 구조 변화에 대한 이해가 과거 사회의 이해에서 가장 선차적이고 중요한 사안으로 인식되었으며, 그 위에 사상사를, 그 위에 다시 운동사나 문학사를 얹는 방식으로 담론이 구축되었다.

　세부 분야들을 좀 더 자세히 살펴보면, 1960~70년대에 한국에 대한 연구에서 가장 주목을 받은 분야는 사회경제사, 즉 사회의 경제적 구성 및 계급 구조의 변화 과정에 대한 연구였다. 역사학자들은 한국이 세계사의 보편적 발전 법칙에 따라 수체적이면서 자율적으로 발전해왔다는 것을 증명하기 위해서는 무엇보다도 사회 구성의 밑바닥, 즉 경제적 구조 및 그 변화를 포착해야 한다고 생각했다. 일례로 내재적 발전론을 대표한 역사학자인 김용섭은 1970년에 출간한 『조선 후기 농업사 연구』1의 「서문」에서 17~19세기 농민층의 동태를 농민들의 주체적 계기에서, 그리고 한국사의 내적 발전과정이라는 관점에서 파악한다는 연구 목적을 분명히 했다. 그는 중세사회의 해체 과정을 농업, 농촌, 농민에 관해서, 그 내적 발전 과정의 입장에서 해명할 수 있다면 정체성론과 타율성론을 극복할 수 있을 것으로 전망했다.[36] 1960

년부터 진행된 김용섭의 농업 연구는 이후 강만길, 김영호, 송찬식, 유원동 등에 의해 상업, 수공업, 광업 그리고 도시와 시장 관계에 대한 연구로 확장되면서 '자본주의 맹아론'을 구성했다. 경영형 부농의 출현, 도시 상인층의 형성 등 조선 후기 경제적 사회 구성의 급격한 변화와 새로운 경제 주체의 등장을 증명하는 연구들이 이어졌다. 이와 같은 경제사 연구의 성과가 『창비』 근대사 기획의 근간이었다.

근대사 기획자들이 조선 후기부터 식민지 시기까지 한국인들의 움직임을 '민족운동사'가 아니라 '민중운동사'로 포착하게 된 데에는 위와 같은 사회경제적 구조 변화와 운동적 실천의 조응 관계에 대한 인식이 반영되어 있었다. 민족운동사는 1960년대 후반 이후 역사학계가 주력한 분야 중 하나였다. 개항 이후 식민지 시기까지에 대한 역사학계의 연구는 일본의 침략사를 조선인들의 독립운동사로 바꾸어 기술하는 작업에 초점을 두었다.[37] 『창비』의 근대사 기획의 특징은 독립운동사를 민중운동사로 전환·확장하여 제시한 데 있었는데, 이는 사회경제적 구조 변화와 운동적 실천의 조응에 대한 인식에 의해 뒷받침되었다. 조선 후기 사회경제의 변동(생산력의 발전과 이에 따른 봉건적 생산 관계의 해체, 농민층의 분화 및 몰락)과 민중운동의 발생(농민란의 확대와 격화) 사이에는 필연적 연관 관계가 상정되었다.

한편 사회사상사는 사회구성체 연구와 사회운동 연구를 매개하는 연구 분야였다. 역사학의 시각에서 볼 때, 사상의 변화는 사회 구조의 변화와 인간들의 실천 사이를 연결하는 것이었다. '사회 구조'와 '운동'의 매개로서의 '사

---

36 김용섭, 「서문」, 『조선 후기 농업사 연구』 1, 일조각, 1970.

37 조동걸은 1960년대 이후 역사학의 성과로서 ① 조선 후기의 사회경제사에 대한 연구가 진행되어 자생적 근대화론(내재적 발전론)의 역사상을 세우게 된 것, ② 독립운동사에 대한 연구가 진행되어 한국 근대사를 식민통치사가 아니라 한국인을 주체로 한 독립운동사로 보는 역사상을 세우게 된 것을 들었다. 조동걸, 『현대한국사학사』, 나남출판, 1998, 56면.

상'이라는 인식 틀은 실학 연구를 심화시켰고 그것을 통해 타당성을 주장했다. 정창렬에 따르면, 1960년대 후반 이후 이루어진 실학 연구의 성과는 "한국사회 자체의 내재적인 발전과 실학사상을 연결시키려는 문제의식이 강화"되었다는 점에 있었다. 1950년대의 실학 연구에서는 실학사상과 사회의 관계가 분명하지 않았지만 1960년대 후반에 와서는 한국사회 자체의 내재적 발전과 실학사상을 연결시키려는 문제의식이 강화되어 사회의 경제적 구성이나 민중의 동태와 실학을 연결시키려는 연구가 크게 진전되었다는 것이다. 정창렬이 "당시의 농촌 실정을 바탕으로 실학자들의 농업사상을 설명"한 중요한 성과로 든 것은 김용섭의 연구였다.[38]

『창비』는 김용섭의 실학 연구를 계속 주목했다. 『창비』에 김용섭의 글은 총 3편 「18세기 농촌지식인의 농정관―유진목과 임박유의 경우」(12호), 「정약용과 서유구의 농업개혁론」(29호), 「조선 후기의 농업문제와 실학」(45호)이 실렸는데, 이는 모두 경제 구조의 변화와 사상 변화를 결합하여 분석한 성과였다. 두 번째가 정창렬이 고평했던 논문이며, 세 번째는 앞선 두 글을 포함하여 이제까지의 연구를 종합하여 결론을 낸 것이었다. 세 번째 글에서 김용섭은 실학자들의 농업론을 토지 문제를 중심으로 한 조선 후기 농촌사회의 문제를 해결하려는 모색으로 해석했다. 즉 이 글에서 실학은 외래 사조의 영향을 받아 몇 가지 근대적 요소를 내포하게 된 사상이 아니라 조선 후기의 사회적 모순을 반영하는 동시에 그 모순을 해결하려 한 실천적 지향으로 해석되었다. 1967년에 시작하여 2년 동안 연재한 '실학의 고전'이 번역과 역주를 통한 소개 수준이었다면, 김용섭의 논문은 조선 후기의 사상사 연구를 사회경제사·운동사 연구와 결합시킴으로써 실학에 대한 기존의 시각을 바꿔

놓은 것이었다. 김용섭의 실학 연구는 1972년에 근대사 연구를 기획할 때 소주제를 구성하지 못했던 사회사상사 연구를 역사학적 시각에서 진전시킨 성과였다.

그런데 1970년대 후반의 『창비』는 내재적 발전론에 입각한 근대사의 형상이 안고 있던 맹점과 모순을 드러내는 동시에 그에 대한 고민 또한 드러내고 있었다. 우선 식민지화의 문제는 내재적 발전론에 의해 형성된 역사 형상 안에서는 맹목의 지점이었다. 앞서 지적했던 것처럼 근대사 기획에서 경제사 분야는 식민지기를 연구 대상에 포함하지 못했다. 「민족의 역사, 그 반성과 전망」(41호, 1976 가을) 좌담회에서 시대별로 역사학 연구의 진행 상황과 과제를 검토할 때에도 식민지기는 논제에 오르지를 못했다. 경제사 이외에 사회사, 사상사, 운동사 영역에서도 19세기 말에서 식민지기에 이르는 시기에 대한 조명은 아주 적었을 뿐만 아니라 산만했다.

근대사 기획의 또 하나의 맹점은 국가 또는 정치사 영역이었다. 1972년의 근대사 기획에는 국가 또는 정치 제도에 대한 연구가 부재했다. 경제사와 민중운동사의 소주제 구성에 나타나듯이, 한국의 '시민적 근대화'는 '위로부터의 개혁'이 실패한 가운데 조선 후기부터 지속되어온 '아래로부터 운동', 즉 민중운동에 의해 추진되어온 것으로 이해되었다. 바꿔 말하면, 국가나 정치 제도는 근대화의 중요한 에이전트가 아니었다. 적어도 1972년 근대사 연재를 기획하던 단계에서 역사학자들은 근대를 국민국가와 근대화의 결합으로 생각하지 않았던 것이다.

하지만 근대사 연구가 식민지화의 문제와 대결하려 했을 때 필연적으로 국가와 정치사의 문제가 대두했다. 『창비』는 1978년 여름호, 가을호에 안병직과 강만길의 논쟁을 소개했는데,[39] 이 논쟁은 표면적으로는 대한제국의 개혁성 여부를 둘러싼 이견에서 비롯한 것으로 보이지만 그 근간은 19세기 말에서 20세기 초의 '정치'를 어떻게 평가할 것인가의 문제와 직결되었다. 그것은 제국주의와 봉건주의의 억압을 극복할 이념을 제시한 집단은 누구였는가, 아울러 그러한 이념을 현실화하고자 하는 의지와 역량을 가진 집단은 누구였는가, 또 그러한 시도들은 왜 결국 실패로 귀착되고 말았는가라는 문제였다. 강만길은 '분단사학론'을 통해 정치사의 과제를 제기했으며, 이후 역사학계와 사회과학계에서는 19세기 말에서 20세기 초의 국가와 정치권력에 대한 평가를 둘러싸고 토론이 본격화되었다. 강만길, 김용섭 : 안병직, 신용하 : 정창렬 등이 참여한 역사 논쟁은 『창비』를 매개로 하여 비전문적 지식 대중에게 전달되었다.

경제사·사회사·운동사·사상사의 학제적 구성물로서 『창비』의 근대사 기획안은, 내재적 발전론이 경제적 사회구성에 대한 분석을 바탕으로 하여 조선 후기 사회의 다양한 부문들을 상호 연관성하에서 설명할 수 있는 패러다임으로 발전하고 있었음을 보여준다. 경제사 연구는 사회사 연구와 연동했으며, 또 운동사·사상사 연구를 자극했다. 사회의 하부 구조의 변화에 대한 연구는, 그것이 계층질서의 붕괴를 초래하고 또 사람들의 행동과 의식을 변화시켜나가는 과정에 대한 연구로 심화되었던 것이다. 『창비』의 '근대사'는 탈식민화의 길을 모색하던 후발자본주의사회에서 생산된, 근대의 기원 및 형성 과정에 대한 거시적이면서 역사적 담구, 곧 역사적 사회과학을 집약한 것이었다.[40]

---

39 안병직, 「대한제국의 성격」, 『창작과비평』 48호, 1978; 강만길, 「광무개혁론의 문제점」, 『창작과비평』 49호, 1978.

40 '현대한국'에 대한 역사학과 사회과학의 학제적 연구('역사사회과학')의 필요성을 주장해온 박명림에 따르면, 역사학자들에 비해 사회과학자들이 학제적 연구의 필요성에 대한 의식 수준이 높다고 한다. 박명림, 「역사사회과학은 가능한가?─학제적 '현대한국' 연구의 과제와 전망」, 『역사비평』 75호, 2006, 54면 참조. 그런데 『창비』를 보면 1970년대 한국에서 거시적이면서 역사적인 사회과학이 역사학자들에 의해 개척되었음을 알 수 있다.

4. 조선 후기 문학 / 예술 연구의
역사주의 · 근대주의 · 경제주의

『창비』의 근대사 연구를 구성한 또 하나의 중요 분야는 문학사였다. 앞서 살핀 것처럼, 역사학 담론에서 경제사 · 사회사 · 운동사 · 사상사는 위계적으로 구조화되었고, 그 구조물의 토대는 단연 사회경제사였다. 거시 구조에 대한 분석을 중요시한 역사학 분과 안에서는 문화가 잔여범주로 간주되었기 때문에 문화적 구성의 변화에 대한 설명체계가 발전하기 어려웠다.[41] 역사학자들은 "법 제도라든가 사상이라든가 지성이라는 것에 앞서서 그 시대의 사회구조, 특히 토지 제도와 신분 제도 등 사회구성의 밑바닥에 대한 분석을 심도 있게 진행시켜야" 한다고 생각했다. 따라서 사상과 지성 등 문화적 표현을 "추상화"하거나 "확대해석"하는 것을 경계했다.[42] 내재적 발전론이라는 연구 패러다임에 입각하여 문학 · 예술을 포함한 문화 영역에 대한 역사적 연구를 개척해간 것은 역사학자들이 아니라 문학 연구자들이었다. 특히 조선 후기의 문학사 및 문화사 연구는 경제사, 사회사의 연구 성과를 수용했을 뿐만 아니라 그것을 크게 보완했다.

역사학계의 식민사관 극복에 상응하는 국문학계의 과제는 이식문학론의 극복이었다. '근대사' 기획에서 임형택과 함께 문학사 구성을 주도한 조동일은, '한국사회는 스스로 근대화할 수 없었으며 고유한 의미의 한국문학은 중

---

41 윤해동은 내재적 발전론에 문화론이 부재하다고 지적한 바 있다. 윤해동, 『근대 역사학의 황혼』, 책과함께, 2010, 60면. 하지만 그 이전에도 역사학 안에서 문학의 지위는 사상이나 종교에 비해서도 낮았던 것 같다. 예컨대 '역사학회'가 편집, 간행한 최초의 단행본인 『한국사의 반성』에서 '민족문화' 편에는 유교, 불교, 기독교 등 사상 / 종교가, '민족의 미의식' 편에는 미술 분야가 주로 다뤄졌다. 문학사에 대한 논문은 없었다. 역사학회 편, 『한국사의 반성』, 일조각, 1969.

42 이우성 · 강만길 · 정창렬 · 송건호 · 박태순 · 백낙청, 앞의 글.

세로 끝날 수밖에 없었다'는 정체론과 단절론은 일제시대의 조작이며 이제
는 이러한 사상적 노예 상태를 청산해야 한다고 보았다.[43] 역사학에서 한국
사의 주체적 발전을 포착하기 위해 개발된 연구 패러다임으로서 '내재적 발
전론'은 문학사 연구에서는 '전통론'의 형태로 나타났다.

전통은 보편적인 측면과 특수한 측면의 통일체인 우리 민족의 문화 혹은 문학
이 사회발전에 따라서 동시에 사회발전에 기여하면서, 긍정적으로 또는 부정적
으로 어떻게 현재를 형성하는 과거로서 성장해왔고 어떻게 현재에서 과거를 계
승해 미래를 창조하느냐 하는 역사적 과정을 의미한다.[44]

조동일의 전통론은 네 가지 테제로 이루어져 있는데, 여기에 내재적 발전
론의 패러다임이 문화적 현상을 설명하는 패러다임으로 어떻게 정착하고 있
었는지가 나타난다. ① '전통은 보편성과 특수성의 통일적 결합이다'. 이때
중요한 점은 보편성에 '성장'과 '발전'의 관념을 포함시켰다는 것이다. 따라서
한국의 문학적 전통 속에서 찾아야 할 것은 세계문학의 보편적 발전과정에
맞춰 발전하고 있던 요소들이었다. ② '문학은 일차적으로 사회적 바탕 위에
서 형성되고 이차적으로 사회에 참여한다.' 이는 문학의 변화의 근본적 원인
을 사회 내부에서 찾는 관점으로서, 이 관점에 의거해 사회, 경제의 구성과
변동에 관심을 갖는 문학연구방법론이 형성되었다. 이로써 기왕의 비교문학
적 접근이나 이식론적 접근에 대해 거리를 둘 수 있게 되었다. ③ '전통은 종
합적 의미의 계승이다'. 조동일은 전통의 긍정적 계승 / 부정적 계승, 그리고
퇴화라는 개념을 통해 문학사의 전개를 새로운 것에 의한 낡은 것의 역사적

---

43 조동일, 「전통의 퇴화와 계승의 방향」, 『창작과비평』 3호, 1966.
44 위의 글, 359면.

지양이라는 변증법적 발전 과정으로 이해했다. ④ '전통은 미래로의 역사성이다'. 전통은 현재의 과거이자 적극적 실천을 통해 미래에 실현될 잠재적 가능성이라는 관점에서 이해되었다. 이에 따라 현재적 퍼스펙티브, 즉 '근대성'이 과거를 이해, 평가하는 가장 중요한 기준으로 부상했다.

　조동일은 위와 같은 연구 패러다임에 입각해 거시적 관점에서 문학사의 전개를 설명했다. 그는 한국사의 전개를 원시공동체사회-고대사회-봉건사회-근대 자본주의사회로 구분하고 각 사회의 하부 구조 및 계급 관계에 근거하여 문학적 현상과 그 변화를 설명했다. 그는 '계급 대립에 의해 문화가 분열되며 그 대립을 지양함으로써 문화는 발전한다'는 상부 구조-하부 구조 조응론과 변증법적 발전관을 수용했다. 조동일이 주목한 시대는 역시 조선 후기였다. 그는 조선 후기 문학의 변화를 "중세의 해체와 근대의 싹틈"이라는 틀로 해석했다. 조동일에 따르면, 조선 후기에는 토지 소유 관계의 모순과 조세 제도의 문란, 그에 따른 농민의 궁핍, 상업자본의 대두와 축적, 그리고 화폐 경제로의 이행에 의해 사회적 관계가 급격하게 변화했다. 이러한 사회적 관계의 재편성에 발맞춰 농민과 거기서 갈라져 나온 광대, 상인, 그리고 몰락양반이 새로운 문학 담당층으로 성장했으며, 이들에 의해 연극, 판소리, 평민가요, 장시조 등 새로운 문학이 등장했다. 이는 농촌 공동체의 문학을 긍정적으로 계승하고 귀족문학을 부정적으로 계승한, 새로운 성격의 문학으로서, 조동일은 이를 '중세평민문학'으로 정의했다. 그는 평민문학을 "중세문학의 결산"이자 "근대문학으로 발전할 수 있는 가능성의 집약"으로 보았다.[45]

　위와 같은 문학사 인식은 앞 절에서 살핀 사회경세사의 연구 성과를 바탕으로 하고 있었다. 1964년 11월 『청맥』에 발표한 「한국적 리얼리즘의 형성

---

[45]　위의 글 참조.

과정」에서 조동일은 조기준의 『한국경제사』(일신사, 1962), 최호진의 『근대 한국경제사 연구』(박영사, 1958), 조기준·오덕수의 『한국경제사』를 참조하여 조선 후기의 경제적 사회 구성을 설명했다. 조기준과 최호진은, 백남운과는 달리, 조선 후기를 정체성 이론에 의거하여 설명한 학자였다.[46] 이들의 저서를 참조한 「한국적 리얼리즘의 형성과정」에서 조선 후기의 경제적 사회 구성은 정체성의 이미지로 물들어 있었다. 농업은 생산 규모를 확대하지 못했고 농업 기술이나 농기구의 발전도 지체되었으며 비료 보급도 낙후되어 생산력의 향상이 어려웠으며 수공업과 광업도 미약했다. 상업 일부와 특히 고리대자본만이 극성했다. 조선 후기는 '근대적인 것'이 나타날 수 없는 시대였으며 근대사회의 성립은 식민지배하에서 이뤄진 것이었다.[47] 그러나 1966년 가을 『창비』에 발표한 「전통의 퇴화와 계승의 방향」에서는 조선 후기의 사회경제적 상황을 설명하기 위해 동원한 레퍼런스가 완전히 달라졌다. 조동일은 김용섭의 농업사 연구와 특히 강만길의 상업 발전, 상업도시 성립과 시장 발전, 상인 등 도시민 성장에 대한 연구를 참조하고 인용했다.[48]

1972년 여름에 제시된 근대사 기획을 기점으로 해서 조선 후기 문학 연구가 체계적으로 발표되기 시작했는데, 조선 후기 문학에서 근대적 요소를 검출하는 작업이 주를 이루었다. 첫 번째 논문은 조동일의 「조선 후기 가면극

---

46 조기순과 최호진은 식민지 시기 일본에서 수학한 경제사학자였다. 이들은 한국정부 수립 이후 백남운 등 좌파 경제사학자들이 사라진 후 등장했으나 상당한 정도로 맑스주의적 사회경제분석을 계승하고 있었다. 조기준은 『한국경제사』에서 조선시대를 중세사회(후기)로 설정하고 서구문화의 유입에 의해 근대에 접어든다고 보고 있었다. 조기준은 『한국근대경제발달사』와 『한국자본주의성립사론』에서 1876년 병자조약 전후를 근대로의 전환기로 보았다. 최호진은 『한국경제사론』에서 8·15 이후를 근대화의 기점으로 보고 일본 제국주의 아래서의 조선 경제를 '동양적 봉건사회의 해체' 단계로 보았다. 김수행, 『한국에서 마르크스주의 경제학의 도입과 전개과정』, 서울대 출판부, 2004, 10~12면 참조.
47 조동일, 「한국적 리얼리즘의 형성과정」, 『청맥』, 1964.11, 159~181면.
48 조동일, 앞의 글, 1966.

과 민중의식의 성장」이었다. 그는 "가면극사(탈춤 — 인용자 주)의 가장 중요한 발전이 봉건사회의 구속에서 벗어나려는 역사적 전환의 진행 및 이에 따르는 민중의식의 성장과 함께 이룩되었을 것"이라는 가설을 세웠다. 가설로부터 다음과 같은 탐구 문제가 도출되었다. '조선 후기 사회경제구조의 변동과 신분질서의 해체는 가면극의 발전에 어떤 영향을 주었는가? 가면극은 민중의식의 성장을 어떻게 반영하고 있는가?' 그에 따르면, 농촌에 기반을 둔 광범위한 하층 세력과 도시의 상인층이 주도하면서 가면극에는 봉건적 특권과 허위에 대한 비판과 함께 인간성의 해방, 현실주의적 가치관, 합리성 등 근대적 요소들이 강화되었다.[49] 이어서 민속인형극(심우성, 26호), 판소리(김흥규, 31·35호), 사설시조(정병욱, 31호), 한문단편(장덕순, 31호; 임형택, 49호), 전통극(허술, 32·38호), 가사(최원식, 46호), 꼭두각시놀음 등의 연희물(演戲物)(김흥규, 49호)에 대한 연구 논문이 게재되었다.[50]

연구 방법에서는 사회 경제 구조의 변동 → 의식의 변화 → 문학의 변화와 발전이라는 반영론적 시각이 우세해졌다. 가면극, 인형극, 판소리, 시조, 한문단편, 가사 등에 대한 연구는 조선 후기를 역사적 전환기로 설정하고 그 장르의 표현 기법 및 미의식의 변화를 사회경제적 구조 및 의식의 변화와 연관하여 설명하고자 했다. 예컨대 정병욱은 사설시조의 가객(歌客)이 지배계급의 의식에 동화, 동조한 경우 평시조의 미의식인 숭고, 비장, 우아미가, 이에 반대한 경우 희극미가 나타난다고 보았다.[51] 사실주의적 묘사나 풍자 기법 등도 이와 같은 역사적 변화의 흐름 안에서 해석되고 의미를 부여받았다.

문학사 연구는 사회적 변동과 의식의 변화가 어떻게 문학에 반영되었는기

---

49 조동일, 「조선 후기 가면극과 민중의식의 성장」, 『창작과비평』 24호, 1972.
50 작품론으로는 「춘향전」(윤오영, 28호; 김동욱, 40호), 「변강쇠가」(서종문, 39; 40호), 「유충렬전」(서대석, 43호), 「홍길동전」(임형택, 42; 43호), 다산 정약용의 시 연구(송재소, 47호)가 있다.
51 정병욱, 「이조후기시가의 변이과정고(考)」, 『창작과비평』 31호, 1974.

를 확인하는 데서 나아가 문학 자체의 사회적 성격과 의미 연관에 대한 연구로도 나아갔다. 예컨대 김흥규는 「판소리의 이원성과 사회사적 배경」에서 판소리의 이원성은 서로 조화롭지 못한 세계 인식이 혼입되어 병립, 충돌했기 때문에 나타난 것이며, 이는 판소리의 형성, 구연, 향수에 참가한 여러 집단, 즉 작가-청자-청중의 상치된 지향이 반영되어 나타난 현상이라고 보았다.[52] 이로써 문학적 / 문화적 주체들의 사회적 위치 및 의식 지향을 분석하는 것이 문학사 연구의 매우 중요한 과제로 대두했다.

이에 따라 조선 후기의 경제사·사회사·운동사·사상사 등 역사학의 발견물들이 문학적 현상의 배경이자 원천의 자격으로 문학사 담론 속에 들어왔다. 특히 민요, 판소리, 가면극 등 주로 평민 계층이 향유한 문학 / 예술에 대해서는 개인 작가보다는 집단적 계층의 동향과 성격을 고찰할 필요가 있었는데, 당시에 활발했던 경제사, 사회사 연구가 해석의 토대를 제공해주었다. 뿐만 아니라 텍스트 분석에서도 사회사적, 경제사적 분석이 중요한 일부를 차지했다. 등장인물들의 경제적 위상이나 사회적 신분에 대한 분석은 텍스트 해석에서 빠져서는 안 되는 중요한 항목이 되었다. 예컨대 조동일은 조선 후기 이후 한국의 역사에 대한 연구가 해결해야 할 문제를 아직도 많이 남겨둔 상태임에도 그 성과에 의거하여 문학적 현상을 해석하는 태도가 성급한 것일 수 있다고 인정하면서도 사회경제사의 연구 결과에 의존했다.[53] 조선 후기 문학사, 예술사 연구는 역사학의 연구 성과를 수용함으로써 크게 진적된 것이나.

『창비』의 조선 후기 문학사 연구에는 근대주의와 함께 사회경제사적 관점

---

52 김흥규, 「판소리의 이원성과 사회사적 배경」, 『창작과비평』 31호, 1974. 임형택의 「한문단편 형성과정에서의 강담사」(『창작과비평』 49호, 1978)도 유사한 문제의식에 입각해있다.
53 조동일, 앞의 글, 1966 여름.

이 지배적이었다고 할 수 있지만, 문학사 연구의 성과와 동향을 정리한 좌담회 「국문학 연구와 문화 창조의 방향」(51호, 1979 봄)을 보면, 1970년대 말에는 약간 변화의 지점이 발견된다. 좌담에 참석한 조동일, 임형택, 이재선, 염무웅은 조선 후기 이후, 그러니까 조선 말기부터 식민지화되기까지 문학의 위치를 역사적 관점에서 규정하는 데 어려움을 겪고 있었다. 또 사회경제사 중심의 역사학에 의존해 문학적 현상을 해석해 온 데 대해 거리를 두거나 탈냉전의 세계정세를 호흡하면서 '비판적' 근대 연구의 방향성을 고민하는 모습을 보이기도 했다.[54]

1970년대 『창비』의 조선 후기 문학사 연구는 역사학계에서 제기된 역사적 사회과학이 문학 연구에 접합됨으로써 어떤 생산적인 결과를 낳았는지를 보여준다. 사회경제사를 주축으로 한 역사학계의 연구는 문학사 연구의 대상과 시기, 주제 선택에서부터 연구의 전제와 가설, 방법과 절차, 그리고 연구 결과에 대한 해석에 이르는 전 과정에 막대한 영향을 끼쳤다고 할 수 있다. 가장 중요한 방법론적 진전은 분석 과정 안에 역사적 변화라는 기제를 포함한 것이었다. 다시 말해 문학 연구의 분석 범주들을 역사적 맥락, 즉 사회경제적 변화의 맥락 속에 집어넣어 이 범주들이 역사의 변화에 따라 어떻게 재구성되는지를 추적하는 연구 방법이 발전되었다. 이렇게 하여 조선 후기 문학 / 문화 연구의 '역사화'가 크게 촉진되었다.

---

54 후발 자본주의사회에서 구성된 역사적 사회과학인 '근대사'에서 식민지기 문학사 담론의 위치를 분석할 필요가 있을 것이다. 1980년 폐간 때까지 『창비』에서 식민지 시기에 대한 담론은 소수의 운동사, 경제사 텍스트를 세외하고는 문학 연구자들에 의해 생산되었다. 문학사 담론이 사회경제사와 사상사, 나아가 운동사까지 내포하고 있었다고도 말할 수 있다. 1972년 근대사 기획에서도 문학사 분야의 소주제 중 1/2은, 관점과 내용이 불명확했음에도 불구하고, 식민지기에 대한 것이었다. 1970년대 중반 이후에 『창비』에 진입한 이선영, 김흥규, 임헌영, 최원식 등 국문학 전공 학자-비평가들은 식민지기 문학에 대한 해명을 목표로 하고 있었다. 염무웅과 김병걸 등 외국문학 전공 학자-비평가들도 식민지 시기 문학의 해석과 평가에 적극적으로 개입했다.

5. 역사적 사회과학의 인식론적·정치적 기약

『창비』의 근대사 연재는 공식적으로는 1972년 여름호(24호)부터 1974년 가을호(33호)까지 2년여에 걸쳐 총 7편의 논문이 게재되는 데 그쳤다. 경제사 분야에서는 조선 후기의 상업 구조 변화(강만길)와 매뉴팩처 등장(송찬식)이, 문학사 분야에서는 조선 후기의 가면극(조동일)과 시가의 변이 과정(정병욱)이, 그리고 민중운동사 분야에서는 홍경래란(정석종), 독립협회의 활동(신용하), 그리고 의병운동(김의환)이 다뤄졌다. 그러나 기획연재가 중단된 이후에도 기왕에 제시했던 소주제를 다룬 논문들이 게재되었으며, 특히 조선 후기의 사상사, 문학사와 식민지기 문학사 연구는 지속적으로 보완되었다.[55] 1970년대 말에는 운동적이고 실천적인 관심이 강화되면서 한국학 담론을 생산, 소통하는 역할이 약화되기는 했지만, 『창비』 그룹은 근대사를 비롯한 한국학의 성과에 꾸준히 관심을 기울였다.

이 글에서 『창비』의 '근대사'를 '역사적 사회과학'으로 명명한 것은 한국에서 내재적 발전론의 등장 및 성장의 배경이나 의의를 좀 더 폭넓은 시야에서 생각해보기 위해서였다. 1960년대에 한국 근대사 해석의 패러다임으로 등장하여 지금까지 큰 영향을 끼치고 있는 내재적 발전론의 이데올로기나 원

---

55 근대사 관련 연구 성과들은 출판사인 '창작과비평사'를 통해 단행본 지시로 출간되기도 했다. '창작과비평사'가 설립된 것은 1974년이었다. 『창비』에 실렸던 주요 작품과 평론, 그리고 논문들은 '창작과비평사'에서 단행본으로 출간되고 그것이 다시 『창비』에서 서평의 대상이 되는 식의 순환 구조를 이루었다. 1980년까지 '창작과비평사'에서 출간된 학술서는 이래와 같다. 『전환시대의 논리』(리영희, 1974), 『민족지성의 탐구』(송건호, 1975), 『한국의 역사인식』 상·하(강만길, 1976), 『8억인과의 대화』(리영희, 1977), 『민족문학과 세계문학』(백낙청, 1978), 『분단시대의 역사인식』(강만길, 1978), 『판소리의 이해』(조동일·김흥규, 1978), 『민중시대의 문학』(염무웅, 1979), 『여성해방의 이론과 현실』(이효재, 1979), 『독립운동사연구』(박성수, 1980), 『문학과 역사적 인간』(김흥규, 1980).

천 및 레퍼런스에 대한 연구는 이제 상당히 진척되었다. 그 이론 및 연구 방법에 내재된 이데올로기에 대해서는 근대주의, 민족주의(일국주의), 경제 중심주의, 문화적 영역에 대한 무관심 등 다각도의 반성과 성찰이 이루어졌다. 또 내재적 발전론이 식민지기의 맑스주의 경제학자 백남운에 의해 조선사 연구에 수용된 역사적 유물론을 계승한 것일 뿐만 아니라 제2차 세계대전 이후 중국과 북한, 일본에서 이루어진 자본주의맹아 연구에서도 영향, 자극을 많이 받았다는 점도 밝혀졌다.[56] 그런데 내재적 발전론의 이데올로기나 레퍼런스에 대한 검토를 역사 이론이나 방법론의 차원에서 해방시켜 좀 더 포괄적인 차원으로 옮겨볼 필요가 있다. 1970년대에 『창비』나 문학 연구자들이 그 패러다임을 수용하고 지지하게 된 맥락을 생각해보기 위해서는 더 폭넓은 시야를 확보해야 하기 때문이다. 여기서는 역사적 사회과학의 인식론적, 정치적 기약에 주목하고자 한다.

1960년대 말에서 1970년대는 세계의 자원과 권력이 유례없이 집중화되던 시기인 동시에 그것을 탈집중화하고 재분배하려는 움직임도 거셌던 시기이다. 동·서 유럽은 '68'을 계기로 하여 탈냉전 등 해방의 정치의 물결을 타기 시작했고 미국에서도 인권운동, 여성운동, 학생운동, 반전운동 등에서 이러한 지향이 형성되었다. 베트남, 쿠바, 라틴아메리카, 아프리카 등 소위 제3세계의 여러 지역은 탈식민, 탈냉전을 추진하는 운동, 전쟁을 수행하고 있었다. 1970년대는 세계 전역에서 경제적, 인종적, 정치적, 가부장적 착취에 반대하고, 민주주의와 개인의 권리를 확대하고, 새로운 인간을 창조할 자유를 요구하면서 직접 행동을 강조하는 등 다양한 방향에서 해방의 정치가 고양되던 시기였던 것이다.

---

[56] 내재적 발전론의 이데올로기와 레퍼런스에 대한 연구는 매우 많이 축적되어 있는데, 최근의 연구 성과로 윤해동, 『근대 역사학의 황혼』, 책과함께, 2010을 들 수 있다.

이와 같은 해방의 정치를 호흡하면서 유럽과 미국의 학계에서도 학문적 보수주의를 타파하려는 움직임이 형성되었는데, 영국에서 역사유물론에 의거한 문화 연구의 발전이나 미국에서 역사사회학의 등장한 것이 그 예이다. 미국에서는 1960년대 후반에서 1970년대 초반에 걸쳐 인권운동, 학생운동 그리고 반전운동이 진행되던 시기에 역사사회학이라는 새로운 학문이 태동했다. 그때까지 미국의 사회과학 연구에서 주류를 점했던 구조기능주의 ― 그리고 이 이론에 기초를 둔 근대화론과 수렴론 ― 가 야기한 이론적 위기에 대한 대응으로 사회학 안에서 역사적 탐구의 필요성이 부각되었던 것이다. T. 월러스틴(Immanual Wallerstein)이나 T. 스카치폴(Theda Skocpol), 그리고 C. 틸리(Charles Tilly) 등은 근대화 이론으로 대변되는 서구 중심의 진화론적 설명의 틀을 깨고 새로운 방식으로 사회의 변화를 이해하려 했다. 또 이들은 맑스와 베버로 대표되는 고전 사회학자들이 지녔던 역사사회학의 전통을 되살려 그들의 과제였던 근대의 형성을 다루면서도 새로운 문제의식을 발전시키고 새로운 접근 방식을 찾아내려했다. 이들은 근대 사회와 자본주의, 그리고 근대 국가의 형성과 기원에 관한 거시 이론을 구축하는 데 관심이 있었으며 구체적으로 계급론과 시장경제론, 그리고 국가 형성과 사회운동이나 전쟁과의 관계를 이론화하고자 했다.[57] 남한을 비롯하여 북한, 중국 등 탈식민화의 길을 모색하던 동아시아에서 역사적 근대 또는 자본주의의 기원이나 형성에 대한 거시적 연구가 추진되고 발전한 것 역시 이와 같은 세계적 차원의 해방의 정치와 지적 변혁의 연쇄 속에서 이해할 필요가 있다. 미국에서 역사사회학의 태동과 그 지향을 한국의 경우에 직접 연결시킬 수는 없다. 하지만 적어

---

57 1970년대 미국 사회학계에서 역사사회학의 태동에 대해서는 김동노, 「거시 구조 이론에서 미시 사건사로―미국 역사사회학의 경향과 과제」, 『사회와역사』 63집, 한국사회사학회, 2003, 86~103면 참조.

도 이 글의 연구대상인 『창비』가 새로운 종류의 사회과학을 지지하고 수용하게 된 배경에는 미국 사회과학의 보수적 경향을 비판하면서 고전적 사회 분석가들이 추구했던 역사사회학의 전통을 계승하자고 주장했던 C. W. 밀즈의 사회학이 있었다.[58] 『창비』 창간 당시 백낙청은 한국 지식인이 현실 감각력과 사태 파악력을 갖추기 위해 필요한 지식 중 하나로 사회과학을 들었는데, 사회과학의 인식론적, 정치적 중요성에 대한 그의 이해는 밀즈에게서 많은 영향을 받고 있었다. 백낙청은 창간호에 밀즈의 「문화와 정치」를 직접 번역해 실었는데,[59] 이후에도 『창비』는 서평과 번역을 통해 밀즈 사회학의 이념과 연구 방법론을 열성적으로 소개했다. 3호에는 1962년에 사망한 밀즈에게 헌정된 *The New Sociology : essays in social science and social theory*(1964)에 대해 윤근식이 서평 「미국 사회과학의 자기반성」을 썼으며, 10호에는 김경동이 밀즈의 *The Sociological Imagination*(1959)의 서론 "Promise"를 「사회학적 상상력」이라는 제목으로 번역해서 실었다.

어빙 호로비츠(Irving L. Horowitz)의 *The New Sociology : essays in social science and social theory*는 밀즈의 문제의식을 바탕으로 하여 미국사회과학의 한계와 문제점을 성찰한 글을 편집한 책이다. 서평자인 윤근식에 따르면, 호로비츠는 미국의 행태주의 사회과학이 방법적 개인주의에 입각하여 사회과학을 심리학화하고 사회구조적 문제를 등한시한다는 점을 비판하면서 밀즈가 제안하고 실천한 사회학, 즉 거시적이며 체제비판적인 사회학을 계승할 것을 주장했다.[60] 「사회학적 상상력」은 밀즈가 사회학의 과제와 사회학적

---

58 밀즈는 진보적 자유주의자이자 미국 신좌파의 이론적 토대를 닦은 사회학자라는 평가를 받고 있다. 이창희, 「미국의 신좌파와 자유주의」, 『한국정치학회보』 42집, 한국정치학회, 2008 참조.

59 C. W. 밀즈, 백낙청 역, 「문화와 정치」, 『창작과비평』 1호, 1966. 이 글의 출처는 C. Wright Mills, "Culture and Politics", 1959로 표시되어 있다. 원 출처는 *The Listener,* The British Broadcasting Company, 1959.3.12인데, Irving Louis Horowitz가 편집한 밀즈의 대표논문 선집인 *Power, Politics and People*(New York : oxford University, 1963)에 재수록되었다.

상상력의 인식론적 가능성, 그리고 체제비판적 사회학의 정치적 의의를 매우 분명하게 표명한 글이다. 밀즈에 따르면, 사회학은 "우리들로 하여금 역사와 개인의 일생, 그리고 그 양자 간의 관계를 사회라는 테두리 속에서 이해할 수 있도록" 해주는 지식으로서, 이러한 사회학의 과제 = 기약을 이해하고 실천했던 것은 허버트 스펜서, 로스, 콩트, 뒤르켐, 맑스, 베블린, 슘페터, 베버, 렉키 등 '고전적 사회분석가'들이었다. 밀즈는 고전적 사회분석의 본질적 특성을 역사적 사회구조에 대한 관심, 공공적 쟁점 및 인간적 고민에 직접 관련된 문제에 대한 탐구로 보고 그 전통을 계승할 것을 주장했다. 아울러 밀즈는 왜곡되거나 편향될 가능성을 지닌 연구 경향으로 ① 역사이론을 지향하는 경향 — 맑스주의, ② 인간성과 사회의 본질에 관한 체계적 이론을 지향하는 경향 — 구조기능주의, ③ 당대의 사회적 사실과 문제들에 대한 경험적 연구의 경향 — 경험주의를 들고, 특히 세 번째는 자유주의적 실용주의로 변형되었다고 비판했다.[61]

『창비』가 밀즈를 소개한 것은 일차적으로는 미국 사회과학의 압도적인 영향하에 있던 한국 사회과학에 대한 불만 때문이었다. 1960년대 한국에서 정치학은 행태주의 방법론, 사회학은 구조기능주의의 지배하에 있었다. 계량화, 통계화를 중심으로 한 미국의 경험주의 방법론도 큰 영향을 미치고 있었다.[62] 한국의 사회과학은 밀즈가 왜곡, 편향된 경향이라고 비판했던 것들에 의해 지배되고 있었던 셈인데, 윤근식은 「미국 사회과학의 자기반성」에

---

60 윤근식, 「미국 사회과학의 자기반성」, 『창작과비평』 3호, 1967. 이 글에서 리뷰의 대상이 된 책은 Irving Louis Horowitz(eds.), *The New Sociology : essays in social science and social theory*, New York : Oxford University Press, 1964이다.

61 C. W. 밀즈, 김경동 역, 「사회학적 상상력」, 『창작과비평』 10호, 1968. 이 글은 C. W. Mills, "Promise", *The Sociological Imagination*, New York : Oxford University Press, 1959를 번역한 것이다.

62 김진균·조희연, 「해방 이후 인문사회과학의 비판적 재검토」, 『한국사회론』, 한울, 1990, 281~282면 참조.

서 "우리나라의 사회과학계는 최근에 이르러 낙관주의, 체제무비판성, 그로부터 유래하는 체제사명의식을 그 특질로 하는 미국 행태과학이 풍미하는 감이 있다"고 진단했다.[63] 이에 앞서 『창비』는 임종철, 이정식 등 소장 학자들로 하여금 각각 경제학, 정치학의 연구 경향을 점검하도록 했는데, 이들도 한국 사회과학의 미국 의존성, 정치・경제 권력 및 체제에 대한 무비판성 등을 문제로 지적했다. 사회과학에 대한 비판에는, 이정식의 용어를 빌린다면, 사회과학이 "통치의 학문"이 아니라 "비판의 과학"으로 전환해야 한다는 요청이 포함되어 있었다.[64]

나아가 『창비』는 밀즈를 한국 사회과학을 비판적으로 재구성할 방향을 제시해주는 지적 자원으로 수용했다. 『창비』에서 밀즈는 자유와 이성을 신뢰하고 옹호한 고전적 사회(과)학을 계승하면서 거시적이고 체제비판적인 사회(과)학을 주장, 실천한 학자로서 이미지화되고 있다. 밀즈는 개인의 자유, 자율성, 이성 등을 활성화하면서 동시에 그것을 사회와 접합시킴으로써 능동적인 역사 창조의 방향을 밀고나갈 수 있는 전망을 제시해주는 것을 사회과학의 인식론적 과제이자 정치적 약속이라고 보았다. 즉 밀즈는 사회(과)학이 주관성과 상호주관성, 자아(개인성)와 공동체(집단성), 개인의 삶의 차원과 역사 창조의 차원을 통합적으로 인식, 실현하는 지식이 되어야 한다고 강조했던 것이다.[65]

『창비』에서 밀즈는 이론과 연구 방법론의 차원에서 '근대사' 기획과 직접 연결되는 것은 아니다. 주로 1950년대에 형성된, 미국의 군산복합체제와 관

---

63 윤근식, 앞의 글.
64 임종철, 「경제이론의 시녀성과 객관성」, 『창작과비평』 2호, 1966; 이정식, 「한국정치학의 표와 리」, 『창작과비평』 2호, 1966 참조.
65 『창비』에 소개된 C. W. 밀즈의 사회과학 연구 방법론에 대한 분석은 김현주, 앞의 글, 2012를 참조 바람.

료주의체제, 그리고 소비사회체제에 대한 비판 이론으로서 밀즈의 사회학은 고전적 사회분석가로서 맑스의 문제의식을 계승하여 자본주의체제에 대한 거시적인 분석의 중요성을 강조했지만 경제주의적 분석에는 비판적이었다. '문화와 정치'라는 제목이 보여주는 것처럼, 밀즈는 정치적 지배와 문화적 문제의 분석을 중요시했다. 그래서 그는 미국의 맑스주의 사회과학자들로부터 계급 분석이 명확하지 않다는 비판을 받았다고 한다. 『창비』의 근대사 담론 또는 1970년대 한국에서 진행된 근대사 연구는 역사 법칙과 경제적 하부구조에 기초한 계급 갈등을 중심으로 역사 전개를 설명하려 했다는 점에서 실제 밀즈의 연구와는 전개 방향이 달랐다. 그것은 밀즈의 사회학보다 오히려 그를 비판한 맑스주의 사회과학자나 동시대 미국에서 진행되던 역사사회학의 경향과 더 가까웠다고 할 수 있다.

하지만 이와 같은 이론이나 연구 방법론 차원의 차이에 대한 자세한 논의는 차후의 과제로 돌리고, 여기서는 『창비』 또는 밀즈가 한국의 근대에 대한 연구 또는 근대 한국학의 인식론적, 정치적 의의를 환기하는 데 기여한 점을 강조하고 싶다. 밀즈는 『창비』가 '리얼리즘 문학'과 함께 '비판적인 역사적 사회과학'을 "내면적 진실성과 사회적 책임을 공존케 하는", "성찰적이고 참여적인 수제"를 구성하는 장치 / 제도로서 설정하는 데 큰 영향을 끼쳤다고 생각된다.[66] 역사적 사회과학의 인식론적, 정치적 기능에 대한 이러한 기대와 공감이 『창비』가 역사적 근대 또는 자본주의의 기원 및 형성에 대한 역사학자들의 작업을 지지하고 그들과 협력 관계를 구축하도록 하는 데 토대가 되어 주었던 것이다. 탈식민화의 경로를 모색하던 후발자본주의사회에서 생

---

[66] 김홍중은 가라타니 고진의 근대문학 종언론을 비평하면서, 근대문학을 성찰적·참여적 주체화의 장치인 '진정성'과 관련하여 논의했다. 또 그는 사회학·철학·인문학 같은 비판적 지식체계 역시 진정성의 장치 / 제도에 포함시켰다. 김홍중, 『마음의 사회학』, 문학동네, 2009 참조.

산된, 경제사를 중심으로 삼고 사회사, 사상사, 운동사를 학제적으로 결합시
켜 근대의 기원을 설명한 내재적 발전론은 밀즈가 당대 미국의 사회과학을
비판하면서 고전적 사회분석가에서 이끌어낸 장점들, 즉 역사적 사회 구조
에 대한 연구, 공공적 쟁점과 인간적 고민에 직접 관련된 문제에 대한 탐구를
실천하고 있었기 때문이다. 내재적 발전론이 한국의 인문학 / 사회과학 전체
에 비단 학술 이념이나 이론 / 연구방법론의 차원에서뿐만 아니라, 그것들로
명료하게 의식, 표현되지는 않지만 학자들의 연구 설계와 실행에 영향을 끼
치는 암묵적 사고 관례와 패턴 등을 포함하는, 포괄적 의미의 연구문화의 차
원에서도 오랫동안 큰 영향을 미쳤던 / 미치고 있는 것은 그것이 개인의 삶
의 차원과 역사 창조의 차원을 통합하여 성찰적인 동시에 참여적인 주체를
구성하는 데 기여할 수 있는 지식체계였기 때문이다. 따라서 1970년대『창
비』의 근대사 또는 내재적 발전론을 성찰하는 궁극적 목적은 그것이 역사학
이론이나 방법론으로서 보인 문제점, 예컨대 민족주의(일국주의)나 근대주의
를 지적하는 데 있는 것이 아니라 지금 한국학이 어떤 새로운 인식론적, 정치
적 전망을 열어 보여줄 수 있는가를 고민하는 데 있다.

동아시아 근대 이행기의 유학과 경제

미야지마 히로시

1. 들어가며

　동아시아의 학술사를 파악하려고 할 때 전통적 학문과 19세기 서구에서 유입된 새로운 학문의 관계를 어떻게 보는가의 문제가 중요한 의미를 가진다. 이 문제는 다양한 각도에서 검토되어야 할 것이지만, 여기서는 경제문제에 대해서 19세기 후반부터 20세기 초기에 걸쳐서 어떠한 담론들이 전개되었는가를 검토함으로써 이 문제에 접근하려고 한다.

　구체적으로는 유학과 경제, 혹은 경제학의 관계에 대해서 적극적 발언을 전개한 인물 중에서 한, 중, 일 각국에서 한 사람씩을 뽑아서 그들 세 사람의 담론을 비교·검토하기로 한다. 그 세 사람이란 한국의 심대윤, 중국의 천후안장, 일본의 시부사와 에이이치인데, 그들은 유학사상을 기반으로 하면서 경제에 관한 전통적, 일반적 이해를 비판하려고 했다는 면에서 공통점을 갖고 있기 때문에 여기서 검토 대상으로 뽑은 것이다.

전통적 유학 사상에서는 『논어』 「이인(里仁)」편에 나오는 "君子喩於義, 小人喩於利(군자는 의에 밝고 소인은 이에 밝다)"라는 말처럼 의(義)와 이(利)를 대립적 개념으로 간주해 왔다. 또한 송나라 시대에 일어난 송학, 그중에서도 특히 도학 계통의 학자들은 "존천리, 거인욕(存天理, 去人欲)"(정호), "존천리, 멸인욕(存天理, 滅人欲)"(주희)이라고 해서 천리와 사람의 욕망을 대립적으로 보는 견해가 지배적이었다. 따라서 근대 전환기에 있어서 이러한 전통적 유학의 경제 인식을 어떻게 재해석하는가에 대해서 위의 세 사람들도 고민할 수밖에 없었던 것이다.

2. 심대윤과 『복리전서』

조선시대 유학자 중에서 심대윤(沈大允, 1806~1872)은 대단히 특이한 사상을 가진 사람이었으며, 특히 이(利)와 인욕(人欲)에 대해서 적극적 발언을 한 인물로서, 그야말로 이 글의 주제에 어울린다고 할 수 있다.

심대윤은 몇 년 전까지만 해도 별로 알려지지 않은 인물로서, 정인보(鄭寅普)나 다카하시 도오루[高橋亨]에 의해 짧게 소개된 바 있는 정도에 불과했다.[1] 그러나 최근에 그의 저작물이 발굴되면서 학계의 주목을 받기 시작해서

---

1 심대윤의 저작 『한중수필(閑中隨筆)』(연세대 소장본)에 대한 「지(식(識))」에서 정인보는 심대윤의 경학사상을 중국 청대의 대진(戴震)과 비슷하다고 했으며, 다카하시는 심을 양명학자로 자리매김하고 있다. 이형성 편역, 『조선유학사』, 예문서원, 2001.

여러 연구자에 의해 그 특이한 유학 사상이 알려지게 되었다. 여기서는 선학들의 연구를 이용하면서 그의 경제사상을 소개하기로 한다.[2]

심대윤은 그 경력으로도 이색적 인물이다.[3] 그는 조선시대의 대표적 명문가문이라고 할 수 있는 청송(靑松) 심씨 출신으로, 영조 때 영의정까지 올라간 심수현(沈壽賢)이 그의 고조부이다. 그러나 영조 31년(1755)에 일어난 정시변서사건(庭試變書事件)[4]에 의해 이 가문은 괴멸적 타격을 입게 되고, 대윤의 증조부인 악(鏋)도 전라도에 유배되었다. 그래서 심대윤은 관계에 진출할 가능성이 전무한 상황 속에서 그 평생을 보내게 되었을 뿐만 아니라 경제적으로도 지극히 어려운 상태에 있었던 것 같다. 장사나 목공으로 생계를 유지했다고 하는데, 그러한 속에서도 유학의 경서에 대해 방대한 주석서를 저술했다. 그의 유학사상은 완전한 '기일원론(氣一元論)'이라고 할 수 있는데, 여기서는 그의 저작인 『복리전서(福利全書)』를 소재로 그 경제사상을 검토하겠다.

『복리전서』는 심대윤이 나이 57세(1862) 때 집필한 저작인데, 김성애에 의하면[5] 현재 세 가지 사본과 한 가지 언해본이 존재한다고 한다. 여기서는 김성애의 석사논문에 의거해 그 내용을 소개하기로 한다.

먼저 『복리전서』의 집필 동기에 대해 서문에서는 다음과 같이 말하고 있다.

古者, 聖人以禮教英才, 以樂化愚民, 禮樂者, 治世之具而教化之道也, 三代以後禮樂

2　심대윤에 관한 연구로서는 『심대윤전집』(전 3권, 성균관대 출판부, 2005)에 게재된 임형택의 해제; 장병한, 「심대윤 경학에 대한연구—19세기 현실 지향적 경학관의 일단면」, 성균관대 박사논문, 1995; 진재교, 「심대윤의 사회적 처지와 학문자세」, 『한문교육연구』16권, 한문교육연구회, 2001 등을 들 수 있다.

3　심대윤의 생애에 관해서는 진재교, 위의 글 참조.

4　이 사건은 영조 31년(1755)에 일어난 나주벽서사건(羅州壁書事件)에 이어져 생긴 소론 강경파에 대한 탄압사건이다. 같은 해에 나주벽서사건의 진압을 기념해서 실시된 토역 정시(討逆庭試)에 응시한 심정연(沈鼎淵)이 답안지에 난언(亂言)을 썼다고 해서 체포되었던 사건이다.

5　김성애, 「심대윤 '복리전서' 교주 번역」, 고려대 고전번역협동과정 석사논문, 2009.

廢而敎化衰, 雖有經傳之文, 而學者無能通其旨義, 高明者, 騁乎虛誕冥茫之途, 背實理
而崇僞行, 愚迷者, 墜於烟霧塗泥之中, 任情妄作而不知方向, 敎化日亡而風俗日弊, 禍
亂日滋, 生人之類將滅, 而天地之道將廢, 是用恂恂予疚懷, 若傷在心, (…중략…)

　嗚呼, 斯民之不可以無敎也, 今取經傳之要旨, 而簡詳其辭, 俾其易知, 以爲萬世愚夫愚
婦之眞經, 指南迷方, 庶令天下萬世之民, 皆得享其福利, 而免於禍殃, 故名曰福利全書.

　고대에 성인이 예로 영재를 가르치고 악으로 어리석은 백성을 교화하였으니, 예악은 세상을 다스리는 도구이자 교화의 방도였다. 삼대 이후로 예악이 폐해지고 교화가 쇠퇴해지자 비록 경전의 글이 있더라도 학자들이 그 올바른 뜻을 이해할 수가 없었다. 고명한 자는 허탄하고 망령된 도로 치달아 실제의 도리를 등지고 거짓 행실을 숭상하며, 어리석은 자는 오리무중의 진흙탕 속으로 빠져들어 감정대로 함부로 행동하여 방향을 모른다. 결국 교화는 날로 없어지고 풍속은 날로 피폐해지며 화란은 날로 늘어가니, 인류가 장차 멸망하고 천지의 도가 없어질 것이다. 이 때문에 근심스러워 나는 마음에 손상을 입은 듯 애태우고 걱정하였다. (…중략…)

　아아! 이 백성은 가르침이 없어서는 안 된다. 이제 경전의 중요한 뜻을 취하며 그 내용을 간략하고 알기 쉽게 해서 후세 어리석은 백성의 참된 경전으로 만들어 혼미한 방향을 바로잡아 주고자 한다. 그리하여 천하 만세의 백성이 모두 그 복리를 누리고 앙화를 면할 수 있게 하고자 '복리전서'라고 이름 하였다.[6]

위에서 볼 수 있듯이 심대윤은 옛 성인의 가르침이 사라졌기 때문에 백성들이 도탄에 빠지게 되었다고 보고 성인들의 가르침을 알기 쉽게 편찬함으로써 민생에 도움이 되려고 이 책을 저술했다는 것이다. 여기서는 첫째로, 유학은

6　심대윤, 『복리전서(福利全書)』 「서문(序文)」.

원래 복리를 중시했었는데도 후세의 학자들이 그것을 소홀하게 했다는 인식, 둘째로, '어리석은 백성'이라는 표현이 거듭 나타나는 것에서 알 수 있듯이 우민관(愚民觀)이 강하다는 점 등의 특징을 지적할 수 있다. 그러면 그의 복리 사상을 구체적으로 보도록 하자.

심대윤은 송나라 시대 이후의 유학자들이 천리와 대립하는 것으로 본 인욕을 적극적으로 인정하는 곳에서 논의를 시작하고 있다.

> 書云, 天生民有欲, 欲者, 天命之性也, 人物之所同得, 而不可移易增減者也, 如天之有太極, 太極之道, 徹頭徹尾, 無往而不在, 無物而不有, 爲萬物之統帥, 爲萬物之綱領, 是故欲爲性心情之主也, 人而無欲, 則無以異於木石也, 言動視聽思慮食色, 以有欲故作也, 人而無欲, 何以爲人哉.

> 『서경』에 "하늘이 백성을 낳으매 욕망이 있다"라고 하였으니, 욕망이란 하늘이 명한 천성이며 사람과 만물이 함께 가지고 있는, 바로 바꾸거나 증감할 수 없는 것이다. 마치 하늘에 태극이 있는 것과 같으니, 태극의 도는 철두철미하여 어디를 가든 있지 않는 데가 없고 어떤 사물이든 없는 데가 없어 만물을 통괄하는 우두머리가 되며 모든 조화의 강령이 된다. 그러므로 욕망은 성, 심, 정의 주인이 되는 것이다. 사람으로서 욕망이 없으면 목석과 다름이 없으니, 말하고 움직이고 보고 듣고 생각하고 먹고 자는 것이 욕망이 있기 때문에 이러나는 것이다. 사람으로서 욕망이 없다면 어떻게 사람이라 할 수 있겠는가?[7]

'욕'을 '천명지성(天命之性)'이라고 선언한다는 것은 조선시대의 유학사상으로서는 그것만으로도 충격적일 수밖에 없을 것이다. '사람으로서 욕망이

---

7 심대윤, 『복리전서』 3편 「언성심정지체용야(言性心情之體用也)」.

없으면 어떻게 사람이라 할 수 있겠는가'라는 말은 아마도 그의 어려운 생활에서 저절로 나온 외침이 아니었는가 싶다. 그러면 인욕을 적극적으로 긍정한다면 사회질서는 어떻게 형성될 수 있는가? 이 문제에 대해 심대윤은 다음과 같이 말한다.

天地之理, 虛實相配而行, 人禀天地之氣而爲性曰欲, 欲有二焉, 好利也, 好名也, 人之始生, 嚅口而求食, 利之始也, 凡所以爲利者, 皆自食而爲本也, 苟無食, 則人無求利者也, 孩提有知, 譽之則喜, 責之則啼, 名之始也, 凡所以爲名者, 皆自譽而爲本也, 苟無譽, 則人無求名者也, 人之好利好名, 乃其本性也, 非人力之所可移易也, 人而不好名, 則是禽獸也, 雖禽獸亦知好利, 是故人道之所以異於禽獸者, 以其能兩遂於名利也, 知利而不知名, 則匪人也, 知名而不知利, 則亦匪禽獸也, 禽獸爲人執食而生類繁, 爲禽獸而匪人, 則不得其死, 亦匪禽獸, 則生類絶, 不得其死, 一身之殃也, 生類絶, 窮宙之禍也, 利者實也, 名者虛也, 名利相配而行, 乃可以其身與生類兩全無窮也.

천지의 이치는 허와 실이 서로 짝이 되어 행한다. 사람이 천지의 기운을 받아 성품으로 삼은 것을 욕망이라고 하는데, 욕망에는 두 가지가 있으니 이익을 좋아하는 것과 명예를 좋아하는 것이다. 사람이 처음 태어나 입술을 오물거리며 먹기를 구하니 이것이 이익의 시작이다. 무릇 이익을 추구하는 것은 모두 먹는 것에서 근본을 삼으니, 진실로 먹는다는 것이 없으면 이익을 구할 사람이 없을 것이다. 어린아이가 지각이 생기면서 칭찬하면 기뻐하고 꾸짖으면 우니 이것이 명예의 시작이다. 무릇 명예를 추구하는 것은 모두 칭찬에서 시작하여 근본으로 삼으니, 진실로 칭찬이 없으면 명예를 구할 사람이 없을 것이다. 사람이 이익을 좋아하고 명예를 좋아하는 것은 바로 그 천성이니 인력으로 옮기거나 바꿀 수 있는 것이 아니다.

사람으로서 명예를 좋아하지 않는다면 이는 금수이니, 오직 금수만이 명예를 좋아할 줄 모른다. 사람으로서 이익을 좋아하지 않는다면 이는 금수만도 못한 것이니, 비록 금수라도 이익을 좋아할 줄 안다. 그러므로 사람의 도리가 금수와 다른 까닭은 사람은 명예와 이익 둘 다 이룰 수 있기 때문이다. 이익만 알고 명예를 알지 못한다면 사람이 아니요, 명예만 알고 이익을 모른다면 금수조차 못되는 것이다. 금수는 사람에게 잡혀 먹히되 족류가 번성한다. 금수가 되고 사람이 아니라면 올바른 죽음을 얻지 못할 것이요, 또한 금수조차 되지 못한다면 종족이 끊어질 것이다. 올바른 죽음을 얻지 못하는 것은 일신의 재앙이요, 종족이 끊어지는 것은 세상이 끝나는 앙화이다. 이익은 실상이고 명예는 허상이니, 명예와 이익이 서로 짝하여 행해져야만 그 자신과 종족이 둘 다 온전하고 무궁할 수 있는 것이다.[8]

즉 인간이 갖고 있는 욕망에는 경제적 이익과 사회적 명예 두 가지가 있다고 해서, 이 두 가지를 가지지 못하는 사람은 사람이 아니라는 데에 사회질서 형성의 기점을 구하려고 했던 것이다. 이처럼 두 가지의 욕망을 가진 사람들이 추구해야 하는 '이'는 자기 혼자의 '이'가 아닌, 남과 공유할 수 있는 '이', 즉 '여인동리(與人同利)'이다.

爭利, 不如同利之爲利也, 務名, 不如務實之爲名也, 爭利則喪其利, 同利則全其利, 務名則名與利背而爲虛名, 務實則名與利俱而爲實名, 爭利喪名, 虛名喪利, 此人之所叛所猜, 天地鬼神之所惡所怒也, 是故善爲利者, 先爲不利以就利, 善爲名者, 先爲無名以就名, 天地之道, 反之而後成, (…중략…) 先爲不利以就利者, 何謂也, 不敢專利於己, 而同利於人, 此人情之所難也, 而以利讓於人, 則人亦以利歸我, 人歸之利, 天降之福, 是與爭利而終必自敗者, 得失遠也.

8　심대윤, 『복리전서』 4편 「명인도명리충서중용야(明人道名利忠恕中庸也)」.

이익을 다투는 것은 이익을 함께하는 것이 도리어 이익이 되는 것만 못하며, 명예를 힘쓰는 것은 실상을 힘쓰는 것이 도리어 명예가 되는 것만 못하다. 이익을 다투면 그 이익을 잃으나 이익을 함께하면 그 이익을 온전히 할 수 있고, 명예를 힘쓰면 명예가 이익과 배치되어 허명이 되지만 실상을 힘쓰면 명예가 이익과 함께하여 실제 명예가 된다. 이익을 다투면 명예를 잃게 되고, 허명을 힘쓰면 이익을 잃게 되니, 이러한 다툼과 허명은 사람들이 떠나 돌아서고 시기하는 바요, 천지의 귀신이 미워하고 노여워하는 바이다. 그러므로 이익을 잘 추구하는 자는 먼저 불리를 하여 이로 나아가고, 명예를 잘 얻는 자는 먼저 명예 없는 것을 하여 명예로 나가는 법이니, 천지의 도는 뒤돌아간 뒤에야 이루어지는 것이다. (…중략…) 먼저 불리를 하여서 이익에 나간다는 것은 무엇을 말하는 것인가? 감히 자기만 이익을 독점하지 아니하고 남과 이익을 함께 하는 것이다. 이것은 인정상 하기 어려운 것이지만, 이익을 남에게 양보하면 남들도 이익을 나에게 돌려보내어 결국 사람들이 이익을 돌려주고 하늘이 복을 내린다. 이런 자는 이익을 다투다가 결국은 반드시 스스로 패망하는 자와, 득실이 큰 차이가 있을 것이다.[9]

與人同利, 至公之道也, 而利之爲物 , 利於人則害於我, 利於我則害於人, 不可兩全者也, 如之何而同也, 事有我與人俱利者, 亟爲之, 利我而不害人, 利人而不害我, 亟爲之, 利我多而害人少, 利人多而害我少, 亦爲之, 利於我而甚害人, 利於人而甚害我, 不可爲也, 權衡於人我, 而不偏於一邊, 此 利至公之道.

다른 사람과 이를 함께 하는 것은 지극히 공변된 도리이다. 이의 속성이 남에게 이로우면 나에게 해롭고 나에게 이로우면 남에게 해로워서 둘 다 온전할 수 없는 것인데 어떻게 해야 함께 할 수 있는가? 일 가운데 나와 남이 모두 이로운 것이

있으면 빨리 하고, 나에게 이로우면서도 남을 해치지 않고 남에게 이로우면서도 나를 해치지 않는다면 빨리 하고, 나에게 이로움은 많으나 남을 해침이 적고 남에게 이로움이 많으나 나에게 해침이 적다면 또한 해야 하며, 나에게 이롭지만 남을 해침이 심하고 남에게 이롭지만 나를 해침이 심하거든 행해서는 안 된다. 나와 남을 저울질해보아서 어느 한 편으로 치우치지 않는다면 이것이 이를 함께 하는 지극히 공변된 도리이다.[10]

'여인동리'라는 말은 『복리전서』보다 먼저 집필된 『논어』의 주석서인 『논어』에서도 보이는 말이다. 즉 앞에서 인용한 『논어』 「이인」편에 나오는 부분에 대한 주석으로, 심대윤은 "偏利己曰利, 與人同利曰義(자기만의 이익을 편중하는 것을 이라고 하며, 남과 이익을 같이 하는 것을 의라고 한다)"[11]라고 해석했던 것이다.

위와 같이 심대윤은 이, 또는 인욕을 적극적으로 긍정하면서, 경제적 이익만이 아니라 인간이 원래 갖고 있는 명예심을 근거로 해서 '여인동리'를 추구함으로써 사회질서가 성립할 수 있다고 주장했다고 할 수 있다. 이러한 심의 주장은 애덤 스미스(Adam Smith)가 『도덕감정론(*The theory of moral sentiments*)』에서 '공감(共感)'에 주목했던 것과 대비할 만한 주장이라고도 볼 수 있다. 그러나 애덤 스미스의 경우, 『국부론(*The wealth of nations*)』에서는 인간이 개인적 이익만을 추구하여도, 혹은 추구해야 사회 전체의 부가 증대한다고 주장함으로써 경제 행위와 도덕과의 관계를 고민할 필요성을 차단하게 된 것과 비교하면 심대윤은 도덕과 경제의 일체성을 어디까지나 유지하려고 했던 것이다.[12]

---

10 심대윤, 『복리전서』 4편 「명인도명리충서중용야」.
11 「논어」, 대동문화연구원, 『심대윤전집』 2권, 성균관대 출판부, 2005.
12 Kenneth Lux, 田中秀臣 역, 『アダム・スミスの失敗：なぜ経濟學にはモラルがないのか』, 草思社, 1996.

그리고 이러한 점에 아래에서 검토하듯이 심대윤뿐 아니라 유학을 기반으로 경제 문제를 고민한 사람들의 공통점이 있었다고 할 수 있을 것이다.

3. 천후안장의 *The Economic Principles of Confucius and His School*

다음으로는 중국의 천후안장(陳煥章, 1881~1931)에 대해서 소개하기로 하겠다. 천후안장이라는 인물에 대해서는 심대윤과 마찬가지로 널리 알려지지 않았고 겨우 민국 시대에 전개된 '공교운동(孔教運動)'을 추진한 인물로서 그 이름이 거론되는 정도였다. 그의 경력과 활동에 관해서는 모리 노리코[森紀子]의 연구(「5章 : 孔教運動の展開−儒教国教化問題」, 『転換期における中国儒教運動』, 京都大學學術出版會, 2005)에 의거해 소개하기로 한다.

1881년에 태어난 천은 캉유웨이[康有爲]에서 가르침을 받고 일찍부터 공교운동에 참여하기 시작했다. 1904년에 과거에 급제해서 내각 중서(內閣中書)이라는 중요한 지위에 취임한 다음, 1905년에는 관비 유학생으로 미국에 가게 되었다. 미국에서는 공교운동을 추진하는 한편, 컬럼비아 대학에 입학해서 경제학, 정치학 등을 배웠다. 당시 유명한 중국학자이던 Friedrich Hirth, 그리고 경제학자 Henry R. Seager 등에서 지도를 받았다고 한다. 그 결과 1911년에는 컬럼비아 대학에서 철학 박사학위를 받게 되었는데, 그 박사논문을 간행한 것이 여기서 검토하려고 하는 책, *The Economic Principles of Confucius and His School*이다.

학위를 취득한 후 귀국한 천은 1912년에 공교회(孔敎會)를 수립하고 이후 공교운동의 중심적 인물로 활동을 전개한다. 공교운동이란 유교를 종교로서 인식하고 그것을 국교로 자리매김하려고 하는 운동으로서, 중국만이 아니라 한국, 일본에서도 일어났던 움직임이었다. 그러나 민국 수립 이후 신교의 자유 문제와 관련해서 공교운동은 크게 발전할 수가 없었으며, 량치차오[梁啓超]를 비롯해 많은 사람들이 공교운동에서 손을 떼게 되었는데, 그러한 가운데도 천은 마지막까지 운동을 전개했다. 만년에는 홍콩에 옮겨 그곳을 거점으로 활동했다고 한다.

위와 같은 천후안장의 경력에서도 알 수 있듯이 그는 유학에 대해서 당시로서 최고의 지식을 갖고 있었을 뿐만 아니라 서구의 경제학에 대해서도 본격적인 훈련을 받은 사람으로서 드문 존재였다. 위의 저작에 주목하는 이유도 바로 여기에 있다.

천후안장의 위의 책은 막스 베버(Max Weber)가 『유교와 도교』에서 참고문헌으로서 제시했고(이상률 역, 『儒敎와 道敎』, 문예출판사, 1990), 일본의 경제사학자인 우치다 긴조[內田銀藏]가 간략한 서평을 독일어로 발표(『日本經濟史の硏究及附錄』, 同文館, 1921)한 이외에는 거의 알려지지 않았던 저작으로 잊힌 상태에 있었다. 그러나 1974년에 이 책이 미국에서 다시 출판되게 되었고 2002년, 2003년에도 또다시 출판되었는데, 중국에서도 2009년(瞿玉忠 역, 中央 편역, 『孔門理財學—孔子 及其學派的經濟思想』, 出版社)과 2010년(韓貨 역, 『孔門理財學』, 中華書局), 두 번에 걸쳐서 중국어 번역판이 연달아 출판되기에 이르렀다. 따라서 이 책은 최근에 와서 새롭게 주목을 받기 시작했다고 할 수 있는데, 이러한 현상 자체도 상당히 흥미로운 사건이다. 일본에서도 오노 스스무[小野進]에 의해 이 책이 자세하게 소개된 바가 있는데(「儒教の経済学原理—経済学における一つのパラダイムとしての東洋経済学」, 『立命館經濟學』 58-5・6, 2010), 아마

도 중국 경제의 성장, 그리고 주류파 경제학에 대한 회의의 증대 등의 요인들이 이 책에 대한 관심의 기저에 존재하는 것 같다.

그러면 이 책에 대해 특히 주목할 만한 부분을 중심으로 간략하게 소개하기로 한다. 이 책이 지금까지 한국에서 소개된 적이 없기 때문에 먼저 전체 목차를 소개하겠다.

서언(Friedrich Hirth)

서문(Henry R. Seager)

저자 서문

제1부 서론

　제1편 공자와 그 학파

　　제1장 공자의 생애

　　제2장 공자의 기본적 개념들

　　제3장 공자의 저작물과 그 대화록

　　제4장 유학의 역사적 운동

　제2편 이재학과 다른 과학과의 관계

　　제5장 이재학과 다른 과학과의 관계 총론

　　제6장 이재학과 사회학

　　제7장 이재학과 정치학

　　제8장 이재학과 윤리학

　제3편 이재학의 중심적 원리

　　제9장 진보의 주된 원인으로서의 이재 발전

　　제10장 이재 조직

　　제11장 이재 정책과 이재학의 여러 분야

이 책의 목적과 내용에 대해서 천은 서문에서 서구 경제학(진 본인은 뒤에서 소개하듯이 경제학이라는 말을 사용하는 데에 비판적 의견을 갖고 있었지만, 여기서는 경제학이라는 말을 사용한다)의 개념을 사용하면서 중국의 구체제(아편전쟁 이전의 중국) 시대의 경제 사상, 경제 성장 등을 유학의 고전과 역사서를 통해서 밝히려고 한 것이라고 말한다. 따라서 서구 경제학의 개념은 사용되었지만 그것으로 중국의 실태를 해석하려고 하지는 않았음을 천은 명언하고 있다.

제1편에서는 공자의 생애와 공자 이후의 유학 사상의 변천 등에 대해 서술되고 있다. 여기서 주목되는 부분은 공자가 제시했던 문명의 세 가지 단계이다. 즉『예기』의「예운(禮運)」편에 나오는 거란세(据亂世), 승평세(升平世), 태평세(太平世)를 문명 발전의 단계로 보고 유학의 궁극적 목적이 태평세, 즉 대동(大同)을 실현하는 데에 있음을 선언한 부분이 그것이다. 이러한 천의 유학 이해는 스승인 캉유웨이의 영향에 의한 것으로 생각되는데, 천은 유학의 이

상이 앞으로 실현될 것이라는 확신을 근거로 공교운동을 추진했던 것이다.

천에 의하면 공자의 가르침은 원래 경제 문제를 중시하는 것이었지만 중국이 다른 지역보다 일찍부터 경제가 발전했음에도 불구하고 서구에 추월당하게 된 이유는 송나라 시대 이후 유학자들이 경제에 관한 공자의 가르침을 제대로 계승하지 못했기 때문이다. 한나라 시대 이후 유학이 점점 쇠퇴하게 되었는데, 송나라 시대가 되면서 다시 부활하게 된 것에 대해 그는 다음과 같이 말한다.

> 그러나 이러한 (유학의) 쇠퇴는 끝이 나고 송 왕조 시기에 위대한 유학자들이 많이 등장했다. 그들 중에서 가장 위대한 사람은 주희(孔子, 기원 1681~1751 혹은 서기 1130~1200)로서, 그는 유학에 있어서 Martin Luther에 해당하며, 그 영향은 지금도 여전히 강하다. 하지만 그는 공자의 도덕적 가르침만을 강조한 개혁가로서, 종교적 관점은 제외했으며, 인성론을 강조한 한편 사회적 복지는 소홀히 했다. 이 왕조에서는 또 하나의 위대한 정치가, 왕안석(1572~1637, 혹은 서기 1021~1086) 이 있었는데, 그는 이재적 개혁에 의해 사회 전체를 바꾸려고 노력했다. 또한 영가학파(永嘉學派)라는 학파도 존재했는데, 그들은 도덕적 계몽만이 아니라 물질적 번영에 대해서도 적극적으로 논의했다. 그러나 왕안석도 영가학파노 세론의 일반적 흐름을 극복할 수가 없어서 학사들은 철학적 논의에 많은 관심을 기울여서 실제적인 문제를 잊게 되었다.[13]

이러한 천의 인식은 심대윤과 비슷한 것으로, 주자학 = 성리학의 도덕 중시, 경제 경시를 비판한 담론이다. 여기서 언급되어 있는 영가학파란 송나라

---

13 Chen Huan-Chang, *The Economic Principles of Confucius and His School*, Newyork : Columbia University, p.45.

시대 실리적 문제를 중시하면서 주희의 학파를 비판한 학파이다.

제2편에서는 경제학과 다른 사회과학과의 관계를 논의하고 있다. 여기서 천은 'economics'라는 말을 어떻게 번역해야 되는지, 그리고 economics의 정의에 대해 다음과 같이 말하고 있다.

> 그러나 근대 일본에서는 economics라는 단어를 다른 중국어, 즉 경제이라고 번역했고, Herbert A. Giles는 그의 중영사전에서 political economy를 경제로 했다. 하지만 경제라는 말은 대단히 넓은 의미를 가진 것으로, economy와 같은 의미가 아니다. 경제라는 말은 일반적으로는 정치적 수완(手腕)이라는 의미이며, 정치적 행위의 모든 부분을 포함한다. 따라서 이 말은 economy보다도 정치에 속하는 것이다. 이러한 이유로, economics와 같은 의미로, 옛날의 말인 '재부를 관리하다(administering wealth)' = 이재(理財)를 쓰는 것이 경제이라는 말보다 더욱 정확하고 포괄적이라고 해야 한다.
>
> 우리가 이재하는 이유는 인간이 집단적으로 생활하고 그 생활을 유지하기 위해서는 재가 필요하기 때문이다. 인간이 우리의 목적이고 재는 우리의 수단이다. 이러한 입장에서 우리는 다음과 같은 정의를 얻을 수 있다, 즉 이재학이란 집단적으로 생활하는 인간을 위해 정의의 원리에 따라서 재부를 관리하는 과학이라는 것이다.[14]

여기서 중요한 부분은 인간은 고립된 존재가 아니라 집단적으로 산다는 것, 그리고 이재학의 목적은 집단적으로 생활하는 인간을 위해 정의의 원리에 따라 재부를 관리하는 데에 있다고 선언된 부분이다. 천이 생각하는 유학

---

14 *Ibid.*, pp.48~49.

경제 사상의 가장 핵심적인 특색이 여기에 있다고 하겠다. 따라서 이재학과 가장 깊은 관계에 있는 것은 윤리학이라고 할 수 있는데, 그만큼 사회학이나 정치학보다 윤리학과의 관계에 대해 더욱 자세하게 논의되고 있다.

제3편은 중국의 경제 발전사라고 할 수 있는 부분으로, 중국의 역사상 각 시대에 어떤 경제적 발전이 이루어졌는가에 대해 소개되고 있다. 여기서 흥미로운 것은 가장 기초적인 경제 조직으로서 가족에 대해 많은 언급이 있다는 부분인데, 이러한 것도 유학 경제학의 특색이라고 해도 무방할 것이다.

이 책에서 천은 제2부에서 소비에 대해, 그리고 제3부에서 생산에 대해 논의하고 있는데, 왜 먼저 소비를 논의했는지에 대해서는 '논의의 편리를 위해'라고 할 뿐, 적극적 이유는 제시되어 있지 않다. 흥미로운 것은 생산에 관한 부분이다. 천은 생산에 관한 논의를 『대학』의 다음 문장을 인용하면서 시작하고 있다.

是故, 君子先愼乎德, 有德此有人, 有人此有土, 有土此有財, 有財此有用.

그러므로 군자는 먼저 덕을 이루는 것이니, 덕이 있으면 백성이 있을 것이고, 백성이 있으면 영토가 있을 것이며, 영토가 있으면 재물이 있을 것이고, 재물이 있으면 쓰임이 있는 것이다.

이 인용에 이어서 천은 다음과 같이 말한다.

이 원리는 본시 군주에게 적용되는 것이다. 군주에게 덕이 있으면 그는 사람을 통치할 수가 있고 토지를 보유해서 재부(여기서는 자본이라는 뜻이다)를 축적할 수도 있으며 유용한 많은 것들을 얻을 수 있을 것이다. 그러나 이 원리는 널리 누구에게도 적용할 수 있다. 상인을 예로 들어보자. 그는 어떠한 덕, 즉 육체적, 정신적 혹은 도덕적인 덕(여기서는 덕을 넓은 의미로 사용한다)을 가져야 한다. 가령 경쟁이 완전히 자유롭게 이루어진다면 그는 그가 갖고 있는 덕에 비례해서 재부를 얻을 수 있을 것이다. 만약 그가 덕을 전혀 갖고 있지 않거나, 혹은 어떤 사정 탓으로 덕을 보여주지 못하거나(일을 할 수 있는데도 전혀 일을 하지 않는, 그러한 경우이다) 하면 그는 부랑자가 되어 자신의 재부를 전혀 얻을 수 없을 것이다. 세상에는 그러한 사람은 없다. 만약 그러한 사람이 있다 해도 오랫동안 살 수 없기 때문이다. 부랑자, 기생자, 도둑, 그들은 나쁜 사람이지만 그래도 재부를 얻기 위한 모종의 덕을 갖고 있는 것이다. 따라서 덕이 근본이요, 재부는 결과일 뿐이다.

이상과 같이 『대학』에 의하면 생산의 요소는 세 가지이다. 첫째가 무언가 덕을 가진 사람, 둘째가 토지이고 셋째가 자본이다. 이들 세 가지 요소는 생산이라는 개념에 속하는 것들이며 그 다음에 사용이라는 말이, 그리고 그와 함께 소비라는 말이 나온다.[15]

이처럼 생산에 필요한 세 가지 요소 중에서 가장 중요한 것은 사람인데, 그것도 덕이 있는 사람이어야 된다는 이야기다. 그래서 이들 요소 중에서도 사람에 대해서 무엇보다 자세하게 검토되고 있는데, 그 많은 부분이 중국 인구수의 추이에 관한 기술이다. 인구에 대한 높은 관심도 이 책의 특색이며, 아마도 유학 경제 사상의 특색이라고도 할 수 있는 것 같다.

제8편은 사회주의적 정책(socialistic policies)이라는 항목으로 되어 있는데, 이것 역시 이 책의 큰 특색이다. 천은 사회주의적 정책으로서 전매(專賣) 문제, 구휼(救恤) 정책 등에 대해 소개하고 있는데, 특히 정전제(井田制)에 대해

---

[15] *Ibid.*, pp.293~294.

서 아주 자세하게 소개하고 있다. 그 이유는 정전제야말로 중국의 경제 사상, 경제사에서 가장 중요한 요소라고 생각했기 때문이다. 그리고 정전제라는 것은 어디까지나 이상이며 실제 존재했던 것은 아니지만 사회주의가 실현되면 그때 처음으로 나타날 거라고 보고 있다.

사회주의적 정책 중에서 한 가지 더 주목되는 것은 「28장 : 이재 분야에서의 지배 계층 배제」이다. 『논어』「이인」편의 "군자유어의, 소인유어리(君子喩於義, 小人喩於利)"에 대해 천후안장은 "공자는 사람들 중의 두 개 계층에 대해서 두 가지의 원리를 제시했다. 하나는 관료와 학생 들이며, 또 하나는 다수를 차지하는 대중들인데, 우리는 이 두 가지를 혼동해서는 안 된다. 상층 사람들에게는 정의가 제일이지만 하층 사람들에게는 economic life(먹고 사는 일상생활)가 제일이다"[16]라고 해설하고 있다. 지배 계층 사람들을 이재 분야에서 배제해야 한다는 주장도 이러한 인식과 결부된 것으로, 지배 계층의 도덕성을 강하게 요구하려고 했던 것이다. 그리고 이러한 가르침을 제시한 공자를 천은 유교 사회주의자라고까지 부르고 있다.

마지막으로 결론 부분에서 진은 중국의 미래에 대해 다음과 같은 전망을 제시하면서 이 책의 마무리를 짓고 잇다.

중국의 미래는 밝다. 5천 년을 넘어서 이어져 온 역사, 지적이고 근면하고 신중하며 활기찬 4억을 넘는 사람들, 광내하지만 결합된 450만 평방 마일의 영토, 풍부한 자연 자원, 집권화된 하나의 정부, 단일한 언어, 고도로 발달된 종교, 단일한 민족 정체성(national idea) 등을 가진 중국은 틀림없이 강한 국가가 될 것이다. 그러나 세계는 소위 황화(黃禍)를 걱정할 필요는 없다. 중국도 반드시 군국주

---

16 *Ibid.*, p.95.

의와 산업주의를 채용하겠지만, 서구의 국가들이 다른 사람들에게 했던 것 같이 중국인이 아닌 사람들을 손상시키는 일은 없을 것이다. 중국이 강하게 된 이후에야 공자가 말한 대동(the Great Similarity)의 시대가 올 것이며, 세계국가가 출현할 것이다. 그때 국가 간의 우애가 확립되고 전쟁이 없는 영원한 평화가 이루어질 것이다.[17]

이상이 천후안장의 저서의 간략한 내용이다. 이 책에 대해서는 앞으로 더욱 세밀하게 검토할 필요가 있겠지만, 여기서 한 가지만 강조하고 싶은 점은 서구의 경제학에 대항할 수 있는 유교 경제학이라고 부를 수 있는 것을 천이 구상했었다는 것이다. 이러한 시도는 그 당시로서도 유례를 찾기 어려운 시도였지만, 그 이후도 거의 전무한 시도로서 높이 평가된다. 특히 이기적으로 행동하는 개인을 출발점으로 경제 행위를 분석하려고 하는 서구 경제학 주류와는 달리 집단적으로 사는 인간, 덕을 가진 인간을 전제로 한 경제학의 구상으로서 그 가치는 현재적 의미를 가질 수 있다고 생각된다.

4. 시부사와 에이이치의 『논어와 주판』론

마지막으로 일본의 시부사와 에이이치(澁澤榮一, 1840~1931)를 대상으로 일본의 근대 이행기에 있어서 유학 사상과 경제의 관계가 어떻게 인식되어

---

17 *Ibid.*, p.730.

있었는지에 대해 논의하려고 한다. 이러한 문제를 논의하려고 할 때 시부사와보다는 후쿠자와 유키치[福澤諭吉]나 니시 아마네[西周] 같은 사람이 더 중요하다고 생각할 수도 있겠지만, 시부사와가 근대 일본에서 실업계의 아버지라고 불리는 존재였던 동시에 한국과도 깊은 관계가 있었기 때문에 여기서 거론하기로 한 것이다.

1840년에 상층 농민의 집에서 태어난 시부사와는 어릴 때부터 가업을 도와주면서 유학을 배우기 시작했다고 한다. 그의 생가는 이른바 호농(豪農)이라고 불리는, 농업만이 아니라 제조업과 상업도 경영하는 집이었다. 젊은 시절의 시부사와는 양이운동(攘夷運動)에 투신하기도 했지만 그 한계를 느끼게 된 다음에는 히토쓰바시 요시노부[一橋慶喜]의 신하가 되고, 요시노부가 제15대 도쿠가와 장군이 되면서 그도 막신(幕臣, 도쿠가와 막부의 신하)으로 출세했다. 1867년에는 파리 만국박람회에 참가하기 위해 유럽을 방문, 그때 유럽의 주식회사의 존재를 알게 된 것이 후일 그의 실업가로서의 활동에 큰 영향을 주게 되었다고 한다.

메이지유신 이후는 대장성(大藏省)의 관료로서 활동했다가 정부 수뇌와 대립, 1873년에 관계를 은퇴해서 실업가로서의 길을 걷기 시작했다. 그 후 제일국립은행(第一國立銀行) 은행장에 취임한 것을 비롯해 많은 기업 설립에 관여하게 되었다. 그가 설립에 관여한 기업은 500을 넘는 정도였다고 한다. 그리고 실업계만이 아니고 사회사업, 교육계에서도 다방면에 걸친 활동을 전개했다.

이처럼 문자 그대로 근대 일본을 대표하는 실업가라고 할 만한 시부사와는 그 경제활동과 도덕의 관계에 대해서도 적극적 담론을 전개한 인물로서도 널리 알려져 있다. 특히 그는 유학 중에서도 공자, 그것도 『논어』를 인용하면서 본인의 경영 철학에 대해 많은 문장을 남겼다. 그 대표적 저작이『論

語と算盤(논어와 주판)』[18]이다. 이 책의 핵심적 명제는 '부를 이루는 근원은 무엇인가 하면 인의도덕이다. 올바른 도리에 의한 부가 아니면 그 부는 완전히 오래 갈 수 없다'는 것이다.

시부사와의 경영 철학에 관해서는 지금까지 많은 연구가 이루어져 왔기 때문에 여기서 새롭게 논의할 필요도 없는 것 같다.[19] 따라서 여기서는 위에서 검토한 두 사람과 비교하기 위해 그의 국가 관념의 문제에 한정해서 논의하기로 한다.

시부사와가 실업가로서의 활동을 시작한 이후 계속해서 주장한 명제는 경제와 도덕의 일치, 바꾸어 말하면 경제 활동을 하는데 있어서 항상 사회 전체의 이익, 즉 공익(公益)을 먼저 생각해야 한다는 것이었다. 여기서 문제가 되는 것은 공익의 내용이다. 왜냐하면 그에게 있어서 공이라는 것은 국가와 같은 개념으로 이해되어 있었다고 생각되기 때문이다. 국가와 사회의 관계에 대해 시부사와는 다음과 같이 말한다.

국가 사회이라는 말은 일상적으로 귀에 익는 바인데, 국가 혹은 사회라는 것은 도대체 어떤 종류의 것일까? 나는 원래 학자가 아니므로 이것을 학문적으로 설명할 수는 없지만, 나의 상식에서 판단해 보면 국가라고도 하고 사회라고도 하지만 요컨대 형식적 차이일 뿐, 내용에 있어서는 같은 의미라고 생각할 수 있다. 일족의 집합이 일가가 되고 일가의 집합이 하나의 마을이 되고 한 마을이 하나의 군(郡)이 되며 하나의 국가가 된다. 그런데 일국의 정치 조직을 갖춘 것이 국가가 되기

---

18 이 책은 한국에서도 번역, 출판된 적이 있다. 시부사와 에이이치, 안수경 역, 『한손에는 논어를 한손에는 주판을』, 사과나무, 2009.

19 지금까지의 시부사와 연구 중에서 특히 주목할 만한 것으로 于臣, 『澁澤榮一と'義利'思想―近代東アジアの實業と教育』, ぺりかん社, 2008; 見城悌治, 『澁澤榮一―'道德と經濟のあいだ』, 日本經濟評論社, 2008을 들 수 있다.

때문에 국가라고 해도 그 시작은 하나의 사인(私人)부터 일어난다. 만약 이것에 정치적 의미를 부가하지 않고 일가, 일촌, 일국이라는 식으로 차차 확대된 단체로서 생각하면 이 단체에 모두 사회라는 명칭을 줄 수 있는 것이다. 환언하면 국가는 사회를 통일해서 지배하기 위해 만들어진 하나의 기관으로서, 정권상 이러한 명칭을 편리적으로 부여한 것이다.[20]

국가와 사회를 같은 것으로 보는 입장에 있던 시부사와에게 중국사회는 이해하기 어려운 것이었다. 그는 몇 번에 걸쳐서 중국을 방문했는데, 그 가운데 중국사회에 대해 가지게 된 인상에 대해 그는 다음과 같이 말한다.

나의 관심을 일으킨 것은 중국에 있어서는 상류사회가 있고 하층사회가 있음에도 불구하고 그 중간에서 국가의 중견을 이루는 중류사회가 존재하지 않다는 것과, 식견, 인격이 다 탁월한 인물이 적지는 않지만 국민 전체로서 관찰할 때 개인주의, 이기주의가 발달해서 국가적 관념이 모자라서 진심으로 국가를 우려하는 마음이 결여되어 있다는 것이다. 일국 중에 중류사회가 존재하지 않는 것과 국민 전체에 국가적 관념이 부족하다는 것이 현재 중국의 큰 결함이라고 할 수 있을 것이다.[21]

이러한 시부사와의 관찰에는 맞는 부분도 있다고 여겨지지만 반대로 시부사와에게 국가를 상대화할 수 있는 시섬이 결여되어 있었다고도 할 수 있다. 그리고 이러한 문제는 그의 유학 이해와도 관련이 있는 것으로 보인다. 어릴 때부터 유학을 배운 시부사와였지만, 실업계에 들어간 이후 그가 유학에 언

---

20 澁澤榮一, 『新編 靑淵百話』, 平凡社, 1930ㄱ, 429면.
21 澁澤榮一, 『論語と算盤』, 東亞堂書店, 1916, 204면.

급할 때 오직 공자, 그중에서도 『논어』를 대상으로 할 뿐, 다른 저작에 대해서는 전혀 거론하지 않았다.

그 이유로서는 두 가지가 있었다고 생각되는데, 하나는 송나라 시대 이후의 유학이 이를 경시하게 되었다는, 심대윤, 천후안장도 갖고 있던 것과 같은 인식에 의한 것이다. 또 하나는 시부사와는 사서오경 중에서 오직 『논어』만을 높이 평가한 배경에 『대학』과 『중용』에 대한 부정적 인식이 존재했었다는 것이다. 그는 『중용』은 내용이 너무나 철학적이며 『대학』은 정치적 경향이 강하다 하면서 『논어』보다도 낮게 평가하고 있다.[22] 이러한 시부사와의 유학관은 유학의 가장 핵심적인 부분에 대한 몰이해로서, 심대윤, 천후안장과 거리가 먼 것이라고 할 수밖에 없다.

사서의 나머지 하나인 『맹자(孟子)』에 대해서는 다음과 같이 대단히 비판적이었다. 『논어』의 「팔일(八佾)」편에는 "子曰韶, 盡美矣, 又盡善也, 謂武, 盡美矣, 未盡善也(공자가 순 임금의 소악을 이르시되 아름다움을 다 하고, 또한 착함을 다 했다고 하시고, 무왕의 무악을 이르시되 아름다움을 다 했으나 착함을 다 하지는 못했다고 하시니라)"라는 문장이 있다. 이것은 고대의 순 임금과 무왕을 비교하면서 무력으로 주왕(紂王)을 제거한 무왕을 긍정하면서도 순보다는 낮게 평가했다는 내용이다. 이 부분에 대해서 시부사와는 다음과 같이 논한다.

공자와 맹자의 정치에 관한 가르침은 그것을 모두 우리 나라의 상황에 적용해서 실행할 수 있는 것은 아니다. 정치는 그 나라의 사정이라든지 시대라든지 그 차이에 따라서 여러 형태를 바꾸면서 하지 않으면 안 되는 일이다. 중국에는 중국의 국정이 있고 우리 나라 또한 그 나름의 국체, 즉 하나님이 계신다(神ながら)는

---

22 澁澤榮一, 『實驗論語』, 平凡社, 1930ㄴ, 2면.

국체가 있다. 중국의 국체에 대해서 말씀하신 정치에 관한 의견을 설령 그것이 공부자의 가르침이라고 해서 곧 감히 그대로 우리 나라에 실시하려고 하면 우리 국체에 어긋나는 일이 되어서 엄청난 결과를 일으키기에 이르는 우려가 없다고는 말할 수 없다.

그러나 공부자를 맹자에 비교하면 정치에 관한 의견이 훨씬 온건한데, 맹자는 대단히 결렬하고 도저히 우리 나라에서 할 수 있는 것이 아니다. (…중략…)

그러나 우리 나라의 국체상으로 무왕을 비평한다면 설령 주왕이 폭군(暴君)이었다 하더라도 무왕이 이것을 정벌해서 스스로 왕이 되었다는 것은 옳지 못하다. 말하자면 무왕은 분명히 조헌(朝憲)을 무너뜨린 난신적자(亂臣賊子)라고 할 수밖에 없다. 이것을 용서해서 태연한 공부자는 우리 나라 사람의 눈으로 보면 성인으로서 있을 수 없는 의견을 가진 사람 같이 생각할 수도 있겠지만 중국의 국체상으로 관찰, 비판한다면 공부자가 일본의 국체와 모순되는 의견을 정치에 대해 갖고 있던 것도 감히 의심할 만한 일이 아니다. (…중략…)

(맹자와 같은) 혁명적 사상은 중국의 국체상으로는 통하는 논의일지도 모르지만 일본의 국체상으로 말하면 터무니없는 위험 사상이다. 가령 군왕을 칭하여 잔적(殘賊)이라고 하고, 혹은 이것을 필부(匹夫)와 같다고 본다는 것 따위는 일본의 전습적 민족정신에 완전히 위배하는 일이다. 이것이 내가 공부자나 맹자의 가르침이라고 해도 정치에 관한 것은 우리의 귀중한 국체와 모순되는 부분이 있어서 일일 실행할 수 있는 것만이 아니라고 말하는 이유이다.[23]

이처럼 시부사와는 설령 공자의 가르침이라고 해도 일본의 국정에 맞지 않는 것은 받아들일 수 없다고 한 다음에 특히 맹자의 혁명설은 일본으로서

---

[23] 위의 책, 148~150면.

는 도저히 받아들일 수 없다고 언명하고 있다. 이러한 그의 주장은 도쿠가와 시대의 유자인 야마자키 안사이[山崎闇齋]가 만약 공자, 맹자가 일본을 공격하는 일이 있다면 그들과 싸우겠다고 했던 것과 비슷한 발상인데, 어쨌든 일본의 유학은 유학보다도 국가를 중요시하는 경향이 강하며, 시부사와도 그러한 전통을 이어받았던 것이다.

한편 천후안장의 경우 국가를 넘어선 평천하(平天下)의 실현이 궁극적 목적이었기 때문에 국가 의식이 상대적으로 약해질 수밖에 없었다. 천후안장의 책에서도 국가에 대해 여러 이야기를 하고 있지만, 예를 들어 군대나 군사비의 문제에 대해서는 전혀 언급이 없다. 심대윤 역시『복리전서』에서는 개인의 복리에 관한 이야기일 뿐, 국가는 전혀 등장하지 않고 있는 것이다.

시부사와의 위와 같은 국가관은 그가 제일은행의 사주로서, 혹은 경인, 경부철도의 설립자로서 일본의 한국 진출에 적극적으로 호응하게 된 문제와도 깊은 관계가 있다고 여겨진다. 국가를 넘어선 공익, 국가를 상대화할 수 있는 시점, 시부사와에게는 이러한 발상 자체가 결여되어 있던 것이다.

5. 나오며

이상 동아시아의 근대 이행기에 있어서 유학과 경제의 문제를 고민했던 세 사람을 대상으로 그들의 사상의 일단을 소개했다. 세 사람은 활동했던 시기도 약간 다르고 유학에 대한 입장도 다르지만, 이와 의가 결코 모순된 것은 아님을 강조함으로써 새로운 시대 속에서 유학의 의미를 추구했다는 면에서는 공통점을 가진 존재였다. 이와 의의 문제, 바꾸어 말하면 경제와 도덕의 문제는 여전히 미해결의 문제이다. 특히 미국의 금융위기가 보여주었듯이 금융자본의 횡포가 세계의 경제를 위태롭게 했음에도 그것을 막을 길이 안 보이는 상황이며, 환경문제처럼 지금 살아 있는 인간이 후세대 사람들에게 빚을 업힌다는 반도덕적 행위도 여전한 현실을 볼 때, 경제와 도덕의 문제를 근본적으로 재고할 필요성은 정말로 절실하다.

이러한 문제를 생각하는데 있어서 유학 경제학이라는 것이 있을 수 있는가? 또한 있을 수 있다면 그것은 주류 경제학에 대해 어떠한 공헌을 할 수 있는가? 이러한 문제는 아마도 유교에 대해서만 생각할 수 있는 문제가 아니라 이슬람의 경우도 마찬가지라고 생각된다. 최근에 비서구 지역의 전통적 경제 사상에 대한 관심이 고조되어 있는 것도[24] 같은 맥락에서 이해할 수 있을 것이다. 그러한 노력도 포함해서 이 글에서 검토한 세 사람이 해결하지 못했던 문제는 우리의 문제이기도 하다.

---

[24] 이러한 움직임의 예로서 八木紀一郎, 『非西歐圈の経済學 : 土着, 伝統的経済思想とその変容』, 日本経済評論社, 2007; Ajit K. Dasgupya, 板井廣明等 譯, 『ガンディーの経済學 : 倫理の復權を目指して』, 作品社, 2010 등을 들 수 있다.

19세기를 바라보는 시각

배항섭

1. 들어가며

19세기는 '근대 이행기'의 역사 과정과 그 과정에서 형성된 한국 근대의 특징 등을 파악하는 데 관건적 의미를 가진다. 하지만 이런 중요성에 비해 그동안 19세기에 대한 관심은 그리 높은 편이 아니었다. 물론 기왕에도 식민사학자들은 19세기의 정치적 부패와 민란 등 조선사회의 혼란을 강조하여, 조선이 식민지로 전락하게 된 내적 필연성을 찾고자 했다. '자본주의 맹아론'(이하 '자맹론')의 입장에서는 조선 후기 이래 성장해 온 자본주의 맹아적 요소들의 도달 수준을 확인하기 위해 19세기를 주목했고, 특히 고양된 민중운동을 통해 조선 내부로부터 발생한 근대 지향의 에너지와 열망을 확인하고자 했다.[1]

---

[1] 1972년 성균관대 대동문화연구소에서 『대동문화연구』(9권)를 '19세기의 한국사회'라는 주제의 특집호로 발간하여 그때까지 연구된 농업, 수공업, 상업·시장, 신분제 등에 걸친 '자본주

그러나 사회경제적 측면에서 19세기의 변화상을 구체적으로 규명한 연구는 거의 없었다. '자맹론'이 근거한 역사상은 대체로 17~18세기에 대한 연구를 토대로 한 것이었다.[2] 이런 점에서 조선 후기와 개항 이후의 역사상은 단절적이었다. 따라서 조선 후기의 자본주의 맹아들과 개항 이후의 역사 과정을 유기적으로 연결하여 이해하는 데 한계가 있을 수밖에 없었다.

이는 경제사학계에서 제기되었던 '19세기 위기론'을 주목하게 되는 이유이기도 하다. 우선 '19세기 위기론'은 19세기의 역사상과 역사적 위치를 17~18세기 이래 20세기에 이르는 한국사의 거시적 흐름 속에서 파악하고자 했다. 그들 스스로 평가하였듯이 이전과 달리 물가·임금·이자율·생산성 등 주요 경제지표의 장기 시계열을 구하고 그것을 수량적으로 분석함으로써, 막연한 추측으로 대신해왔던 경제의 장기 변동에 관한 새로운 사실을 적지 않게 밝힌 성과를 거두었다.[3] 또한 '위기론자'들은 이러한 성과를 바탕으로 구체적 수치를 통해 자본주의 맹아론에 입각한 기왕의 19세기상과 전혀 다른 독자적 역사상을 제시했다.

'19세기 위기론'은 10여 년 전부터 제기되기 시작하여 적지 않은 수정을 거치면서 현재까지 이어지고 있다. 주장하는 연구자마다 차이가 있고, '19세기 위기론'을 대표하는 연구자인 이영훈의 경우 크고 작은 수정을 거듭하는 중

의 맹아'를 정리했다. 1982년에는 고려대 민족문화연구소에서 『19세기 한국 전통사회의 변모와 민중의식』을 발간했고, 1996년에는 역사문제연구소에서 '19세기, 근대로의 이행인가 반동인가—세도정권·대원군 집권기에 대한 역사적 평가'라는 주제로 학술대회를 열고 『역사비평』 37호에 발표문과 토론 내용을 실었다.

2 "19세기 전반을 '근대를 준비하고 있던 시기였다'고 주장할 때 근대란 주로 민족적 과제인 반봉건 반침략을 수행할 민중이 성장하고 있었다는 의미에서의 근대였지 물질문명을 일으킬 토대가 성장하고 있었다는 의미에서의 근대는 아니었다. 물질적 성장을 말하는 경우에도 그런 성장은 18세기의 몫이었지 19세기의 몫은 아니었다." 고석규, 「19세기 초·중반의 사회경제적 성격」, 『역사비평』 37호, 역사비평사, 1996.

3 이영훈 편, 『수량경제사로 다시 본 조선 후기』, 서울대 출판부, 2004, 387면.

이다. 또한 그것이 과장되었거나 근거가 약하다는 점에서 적지 않은 비판을 받고 있다.[4] 그에 따라 일부 내용 면에서 후퇴하는 모습도 보이는 등 아직 가설적 수준에서 벗어나지 못하고 있는 것도 사실이다. 그러나 '19세기 위기론'은 19세기만이 아니라 조선 후기부터 식민지 시기를 거쳐 현대사에 이르는 한국사의 거시적 흐름을 이해하는 데 중요한 의미를 가지는 논의라는 점에서, 본격적 검토가 필요하다고 생각한다.

'19세기 위기론'은 19세기 조선사회에는 내부적 동력에 의한 근대 이행의 가능성이 전혀 없었을 뿐만 아니라, 나아가 외세의 작용이 없었더라도 조선왕조가 자멸해 나가는 위기 상황에 처해 있었다는 점이 강조되었다. 아와 같은 '위기의 19세기'라는 인식은 식민지 시기에 대한 인식과 밀접하게 맞물려 있다. 위기론자들의 식민지 시기 인식의 요체는, 일본에 의한 정치적·경제적 관리와 자본주의 근대의 이식에 의해 '19세기의 위기'가 극복되고 본격적 근대 경제가 시작되었다는 것이다. 이를 통해 묘사된 조선 후기 이후 식민지 시기까지의 역사상은 "17세기 후반과 18세기 전반의 발전, 18세기 후반과 19세기 전반의 안정, 19세기 후반의 위기",[5] 그리고 그 뒤에 위기를 극복하고 근대적 경제 성장을 시작한 식민지 시기가 이어진다는 것이다.

19세기를 체제의 '위기' 내지 '해체', '붕괴'의 시대로 이해한 것은 식민사학이나 자맹론을 막론하고 대부분의 연구가 마찬가지였다. 그러나 자맹론은 그것을 어디까지나 '봉건적' 내지 '전근대적' 체제가 새로운 근대적 체제로 이행하는 진통이라는 맥락에서 이해해왔다. 식민사학의 정체성론도 식민지 지

---

4 정연태, 「식민지 근대화론의 새로운 성과에 대한 비판적 검토」, 『역사비평』 58호, 역사비평사, 2002; 우대형, 「조선 전통사회의 경제적 유산」, 『역사와 현실』 68호, 한국역사연구회, 2008; 허수열, 『일제 초기 조선의 농업』, 한길사, 2011. 이 가운데 허수열은 '19세기 위기론'과 식민지 근대화론으로 이어지는 이들의 거시적 역사상의 성격을 한마디로 표현해서 '과장된 위기 그리고 과장된 개발'이라고 규정했다.

5 이영훈 편, 앞의 책.

배를 정당화하기 위해 조선의 역사적 발전이 정체되어 있었다는 점, 스스로의 힘으로는 발전할 능력이 없었다는 점, 19세기 들어 혼란이 극에 달했다는 점을 강조했을 뿐, '스스로 해체'될 정도의 '문명사적 위기'에 처했다고 지적한 것은 아니었다.

이 글에서는 먼저 '19세기 위기론'의 내용을 간단히 정리하고, 이어 사실관계 및 자료 해석과 관련하여 제기될 수 있는 문제점들을 확인해볼 것이다. 필자는 경제사, 더구나 통계적 접근에 대해서는 문외한이지만, '19세기 위기론'이 반드시 경제사나 통계학적 접근 방법의 문제가 아니라 한국사의 전개 과정을 거시적으로 조망하는 중요한 의미를 지닌 시각인 만큼, 최근의 연구 성과들을 적극 활용함으로써 '19세기 위기론'이 실체가 없거나 과장된 것임을 밝히고자 한다. 마지막으로 '19세기 위기론'이 드러내는 역사인식을 검토하여 그것이 강력한 서구 중심적·근대 중심주의적 인식 위에 서 있음을 지적하고자 한다.

2. '19세기 위기론'의 내용

'19세기 위기론'을 처음으로 제기한 것은 이영훈이었다. 그는 2000년에 쓴 『한국 시장경제와 민주주의의 역사적 특질』이라는 책에서 「제2장 : 소농사회(17~19세기)」 중 네 번째 절의 제목을 '19세기의 위기'로 붙였다.[6] 여기서

---

6 이영훈, 『한국 시장경제와 민주주의의 역사적 특질』, 한국개발연구원, 2000, 20~46면. 이 책에
    서 처음 제시된 '19세기 위기론'은 이후 수차례에 걸쳐 부분적으로 수정되었기 때문에 최근 발

그는 조선에서는 17세기 이후에 소농사회가 성립하였으며, 거기에는 근대를 예비하는 관료제, 토지 사유, 시장경제 등의 요소를 상당한 정도로 농축되어 있었다고 했다.[7] 소농사회는 18세기 말까지 경제적으로 확장일로에 있었으나, 19세기 들어 인구의 감소, 시장 수의 감소, 토지생산성 하락, 미곡의 국가적 재분배로서 환곡제의 해체, 사회적 안전판 역할을 하던 리(里) 공동체와 친족 공동체의 분열·동요 등으로 위기를 맞았다는 것이 '19세기 위기론'의 핵심적 내용이다.[8]

"위기의 종합적 지표는 인구의 감소이다"라고 하여 위기론의 핵심이 인구 감소임을 밝히고 있지만, 이 책은 특이하게도 공동체의 부재 내지 분열이라는 점을 강조하면서 대부분의 지면을 그쪽에 할애하고 있다. 국가 권력으로부터 자치성·자율성을 가진 리(里) 공동체나 친족 공동체가 부재 내지 분열함으로써 관료제적 질서가 체제 말단에까지 침투한 것이야말로 19세기 시장경제의 미발달과 위기의 징후일 뿐만 아니라, 현대 한국의 시장경제, 나아가 민주주의의 미숙과도 깊은 관련이 있는 것으로 이해한 것이다.[9] 그러나 이후의 논의에서는 공동체와 관련된 내용을 사실상 폐기하고 있다. 자유로운 시장과 민주주의의 발달이 오히려 공동체적 규제나 질곡으로부터 해방된 개인의 탄생과 밀접한 관련이 있다는 일반적 이해와 어긋나는 분석이었기 때문인 것으로 보인다.

또한 그는 "시장경제는 언제나 소득의 불균등을 결과하며, 많은 시민들은 투표 행위나 단체 결성을 통해 그에 대한 시정을 요구한다. 시장경제에 대한

표된 글을 중심으로 살펴보는 것이 적절할 수도 있다. 하지만 이 책은 '19세기 위기'를 조선 후기부터 현대 한국 경제에 이르기까지 장기간의 맥락 속에서 논의하고 있기 때문에 '19세기 위기론'이 터하고 있는 역사인식을 이해하는 데는 오히려 더 적절하다고 생각한다.

7 위의 책, 29~30면.
8 위의 책, 39~46면.
9 위의 책, 10·40~46·117~120면.

민주주의의 이 같은 요구는 자원의 최적 분배를 저해하며, 심한 경우 과도한 인민주의적 개입은 시장경제를 후퇴시키기조차 하였다"고[10] 하면서, 시장근본주의자적 면모를 드러냈다. 나아가 그는 1997년 한국이 당한 이른바 'IMF 관리체제'의 원인을 시장경제의 효율성을 뒷받침해주는 "사회적 능력"으로서의 민주주의의 미숙에서 찾는다.[11] 이어서 그는 '19세기 위기'가 초래한 민중운동에서 오늘날 "한국인들의 심성이나 인간관계"와 "시장의 특질"까지 규정하는 역사적 제 요인들이 성숙하였다"고 주장했다.[12] 이는 구체적으로 동학사상과 동학 농민군의 생각에서 보이는 인민주의적 요소를 지적한 것이다. 그는 20세기 한국 정치사를 강력히 규정하는 '평등 지향의 인민주의'가 동학의 '사람이 곧 하늘'이라는 더 없이 인민주의적 사유로부터 형성되었다고 판단했다. 또 1894년 농민군이 제시한 '토지를 평균되게 분배할 것', '농군의 두레법을 장려할 것', '외적과 통한 자는 벨 것'과 같은 '강령'에는[13] 농민적 평균주의에 기초한 폐쇄적 공산사회로의 지향이 담겨 있다고도 했다.[14]

그의 주장대로라면 '천부인권설'을 주장한 18세기 계몽사상가들이나, 그에 기반을 둔 미국의 독립 선언 혹은 프랑스의 인권 선언이야말로 인민주의의 원조가 되어야 할 것이다. 더욱 납득하기 어려운 점은 농민군의 강령으로부터 폐쇄적 공산주의 지향을 읽어내는 독법이다. 세계사적으로도 이른바 '근대 이행기'의 농민들은 내제로 근대적·자본주의적 법과 제도, 질서에 반대하는 입장이있음은 잘 알려져 있는 사실이다.[15] 그러나 실제로 동학 농민

---

10 위의 책, 15년.
11 위의 책, 9면.
12 위의 책, 38면.
13 오지영의 『동학사』를 제외하면 농민군이 이영훈이 말한 세 항목의 '강령'을 제시했다는 근거가 어디에도 없다. 배항섭, 「1984년 동학농민전쟁에 나타난 토지 개혁 구상」, 『사총』 43권, 고려대 역사연구소, 1994; 배항섭, 「조선 후기 토지 소유 및 매매 관습에 대한 비교사적 검토」, 『한국사연구』 149호, 한국사연구회, 2010ㄹ.
14 이영훈, 앞의 책, 46면.

군이 제시했던 개혁안이나 그들의 행동에서는 토지의 소유권을 부정한 정황이 잘 보이지 않으며, 사유재산을 존중하는 편이었다.[16] 이는 조선의 토지소유 구조나 매매 관습이 매우 '시장친화적'이었다는 점과 밀접한 관련이 있다고 생각된다. '공산주의적' 천년왕국운동이 빈발했던 서구는 물론이고, 동아시아 다른 나라의 민중운동이나 농민사회의 공동체적 규제에 비추어 봐도, 동학 농민군의 지향에는 인민주의적 요소가 훨씬 약했다. 베트남에서는 19세기 말기에도 일부의 토지에서나마 토지 공유제가 여전히 준행되고 있었고, "토지 없는 농민들에게 토지를 분배"하겠다는 등 토지 개혁을 내건 민중반란이 적지 않았다. 중국의 태평천국이 일체의 사유재산을 부정했던 사실은 주지하는 대로이다. 일본에서는 막부 차원에서 토지 매매를 금지하고 있었을 뿐만 아니라, 토지의 저당[質地]도 촌 공동체의 강력한 규제를 받았다.[17] 이러한 모습들은 동학농민전쟁이나 19세기 조선 농촌사회의 '공동체 규제'에 비추어본다면 '인민주의적', '공산주의적' 지향이 훨씬 노골적이었다.

한편 이영훈은 위의 글에서 '19세기 위기론'의 핵심 내용으로 제시한 인구 감소나 생산성 하락 등을 지적했지만, 그를 증명할 만한 근거를 충분히 확보하지 못하고 있었다. 그럼에도 그가 '19세기 위기론'을 제기한 것은, 그가 구상하는바 조선 후기에서 식민지 시기 혹은 현재까지 이어지는 거시적 역사상과 밀접한 관련이 있다. 이에 대해서는 후술하기로 한다.

---

15 배항섭, 「'근대 이행기'의 민중의식―'근대'와 '반근대'의 너머」, 『역사문제연구』 23호, 역사문제연구소, 2010ㄷ.
16 농민군은 사채의 수수관계도 부정하지 않았고, 다만 그 이자가 지나치게 높은 것에 대해서만 규제하고자 했다. 홍성찬, 「1894년 집강소기 포설하(包設下)의 향촌 사정」, 『동방학지』 7권, 연세대 국학연구원, 1983.
17 한·중·일·베트남의 토지 개혁이나 토지 매매 관습 등에 대해 개략적으로 살핀 글은 배항섭, 「19세기 조선과 베트남의 토지 개혁론에 대한 비교사적 검토」, 『역사학보』 206집, 역사학회, 2010ㄱ; 배항섭, 「조선 후기 토지 소유 및 매매 관습에 대한 비교사적 검토」, 『한국사연구』 149호, 2010ㄹ 참조.

이후 '19세기 위기론'은 낙성대경제연구소를 중심으로 지속적으로 제기되었다. 2001년 『한국경제성장사』(안병직 편, 서울대 출판부), 『맛질의 농민들』(안병직·이영훈 편, 일조각), 2004년 『수량경제사로 다시 본 조선 후기』(이영훈 편, 서울대 출판부), 2005년 『새로운 한국경제발전사』(이대근 외, 나남) 등이 그것이다. 이 가운데 방대한 자료 분석을 바탕으로 내놓은 『수량경제사로 다시 본 조선 후기』(2004)는 '19세기 위기론'과 관련하여 가장 풍부한 데이터들을 제공하고 있다. 이 책에서 전달하고자 한 핵심적 메시지는 앞에서 언급했듯이 "17세기 후반과 18세기 전반의 발전, 18세기 후반과 19세기 전반의 안정, 19세기 후반의 위기"로 요약할 수 있다.

이 책은 총론이 책의 말미에 위치하는 특이한 편집 방식을 선보이고 있다. 총론은 이영훈이 집필했다. 그는 그동안 "사회적 번영과 안정, 그에 기초한 보편주의적·낙관주의적인 질서 감각이 팽배해 있었"던 17~18세기와 달리, 19세기는 "낙관적인 조화를 상실하고 분열하기 시작한 조짐이 뚜렷한" 위기의 시대라는 점을 거듭 주장해온 바 있었다.[18] 그는 방대한 데이터의 장기 시계열 분석을 통해 확인한 통계 수치의 장기적 변화상을 바탕으로 '19세기 위기론'을 주장했다. 이영훈에 따르면, 19세기에 조선왕조는 사회적 분열과 정치적 통합력의 상실로 스스로 자멸할 성도의 위기에 빠져 있었다고 한다. 나아가 그는, 이러한 새로운 19세기 역사상이 "전통사회가 정상적인 경로로 발진해왔으며", 그런 "역사가 왜곡된 것은 제국주의의 침입 때문이라고 굳게 믿어온 한국의 많은 역사가를 당혹하게 만들고 있"고, 그로써 "한국의 역사학은 커다란 위기에 봉착해 있"다고도 했다.[19]

---

18 이영훈, 「조선 후기 이래 소농사회의 전개와 의의」, 『역사와 현실』 45, 한국역사연구회, 2002ㄴ; 이영훈, 「18~19세기 소농사회와 실학―실학 재평가」, 『한국실학연구』 4권, 한국실학학회, 2002ㄱ; 이영훈, 「다산의 인간관계 범주 구분과 사회인식」, 『다산학』 4권, 다산학술문화재단, 2003.

그가 위기의 징후로 가장 먼저 제시한 것은 2000년의 글에서와 마찬가지로 인구 감소였다. 19세기에 들어 사망률이 증가했으며, 그것은 영양 상태와 생활 수준의 하락에 기인한 것이라는 점을 분명히 했다. 이어 물가 폭등, 임금 하락과 노동생산성 하락, 단위토지당 지대량 감소에서 보이는 생산성 하락과 그에 따른 논의 실질가격 하락, 농촌 장시의 감소, 미가 상승과 농촌 금융의 해체, 상업과 국가 재정에 의한 통합 기능의 해체 내지 마비, 일본과의 무역 관계 폐쇄와 대중국 무역의 적자, 소유 제도의 미비에 따른 산림의 황폐화 등이 열거되었다.[20] 인구 감소를 가장 강조한 점 등 대체적 내용은 2000년의 위기론과 대동소이하지만, 가장 많은 지면을 할애하여 강조했던 공동체의 부재 내지 분열에 대한 내용이 사실상 완전히 사라지고 없음은 앞서 언급한 대로이다.

그리고 3년 뒤, 이영훈은 다시 위기론을 본격적인 논문으로 발표했다.[21] 그동안 위기론이 과장된 것이라는 비판도 있었고,[22] 2007년의 논문에 대해 이헌창이 인구와 장시 감소에 관해 몇 가지 반론을 제기했다. 이헌창은 19세기에 인구가 대규모로 감소되는 현상이 확인되지 않았고, 19세기 들어 기근이 감소되었다는 점 등을 들어 '19세기 위기론'에 회의를 표했다. 또 장시의 수가 18세기의 1,000여 기에서 19세기 말 200여 기 이상 감소했다는 주장에[23] 대해서도 전거로 인용한 통계 자료에 문제가 있다는 점을 지적했다. 이러한 비판과 지적에 따라 특히 위기론의 핵심적 근거였던 인구 감소에 대한 강조가 크게 후퇴되었으며, 위기론 자체도 '19세기 위기'에서 '19세기 경제체

---

19 이영훈, 「총론: 조선 후기 경제사 연구의 새로운 동향과 과제」, 이영훈 편, 앞의 책, 2004, 382면.
20 위의 글, 382~386면.
21 이영훈, 「19세기 조선왕조 경제 체제의 위기」, 『조선시대사학보』 43권, 조선시대사학회, 2007.
22 정연태, 앞의 글, 2002.
23 이영훈, 앞의 글, 2007, 274~275·281면.

제의 위기'라는 표현으로 바뀌었다. '19세기 위기론'이 위기에 처한 것이다. 2000년 처음 제기될 때부터 생산성 쇠퇴에 따른 생활 수준의 하락, 그에 의한 인구 감소는 '19세기 위기론'의 핵심적 요소였기 때문이다.[24] 이렇게 '위기'를 대신한 '경제체제의 위기'에 대해 이영훈은 다음과 같이 설명했다. 먼저 경제체제란 "일정한 범위의 지역을 시간적으로 또 공간적으로 하나의 균형적 순환으로 통합하기 위한 자원 배분의 원리와 그에 입각한 여러 경제 주체의 상호관계"라고 규정한 그는,[25] 자신이 말하는 '위기'는 경제체제에 내재한 통합적 원리나 상호 관계의 해체라는 차원이었다고 밝혔다.[26]

하지만 그런 의미의 위기라면 모든 문명국가가 겪었을 법하다. 따라서 유독 조선의 19세기에 대해서만 '소농사회'가 이루어놓았던 '발전'과 '안정'을 모두 '말아먹고' 급기야 체제가 자멸할 정도의 재앙적 위기에 처했다고 과장하는 것은 무리일 수밖에 없다. 그러나 이영훈은 자신의 주장을 후퇴·수정하면서도 19세기가 '맬더스의 위기'였다는 주장을 끝내 철회하지는 않는다. 그는 '19세기 위기'라는 표현을 '19세기 경제체제의 위기'로 바꾸었고, 또 "경제체제의 위기가 반드시 대규모 기근과 인구의 격심한 감소를 몰고 온다고는 생각하지 않는다"고 하여 주장의 강도를 현저히 낮추었다. 그러면서도 굳이 "경제체제의 해체기 또는 다른 체제로의 이행기에 생산과 소득이 감소함에 따라 인구의 생활수준과 영양 상태가 악화되었을 가능성은 충분하다"는 단서를 붙였다. 결국 그는 1830년대 이후 1880년대까지 가계당 평균 인구수가 뚜렷이 감소하고 있었다는 박희신의 연구를 인용하여, 생활 수준의 하락

---

24 그는 2000년의 글에서 처음으로 '19세기 위기론'을 제기할 때 "위기의 종합 지표는 인구의 감소이다"라고 하여 생활수준의 하락에 따른 인구 감소, 곧 '맬더스의 위기'를 상정하고 있었다. 이영훈, 앞의 책, 39면.

25 이영훈·박이택, 「18세기 조선왕조의 경제체제―광역적 통합체제의 특질을 중심으로」, 나카무라 사토루·박섭 편, 『근대 동아시아 경제의 역사적 구조』, 일조각, 2007, 61면.

26 이영훈, 앞의 글, 2007, 275면.

이 영양 상태를 악화시켜 사람들이 질병과 추위의 위협에 더 많이 노출되었다는 결론을 내리고 있다.[27]

3. 19세기 위기론의 실체

1) 인구

앞서 언급했듯이 '19세기 위기론'의 핵심은 19세기가 이른바 '맬더스의 위기'였다는 것이었다. 그러나 이미 '19세기 위기론'이 제기될 당시부터 이와 어긋나거나 반대되는 연구들이 같은 경제사학계 내에서도 적지 않게 제출되고 있었다. '맬더스의 위기', 곧 생활 수준의 하락에 따른 인구의 감소는 다양한 시대와 문명세계에서 널리 보이는 현상이다. 인류의 역사는 그러한 과정의 연속이었다고도 할 수 있다. 19세기에 인구가 감소했다 하더라도 그것이 조선사회에만 유독 재앙적 충격을 안겨 체제가 자멸할 정도의 파괴력을 발휘했을지는 의문이지만, 여기서는 '19세기 위기론'이 제시하는 위기의 징후에 대해서만 비판적으로 검토해보고자 한다.

우선 김재호는 조선시대 기근에 대한 시계열적 자료 분석을 통해 몇 가지 중요한 결론을 제시했다. 지대율 저하는 지주 경영의 위기를 보여주는 것이므로 농민 경영 일반의 위기와 구별할 필요가 있다는 점, 지대율 저하가 일반

---

27 위의 글, 274~275면.

농민의 열량 섭취 격감을 증명하는 것은 아니라는 점, 기근은 17세기 말을 정점으로 감소하고 있었으며, 그에 따라 19세기에 들어서는 사망자도 줄어들고 있었다는 점 등이 그것이다.[28] 또한 인구 감소와 관련하여 이영훈이 적극적으로 인용하고 있는 차명수·박희진의 연구도, 이영훈의 해석과 달리 자신들의 연구 결과를 '맬더스의 위기'로 판단하지 않고 있었다. 그들은 19세기에 인구가 정체 내지 감소했을 가능성은 분명히 있고, 그것은 사망률의 증가 때문이었지만, 그것이 18세기의 인구 증가에 따른 생활 수준의 악화 때문인지 혹은 외생적 충격에 의한 것이었는지 확인할 수 없기 때문에 '맬더스의 위기'였다는 결론으로 이어지지 않는다는 점을 분명히 밝혔다.[29] 그럼에도 불구하고 이영훈은 이 연구를 인용하여 19세기에는 인구가 감소했고, 그것은 영양 상태와 생활 수준의 하락에 기인한 것이라고 판단하여[30] 19세기의 인구 감소가 이른바 '맬더스적 위기'의 표현이라는 쪽으로 논지를 전개했다. 이러한 그의 해석은 선행 연구에 대한 자의적 해석 내지 과장에 기초한 것이 아닐 수 없다.

한편 장기 시계열적 인구 추세를 분석하여 '19세기 위기론'의 핵심적 근거를 제공했던 차명수는, 19세기에 인구가 정체 내지 감소했다는 기왕의 견해를 완전히 뒤집는 연구를 발표했다. 그는 우선 자신을 비롯한 기왕의 연구자들이 간과한 문제점을 지적했다. 18~19세기는 조선왕조가 쇠퇴의 길에 접어들던 시기였던 만큼 조선 정부의 인구 파악 능력도 약화되었을 것이기 때문에, 이 시기에 정부가 파악한 인구 총수의 증가율은 실제의 증가 속도를 현저하게 과소평가했을 가능성이 높다는 것이었다. 그래서 그는 앞의 연구와

28　김재호, 「한국 전통사회의 기근과 그 대응—1392~1910」, 『경제사학』 30권, 경제사학회, 2001, 61·77~78면.
29　박희진·차명수, 「조선 후기와 일제시대의 인구 변동」, 이영훈 편, 앞의 책, 27~28면.
30　위의 책, 383면.

마찬가지로 족보를 활용하여 18～19세기에 살았던 사람들의 출생, 출산 및 사망 기록을 채취하고, 그것을 바탕으로 출산력(fertility)과 사망력(mortality) 지표를 추정함으로써 조선 후기의 인구 증가율을 파악하였다. 그 결과는 인구가 감소했다는 '19세기 위기론'의 주장과 전혀 상반되는 것이었다. 18～19세기 동안 조선의 인구는 연평균 0.62%의 속도로 증가했으며, 더구나 0.35% 증가한 18세기에 비해 19세기에는 0.83%나 증가했음이 확인되었다. 차명수는 그 원인을 사망력과 함께 출생력도 증가한 데서 찾고 있다.

차명수는 이러한 조사 결과가 현재까지 알려진 다음과 같은 조선 후기 경제사 연구 결과와 합치한다고 주장했다. 우선 일찍이 이영훈은 18～19세기에 걸쳐서 소농민들이 농촌 인구에서 차지하는 비중이 점점 증가했고, 그에 따라 일인당 경작 면적이 감소했다고 보았다. 둘째, 19세기에는 논의 실질 가격과 노비의 실질 가격, 두락당 지대와 실질임금이 모두 하락하고 있었다. 그런데 노비 가격의 하락 속도는 논 가격의 하락 속도보다 빨랐고, 임금의 하락 속도는 지대 하락 속도보다 빨랐다. 이는 토지에 비해 노동력이 상대적으로 더 싸지고 있었다는 것, 곧 고정된 것으로 볼 수 있는 토지에 비해 인구가 증가하여 노동 공급이 더 빠르게 증가했음을 의미한다고 보았다. 또 이우연이 지적한 19세기의 삼림 황폐화나, 산송(山訟)의 발생 건수가 급증했다는 김경숙의 연구도 모두 자원에 대한 인구 압력이 가중되고 있었음을 시사한다고 하였다.[31]

차명수는 새로운 연구에서도 19세기 들어 18세기에 비해 사망력이 증가한 사실을 확인하고, 그 중요 요인 가운데 하나로 18～19세기를 통해 지속된 생활 수준의 하락을 들고 있다. 그러나 그의 연구는 그의 의도와는 무관하게

---

31 차명수, 「조선 후기 출산력, 사명력 및 인구증가—네 족보에 나타난 1700~1899년간 생물기록을 이용한 연구」, 『한국인구학』 32권 1호, 한국인구학회, 2009.

'19세기 위기론'에 중요한 이의를 제기하고 있다는 점에서 의미가 크다. 인구가 증가했다는 그의 결론이 사실이라면 '19세기 위기론'은 위기론으로서의 의미를 상실하게 될 것이기 때문이다.

차명수의 연구에서 확인되는 보다 중요한 사실은 인구의 장기추이를 확인하는 데 활용된 족보가 가진 자료로서의 많은 문제를 내포하고 있다는 점이다. 차명수도 지적하였듯이 족보는 상대적으로 생활 수준이 높았던 양반들이라는 점, 족보에는 20세까지 살아남은 남성 중심의 정보를 기록하고 있다는 점, 족보를 편찬한 시점으로부터 멀어질수록 정보가 소략하거나 누락된 사람이 많다는 점 등이 그것이다.[32] 통계학적 방법을 동원하여 보정한다 하더라도 한계가 있다. 차명수가 자신의 선행 연구와 전혀 상반되는 결론을 도출한 것도 족보 자료가 가진 이러한 문제점과 무관하지 않을 것이다. 지금까지의 연구도 많은 시간과 노력을 투자한 결과이겠지만, 여전히 인구의 장기적 추세를 해명하기에는 데이터가 빈약하다고 생각한다. 차명수의 연구 결과를 일반화하기 위해서는 좀 더 다양한 자료의 발굴과 더 많은 데이터의 축적과 분석을 기다려야 할 것이다.

2) 토지생산성

'19세기 위기론' 핵심 논지 가운데 또 하나는 19세기에 들어 토지 생산성이 급격히 하락한다는 것이다. 이들이 몇몇 지역의 사례를 분석하여 제시한 바에 따르면 18세기 중반 이후 토지생산성은 지속적으로 하락하며, 19세기 후

---

[32] 위의 글, 118~121면.

반에서 1900년을 전후한 시기에는 18세기 중반의 1/3~1/4 수준으로 떨어지다가 그다음부터 하락을 멈추고 극적인 반전하는 추세를 보여준다.

문제는 '19세기 위기론'이 생산성의 하락을 증명하는 근거로 두락당 총생산액이 아니라 두락당 지대수취량을 내세우고 있다는 점이다. 이들이 분석한 사례 가운데 예천 박씨가의 사례를 제외하면 직접적으로 두락당 소출을 확인해주는 자료는 거의 없다. 이 사례에서도 수확량을 표기하는 단위가 두(斗)가 아니라 태(馱)이다. 태는 원래 소에 싣는 짐을 말하는 것으로, 그 용적은 소의 크기나 담부 능력에 따라 차이가 있다.[33] 더구나 관찰 기간이 수십 년에 이를 경우 1태의 차이는 매우 가변적일 수밖에 없다. 예천 박씨가의 경우 실제로 1태의 볏단을 타작하여 얻은 벼가 적게는 1석에서 많게는 1석 17두 5승에 이르기도 했다. 이는 태를 단위로 한 토지생산성 추산이 그만큼 부정확함을 보여준다.[34]

한편 지대량을 통한 추산이 아니라 수확고를 분석한 최근의 연구에 의하면 19세기 후반의 생산성이 18세기와 유사하거나, 생산성이 하락하였다 하더라도 '19세기 위기론'에서 주장하듯이 1/4선까지 하락하였다는 단서를 발견하기 어렵다. 단성 김인섭가의 자료를 활용하여 지대량이 아니라 수확고의 추이를 시계열로 분석한 정진영에 따르면 1850년대 중반부터 1930년대 말까지의 수확고는 1857년 50두를 시작으로 1880년대 전반에 저점을 찍은 후 1920년대까지 30두를 전후로 등락을 거듭하며 1921년까지 이어진다. 이어 자료가 누락된 12년을 건너 뛰어 1933년부터 수확고가 40두를 상회하기 시작한다. 1890년대부터 1921년에 이르는 시기의 평균 수확고는 김건태가

---

33 이영훈・박이택, 「17~18세기 미곡시장의 통합과 분열」, 이영훈 편, 앞의 책, 261면.
34 김건태, 「19세기 어느 성리학자의 가작(家作)과 그 지향」, 『한국문화』 55집, 서울대 규장각 한국학연구원, 2011, 117~118면.

분석한 1685년~1787년간 칠곡 감사댁의 석전 야방포의 두락당 평균수확고 30.2두보다 약 1.5두 많은 선에서 등락하고 있었다.[35] 이는 19세기의 토지생산성이 18세기에 못지않았음을 시사한다. 또한 안동 금계리 의성 김씨의 농업경영을 분석한 김건태도 19세기 후반 50년간 병작답의 지대량은 조금씩 하락했지만, 가작답의 수확량은 큰 변화가 없음을 확인했다. 오히려 밭작물을 많이 수확함으로써 김씨가의 작인들도 18세기에 비해 식사를 많이 할 수 있었다고 하였다.[36]

한편 19세기 들어 지대율이 경향적으로 저하한다는 것은 이미 많은 사례연구를 통해 확인된 바 있다. 하지만 지대량의 저하를 곧장 생산성의 변화로 이해하는 점에 대해서는 많은 연구자들이 문제를 지적했다.[37] 무엇보다 '19세기 위기론'에서 지대량의 추이를 분석한 자료들은 대체로 지대율이 낮았던 계답이나 서원답 등 '공유지'를 분석한 결과이다. 또 그중에서도 하락폭이 가장 커서 고점 대비 저점의 지대량이 10% 이하로 떨어졌던 영암이나 남원을 제외하면 그렇게 큰 하락폭을 보이는 사례가 없다.[38]

---

35 정진영, 「19세기 중반~20세기 초반 재촌(在村) 양반지주가의 농업경영 — 경상도 단성 김린섭가(金麟燮家)의 가작지(家作地) 경영을 중심으로」, 『대동문화연구』 62권, 성균관대 대동문화연구원, 2008.

36 김건태, 「19세기 농민경영의 추이와 지향」, 『한국문화』 57집, 서울대 규장각 한국학연구원, 2012; 김건태, 앞의 글, 2011.

37 심지어 차명수는 두락당 지대량의 장기 추이 분석 결과를 토대로, 생산성 하락만이 아니라 소작농의 1인당 소득 수준도 비슷한 속도로 감소하고 있었을 것으로 추정하기도 했다. 차명수, 「우리나라의 생활수준, 1700-2000」, 안병직 편, 『우리나라 경제성장사』, 서울대 출판부, 2001, 7면. 이러한 판단은 논보다 밭의 면적이 더 높았던 조선의 농업실정을 전혀 고려하지 않고 있다는 점에서도 근본적 문제를 안고 있다.

38 예천 박씨가의 경우 앞서 살펴보았듯이 수확고를 측정하는 단위가 태(駄)라는 점에서 문제가 있고, 대략 1829년부터 1901년까지 70여 년만 보더라도 지대량이 1/5로 감소하고 있지만, 영암의 변화폭에 비하면 절반 수준에 불과하다. 그 외에도 경주의 경우 시계열 가운데 누락된 시간이 많지만, 역시 영암과 남원에 비해서 변화폭이 적고, 저점도 19세기 후반 내지 20세기 초입이 아니라 1835년이라는 점에서 다른 지역의 지대량 추이와 차이가 있다. 이처럼 지대량의 추이는 사례에 따라 변화의 내용과 저점을 찍는 시점, 하락폭 등에서 차이가 적지 않다. 이영훈·박

더구나 19세기 들어 지대량이 오히려 증가하거나 거의 변화하지 않은 사례도 다수 발견된다.[39] 부재지주가의 사례가 그렇다. 김건태는 경상도 풍기소재 부재지주지는 1871~94년 동안 대부분의 다른 지주가와 마찬가지로 생산량의 1/2 수준의 지대를 도조로 정해두고 수취했는데, 총 24년간 15년은 약정된 지대액의 100%, 8년은 95% 이상을 수취하였고, 극심한 흉년이 든 1876년에만 50% 미만을 수취했음을 확인했다. 부재지주의 지주 경영에서 지대량이 오히려 점증하는 현상은 서울 교리댁의 서산 소재 전답의 지대량 추이에서도 발견된다. 역시 김건태의 분석에 따르면, 1832년부터 1885년까지 약 40년 동안 1832년 두락당 6.2두를 시작으로 1875년의 8.2두까지 단기적으로는 증감을 거듭하면서도 장기적으로는 지대가 점증하고 있었다.[40] '19세기 위기론'에서 제시한 지대량의 추이와는 전혀 달리 19세기 후반에도 지대량에는 변화가 거의 없거나 오히려 증가하는 현상이 확인된다.

'위기론자' 가운데 하나인 박기주는 두락당 지대량이 장기적으로 거의 변화하지 않은 사례에 대해 그것은 처음부터 두락당 지대량이 낮았던 곳에서 발견된다고 했지만,[41] 근거가 취약하며, 오히려 반대의 사례가 있다. 앞서 언급한 부재지주지인 풍기 소재 전답에서는 1871~1894년간 생산량의 1/2에 해당하는 도조를 정해두고 수취했으며, 그 절대량은 두락당 22.9두에 달

이택, 「농촌 미곡시장과 전국적 시장통합」, 이영훈 편, 앞의 책, 262 · 298~300면; 박기주, 「조선 후기의 생활수준」, 이대근 외, 『새로운 한국경제발전사』, 나남, 2005, 81면. 이영훈 · 박이택이 분석한 지대량 추이는 영암, 남원, 대구, 영광, 예천 지역을 사례로 한 것이며, 지대량의 지역별 추이를 종합하여 부표와 그림을 작성해두었다. 이 가운데 대구의 경우 1777~1809년 동안을 다루고 있기 때문에 19세기의 전반적 추이를 확인하기 어렵다.

39 우대형, 앞의 글, 281면.

40 김건태, 「19세기 후반~20세기 초 부재지주제 경영」, 『대동문화연구』 49권, 성균관대 대동문화연구원, 2005, 241 · 262면; 김건태, 『조선시대 양반가의 농업경영』, 역사비평사, 2004, 383~384면.

41 박기주, 앞의 글, 2005, 87면.

했다.[42] 이는 영암 신씨가의 경우 생산성이 상대적으로 높았던 18세기 중엽에 두락당 20두를 수취했다는 사실과 비교해보아도 매우 높은 액수이다.

이상의 사례들은 지대량의 감소를 토지생산성 하락과 직결시키는 파악 방식에 문제가 있음을 의미한다. 이러한 파악 방식에 따르자면 계답이나 서원답 등 공유지에서는 생산성이 급격히 떨어지는 반면, 유독 부재지주의 토지에서는 생산성이 그대로 유지된다는 결론이 도출되지만, 납득하기 어렵기 때문이다. 이와 관련하여 지대량의 감소를 지대율의 변화와 지주-작인을 둘러싼 사회적 관계라는 측면에서 접근한 연구들을 주목할 필요가 있다.

우선 지대량 감소는 지대율의 하향 조정과 관련이 있다는 주장이다. 김건태와 정승진은 18세기 중반부터 19세기 말에 이르기까지 지대량이 급격히 하락한 요인으로 두락당 생산량이 장기적으로 줄어든 점을 배제하지는 않지만, 그보다 지대의 20~25%에 해당하는 지세와 두락당 대략 1두 정도의 종자를 작인이 부담하게 되는 변화와 연동되어 지대수취율이 생산량의 1/3 혹은 그 이하로 바뀌었다는 점을 주된 원인으로 지적하고 있다.[43] 반면 앞서 언급한 풍기 사례의 경우 지대량에 변화가 없는 것은 18세기 중엽 이후 종자와 결세를 작인들에게 부담시키던 삼남 지방 지주들의 일반적 모습과 달리 지주가 직접 부담했기 때문이었다. 또 김건태는 지대량이 하락한 또 다른 요인으로는, 19세기 들어 작인들 가운데 점차 계원의 비중이 높아진 사정과도 관련하여, 재지적 기반을 가진 사족들이 자연재해 혹은 개인적 사정으로 어려움에 처한 작인에게 온정주의적 태도를 취했을 가능성도 배제하지 않았다. 후덕한 지주라는 칭송을 받기 위해 수취량을 줄일 필요가 없었기 때문에 혹심한 흉년이 잦았던 19세기 후반에도 놀라울 정도로 높은 수취율을 보일 수

---

42 김건태, 앞의 글, 2005, 248면.
43 정승진, 『한국근세지역경제사』, 경인문화사, 2003; 김건태, 앞의 글, 2005.

있었다는 것이다.[44] 정승진은 지대량 감소의 또 다른 원인으로 지주-작인 간의 사회적 관계에 주목하고 있다. 그는 1862년 민란 등 농민운동의 고양과 그에 따라 지주에 대한 작인층의 위상이 강화된 것으로 파악하였다. 그에 따르면 지대 수납율의 추이와 두락당 지대량의 추이는 10년 정도의 시차를 두고 하락하는 양상을 보이고 있으며, 그에 따라 병작지에서 작인의 존속율도 일시 상승하고 있었다. 정승진은 이런 변화가 격앙된 작인층의 지대 거납이 빈번해지자 위기를 느낀 신씨가에서 지주로서의 생존을 위해 지대량을 낮춘 결과였다고 추정했다.[45]

'19세기 위기론'을 주장하는 연구자들도 두락당 지대량이 증가 또는 감소를 보이지 않는 사례도 있다는 점, 이는 지대율과 관련이 있을 수 있다는 점을 잘 알고 있다.[46] 뿐만 아니라 영암의 경우 두락당 지대량이 18세기 중엽의 20두에서 19세기 후반 최저 3~4두까지 지속적으로 하락하는 그래프에 대해 "감소폭이 상식적으로 납득하기 어렵다"고 하였다. 그러나 그는 "지대율 변화가 1세기 반 동안에 1/4이 되어버린 영암의 지대량 감소를 다 설명할 수 없"다는 논리에 의거하여, 지대량 감하는 결국 생산성 하락의 결과로 해석될 수밖에 없다고 판단했다.[47] 이영훈 역시 지대량의 감소가 지대율의 저하를 반영하고 있을 가능성을 완전히 부정하지는 않는다. 그러나 대부분의 사례가 지대량의 감소를 보이고 있다는 점, 지대율의 변화는 단위면적당 지대량의 변화에 별 영향을 주지 않는다는 논리로 지대량 하락 = 생산성 하락이라는 입장을 고수했다.[48]

---

44 김건태, 앞의 책; 김건태, 위의 글.

45 정승진, 앞의 책, 156~159 · 182~186면.

46 박기주, 「19 · 20세기초 재지양반 지주경영의 동향」, 안병직 · 이영훈 편, 『맛질의 농민들』, 일조각, 2001; 박기주, 앞의 글, 2005.

47 위의 글, 2005, 81~82면.

48 이영훈 · 박이택, 「17~18세기 미곡시장의 통합과 분열」, 311면; 이영훈, 앞의 글, 2007, 272면.

자신들의 논지를 튼튼하게 하기 위해서도 지역이나 사례별 차이가 왜 생겼는지, 지대율의 변화가 지대량의 감소와 어떤 관련이 있는지 좀 더 추궁해 보는 것이 '상식'이겠지만, 적절치 않은 둔사로 넘어가고 있다.[49] 인구의 일부가 감소가 있었다는 점을 인정하더라도 두락당 생산량이 1/4~1/3 수준으로 하락했다면 길게는 수십 년간 대부분의 사람들은 기아선상에 한참 못 미치는 조건 속에서도 꾸준히 납세도 하면서 생존을 유지해 나간 것이 된다. 상식으로 납득되지 않는다.

최근 우대형은 지대량의 하락이 어느 정도 토지생산성의 하락을 반영하고 있다는 점을 인정하더라도 '19세기 위기론'에서 주장하는 하락폭에는 문제가 있음을 지적했다. 그는 '위기론자'들에 따르면 1900년경 생산성 수준이 1740년대의 1/4~1/3 수준까지 떨어졌다가 이후 매우 빠른 속도로 회복되고 있음에도 1920년대 초의 토지생산성이 18세기의 수준을 완전히 회복하고 있지 못하고 있다는 점을 문제로 삼았다. 이러한 주장이 사실이라면 조선의 근대 경제성장은 전통적 농업으로부터의 이륙이 아니라 전통적 농업의 수준을 회복하는 과정에 불과해지기 때문이다. 우대형은 그 대안으로 18세기 중엽 당시 평균 소출이 두락당 40~50두였다고 한 『택리지』(1751)와 1900년대 중엽 평균 소출이 두락당 25~37두 정도였다고 한 가토[川藤末郞]의 『한국농업론』(1904, 134면)을 토대로, 18세기 중엽의 고점으로부터 1900년의 저점까지 39% 전후의 생산성 하락이 있었을 것으로 추정했다. 이어서 이 정도의 생산성 하락은 전통사회에서 흔히 볼 수 있는 현상에 불과하기 때문에, 이를 두고 체제 위기 혹은 해체 등을 논하는 것은 과장이라고 결론지었다. 전통사회에서 토지생산성과

---

49 이에 대해 허수열은 '19세기 위기론'에서는 지역적 특성과 개별 사례의 특수성을 고려하지 않고 사례 전체를 사실상 평균해버렸기 때문에 역사의 구체적 실상과 거리가 있는 변화상을 도출하게 되었다고 비판한 바 있다. 허수열, 앞의 책.

생활수준의 하락은 어느 나라에서나 흔히 발견되는 순환 파동의 한 국면에 불과하기 때문이다.[50]

한편 '19세기 위기론'에서는 지대량 감소를 곧바로 생산성 하락으로 이해하는 한편 미가 상승도 생산성 하락의 주요 지표로 이해한다. 또한 위기의 또 다른 징후인 시장의 지역 간 통합력이 약화되고 있음을 보여주는 자료로 경주와 영암의 미가 변동을 비교 분석하고 있다. 여기 활용되는 자료는 대부분 동계나 족계, 서원 등의 자료인데, 김건태는 계 문서가 가진 문제점에 대해 중요한 지적을 하고 있다. 위기론자들은 계 문서에 나오는 미가의 작전가(作錢價)를 실제 시장의 매매 가격으로 이해하고 있지만, 이는 사실 계의 회계장부 작성을 위해 편의적으로 작전가를 책정하여 장부에 기록해둔 것일 뿐, 실제 거래가 이루어진 가격이 아니라는 것이다. 물론 크게 보면 작전가도 시장가를 일정하게 반영하겠지만, 이 작전가는 동계마다, 또 시기마다 계 나름의 사정 등의 조건을 고려하여 결정되는 것이기 때문에 시장 가격과 반드시 일치하는 것은 아니라고 주장했다.[51] 따라서 주로 계 문서에 의존하여 미가 추이를 관찰했던 위기론자들의 결론은 신뢰도가 그리 튼튼하지 못한 것으로 보인다.

이상과 같은 점들을 고려할 때 '19세기 위기론'은 다음과 같은 적지 않은 문제를 가지고 있다. 우선 지대액의 감소를 곧바로 생산성 하락으로 연결하여 파악하는 문제이다. 재지지주인지 부재지주인지, 결세나 종자 혹은 짚을 지주와 작인 가운데 누가 부담하거나 가지는지 등이 함께 고려되어야 지대량 감소의 의미를 정확히 알 수 있을 것이다. 둘째, 지대율 감소 외에 온징주

---

50 우대형, 앞의 글, 281~285면.
51 김건태, 「조선 후기 계(契)의 재정 운영 양상과 그 성격」, 『한국사학보』 38호, 고려사학회, 2010 참조.

의적 요소, 농민운동의 발발 등과 관련된 지주–작인 간의 역학 관계 변화도 중요하게 고려되어야 할 것이다. 마지막으로 지대량을 태(駄)로 표기하는 사례나 미가(米價)와 관련된 계 자료의 성격을 통해 살펴보았듯이 자료가 가진 한계나 문제점에 대한 엄밀한 판단이 전제되어야 할 것이다. 그 외에도 현재로서는 정확한 상관관계를 확인하기 어렵지만, 잡세 증가 등 국가 수탈의 강화가 지주와 작인이 나누어 가질 수 있는 생산물의 총량을 감소시켰다는 사정도 지대량의 감소와 어떤 관련이 있는지 고려되어야 할 것이다.[52]

3) 시장과 국제 무역

위기론에 따르면 지방 장시의 감소가 가장 심각했던 곳은 전라도, 그중에서도 나주와 영암 등이다. 그 핵심적 이유는 1793년 중앙정부가 모든 조세미의 운송을 서울 상인들의 권리로 독점시키면서 운임 수입과 서울과 전라도 간 상업 이윤의 대부분을 서울 상인들에게 빼앗긴 데 있다고 하였다. 그러나 이들은 서울 상인들의 이윤이 어떤 방식으로 작동했는지에 대한 추적은 외면한다. 또 위기론자들은 남해인의 지역 간 교역이 쇠퇴한 원인으로 대일 무역의 쇠퇴를 중요하게 거론했지만, 대청 무역에 대해서는 그것이 전라·경상 시역과 어떠한 시장 연관을 지녔는지 참조할 만한 연구가 없다는 이유로 고려하지 않은 채 논지를 전개한다.[53] 이런 접근은 쇠퇴한 지역, 쇠퇴했음을 드

---

52 이와 함께 19세기에 들어 후반으로 갈수록 양반 작인의 수가 증가하였다는 점도 주목된다. 양반작인에는 지주와 가까운 족친들도 적지 않았다. 박기주, 앞의 글, 2001, 230면; 정진영, 앞의 글, 148~149면; 김건태, 앞의 글, 2012, 201~202면. 이 역시 19세기에 들어 지대율을 하향 조정하는 사실과 무관하지 않을 것으로 보인다.
53 이영훈·박이택, 「17~18세기 미곡시장의 통합과 분열」.

러내는 지표들만 들고 와서 위기론을 주장한다는 혐의를 벗어나기 어렵다.

　반면, 국내 시장과의 연관성은 아직 충분히 밝혀지지 않았지만 19세기 들어 대청 홍삼 무역과 홍삼 밀무역이 급격히 확대되고 있었음을 밝힌 연구가 있다. 대청 홍삼 무역의 핵심적 주도 세력은 전라도 지역의 상업 이윤을 빼앗아간 서울 상인, 그리고 의주 상인들이었다. 여기서는 자세한 내용을 살필 여유가 없지만, 유승주·이철성이 밝힌 홍삼 무역의 규모에 대해 간단하게 적어둔다.[54] 대청 홍삼 무역이 공인된 것은 1797년이었다. 처음에는 사신과 역관들이 가져갈 수 있는 수량이 120근이었다. 당시 홍삼 1근의 가격은 은 100냥, 동전 300～400냥에 달했다. 법정 미가(1석 5냥)로 환산하면 60～80석에 해당하는 고가품이었다. 청에 가서 매각할 때의 가격은 동전 1,100～2,300냥으로 국내의 3.5～7.5배에 달했다. 처음에는 사행에 필요한 경비를 마련하려는 목적으로 시작되었지만, 점차 재정에 보용할 목적을 가지면서 규모가 커졌다. 1811년에는 200근, 1823년에는 1,000근, 1828년 4,000근, 1832년 8,000근, 1841년 2만 근, 1847년 4만 근으로 급증했다. 이후 규모가 줄어들어 1881년 2만 5천 근 수준으로 내려갔지만, 포삼 무역으로 거두어들이는 포삼세의 세입은 4만 근 때의 20만 냥 수준을 유지하는 '국가적 사업'이 되어 있었다. 1841년 당시 포삼세 세입은 10만 냥이었고, 당시 곡가(1석 = 3냥)로 환산하면 3만 3천 석에 해당했다. 당시 호조의 1년 예산에 11만 석 가량의 곡물이 필요했다는 것과 비교해보면 그 규모를 짐작할 수 있다. 포삼세의 세입이 이러하자, 중앙정부는 1854년 감세관을 파견하여 포삼세 수납을 담당하던 의주의 관세청 관리를 강화했다.[55] 포삼세는 대원군 집권기 진무

54　이하 대청 무역에 대한 것은 유승주·이철성, 『조선 후기 중국과의 무역사』, 경인문화사, 2002를 토대로 정리했다.

55　권내현, 『조선 후기 평안도 재정 연구』, 지식산업사, 2004, 238면.

영의 설치 등 군비 강화에도 유용하게 사용되었다.

한편 홍삼 판매가의 추이는 정확히 알 수 없지만, 그 역시 엄청난 이윤을 남기고 있었던 것으로 보인다. 예컨대 1910년 무렵 중국 시상에서 판매되는 각국산 최상급 인삼 1근의 가격을 보면 만주산 20원, 미국산 50원, 일본산 18원인 데 비해 개성산은 200원에 이르렀다.[56] 정조 연간의 가격을 대입할 경우 홍삼 4만 근의 수출액은 4,400만 냥~9,200만 냥에 이른다. 1807년 당시 서울로 올라오는 동전이 135만 냥이었고 이는 당시 총통화량의 1/7에 달하는 비중이었음을 고려하면 역시 엄청난 규모이다. 법정 미가에 따라 쌀로 환산하면 880만 석~1,850만 석에 해당한다. 19세기 조선왕조 재정에서 국가적 물류의 규모가 쌀로 환산하여 500만 석 정도였으므로[57] 그와 비교해도 홍삼 수출액은 가히 천문학적 규모였다.

또 하나 중요한 사실은, 사행을 통한 공식 무역 외에 밀조와 밀무역도 성행했다는 점이다. 그 규모도 매우 컸다. 예컨대 공식 사행의 포삼을 4만 근으로 책정했던 1847년 직후인 1849년에 갑자기 포삼을 2만 근으로 줄이자, 개성에서 1만 1천여 근을 밀조한 사건이 발생했으며, 1861년에도 개성에서 1만 2천여 근을 밀조했다가 발각된 일이 있었다. 밀무역의 규모가 만만치 않았음을 시사한다. 밀무역은 평안도와 해서 지방에서 이루어졌으며, 그 상대는 주로 중국 상인이었지만 19세기 후반부터는 서양인들도 가담했다. 홍삼

---

[56] 『개성군면지(開城郡面誌)·개성안내기(開城案內記)』 영인, 경인문화사, 1911, 452~453면. 이에 따라 삼포수(蔘圃主)들의 수입도 매우 컸던 것으로 보인다. 예를 들어, 개성 신임 유수(留守) 김세기(金世基)는 삼포주이기도 한 부호 10여 명을 이유 없이 체포하여 투옥한 뒤 금전 수십만 냥을 바치도록 강요하고, 금전이 없으면 인삼밭을 상납하겠다는 증서를 쓰게 했다. 구속된 삼포주 가운데 윤두산은 이미 7만 냥을 바쳤음에도 석방되지 못하자 자결을 기도했는데, 이것이 1893년 개성 민란의 직접적 원인이 되었다. 여기서 주목되는 점은 삼포주가 7만 냥이라는 거금을 바칠 정도의 경제력을 가지고 있었다는 점이다. 개성 민란에 대해서는 Bae Hang-seob, "Kaesŏng Uprising of 1893", *International Journal of Korean History*, Vol. 15, no. 1, Feb. 2010 참조.
[57] 이영훈, 앞의 글, 2007, 284면.

무역과 밀무역을 통해 들어온 이윤이 어떤 방식으로 국내 시장과 연동되었는지에 대한 충실한 데이터는 없지만, 앞의 유승주·이철성의 연구만으로도 결코 작은 규모가 아니었음을 알 수 있다. 대일 무역만 분석하여 대외 교역의 쇠퇴를 주장하고, 그 영향으로 국내의 지역 간 시장 통합이 붕괴되었다고 주장하는 것은 성급한 결론이라 하지 않을 수 없다.

다음은 시장 간 통합력 저하에 대해 살펴보기로 한다. '위기론자'들에 따르면 경제적 통합력의 저하를 표현하는 장시 수의 감소 현상이 보이고, 쌀 가격이나 논의 매매 가격 추이 등에서, 지역 간의 차이는 경우에 따라 정반대 현상을 드러낼 정도로 현저하게 컸다고 한다. 그러나 위기론자들도 고승희의 연구 성과를[58] 인용하여 함경도의 경우 19세기에 오히려 인구가 증가하고, 논의 면적도 늘어났으며, 장시의 수도 증가했음을 인정하고 있다.[59] 또 이들이 제시한 논 가격의 시계열을 볼 때, 충남의 경우 그래프상에서 실질 가격이 최하점을 찍은 것은 위기론이 발전기 내지 안정기로 규정했던 18세기 중반 (1757)이었다. 분석 대상 데이터 중 가장 많은 비중(약 40%)을 차지하는 경기도의 경우 논의 실질 가격 면에서 18세기와 19세기의 차이를 검출해내기 어렵다. 오히려 19세기 대부분의 기간에 걸쳐 18세기 전반(1737년 이전)보다 실질 가격이 높게 형성되어 있다. 충청 지역도 이와 대동소이한 곡선을 그리고 있고 경기·황해·강원 지역에서 그러한 현상이 보이지 않는다.[60] '19세기의 위기'라고 했지만 그것이 과연 전국적 현상이었는지는 의문의 여지가 있다고 스스로 토로한 것도, 그런 한계를 인식한 결과라고 생각된다.[61]

또 이들은 19세기 중반 이후 모든 지방에 걸쳐 시장이 분열했다는 것을

---

58 고승희, 『조선 후기 함경도 상업 연구』, 국학자료원, 2003.
59 이영훈 편, 앞의 책, 388면.
60 차명수·이헌창, 「우리나라의 논 가격 및 생산성, 1700~2000」, 위의 책, 157~162면.
61 이영훈, 앞의 글, 2004, 387~388면.

'충격적 사실'로 받아들이고 있다. 분열은 내륙부보다 해강부(海江部)에서 먼저 시작되었으며, 경상도보다 전라도에서 심각했다고 한다. 이미 18세기 중반부터 경제가 정체하기 시작했음을 알리는 적신호가 켜져 있었는데, 그것은 국제 무역의 축소, 서울 상인의 특권 강화에 따른 유통 경로의 독점적 경직에서 찾을 수 있다고 했다. 무엇보다 장기간에 걸친 미곡생산성의 악화가 시장 분열의 근본적 요인이었으며, 이로 인해 조선사회의 경제적 통합을 지지해온 미곡의 국가적 재분배 체제도 1840년대부터 해체되기 시작했고, 1850년대부터 미곡의 생산성이 급전직하하자 시장은 재앙적으로 분열되고 말았다고 주장했다.[62] 19세기 후반, 곧 1855~1882년과 1883~1910년 사이에 지역 간·시장 간 가격 차이나 가격 변동에는 개항과 그에 이어진 정치적 격변들, 민란이나 동학농민전쟁과 의병운동 등 사회적 요인이 미친 영향이 클 수 있지만, 이런 점에 대한 고려는 전혀 없다.

앞서 언급했듯이 조계문서 등을 토대로 한 곡가산정에는 근본적 문제가 있지만, 이전에 비해 이 시기에 전라도-경상도 간, 혹은 같은 도 안에서도 특징 지역 간 곡가의 연계성이 떨어지는 현상이 나타났을 수도 있다. 하지만 이를 시장의 '재앙적' 분열이라 칭하는 것은 과장된 표현이다. 이영훈의 지적처럼, 전라도와 경상도는 시장 통합이라는 면에서 남부 지방에서 가장 뒤떨어져 있었다. 특히 배가 다니지 못하는 내륙부는 연해부와 무관한 고립적 시장이었다. 가장 넓은 고립적 시장은 전라도에서 발견된다. 그러나 위기론자들은 이 지역이 정기시가 일부 통합 기능을 담당하던 시기는 물론 20세기 초까지도 고립적 시장으로 완고하게 분리되어 있었다고 했다. 그렇다면 재앙적으로 분열될 만한 시장이 애초에 존재하지 않았고, 따라서 그 분열이 극복될

일도 없었다고 할 수 있을 것이다. 더구나 고립적 시장이 가장 널리 편재해 있던 전라도 지역이 통합의 해체 양상 면에서 가장 심각했던 것은 당연한 일일 것이다.

이상으로 미루어볼 때 19세기 후반을 조선왕조가 스스로 자멸할 정도의 '재앙적 위기'의 시기로 규정하는 데는 분명히 무리가 있다. 스스로도 시인했듯이 '19세기 위기'를 증명하는 근거가 되는 자료들이 주로 경상도와 전라도의 남부 지방에 치우쳐 있다. 북부 지방을 포함한 전국적 상황, 그리고 대일 무역만이 아니라 대청 무역 등을 종합적으로 살펴보아야 전라도와 경상도를 중심으로 확인한 장시 수나 논 가격, 곡가 면에서의 변화의 의미나 방향이 정확하게 진단될 수 있을 것이다. 지표에 따라서는 가장 안정적이었던 18세기와 본질적 차이가 없음에도 19세기의 경제 사정을 과잉 해석하여 '위기'라고 규정한다면, 조선왕조는 전 기간에 걸쳐 위기였다는 말과 다름없다. 과문한 탓인지는 몰라도 위기 국면 속에서 500여 년 동안 유지된 사회가 존재했다는 말을 들어보지 못했다. '위기론자'들의 19세기 인식은 그들이 기초한 역사 인식과 밀접한 관련이 있는 것으로 보인다.

4. 역사 인식

'19세기 위기론'은 19세기의 역사적 위치를 조선 후기부터 식민지 시기를 거쳐 현대에 이르기까지 한국사의 거시적 전개 과정 속에서 파악하고자 한다. 특히 "식민지기의 경제사적 의의는 21세기 초 오늘날과는 물론, 19세기

와의 구체적인 관련성에서 추구되지 않으면 안 된다. 그러한 역사적 관련성
이 배제된 논쟁은 공허하기만 하다"고 한 데서도 알 수 있듯이,[63] 식민지 시
기의 경제사적 의의를 분명히 하려는 의도를 가지고 있다. 그들은 "식민지는
근대적 시장체제가 구축되는 시기였다"는 인식을 전제하고 있다. '19세기 위
기론'은 이런 인식에 기초하여 19세기의 역사상을 구체적으로 해명하고, 그
반사적 효과에 의해 식민지 시기의 역사적 위치나 의미를 분명히 하려는 의
도를 가지고 있는 것으로 보인다. '19세기 위기론'이 바라보는 19세기상의 핵
심은, 자맹론에서 말하듯이 서구적 근대를 향해 '발전'해나가는 과정이 아니
라 스스로 자멸해나가는 시기였다는 것이다.

그러면서도 대표적 위기론자인 이영훈은 조선왕조 500년간 변화가 전혀
없었다는 식민사학자들의 정체론을 비판하면서[64] 자신의 논지를 식민사학
과 준별하고자 했다. 그는 실제로 정체론자들과 달리 17~18세기 소농사회
의 발전과 안정을 강조한다. 그러나 '19세기 위기론'은 조선왕조 500년을 지
탱해온 조선사회의 여러 측면들이, 그리고 17~18세기에 걸쳐 시장경제를
비롯한 서구적 근대를 수용하기에 적합한 방향으로 진전되어온 요소들이 완
전히 붕괴해버려 자멸의 길을 걷는 19세기상을 그리고 있다. 그 결과 한국
근대는 온전히 일본에 이해 이식된 것일 수밖에 없게 된다.[65] 그런 점에서 정
체론자들과 차이가 없으며, 그가 파악하는 한국사의 '전근대와 근대'의 관계
는 극단적일 정도로 단절적이다.

---

63 이영훈, 앞의 글, 2007, 290면.
64 위의 글, 288~289면.
65 여기서 19세기 위기론자들이 아직까지 '자맹론'에 주박되어 그 비판 작업에 지나치게 집착하
고 있는 것은 아닌지 하는 혐의가 든다. 그러나 한국사 연구자들 중에 과거의 자맹론을 아직
고집하고 있는 사람은 그리 많지 않다. 서구 중심적, 발전론적 인식이나 근대 중심주의에 대한
비판도 시작되고 있다. 그렇다면 '19세기 위기론'에서 보이는 자맹론에 대한 집착과 비판은 허
공을 향한 주먹질일 수 있다.

한편 19세기의 역사적 위치를 조선 후기부터 식민지 시기를 거쳐 현대에 이르기 한국사의 거시적 흐름 속에서 파악하고자 한 '19세기 위기론'의 접근 방식 자체는 충분히 납득할 수 있다. 사실 자본주의 맹아론도 결국은 식민지 시기의 역사적 의미를 조선시대와의 관련 속에서 확인하려는 의도를 가지고 있었다. 자맹론의 요체는, 조선 후기에 들어 내부적 동력으로 근대사회를 열어갈 수 있는 자본주의의 맹아들이 족출했지만 일본 제국주의의 침략으로 그 길이 좌절되었으며, 그래서 식민지 시기는 자주적 근대로의 길이 좌절되고 일본 제국주의에 의해 한국의 근대화 과정이 저지 혹은 왜곡된 시기라는 것이었다. 여기에는 서구가 경험한 역사 전개 과정을 하나의 당위로서 선험적으로 전제하고 조선 후기를 서구가 선취한 근대를 향해 달려가는 과정으로 이해하는 서구·근대 중심적 역사 인식이 자리 잡고 있었음은 주지하는 대로이다. 이는 위기론을 주장하는 논자들이 자맹론의 가장 핵심적인 문제점으로 지적하는 점이기도 하다.

물론 자맹론은 식민사학을 극복하려는 노력에서 나온 것이고, 또 식민사학의 정체성론·타율성론을 타파하는 데 결정적 역할을 했다는 점, 그 과정에서 조선 후기의 역사상을 한층 풍부하게 했다는 점에 대해 충분히 평가받아야 한다. 그러나 동시에 서구적 경험을 근거로 한 역사 전개 과정에 '보편'이라는 특권적 지위를 부여하고 그와의 대비를 통해 조선사의 전개와 역사적 위치를 가늠하였다는 점에서 서구 중심적이었다. 또한 서구적 근대를 준거로 하여 그를 향해 나아가거나 그럴 가능성을 내장한 요소나 현상 들을 중심으로 역사상을 구성하고자 했다는 점에서 근대 중심적이었다. 자맹론이 결과적으로 같은 시기의 서구에 비해 사실상 한참 뒤진 조선 후기상을 재구성할 수밖에 없었던 것도 그 때문이다. 한국사가 서구에 비해 후진적이었음을 인정하는 서구·근대 중심주의의 함정에 빠져버렸던 것이다.

'19세기 위기론'의 대표적 논자인 이영훈은 자맹론이 조선의 농업 발전과 관련하여 조선 고유의 여러 자연적·사회적 특질을 무시하고 그것을 영국 근대 농업과 동일시했다고 비판하면서, 한국 전근대에 대한 유형적 파악을 주장한 바 있었다.[66] 여기에는 조선의 전근대는 서구와 다른 유형이기 때문에 서구적 지표로 한국사의 근대 이행을 설명하기 곤란하다는 생각이 전제되어 있다. 그런데 정작 그의 19세기사 이해는 유형적 접근과 사뭇 다르다. 어디까지나 서구적 경험에서 발견되는 요소들의 유무, 농담(濃淡)을 중심으로 접근되고 있다. 그에게 "식민지는 근대적 시장체제가 구축되는 시기였다."[67] 또 "분열의 위기가 극복되고 전국적 범위의 시장 통합이 달성되는 것은 일제가 조선을 식민지로 지배한 기간의 일이었다."[68] 이영훈은 식민지 시기의 역사적 위치에 대한 이런 이해를 토대로 "'19세기의 위기'는 근대적 시장경제체제에 요구되는 문명 요소의 미숙으로 발생했다고도 할 수 있다"고 했다.[69]

그러나 이영훈에 따르면 조선은 거대한 재분배체제가 경제 통합 면에서 중요한 위치를 차지하고 있던 사회였다. 19세기 말까지도 여전히 자급 경제가 차지하는 비중이 적지 않았다. 시장경제체제가 경제적 통합 면에서 차지하는 위치는 부차적이었다. 그럼에도 불구하고 그는 서구적 경험을 정상적 발전의 길로 전제한 위에, 또 서구적 근대의 핵심적 요소인 근대적 시장경제체제를 '발전'해나가야 할 당위적 목표로 전제하고, 그것이 없었기 때문에 위기였다는 논리를 펼친다. 유형이 다른 사회에 대해 다른 유형(그의 서구·근대 중심적 사유에 입각하면 선진사회)의 사회가 보여준 특징적 문명 요소들을 들이

---

66 이영훈, 「한국사에서 근대로의 이행과 특질」, 『경제사학』 21권, 경제사학회, 1996.
67 이영훈, 앞의 글, 2007, 290면.
68 이영훈·박이택, 「17~18세기 미곡시장의 통합과 분열」, 273면.
69 이영훈, 앞의 글, 2007, 290면.

밀고, 그것이 없었기 때문에 조선은 후진적이었다고 판단해버리는 시각에 다름 아니다.[70] 서구와 한국 전근대의 유형적 구분은 구두선에 불과할 뿐이다. 그에 따라 그가 비판한 자맹론의 역사 인식과 동일한 지평에 서서 다만 '발전'을 '자멸할 정도의 퇴보'로 뒤집어 놓은 것에 불과한 결과를 내놓을 수밖에 없었다. 본질적으로 서구 중심주의·근대 중심주의에 근거한 발전론적 사고에 다름 아니다. 그런 점에서 19세기 위기론은 자맹론과 역사인식을 공유하고 있지만, 그에게는 시장근본주의적 사고가 짙게 깔려 있다.[71]

---

70 최근 이헌창과 우대형이 제기하는 '조선시대를 바라보는 제3의 시각' 혹은 근대적 경제 성장을 위한 준비 태세 정도론도 서구·근대 중심주의라는 면에서 동일하다. 이헌창은 자맹론과 식민지 근대화론의 조선시대상(19세기 위기론)을 동시에 비판하면서 제3의 시각을 제창했다. 그 핵심은 자본주의를 내적 동력에 의해 달성한 나라는 세계사적으로도 영국밖에 없다는 점에서 조선사회에서 자본주의 맹아를 찾는 것은 무리이므로 '근대화를 준비하고 근대 문명을 수용하기 위한 기반'이 어느 정도 형성되어 있었는가를 확인하자는 것이었다. 그 결과 그는 자맹론보다 훨씬 풍부한 조선시대의 발전상, 곧 '근대화의 선행 조건'들을 찾아내고 있다. 그는 조선이 서구나 일본, 중국에 비해서는 후진적이었지만, 다른 제3세계 국가들에 비해서는 선진적이었다면서 '세계사' 속에서 조선이 차지하는 위상을 그려냈다. 이헌창, 「조선시대를 바라보는 제3의 시각」, 『한국사연구』 148호, 한국사연구회, 2010. 우대형 역시 자본주의 맹아가 없었다는 것과, 근대 경제 성장 혹은 산업화에 필요한 조건들이 결여되어 있었다는 것은 별개의 주장이라고 하면서 산업화가 외부에서 촉발되었다 해도 그에 필요한 외적 조건들을 흡수하는 능력이 사회 내부에 얼마나 갖추어져 있었는가가 문제라고 밝혀, 이헌창과 유사한 인식을 보여주었다. 우대형, 앞의 글. 이러한 인식은 조선만이 아니라 다른 제3세계까지 포괄하는 모든 국가의 역사를 철저히 서구·근대 중심적 시각에서 위계화하는 것에 다름 아니다.
71 근대적 경제 성장을 위한 전제 조건으로서 시장의 통합 정도와 통합된 시장이 성립한 시점을 확인하는 데 목적이 있다고 한 데서도 그러한 인식이 드러난다. 이영훈·박이택, 「17~18세기 미곡시장의 통합과 분열」, 226면. 이러한 시장근본주의적 사고는 다음과 같은 칼 폴라니의 비판과 크게 대비된다. 폴라니는, 자기조정적 시장이라는 생각 속에는 순전히 유토피아적 이념이 내포되어 있다고 보았다. 칼 폴라니, 박현수 역, 『거대한 전환─우리 시대의 정치적·경제적 기원』, 민음사, 1991, 18면. 또 시장을 중심에 두고 모든 인간관계와 사회를 재구성하려는 시도에 대해, 인간, 자연 그리고 화폐 등 모든 것을 상품으로 만들어 결국 "인간적 유대를 맷돌에 갈아 셀렌산(酸)으로 부식시킨 듯한 특징 없는 획일성으로 몰아넣는" 야만적 행위에 지나지 않는다고 비판했다. 칼 폴라니, 홍기빈 역, 『전 세계적 자본주의인가 지역적 계획경제인가 외』, 책세상, 2002, 27·41면. 이영훈은 조선 후기에 시장경제가 미발달했다는 사실을 논하기 위해 역사적 경제 통합 형태를 크게 세 가지 유형 ─ 호수(互酬), 재분배, 시장 ─ 로 나눈 폴라니의 논의를 활용했지만,(이영훈, 앞의 책, 20~21면) 시장에 대한 폴라니와 그의 생각에는 본질적 차이가 있는 것으로 보인다.

이영훈은 '19세기 위기론'에 의해 한국의 역사학이 위기에 봉착했다고 했지만, 필자가 보기에는 오히려 자맹론에 대한 과잉된 비판 의식과 식민지 시기 근대화론에 대한 집착에서 성급하게 내놓은 '19세기 위기론'의 위기이며, '19세기 위기론'이 기초하고 있는 서구·근대 중심적 역사 인식의 위기이다.

5. 나오며

'19세기 위기론'에 대한 비판으로 시종하고 말았지만, 그로부터 많은 것을 배우고 시사받은 필자는 물론, 학계에도 '19세기 위기론'은 적지 않은 자극을 주고 있는 것이 사실이다. 그러나 이 글을 통해 인구 문제, 토지생산성 문제, 시장과 국제 무역의 측면에서 '19세기 위기론'이 제기하는 논리와 그것을 뒷받침하는 자료 면에서 적지 않은 문제와 한계가 있음을 확인할 수 있었다. 또한 유형적 파악을 주장했지만, 실제 연구는 서구와 조선을 비대칭적으로 비교하고 위계화하는 서구·근대 중심적 역사 인식을 벗어나지 못하였다. 서구·근대 중심적 역사 인식은 근대적 시장경제체제를 준거로 조선사회를 파악하는 위기론자들의 인식에서도 보이듯이 조선사회의 모든 시스템이나 제도, 사람들이 살아가는 방식과 생각 등 모든 것이 서구적 근대와 관련하여 순기능적이었는지 역기능적이었는지의 여부와 연결되어 판단되어 버린다. 이러한 인식은 전근대는 근대를 향해 돌진해나가는 과정일 뿐이고, 그런 한에서만 의미를 가진다는 이해가 전제되어 있다. 비서구와 전근대를 모두 타자화하는 것이다.

서구의 역사적 경험에서 만들어진 개념이나 이론적 도구를 구사하여 한국이나 동아시아, 기타 비서구 지역의 역사를 비대칭적으로 분석할 것이 아니라, 각 지역의 역사가 가진 고유한 측면을 그 내부로부터 분석해나갈 필요가 있다. 중요한 것은 전근대, 특히 비서구 전근대사회의 경제체제가 갖는 의미를 사회 전체의 맥락을 충분히 고려하여 각각의 정치, 경제나 사회의 제도나 조직, 법과 관행, 나아가 정치체제나 문화·이데올로기 등이 서로 어떤 관련을 맺고 어떻게 결합되어 작동되고 있었는지 밝혀내는 일이라고 생각한다. 필자는 물론 현재 한국사학계에서도 그에 의한 역사상을 제시할 만한 충분한 고민이나 연구가 축적되어 있지 못하다. 이러한 태도가 무책임하다는 질책을 면할 수는 없겠지만, 이와 관련하여 19세기의 역사상에 대한 몇 가지 생각만 간단히 밝혀두고자 한다.

경제적 위기만이 아니라, 어떠한 위기라 할지라도 그것이 반드시 문명사적 위기로 연결되는 것은 아니다. 오히려 위기의 결과는 기왕의 문명을 바탕으로 하면서도 또 새로운 요소가 가미된 또 다른 체제로 이어지는 것이 일반적이었다. 19세기가 정치적으로 '위기'였고, 사회적으로 혼란한 시기였다는 사실을 부인하는 연구자는 거의 없다. 근대적 시장경제체제만을 준거로 할 때는 19세기 조선의 현실이 파국적 위기로 보일수도 있겠지만, '19세기 위기론'은 결과적으로 그것은 조선사회가 도달한 문명사적 의미나 조선시대, 특히 19세기에 이루어진 개개인의 삶의 경험과 그 누적 들을 모두 무의미하게 만들고 만다.

위기였음을 인정하더라도 그에 대응하여 위기의 시기를 살아가던 사람들의 다양한 노력 ― 생존을 위한 몸부림이라 해도 좋다 ― 과 그 속에서 보이는 새로운 가능성들을 확인할 필요가 있다. '몸부림'은 실로 다양하였겠지만, 농민들은 인구 증가와 생산성 하락 등을 맞아 노동생산성의 악화를 감수하

면서도 극단적일 정도로 노동력을 다량 투입함으로써 '위기' 속에서 버텨나
가고자 하였다. 그것은 자본주의 근대를 향한 것은 아니었지만, 그 과정에서
외부의 자극에 의해 공업화가 본격적으로 요구될 경우 신속히 대응할 준비
가 갖추어져 갔다는 주장도 있다.[72] 물론 이러한 견해도 서구적 근대를 전제
로 한 역사 인식이라는 점에서 한계가 있지만, '19세기 위론'과는 대조되는
역사 인식이다. 김건태의 연구도 '위기'에 처한 농민들이 경작 작물을 다각화
하고 작부체계를 이른바 '다품종 소량생산'에 의거하는 방식으로 위기에 대
처해 나갔으며, 그것은 자본주의를 향한 노력은 아니었지만, 그 속에는 근대
와 접속할 수 있는 가능성이 내포되어 있었다고 하였다.[73] 모두 위기가 다만
위기로 끝나는 것이 아니라, 그 속에서 잉태되는 새로운 가능성을 확인하고
자 한 것이다. 지대율의 감하도 생산성의 위기 때문이라기보다는 오히려 지
배층이 체제의 위기를 외면하는 현실 속에서 '향촌공동체'가 자율적으로, 혹
은 사회적 관계의 변화 속에서 위기를 대응하기 위한 노력의 소산인 것으로
보인다.

그러한 가능성은 이영훈이 시장경제에 방해되는 인민주의적 요소를 확산
시키고 오늘날까지 악영향을 미친 사례로 들고 있는 19세기 농민들의 생각
과 행동에서도 확인힐 수 있다. 1862년에 삼남 지역을 휩쓴 민란이나 1894년
의 동학농민전쟁도 다만 체제위기, 생존위기에 따란 즉자적 저항이 아니었
다. 조선사회의 체제와 지배이념 속에서 누적되어 온 경험과 다양한 분야의
변화 속에서 내변화한 나름대로의 정당성, 곧 인정과 민본이데올로기를 기
반으로 질서를 회복하려는, 곧 '위기'에 대응하는 노력이었다. 이 역시 자본

---

72 하야미 아키라, 조성원·정안기 역, 『근세일본의 경제발전과 근면혁명』, 혜안, 2006 참조.
73 김건태, 「19세기 집약적 농법의 확산과 작물의 다각화」, 『역사비평』 101호, 역사비평사, 2012
   참조.

주의나 근대적 질서를 지향한 것은 아니었다. 그러나 생존을 위해서도 인정과 민본을 회복해야 한다는 열망과 절실함은 그들의 의도와는 무관하게 새로운 정치적 질서를 준비해가고 있었다. 물론 이 역시 반드시 근대적 정치체제를 지향한 것은 아니었지만, 위기는 새로운 가능성을 열어가고 있었던 것이다.[74] 19세기는 조선사회가 자멸할 정도의 재앙적 위기가 아니라, 전근대 어느 나라에나 있었던 일반적 위기에 불과하며, 그것은 다른 한편 새로운 — 반드시 자본주의적 근대가 아니라 — 체제나 질서가 요구되고, 다른 한편 그것이 준비되어나가는 시기였다.

---

74 배항섭, 「19세기 지배질서의 변화와 정치문화의 변용 — 인정(仁政) 원망(願望)의 향방을 중심으로」, 『한국사학보』 39호, 고려사학회, 2010ㄴ.

실학 연구의 맥락, 맥락 밖의 실학

김진균

1. 들어가며

지금껏 실학(實學) 연구의 각론들이 무수히 양산되며 실학의 연구 영역을 확장해 왔다. 왕성한 실학 연구의 한편에서는 실학의 개념과 범주에 대한 이의 제기도 적지 않았고, 실학의 실재성에 대한 반론도 끊임없이 제기되어 왔다. 개념과 범주 및 실재성에 대한 이견이 해소되지 못한 채 연구 영역만 확장되는 양상은, 일견 실학 연구가 그 원심력에 비해 구심력의 중심이 허약하여 문제적 국면에선 여전히 어정쩡한 자세가 남아 있다는 인상마저 갖게 된다. 실학 연구는 기본적으로 이념의 지반 위에서 형성되고 전개되어 왔는데, 문제는 이념의 지반을 확인하지 않는 연구 자세에 있는 것으로 보인다. 이념의 지반은 그 지향에 따라 날카로운 대립각이 설 수밖에 없는데, 대립각을 우회하여 각론만 확장하면 문제가 복잡해진다. 지반 아래 누적된 날카로운 대립의 에너지는, 그 위의 퇴적층을 일거에 흔드는 지진을 예감하게 만든다.

실학의 중심을 흔드는 이의제기 중에 대중적 영향력이 가장 컸던 것은, 실학의 존재를 부정하는 김용옥(金容沃)의 견해였다. 실학은 사실이 아니라 실학 연구자들이 서구적 근대에 대한 콤플렉스에서 빚어낸 허구적 개념이며, 조선 후기 사상사에 대한 자의적(恣意的) 독법이라는 것이다.[1] 2000년대가 되어 매스컴을 통해 대중을 파고들던 이 견해에 대해서 이렇다 할 학계의 반응은 없었는데, 임형택(林熒澤)이 근대 학술 운동의 발견에 의해 실학 개념이 만들어진 점을 인정하고, 발견에 의해 개념이 만들어졌지만 그 이후 역사적 의의를 지니게 되었음을 설명했다.[2] 김용옥의 문제 제기와 임형택의 설명을 통해 실학이라는 개념과 그 내포는 실상 20세기의 역사적 경험을 통해 확정되었음이 더욱 선명히, 다시금 새삼스럽게 부각되었다. 이 과정을 이봉규는 '구성'으로 명명한 바 있다.[3] 그런데, 실학의 구성적 특성을 인정한 위에서 이에 관한 진지한 문제제기가 강명관(姜明官)에 의해 제기된 바 있다. 실학 연구의 중요한 이념으로 자리 잡았던 내재적 발전론을 '한국사에서 서구사 찾기'로 비평하고, 이 서구 모델 찾기는 실학 연구 이념의 또 다른 중요한 축이었던 '주체 찾기'와 모순된다고 비판하였다.[4] 그러니 실학이라는 이 '구성'된 범

---

1 김용옥, 『독기학설』, 통나무, 1990, 18~19면.
2 임형택, 「실학은 없다 주장 아무런 근거 없어」, 『중앙일보』, 2004.3.26. 여기서 보여준 논리는 임형택, 「국학의 성립 과정과 실학에 대한 인식」, 『실사구시의 한국학』, 창작과비평사, 2000, 41~43면에서 제시되었던 바 있다.
3 이봉규, 「21세기 실학 연구의 문법」, 연세대 국학연구원 편, 『한국실학사상연구』 1, 혜안, 2006, 30~31면.
4 강명관, 『국문학과 민족 그리고 근대』, 소명출판, 2008, 108~122면. 이 책에서 강명관은 근대와 민족에 대한 근본적 성찰을 요구하는 입장에서, 근대주의와 민족주의에 기반을 둔 국문학의 연구 이념을 비판하고 있다. 이와 관련하여 국문학 연구의 주요 분야인 실학 연구의 모순점들을 같은 차원에서 적시한 것이다. 20세기 후반 국학 연구 이념에 대한 강명관의 문제제기에는 일정하게 동의한다. 그러나 필자는 20세기 후반 근대-민족 담론의 완성 단계 이후의 입장과 20세기 초반 근대-민족 담론 형성 초기의 다기한 입장들—특히 이 글에서 다루는 정인보와 같은 경우—은 그 결을 달리하므로, 둘을 같은 잣대로 평가해서는 안 된다고 생각한다.

주는, 같은 시기에 구성되었으나 이제는 개념과 범주 및 실재성에 대한 도전을 받지 않게 된 국문학과는 달리, 여전히 이념적 도전을 안팎으로 받고 있는 셈이다.

여기서 부각된 '20세기의 역사적 구성'이라는 측면에서 실학의 구성 과정을 간단히 요약해본다. 1929년 정인보(鄭寅普)는 '의실구독지학(依實求獨之學)'의 용어로 유형원·이익·정약용 등 남인학자와 정제두를 위시한 소론학자를 묶는 구상을 하였고, 1930년 최남선(崔南善)은 '실학(實學)'이라는 용어로 남인학자들만을 지칭하고 노론학자들은 별도로 '북학론자(北學論者)'로 묶었다. 1930년대 사회주의 계열의 연구자들은 고전으로서 실학의 가치는 인정하되 중세적 한계를 지적하며 현재적 계승에는 회의적이었고, 민족주의-실증주의 계열의 연구자들은 근대적 가치로도 진보성을 인정할 수 있다는 방향으로 평가가 전개됐다. 이후 연구 대상이 확충되면서 1950년대까지 박지원을 중심으로 한 '북학론자'들이, 1970년대까지 실사구시학파 김정희가 실학 연구의 지평에 포함되었다. 여기까지의 논리화가 경세치용(經世致用) / 이용후생(利用厚生) / 실사구시(實事求是)의 실학 단계 설정이었다.

이렇게 흘러온 실학 연구의 맥락에서 중핵을 이루는 것은 '민족-근대'의 이념이었다. '민족' 공동체이 고전으로시의 가치와 '근대적' 현실에 활용할 가치가 있느냐는 기준이 하나의 맥락을 이루며 전개되어 왔던 것이다. 그러나 이 과정에서, 과정 이후에도 실학의 개념과 범주에 대한 다기한 이견이 제기되며 실학 연구의 외의를 끊임없이 나시 붇게 되었다. 다양한 논의가 나쁠 것은 없다고 본다. 시대의 변화와 그로 인한 주체적 각성은 언제나 새로운 입장을 추구하는 것이 아니겠는가. 그러나 실학 연구 맥락이 지금처럼 이념적 도전은 그것대로 놔두고 한편으로 연구 대상은 또 그것대로 무한히 확장적인 방향으로 전개되어 나아간다면, 그 중심을 잃고 헤매다가 결국 실학 자체의 의미까지 잃고 말 것이다. 문제는 지금 실학 연구의 구심력이 한 차례의 구성적 완성을 이룩한 1970년대 이후 정체되어 있어, 지속적 중력 에너지를 기대하기가 곤란하다는 사실이다. 맥락을 더듬으며 처음으로 되돌아가서 이 문제를 다시 생각해 보기로 한다.

2. 실학 연구 이념으로서의 '민족-근대'

20세기 초반 식민지 조선의 지식인들이 민족적 각성의 계기로 발견한 실학은, 20세기 중반을 거치면서 조선 후기 사상사 연구의 중심 담론으로 자리잡았다. 1970년대 "실학 연구 황금기"[5]의 중심이었던 이우성(李佑成)은 실학을 동양 중세적 세계주의를 이루던 주자학(朱子學)에 의해 "각 민족의 몰자각한 상태가 지속"되던 조선 후기에, "자아의 자각"으로 "우리나라의 실지 사정에 입각한 실제적인 사고를 세워놓은 학풍"으로 규정하였으며, "그들이 지향하는 새로운 차원이란 바로 근대(近代)로의 방향으로 통하는 길"이라고 하였다.[6] 민족적 각성을 저해하며 실지 사정과 동떨어졌던 주자학과는 달리 민족

---

5 이우성, 「창간사」, 『한국실학연구』 창간호, 한국실학학회, 1999. 실학 연구의 흐름을 "돌이켜
  보면 1930년대에 안재홍·최익한·백남운 등 선학들의 개척적 실학 연구가 시작된 이래 1950
  년대에 홍이섭·천관우 등 제씨의 연구 업적을 거쳐 1970년대에는 식민사관의 극복과 자본주
  의 맹아론에 연계되어 바야흐로 실학 연구의 황금기를 누렸다"고 한 바 있다. 그리고 다시 실학
  을 "형이상학적 사변적 학풍의 비생산적 논쟁이 만성화되어 있거나 어떤 이념과 체제에 묶이
  어 시대 현실에서 멀어져가고 있을 때에 그것을 극복하기 위하여 현식에 즉한, 실제 사정에 즉
  한 과학적 파악으로 문제해결을 추구하려는 학문 방향"이라고 규정하였다. 여기서 "사변적 학
  풍"이란 것은 1970년대에 "동양 중세적 세계주의"라고 규정한 주자학을 지칭한 것으로 보인다.
6 이우성, 「실학연구 서설」, 『실학연구입문』, 일조각, 1973, 3~4면.

적 각성을 통해 근대로의 방향을 잡은 것이 실학이라는 말이다. 여기서 주체적 자각을 기반으로 하는 '민족'과 새로운 시대를 지향하는 '근대'를 실학 연구의 중심 이념으로 삼았음을 볼 수 있다. '민족-근대'의 결합 개념을 조선 후기 실학에 투영하여 실학 연구의 이념적 핵심으로 정립한 것이다. 이 시기 실학 연구의 또 다른 중심인물이던 천관우(千寬宇) 역시 실학 연구의 중심 이념을 '민족-근대'로 삼고 있었다.

> 조선후기 실학은, 첫째로 전근대의식에 대립되는 근대의식 내지 근대지향의식, 둘째로 몰민족의식에 대립되는 민족의식을 척도로 하여 재구성된 조선후기 유학의 개신적 사상으로서 '조선후기에 일어난 개신유학'이라고 부를 만한 것이다. 그 두 척도는 서로 별개의 것이 아니라 민족의 존립 번영을 전제로 한 근대지향, 근대지향을 전제로 한 민족의 존립 번영이라는 일체(一體)의 관계에 있는 것이다.[7]

실학의 근대 지향 의식과 민족의식이 일체의 관계에 있었다는 발언에서, 천관우도 실학 연구의 이념적 핵심으로 '민족-근대'를 설정하고 있었음을 확인할 수 있다. 근대 지향 의식과 민족의식이 일체라면 그에 대립된 전근대 의식과 몰민족 의식도 긴밀히 결합되어 있다고 여겼음을 짐작할 수 있는바, 그것은 이우성이 "동양 중세적 세계주의-주자학"이라고 표현했던 바와 동일한 것이다. 그리하여 실학 연구가 각광을 받던 시기 그 연구 이념의 핵심적 지향은 '민족-근대'였고, 그 역방향의 부정 대상으로는 '중세-주자학'이 놓였던 것이다.

---

7 천관우, 「한국실학사상사」, 『한국문화사대계』 6, 고려대 민족문화연구소, 1970, 1044면.

이 실학 연구 이념의 지향이 정초된 것은 1930년대였다. 연구 대상으로서의 실학 개념이 형성되었다고 지목하는 1930년대 '조선학운동'은 다산 정약용(丁若鏞)의 서세(逝世) 100주년을 전후하여 각종 강연회 및 학술 연구가 활발히 전개되며 정약용을 '발견·발명'했던 사정을 가리키는 말이다.[8] 실학 연구는 그 출발이 정약용에 대한 재인식을 신호탄으로 하는 것이었다. 이 시기 조선학 운동의 중심이었던 정인보는 "(다산) 선생의 심사(心事)를 우리의 심리(心裏)에서 거듭 찾아내 해이(解弛)를 자경(自警)하여 분신(奮迅)함에로 (…중략…) 박구(博究)가 일(一)에 귀(歸)하기를 기(期)하고 일신(一身)을 대(大)에 헌(獻)하기를 결(決)"해야 한다고 하여,[9] 정약용과 자신의 시대적 거리감이며 입장의 차이를 부여하지 않고 정약용의 정신을 직접 계승할 것을 요구하였다. 여기서 "우리"는 조선 민족이며, 조선 민족의 현실을 정약용의 정신을 기반으로 주체적으로 타개하자는 주장을 했던 것이다. 정약용 정신에 대해서는, 학술적 탐구가 하나의 목표로 집약되고 그것으로 민족 단위의 공동체에 기여하려던 정신으로 해석하였다. 요는 민족 단위 공동체를 향한 헌신이다.

그런데 조선학운동이 정약용을 다시 보며 그 정신의 계승을 추구하려던 바로 그 대목에, 찬물을 끼얹는 발언이 나온다. 사회주의자 이청원(李淸源)은 "정다산의 사상은 고전적 최고 가치를 가지고 있지만 (…중략…) 정다산의 모순에 찬 견해에 그대로 조선의 얼을 부여하여 그 약점, 모순을 은폐하고 그를 이상화하여 결국 가부장적 촌락공동체에로의 복귀를 암암리에 선동하는 행위 이외에는 아무것도 아니다"[10]라고 하여, 특히 정인보(鄭寅普)의 작업이 정약용 우상화로 치닫고 있으며 과거로 되돌아가자는 퇴수주의적(退守主義的) 태

8　정출헌, 「국학파의 조선학 논리구성과 그 변모양상」, 『열상고전연구』 27집, 열상고전연구회, 2008, 29면.
9　정인보, 「다산선생의 생애와 업적」, 『담원정인보전집』 2, 연세대 출판부, 1983, 91면.
10　이청원, 「'조선얼'의 현대적 고찰」, 『비판』, 1937.5.

도에서 나온 것으로 가치를 인정할 수 없다고 하였다. 여기서 이청원이 비판의 대상으로 삼은 언어인 '조선의 얼'은 정인보의 언어였던 것이다. 최익한(崔益翰)도 당시 간행된 『여유당전서(與猶堂全書)』를 독파한 후 신문에 그 연구논문을 제출하였는데, 이청원의 태도와 흡사한 논리를 보였다. 최익한은 정약용의 개혁정책에 대해 애정을 갖고 깊이 있게 연구한 후, 그의 개혁론이 위대한 사상이긴 하지만 '탁고개제(托古改制)'라는 한계를 갖고 있다고 했다. 정약용이 그 사상을 주장한 동기는 이상을 실현하자는 것이었지만, 그 사상을 실천할 방법은 옛것에 의탁하는 것으로 일정한 한계를 지닌 것이라 여기고 있었다.[11] 정약용이 훌륭한 개혁론자이긴 하지만, 그 개혁의 방법을 전적으로 봉건 군주의 아량에만 의지하고 다수 인민의 가능성을 발견하지 못하는 한계를 지닌 중세 지식인으로 보았던 것이다.[12] 이렇듯 사회주의적 전망을 과학성의 이름으로 추구하던 최익한·이청원 등은, 민족적 고전으로서의 가치는 인정하되 거기에서 재발견한 정신을 실천적으로 계승하려는 정인보의 지향과는 일정한 거리를 두었다. 중세적 가치는 인정하되 근대적 가치를 부여할 수는 없다는 입장이었던 것이다. 사회주의 이념을 추구하며 국학 고전 분야를 연구 대상으로 삼았던 백남운·이태준 역시 최익한·이청원과 흡사한 논리를 보이고 있었다.

이에 반해 민족주의-실증주의 계열이었던 문일평·안재홍·현상윤 등은 정인보와 흡사하게 여전히 가치가 있다는 논리를 보였다. 특히 현상윤(玄相允)의 "성공되었다면 필연직으로 구미 물질문명이 훨씬 용이하게 또는 일찍이 조선에 수입되었을 것"[13]이라는 인식은 주목을 요한다. 앞서 본 정인보의

---

11 최익한, 「여유당전서를 독함—62회 다산사상(茶山思想)에 대한 개평(概評)」, 『동아일보』, 1939.5.25.
12 최익한, 「여유당전서를 독함—63회 다산사상에 대한 개평」, 『동아일보』, 1939.5.31.
13 현상윤, 「이조 유학사상의 정다산과 그 위치」, 『동아일보』, 1935.7.16.

발언은 시대적 거리감을 소실시켜서 정약용의 시대적 사명을 식민지 동시대인에게 부여하려 한 인상이 있는데, 현상윤의 발언은 근대의 가치를 진작 정약용이 추구하였다고 하여, 시대를 넘어 식민지 동시대인의 옆에 배치하려는 듯한 인상이 있다. 사회주의 계열과 민족주의-실증주의 계열이 계승의 문제에서 이견을 보이는 가운데, 정인보는 더욱 실학의 고전적 가치에 회귀하는 입장을 보이는 듯하다. 어쨌든 민족적 고전으로서의 실학에 대해서는 양측 모두 애정을 갖고 그 가치를 인정하고 있으며, 이것은 당시 신간회 방식의 정치운동이 차단되면서 좌우합작의 학술적 출로로서 제기된 조선학운동의 결과로 볼 수도 있는 것이었다.[14] 이 동의는 분단 이후 남북에서 실학에 대한 인상을 대략 흡사하게 하는 데에 작용하였다.

1970년대 실학 연구의 핵심으로 정리된 '민족-근대'라는 이념은, 이상에 정리된 바와 같이 실학 연구가 탄생하던 1930년대에 실학을 감싸는 강보처럼 출현한 것이다. 1970년대와 그 이후에도 '민족-근대'에 대한 이견이 없지 않았듯이, 1930년대에도 이견이 있었다. 특히 실학의 근대성에 대한 견해가 큰 차이를 드러내고 있었다. 각자의 이념적 편차가 있는 대로 실학의 민족 고전적 가치에 대한 인식은 대략 동의하는 것이되, 사회주의 계열은 그것의 중세적 한계를 지적하였으며, 민족주의-실증주의 계열은 그것의 근대적 가치를 주창하였던 것이다. 여기에 정인보는 중세와 근대의 시차를 염두에 두지 않고 가치가 있는 것임을 주장하여, 민족적 주체성에만 방점을 찍는 독특한 위치를 점하고 있었다.

---

14 임형택, 「국학의 성립 과정과 실학에 대한 인식」, 앞의 책, 31면.

3. 실학 연구 확장 과정의 문제와 근대라는 화두

실학 연구의 중핵에서부터 그 내포를 확충해가던 1950년대에는, 다시 실학의 개념에 이의를 제기하는 흐름도 있었다. 한우근(韓㳓劤)은 문일평·홍이섭·천관우 등을 거치며 실학이란 명칭이 확고해진 현상을 두고, 명칭에 대한 반론을 제기했다. 실학은 본디 삼대(三代)의 학(學)이나 정주학(程朱學)을 가리키는 말이었고, 다시 조선 후기 공담(空談)으로 치우치던 성리학(性理學)을 배격하며 주창된 경세(經世)의 실학으로 새로운 성격을 띠게 되었는데, 유형원(柳馨遠)을 비조(鼻祖)로 삼는 이 새로운 학풍을 실학이라고 부르면 실사구시(實事求是)의 고증학(考證學)과도 혼동을 주게 되니 안 된다고 하며, "경세치용(經世致用)의 학(學)"을 제안하였다.[15] 실학이라는 용어는 시대에 따라 그때그때 원시유학·주자학·고증학 등을 지칭하기도 했던 용어이니 쓸 수 없다는 말이다. 전해종(全海宗)도 실학을 "수기치인(修己治人)의 학(學)"이라 하여 정주학에서는 수기가 강조되었다면, 청초에 치인이 강조되고 드디어 실용실천파가 나타나게 되었다고 하며 실학이란 용어의 역사적 변천을 개괄하였다.[16] 주자학과 실학의 공통 기반을 원시유학의 기본 개념으로 설정하여 그 연속성이 강조되는 효과가 있었다. 이들은 실학의 개념에서 명칭으로 시선을 돌림으로 해서 일반명사로서 실학의 의의를 강조하는 효과를 유도하고, 결국 조선 후기의 새로운 학풍이 성리학 혹은 유교의 큰 틀과 연계된 점을 새삼 인식하게 만든 것이다. 이것은 후에 성리학의 발전에서 실학의 발생 계기를 찾거나 성리학 자체를 실학으로 규정하는 흐름에 단초를 열게 된 것으로 보인

---

15 한우근, 「이조실학의 개념에 대하여」, 『진단학보』 19호, 진단학회, 1958.
16 전해종, 「석실학(釋實學)」, 『진단학보』 20호, 진단학회, 1959.

다. 이러한 경향이 더욱 발전하면서 성리학과 실학의 구분이 무의미하다는 주장이 나오게 되는데, 이상은(李相殷)은 유형원이 성리학의 단점을 보완하는 정도였으며 정약용도 수기치인과 심성수양을 근본으로 삼고 있기에 실학은 성리학과 대립된 것이 아니라고 하였고,[17] 유인희는 실학을 성리학 현실화 과정의 문맥으로 보아야 한다고 하였다.[18] 이동환은 나아가 성리학이 실학과 는 물론 근대와도 대립되는 위치에 있지 않았음을 논증한 바 있다.[19]

실학(實學)이 애초에 고유명사가 아니라 허학(虛學)의 상대 개념으로서 일 반명사였다는 사실이 문제를 복잡하게 만들었던 원인으로 보인다. 이는 실 학의 개념을 다루는 연구사에서 지속적으로 언급되었던 바이다. 조선 후기 의 새로운 학풍에 대해 실학이라는 명사를 부여한 최초의 인물은 최남선(崔 南善)으로 알려져 있었다. 최남선은 「조선역사강화」(1930)에서 유형원·이 익·안정복·신경준·유득공·한치윤·이중환·이긍익·정약용을 "실학 (實學)의 풍(風)"이라 하였고, 이와 별도로 홍대용·박지원·이덕무·박제가 등을 "북학론자(北學論者)"라고 하였다.[20] 최남선은 유형원 이하 계보와 홍대 용 이하 계보를 별개로 인식하며 각기 실학(實學)과 북학(北學)으로 명명했던 것이다. 그런데, 이나바 이와키치[稻葉岩吉]라는 일본인 학자가 이미 1929년 에 실학이라는 용어를 사용한 바 있음이 밝혀졌다.[21] 비록 박지원 외에 문익 점·신숙주 등을 거론하여 우리가 구상하는 실학과는 조금 거리가 있는 듯

---

17 이상은, 「실학사상의 형성과 전개─체계적 철학화를 위하여」, 『창조』, 1972.

18 유인희, 「성호사설의 철학사상─정주성리학과의 비교 연구」, 『진단학보』 59호, 진단학회, 1985.

19 이동환, 「실학의 철학적 기반」, 『한국실학연구』 8권, 한국실학학회, 2004.

20 최남선, 「조선역사강화」, 『최남선전집』 6, 2003, 169면. 이 「조선역사강화」는 원래 『동아일보』 1930년 1월 14일부터 3월 15일까지 52회에 걸쳐 연재된 것이었고, 이 중 25회 연재분에서 '실학 (實學)'이란 단어를 사용하였다.

21 권순철, 「실학을 다시 생각한다─그 근대적 성격과 관련하여」, 『전통과 현대』, 전통과현대사, 2000 봄, 216~218면. 이나바 이와키치는 『조선』 166호(1929.3)에 「규재유고(圭齋遺稿)를 입수 하고서─실학파의 표창(表彰) 여하」라는 글을 발표하였다고 한다.

하지만, 남병철을 실사구시의 학풍에 영향을 받았으나 그보다 뛰어났다고 하며 실학파로 규정하고 있다. 최남선이 이나바 이와키치의 글을 읽고 그 영향을 받았다는 증거는 없으나, 최남선보다 한해 앞서 실학이라는 용어가 사용되었음을 무시할 수는 없을 것이다. 또 하나 기억할 것은 1929년에 『성호사설』이 간행되는데, 여기에 수록된 정인보의 서문은 성호 이익을 위시한 안정복·윤동규·신후담·이병휴·이중환 등의 성호학파와 정제두를 위시하여 최명길·이이명 등으로 이어지는 소론학풍의 인물들을 제시하고, 특히 유형원(柳馨遠)·이익(李瀷)·정약용(丁若鏞)을 잇는 큰 흐름을 확립하였다. 이것은 근대계몽기 실학에 대한 재인식[22]의 연장선에 있는 것인데, 최남선은 정인보가 제시한 이 흐름에서 대략 소론학풍을 제외하고 남인학자들만 "실학의 풍"으로 소개하고 있는 것이다.[23] 최남선의 이후에도 현실학파(백남운)·경제학파(현상윤)·실증학파(홍이섭) 등의 다른 표현이 있었는데, 20세기 중반에 들어 '실학'으로 정리되어 갔다. 어쨌든 이 실학에 전통적으로 불교·도교 등을 허학으로 지칭하며 그에 대립되는 개념으로서 일반 명사의 기능이 있어서 한우근 등의 문제제기를 지속적으로 받게 되었던 것이다.

한편 이렇게 등장한 고유명사로서의 '실학'에 문일평은 "실사구시(實事求是)"의 맥락을 연결하였는데,[24] 고증학을 의미하기보다는 글자 그대로 "사실에서 옳음을 구함"이라고 하였다. 정인보는 이보다 앞서 "징실구시(徵實求是)"란 표현도 하였는데,[25] 문일평의 실사구시와 같은 맥락이지만 고증학과의

---

22 임형택, 「국학의 성립 과정과 실학에 대한 인식」, 앞의 책.

23 최남선이 실학의 계보에서 소론학파를 제외한 것은, 소론학파에 대해 정인보와 다른 견해가 있었기 때문일 듯하다. 짐작건대, 정인보는 자신의 가계와 학통에 의해 소론학파를 중시하게 되었겠지만 최남선이 보기엔 남인계열의 학자들보다 설득력이 약했던 것이 아닐까 한다. 그리고 최남선이 '북학론자'들을 '실학의 풍'과 별개로 인식하고 있었던 것도 생각해볼 문제이다. 최남선이 실학의 명칭을 부여하던 당시, 그 전반적 윤곽은 정인보가 남인계 실학자들을 계보화한 것에 영향을 받은 것이 분명해 보인다.

24 문일평, 「이조문화사의 별혈(別頁)」, 『조선일보』, 1938.1.3.

혼동을 피하기 위함이었던 것으로 보인다.[26] 여기서 한 가지 짚고 넘어갈 점은, 1970년대 이우성이 경세치용학파·이용후생학파·실사구시학파로 실학의 발전 단계를 구획하고, 실사구시학파로서 김정희(金正喜)는 정치사회적 이념을 염두에 두었던 선행 실학자와 달리 학문 그 자체가 목적이었다고 규정한 대목이다.[27] 19세기의 보수화 흐름이 앞선 실학 세대의 정열을 드러낼 수 없게 만들어서 학문적 자세로서만 주체적으로 실사구시를 추구하였고, 한편으로 참된 실사구시의 자세로서 위원(魏源)의 『해국도지(海國圖志)』를 인정하였으며, 시기적으로 개화파와 연결되는 중인들을 배출했다는 점으로 설명하였다. '민족-근대'를 실학 연구 이념의 중핵으로 제시하면서도 학문 자체가 목적이라는 김정희를 실사구시학파로 당당히 실학의 제3기에 편성한 것에는, 한우근 등의 문제제기에 대한 대응 차원에서 실학의 실사구시적 방법론과 그 역사성을 분명히 하여 개념 문제를 해결하기 위한 고심이 있었던 게 아니었을까 짐작된다. 이우성은 앞서 1950년대까지는 실학을 성호학파와 연암학파로만 구분하여 인식하였었다.[28] 이 실사구시의 맥락이 고증학과 무관하지는 않으면서도 별도의 학적 전통을 갖고 있음이 더욱 자세히 밝혀졌다. 임형택은 "구시폐(救時弊, 현실 개혁)의 실사구시에서 발단하여, 고고(考古, 고증학)의 실사구시로, 다시 격치(格致, 과학)의 실사구시로 발전해서, 드디어 개화사상의 실사구시로 이어졌다"고 하였는데, 여기서도 김정희의 주요 역할은 고고의 실사구시, 바로 학문적 방법론을 세운 것에 있었다.[29]

또 실학과 성리학의 관계에 있어서는 주로 철학 전공자들이 연속성과 발

---

25 정인보, 「성호사설 서」, 이익, 『성호사설(星湖僿說)』, 문광서림, 1929.

26 천관우, 앞의 글, 988면.

27 이우성, 앞의 글, 1973, 14~16면.

28 이우성, 「실학파의 문학—박연암의 경우」, 『국어국문학』 16호, 국어국문학회, 1957, 88면.

29 임형택, 「실사구시의 학적 전통과 개화사상」, 앞의 책.

전의 계기를 발견하고 있는데, 이것은 실학 연구의 전개과정상 자연스러운 현상일 듯하다. 실학은 본디 근대 이전의 사상이었는데, 실학 연구 초기부터 연구자들이 현재성을 강조하기 위해 근대 지향을 도드라지게 했던 것이다. 이제 실학 연구의 내포가 확충되어 가는데, 근대 지향 특성의 그늘에 가려 있던 부면에 시선이 미치는 것은 당연한 일이라고 본다. 다만, 실학은 기왕에 '중세-성리학'과는 다른 지향을 보이는 부면을 중심으로 구성하여 연구해왔다. 그 다른 지향을 도드라지게 '민족-근대'로 이념화하기도 하였지만, 그것은 근대화 과정에서 형성되어온 '민족-근대' 담론의 영향이며 특히 자본주의 맹아론의 한 양상으로 1970년대적 현재성이라고 할 것이다. 이렇게 '구성'되어온 연구사를 외면하고 성리학과 실학의 연속성의 계기만 일방적으로 강조한다면 그것은 실학 범주가 아닌 성리학 범주에서의 연구로 귀착될 것이다. 실학자의 범주에 포함되어온 조선 후기 지식인의 전통 지식에 대한 다기한 입장은 확인되어야 하지만, 그의 실학이 성리학의 발전이었다고 보는 것은 또 다른 차원의 문제인 것이다.

> 실학이 주자학 그것의 발전이든 반대든, 그것보다 실학이 사상적으로 주자학적 세계주의에 매몰되어 있었던 것인가, 그렇지 않으면 자아의 자각에 의해서 우리나라의 실지 실정에 입각한 실제적 사고로 성립되어 있었던가가 더 중요한 것이다.[30]

달리 말하면 중세해체기 제 폐단 해결책 구상으로서 실학의 과정은 곧 민족적 주체성을 자각하는 과정이었다는 것이다. 성리학 혹은 중세적 사유의 발전이든 그것을 반대하여 성립되었든, 민족적 자아의 주체적 사유가 담겨

---

30 이우성, 앞의 글, 1973, 17면.

있다는 사실이 실학 연구에서는 더 중요하다는 입장이다. 실상 이 인용문의 필자는 앞서 보았듯이 실학 연구의 이념을 '민족-근대'로 확정 지은 1970년대 실학 연구의 중심인물 중의 하나이다. 이는 1930년대 조선학운동 과정에서 발견한 민족주체성과 근대지향성을 고스란히 계승한 입장이다. 그런데 조선학운동 과정에서도 정인보의 경우는 민족주체성의 강조만 보이고 근대지향성에 대한 언급은 발견되지 않는다. 그러니까 실학에 대한 1970년대의 규정은 실학에서 민족주의와 근대성을 발견하려던 문일평·현상윤 등 민족-실증주의의 노선 위에 놓인 것이라 할 수 있겠다. 그러면서도 위 인용문은, 자아의 자각을 통해 새로운 학풍을 열어나가며 근대의 방향으로 통하는 길로 실학을 규정하고 나서 마지막으로 주자학과 실학의 관계를 설명하고 있는 대목인데, 자아의 자각이 더욱 강조되어 있다는 점에서 정인보의 노선에 기울어진 것이라고 볼 여지도 있다. 독자성을 확보하여 주체적으로 학문을 추구한다는 측면에서 성리학의 중세적 세계주의를 돌파한 성과, 그것이 실학의 성과로 수렴되어야 할 것이라 여긴 것이다.

다시 근대정신과 민족정신을 강조하며 조선 후기의 새로운 학풍을 계보화하여 실학의 내포와 외연이 정리된 것으로 보이는 1980년대부터, 훨씬 복잡한 문제제기들이 발생하였다. 지두환(池斗煥)은 그동안 실학자로 분류되던 인물들 중에서 홍대용·박지원·박제가·정약용·김정희·최한기로 이어지는 계보를 구상하고 이들의 북학사상만을 실학으로 규정하였다.[31] 실학의 내포에 있던 이수광·유형원·이익·안정복 등을 조선성리학이라는 영역으로 이주시켜 실학의 내포를 서구로부터 발원하는 문물의 수용과 산업을 중시하는 입장으로만 충당한 것이다. 이러한 견해에 최완수와 정옥자 등의

---

31 지두환, 「조선 후기 실학연구의 문제점과 방향」, 『태동고전연구』 3집, 태동고전연구소, 1987.

견해를[32] 보충한 유봉학(兪奉學)은 18세기 중앙 권력을 담당하였던 경화사족층의 실학만 주목해야 한다고 하였다.[33] 실학의 내포를 흔드는 견해였던 것이다. 한편 이영훈(李榮勳)은 조선 후기 소농사회의 성숙 과정에 대응하는 성리학의 합리주의 혹은 개성적 자기 인식체계로서 실학을 규정함으로 하여 실학의 근대지향적 요소를 삼제하였는데, 사회변동의 나머지 분열하는 19세기 사회에 대한 고민 속에 근대 지향은 아니지만 근대를 조망하는 징후를 읽을 수 있는 여지를 정약용에게 남겨두기도 하였다.[34] 이런 시각의 연장에서 안병직(安秉直)은 실학을 동아시아 자본주의 성립 전야의 유교 발전의 최종 귀결점으로 보며, 그것이 서구 자본주의를 수용하는 기반이 되었다고 의의를 부여하였다.[35] 그런 인식은 결국 실학을 자본주의 지향과 서세동점의 결과물로서의 성격만 강조하는 경향으로 귀착된다.

실학 연구의 대상 범주에 대해, 정인보가 남인학자 계열과 소론양명학자 계열을 '의실구독지학'의 계보에 두었으나 최남선은 이익과 정약용 등의 남인학자 계열만을 '실학지풍'으로 지칭하였다는 사실과, 1970년대에 김정희가 '실사구시학파'로서 실학의 제3기에 포함되었음을 앞서 언급하였었다. 노론계열 학자들의 편입은 남인 계열과 김정희의 사이에 있었다.[36] 그런데 여기서 상품화폐경제의 발달 및 자본주의적 요소의 발전만을 강조하여 소위 '북학론자'들만을 실학 연구의 대상으로 남겨두려는 것은 기존 논의와 기반을 달리하고 있는 것이다. 그렇게 서구로부터 발원하는 외래 문명의 수용만

32　최완수 외편, 『진경시대』 1 · 2, 돌베개, 1998.
33　유봉학, 『조선 후기 학계와 지식인』, 신구문화사, 1998.
34　이영훈, 「다산의 인간관계 범주구분과 사회 인식」, 『다산학』 4호, 다산학술문화재단, 2003.
35　안병직, 「동아시아 자본주의와 실학」, 『한국실학연구』 5권, 한국실학학회, 2003.
36　특히 연암 박지원의 발견은 '조선적이며 세계적인 민족적 주체의 형성' 요청에 대한 답이었으며,(송혁기, 「연암문학의 발견과 실학의 지적 상상력」, 『한국실학연구』 18권, 한국실학학회, 2009) 식민지 시기 지식인들의 당면 현실을 투영한 것이었다. 김남이, 「20세기 초중반 연암에 대한 탐구와 조선학의 지평」, 『한국실학연구』 21권, 한국실학학회, 2011.

을 중심으로 실학을 본다면, 연구 이념의 중핵에서 '민족'은 사라지고 '근대'
만 남게 된다. 이 '민족'은 정인보의 용어로는 바로 '독'(獨, 주체적 독자성)이니,
정인보의 입장을 빌려 거칠게 말하면 주체 없는 근대 추수로 치닫게 되는 것
이다. 최초의 맥락으로서 정인보의 주체적 독자성에 대한 해석을 다시 볼 때
가 된 것이다.

4. 실학 연구의 초기 맥락으로서의 '의실구독(依實求獨)'

근대적 실학 연구가 개시되는 1930년대의 조선학운동 당시에는, 사회주
의 계열의 국학연구자들과 민족주의 계열의 국학연구자들이 실학에서 '민족
-근대'의 가치를 중요하게 거론하였다. 물론 직접적 계승의 여부에는 이견이
있었다. 그런데, 정인보의 경우에는 '민족-근대'의 가치 중에 근대는 애매한
채로 놔두고 민족 주체성만을 강조하는 입장을 보였다. 민족주체성은 정인
보 자신의 용어로 '의실구독(依實求獨)'이라고 표현되었다.

무릇 학술에서 귀한 바는 작고 은미한 일을 선명히 밝힘으로써 본말과 시종을
드러내고 그것으로써 이 인민들을 보좌하는 것인데, 이 경지에 도달할 수 있는 것
은 참으로 그 이치를 터득하는 것에 달렸다. 이치는 허구로 만들어질 수 없으므로
반드시 실질[實]에 의거해야 하고, 실질은 범범하게 뒤섞일 수 없으므로 반드시
독자성[獨]을 구해야 한다. 독자성을 갖추면 실질이 되고, 실질을 갖추면 이치를
터득하게 되어서, 선명히 밝힌 효과가 인민과 만물에게 드러나 감출 수 없다.[37]

1929년 서울 문광서림(文光書林)에서 『성호사설(星湖僿說)』이 간행되었는데, 간행 당시 정인보가 쓴 서문의 앞부분이다.[38] 여기서 등장하는 두 개의 개념 실질[實]과 독자성[獨]이 이 서문의 주제어이다. 학술의 본연의 임무는 인민을 보좌하는 것이고, 그것의 올바른 수행 과정은 작고 은미한 일을 선명히 드러내어 본말과 시종을 밝히는 것이다. 그래서 학술이 귀한 것이라고 말하였다. 학술의 목표는 이치를 터득하는 것인데, 이치를 얻기 위해서는 실질을 추구해야 하고, 실질은 독자성을 구해야 한다고도 했다. 학술의 목표인 이치를 얻기 위한 수행 과정은 역으로 독자성에서 출발하여 실질을 구하고, 실질에서 이치를 터득하게 되는 것이다. 이 부분만으로는 이치, 실질과 독자성이 계열을 이루고 있는 것으로만 제시될 뿐 구체적 내용은 언뜻 파악되지 않는다. 바로 이어지는 부분에서 우리 땅에서 나라가 존재했음이 오래되었다고 하면서 고구려의 전통과 신라의 전통을 거론하고 또 이어서 독자성과 실질의 관계를 다시 언급한다.

독자성[獨]이라는 말은 정해진 것이 아니고 곳곳에 있는 것이다. 작게는 벌레나 먼지에서부터 크게는 나라에 이르기까지, 가깝게는 심성의 체험에서부터 멀리는 별자리의 움직임까지 모두 각기 그 실질[實]이 있고, 독자성[獨]은 이로부터 생겨나는 것이다.[39]

---

37 정인보, 앞의 글, 1929. "夫所貴乎學術者, 以疏明微密, 縣本末終始, 以左右斯民. 而其能以致此, 則豈在於得其理. 理不可以虛造, 故必依於實, 實不可以凡類, 故必求其獨, 獨則實, 實則理得, 而疏明之效, 著於民物, 而不可掩已."

38 이 『싱호사설』의 간행과 전후 사정에 대해서는 김진균, 「성호 이익을 바라보는 한문학 근대의 두 시선」, 『반교어문연구』 28집, 반교어문학회, 2010 참조. 이때부터 '의독구실(依獨求實)'이라고 용어를 정리하고 이 글을 처음 발표할 때에도 그대로 두었는데, 이 자리를 통해 '의실구독(依實求獨)'으로 정정한다. 독자성으로부터 실질을 구한다는 뜻의 '의독구실'이라고 하면 민족의 독자성이 이미 확보되어 있어서 그것으로부터 민족의 실질을 탐구해 간다는 학문적 자세가 강조되는 듯한데, 정인보의 논리를 다시 검토해보니 민족문화의 실체는 이미 역사적으로 존재하는 것이고 그것으로부터 상실된 민족의 독자성을 회복해야 한다는 '의실구독'의 실천적 자세로 해석해야 옳다고 생각했다.

크든 작든 멀든 가깝든 모든 존재는 존재 자체로 실질이 있는 것이고, 실질로부터 바로 독자성이 발생한다는 말이다. 도입부터 여기까지 독자성과 실질의 긴밀함을 언급하고 있는데, 정인보가 독자성을 통해 최종적으로 의도하는 것은 바로 민족성이다. 서문의 앞 인용문과 이 인용문의 사이에 고구려의 영토와 신라 옥보고, 가야금, 통일신라의 향가 등이 언급되고 있다. 그것이 민족의 실질을 이루고 있다고 하였는데, 고구려와 신라의 전통을 언급함으로 해서 우리 민족이 오래전부터 실질로서 존재하였고 오래전부터 독자성이 있었음을 말하였다. 실질은 독자성과 동시에 존재한다고 전제하여, 우리 민족의 문화적 실질을 언급하여 우리 민족의 민족적 독자성을 강조한 것이다. 이어서 정인보는 민족적 독자성을 배신한 김부식의 『삼국사기』를 언급하며 을지문덕을 폄하하는 극단적 예를 제시한다.

을지문덕이 수나라 양제를 패퇴시켰으니 그 공이 아주 커서, 어린아이도 오히려 경탄하며 선망한다. 근고의 유자들이 더러 기록하여 그가 중국 군대에 항거하여 공자의 존화(尊華)의 의리를 배신하였으니 목베어야 한다고 비난하였다. (…중략…) 조국을 멸시하고 오랑캐 무리로 비하하여, 오류를 물려받고 허물을 계승한 것이 오래되었다. 그러므로 공자를 당연히 흠모할 줄만 알고, 공자의 존화가 실은 공자의 독자성[獨]이었음을 알지 못한다. 그리고 우리의 독자성이 비록 비루할지라도 이것을 떠나면 우리는 더불어 존재할 바가 없는 것이다.[40]

---

39 정인보, 앞의 글, 1929. "獨之爲言, 不定, 隨處而有者也. 小之虫豸塵芥, 大之邦國, 近之心性之驗, 遠之星曆之推, 皆各有其實, 而獨以之生."

40 정인보, 앞의 글, 1929. "乙支文德, 敗隋廣, 功至鉅, 孺子猶歎羨焉. 近古儒者, 或著記詆其抗中國之師, 背仲尼尊華之義爲可誅. (…중략…) 蔑其祖域, 鄙夷族類, 襲謬承戾久矣, 故知仲尼之當慕, 而不知仲尼之尊華, 實仲尼之獨. 而吾之獨雖陋, 而去是則吾無所與存也."

중세 중국 중심주의적 사고관을 내면화시킨 김부식의 『삼국사기』 같은 사건이 반복 계승되어서 결국에는 중국의 침략에 대응한 영웅 을지문덕을 중국을 배신한 역적으로 모는 일까지 생겼다는 것이다. 을지문덕을 비난하는 이들은 우리를 중심에 놓지 않고 중국을 중심에 놓고 중국인들처럼 사유하였기 때문이다. 중세인들에게 중국 중심주의적 사고방식은 반성할 필요가 없는 진리였지만, 정인보에게 중국 중심주의적 사고방식은 오류와 과오일 뿐이다. 공자를 거론하면서, 그를 흠모하는 것 자체는 문제 삼지 않았지만 공자가 존화를 한 것은 공자의 독자성이었을 뿐이었다고 하여, 존화까지도 모방하며 공자의 철저한 에피고넨이 되어버린 실태를 비난하고 있다. 정인보의 시각에서는 공자를 흠모한다면 공자의 존화를 배울 것이 아니라 그 존화의 근거가 되는 공자의 독자성을 배워야 했던 것이다. 근대 제국주의 침탈 과정에 저들에게 대항할 공동체로서 단결을 촉구하는 저항적 민족주의 정신을 중세에 투영하여, 당시에 요구되는 민족의 가치를 강조한 것이다. 조선왕조의 멸망은 결국 우리의 독자성을 갖추지 않고 남의 독자성을 따라가서 민족 주체적 국가가 존재할 수가 없게 되었기 때문이라는 것이고, 언급되지 않았지만 그 논리를 따라 유추하면, 민족 주체적 국가를 건설하기 위해서는 우리의 독자성을 깆추어야 한다는 결론에 이르게 된다.

정인보는 1933년부터 『동아일보』에 「오천 년간 조선의 얼」을 발표했는데, 해방 후 『조선사 연구』로 묶어 간행하면서 "일본 학자의 조선사에 대한 고궁이 서희 총녹정책과 얼마나 긴밀한 관계가 있는가를 더욱 깊이 알아 '언제든지 깡그리 부서버리리라' 하였다"고 부언(附言)한바,[41] 일제 총독부 지배 정책의 일환으로 전개되던 식민주의 사학이 저들 중심의 왜곡임에 반발하여

---

[41] 정인보, 『조선사 연구』 하, 서울신문사, 1947, 361면.

조선 민족 중심의 주체적 사학을 건설하려는 의지로 조선사 연구를 시작했다는 말이다. 이러한 인식의 연장에서 남의 독자성에 동화되어 간 중세 조선 지식인의 중국 중심주의적 사고방식은 정인보로서는 여지없이 타파해야 할 대상이었던 것이다. 식민지 현실의 원인을 찾아간 정인보가 아픈 상처를 헤치고 어루만져서 치유하려 했던 고뇌를 읽을 수 있으며, 이러한 사유는 박은식·신채호 등의 근대계몽기 담론의 발전적 전개이다. 그리고 여기서 부정해야 할 대상이 되는 존화(尊華)가, 1970년대 실학 연구에서 부정의 대상으로 삼은 '중세 세계주의로서의 성리학'이다.

> 세상에서 선생을 논하면서 대개 그 박학(博學)을 추켜세운다. 옛것을 아는 자들은 또 그 핵심에 정밀하면서도 넓게 통하는 것으로 귀착시킨다. 그런데 선생이 평생 고심한 바는 오로지 민족에 있었으니, 또 오직 선생을 깊이 탐구한 자들만이 알 것이다. 그 근본을 캐 들어가고 홀로 나아가며 천부의 충심으로 중심을 잡은 것에 이르러서는 선생을 아는 자가 대개 드물다. (…중략…) 학문을 계승하는 선비들이 선생의 학문은 조선에 있어 난리를 바로잡고 질서를 회복하려는 것이었으며, 비록 백세가 지나도 모실 만하다는 것을 알게 하고자 한다.[42]

고심한 바가 오로지 민족에 있었다는 것은 민족적 주체성을 지니고 학문을 추구하였다는 것을 말한다. 정인보는 성호 이익의 학문이 민족이라는 실체(실질, 實)와 민족주체성(독자성, 獨)에서 괴리되지 않고 오로지 민족 문제만을 고심하였다고 하였다. 정인보가 묘사한 성호 이익의 학문과 인상은 궁극

---

42 정인보, 앞의 글, 1929. "世之論先生, 多推其博學. 識古者 又歸其精核閎通. 而先生生平苦心 顓在邦族 則又惟深究先生書者知之. 至其本原獨造, 率以天衷, 知先生者蓋鮮. (…중략…) 俾承學之士, 知先生之學, 其在朝鮮撥亂反正, 雖百世祀可也."

적으로 민족을 바로잡고자 하는 의지로 귀결된다. 정인보에게 성호 이익의 학문은 민족의 현실을 떠나 해석될 수 없다. 근대 제국주의 침탈 과정에서 닥쳐오는 혼란과 공황의 한복판에서 정인보는 민족을 주체로 설정하여 세계를 헤쳐 나갈 중심을 잡았던 것이며, 그 정신을 성호 이익에게 투영하여 민족적 실체[實]를 통해 민족적 주체성[獨]을 확보하고 질서를 회복할 것을 기대하였던 것이다. 성호 이익의 정신은 백세가 지나도록 스승으로 삼을 만하다고 하였으니, 존화가 횡행하며 주체적 각성을 저해하던 조선 후기 성호 이익의 시대를 제국주의 침탈이 전 지구적으로 확산되며 주체적 각성을 저해하는 정인보 자신의 시대와 동등한 차원으로 보고 공동체적 주체성의 추구를 학술 본연의 임무로 삼고자 한 것이다.

> 선비가 그러한 시대에 태어나면 거짓 학설에 위축되기 때문에, 하늘로부터 받은 양심으로 스스로 떨쳐 나와 의실구독지학(依實求獨之學)에 종사하며 백성들(민족)의 마음을 바로잡는 일에 싫증내지 않을 수 있는 자가 드물다.[43]

의실구독지학(依實求獨之學) 즉 실체 혹은 실질에 의거하여 독자성을 추구하는 학문, 바로 실학이다. 실용성 혹은 실증성이 그 자체로 의미가 없는 것은 아니지만, 정인보는 거기에서 한 단계 더 나아가 독자성을 추구해야 한다는 목표를 설정하였던 것이다. 정인보가 학술의 최종 목표로 설정한 독자성은, 근대 이후 소위 동원되는 민족에게 요청하던 민족적 독자성과는 지향을 달리한다. 민족을 단위로 한 공동체를 향해 요구하는 것이 아니라, 선비에게 하늘로부터 받은 양심을 발휘하라고 요구하는 것이다. 이것을 두고 귀족주

---

43 위의 글. "士之生於其時者, 震於喬宇之說, 鮮克以天良自奮迅, 從事於依實求獨之學, 而齊民之情不麗."

의 혹은 지식인주의로 폄하할 일은 아니다. 지식인의 특권이 아니라 책무를 환기하고 있기 때문이다. 시대의 조류에 거슬러 홀로 서지 못하는 지식인의 투항주의를 힐난하고 있는 것이다. 그런 측면에서 모범적 지식인의 상으로 제시하는 성호 이익과 다산 정약용은 시대의 잘못된 조류를 돌파하여 지식인의 과제를 수행했던 것이며, 정인보는 자기 시대 역시 동일한 과제가 놓여 있다고 보았다. 정인보가 표현했던 의실구독(依實求獨)의 독(獨, 독자성)은, 동원되는 민족에게 요구되는 주체성이 아니라, 공동체로서의 민족을 근거로 학문을 추구하는 지식인에게 요청하는 주체성인 것이다. 여기에서부터 근대 실학 연구의 맥락이 출발한다.

5. 나오며

정인보가 성호 이익의 학문을 정리하며 '의실구독(依實求獨)'이란 용어를 쓴 이 글은, 한문으로 되어 있다. 1929년 무렵 서울에서는 한문문명권에서 갓 벗어나, 교유의 필요에 의한 한시나 서간 등을 한문으로 작성하는 경우도 있었겠고, 관습적 문집의 서문을 한문으로 작성하는 경우도 아직 있었겠지만, 학술적 논술에 가까운 이런 서문을 한문으로 작성하는 경우는 거의 없었을 것이다. 정인보는 물론 이 무렵 국문으로 칼럼을 작성하여 발표하거나 국학 고전의 해제를 작성하기도 한다. 정인보의 경우는 한문과 국문의 사이에서 선택적으로 글쓰기를 하고 있던 것이다. 신구문명의 전환 과정은 문자생활에도 신문명의 국문과 구문명의 한문이 교체되며, 신문명의 입장에서 구문명의 한자 한문을 철저히 타자화하는 과정을 거쳤는데, 정인보의 경우에는 신문명과 구문명의 양쪽에 걸쳐 있던 셈이다. 정인보는 그런 점에서 근대 한문학의 독특한 경지에 도달할 좌표를 갖고 있었다. 변영만(卞榮晩)과 더불어 정인보를 서울의 근대 한문학 쌍벽으로 거론하기도 하듯이, 한문학의 수준이 대단히 높았던 것이다. 구문명의 중세적 세계주의인 성리학에 대해 일정한 거리감을 가지면서도 한문학 고전을 통해 자기 시대의 요구에 해답을 구하려는 자세를 가질 수 있었던 것은, 신문명과 구문명의 양쪽을 대등한 시선으로 볼 수 있는 위치에 있었기 때문이다. 물론, 성리학에 대한 객관적 거리에는 양명학의 계승자라는 입장도 관계하고 있었을 것이다.

한문학 고전 중에서 중세의 중심을 서서히 공략해 들어가면서 반중세-탈중세의 움직임을 만들어가던 다기한 계기들이, 중세의 시대에는 드러나지 않다가 20세기를 전후하여 일면 단절되기도 하고 일면 확장되기도 하여 정인보에게 발견되었다. 실학의 발견은 정인보를 중심으로 한 근대 한문학의 성과로도 평가할 수 있을 것이다. 그 성과가 조선학운동을 추동했던 것이다. 또 한편으로 근대 한문학에 서 있었기에 실학 정신의 계승 문제에 있어서 시대가 바뀐 만큼의 거리감을 부여하지 않을 수 있었다. 정인보는 정약용의 학문적 기지가 "실심실행(實心實行)"이었다고 규정하고, "시대는 바뀌고 변고도 일어났지만, 선생의 그침 없는 정성은 오히려 영원토록 살아있을 것이다. (…중략…) 나는 바란다, 이 저서를 읽는 분과 서로 힘써 선생을 저버리지 않고 선민의 아름다움을 길이 받들기를!"[44]이라고 하였다. 정약용의 실심실행 정신을 시대의 변화에도 불구하고 변함없는 가치로 인정하며 계승할 것을 다짐하고 있는 것이다. 또 이런 입장 때문에 실학에서 민족주체성 외에 근대

---

44 정인보, 정양완 역, 「여유당전서 총서」, 『담원문록(薝園文錄)』 중, 태학사, 2006, 216면.

적 요소는 전혀 강조하지 않았던 것까지 생각해볼 수 있다. 물론 민족이라는 가치도 근대에 발견된 것이다. 그러나 근대의 강렬한 요청이었던 근대적 민족의 각성을 한문학을 통해 끌어안고 폭력적으로 압도해오는 신문명을 돌파하려던 자세에서 발견되는 민족주체성은, 공동체적 주체성에만 집중적으로 강조점이 놓이는 것으로 보아야 한다.

근대화-산업화가 남한의 시대 이념이다시피 했던 1970년대에 정리된 '근대-민족'이라는 실학 연구의 이념은 전 지구적으로 단일한 근대를 상정하고 있다. 거기에 근대에만 방점을 두고 민족은 배제하려는 일련의 경향은 단일한 근대의 사유를 오히려 강화하는 것이다. 단일한 근대의 궤도에서 뒤쳐져 있다는 인식이 역으로 고전에서 근대 지향의 맹아들을 신기루처럼 좇게 만들었다. 근대 초입에 식민지를 겪고 곧이어 내전을 겪게 된 민족사의 나머지, 세계사적 조류에 밀리고 뒤쳐졌다는 불안감의 나머지, 우리 국학 고전의 중심 영역이던 실학 연구에는 '민족 주체적 근대'에 대한 깊은 상실감이 음양으로 각인되었던 것이다. 그러나 이제 단일한 근대의 신념은 흔들리고 있다.

'민족'의 측면은 지난 세기 제국주의 침탈의 피해자이면서도 다시 피해를 극복하며 전 지구적 산업화를 수행하는 역군으로서의 의미가 부여되었다. 여기서 '민족'은 '근대화'와 분리할 수 없는 위상을 지니게 되며, 다분히 동원되는 대중으로서의 자세를 요청받았다. 20세기 초중반의 '민족'은 저항적 민족주의로서 서구의 침략적 민족주의와는 결을 달리하는 것이긴 하지만, 큰 틀에서는 사회진화론의 우승열패론에 입각한 것이며 결과적으로는 민족의 경계 안팎에서 무한경쟁을 유발하는 것이었다.[45] '근대'의 측면은 자본주의적 근대라는 서구로부터 강요된 단일한 근대를 넘어서는 상상력이 부족하였

---

45 박노자, 『우승열패의 신화』, 한겨레신문사, 2005, 59~69면.

다. 상품 중심의 사유 혹은 화폐 개혁 구상과 같은 유사 자본주의적 요소를 실학 연구에서 강조해온 점을 지적할 수 있겠다. 토지와 노동과 화폐를 시장에서 상품으로 다루는 자본주의적 근대는, 자연과 인간을 파괴하는 폭력성으로 인해 끊임없는 저항과 수정을 통해 큰 비용을 치르며 겨우 유지되고 있다.[46] 특히 화폐는 자연 상태의 다양성을[47] 전 지구적 단일가치로 억압하면서 더욱 큰 비용을 치르게 되는 것이다. 이것을 자본주의적 세계화라고 부를 수 있으며, 이에 대한 저항의 다중적 공동체도 근대화의 진전 속에서 성장해 왔다.[48] 이제 대안의 근대 혹은 근대 이후의 상상력이 필요한 시점이다. 20세기의 실학 연구가 국학 연구에서 핵심적 역할을 담당하며 '민족-근대'의 이념을 추구했다면, 이제 실학 연구가 새로운 단계로 도약하여 새로운 상상력과 접속하고 본원의 맥락을 재구성해야 할 단계에 이르렀다. 근대의 초입에서 고전을 통해 주체적 공동체를 추구하는 지식인의 상을 그려본 정인보의 입장을, 실학 연구의 맥락에서 다시 확인해볼 필요가 있는 것이다.

---

46 칼 폴라니, 홍기빈 역, 『거대한 전환』, 길, 2009, 586~604면.
47 구로다 아키노부, 정혜중 역, 『화폐시스템의 세계사』, 논형, 2005, 237~238면.
48 피터 라인보우 · 마커스 레디커, 정남영 · 손지태 역, 『히드라—제국과 다중의 역사적 기원』, 갈무리, 2008, 507~512면.

정체(政體)와 문체(文體), 대한민국임시정부의 언어정치학으로 본 근대 동아시아 지성의 교류

한문자(漢文字)의 맹서(盟誓), 조소앙(趙素昻)의 선언·성명·강령과 『한국문원(韓國文苑)』을 중심으로

황호덕

나라를 걱정하며 스스로 탄식하다[憂國自嘆]

짧은 비 가져다 쓸어내 말끔히 하고 싶건만	願將短帚掃而淸
떠돌이 별[緯星]이 삼팔절(三八節)에 이르니 시름만 가득하네	緯星三八是愁城
나는 본래 나라를 위해 죽음도 불사했으나	我本不辭爲國死
누가 이 민생의 매듭을 풀 수 있으리오	誰能解結此民生
풍진 낀 관북(關北)은 구름이 아직 흩어지지 않았으나,	關北風塵雲未散
봄빛 물든 강남은 비가 막 개었으리	江南春色雨初晴
원래부터 행적에 과오가 많았으니	由來行蹟多過誤
사람 만나 성명 말하기가 문득 부끄럽구나	輒愧逢人道姓名[1]

---

1 삼균학회 편, 『소앙선생문집(素昻先生文集)』 하, 횃불사, 1979ㄴ, 183면. 조소앙의 문장은 왼쪽 문

1. 정체(政體)의 문체(文體), 임정(臨政)의 에크리튀르
―망명문체(亡命文體)와 망명정체(亡命政體)

조소앙(趙素昻, 본명 조용은(趙鏞殷), 1887~1958)은 대한민국임시정부의 국무원(國務院) 비서장(秘書長)을 시작으로 외무총장 네 차례, 내무부장, 임정의 여당 격인 한국독립당 당수 등을 역임하며 30여 년을 중국에서 보낸 한국의 대표적 독립운동가이다. 근대계몽기부터 『대한흥학보』 등의 각종 학보의 편집인으로 활동했고, 망명 후에도 임정의 헌법·강령 등의 초안뿐 아니라, 신문, 잡지의 창간과 집필, 저술에도 적극적이어서 종종 '문필혁명가'로 불리기도 한다. 특히, 정치와 경제와 교육의 평등, 개인과 민족과 국가 사이의 평등을 주창한 조소앙의 삼균주의(三均主義)는 1930년대 이후 임정의 헌법 및 건국강령, 한국독립당의 공식 정강으로 자리 잡았다. 조소앙의 문집과 독립운동사 자료집에는 조소앙이 한문(중문), 국한문체, 영어로 작성한 많은 글들이 산재해 있다. 기왕에 평전 성격의 조소앙 연구 단행본이나 삼균주의의 철학적 기반을 논한 서적, 독립운동가로서의 행적을 논한 논문 들이 이미 적잖이 제출되어 있다.[2] 다만 임시정부의 '서기'(書記, 체계(體系)) 역할을 담당했던 조

집 상하권을 텍스트로 삼되, 다음의 자료집·번역선집을 참고했다. 국학진흥사업추진위원회 편, 『한국독립운동사자료집(韓國獨立運動史資料集)―조소앙편(趙素昻篇)』 1~4, 한국정신문화연구원, 1995~1997; 강만길 편, 『趙素昻』, 한길사, 1982.

2 대표적인 것으로 다음과 같은 글이 있다. 홍선희, 『조소앙의 삼균주의(三均主義) 연구』, 한길사, 1982; 김기승, 『조소앙이 꿈꾼 세계―육성교(六聖教)에서 삼균주의까지』, 지영사, 2003; 조동걸, 『우사(于史) 조동걸(趙東杰) 저술전집 8― 대한민국임시정부』, 역사공간, 2010. 전기적 사실과 사상 형성, 임정 및 해방 후 활동 상황에 대한 가장 총괄적인 연구로는 김기승의 위의 책을 참조할 것. 조소앙과 임정의 관계에 대한 간명한 이해를 위해서는 이현희, 「대한민국임시정부와 조소앙의 업적」, 『아시아문화』 제12호, 한림대 아시아문화연구소, 1996.9. 이현희는 조소앙을 "문필혁명가(文筆革命家)"라 명명하고 있다.

소앙의 문장과 그 배치, 임정의 각종 문서의 에크리튀르가 가진 의미와 그 정
치성을 논한 글이나, 임정 관련 문서를 통해 '동아시아 근대 지성의 흐름과
교류'를 논한 글은 그다지 없었던 게 아닌가 여겨진다.

짧은 글에서 조소앙 집필로 확정할 수 있는 문서 전체를 다룰 수는 없기에,
여기서는 1919년의 「대한독립선언서」와 1919년의 「대한민국임시정부 임시
헌장」, 1940년의 임시정부 「건국강령」에 이르는 주요 선언, 헌법, 강령 등이
지닌 '맹세문'으로서의 성격과 역사·철학·문학에 걸친 그의 문필 활동의
동기와 의도에만 주목해 보기로 한다. 구체적으로는 국제법적으로 주권을
상실한 상태에서 행해진 소위 망명정부의 '정치적 맹세'가 지닌 의미가 무엇
이었는지, 또 역대한국문선(歷代韓國文選)이라 할 『한국문원(韓國文苑)』의 집
필 동기는 무엇이었는지를 '동아시아 근대 지성의 흐름과 교류'라는 논제와
관련시켜보는 것으로 하겠다. 특히 한문·한자와 중국어·영어라는 복수의
문체 혹은 복합적 문서 활동이 포괄하려 했거나 분할하려 했던 다기한 '교류'
에의 요청들을 부각해보는 것으로 논의를 한정해 보려 한다.

우선 조소앙이 여타의 임시정부 인사들과 구별되는 점을 몇 가지 지적함
으로써 조소앙의 정치적 입장과 문장이 지닌 문제성을 환기해보고자 한다.
첫째 조소앙은 유학(儒學)에서 시작해 구본신참(舊本新參)의 학문을 거쳐 근대
정치의 핵심적 사고에 도달한 대전환기의 대표적 정치가이자 사상가였다.
그는 1902년부터 1904년까지 성균관 경학과에서 수학한 전통적 교양인이었
으며, 또한 1904년에서 1912년까지 황실유학생으로 일본의 '도쿄제일부중
[東京第一附中], 정칙영어학교(正則英語學校), 메이지대학[明治大學, 법학]'에서 체
계적 근대 교육을 받은 근대인이기도 했다. 그런 의미에서 조소앙은 독립운
동 전선의 노소와 좌우를 심정적·이론적으로 매개할 수 있는 위치에 있었
던 사람이었다. 유학을 경험한 대부분의 근대 지식인들이 사회진화론과 문

명론을 통과해 소위 '친일' 혹은 '협력'의 길을 걸은 것[3]과 달리, 조소앙은 학업을 끝내고 1913년 중국으로 건너갔으며, 임정 요인들의 이탈 속에서도 거의 30여 년을 임정 주변에 남아 세대적·이념적 중재역을 수행했다. **신구 사상과 이념 들의 교차로**에 있었던 셈이다.

둘째, 조소앙은 한문, 한국어, 일본어, 중국어, 영어에 능통한 국제인으로 임정 외교 및 대외 입장 발표의 중추적 창구였다. 「대한독립선언서」(무오독립선언서)를 기초한 일을 필두로 자신이 익힌 정치학·법학·동서철학 지식을 토대로 목적에 상당하는 다기한 문체와 언어로 각종 헌법 및 법률 제정, 정당 정책 및 건국 강령, 대외 선언과 외교 문서 등을 도맡아 집필하다시피 하였다. 독립운동과 임정의 정당성을 이론적으로 뒷받침한 이데올로그이자, 독립운동 세력의 대표적 이론가·문장가였던 것이다. 그의 글을 통해 **임정의 정치적 입장 대외적 입장과 정치 이념을 언어의 질서와 유비해 파악**해 볼 수도 있을 것이다.

셋째, 조소앙은 임정 요인 중 신문, 잡지, 저술에 가장 적극적이었던 인물로, 그의 이름으로 된 수많은 공문서 외에도 한문(중국어), 국한문체로 많은 저작을 남겼다. 일본 유학시의 『공수학회보』, 『대한흥학보』 편집을 시작으로, 조소앙은 상해 시기의 『독립신문』 및 『평론』, 국문판 『한보(韓報)』와 중문판 『한보특간(韓報特刊)』(1930), 항주(杭州) 시기의 『진광(震光)』 국문판·한문판 (1934), 『광복(光復)』(1941) 등의 매체 창간을 주도했다. 뿐만 아니라, 고대부터

---

3 당시 조소앙과 함께 떠난 50인의 황실유학생 중에는 최린(崔麟), 최남선(崔南善)과 같이 초기 국내 독립운동의 주역들도 있었지만, 대부분이 관료계, 문화계, 실업계 내에서 체제 내화된 것으로 알려져 있다. 망국 후 '유신의 꿈'은 좌절되었으며, 대체로 이들은 조선총독부 관리, 회사·은행의 기능적 관리인이 되었다. 항일운동에 참여한 사람은 최린, 최남선, 김지간(金志侃), 조소앙(趙素昂) 넷이었다. 기미독립선언의 주역인 최린과 최남선은 친일 행적으로 인해, 오히려 해방 후 반민특위에 의해 기소되었으며, 김지간은 전선에서 중도탈락했다. 박찬승, 「1904년 황실 파견 도일유학생 연구」, 『한국근현대사연구』 51집, 한국근현대사학회, 2009.12, 226~227면.

조선조까지의 역대 문장을 선문(選文)하여 역대한국문선이라 할 『한국문원』(1932)을 출간하는 한편, 독립운동가들의 열전인 『유방집(遺芳集)』(1933)과 개인문집 『소앙집(素昻集)』(1932)을 중문으로 출간하기도 했다.[4] 현재는 극히 일부만 남아 있지만 『한국어교학법(韓國語敎學法)』을 중문으로 집필했던 것으로 보아, 한글의 효용과 의의에 대한 관심도 남달랐던 것 같다. 그 외에도 110여 편의 한시와 근대계몽기 일기로는 윤치호의 사례 다음에 속할 장기간(1904~1912)의 유학 일기가 남아 있다.[5] 한문 / 중문·국한문체·영어로 된 다기한 형식과 문체의 문장을 쓴 조소앙의 글들을 통해 각각의 **의도와 목적에 따른 문체 배치의 성격**을 가늠해볼 수 있지 않을까 생각된다.

넷째, 조소앙은 일본 유학 당시부터 『대동서(大同書)』와 『손문전(孫文傳)』을 탐독하기도 한바 **한중합작과 한중동맹, 나아가 (反帝)아시아주의**에 가장 큰 관심을 가졌던 인물 중 한 사람이었다. 조소앙은 이미 동경 유학 시기부터, 중국 유학생들의 정치 집회와 강연회에 참석하기도 하고 중국의 민족주의에 관한 논설을 통해 조선인의 각성을 촉구하기도 한 바 있다.[6] 망명 직후에도 진영

---

4 『유방집(遺芳集)』 외에도 「열사 김상옥전(烈士 金相玉傳)」, 「화랑열전(花郞列傳)」, 「여협남자현전(女俠南慈賢傳)」, 「대성 원효전(大聖 元曉傳)」, 「이순신구선지연구(李舜臣龜船之硏究)」 등 평전, 열전이 적잖다. 한문(漢文)과 중문(中文)을 구별하기란 쉽지 않다. 다만, 그의 글에서 백화(白話)의 흔적을 발견하기는 어려워서, 어디까지나 소위 문언문(文言文)의 범주에 있지 않았나 한다. 여기서는 편의상, 중국정부 및 인민을 대상으로 발표한 글을 편의상 중문으로, 개인적 글을 포함해 그 외의 경우를 한문으로 지칭하고자 한다.

5 이 일기는 현재 한국어로 번역 중에 있다(조소앙, 김보성 역, 황호덕 해설, 『동유약초(東遊略抄)』(제목미정), 현실문화연구, 2013 근간). 이 일기는 황실유학생의 것으로서뿐 아니라 (간헐적인 것을 제외하면) 당시 유학생의 일기로는 유일하다. 일본어 번역은 武井一 씨에 의해 이루어져 현재 자료집의 형태로 접해 볼 수 있다. 武井一, 『趙素昻と日本留學－「東遊略抄を中心として」』, 發行場所 : 波田野硏究室, 2009. 이 일기문 외에도 한시와 『한국문원』 서문 번역에 있어, 김보성 씨(성균관대 한문학과 박사과정)의 도움이 실로 컸다.

6 수학기의 중국에 대한 관심에 대해서는 김기승, 앞의 책, 69~70면을 참조. 1909년에 쓴 글에서 조소앙은 "淸國留學生을 試觀ㅎ야 在米同胞롤 模範ㅎ라"고 쓰고 있다. 조소앙, 「회원제군(會員諸君)」, 『대한흥학보(大韓興學報)』 제7호, 1909.11(국학진흥사업추진위원회 편, 『한국독립운동사자료집－조소앙편』 1, 한국정신문화연구원, 1995, 540면). 1911년 11월 4일 자 일기에서는 孫文의 신해혁명

사(陳英士)·진과부(陳果夫)·황각(黃覺)·대계도(戴季陶) 등과 신아동제사(新亞東濟社)를 성립시키고, 국민당 인사들과 '아세아민족 반일대동당'을 결성하기도 하기도 했다. 「상해주보(上海週報)」 특간에 한중동맹론을 제창하는 글을 발표(1925.5)하는 등 한중연대와 아시아주의에 관한 많은 글들을 중문으로 발표했으며, 그의 이러한 생각은 최종적으로 1942년 중경에서 성립된 한중 정부 인사 간 합의에 의한 중한문화협회의 창립[7]으로 결실을 맺었다.

요컨대, 조소앙은 민족주의와 사회주의 및 세계주의의 공존, 전통적 교양과 근대 지식의 절충, 동서사상의 회통, 한문과 국문의 역할분담을 가장 잘 보여주는 인물이 아니었나 생각된다. 그의 문장 자체가 1910년부터 1945년까지의 중국 망명 세력의 정치적 입장과 그 입장을 전달하는 '언어'를 추찰(推察)할 수 있는 가장 좋은 스펙트럼인 이유이다. 유구한 고유주권 위에 건립될 민주공화제라는 정체(政體)와 국한문체 등의 다기한 언어로 집필된 문체(文體) 사이의 관계는 과연 관습적이거나 우연적인 것이었을까.

과 민주주의 헌법에 지대한 관심을 보이기도 했다. 일례로, 『김상옥전(金相玉傳)』의 서문은 중국인 황개민(黃介民)이 썼으며, 『한국문원』의 속지에는 "형제급난(兄弟急難)"이라는 중국인 장계(張繼)의 휘호가 삽입되어 있다.

7 한시준, 「중한문화협회의 성립과 활동」, 『한국 독립운동사 연구』 제35집, 독립기념관 한국독립운동사연구소, 2010.4.

2. 한문맥(漢文脈)과 국맥(國脈), 임정문서(臨政文書)의 전고주의
─조소앙의 인고설(引古說)과 고유주권론(固有主權論)

권이란 무엇일까. 흔히 국제법적 승인과 실효적 지배, 주권자의 존재와 국민 혹은 시민의 승인이 이야기되기도 하고, 19세기 말 이후에는 민족 집단·언어·공동체에 대한 표상 등의 문화적 동질성이 부가되기도 한다. 하지만 국제적으로 인준되었으나 실효적 지배력을 상실한 정부가 있는가 하면, 국가의 모든 조건을 갖추었음에도 국제적으로 인정되지 않는 경우도 있다. 제2차 세계대전 중의 프랑스 드골 망명 정부와 폴란드 망명 정부 같은 경우가 전자에 속하고, 전전(戰前)의 만주국이나 대만의 경우는 후자에 속한다. 팔레스타인과 같이 국제적 인준에도 불구하고 물리적 예속 상태에 있는 국가도 있다. 그러니까 민족 집단과 언어, 공동체에 대한 표상만 있을 뿐 국제법적 인정과 영토적 주권을 상실한 경우, 그러니까 대한민국임시정부는 일본 관헌의 기록대로라면 '가정부(假政府)'에 불과할 뿐인지도 모른다. 하지만 현재 임정은 대한민국의 법통으로 간주될 뿐 아니라, '식민지' 기간을 '강점'으로 파악하는 '일제강점기'라는 역사 규정의 근거를 이루는 '정체'이기도 하다. 이를테면 일본 투항 직후에도, 임시정부는 조소앙 명의로 "한국이 일본의 강제점령(强制佔領)에서 해방(解放)된 국가(國家)임을 중신성명(重申聲明)한다"[8]는 요지의 '성명서(聲明書)'를 발표한 바 있는데, 이러한 '강제점령'론(= 합방무효론)은 한일협약 과정, 한국사 서술과 국가 대내 공식문서 등을 통해 일관되게 유지되었다.

---

8 조소앙, 「성명서삼(聲明書三)─일본투항직후(日本投降直後)」, 삼균학회 편, 『소앙선생문집』 상, 횃불사, 1979ㄱ, 333면.

통상 국가와 언어의 가장 전형적인 결합 방식인 공문서, 대외문서 들은 주권적 힘에 의해 구성되는 사태를 '재현'하거나, 일어나지 않은 사태를 앞으로 관철시키는 실천력과 관련된 약속을 뜻한다. 그렇다면 결여태로서의 국가 혹은 '가정부(假政府)'에 있어서의 공문서, 대외문서란 어떤 의미를 가질 수 있는 것일까. 이 장에서는 '문서놀음', '외교놀음'으로 비판되기도 하는 선언・맹서 활동이 지닌 '언어정치적' 측면 정도를 검토해보는 것으로 하겠다. 20여 년간에 이르는 임정 활동의 요체가 집약되어 있을 뿐 아니라, 임정의 공식 문헌 중에서도 최후의 것 중 하나인 「대한민국건국강령」(1941.11.28)을 통해 이 문제를 생각해 보기로 하자.

第一章 總綱

一. 우리 나라는 우리 民族이 半萬年來로 共通한 말과 글과 國土와 主權과 經濟와 文化를 가지고 共通한 民族正氣를 길러온 우리끼리로써 形成하고 團結한 固定的 集團의 最高組織임

二. 우리 나라의 建國精神은 三均制度의 歷史的 根據를 두었으니 先民이 明命한 바 "**首尾均平位하면 興邦保泰平**" 하리라 하였다 이는 社會各層 各級이 智力과 權力과 富力의 享有를 均平하게 하여 國家를 振興하며 太平을 保維하리라 함이니 **弘益人間과 理化世界**하자는 우리 民族이 지킬 바 最高公理임

三. 우리 나라의 土地制度는 國有에 遺法을 두었으니 先賢의 痛論한 바 『**遵聖祖至公分授之法하여 革後人私有兼併之弊**』라 하였다 이는 紊亂한 私有制度를 國有로 還元하라는 土地革命의 歷史的 宣言이다 우리 民族은 故規와 新法을 參互하여 土地制度를 國有로 確定할 것임

四. 우리 나라의 對外主權이 喪失되었을 때에 殉國한 先烈은 우리 民族에게 同心復國할 것을 遺囑하였으니 이른바 望我同胞는 勿忘國恥하고 堅忍努力하여 同心

同德으로 以捍外侮하여 復我獨立하라 하였다 이는 前後殉國한 數十萬 先烈의 典型的 遺志로써 現在와 將來의 民族正氣를 鼓動함이니 우리 民族의 老少男女가 永世不忘할 것임

五. 우리 나라의 獨立宣言은 우리 民族의 赫赫한 革命의 發因이며 新天地의 開闢이니 이른바 『우리 祖國이 獨立國임과 우리 民族이 自由民임을 宣言하노라 이로써 世界萬邦에 告하여 人類平等의 大意를 闡明하며 이로써 子孫萬代에 告하여 民族自存의 正權을 永有하라』 하였다 이는 우리 民族이 三一憲典을 發動한 元氣이며 同年 四月十一日에 十三道 代表로 組織된 臨時議政院은 大韓民國을 세우고 臨時政府와 臨時憲章 十條를 創造發表하였으니 이는 우리 民族의 自力으로써 異族專制를 顚覆하고 五千年 君主政治의 舊殼을 破壞하고 새로운 民主制度를 建立하며 社會의 階級을 消滅하는 第一步의 着手이었다 우리는 大衆의 핏방울로 創造한 新國家 形式의 礎石인 大韓民國을 絶對로 擁護하며 確立함에 共同血戰할 것임

六. 臨時政府는 十三年 四月에 對外宣言을 發表하고 三均制度의 建國原則을 闡明하였으니 이른바 『普通選擧制度를 實施하여 政權을 均하고 國有制度를 採用하여 利權을 均하고 共費敎育으로써 學權을 均하며 國內外에 對하여 民族自決의 權利를 保障하여서 民族과 民族 國家와 國家와의 不平等을 革除할지니 이로써 國內에 實現하면 特權階級이 곧 消亡하고 少數民族의 侵沒을 免하고 政治와 經濟와 敎育權利를 고로히 하여 軒輊이 없게 하고 同族과 異族에 對하여 또한 이러하게 한다』 하였다 이는 三均制度의 第一次 宣言이니 이 制度를 發揚擴大할 것임.

七. 臨時政府는 以上에 根據하여 革命的 三均制度로써 復國과 建國을 通하여 一貫한 最高公理인 政治 經濟 敎育의 均等과 獨立 民主 均治의 三種方式을 同時에 實施할 것임.[9] (강조는 인용자)

---

9 국사편찬위원회 편, 『한국독립운동사 자료-임정편』 2, 국사편찬위원회, 1972. 현전하는 '대한민국건국강령'의 판본은 여럿이다. 조소앙의 초고와 임시정부 관계 문헌, 한국독립당 관계

조동걸에 따르면, 조소앙의 일관된 입장은 고유주권설, 균등주의로 정리될 수 있다. 특히 논리 전개에 있어서는 인고설(引古說)이 특징적이다.[10] 위의 「대한민국건국강령」 역시 소위 삼균 제도(三均制度)라는 1930년 이래의 자신의 입장을 임정 단위에서 재확인한 사례라 하겠다. 전적(典籍)의 인용 외에도, 3·1운동 시기의 「기미독립선언서(己未獨立宣言書)」, 삼균 제도에 바탕을 둔 임정의 대외선언(1931)이 건국강령의 근거로 인용되고 있다. 조소앙 자신은 삼균주의의 요지를 '평(平)'을 뜻하는 '균(均)'으로 요약하였으며, 여기서 '균등'은 건국강령을 관통하는 핵심 개념이었다. 조소앙은 의정원에서 이 강령을 설명하며 '우리 선철(先哲)'은 "수미균평위(首尾均平位)하여 흥방보태평(興邦保泰平)함이 홍익인간(弘益人間)하고 이화세계(理化世界)하는 최고공리(最高公理)라"라는 대목을 재차 강조했다. 이 구절은 『고려사(高麗史)』의 「김위제전(金謂磾傳)」에 나오는 것으로, 차후 『단군고기(桓檀古記)』나 『단군세기(檀君世紀)』 서문에도 등장한다.[11] 물론 전고를 '민족사'에서만 찾으려 했던 것은 아니다. 앞서의 구절은 「한국독립당(韓國獨立黨) 당의해석(黨義解釋)」에도 등

문서, 해방 후 신문 게재본 사이에 적잖은 차이가 있다. 주로 한자어를 한글화하거나 주석을 다는 형태로 변화되어 갔던 것으로 생각된다. 그만큼 망명지와 해방공간의 언어 환경이 달랐던 것이다. 중국 국민당 정부에 보낸 「대한민국건국강령」 외교문서와 대조해 보면 흥미로운 '번역'적 차원이 드러난다. 실제로 원본과 번역의 선후를 확정할 수 없을 정도로 국한문체 '원문'과 중문 사이에는 뚜렷한 개념적 일치가 존재한다. 제3강까지만 인용해 보기로 한다. "大韓民國建國綱領 本綱領於一九四二年十一月 二十八日 由韓國臨時政府國務委員會制定頒布, 玆譯成中文, 以供友邦人士參攷. 第一章 總綱 一. 韓國爲五千年來保有共同言文, 國土, 主權經濟 及文化, 以養成共同民族正氣, 並自行形成及團結之固定集團之最高組織. 二. 韓國之建國精神, 爲 三均制度之歷史根源. 開國先祖曰:「首尾均平位, 興邦保泰平」. 意謂:社會各階層之智力, 權力及 富力, 應爲均等, 以之興國家, 而保泰平, 此誠爲吾民族所當遵守之最高公理. 三. 韓國有歷代土地國有 制度之遺範, 先賢痛論曰:「遵聖至公分授之法, 革後人私有兼倂之弊」. 此有變更其紊亂之土地私有, 還元爲國有之一種土地革命宣言, 吾民族應以參互古規及新法, 確定土地國有制度." 이하 생략. 독립운동사편찬위원회, 『독립운동사자료집 별집 2 – 임시정부 외교문서집』, 독립유공자사업기금운용위원회, 1976, 776~777면.

10 조동걸, 앞의 책의 제5장 3절을 참조.

11 「제34회 의회속기록(1942년)」, 『의정원문서』, 292~293면(김인식, 『광복 전후 국가건설론』, 독립기념관 한국독립운동사연구소, 2008의 제2장을 참조).

장하는데, 이 문헌에서는 한유(韓愈)·공자의 말이 연이어 등장한다. 한유 역시 "무릇 물건이 그 고른 것을 얻지 못하면 운다[凡物不得其平則鳴]" 하였고, 그 전에 공자 또한 "적은 것을 근심하지 말고 고르지 못한 것을 근심하라[不患寡而患不均]"라 했으니 홍익인간·이화세계는 동서고금의 움직일 수 없는 진리라는 것이다.[12]

「대한민국건국강령」 총강 제3강의 "준성조(遵聖祖) 지공(至公) 분수지법(分授之法)(하여), 혁후인(革後人) 사유겸병지폐(私有兼併之弊)"라는 대목 역시 『고려사』의 사전개혁(私田改革)에 관한 기사에서 온 것으로, 일종의 인고설(引古說)에 해당한다. 장차 광복할 조국의 토지국유화를 역사적으로 정당화하는 논리로서, 여기서 "분수지법(分授之法)"이란 곧 토지국유와 균등분할을 뜻했다. 제3강의 전고는 조준(趙浚)의 「분전제록소(分田制祿疏)」로, 이는 조소앙이 1932년에 발간한 『한국문원』에서 이미 역대 명문 중 하나로 제시되었던 바 있다.[13] 주지하다시피 1930년대는 동아시아 전역에서 아시아적 생산양식논쟁이 비등했던 때였다. 여기서 토지 국유는 아시아적 특수성으로서 종종 봉건제의 등장과 자본제 발달을 저해한 '정체성(停滯性)'의 원인으로 언급되었다. 그러나 토지국유의 문제는 조소앙에게 '정체성(停滯性)'의 원인이 아니라 '균등' 사회 실현의 논거이자 '역사적 선언(歷史的 宣言)'이었다. 당시 조선 내에서는 고려의 토지 제도를 두고 커다란 논쟁이 있었다. 즉 전시과 제도와 그 해체를 "아시아적 노예제사회"(이청원)에서 다음 단계로 가는 이행기로 볼 것인가, 혹은 "아시아적 봉건제"(백남운)의 전형적 사례로 볼 것인가를 두고 치열한 논전이 벌어졌다. 좌우합작 과정에서의 당헌 다툼을 통해 이러한 논쟁

---

12 삼균학회 편, 앞의 책, 1979ㄱ, 206면.
13 조준, 「분전제록소(分田制祿疏)」, 조소앙 편, 『한국문원(韓國文苑)』, 상해 : 근화학사(槿花學社), 1932, 127면(조소앙 편, 『한국문원』(영인), 아세아문화사, 1994).

들에 접할 수밖에 없었을 조소앙이 이러한 맥락에 완전히 무지했다 생각하기는 어렵다. 말할 것도 없이, 사전(私田)의 폐단과 공전제(公田制)를 주장했던 고려조의 역사적 전거와 현 단계 사유제의 모순 사이에는 커다란 낙차가 있지만, 조소앙은 이를 "고규(故規)와 신법(新法)을 참호(參互)"하는 일이라 확정한다. 왜일까.

1942년 12월 26일 약헌개정위원회(約憲改定委員會) 제5차 회의에서의 좌파 정당의 질의가 참조가 된다. 임정의 야당 격인 민족혁명당의 신영삼(申榮三)이 "토지국유 강령은 전 민족 동원에 방해가 된다"며, 건국강령 속의 삼균 제도를 문제 삼고 나왔다. 아이러니하게도, 정부 측의 입장을 대변한 조소앙은 이 물음에 "자본주의 사회를 건설한다면 따라올 사람이 하나도 없다" 답변한다. 인고설이 지나치다는 비판도 제기되었다. 1944년 건국강령 수개위원회(修改委員會) 제2차 회의에서 최동오(崔東旿)·강홍주(姜弘周)는 건국강령에 흐르는 인고설을 비판하고 나섰다. 하지만 이때 역시도 조소앙은 인고(引古), 즉 '역사적 근거' 없이는 건국의 이념도 있을 수 없다는 입장을 굽히지 않았다. 전통적 논거가 있다는 것은 오히려 정통성을 뜻하고, 현실적으로도 토지 재분배를 하지 않을 수 없다는 입장들이 우세하여, 건국강령은 결국 수정 없이 유지되었다.[14] 이러한 사실들을 통해 확인할 수 있는 것은, 조소앙의 소위 인고설 혹은 "고규(古規)와 신법(新法)의 참호(參互)"가 결코 번역이나 한글화와 같은 '표현'의 문제가 아니었다는 사실이다. 문체가 곧 정체를 뜻하는 상황이 존재했던 셈이다.

조소앙, 아니 약체화된 임정은 두 개의 요청에 긴박되어 있었다. 한반도에

---

14 대한민국국회도서관 편, 『(대한민국) 임시정부 의정원문서』, 국회도서관, 1974, 388면. 물론 삼균주의의 실현 방략이 전고(典故)의 애매성만큼이 구체성이 떨어진다는 비판은 있을 수 있겠다. 하지만 여러 정치 세력들을 포괄해야 했던 상황에서 구체성은 오히려 통합력의 제한으로 작용할 수도 있었을 것이다.

대한 일본의 실효적·국제법적 지배와 망명정부의 존재 간의 간극을 '국맥
(國脈)'의 논리로 연결하는 역사적 법통 확립의 필요, 즉 정통성(legitimacy)에
의 요구가 그 하나이고, 국가에 상당하는 교전단체로서의 국제법적 승인, 즉
합법성(legality)에의 요구가 그 둘이다.[15]

  어떤 의미에서 조소앙은 고유주권 = 주권불멸의 논리를 수사법 및 문체상
의 인고설을 통해 지탱하고 있었던 게 아닌가 여겨진다. 강령상에서 "고규(古
規)와 신법(新法)의 참호(參互)"란 '균(均) / 등(等) / 평(平)'이라는 국유제와 공
산제 사이의 가설적 중립지대를 형성하고 있는데, 넓게 보자면 '고규(古規)'는
임정의 두 요구 중 정통성을, '신법(新法)'은 국제법적 주권 = 합법성을 지탱
하는 양보할 수 없는 '정체(政體)의 문체(文體)'가 아니었나 생각된다. 따라서
건국강령상의 복국(復國) 및 건국(建國)은 "공통(共通)한 언문(言文)과 국토(國
土)와 주권(主權)과 경제(經濟)와 문화(文化)"라는 '통(統)'의 사고와 '혈전(血戰)'
에의 다짐이 노정(露呈)하는 전쟁 해소 후의 '법(法)'에의 요구 간의 결합에 의
해 수행되는 비전이었다 하겠다.[16] 제5항에서 3·1운동을 "군주정치의 구각
을 파괴하고 새로운 민주 제도를 건립하며 사회의 계급을 소멸하는 제일보

---

15 당시 상황을 점령과 전쟁상태로 규정하는 '강점(强占)'의 논리에 대해서는 이미 김구(金九)의
『백범일지(白凡逸志)』의 사례를 통해 다룬 적이 있기에, 여기서는 상론하지 않는다. 황호덕,
「점령과 식민—식민지, 어떻게 볼 것인가」, 『벌레와 제국』, 새물결, 2011. 여기서는 다만, 소위
현재의 한국 헌법에서 대한민국의 법통(法統)으로 규정되어 있는 대한민국임시정부의 역사
적 정당성과 합법성[法統]이 국제법적으로는 '번역될 수 없는' 성질의 것이라는 사실만을 지적
해 두고자 한다. 영문 헌법에서 '법통'은 "悠久한 歷史와 傳統에 빛나는 우리 大韓民國은 3·1運
動으로 建立된 大韓民國臨時政府의 **法統**과 不義에 抗拒한 4·19民主理念**을 계승하고**"라는 부
분은 "We, the people of Korea, proud of a resplendent history and traditions dating from time
immemorial, **upholding the cause of** the Provisional Republic of Korea Government born of
the March First Independence Movement of 1919 and the democratic ideals of the April
Nineteenth Uprising of 1960 against injustice"라 번역되어 있다. (강조는 인용자)
16 조소앙은 1919년부터 1945년까지를 불법 강점과 '혈전'의 상태로 인식하고 있었는데, 이러한
생각은 3대 독립선언서 중 가장 과격한 것으로 알려져 있는 「대한독립선언서」에서부터 "肉彈
血戰으로 獨立을 完成"라는 표현으로 나타나 있다. 「대한독립선언서」(1919.2), 삼균학회 편,
앞의 책, 1979ㄴ, 229면.

의 착수"라 하여 단절론적 뉘앙스를 드러내긴 했지만, 3·1운동에 의해 군주권이 이양되고 국민주권이 확립되었기에, "대한민국(大韓民國)"이 설립될 수 있었다는 것이 실제의 내포였다.[17] 현재의 근거와 미래의 일을 "선민(先民)의 명명(明命)"이라 보고 있다는 점에서 다분히 전고주의(典故主義) 혹은 명분론적(名分論的) 사고라 할 수 있지만, 이는 믿음의 영역이라기보다는 오히려 '정통성(legitimacy)'의 문제였다. 전고·인고·명분의 결합은 중문으로 작성된 글에서 더욱 현저하다.

그러하나 멀리 해외에 있는 수백만 동포가 치욕의 화를 면하여 다행히 우리의 충담(忠膽)과 의백(義魄)으로 민족정신을 분발키고 민족정기를 떨쳐 끊어지려는 국맥을 떠받치고 있다[然幸賴我忠膽義魄之數百萬同胞 遠在殊域 幸免蹂躪之禍 奮發民族精神 振正氣於將亡 扶國脈於垂絶].[18]

국맥이라는 단어는 위 글에서 여러 차례 반복된다. 요컨대 대한민국 인민을 향해 발화된 국한문체와 중국 인민을 향해 호소하는 중문 모두에 관통하는 하나의 문체적 특질, 정체 구성의 논리가 존재하고 있었다. 이를 국맥(國脈)과 한문맥(漢文脈)의 결합이라 할 수는 없을까.

"한자와 한시문을 핵으로 전개된 말의 세계"로서의 '한문맥(漢文脈)'[19] 안에

---

17 「대동단결선언」(1917)에서 조소앙은 다음과 같이 주장했다. "庚戌年 隆熙 皇帝의 主權抛棄난 즉 我國民同志에 對한 黙示的 禪位니, 我同志난 當然히 三寶를 繼承하야 統治할 特權이 잇고, 또 大統을 相續할 義務가 有하다." 「대동단결선언」, 독립기념관 소장, 도5-38. 즉 한일합병을 일본에 대한 주권양도가 아니라 융희 황제의 국민에 대한 선양(禪讓), 즉 '제권(帝權)의 소멸(消滅)'과 '민권 발생(民權 發生)'의 시점으로 파악한 것이다. 이 문서는 1917년 신규식, 박은식, 신채호, 조소앙 등 14명의 명의로 임시정부 수립을 촉구한 문서로 조소앙이 기초했다. 김기승, 앞의 책, 171면.
18 조소앙, 「제23주년3·1절국선언」(1942), 삼균학회 편, 앞의 책, 1979ㄱ, 287면.
19 齋藤稀史, 『漢文脈と近代日本』, 日本放送出版協會, 2007. 사이토 마레시, 황호덕·임상석·류충희, 『근대어의 탄생과 한문─한문맥과 근대일본』, 현실문화, 2010.

놓여 있던 임정의 문체란, 동아시아에 잔존했던 충담의백(忠膽義魄)의 사인 의식(士人意識)의 반영이자, '국맥불절(國脈不絶)'론의 한 요소이기도 했다. 국제적으로뿐 아니라, 운동 세력 내부에서조차 합법성과 정당성이 부인받곤 했던, 임정으로서는 "대한민국(大韓民國)은 민주공화제(民主共和制)로 함"(「대한민국림시헌장(大韓民國臨時憲章)」)이라는 신법(新法)의 정체(政體)를 '고규(古規)'의 문체로서 보충하고자 했던 것인지 모른다. 전고주의(典故主義) 혹은 인고(引古說)를 단순히 조소앙의 전통적 교양의 한계나 그가 즐겨 읽은 중국의 대동사상(大同思想)의 영향 정도로 생각해서는 곤란하다. 그에게 인고(引古)와 전고(典故)는 잔존한 관습이 아니라 지켜야 할 정통성을 뜻했기 때문이다. 그리고 이는 임정 성립 초기부터 거듭된 다음과 같은 절대적 요청과도 무관하지 않았다. 어떻게 임시정부의 이름에 상응하는 대외적 인정에 도달할 수 있을 것인가. 고유주권론 혹은 주권불멸론과는 별도로, 교전상태 = 전쟁상태의 상황 인식과 관련된 선언·성명서들과 조소앙 명의 외교 문서들을 검토해보기로 하자.

3. 교전(交戰)의 번역(飜譯), 임정(臨政)의 영문(英文)
— 조소앙의 외교공한(外交公翰)과 망명정부 교전단체론(交戰團體論)

조소앙의 활동에서 가장 두드러진 두 가지는 복국(復國) 후의 국가상(國家像) 확보 — 즉 건국강령의 마련과 대외 외교 활동이었다. 이 절에서는 '전시 망명정부'론과 관련된 후자의 언어가 지닌 성격에 대해 약술해 보고자 한다.

조소앙이 1920년대부터의 무정부주의적 이상이나 1930년대를 거치면서 형성된 사회민주주의적 전망을 지속적인 사상적 기저음(基底音)으로 삼고 있었음은 잘 알려져 있다. 하지만 계급과 계급, 민족과 민족의 대결에 있어서는 '통치기관', '전투단위' 구성이 절실했다.[20] 물론 이념적으로야 「대한독립선언서(大韓獨立宣言書)」의 다음 구절과 같은 고유권 혹은 고유주권론이 적잖은 정신적 힘이 되었을 것이다.

> 我 大韓同族 男妹와 暨我遍球友邦同胞아 我大韓은 完全한 自主獨立과 神聖한 平等福利로 我子孫黎民에 黎民世世相傳키 爲하야 滋에 異族專制의 虐壓을 解脫하고 大韓民主의 自立을 宣布하노라.
>
> 我 大韓은 無始以來로 我 大韓의 韓이요, 異族의 韓이 아니라 半萬年史의 內治外交는 韓王韓帝의 固有權이요, 百萬方里의 高山麗水는 韓男韓女의 共有産이오. 氣骨文言이 歐·亞(유럽·아시아)에 拔粹한 我 民族은 能히 自國을 擁護하며 萬邦을 和協하여 世界에 共進할 天民이라. 韓 一部의 權이라도 異族에 讓할 義가 無하고, 韓 一尺의 土라도 異族이 占할 權이 無하며, 韓 一個의 民이라도 異族이 干涉할 條件이 無하며, 我 韓은 完全한 韓人의 韓이라.
>
> 噫라 日本의 武孽이여![21]

주권이 땅과 언어, 공통의 경제문화와 민족정기에 기반하고 있기에, 그것이 설혹 일종의 법인(法人)이라 하더라도 인권과 같이 자연법적으로 하늘에 의해 주어져 있다는 사고, 즉 고유주권설이라 할 만한 사유 구조는 이미 1910

---

20 조소앙, 「각국혁명운동사요(各國革命運動史要)」, 삼균학회 편, 앞의 책, 1979ㄱ, 112면. 조소앙은 강도를 물리치기 전에 자진해 무장해제를 할 수는 없다는 비유를 들기도 했다.

21 「대한독립선언서(大韓獨立宣言書)」(1919), 위의 책, 229면. 흔히 「기미독립선언서(己未獨立宣言書)」와 구분하여 「무오독립선언서(戊午獨立宣言書)」로 불리지만, 발표 시기에 대해서는 학계에 이견이 있다.

년대부터 존재했던 사고방식이었다. 조소앙이 민족의 대동단결과 정부 수립을 요청하며 1917년 발표한 「대동단결선언(大同團結宣言)」, 1919년 길림에서 김좌진(金佐鎭), 여준(呂準) 등의 대한독립의 군부 인사들과 함께 발표한 39인의 연명의 「대한독립선언서」 등에서 이미 주권불멸론은 일종의 공리(公理)로서 제시되어 있다. 다만 이것이 3·1운동에 의한 황제 주권의 이양과 국민주권에 의한 민주공화제 정부 탄생설, 중일전쟁-제2차 세계대전에 의해 추동된 전쟁상태론으로 이행한 것이라 하겠다.

고유(주)권의 주장과 민족 공유산(共有産)의 선언은 강력 정치(power politics)와 영토주권론에 움직이는 국제 관계에서는 지배의 합법성과는 무관한 '주장'에 불과했다. 신성한 주권(sacred sovereignty)이란 주권 개념의 종교적 근원에 지나지 않았다. '선언'의 효력은 어디까지나 '일본의 무얼(武孽)'에 대한 경고와 '대한동포(大韓同胞)'에 대한 호소 이상의 것이 될 수 없었다. 1인칭 복수형의 대한동포의 상대, 또 대한민국임시정부의 상대는 2인칭 일본만일 수는 없었다. 선언의 돈호법(頓呼法)이 미쳐야 할 범위는 전 '세계'에 걸쳐 있었다. 민족정기(民族正氣)와 국맥(國脈)에 의존한 민족의 고유주권과는 다른 대외적 인준—즉 합법화 과정이 필요했던 것이다.

韓國에 歷史的 國家의 體相을 承繼傳授하는 **國統上 主權獨立의 理由**와 敵의 侵佔된 期間에 우리 民族의 主權과 大義를 扶持하는 過渡的 任務로서의 鄭重한 名分上 理由와 早晚間 **交戰團體의 國際的 認識을 促成할 外交上 情勢** 等等을 보아 本政府는 顚業不破할 根據가 있을 뿐 아니라, 內로 2千萬의 忠勇한 國民의 期待가 날로 堅固하여 가며 外로 國際環境의 變動이 迫頭하여 東亞問題를 解決하는 열쇠로서의 目標가 되어 있는 것이 明白한 事實이니, 百尺竿頭에 一步를 更進하여 國土光復을 完成할 때까지 政府를 擁護하는 中에 各界의 大團結을 完成하여 黨으로서의 職務

와 政府로서의 職務가 서로 表裏相須하여 **獨立戰爭의 大業을 協成**할 뿐이다.[22]

(강조는 인용자)

　각개 '전투' 중인 독립운동세력을 향해 "임시정부를 옹호하라"는 외침을 반복했던 이유는 (이데올로기상의 대립이 있는 대로) '독립전쟁'의 대업을 달성하기 위해서는 정통성의 확보와 교전단체로서의 승인이라는 두 요소가 필수불가결하다 판단했기 때문이었다. 1940년 이후 외교부장을 맡기도 했던바, 조소앙은 임정 요인 중 이 문제에 가장 적극적인 인사였다. 그는 대외적 승인의 문제를 대표성과 교전 단체 구성의 관점에서 사고하고 있었다. 법학을 전공한 조소앙은 초지일관 민족의 대동단결에 의한 대표 정부 및 전투단체 구성을 주장했고, 이런 생각은 사실 꽤 일찍부터 정립된 것이 아니었나 싶다. 하나의 근거가 될지 모르겠으나, 『동유약초(東遊略抄)』를 일람할 때 그의 전시국제법에 대한 관심은 제도적으로 주어지고 문헌을 통해 강화된 것이었다. 그가 읽은 서적 중에 『국제전시공법(國際戰時公法)』이라는 것이 있는데,[23] 이는 필시 당시 이 분야의 권위자이자 러일전쟁의 처리에도 관여한 다카하시 사쿠에[高橋作衛]의 『전시국제공법(戰時國際公法)』이었거나 관련 강의록이 아니었던가 생각된다.[24] 다카하시 사쿠에는 메이지대학에 출강하여 국제법강의의 기초를 잡은 인물로 당대의 권위자였다. 메이지대학에서 그의 강의록은 강의견본으로 사용되고 있었다. 메이지대학 『법학과강의견본(法學科講義見本)』의 「총론, 제1장 : 전쟁의 정의」에 등장하는 다카하시의 전쟁에 관한 정의에 주목해 보고 싶다.

---

22 「제16주년 3·1절 기념 선언」(1935.3.1), 위의 책, 245면.

23 조소앙, 「東遊略抄」, 위의 책, 418면. "受驗日字自不久 自是定今12日間, 爲1期 每1期, 讀1課書 自今日讀國際戰時公法 如此則五月頃 可一覽了矣. (1911.1.12.木)" 조소앙은 그 다음날로 법학부의 일 년분 강의록 7권을 빌려 읽어나가기 시작한다.

24 高橋作衛, 『戰時國際公法』, 哲學書院, 1902. 여러 도서관을 검색해 보았으나, '국제전시공법'이라는 책은 찾지 못했다.

전쟁의 정의로서 학자들이 드는 것은 천차만별이라. 그중에서 가장 완전한 것에 가까운 것은 로렌스 씨의 정의라. 동씨는 전쟁을 정의하여 왼쪽과 같이 운(云)한다.

전쟁이란 국가 혹은 전쟁과 관련해 국가에 상당한 권리를 유(有)한 단체 간에 공연(公然) 병력(兵力)을 교(交)함을 이름.

여(余)는 약간 로렌스 씨가 여(與)한 것에 보충하여 다음과 같이 정의를 내림이라.

전쟁이란 국가 간 또는 국가와 교전단체, 또는 교전단체와 교전단체 사이에 공연(公然) 병력(兵力)으로써 쟁투(爭鬪)하여, 반드시 국제 간에 이상(異常)한 권리의무의 관계를 발생시키는 것을 이름이라.[25]

다카하시가 로렌스로부터 변경한 대목은 두 군데이다. 하나는 교전 단위를 국가로부터 교전단체로 장한 부분이고, 다른 하나는 국제간 권리의무 관계의 변경[異常]이 발생한 경우로 '전쟁'을 한정한 부분이다. 서구 국제법의 계승·전수로부터 구체적 사건의 실태에 대한 고려로의 이동[26]으로 요약되는 이 변경이 가진 함의는 단순하지 않다. 해석하기에 따라서는 내란, 중국 군벌과의 교전, 식민지에서의 교전이 전시 상황에 포함될 여지가 있으며, 선전포고나 조약과 같은 시말(始末)에 의해 평시 국제 간 관계의 이상이 생긴 경우

---

25 원문은 아래와 같다. 宮崎繁樹, 「明治大學と國際法」, 『明治大學社會科學研究所紀要』 第35卷2号, 1997, 162면. 미야자키는 이 대목에서, 서구 국제법의 계승과 전수로부터 사건의 실태에 대한 고려로의 이동을 지적한다.
"'總論, 第一章 戰爭の定義.' '戰爭ノ定義トシテ學者ノ擧クル所ハ, 千差萬別ナリ. 就中最モ完全ニ近キモノヲ, ローレンス氏ノ定義トナス. 同氏ハ, 戰爭ヲ定義シテ, 左ノ如ク云ヘリ.
戰爭トハ, 國家, 或ハ戰爭ニ關シテ國家タルノ權利ヲ有スル團體間ニ, 公然兵力ヲ交フルヲ謂フ.
余ハ, 少シク, ローレンス氏ノ與ヘタルモノニ補充シテ, 次ノ如ク定義ヲ下サントス.
戰爭トハ, 國家間又國家ト交戰團體, 若クハ交戰團體ト交戰團體トノ間ニ, 公然兵力ヲ以テスル爭鬪ニシテ, 必ス國際間ニ異常ナル權利義務ノ關係ヲ生セシムルモノヲ謂フ.'"

26 위의 글, 163면.

역시 그 상대가 (인준된) 국가가 아닐 수 있기 때문이다(실제로 3·1운동 초기나 관동대지진 때도 사태를 내란이나 전시 상황으로 볼지, 소요(騷擾)로 간주할지에 대한 교착(交錯)이 있었다).

어쩌면 「대한민국건국강령」 발표 직후 있었던, 뒤늦은 「대일선전포고(對日宣戰布告)」(1941.12.9)나 그 이전의 독립선언서에 산견되는 대일(對日) '혈전(血戰)' 선언(宣言) 역시 이러한 맥락에서 이해되어야 할지 모른다. 더구나 조소앙은 3대 독립선언서 중 가장 과격한 것으로 이야기되는 「대한독립선언서」(1919)의 기초자로, "일절(一切) 사망(邪網)에서 해탈(解脫)하는 건국(建國)인 줄을 확신(確信)하여, 육탄혈전(肉彈血戰)으로 獨立(獨立)을 완성(完成)할지어다"라 외쳤던 인물이기도 했다.

한편, 1922년의 임정 외무총장을 시작으로 외교 최고책임자를 여러 번 역임했던 조소앙은 제2차 세계대전이 한창이던 중대한 시기인 1940년 10월 제4차 개헌을 통해 외교부장에 재취임한다. 조소앙은 삼균 제도에 바탕을 둔 헌법, 건국강령, 한국독립당 정강 등의 기초와는 별도로, 중국·미국·영국 등의 연합국을 상대로 임정 승인 노력을 계속했다. 광복 후의 임정 정통성 확립 민주공화국 건설에 있어서의 지위를 고려할 때 국제적 승인은 필수 불가결했다. 영토주권을 결(缺)한 상태이지만 외교주권(外交主權)만은 승인받아야 조약과 그에 이어진 전후 처리의 당사자가 될 수 있었다. 개인 자격으로 환국해야 했고 이승만에 의해 법통을 부인당하기까지 했던[27] 해방 후 임정의 상

---

27 제헌국회에서의 임정 계승논쟁에 대해서는 박찬승, 「대한민국 헌법의 임시정부 계승성」, 『한국 독립운동사 연구』 제43집, 독립기념관 한국독립운동연구소, 2012.12를 참조. 박찬승은 임정의 계승이 비록 인적 계승으로는 이루어지지 않았지만, 헌법의 체제와 정신 내용 측면에서는 상당한 계승성이 존재함을 밝혔다. 해방 이후 제헌헌법에도, 조소앙이 삼균주의에 기초해 작성한 1941년 임시정부의 건국강령이 바탕에 깔려 있다는 것이다. 더하여 제헌헌법 역시 1944년 임시정부가 만든 임시헌장의 체계와 거의 같음을 입증하였다. 그러나 차이도 존재해서, 대통령제로의 권력 구조 변경이나 토지 사유제의 인정, 국유·공유의 제한 등은 변화된 부분이다.

황을 고려할 때 고유주권과 외교주권은 결코 따로 떨어져 있는 문제가 아니었다. 조소앙의 문필 활동은 개인의 것이든 임정의 이름으로 발표되었든, 대부분 임정의 정통성 혹은 합법성을 이론적으로 체계화하는 데 그 목적이 있었다. 물론 샌프란시스코 국제회의 참가 요구가 거절되는 등, 외교적 성과는 뜻한 대로 달성되지 못했지만,[28] 그의 외교문서들이 한국 독립이라는 의제와 임정의 존재를 대내외에 인식시키는 데 공헌한 것만은 분명하다 하겠다.

조소앙 이름으로 발송된 외교 문서들은 주로 망명정부로서의 승인, 독립운동 세력 내 정통성 주장, 교전 단체로서 교전 능력, 근대 민주주의의 옹호를 주 내용으로 하고 있는 것이다. 1944년 6월 19일 연합국을 향해 발송된 「외무부장 성명서」("Statement")에서 천명된 성명의 일부와 4개 요구의 첫 문장에 대한 번역문이다.

> 동맹국(同盟國)의 작전(作戰)을 협조(協助)하고 화평기초(和平基礎)를 건설(建設)하는데 일부분(一部分) 역량(力量)을 가진 한국(韓國)에 관(關)하여 중(中)·미(美)·영(英)·소(蘇) 및 각(各) 우방(友邦)은 이미 밀절(密切)한 연구(硏究)와 공정(公正)한 관찰(觀察)에 노력(努力)하는 것을 본(本) 부장(部長)은 감사(感謝)한다. (…중략…)
>
> ① **한국(韓國)은 이미 단결(團結)되었다.** 정치적(政治的)으로, 당파방면(黨派方面)으로, 의회(議會)로, 정부(政府)로, 완전(完全)하게 단결(團結)되었다. (…중략…) ② **한국은 신민주주의(新民主主義)로 돌진(突進)한다.** 한국의 장래(將來)는 정치(政治)·경제(經濟) 및 사회(社會) 각 방면(方面)으로 진정(眞正)한 민주주의(民主主義)를 적용(適用)하겠다. (…중략…) ③ **한국은 국내와 국외와의 구체적 호**

---

[28] 이현희는 개인의 구국의지가 임정의 대외적 이미지 구축으로 이어져 커다란 외교적 성과를 거두었다 평가한다. 이현희, 앞의 글, 442면.

응과 합작이 개시되었다. (…중략…) ④ 한국인 전체의 의견은 최근 임시정부 및 일반 독립운동방면을 통하여 이미 일치되었다. (…중략…) 그러므로 각 동맹국가는 덕구(德寇)를 격퇴하는 간접수단으로 또는 일본을 소탕하는 직접전략(直接戰畧)으로 임시정부를 승인함에 일치한 방침이 조속히 결정될 것과 평등 호조의 원칙이 4강 맹국으로부터 우리 한국에 실현하여 주기를 바란다.

대한민국 26년(1944년) 6월 19일
대한민국임시정부 외무부장

STATEMENT

By Y. Tjosowang, Minister of Foreign Affairs

In behalf of the Provisional Government of Republic of Korea, I the undersigned Y. Tjosowang, hereby have the honour to express greatfulness to the Republic of China, the United States of America, Great Britain, the Union of Soviet Social Republics, and toher friendly Nations for their endeavour toward a close study and just observation with regard to Korea which has the possibility of playing a small but perhaps significant role in the war efforts of the United Nations and the foundation fr the postwar peace, (…중략…)

Ⅰ. **The Unification of the Korean Independence Movement has been already effected.** Politically, among all groups and parties, in the National Provisional Assembly centering on the Provisional Government, all are fully united. (…중략…) Ⅱ. **Korea has started on her swift march toward modern democacy.** Korea will therefore exercise politically, economically, and socailly democracy, in the full and true sense of the word, (…중략…) Ⅲ. **Korea, within and outside the land, has begun to co-ordinate her war efforts and cooperate positively with the United Nations** (…중략…) Ⅳ. **The opinion of all Koreans constituencies, in th Provisional Government and the national Independence Movement, has thus been unified.** (…중략…) Hence it is hoped that as an indirect measure in destroying the German Fascist foe and as a direct strategy in crushing, the Japanese Fascist foe the four leading Powers of the United Nations already mentioned will quickly arrive at and **early decision to recognize the Korean Provisional Government** and thereby to exercise the principle of eqauity and co-operation among all Anti-Fascist forces and nations.

19 June, 1944

Chungkin, China

(Signed) Y. Tjosowang[29](강조는 인용자)

조소앙이 민족주의적 명분에 집착하여, 영토 내 폭력의 독점으로서의 국가주권의 본질과 사회계약이라는 국가의 기초를 간과했다고는 보기는 어렵다. 이른바 국맥(國脈)의 유구성과 주권(회복)론은 삼균주의라는 체계화된 건국이념을 통과해, 사회계약에 기초한 신민주주의(modern democracy)의 옹호, 즉 민주공화제와 교전 단위로서의 '임시정부의 국제적 인정'에의 요구로 정식화되었다.

---

29 삼균학회 편, 앞의 책, 1979ㄱ, 320~323면. 위의 「외무부장 성명서」는 보다 자세하게 임정의 역동적 잠재력(Actual Potentialities)과 임정 승인에의 요구를 담았던 다음 글의 요약적 확인의 성격을 갖는다. 「임시정부비망록」과 그 영역(英譯)인 "MINISTRY OF FOREIGN AFFAIRS PROVISIONAL GOVERNMENT OF THE REPUBLIC OF KOREA CHUNKIN M-E-M-O-R-A-N-D-U-M KOREA'S ROLE IN THE ANTI-AXIS WAR"(1944.6.10), 같은 책, 498~508면.

중국 국민당 정부는 가장 먼저 임정을 승인한 국가이자 교전 단위였다. 임정 승인에 적극적이었던 장개석(蔣介石) 정부(政府)나 중국 인민들을 대상으로 한 경우에는 거의 '문화번역'이 불필요했다. 교전단체로 이미 승인한 상태였기 때문이다. 이를테면 손문(孫文)의 아들이자 당시 중경(重慶) 중국정부의 입법원장이었던 손과(孫科)는 이 글이 발표된 대한민국임시정부 23주년 기념식장에서 "일본 제국주의를 박멸하는 중국의 양책(良策)이 제일 먼저 한국 임시정부 승인에 있다"[30]라고 답하기도 했다. 일본에 의한 침략과 이른바 '한문맥'이라는 지적·정치적 기반을 공유했던 것도 성명서의 논리와 문체를 가른 요인이었을 것이다. 반면 미국과 영국 등의 경우는 달랐다. 역사적 정통성이나 민족 단위의 고유주권론은 설득 언어가 될 수 없다 판단했기 때문이다.

반면, 동맹국가들의 총체로서의 국제연맹(United Nations)과 주요 연합국(中美英蘇)을 상대로 한 성명은 어디까지나 정치·외교·군사상의 완전한 단결(effected Unification)과 임정에 집중된 통일지휘권(concentrated Korean Independence Movement in Provisional Government), 신민주주의(modern democracy)에 대한 옹호와 다짐, 동맹국으로서의 협력 의지, 독립운동 단체의 통일 기관으로서의 주권 인민의 승인(the opinion of all Koreans constituencies)과 같은 '정치적 구문맥(歐文脈)'하에서 작성되고 번역되어 있다. 요컨대 번역 가능성을 전제로 수다한 성명서·선언 들이 작성되어 있다는 것이다. 파리 강화회의와 스페인 국제사회당대회, 소련 공산당 대회 등에 임시정부대표로 참가하는 한편, 입출이 있기는 했지만 1922년부터 임정 외무총장직을 들락거렸던 조소앙의 현실인식이 개념과 문체 수준에서 반영되어 있는 사례가 아닌가 생각된다.

---

30 김구, 도진순 주해, 『백범일지』, 돌베개, 1997, 297면. 이 책은 국한문혼용체로 되어 있는 백범 자필 원고의 현대어역이다. 자필 원고와 필사본 들의 전체가 전집의 형태로 간행되어 있다. 백범김구선생전집편찬위원회 편, 『백범김구전집』 1·2, 대한매일신보사, 1999.

4. 국망이문역망(國亡而文亦亡)에서 문망연후국내진망(文亡然後國乃眞亡)까지 ─『한국문원』의 통발[筌]과 고기[魚]

단체나 임정 명의가 아닌 글들, 즉 개인 이름으로 발표된 조소앙의 글들은 대체로 한국의 역사나 문화의 재현 혹은 사적 감정의 토로라는 두 가지 동기에 의해 쓰였다. 문체 혹은 문학이라는 문제와 관련해 그중에서도 가장 주목되는 문헌은 1932년 출판되어『대공보(大公報)』등의 중국 신문에도 특기된 바 있는『한국문원』이 아닐까 한다. 과문한 소치일지 모르지만, 이 저작을 본격적으로 다룬 글은 아직 발견하지 못했기에, 논제와 관련해 약간 살펴보고 싶다. 우선 출간 동기에 관한 것인데, '만주사변' 전후의 가장 암담한 상황에서 이 책을 편집해야 했던 심정을 조소앙은 다음과 같이 적고 있다.

그러나 누차 병란을 겪어 용도(龍圖)[31]·서첩(瑞牒)이 진흙탕에 버려지고, 조적(鳥跡)[32]·현문(玄文)이 타들어가는 벌판에 재로 남았다. 근래에는 강진(强秦)의 화[33]를 만나서 고대 문헌 중 잔존해 있던 작품들이 다시 심한 손상을 입었고, 상실하여 거의 없어졌다. 아, 나라가 망하니 문헌도 사라지는구나. 우리 선조들이 물려준 영화가 하루아침에 매장되었으니, 어찌 시체를 어루만지며 통곡하지 않을 수 있겠는가![34]

---

31 용도(龍圖) : 복희씨(伏羲氏) 때에 황하(黃河)에서 용마(龍馬)가 등에 지고 나왔다는 하도(河圖)를 가리키는데, 보통 하늘로부터 부여받은 황제의 통치권이라는 뜻으로 쓰인다.

32 조적(鳥跡) : 황제(黃帝)의 신하 창힐(蒼頡)이 새의 발자국을 보고 처음으로 문자(文字)를 만들었던 데서 온 말로, 전하여 문자를 가리킨다.

33 강진(强秦)의 화 : 본래 '강한 진(秦)나라의 화', 즉 진시황이 주변 여섯 나라를 병합하여 나온 말인데, 여기에서는 일본이 주변국을 차례로 침공한 일을 뜻하는 듯하다.

34 조소앙 편, 앞의 책, 1932, 2면. "然而屢經兵燹, 龍圖瑞牒, 委於泥塗, 鳥跡玄文, 燼乎遼原, 近遭强

『한국문원』은 조소앙이 생각한 역대 명문과 시를 9권 1책으로 묶은 10만

언(萬言) 분량의 역대한국문선이다. 제1부 상편은 산문 선집으로 '夫餘文·

馬韓文·高句麗文(卷一), 渤海文(卷二), 百濟文·後百濟文(卷三), 新羅文(卷

四), 高麗文(卷五), 朝鮮文(卷六)'으로 이루어져 있다. 제2부는 역대시선(歷代詩

選)으로 '古代之高句麗新羅(卷七), 高麗詩(卷八), 朝鮮詩(卷九)'로 편성되어 있

다. 한마디로 한국문학 앤솔러지로 제1부에는 약 105명의 143편의 문(文)이,

제2부에는 151명 450편의 시가 실려 있다.[35] '문원(文苑)'이라 하였거니와, 편

집방침에 대해 조소앙은 이렇게 쓰고 있다.

2천여 년의 잘 지은 문장과 뛰어난 구절이 대개 이 책에 포함되어 있으니, 역대

어려웠던 창업의 자취, 어진 재상과 뛰어난 장군이 자신을 잊고 나라에 보답한 정

성, 충성스런 사람과 의로운 선비가 비분강개한 말, 석덕(碩德, 큰 덕)과 일덕(逸

德, 허물), 가인(佳人)과 재자(才子), 이름난 규수와 높은 승려의 작품이 여기에서

하나로 꿰어졌다.[36] 만약 그 면목을 본다면 '빛나도다, 그 문장이여'[37] 할 것이니,

이는 한민족 문원(文苑)의 일부 영화로, 화려할 뿐만 아니라 알맹이도 존재하는

것이다. 역대 정사(政事)의 손익, 국교(國交) 연혁, 문체 변환과 사조(思潮) 교체의

실마리 같은 것도 여기에서 펼쳐 볼 수 있다. 자손에게 이 책을 전하는 것은, 통발

은 잊을 수 있어도 물고기는 잃을 수 없어서이다.[38] 우방(友邦)에게 이 책을 공표

秦之禍, 而古代文獻之有存者, 復經摧殘, 喪亡殆盡, 噫國亡而文亦亡, 使我祖先遺傳之榮華, 一朝
而埋葬之, 安得不撫尸而曲哭耶!"

35　조항래, 「해제」, 위의 책(조소앙 편, 앞의 책, 1994).

36　하나로 꿰어졌다 : 원문은 '一以貫之'로, 『논어』「이인(里仁)」편과 「위령공(衛靈公)」편에 나오
는 구절을 그대로 인용한 것이다.

37　빛나도다, 그 문장이여 : 원문은 '煥乎其有文章'이다. 『논어』「태백(泰伯)」편에 나오는, 요(堯)
임금을 찬탄한 구절을 그대로 인용한 것이다. "높도다, 그 성공이여. 빛나도다, 그 문장이여[巍
巍乎其有成功也, 煥乎其有文章]."

38　통발은……없어서이다 : 『장자』「외물(外物)」편의 "통발은 물고기를 잡는 도구지만, 물고기

하는 것은, 동문(同文)이 오래되었음을 밝히고 덕 있는 사람이 외롭지 않기를 바라서이다.[39]

대한민국 11년 기사(己巳) 2월 20일 편자

아나가야(阿那伽倻)의 후손 조소앙 서(序)야[40]

한마디로 역대 한국의 문장들을 일이관지하여 정치, 문학, 풍속의 모든 것을 담았다는 것인데, 실제로는 창업, 외교, 전란과 관계된 정치적 문헌들이 상당한 비율로 실려 있다. "원효의 불학(佛學)과 이황의 이학(理學)과 허준의 의학(醫學) 등은 동아시아 여러 나라들에서 성행했다. 이로 본다면, 중국 글자가 삼한(三韓)의 문학에 구성되어 있는 분량을 능히 짐작할 수 있으며, 한국 사람이 세계 문화에 공헌한 것은 공이 또한 크다고 하겠다"[41]라는 언급에서 알 수 있듯이, 이른바 한국의 '문화'와 '국성(國性)'이 담긴 문장들을 통해 한국의 존재와 그 문화적 공헌을 알리고 '동문지구(同文之久)'의 우의(友誼)를 호소할 목적으로 역대문선을 추린 것이라 하겠다. 특히 전근대의 여러 인접 민족이나 현대 러시아의 한자 이해와 비교해가면서, 세계의 1/3을 차지하는 중국의 글자로 중국의 문호들과 자웅을 겨루었던 '한국문원'의 높이를 설명하는

    를 잡고 나면 통발을 잊게 된다[筌者所以在魚, 得魚而忘筌]"라는 구절을 비틀어 인용한 것이다.

39 덕 있는……바라서이다 : 원문은 '欲其德之不孤也'인데 『논어』「이인(里仁)」편에 "덕 있는 사람은 외롭지 않으니, 반드시 이웃이 있다[德不孤, 必有隣]"라는 구절을 인용한 것이다.

40 조소앙 편, 앞의 책, 1932, 3~4면. "二千餘年之名文秀句, 槪爲包括於此矣, 歷代創業艱難之蹟, 良相名將亡身報國之誠, 忠人義士慷慨之辭, 碩德逸隱, 佳人才子, 名媛高僧之作, 一以貫之於此, 如見其面目, 而煥乎其有文章焉, 是韓族文苑之一部英華也, 不啻華也, 實亦存焉, 乃若歷世政事損益, 國交沿革, 文體變換及思潮遞嬗之機, 亦可以展覽於斯矣. 爲子孫傳此書者, 筌可亡也, 而魚不可失也, 爲友邦公此書者, 昭其同文之久, 而欲其德之不孤也.//大韓民國十有一年己巳二月二十一日編者//阿那伽倻后人趙素昂印序."

41 위의 책, 2~3면. "如元曉之佛學, 李滉之理學, 許浚之醫學等, 盛行於東亞諸國, 由此觀之, 華文之於三韓文學, 所搆成之量, 思過半矣, 而韓人之貢獻於世界文化也, 功亦大矣."

대목에서, '동문지구(同文之久)'에 기초한 '한중합작(韓中合作)'에의 갈망이 느껴진다 하겠다. 책머리에 실린 최치원(崔致遠)과 송시열(宋時烈)의 유상(遺像)과 중국인 장계(張繼)의 휘호(揮毫)는 그런 의미에서 이 책의 편집 원리와 목적을 상징한다 하겠다.

여기서 그 세세한 목록과 편집 원리를 상론할 여유와 능력은 없다. 다만 여기서는 "통발은 잊을 수 있어도 물고기는 잃을 수 없다[筌可亡也, 而魚不可失也]"는 『장자(莊子)』의 인용이 갖는 함의에 대해서만 얼마간 생각해보고 싶다. 조소앙이 생각한 '한문'에 대한 생각을 엿보기 위해서다. 과연 통발은 무엇이고, 물고기는 무엇일까. 잘 알려져 있는 『장자』「외물(外物)」편의 해방 구절은 이렇게 되어 있다.

통발은 물고기를 잡기 위한 도구인지라 물고기를 잡으면 통발은 잊어버리며, 올무는 토끼를 잡기 위한 도구인지라 토끼를 잡으면 올가미는 잊어버린다. (이와 마찬가지로) 말이라고 하는 것은 뜻을 알기 위한 도구인지라 뜻을 알고 나면 말은 잊어버린다. (그런데 세상의 학자들은 뜻보다 말을 중시하여 말을 천착하니) 내 어디에서 말을 잊은 사람을 만나 그와 함께 이야기할 수 있을 것인가[筌者所以在魚 得魚而忘筌 蹄者所以在兔. 得兔而忘蹄 言者所以在意. 得意而忘言, 吾安得夫忘言之人. 而與之言哉].[42]

조소앙은 이 말을 자손들에게 전한다 했다[爲子孫傳此書者]. 그렇다면 여기서 자손들이 얻어야 하는 것은 물고기고 잊어도 무방한 것은 통발이다. 그런데 『한국문원』의 서두에는 이런 두 구절이 있다.

---

[42] 「외물」, 안병주 역, 『역주 장자』 4, 전통문화연구회, 2008, 79면.

누군들 자국의 문자를 써서 그 문화와 국성(國性)을 발휘하고자 하지 않겠는가
[孰不以自國文字, 欲發揮其文化與國性乎哉]?[43]

조소앙이 한국의 고문(古文)과 금문(今文)을 구별하며 이두(吏讀)를 고문으로 언문(諺文)을 금문으로 이해한 이유이다. "오직 한국 사람만이 자국 문자를 쓰는 것 외에 중화의 문자(華文)를 잘 썼다[惟韓人, 除用國字外, 善用華文]"는 것일 뿐, 나라마다 모두 고유의 언어와 문자가 있다[國家亦如是 莫不有固有之言語文字]는 것이 조소앙의 생각이었다. 한문은 통발과 물고기가 하나로 결합된 본질 필연적 '진문(眞文)'이 아니다. 한자는 일종의 미디어이자 한국인의 선처(善處)이며, 한국문화의 본연적 요소는 아니다.

하지만 중국 신문에서 『한국문원』의 출간 의의는 조금 다르게 해석되었다. 기자는 『한국문헌』에 대해 장문의 기사를 쓰며 이 책의 가치를 다음의 세 가지로 요약했다. 첫째, 조소앙의 책은 '중국문자(中國文字) = 한문(漢文)'이 어떻게 어원으로 존재하는 산스크리트어[梵文]나 서양 각국어와 다른지를 잘 알려준다. 즉 『한국문원』만 봐도 알 수 있듯이, 한문은 희랍어·라틴어에 더해 영어·프랑스어·독어·러시아어를 다 합해 놓은 문자의 총화이고, 동양의 여러 민족과 국가의 문자들이 한문을 따르는 만큼 한문이 없는 바에야 동양의 역사문화는 설 수 없다는 것이다. 기자는 조소앙의 이 책이 중국인들로 하여금 한문의 지위와 영향을 알려, 구미의 서양문화 부속품을 모방하는 중국인을 깨우친다고 주장한다. 기자는 "국망이문역망(國亡而文亦亡)"이라는 조소앙의 서문 구절에 통감하며, "문망연후국내진망(文亡然後國乃眞亡)"이라 위로한다. 기자는 이 책의 두 번째 가치를 설명하며, 이 책이 중국과 한국과

---

43 조소앙 편, 앞의 책, 1932, 2면.

일본의 문자적 인연이 얼마나 심절한지를 알려준다고 말한다. 그럼에도 일본은 신문화운동 운운하며, 자국에서뿐 아니라 한국에서도 정규 교육 내에 한문학습을 금비하여 점차 한적을 송독하는 자가 적어지고 있다 개탄하고 있다. 기자가 말하는 세 번째 가치 역시 중국의 급무를 깨우친다는 데 있다. 즉 누천년의 민족정신이 담긴 일국문원(一國文苑)의 영화가 담긴 한국문학사인 이 책을 읽으면, 한국의 흥망의 모습과 득실의 거울을 얻을 수 있어 '우리 중국'이 직면한 경계해야 할바, 급한 임무가 무엇인지에 대해 감발받는 바 크다는 것이다. 기자는 끝으로 하루에도 한 달에도 세 번씩 거처를 옮기며 이 책을 펴낸 조소앙의 고심과 정절 일본이 절대 한문과 한국문으로 된 한국의 전적을 훼손하거나 비장해놓고 있어서는 안 된다고 경고하며, 한국 관계 문헌을 구득하기 힘든 현실에서 조소앙의 서적이 갖는 의의가 적지 않음을 강조하고 있다.[44]

조소앙이 애초에 언급한 "물고기를 얻으면 통발을 잊는다"는 말의 내포는, 통발을 잃으면 다시 고기를 얻기 어렵다는 뜻은 아니었다. 기자가 쓰고 있듯이 "문망연후국내진망(文亡然後國乃眞亡)"이라 할 때 이 문은 국성과 문화의 뜻[意]을 담은 언어 그 자체일 수는 있어도, 결코 한문을 직접적으로 지시하는 것은 아니었다. 간단히 말해 물고기는 여기서 한국 고유의 문화(文化)와 국성(國性), 즉 목적을 의미하며, 문언(文言)은 수단에 불과하다. 물고기가 목적이며, 통발은 수단이다.

어찌 보면 '동문지의(同文之宜)'의 입장에서 감발하는 『대공보(大公報)』의 기자의 태도나, 중국의 정치와 문화 상황을 망국 한국의 현실이라는 거울에

---

44 「한국의사조소앙편 한국문원」, 『대공보 문학부간(大公報 文學副刊)』, 1932(중화민국 21년). 12. 12. 『대공보』는 천진(天津) 대공보관(大公報館)과 각 지방 대공보분관(大公報分館)을 통해 이 책을 유통시켜 주었다.

비춰보는 방식은 오히려 자연스러운 현상에 가깝다. "우방(友邦)에게 이 책을 공표하는 것은, 동문(同文)이 오래되었음을 밝히고 덕 있는 사람이 외롭지 않기를 바라서이다"라며 한국에의 관심을 촉구한 것도 조소앙 자신이기 때문이다. 중국인 친구 파림(巴林)에게 준 시는 같은 통발로 하나의 물고기를 얻으려 했던 조소앙과 중국의 친우들 사이의 상호 감발(感發)을 잘 대변한다 하겠다.

중국 친구 파림(巴林)에게 준 시[贈中國友人巴林詩]

왜구가 미친 듯이 대국을 침범하여	倭寇如狂犯大邦
중원의 장사(壯士)가 국경에 이르렀네	中原壯士赴疆場
포탄비 쏟아진 호강(滬江)은 밤에 바람 불어 찬대	滬江砲雨風宵冷
누가 다친 병사를 위해 삼베 치마 자르려나	誰爲傷兵剪布裳[45]

조소앙은 자손에게는 맹세와 약속을 잊지 말라는 뜻이 담긴 '물고기'를 전하는 한편, 우방 중국에게는 함께 통발을 쓰는 자로의 우의(友誼)를 호소한다. 그럼으로써 독립과 연대라는 두 목적을 함께 자신의 서문에 새겨 넣고 있다.

통발은 무엇이고, 물고기는 무엇일까. 조소앙이 문자와 뜻 사이의 깊은 관계에 착목한 사람이라 하더라도, 자손에게 전하려는 물고기는 한문 그 자체가 아니라 그에 담긴 '지향' 그 자체였음만은 말해 둘 필요가 있다. 한편 통발이

---

[45] 삼균학회 편, 앞의 책, 1979ㄴ, 196면.
'누가……자르려나' : 추운 강가에 누워 있는 부상병을 위해 치마를 잘라 이불을 만들어 줄 여인을 찾아 호소하는 듯하다. 그런데 전시(戰時)에 상복을 만들어 입는 여인의 모습을 상상해 본다면 "누가 다친 병사를 위해 삼베 잘라 치마 만드려나"라고 해석할 수도 있다(물론 이 경우에는 '죽은 병사[死兵]'가 아닌 '다친 병사[傷兵]'라고 표현한 부분이 다소 어색해진다).

그 자체로 잊어도 되는 것은 아니었기에 물고기와 통발, 뜻과 말은 여기서 서로를 지탱하는 요소이다. 따라서 『장자』에서 인용한 이 구절에는 중국 안에서 복국(復國)의 문자를 써 나가는 자로서 입장이 반영되어 있으며, 따라서 이중의 함의를 갖는다. 조소앙의 문체는 상황 의존적인 것이어서 단순한 인고설(引古說)이나 용사(用事)와는 다른 것 같다. 굳이 말하자면 조소앙의 문장 속에서 한문맥(漢文脈)이 흐르고 있다면, 이는 원텍스트의 친화관계와 비판적 거리화가 현실 문맥 속에서 화쟁(和爭)하는 형태로 존재하는 것이 아닌가 한다.

앞서 누차 조소앙이 선언의 효력, 또 언행일치를 이끄는 맹세로서의 언어의 힘에 대해 신뢰하고 있었다고 강조하였다. 그런데 이때의 '말'은 통발로서의 말이 아니라, 사물이 놓인 상태를 움직일 수 있는 의지가 표현된 말―맹세언어라 할 것이다. 목적과 수단이 분리된 말이라기보다는 말이 사태를 추동하는 맹세가 조소앙 문장의 특징이 아닐까.

5. 문학(文學)과 맹서(盟誓)
―언문일치(言文一致)와 언행일치(言行一致) 사이

임정(臨政)의 주석(主席) 김구는 자식들에게 줄 유언으로 『백범일지』를 적어나갔다. 그런데 해방 후 일지를 공간하려 하자, 커다란 벽에 부딪혔다. 근대 초기의 문법적 혼란이 반영된 딱딱한 국한문체로 되어 있어서 '번역'하지 않으면 안 되는 상태였던 것이다(아이러니하게도 그 번역을 이광수가 맡았다 한다). 심산(心山) 김창숙(金昌淑)과 같이 아예 한글로 된 글을 남기지 않은 독립운동가들도 다수다. 식민지 조선의 언어 환경의 급속한 변화와 한글화의 진전에 따라 이들 망명객들의 문체는 그 정당성이나 맹서로서의 미래성과는 별도로 '지나가 버린 미래'로 비춰졌다. 이들의 문장을 1910년 혹은 1919년에 멈춰 있는 문체라 간단히 규정해버릴 수도 있을 것이고, 혹자는 한문을 저항의 지적 근원으로 파악하고 싶을 수도 있을지 모른다.

필자는 대한민국임시정부의 선언들이 지닌 정치적 의도와 문장의 배치 사이에 모종의 필연적 관계가 있을지도 모른다는 가정하에, 그 사례의 하나로 조소앙의 글들을 검토해보았다. 조소앙은 노론계 양반가에서 태어나, 성균관에서 유교 경전을 배운 이른바 전통적 유학 교양인이었다.[46] 1904년 한일의정서 체결과 함께 황실유학생을 선발되어 1912년 메이지대학 법학과를 졸업하기까지 햇수로 10년에 가까운 시간을 제국일본의 수도에서 보낸 사람이다. 사상적으로는 정치적으로는 유학에서 출발해 종교가로서의 침잠을 거쳐 대동(大同)과 단합을 강조하는 민족주의자로, 또 거기서 사회민주주의로 나아갔다. 해방 후에는 우익 세력으로부터 기회주의적 친(親)공산주의자로 몰렸고, 좌익 진영으로부터는 회색적 기회주의자로 비판받았다. 세계종교들을 통일하여 독립운동의 정신적 통일력으로 삼으려 했던 초기(1910년대)의 육성교(六聖敎) 시기, 세계종교와 민족종교의 결합에 이르는 시기, 임정 관여 시기의 아나키즘 시기(1920년대), 삼균주의(1930년대)로 대표되는 좌우절충의 중간파적 입장까지 그의 정치적 입장과 사상적 진전은 그 자체로 한국독립운동

---

46 당시 재학생 중에는 박사 신채호를 비롯하여 유인식(柳仁植), 변영만(卞榮晚), 김연성(金演性) 등이 있었다 한다. 당시의 성균관 경학과는 이미 구본신참(舊本新參)의 방침 아래, 사서삼경(四書三經)과 사서(史書)를 언해본과 함께 교육하고 있었으며, 본국사(本國史)와 만국역사(萬國歷史), 본국 지지(본국 지지)와 만국지지(萬國地誌), 작문, 산술 등을 가르치고 있었으며, 시중 서점에서 각종 신서적을 읽고 토론하는 분위기도 있었다 한다. 성균관 수학 중, 산림과 천택(川澤)을 일본에 파려는 '역신(逆臣) 이하영(李夏榮)' 등에 항의 격토(激討)하여 신채호 등과 함께 성토문을 정부에 올리기도 했다. 김기승, 앞의 책 참조.

사와 한국근대사상사 이해의 주요한 과제라 하겠다.

이 글에서는 조소앙의 문체와 임정의 정체(政體)를 유비 관계로 보면 어떨까 하는 관점에서 논의를 전개해 보았다. 다소 무리가 있는 대로, 전통과 근대, 민족주의와 민주주의, 독립과 연대, 언어와 정치의 교차점으로서 그만한 인물도 없어 보였던 까닭이다. 다음과 같은 소결(小結)을 얻었다.

망명 독자 즉 독립운동 및 혁명 세력을 염두에 둔 문체이자 독립에의 의지와 실천을 정동으로 촉발시키는 문장으로 조소앙의 '문학'은 좀 더 기억되어야 할 필요가 있다. 임정과 조소앙이 생각한 정체(政體)와 문체(文體)가 여전히 현재 대한민국 헌법상에 살아남아 있는 상황을 역시 확인해 둘 필요가 있다. 그렇다면 왜 다른 이가 아니라 조소앙이어야 했을까. 조소앙이 임시정부 요인(要人) 중 대내외 선언이나 맹서에 가장 적극적이었던 인물이었던 이유는, 그가 도래할 조국 건설을 위한 정당성·정통성·대표성 문제를 이념과 언어의 차원에서 가장 포괄적으로 사고했던 인물이었기 때문이었다. 물론 삼균주의로 정리된 그의 생각이 이상(理想)으로는 나무랄 데 없으나, 사상적 애매성, 건설 방략의 구체성이 부족한 고리타분한 인고설이라는 비판이 있을 수 있다. 하지만 국통(國統)과 보편(普遍)을 결합시키는 그만의 문체와 논리는 한계인 동시에 가능성이었던 측면도 있었던 게 아닐까. 사상적·교양적·세대적 한계로만 보기보다는, 신구좌우(新舊左右)를 아우르는 사상적 통합과 협상의 가능성, 정통성과 세계성을 함께 고려하면서 생긴 접촉 면이라 보는 관점도 가능할 것이다. 더구나 임정 외교의 창구로서 조소앙은, 국제법상의 강력 정치적 차원과 인민주권론과 민주주의라는 연합국의 정치적 기반에 대한 레디컬한 인식을 가지고 있었다. 외무부장의 자격으로 쓴 여러 외교 공한(公翰)을 보면 임정의 대표성 확보와 교전 단체로서의 국제적 승인을 위한 그의 노력과 입장이 일목요연하다. 단순히 국맥(國脈)으로 전유(專有)된 한문맥(漢文脈) 안에서 인물은 아닌 것이다. 수다한 문장과 그 문체 역시 한문맥, 국맥, 구문맥(歐文脈)이 얽혀들어 독특한 배치와 교착을 낳고 있다.

임정의 활동이 한국의 독립운동사에서 얼마만 한 대표성을 가질 수 있을지, 그 활동의 위력이나 효과가 어떠했는지에 대해서는 회의적 입장이 많다. 다만, 이 글에서는 조소앙의 문장들이 가진 언어정치학적 의미에 대해서만 얼마간의 고찰을 해보았을 뿐이다. 임정의 문서와 그 발화수반행위(發話隨伴行爲)들, 조소앙의 문장과 행적 들이 현재의 우리에게 과연 어떤 (문학적) 의미를 던져 줄 수 있을까. 이렇게 질문해 보자, 현실적 상황과의 괴리 속에서도 끈질기게 거듭된 임정의 활동과 그 흔적으로서의 '문서놀음'이 조금 이해되었다. 요컨대 지금의 정치에서는 사라져 버린 약속과 전망의 언어ー즉 공동(체)의 '맹세'라는 문제가 그것이다.

조르조 아감벤에 따르면 맹세는 그 자체로 그 어떤 것도 창조하지 않고 어떤 것도 낳지 않지만 다른 무언가, 이를테면 법·시민·입법자가 낳은 것을 하나로 묶어주고 보존해주는 것에 다름 아니다. 당장의 실현 여부를 떠나, 그리스 시기부터의 잠언(箴言)처럼 "우리의 민주주의를 하나로 묶어주는 힘은 맹세"에 다름 아닌 것이다.[47] 공동의 맹세와 약속 없이 미래의 시간을 생각할 수는 없다. 흔히 한문의 질서에서는 문자가 그 이름에 합당한 현실과 맺어져 있다 이야기되곤 한다. 정명론(正名論) 혹은 명분론(名分論)과 진문(眞文)을 연결시키는 사고들도 있다. 하지만 말과 사태의 커다란 거리야말로 정명론과 명분론의 출처일 것이다.

뜻[意]과 현실이 다를 때, 언어가 문제가 된다. 말이 현실을 반영하기도 하

---

47 조르조 아감벤, 정문영 역, 『언어의 성사ー맹세의 고고학』, 새물결, 2012, 16~17면(Giorgio Agamben, Adam Kotsko(trans.), *The Sacrament of Language : An Archaeology of the Oath*, Stanford University Press, 2010). 이하, 맹세가 지닌 정치적 의미에 대해서는 위의 책을 참고했다.

지만, 도래해야 할 현실을 호명(呼名)하기도 하기 때문이다. 언어학자 방브니스트는 말과 행동의 관계를 설명하며, 맹세의 기능은 산출된 선언(affimation)에 있는 것이 아니라 맹세로 소리 내어 입 밖으로 나온 말과 발동되는 힘(potency) 사이에 수립되는 관계에 있다 말한다. 어쩌면 조소앙이 믿었던 것은, 미미할 수도 있지만 '유의미한' 발동의 잠재력을 지닌 '선언'의 '힘'이 아니었을까. 조소앙이 말한 대한민국임시정부가 지닌 잠재성(Korea which has the possibility of playing a small but perhaps significant role)은 무력에도 있었겠지만, 실은 이 무력을 불러들이는 선언과 그 선언의 승인에 있었던 게 아닐까 한다.

조소앙은 한국인과 임정의 역동적 잠재력(Actual Potentialities)에의 주장을 정당화하기 위해 20만 독립군의 양성 가능성을 언급했다. 허황된 이야기처럼 들린다. 중국의 내전적 상황과 그에 얽여 있던 한국독립운동세력의 이념적 · 실질적 '분단'을 생각할 때, 그것이 과연 가능했겠는가 하는 의문은 당연하다. 다만, 한 가지 분명한 것은 정치적 독립과 그 전망으로서의 정치 · 경제 · 교육의 민주주의에 대한 정치적 맹세가, 그 맹세를 지키려는 이들에게는 '사실적 가능성' 혹은 '역동적 잠재력'으로 발동되고 있다는 사실이다. 이를 『한국문원』에 나오는 말로 설명해보자면, 맹세의 언어란 "국망이문역망(國亡而文亦亡)"이라는 '국가-언어'의 관계를, "문망연후국내진망(文亡然後國乃眞亡)"라는 '언어-국가'의 관계로 재수립하는 힘, 그 자체였다 하겠다.

현실적으로 무망(無望)해 보이는 맹세와 잠재적 고유주권에 대한 조소앙의 신뢰야말로 진정한 문학적 논제인지 모른다. 말의 힘을 문제화하고 있기 때문이다. 전통적 의미에서 "맹세는 대체로 보면 신들의 증언과 대상물의 현전을 수반한다."[48] 통상 신을 걸고 맹세하기 때문이다. 이를테면, 유일신 하

---

48 *ibid.*, p.44.

느님 아래에 육성(六聖, 단군(檀君)·불타(佛陀)·공자(孔子)·속라태서(屬羅泰西, 소크라테스)·야소기독(耶蘇基督)·모합묵덕(謨哈默德, 마호메트))을 놓고 이를 통해 세계종교와 민족종교의 통일을 꾀하던 시기의 조소앙을 생각해보면 어떨까. 민족정신과 세계 정신의 통일 꿈꿨던 육성교 시기의 조소앙이 자신이 기초한 『대한독립선언서』에서 '천민(天民)'과 '황천(皇天)의 명령'을 걸고 육탄혈전하겠다 다짐한다. 여기서 맹세는 법과 종교(religio)에 이르기 위해 언어가 통과해야만 하는 문턱을 표상한다.[49] 하지만 내가 주목하고 싶은 것은 신 없이도 발동되는, 정치와 말의 상호 수립 관계이다.

분명 하느님은 말과 사태를 일치시켜 맹세가 곧 법이자 행위이자 성취가 되도록 하는 존재이고, 그런 의미에서 인간에게 언행일치를 촉구하는 존재이다. 대종교나 유교나 천도교, 기독교가 각각 그러한 역할을 했고, 3·1운동에서 합류했다. 하지만, 이러한 신정론(神政論)적 발상이 정치적 리얼리즘이나 제1차 세계대전 후의 근대 민주주의, 나아가 현실사회주의 안에서 갖는 효력은 너무도 제한적이다.

실상, 본래부터 로고스는 데우스의 것이 아니라 폴리스의 것이었다. "언어가 본래 사태나 사물과 갖는 괴리를 극복하기 위해, 말하는 동물 인간은 정치의 영역 안에서 맹세를 보증하는 수단으로 하느님을 상정했다"고 생각하는 편이 이치에 맞을 것이다. 아감벤의 간명한 진술에 따르면, "인간은 자신의 언어를 자신의 행위에 대립시키면서 언어에 자신을 걸 수 있고 '로고스'에 자신을 약속할 수 있는 것이 된다."[50] 그렇다고 할 때, 인간에 대한 오래된 두 정

---

[49] *ibid.*, p.65.
[50] *ibid.*, p.143. 바로 이어지는 아감벤의 설명은 이렇다. "다시 말해 인류는 언어에 자신의 본성을 걸었던 것이다. 인간은 푸코의 말대로 '정치에 생명체로서의 자기 실존을 건 동물'인 것만큼이나 언어에 자신의 목숨을 건 생명체인 것이다. 이 두 개의 정의는 사실상 떼려야 뗄 수 없으며 본질적으로 서로 기대어 있다. (…중략…) 맹세와 같은 것이 생겨날 수 있으려면 사실상 무엇보다도 생명과 언어, 행위와 말을 구별하면서도 또 어떤 식으로든 서로 맞물리게 할 수 있어야

의들인 '말하는 동물'의 로고스와 정치적 동물의 폴리스는 '맹세'에 의해 하나의 경험으로 묶이게 된다. 주지하다시피, 조소앙이 지녔던 종교로서의 민족주의는 사회주의와 삼투된 삼균주의, 즉 정치적·경제적·교육적 민주주의에 이르렀다. 조소앙이 궁극의 이상으로 생각한 것은 개인과 개인, 민족과 민족, 국가와 국가가 균등한 이른바 '세계일가(世界一家)'의 미래였다. 거듭되는 이상론이다. 하지만 이 이상론은 조선 반도 내에 있었던 '시정(施政)'과 현실 사이의 괴리에 정확히 대응되어 있었다. 소위 조선총독부의 시정의 결과 수십 배로 벌어져버린 반도 내 조선인과 일본인 사이의 빈부 격차(물론 조선인들 사이의 그것을 포함해)에 관해 쓴 중문 비판서 『한국지현상급혁명추세(韓國之現狀及其革命趨勢)』(『素昻集』, 上海 : 출판사 불명, 1932)을 떠올려 보면 어떨까.

즉, 정치가 오직 시정(施政)의 빈말이 될 때 즉 벌거벗은 삶을 대상으로 한 빈말과 폭력의 지배라는 형태를 띨 수밖에 없을 때, 언어를 지닌 살아 있는 인간은 '비명(悲鳴)'만 남은 존재가 된다. 폭력과 빈말의 통치가 만들어낸 복수(複數)의 비명이 정치의 세계 안으로 재진입할 때, 그것은 일종의 '맹세'의 언어가 된다. 즉 공동의 약속이 새로운 정치적 공간 안에 기입되는 것이다. 따라서 주권이란 매번 이 약속의 순간으로 되돌아 갈 때에만 정당화될 수 있는 성격의 것이다. "오등(吾等)은 자(玆)에 아조선(我朝鮮)의 독립국(獨立國)임과 조선인(朝鮮人)의 자주민(自主民)임을 선언(宣言)하노라"라는 외침으로부터 '최후의 일인까지 혈전하겠다'는 맹세가 임정과 대한민국의 전고(典故)이자 헌법적 기초가 된 이유이다.

식민지와 전쟁은 인간을 말하는 동물과 벌거벗은 생명으로 선연히 분절시

만 한다. (…중략…) 인간의 언어와 같은 것은 사실상 참말과 거짓말의 가능성에 공기원적(共基源的)으로 노출되어 있는 생명체가 자진해서 자신의 말에 대해 자신의 생명으로 응답하는 순간에만, 일인칭으로 그것들에 대한 증인이 되는 순간에만 산출될 수 있다."

키는 시공간이라 정의될 수 있다.[51] 그렇다면 이러한 시간에 언어란 과연 무엇을 뜻하는 것일까. 맹세는 벌거벗은 삶으로 분절되어 나온 인간—즉 말하(려)는 동물에게 일종의 결단을 요구한다. 한 인간이 언어에 자신의 본성을 걸고 말과 사태를 윤리적이고 정치적인 차원에서 하나로 묶으려 할 때, 그는 맹세의 인간이 된다.

조소앙에게 맹세의 언어는 정통성과 보편성, 현실과 가능성이 결합된 것이어야 했다. 맹세의 문체는 살아 있는 인민의 말[諺文]과 역사의 통발[漢文] 모두를 포함해야 했다. 언어유희로서가 아니라, 실로 물고기와 통발이 분리될 수 없는 역사적 시간이 있는 것이 아닌가 한다. 조소앙의 망명 정부는 정체(政體)의 근원에 연결된 맹세의 문체로서 인고(引古)와 인민(人民)을 절합(切合)하는 국한문체를 택했다. 고색창연한 민주주의라는 국한문체의 아포리아는 절충·관습·권위와 같은 언어로만 설명될 수 없다. 특이한 것은 이 고유주권론자로서는 이 맹세의 장에 조선(祖先)들까지 초대하지 않을 수 없었다는 사실이다. 예외상태 속을 살았던 사람들, '도래해야 할 공동체'에 대한 희망 속에서만 '언행(言行)'할 수 있었던 사람들에게 법과 문법, 정치와 문학, 조선(祖先)과 자손(子孫)은 결코 둘이 아니었다. 바로 거기에서 '역사'가 산출되어 나왔다.

언어와 사태(현재적 삶) 사이의 거리를 전제하는 한편, 오래된 과거로부터의 약속을 복수의 실천으로 매개하는 이 맹세의 문체는 물론 특정한 개인의 것도 아니며, 이 문체에 고유하게 속한 것도 아니다. 오해를 피하기 위해 말하건대, 필자는 대한민국임시정부를 위대한 법통이라거나 거대한 기념비라고 주장하려는 것이 결코 아니다. 그 자체로 무구(無垢)한 언어나 사건이란

---

51 여기에 대해서는 황호덕, 앞의 책.

없다. 한 시대의 에크리튀르, 즉 맹서(盟誓)의 잠재적 힘을 믿었던 한 망명 정부의 망명문체(亡命文體)만이 나의 논제였다. 끝으로 한 가지만 제안을 남기고 싶다. 있는 현실에 글을 일치시키려는 언문일치(言文一致)에의 기도(企圖)와 해놓은 말에 행동을 일치시키려는 언행일치(言行一致)에의 기도(企圖)를 함께 생각해 볼 때야말로, 비로소 근대문학의 정치적 차원이 드러나는 게 아닐까. 한문으로부터 파생된 시대의 에크리튀르라는 논제는, 그런 의미에서 '표상(表象) = 재현(再現)'과 '맹서(盟誓)'라는 언어의 두 국면을 들여다보는 하나의 심연에 해당한다.

'문화 연구'의 정치성과 역사성

근대문학 연구의 현황과 반성

박헌호

1. 현문우답(賢問愚答)을 각오하기

특정한 연구 경향의 성과들을 점검하여 그 의의와 한계를 밝히는, 이른바 '리뷰형' 논문을 쓰는 것은 어려운 일이다. 읽어야 할 자료도 적지 않거니와, 그를 분석하고 평가하기 위해서는 보다 다양한 차원의 이론적 좌표들을 담지해야 할 필요성이 요청되기 때문이다. '리뷰'라는 행위가 본질적으로 내포하고 있는 상대화와 객관화 과정은 대상들을 입체화할 수 있는 풍성한 논의 좌표들에 의해 마련될 수 있을 것이다. 대상이 되는 연구 경향을 일방적으로 비판하는 일이 환영받기 어려운 만큼이나, 양비(시)론으로 슬그머니 넘어가는 것도 썩 생산적이라 할 수 없으니, 들이는 품에 비해 소득은 시원치 않기가 일쑤이다. 던져진 질문은 현명하되 그에 대한 답은 어리석거나 상식적일 가능성이 농후한 것이다. 게다가 좁은 학계에서 늘 마주치는 학문동료들을 실명으로 거론해야 하는 감정노동도 딱히 즐거운 일은 아니다.

이 글이 다루어야 하는 '한국 근대문학 연구의 새로운 경향'의 경우에는 더 많은 어려움이 있다. 우선 이 '경향'에는 합의된 이름이 없다. 비교적 초기에 이루어진 논의에서는 '풍속·문화론적 연구'라는 명칭이 사용됐는데, 여기서 풍속이란 '사회적 관습과 공동체의 생활양식'이나 '무의식적 욕망과 관련된 상징체계 또는 표상 체계 등을 아우르는 말'로 풀이된다. 또한 문화는 "인간의 실천을 가능하도록 사회구조와 매개하는 영역일 뿐만 아니라 인간 행위의 의도가 사회구조의 논리와 조건 속에서 분절되는 공간"[1]으로 의미화된다. 각기 위상이 다르다고 할 수 있는 풍속과 문화가 나란히 병치되는 것에서 현재까지 이어지는 문제적 지점을 보여준다. 즉 '풍속 / 사'라는 명칭으로 불리는 일군의 연구 경향과 '문화론적 연구'라고 불릴 만한 연구 경향이 화학적으로 결합되어 있기보다는 유사함과 차이를 함께 드러내며 병존하고 있다.

'새로운 연구경향'의 내부에 존재하는 다양한 차이에 대해서는 지금까지도 명확한 학문적 분류가 이루어지지 않았다. 하정일은 '풍속론적 연구'로[2] 일반화하고 있으며, 차혜영은 '풍속·문화론'이라는 명칭은 수용하면서도 그것을 '개념사, 제도사, 언어, 매체, 정책' 등에 관한 연구와 구별해낸다.[3] 구별의 지점은 '성찰적 자의식'의 존재 여부이다. 이를테면 근대문학의 문제성에 대한 성찰적 자의식을 가지고 행해지는 연구(제도, 개념, 매체 등등)와 그렇지 않은 연구를 구분한 것이다. 따라서 '풍속·문화론'이라는 명칭은 뚜렷한 가치판단과 위계질서를 내포한 의미로 호명된다. '풍속·문화론'적 연구는 그에게 성찰적 자의식이 없는 '퓨전 역사 상품'으로 인식된다. 이에 반해 윤대석

1　김동식, 「풍속·문화·문화사」, 『민족문학사연구』 19호, 민족문학사연구소, 2001, 72~73면.
2　하정일, 「'개인'의 이데올로기를 넘어서」, 『비평과 전망』 8호, 2004 참조.
3　차혜영, 「지식의 최전선」, 『민족문학사연구』 33호, 민족문학사연구소, 2007 참조.

은 '문화 연구'라는 전체 틀을 제시하고, 하위범주로 '문화제도사 연구'와 '문화사(풍속사) 연구'를 구별한다.[4] 그러나 구분 기준에 대한 설명은 이루어지지 않고 있다. 논의의 방식은 조금씩 다르지만 '풍속'과 '문화'를 구분하려는 관점이 점차 일반화되는 추세라고 할 수 있다.

비판자들 사이에서만 명칭의 혼란이 있는 것은 아니다. 새로운 연구 경향의 선두주자로 불리는 사람들 사이에서도 의견이 분분하다. 풍속사와 문화사 사이에 경계를 설정하는 것에 고개를 갸웃거리며 풍속을 문화에 버금가는 것으로 확장하여 능동적으로 수용하는가[5] 하면, "풍속은 대상이나 결론이기보다는 과정이자 실천" 곧 "운동"[6]이라는 말로 풍속에 적극적 의미를 부여하는 논자도 있다. 한편 천정환은 처음에는 '문화론적 문학 연구'와 '풍속론적 연구'를 구분하다가[7] '문화론적 연구'로 명칭을 전환하면서 '풍속' 개념의 소재주의적 뉘앙스를 털어내기도 하였다.[8] 물론 개인적 차이가 많지만, 일반적으로 비판자 그룹이 '새로운 연구 경향' 내부의 차이를 구분하려는 욕구가 더 많은 반면, 주도자 그룹은 하나의 개념으로 수렴하려는 욕구가 더 강하다고 말할 수 있다. 이것이 숲 속에 있는 자(문화연구자)와 숲 바깥에 있는 자의 위치의 차이에서 기인하는 것인지, 다른 이유가 있는 것인지는 더 따져봐야 할 문제이다. 이 외에도 미시사, 일상사, 생활사 등등의 개념이 그 서구적 연원에 대한 설명과 함께 자주 논의됐다는 것은 두루 아는 사실이다.

10년이 넘는 동안, 지속적으로 행해졌던 한국 근대문학계의 '새로운 연구 경향'이 지금껏 합의된 이름조차 갖지 못했다는 것은 상식적으로 납득하기

---

4 윤대석, 「문학(화)·식민지·근대」, 『역사비평』 78호, 역사비평사, 2007, 420면.
5 권보드래, 「'풍속사'와 문학의 질서」, 『현대소설연구』 27호, 한국현대소설학회, 2005 참조.
6 이경훈, 「오딧세우스의 변명」, 『현대소설연구』 27호, 한국현대소설학회, 2005, 16면.
7 천정환, 「새로운 문학연구와 글쓰기를 위한 시론」, 『민족문학사연구』 26호, 민족문학사연구소, 2004, 402~403면.
8 천정환, 「'문화론적 연구'의 현실인식과 전망」, 『상허학보』 19, 상허학회, 2007 참조.

어렵다. 꽃을 보았으되, 그에게 걸맞은 이름을 불러주는 사람이 없었던 것일까? 그것은 꽃의 잘못인가, 정확한 이름을 찾지 못한 사람들의 잘못인가? 이름이 자기 정체성의 상징적 기호이자, 존재가 사회화되는 첫 단계라는 사실을 인정한다면 이러한 현상은 충분히 문제적이다. 달리 말하면 공통의 명명법이 존재하지 않는다는 사실이 '새로운 연구경향'의 특징을 보여주는 한 사례인 것이다. 논의의 편의를 위해 이 글에서는 작은따옴표 속에 '문화 연구'를 묶어두고 사용하고자 한다. 그것은 자신만의 호칭을 새로이 부여하기보다는 명명법 자체를 논의의 지평에 올려놓고 함께 숙고하자는 의미에서이다.[9]

이미 이 주제는 간헐적으로 혹은 집중적으로 몇 차례 검토가 이루어졌다.[10] '문화 연구'에 대한 비판이 제기됐고 이에 대한 반론도 있었다. 어지간한 논점들은 모습을 드러냈고 서로의 차이도 보다 명확해졌다고 할 수 있다. 2007년 이후 관련된 논의가 거의 사라졌다는 것은, 이제 '제 갈 길을 가는 것'으로 논쟁이 정리되는 국면이라고도 할 수 있겠다.

하지만 '문화 연구'에 대한 논란이 서로의 차이를 확인하고 제 갈 길을 가는 것으로 정리될 수 없다는 것이 이 글의 판단이다. '문화 연구'를 둘러싼 논란은 지금까지 한국 근대문학계에서 이루어졌던 많은 논쟁과 유사한 담론 틀 속에서 진행된 측면도 있고, 전혀 다른 논의 구조를 지니고 있기도 하다.

---

9 나는 성균관대학교의 한기형 교수와 함께 검열 연구를 진행하면서, 검열 제도를 포괄하는 상위 개념으로 '문화제도'라는 개념을 설정할 것을 합의한 바 있다. 윤대석이 앞의 글에서 '문화제도'란 개념을 사용한 것은 이와 관련이 있을 것이다. 이에 기초하여 '한국 근대 문화 제도 연구총서'를 간행하고 있는데, 여기서 '문화 제도'란 개념을 다음과 같이 설명했었다.
"문화 제도는 총체로서의 역사가 인간 삶과 교호하며 개인과 사회에 새겨놓은 정신의 돋을새김이다. 역사의 운동은 문화를 매개로 인간에 수렴되며, 인간이 사회적 지향성을 물질화하는 곳에서 제도의 현실적 의미가 탄생한다. 그런 점에서 근대 문화 제도란 근대라는 특정한 역사의 시공간이 주형해낸 물질화된 지향성이며, 삶을 양식화하는 구조이자, 인간의 제반 실천을 작동시키는 조건이다." 박헌호 외, 『작가의 탄생과 근대문학의 재생산 제도』, 소명출판, 2008, 2면.
10 여러 학회지에서 '풍속', '매체', '문화사'란 주제로 특집을 구성한 바 있고, 이에 대한 비판적 점검도 몇 차례 이루어졌다. 대표적인 것으로 『상허학보』 19(2007.2)과 『민족문학사연구』 33(2007.4)가 있다.

특히 주목되는 것은 현재의 상황이 "'국어국문학'이라는 제도의 중요한 이념적 버팀목들을 그 근저에서 흔들어"[11] 놓고 있다는 판단과 관련된다. 분과학문이라는 제도를 전제 / 수긍한 상태에서, (수입된)하나의 연구방법론에 의한 과거 연구방법론의 비판이라는 과거의 방식과는 다른 지점들을 내포하고 있는 것이다. 그것은 단지 근대문학계에 새로운 시민권을 달라고 요청하는 신입 회원의 자격과 능력을 따지는 문제에 그치지 않는다. 앞으로 살펴보겠지만 '문화 연구'를 둘러싼 논의는 궁극적으로는 '문학'을 둘러싼 해묵었으나 본질적인 문제에 육박할 뿐만 아니라, 지난 10여 년간의 '근대성'에 대한 항해의 중간 점검의 성격을 지니고, 학문을 둘러싼 제도와 사회현상에 대한 학문 내외적 응전의 모습도 지니고 있기 때문이다. 따라서 이러한 쟁점들을 정리하고 일차적으로 따져보는 것이, 한국 근대문학 연구의 질적 비약을 위해 매우 중요한 요청사항이라 판단한다. 연구자 개인의 능력여하를 떠나 학계 전체가 함께 고민하고 답을 찾아나가야 할 문제이다. 현문우답의 과오를 각오하면서도 이 글을 쓰게 된 동기가 이것이다.

2. '문화 연구'의 융성과 빈곤

한 사회학자는 근대문학계에서 이루어졌던 '문화사 연구'의 성행을 두고 "국문학의 침공"[12]이라는 표현을 썼다. 문학 연구의 전통적 영역이라 할 지

---

11 이혜령, 「언어 = 네이션, 그 제유법의 긴박과 성찰 사이」, 『상허학보』 19, 상허학회, 2007, 244면.
12 조형근, 「비판과 굴절, 전화 속의 한국 식민지근대성론」, 『역사학보』 203, 역사학회, 2009, 315면.

성사와 정전 연구라는 접근 틀을 깨고, 여성, 대중, 음식, 영화, 음악, 지식사, 제도사 등 전 방위적으로 확산된 국문학계의 활약(?)에 대한 인접학계의 반응이, 비록 수사학적 외양을 두르고는 있지만 재미있게 압축돼 있다. 무엇에 '대'한 침공인가? 다른 예술분과나 역사학, 혹은 사회과학 분야에서 다루어져야 할 주제들이 '국문학자'에 의해 산출된다는 점에서 타 분과학문에 대한 침공이다. 이를 상징하듯 2009년 봄, 한국사회사학회가 발행하는 학술지 『사회와 역사』 81집에 '감성과 사회 ― 식민지 경험과 근대의 감각'이라는 특집이 실린다. 네 명의 필자 모두 '국문학자'이다.[13]

아니다. 그것은 똑같은 논리로 '문학'으로부터의 이탈을 전면화한다는 점에서 국문학 자신에 대한 침공이기도 하다. "다양한 영역으로 관심분야를 확장하고 있는 요즘 연구자들이 여전히 '문학자'인 것은 대학이 지니고 있는 제도적·학문적 관성 때문이라는 말이 마냥 실없는 농담만은 아닌 것이다."[14] 근대문학계 내부에서 '문화 연구'라 통칭되는 다양한 학문적 시도들은 타 분과학문을 '침공'하고 스스로를 '내파'했다. 다른 분과학문에서도 '문화 연구'가 활발하다. 하지만 그것이 본질적 차원에서 자신의 학문적 영역을 월경했다고 보기는 쉽지 않다. 논쟁적 과정이 없었던 것은 아니나 연구대상과 방법론에서의 새로움의 차원으로 수용될 수 있는 여지를 자체 내에 지니고 있다. 하지만 국문학계의 '문화 연구'는 자기 정체성의 본질을 수술대에 올려놓는다는 점에서 좀 더 급진적인 양태를 보여준다.

이러한 상황은 국문학계 내부에서 지금까지 명멸했던 수많은 '새로운 연구 경향'과 질을 달리하는 것으로 그 발생 배경과 이론적 지향에 대해 숙고할

---

13 필자는 이경훈, 천정환, 소래섭, 권보드래이며 이들은 각기 「하숙방과 행랑방」, 「관음증과 재현의 윤리」, 「1920~30년대 문학에 나타난 후각의 의미」, 「인단(仁丹) ― 동아시아의 상징 제국」이라는, 지극히 '문화 연구'적 글들을 게재하였다.
14 박헌호, 「'문학' '사(史)' 없는 시대의 문학 연구」, 『역사비평』 75호, 역사비평사, 2006, 97면.

것을 요청하는 대목이다. 물론 여기서, 독일의 미시사, 일상사나 영국의 E. P. 톰슨, 스튜어트 홀로 대표되는 '버밍엄 학파'의 이론적 영향 관계를 재론하자는 것이 아니다. 사회주의권의 붕괴와 신자유주의로 대표되는 자본주의의 전일적 지배체제의 확립이 학계에 미친 영향도 논의돼왔다. 거기에 더하여 '(인)문학의 위기' — 이는 단지 저널리즘적 명명에 국한되는 게 아니다 — 라는 현실에 대한 한국 근대문학계의 대응이라는 측면도 검토돼왔다. 국제정세의 전환과 한국현실의 변화, 그리고 적절한 이론의 공급이 '문화 연구'의 발생에 이러저러하게 영향을 미쳤다는 사실은 여러 논자들이 공통으로 지적했던 사항이다.

그러나 이 같은 외부적, 이론적 영향이 한때의 유행으로 그치지 않고 근대문학계의 제도적 윤곽을 파괴하려는 방향으로 정향되는 작금의 현실은 외부적 영향과 다른 차원에서 학계 내부의 성찰과 요구가 존재했었다는 사실을 말해준다. 이와 관련하여 흥미로운 것은, 2003년 11월 거의 동시에 출간되어 '문화 연구'를 대중화하는 데 일조한 것으로 평가되는 『연애의 시대』(권보드래), 『근대의 책읽기』(천정환), 『오빠의 탄생』(이경훈)이 특별한 이론적 준거 틀을 보여주지 않고 있다는 사실이다. 이는 비판자들이 공통으로 지적하는 사항이기도 한데, 가령 "이 연구가 갖는 특징은 생산된 실물의 양에 비해 방법적·이념적 자의식의 표명이 미미하다"[15]든가, '문화 연구'의 서술상의 자유로움이 "이론적 방법론이라는 거추장스러운 의장을 걸치지 않고 있"[16]기 때문에 가능했다는 논지가 그것이다. 세 권의 책만이 아니다. '문화 제도'나 '풍속사' 분야를 막론하고 많은 연구들이 이론보다는 자료에 입각해 연구를 진행한다는 사실이 '문화 연구'의 또 하나의 특징이라고 말할 수 있다. 때문

---

15 차혜영, 앞의 글, 2007, 85면.
16 손정수, 「트로이의 목마」, 『문학동네』 39호, 2004, 361면.

에 '실증주의'에 매몰됐다는 비판, 혹은 자료를 중시하되 이를 분석하고 종합하는 공통된 준거 틀이 미비하다는 비판을 받았다.

이론의 미비 혹은 이론적 자의식의 결여는 학문 연구의 치명적 결함이다. 그것은 아무리 긍정적으로 평가해준다 해도 미성숙의 표현이다. 하지만 '문화 연구'의 종사자 대부분이 전통적 방식의 학문적 훈련을 거친 연구자들이라는 사실이 의아함을 더해준다. 그들도 학문적 글쓰기의 기초적 범례에 정통하다. 저명한 외국이론가의 글을 인용하며 자기 글의 얼개를 마련할 줄 모르는 것이 아니다. 많은 이들이 언급했듯이, 맑스주의의 도식성을 비판하면서 후기산업사회의 계급투쟁에 대한 관심에서 탄생했던 '버밍엄학파'의 'Cultural Studies'가 이들 연구의 배면을 이루며, 다른 이론의 영향을 적극 수용한 것도 사실이다. 그럼에도 '문화 연구'에 속하는 많은 연구들이 그러한 이론적 입각지를 전면에 내세우지 않고 있는 이유는 무엇인가?

1994년 5월에 열렸던 민족문학사연구소 주최의 '민족문학과 근대성'이라는 심포지엄은 한국 근대문학계에 '근대성'이라는 화두를 던지면서 그와 관련된 연구가 봇물처럼 터져 나온 계기로 기억될 만하다. 여기서 최원식은 "우리 근대문학 전체상 속에서 프로문학의 주류성을 이제 진정으로 해소하자"[17]고 선언했는데, 이는 1988년 월북작가 해금조치 이후로 활화산처럼 타올랐던 프로문학 연구 열기가 사회주의권의 붕괴로 그 추동력을 잃게 됐다는 사실을 상징적으로 보여주었다. 선언에 이어 "한국 근대문학사에서 부르주아 문학과 프로문학의 거리가 그다지 동뜬 것이 결코 아니"라고 말함으로써 작가의 계급성을 묻고 이를 통해 작품의 정치성을 따져보던 기존의 관점을 무화시키고자 하였다. 이는 단지 특정한 개인이 선도적으로 주창한 것이

---

17 민족문학사연구소 편, 『민족문학과 근대성』, 문학과지성사, 1995, 59면.

아니라 시대정신의 변화에 따른 문학 연구의 지형 변화가 압축적으로 표현된 것이다.

해소된 것은 프로문학의 주류성만이 아니었다. 문학과 사회의 연관성을 말할 수 있는 입각지 자체가 주소불명이 되었다. 한국 근대문학은 오랫동안 정치와의 연관 속에서 자신을 형성해왔다. 식민지적 검열이 시작된[18] 이후에 문학은 종종 정치의 은유이자 환유로 쓰였고, 그렇게 해석되기를 갈망했다. 물론 문학을 통해 정치를 읽어내는 징후 독해 모델은 '문학의 고유한 발명'이다. "사회 속에 숨겨진 진리를 함축하고 있는 환영으로서 산문적 현실을 분석하는 것, 사회 심층 속을 여행하고 거기에서 판독된 무의식적인 사회적 텍스트를 표현하"[19]는 것은 문학이 다른 글쓰기와 자신을 변별하는 주요한 자질 중의 하나이다. 하지만 한국 근대문학에 드리워진 문학의 정치성 문제는 이 같은 일반적 자질로서의 문학의 정치성에 국한된 것이 아니다. 그것은 한국이 처했던 역사적 상황과 보다 직접적으로 관련된 문제였다. 말하자면 식민지 억압이 야기한 지적 발전 / 표현의 장애와 그 물질적 표현으로서의 근대적 아카데미즘의 결여는 문학이 사회적 욕구의 대변자 역할을 하도록 추동한 주요 기제였다. 해방 이후에도 한동안 이러한 지형이 유지되면서 '민주주의'를 근간으로 하는 진보적 여망들이 문학을 통해 표상되는 상황이 유지됐고 문학자는 그러한 진영의 선두주자로 자리매김 돼왔다.

1997년 김대중의 집권과 2002년 노무현의 등장은 문학과 사회의 관계를 변화시키는 데 일조했다. 민주주의는 이루어진 것으로 간주됐고 정치는 더 이상 문학을 경유할 필요가 없었다. 진보와 보수가 비로소 동등한 게임의 룰

---

18 정근식은 식민지적 검열의 역사적 기원을 러일전쟁 시기로 논증한 바 있다. 정근식, 「식민지적 검열의 역사적 기원」, 『사회와 역사』 64권, 한국사회사학회, 2003 참조.
19 자크 랑시에르, 유재홍 역, 『문학의 정치』, 인간사랑, 2009, 44면.

안에서 자신의 정당성을 주장할 수 있는 장이 탄생했다고 착각하게 된 것이다. 말하자면 '진보의 제도화'가 이루어진 셈인데, 그 결과는 '신자유주의와의 악수', '시장으로 넘어간 권력'으로 참혹하게 드러났다. 진보가 제도화되면서 역설적이게도 진보의 가치가 퇴색하는 상황이 벌어진 것이다. 이런 상황이 '문학'에게 반드시 불쾌한 조건이었다고 말할 수는 없다. 하지만 정치를 방출한 문학이 개인의 내면에 침잠함으로써 '사회 속에 숨겨진 진리'를 징후적으로 독해하는 문학의 역할이 제한적으로 봉쇄됐다는 사실도 숨길 수 없다.

이런 맥락에서 근대문학계에서 이루어졌던 '근대성에 대한 탐구'는 급변하는 사회 현실에 대하여 문학이 그리고 문학 연구가 무엇을 할 수 있는가 하는 질문과 병행해왔다고 할 수 있다. 사회주의권의 붕괴는 무엇보다 (자본주의)'근대'의 압도적 힘을 깨닫게 해주었으며, 따라서 근대를 이해하지 않고는 근대 극복이라는 과제가 이론의 자기위안에 불과할 수 있다는 지점에 도달하게 되었다. '융단폭격'처럼 쏟아졌던 여러 '탈근대 담론'들의 수요는 이와 관련된 것이었다. 그 이론적 공헌에 대해 여기서 재론할 필요는 없겠다. 그러나 탈근대 담론들이 근대 극복의 전망을 어떻게 열어가고 있는지, 또는 "이론적으로는 근대의 거짓 신화와 폭력의 역사를 해체하고자 하면서도, 그러한 해체가 궁극적으로는, 모순적인 것조차 모두 자신의 것으로 용해시키고 마는 근대의 잡식성과 위력을 확인(주인?)시켜주는 데 그칠"[20] 것인지는 여전히 불분명하다. 탈근대 담론이 비판 담론으로서 이룩한 성과는 상찬할 만한 것이지만 근대 극복의 전망은 여전히 모색 중에 있다고 봐야겠다. 우리 학계의 탈근대 담론이 성과와 더불어 "근대와 식민주의를 또 다른 거대주체로 특권화하여 역사의 복잡한 얽힘을 모두 그 밑에 몰아넣는 위험성을 경계

---

[20] 박헌호, 앞의 글, 102면.

해야 할 국면에 이르렀다"[21]는 비판도 이와 무관치 않을 것이다.

　그렇다고 해서 이에 대한 대안으로 '복수(複數)의 근대'를[22] 설정하는 것이 썩 매력적으로 다가오지도 않는다. 근대를 서구적 근대, 자본주의적 근대로 단일하게 설정하는 것을 비판하는 취지에는 공감하지만, 그것 역시 '복수의 근대'라는 명명이 가리키는 것처럼 근대를 다층화／다원화하는 것일 뿐, 근본적으로는 '근대'의 가치를 수락하고 '근대'로 귀환하는 논리라는 점에서 근대에 대한 발본적 비판이기 어렵다.

　이론적 좌표의 동요는 제도적 무기력과 궤를 같이 했다. 그것은 세 가지 양상이 동시적으로 드러남으로써 문제의 심각성을 증폭시켰다. 하나는 주류 담론의 해체 양상이다. 예컨대 근대문학계의 주류 진영은 변화하는 현실에 대한 이론적, 실천적 대응에 무력했다. 지난 100년 동안 한국문학의 가장 강력한 담론이었던 '민족문학론'이, 변화하는 현실 정세 속에서 쏟아졌던 다양한 이론적, 현실적 비판 앞에서 적극적으로 응전하기보다는 '자진해소'하거나 샛길을 선택했던 사실이 이를 아프게 보여준다. 그렇다고 전통적 연구 방법을 고수하는 학자들이 '창신(創新)'의 길을 열어갔던 것도 아니었다. 많은 이들이, 이 모든 것이 한때의 유행에 지나지 않을 것이라 위안하며, 과거의 언어로 현재에 침묵했다. 그들은 대학 강단의 최대주주이지만 그들이 문학을 통해 학생들에게 보여줄 수 있는 미래상은 점점 더 곤궁한 것이 되어갔다. 그들은 역설적이게도 '제도'에 안주함으로써 제도와 담론의 동시적 창신을 요청하는 시대의 요구에 의식적으로 등을 돌렸다. 마지막으로 탈근대 담론이 야기한 지적 피로감이다. 탈근대 담론의 최대 성과는, 근대란 허위의식과 (재)배치의 산물

21　김흥규, 「신라통일 담론은 식민사학의 발명인가」, 『창작과비평』 145호, 2009, 375면.
22　하정일, 「복수(複數)의 근대와 민족문학」, 『민족문학사연구』 17호, 민족문학사연구소, 2000 참조.

에 불과하다는 사실을 가르쳐 준 것, 곧 근대의 철옹성을 깨트린 점에 있다고 할 수 있다. 하지만 그것은 시간이 지날수록 지적 허무주의와 무기력증을 우리에게 부작용으로 달고 온 것이 아니었는지 의심스럽다.[23]

'문화 연구'가 처한 이론적 곤경은 이러한 맥락에서 살펴봐야 한다. 그것은 '우리에게 근대(성)란 무엇이었는가를 답하지 않은 상태에서 근대 극복을 말하는 것이 가능한가?'라는 문제의식의 자장 안에 있다. 탈근대 담론들이 근대의 도그마를 해체하는 데 앞장서 왔다면 '문화 연구'는 우리의 근대 자체를 확인하고 재구성하는 일에 몰두해왔다. 근대성에 대한 질문이 근대성 자체에 대한 탐색으로 이어진 것이다. 그런 점에서 '문화 연구'는 탈근대 담론의 자장 안에 놓여 있으면서도 해결 방법의 모색에서 다른 길을 택한 것이라 볼 수 있다. '문화 연구'는 현존하는 것들의 기원으로 돌아갔고 대상을 역사화하였다.

여기에 1997년에 간행된 『근대 주체와 식민지 규율권력』이 미친 영향력도 거론할 필요가 있다. 이 책은 '규율권력의 성립과 그에 따른 순종적 주체의 생산' 문제를 다룸으로써 한국의 역사적 경험 속에서 규율권력으로서의 근대와 주체의 문제를 결합하는 모델을 제공했다. 탈근대의 전망은 생산양식의 변혁만으로 이루어지는 것이 아니라는 역사적 교훈 속에서, 현실에 존재하는 제반 제도와 기구, 담론의 주체 규율 메커니즘을 탐구하는 방식을 선보인 것이다. 이 책의 영향을 과대평가할 마음은 없다. 하지만 탈근대 담론이 야기한 해체론적 비판과 전망의 진공상태에서 문화 연구의 창조적 전환을 열어가고자 하는 연구자에게 이 책은 하나의 역할모델을 보여주었다. '문화 연구' 자체가 워낙에 다양한 입각지를 지닌 연구자들에 의해 전개되는 만큼 섣부른 일반화는 어렵겠지만, 이 책이 보여준 모델로서의 역할은 사회와

23　이에 대해서는 박헌호, 앞의 글을 참조할 것.

제도에 의해 규정된 외재성의 조건이 '내적 형성 정신'과 어떻게 만나고 상호 작용하는가, 하는 문제를 예시한 것과 관련된다. 이러한 맥락에서 '문화 연구'는 '실감으로서의 근대'를 복원하려는 흐름과 근대 체제의 주체 형성 메커니즘을 추적하려는 흐름을 자기 안에 끌어안게 되었다.

따라서 이들이 '자료의 바다'[24]에 곧장 뛰어든 것은 무모하기는 하지만 '실감으로서의 근대'를 복원하는 방법으로 선택된 것이다. 지금은 '문화 연구'의 부박함을 상징하는 기호가 돼버린 『서울에 딴스홀을 허하라』에서 저자가 "'있는 그대로의 날것'으로서의 구체적이고 일상적인 체험들을 내용의 중심으로 삼으려 한 것은 현대가 관념에 빠지는 것을 막고 싶은 이유"[25]라고 밝힌 것도 이 때문이다. 따라서 첫 출발이 이론에 대한 상대적 빈곤 상태였다고 해도 과히 탓할 일만은 아니다. 그것은 오히려 수입된 이론으로 현실을 파악하기보다는 실재하는 자료의 바다 속에서 현실의 구체적 상을 발견하려는 노력일 수 있다. 현실과 직접 대면하려는 자세와 '축적'을 통해 이론을 형성하고자 하는 욕구는 높이 살 만하다. 물려받은 유산 없이 떠나는 출발은 가난하고 어리석지만 건강할 수 있는 것이다.

물론 이것 자체가 구원의 징표가 될 수 없다는 것도 자명하다. 그 자체로 발언하는 '자료'라니! '있는 그대로의 날것'이 현실 속에서, 더구나 특정한 시대의 에피스테메 안에서 이루어진 글(자료)이 관념의 영토를 통과하지 않은 '날것'일 수 있다는 믿음 자체가 너무나 소박한 것이 아닌가? 또한 연구자의 의도와 상관없이 '자료'도, 그 자료를 대상으로 하는 '연구'도 체계화의 그물을 피할 수 없는 법이다. 문제는 '날것' 여부에 있는 것이 아니라 어떤 체계화

---

24 차혜영은 천정환과 권보드래의 책을 서평의 제목을 「자료의 바다를 헤엄치는 두 가지 방식」이라고 붙였다. 『민족문학사연구』 24, 민족문학사연구소, 2004 참조.
25 김진송, 『서울에 딴스홀을 허하라』, 현실문화연구, 1999, 7면.

인가에 있는 것이다.

이를 의식해서인가? 『근대 주체와 식민지 규율권력』의 공동편자였던 한 연구자는 몇 년 후에 다음과 같이 일상 연구가 빠질 수 있는 함정을 경고한다.

> 일상생활에 대한 관심은 기존의 식민 규율권력을 체현하고 있는 주체가 이론 부과적인 측면이 강하다는 반성에서 주체의 경험을 어떻게 보다 적극적으로 인식할 수 있는가라는 문제의식의 산물이며, 구조나 제도와 주체성을 매개하는 영역을 발견하려는 노력이기도 하다. (…중략…) 거시적 구조에 의해 주체의 구체적 실천이 사라지는 상황을 벗어나 민중의 능동성 또는 하위주체들의 목소리의 복원을 위해 일상을 주목할 필요가 커진 것이다. (…중략…) 그러나 그것이 사회사적 의미를 획득하려면, 두말할 필요없이 일상의 단편들이 항상 전체의 구조나 제도의 맥락 속에 위치지워져야 한다. 이는 일상연구가 소재주의로 흘러서는 안 된다는 것을 의미한다.[26]

봇물 터지듯이 쏟아져 나왔던 '풍속' 관련 연구들은 위와 같은 질문에 대답해야 할 의무가 있다. 그것이 '실감으로서의 근대'를 찾기 위한 정당한 출발이었다 해도, 10여 년이 지난 현재까지 첫 살림의 가난함으로 문제를 회피해서는 안 된다. 문제는 두 가지 차원에서 제기될 수 있다.

하나는 소재주의적 확산과 관련된 것이다. '소재의 확산' 자체는 비판받아야 할 이유가 없다. 과거의 문학 연구가 '정전'의 틀에 갇혀 문학사를 협소화하고 다루어야 할 대상과 안목을 제한한 것이 문제적이었던 만큼, '문화'가 특정한 영역으로 자신을 한정할 필요는 없다. '문화 연구'는 보다 많은 소재

---

26 정근식, 「식민지 일상생활 연구의 의의와 과제」, 공제욱·정근식 편, 『식민지의 일상—지배와 균열』, 문화과학사, 2006, 17~18면.

를 창출해야 하며 전 방위적으로 연구 대상을 확산해야 한다. 특히 이것은 근대문학계에 '자료의 축적'이란 망외의 소득을 선사하여, 향후 새로운 시각에 입각한 새로운 연구의 밑거름으로 나아갈 가능성조차 존재한다. 비록 현 단계에서는 일관된 관점에 입각한 자료의 제시와 축적이 이루어지지 않고 있다 하더라도, 그러한 연구들이 축적되었을 때 도래할 수 있는 미래의 가능성을 위해 약간의 혼란은 감수될 필요가 있는 것이다. 문제는 유사한 문제의식과 유사한 자료에 입각한 유사한 연구의 만연이다. 그것은 '소재의 확산'이나 '자료의 축적'과 무관한 것이다. '문화 연구'가 매너리즘에 빠졌다는 비판은 이러한 연구 풍토에서 기인하는 바 크다.

보다 중요한 것은, 이러한 경향이 '문화 연구'의 정치성에 대한 심각한 회의를 자아낸다는 사실이다. 거듭 강조했듯, '문화 연구'가 특정한 이론을 표나게 내세우지 않았던 이유는 그것이 '실감으로서의 근대'를 복원함으로서 근대 극복을 위한 전망을 열어가기 위해서였다. 그런데 소재주의적 맥락에 스스로를 가두게 된다면, 그것은 출발점을 잊어버린 공허한 방랑으로 귀결되기 십상이다. '문화 연구'는 연구 대상의 전 방위적 확산을 통해 어떠한 정치성을 제시할 것인가? 근대계몽기나 식민지 시기의 문화적 양상에 대한 연구를 통해 '문화 연구'가 구현하려는 정치성은 무엇인가? '문화 연구' 자신에게 가장 아픈 문제는, 소재주의적 확산이나 매너리즘의 문제이기보다, 자신의 연구가 자신의 출발점을 어떻게 구현할 것인지를 여전히 답변하지 못하고 있다는 사실일 것이다.

이를 타개해가기 위한 의미 있는 시도들도 많지만 우울한 현상도 존재한다.

풍속사 연구에서 다루는 '풍속'이란 근본적으로 성찰이나 반성의 대상이 되기는 어렵다. 즉, 애초부터 성찰이나 반성의 대상이 되기 어려운 대상을 연구하면서 왜 성찰하거나 반성하지 않느냐는 식으로 매도하는 것은 곤란하다. 풍속사 연구는 형이상학적 관념적 지식에 대한 환멸을 전제한다. 인간의 삶에서 소중한 것은 돈, 사랑, 권력, 명예, 생존 등 욕망이지, 숭고한 이념이 아니라는 것이다.[27]

이것이 상식 있는 연구자가 자신의 연구 방법을 옹호하면서 할 수 있는 발언인지 의심스럽다. 그는 글의 말미에서 "풍속사 연구는 욕망의 고현학"이며 "인간의 행동을 궁극적으로 지배하는 것은 이데올로기가 아니라 욕망"이라고 쐐기를 박는다. 이념과 욕망을 대타 항으로 설정하는 구도도 황당하거니와, 풍속이 성찰이나 반성의 대상이 아니라는 주장에는 아득함마저 느껴진다. 누가 '욕망'이 중요하지 않다던가? 우리가 굳이 라캉을 빌리지 않더라도, 모든 욕망이 사회화된 욕망이라는 사실을 재론해야 하는 것인가?

물론 이 연구자가 풍속 연구를 수행하는 모든 연구자를 대변하는 것은 아니다. 그럼에도 이 발언은 근대 극복을 위한 하나의 전략적 선택으로서, 이론 없는 길을 떠났던 많은 연구자들이 봉착할 수 있는 위험을 암시한다. 가장 급진적일 수 있는 방법론적 선택이 시장에 자발적으로 충성하는 '과잉보수'로 귀결되는 상황은 현 단계 '문화 연구'의 학문적 가치와 이론적 자질을 의심하게 만들기에 충분한 것이다.

'문화 연구'는 길 없는 길을 떠났다. '문화 연구'가 융성했던 것은 과거의 길들이 평온한 성채로 우리를 인도하지 못한다는 사실이 드러났기 때문이다. 그것은 과거에 석사학위 논문의 '제2장 ~의 시대배경'에서나 언급됐을 법한 문제를 전혀 다른 관점과 전망 속에서 자신의 대상으로 선택했다. 선포된 이론을 길잡이로 삼는 대신 자료의 바다를 직접 헤엄치는 방법을 선택했다. '실

---

27 전봉관, 「욕망의 고현학—풍속사 연구의 사회·문화적 조건과 이데올로기」(민족문학사학회 창립20주년 심포지엄 발표문), '문학사를 다시 생각한다', 2010.4.24, 7면.

감으로서의 근대'를 추적하는 것은 주체에 각인된 '근대성의 경험 양식'을 묻는 것에 다름 아니다. 또한 사회 구조나 제도를 탐색하여 주체형성의 메커니즘과 규율 권력의 작동 기제를 되짚어보아, 근대 극복을 위한 새로운 주체 형성의 방법론을 모색해보고자 하였다. 하지만 이러한 문제의식들은 아직은 원고지의 뒷면에 어른거릴 뿐, 자신의 발성법을 찾아내지 못한 것으로 보인다. 그러는 사이, 출발점과는 정반대의 여정을 통과하는 연구자도 늘어났다. '문화'가 지닌 아메바적 확장성과 비정형성은 '문화 연구'에서도 동일하게 나타났다. 물론 잔칫날, 정갈하게 차려입은 손님만 오는 것은 아닐 것이다. 그러나 자기 안의 함정에 눈감는 것도 학문이 나아가야 할 길은 아니다. 그렇지 않으면 '문화 연구' 역시 '또 하나의 유행'으로 사라질 운명에 봉착할 수도 있다. '문화 연구'의 문제의식을 정치하게 가다듬고 전면화하기 위한 발본적 토론이 '문화연구자' 내부로부터 모색되어야 하겠다.

3. '문학'의 역사성과 문학 '연구'의 역사성

모든 새로운 것은 과거를 부정하려는 욕망에 들뜬다. 아니, '새롭다'는 말 자체에 과거에 대한 싸늘한 시선이 내재해 있다. 니체는 이를 '삶'을 위해서라고 말한다.

인간은 살기 위해서는 과거를 파괴하고 해체하는 힘을 가져야 하고, 때때로 이 힘을 적용해야 한다. 그것은 과거를 법정에 끌어내서 가차없이 심문하고 결국에는 유죄를 선고함으로써 달성될 수 있다. 그러나 모든 과거는 유죄선고를 받을 만하다. ― 왜냐하면 인간적 사물은 분명히 그런 상태에 있는 것이고, 거기에서는 인간적 폭력과 결점이 권세를 떨쳐왔기 때문이다.[28]

과거와의 비판적 거리는 언제나 필요하다. 그것은 현재의 삶을 위해서이다. 삶을 위한 역사의 쓸모란 바로 과거에 대한 비판 능력과 관련된 것이다. '문화 연구'도 새로운 것이다. 그것 역시 과거를 부정하려는 욕망에 들떠 있다. 가장 급진적인 형태는 아래와 같은 것일 터이다.

'문화론적 연구'는 "다시는 고향에 돌아가지 못하리" 즉, 이 연구는 더 이상 구래의 '국' '문학'에 귀속되지는 않다는 것이다. …… 이제 '고향'에는 그 '문학'이 없다. 혹 이 새로운 연구가 계속 '문학'의 일종으로 간주되더라도 그것은 이전의 그 '국' '문학'과 이미 다른 지반 위에서 그러하다.[29]

한국 근대문학의 학문으로서의 역사를 떠올려보면, 안확의 『조선문학사』(1922)로부터 잡을 수도 있지만, 김태준의 『조선소설사』(1930)를 출발로 잡거나 임화의 『신문학사』(1939)를 앞에 내세울 수 있다. 심지어 제도화된 최초의 박사학위라는 섬에서 김윤식의 『한국 근대 문예비평사 연구』(1976)까지 끌어내릴 수도 있다. 그동안 수많은 논쟁이 있었다. 식민지 시기의 수많은 논쟁들은 물론, 1960년대의 순수-참여 논쟁, 카프문학을 둘러싼 많은 논의들, 리얼리즘과 모더니즘의 오래된 논박들이 떠오른다. 각각의 논의들이 처한 입지점과 의미를 일반화할 수는 없겠지만, 다소의 오류를 감수하고

---

28 니체, 임수길 역, 「삶에 대한 역사의 공과」, 『반시대적 고찰』, 청하, 1999, 129면.
29 천정환, 앞의 글, 2007, 41면.

말해본다면 그것들은 크게 보아 문학 개념을 둘러싼 해석학적 지평의 문제, 문학과 이념의 관계, 문학의 가치와 역할에 대한 관점의 차이, 연구방법론의 타당성과 현실적합성을 둘러싼 논쟁들이었다고 할 수 있겠다. 그런데 인용문처럼 '고향(문학)'을 부정하고, '고향'으로의 회귀를 스스로 봉쇄하는 선언은 매우 낯선 풍경이다.

'문화 연구'가 '문학' 연구가 아니라는 점에서 이러한 귀결은 필연적이다. 그것은 '이것도 문학 연구인가?'라는 극단적 질문 — 그러나 표면적으로는 잘 드러나지 않는 — 에 대한 극단적 답변이다. 논점은 '대중(성)'에 대한 의미 설정, '텍스트'의 위상 그리고 학문 연구 제도를 포함한 사회에 대한 인문학적 개입의 가능성 문제와 관련하여 전개됐다. 세 가지 논점은 분리된 것이면서 동시에 '문학'과 문화 '연구'를 둘러싼 현 단계의 의구심과 탈주가 착종되어 있는 곳이다. 우선 대중성 문제는 『연애의 시대』를 포함한 몇몇 책들이 출간되었을 때부터 논의의 초점이 되었다. 상품으로서의 지식이란 측면에서 '퓨전 역사상품'[30]으로 불리거나, 대중을 소비자의 측면에서만 규정하여[31] 대중 내부의 역동성을 무화시켰으며, 궁극적으로 '문학 연구의 자율성'[32]을 흔들어놓은 것으로 비판됐다.

사실 현상으로서의 대중성은 '문화 연구'의 극히 일부분에 한정된 논의이다. 개념사, 제도사, 매체론, 언어, 문화정책 등을 다루는 분야에서는 여전히 요원한 이야기다. 언론의 관심을 받은 몇몇 저작을 대상으로 대중성의 혐의를 지우는 것은, 역으로 저널리즘적 관습을 학문에 적용한 것일 수 있다. 그리고 '대중(성)'을 가치 평가의 차원에서 구사하는 용법도 그리 생산적이지 않

---

30 차혜영, 앞의 글, 2004.
31 하정일, 「탈근대 담론」, 『민족문학사연구』 33호, 민족문학사연구소, 2007, 26면.
32 손정수, 앞의 글.

다. 인문학의 사회적 환원이 운위되는 현실에서 대중은 학문이 자기를 지키기 위해서 반드시 피해야 할 적은 아니다. 그래서인가, 대중에 대한 논란은 '대중문학'과 '본격문학' 혹은 '대중과 엘리트'라는 오래된 문제 틀을 재등장시키는 효과를 유발했다.

또한 이것은 '텍스트'의 위상과 관련하여 문학에 관한 가장 오래된 논쟁 주제를 재부상시키기도 하였다.

> 풍속적 읽기에서 모든 것은 동적(動的)으로 중개된다. 이는 본질과 구조가 인간, 사물, 제도, 작품, 담론 등으로 복잡하게 매개되는 차이와 동일성의 양상을 계속 추적하고 제시함으로써 텍스트 분석 자체를 널리 육체화한다. 이는 이론적으로 환원하고 논리적으로 증명하기보다는 은유적으로 대체하며 환유적으로 연관한다. 따라서 이는 뿌리 깊이 부정(否定)을 전제하며 타자(他者)와 차이를 활성화한다. (…중략…) 주관과 객관은 이러한 과정의 외부에 실체나 범주로 자명하게 현존할 수 없다. 이 둘은 풍속적으로 운동하는 순간의 육체적 관계로서 현상한다. 풍속의 코드는 대상을 목적론적으로 전유하고 조직하는 동시에 스스로 논의의 대상과 목적이 되는 분석의 계기이다. 그것은 근대성에 의문을 제기하는 반성과 거리 두기의 욕망을 내면화한 계속 씌어지는 텍스트를 상정한다.[33]

이경훈은 텍스트를 고정된 실체가 아니라 '관계'로 파악한다. 작가와 세계는 주관과 객관으로 자명하게 현존하는 것이 아니라 텍스트를 매개로 '풍속적으로 운동하는 순간의 육체적 관계로서 현상한다'. 그의 책 『오빠의 탄생』은 이러한 방법론에 의해 쓰였다. 작품 내의 특정한 요소가 텍스트를 넘

---

[33] 이경훈, 「문학과 풍속에 대한 짧은 시론」, 『세계의 문학』 111호, 2004, 225면.

나들며 서로 엮여 근대성의 현존을 드러내는 기호로 기능한다.

사실 그의 방법론은 텍스트의 고유성과 완결성을 부정한다는 점에서 '문화 연구' 내부에서도 가장 급진적인 입장에 서 있다. 물론 분야를 달리하는 '문화 연구'에서도 텍스트의 위상은 과거와 다르다. 텍스트의 중심성이 약화되고 그것이 방계 혹은 아예 분석의 대상에서 사라지는 것이 '문화 연구'의 특징이다. 이것은 '텍스트' 혹은 '문학' 자체를 괄호 안에 놓아두려는 잠정적 태도로 현상한다.

> 연구진의 문제의식은 '문학은 독자적인 그 무엇이다'라는 오래된 관습적 사유를 '일단' 포기하자는 것에서 시작되었다. 우리들은 그러한 생각이 문학이론의 역사를 통해서, 그리고 학문 제도의 오래된 권위에 의해 강화된 것이라는 공통의 판단을 가지고 있다. 문학적 언어가 특수한 것은 분명하지만, 문학이 역사 속에서 수행한 다양한 형태의 역할과 기능은 자기 독자성의 영역에서보다 사회 전체의 지적, 문화적, 사상적, 교육적 영역과의 교섭과 협력 속에서 이루어진 것이다. 우리는 그것을 그 자체로 해석하고 연구하는 것이 중요하다고 생각한다. 이것은 말하자면 문학의 역사적 의미를 그것이 존재했던 당대의 시공간 속으로 '하방'시키는 작업이라고 하겠다.[34]

완곡한 방식으로 '문학'에 대한 태도 표명을 유보하고 있는 위 인용문은 앞서 천정환이 표방했던 '고향'에 대한 부정과 대비되면서 현재 '문화 연구' 내부에 존재하는 입장들의 복잡함을 보여준다. '문화 연구' 내부의 입장들이 이러할진대, 이에 대한 비판자나 외부자의 시선들이 하나의 논쟁적 입지점을

---

34 한기형 외, 『근대어·근대 매체·근대문학』, 성균관대 대동문화연구원, 2006, 5~6면.

만들어내기는 어렵다. '문학', '대중', '텍스트' 같은 키워드들이 지닌 무게도 무게려니와, 그에 관한 논쟁을 감행할 만큼 '문화 연구' 내부의 이론적 자산들이 명쾌하게 정리되지 못했고, 비판자들의 입장도 여전히 과거의 문학 이론에서 그리 크게 나아가지 못했다.

　주지하듯이 문학의 자율성이란 근대적 배치체제의 일환으로 탄생하였다. 타자를 설정함으로써 정체성을 확립하는 근대 고유의 주체 형성 원리가 작용했던 것이다. 그런 점에서 문학은 본질적 존재라기보다는 역사적 존재이며 기능적 존재이다. 이에 관한 많은 논의들이 보여주는 것은 "문학은 곤충들이 존재한다는 것과 같은 의미에서 존재하는 것이 아니라는 사실, 나아가 문학을 구성하는 가치판단들이 역사적으로 가변적이라는 사실뿐만 아니라, 또한 이 가치판단 자체도 사회의 이데올로기들과 밀접한 관계를 가지고 있다는 사실"[35] 정도이다. 전 시대에 폄하받던 문학 양식 / 작품들이 '해석학적 구원'을 받아 새로운 의미로 부활하는 것은 문학사에서 반복적으로 나타나는 풍경이다.

　문학의 자율성에 대해 의심한다고 해서 그것이 곧 문학이 인간과 사회에 대해 지니는 의미와 작용의 고유성을 부인하는 것으로 받아들여질 필요는 없다. 이것은 문학이 자기정체성을 구성하는 방식의 변화를, 문학의 사회적 역능의 변화로 성급하게 치환하려는 의식의 소산이다. 근대적 의미의 문학의 자율성을 보수하고자 하는 논자들의 문제는, (근대)문학의 자율성의 존재와 필요성 여부에 있다기보다는, 그런 전제가 존재하지 않으면 마치 문학 자체가 붕괴하고 말 것이라 생각하는 묵시론적 공포에 있다. 그렇지 않아도 '(인)문학의 위기'인데 '문화 연구'가 문학의 영역을 내파함으로써 위기를 가속화

---

[35] 테리 이글턴, 김명환 외역, 『문학이론입문』, 창작과비평사, 1988, 26면.

할지도 모른다는 우려도 존재할 것이다.[36] 이는 문학의 정치성(사회적 기능)과 역사성(자기규정성)을 동일시하는 데서 발생한 과장일 수 있다. 문학에 대한 인식론이 변한다는 것으로부터 문학의 소멸이 자동적으로 산출되는 것은 아니다.

오히려 문학에 대한 단일한 상 내지는 특정한 위계 개념들은 문학을 둘러싼 다양하며 착종적인 사회적 관계에 대해, 또한 '반문학적'인 도전에 대해 과거와 동일한 방식의 대응만을 수행할 뿐이어서 오히려 문학의 정치성과 역사성을 위축시키는 역설적 결과를 산출할 가능성이 높다. '근대문학의 종언'을 둘러싼 황종연의 반박은[37] '종언'을 유보시켰을지는 몰라도 '문학'을 해방시키지는 못했다. 오히려 문학이 지닌 다양한 가능성을 '작은 문학주의'로 위축시키는 결과를 가져온 것은 아닌가? 따라서 '문화 연구'를 둘러싼 논점이 문학의 자율성이나 가치의 문제로 전개되는 것은 바람직하지 않다. 문학(연구)의 대상과 형식, 방법 자체가 역사적으로 구성돼 왔다는 사실을 수긍하는 한편, 문학이라는 사회적, 인간적 실천의 힘에 대한 본질적 신뢰 위에서 그것의 사회적 관계를 논구하는 것이 보다 생산적이 아니겠는가?

같은 맥락에서, '문학'과 '텍스트'를 해체하려는 입장들도 함께 따라가자고 권유할 만한 태도는 아닌 것처럼 보인다. 문학(연구)을 짓누르는 낡은 것들에 대한 비판의식은 충분히 공감할 만하지만, 그러한 입장들에도 문학과 문학 연구를 역사화하려는 의지가 충분히 배어 있지 못하기 때문이다. '모든 과거는 유죄선고를 받을 만하다'고 격렬하게 외쳤던 니체의 그다음 대목을 들어보자.

이러한 과거를 재판하고 부정한다고 하는 방식으로 삶에 봉사하는 인간 내지

---

36 손정수, 앞의 글의 제목이 '트로이의 목마'인 것은 이런 우려를 드러낸다.
37 황종연, 「문학의 묵시록 이후」, 『현대문학』, 2006.8 참조.

시대는 언제나 위험하고 또한 위험에 노출된 인간과 시대이다. 왜냐하면 우리가 어쨌든 이전의 인간의 결과이기에, 우리는 또 그들의 과실과 정열과 오류 아니 범죄의 성과이기 때문이고, 이 연쇄로부터 자기를 완전히 해방시키기란 불가능하기 때문이다.[38]

한국 근대문학(연구)사는 많은 작가와 연구자 들이 과거와의 절연한 결별로부터 자신을 입증해왔음을 보여주었다. 주요한 방식은 수입된 이론에 기대어 새로움을 논증하는 것이었다. 혹은 현실과의 긴밀한 연관을 실천하려는 욕구도 작용했다. 하지만 또한 역사는 그것의 오류와 반복 가능성을 보여주었다. '새로움'이 신입회원의 자격을 얻은 뒤에 매너리즘에 빠져버리는 것은 종종 목격되는 바다. 우리는 여전히 그러한 역사적 과정 내부에 존재한다. '문화 연구'의 일정한 부류가 근대 극복은커녕 '과잉보수화'로 시대에 영합하는 현상도 목도하지 않았는가? 이제 과거와의 결별 방식도 달라져야 한다.

(근대)문학이 서구의 근대 담론의 결과물임이 논증되었다 해서 과제가 다 해결된 것은 아니다. '담론의 산물'이란 판정이 존재의 존재성을 무화시키거나 혹은 그것이 더 이상은 학문적으로 탐색할 만한 가치가 없는 것이라는 말을 의미하는 것은 아닐 터이다. 문학이 수많은 근대적 제도의 하나임은 분명하나, 그것이 어떻게 우리의 역사 속으로 파고들어 자신의 성채를 건설하고 의미와 영향력을 만들며 무엇을 타자화했는지에 대한 역사적 맥락은 그것대로 따져져야 한다. (근대)문학이 근대 서구의 부르주아에 의해 창출된 것이라 해서 문학의 해방성이 부르주아의 계급성에 긴박된 것이 아닌 것과 마찬가지로! 그러므로 무엇보다 우선해야 할 것은 '문학'과 '문학 연구'를 역사화하

---

38 니체, 앞의 책, 130면.

는 일일 것이다. 믿기로는, 과거를 인간적 실천의 장 위에서 역사화하는 일은 새로움을 수용하는 것만큼이나 해방에 필수불가결한 작업이다. 과거와의 소통은 저 다른 언어들의 바벨탑적 파괴로부터 문학과 문학 연구를 구원하는 길이 될 것이다.

'문화 연구'가 '문학'이나 '국문학'의 개념과 그 성립 과정을 따지고, 제도로서의 '국문학과'를 연구의 대상으로 삼았던 것도, 자신을 역사화하려는 태도의 반영이라고 생각한다.[39] 연구 성과가 충분히 쌓이지는 않았지만, 그것은 현재 전개되는 제도로서의 학문(문학) 연구의 현실을 비판하려는 의지와 연관이 깊다. (인)문학의 위기가 단지 저널리즘의 선정성의 발현이 아니라 대학과 학계에서 실감할 수 있는 문제임에도 불구하고, 대학은, 그를 둘러싼 제도는 꿈쩍할 기미를 보이지 않는다. '문화 연구'가 현상적으로는 대단한 활황을 구가하는 것처럼 보이지만 이에 종사하는 연구자가 충분한지는 의문이다. 10년이 지났는데도 아직도 초창기의 언어를 말하고 있느냐는 질책은 학문적으로 당연한 것이지만, 여전히 몇몇의 연구자들이 자신이 설정한 주제를 기초부터 더듬어오고 있는 것도 사실이다.

'문화 연구'에서 문학의 제도를 문제 삼는 것은, 문학의 생산이라는 측면에서 작가와 작품이 있다면 그것이 독자를 만나고 사회적으로 의미화되는 매개로서 제도가 존재하기 때문이다. 문학적 생산과 이데올로기 사이의 관계는 제도라는 장치의 간접화 과정을 거침으로써 그 해석이 달라질 수도 있다. 따라서 제도는 존재 밖에 있는 울타리에 그치는 것이 아니라 존재에 직접적으로 영향을 주는 행위당사자 중의 하나이다. 그 출발에서는 "이질적인 성질을 띤 것이었던 다양한 실천 행위들을 합리성이 갖추어진 하나의 체계로 통

---

[39] 김건우, 「한국문학의 제도적 자율성의 형성」, 『동방학지』 149권, 연세대 국학연구원, 2010, 3 면 참조.

일시켜주는 것이 바로 제도"[40]이다. '제도는 특정영역에서 정통성, 정당성을 규정하는 규범의 총체'로 설명될 수 있다.

이것은 제도로서의 학문 연구에도 그대로 적용할 수 있다. 언필칭 학문의 발전을 위해 누구나 필요하다고 동의하는 '학제 간 연구'는 국가기관(학진, 지금은 '한국연구재단')의 연구비 지원 사업이 없었다면 학계에 자리 잡기 어려웠을 것이다. 정확하게 말하면 아직도 자리 잡지 못하고 있다. 현존하는 제도는 — 정통성과 정당성을 규정하는 규범의 총체로서의 — 분과학문 체계와 분과 내부의 전공별 구분을 변화시킬 마음이 아직 없기 때문이다. 이것은 이중으로 역설적인 상황을 창출했다. 문학(연구)의 자율성은 제도(분과체제)로부터 옹호되는 한편 또 다른 제도(한국연구재단)로부터 경계의 이완과 해체를 강요받고 있다. 다른 측면으로는 문학(연구)의 자율성은 말 그대로 연구자 자신의 자율성에 기반을 두는 한편 '등재학술지'라는 제도에 의해 타율적으로 관리되고 있다(연구비를 얼마나 많이 수주했는가도 포함된다).

국가에 의해 연구 성과가 측정되고 계량화되는 현실 앞에 이토록 침묵하는 (인)문학 연구의 제도적 실상은 무엇인가? 그것은 문학(연구)의 자율성과 어떤 관계가 있는가? 연구자는 다른 연구자의 논문을 읽으며 늘 마음속으로 평가를 내린다. 그것이 그기 해야 할 일 중 하나다. 이 글 역시 독자들에 의해 문장들마다 엄혹한 평가의 저울대 위에 올라가고 있을 것이다. 등재학술지 제도가 없을 때에도 좋은 논문은 다 찾아 읽었고 학문적 권위를 인정받았다. 지금 등재학술지에 실린 논문이라 해서 많은 연구자가 그 성과를 공인하는가? 국가기관에 의해서만 그 공정성과 객관성이 평가될 수 있다고 많은 인문학자들이 허탈하게 포기한 그 지점에서 학문의 자율성은 어떻게 발아되는

---

40 김화영, 「문학이라는 제도」, 『세계의 문학』 39호, 1986, 32~33면.

가? 현재의 제도 때문에 '국가'와 '자본'에 대한 비판의 목소리가 약화됐다고 말해서는 안 된다. 하지만 현재의 제도가 '국가'와 '자본'의 허위와 폭력을 분석할 것을 장려할 리도 없다.

'문화 연구'가 자신의 주요한 영역으로 삼고 있는 제도 연구란 과거에 대한 연구이면서 동시에 현재에 대한 발언이기도 하다. 논의를 비틀자면 '문화 연구'로 박사논문을 썼을 때 그가 취직할 자리는 거의 없다고 보아도 좋다. 현재 '문화'를 자신의 전공분야로 공인받은 국문학과 전임은 거의 없다.[41] 이러한 언급이 '자리'를 둘러싼 점잖지 못한 진술로 오해되지 않기를 바란다. 문제는 (인)문학 연구가 사회에 대하여 그리고 자신의 대상인 인간과 정신에 대하여 궁극적으로 어떠한 기여와 지향을 가져야 하는가 하는 판단과 연결된 것이다.

오늘날 정치는 누구나, 어느 곳에나 널려 있다. 인터넷은 정치적 표현 욕구로 가득 차 있다. 이에 대한 규제와 검열이 시행되는 것은 그만큼 그곳이 정치의 장소라는 사실을 증명한다. 텔레비전은 수시로 정치적 문제를 토론회에 올리며, 선거 광고도 이젠 익숙해졌다. 그런데 역설적으로, 이 때문에 정치에 대한 환상이 조장된다. 정치가 개인에게 밀접해 있으며 즉각적으로 반응이 돌아오는 무엇으로 상정되는 것이다. 그러나 사회의 양극화는 갈수록 벌어지고 계급에 입각한 투표는 이루어지지 않는다. 그 근저에 이데올로기와 문화의 문제가 있다는 것은 이제 상식에 속한다. 사실 문화는 현재의 한국에서 이데올로기들이 가장 격렬하게 부딪치는 사회적 장이다. 과거에는 문학이, 비평이 이데올로기들이 수렴되고 쟁투하며 상호 완충되는 장의 역할을 수행했다. 이제는 무엇이 그러한 쟁투와 수렴을 수행하는가? 사실 '문

---

41 개인적으로 아는 것은 동국대의 박광현 교수와 성균관대의 천정환 교수뿐이다.

화 연구'가 근대문학계와 한국사회에 던지는 질문은 이러한 자장 안에 있는 것이며, 이러한 자장 안에 있을 때 의미를 지니는 것이다.

4. 나오며

'문화 연구'는 90년대 이후 근대성의 탐구와 근대 극복을 위해 한국 근대문학계가 선택한 주요한 도정 중의 하나였다. 그것은 사회주의권의 붕괴와 거대 담론의 해체가 야기한 지적 공백에 대한 응전의 한 방식이었다. '문화 연구'의 이론적 문제의식은 '실감으로서의 근대'를 복원하여 근대 극복의 출발점을 마련하고자 하는 것이었고, 문학과 문화를 둘러싼 기원의 문제를 적시하여 근대성의 낡은 권위를 해체하려는 것이었다. 이것은 한국 근대문학 연구를 폭발적으로 확장하였으며, 연구대상과 방법상의 혁신을 야기했다. 또한 '문학'을 내파하는 관점을 취함으로써 지금까지 학계에 떠돌았던 수많은 '새로운 경향'들과는 근본적 차이를 노정하였다.

하지만 십수 년의 시간이 지난 지금, '문화 연구'의 성적표가 기대에 부응할 만한 정도는 아니라고 판단한다. 특히 그것은 '문학'과 '문학 연구'가 지닌 정치성을 재맥락화하는 데 성공한 것으로 보이지 않는다. 어쩌면 '문화 연구'를 통해 구현되는 정치성의 내용이 무엇인지 아직도 명확하게 드러나지 않았다고 말하는 것이 옳을 것이다. 그런 와중에 과잉보수화되는 경향도 감지되며, 매너리즘에 빠져 소재주의적 반복('확산'이 아니라!)에 그치는 연구도 다수 산출되고 있다. 이제 산마루에 앉아 들메끈을 고쳐 매고 왔던 길의 경로와 문제를 되짚어봐야 할 시간이다. '문화 연구'는 자신이 담지하고자 했던, '문학'과 '문학 연구', '연구제도'에 대한 문제의식을 다시금 다잡아 좀 더 날카로운 논리로 구성해야 할 시점에 다다랐다. 이에 대한 성공 여부가 '문화 연구'의 미래를 결정해줄 것이다. 그것이 이제까지 명멸해왔던 '또 하나의 유행'이 되고 말 것인지, 아니면 한국 근대문학 연구가 개척한 새로운 영토가 될 것인지!

출간 경위

이 책은 한국학자로 뚜렷한 족적을 남긴 임형택 교수의 학문성과를 기리고 그 평생에 걸친 노고를 위로하기 위해 기획되었다. 1권은 전통시대와 고전 분야를, 2권은 근현대 분야의 논문을 담았다.

이 책을 만들기 위해 두 번의 학술회의가 열렸다. 첫 번째 학회는 부산대학교 점필재연구소에서 주관했다. '전근대 고전문학 학술사의 거점과 좌표'(2012.1.19)라는 주제로 개최된 이 집담회에서 정환국, 조현설, 정출헌, 김현양, 강명관의 발제가 있었으며, 임형택, 김영, 우응순, 진재교, 이지양 등이 토론에 참여하여 1차로 고전 분야의 기획의 틀을 잡았다. 이후 심경호, 진재교, 김승룡, 최석기, 박희병, 정우봉, 안대회, 김석회 등 여러분의 논문을 추가하여 1권을 완성하게 되었다.

두 번째 학회는 성균관대 동아시아학술원이 주관했다. '한국근대학술사의 구도'(2012.2.16)라는 주제로 개최된 이 모임에서 임형택, 김진규, 류준필, 백영서, 김건태, 미야지마 히로시, 한기형, 황호덕, 이혜령, 김현주의 논문 초고가 발표되었다. 모임이 끝난 후 책을 편집하는 과정에서 정근식, 정종현, 임상석, 손병규, 박헌호 등 다섯 분의 논문이 추가되어 2권의 체제와 내용이 보다 완정해질 수 있었다. 아쉬운 것은 김건태 교수의 논문을 싣지 못한 일이다. 그의 연구는 조선 후기를 바라보는 새로운 문제의식을 담고 있었지만 기획의 방향과 부합하지 않는 측면이 있어 이 책에는 수록하지 않기로 했다.

논문 출전(게재순)

논문들의 출전은 아래와 같다. 상당수 글들의 내용이 이 책에 수록되는 과정에서 수정되거나 재구성되었음을 밝혀둔다.

1부 ■■■

「분단체제하의 한국에서 학문하기」 : 「한국근대학술사의 구도」, 『성균관대동아시아학술원 2012년 동계워크샵 자료집』, 2012.2.16.

「신남철과 '대학' 제도의 안과 밖」 : 『한국어문학연구』 54집, 한국어문학연구학회, 2010.

「인격과 스캔들」 : 『민족문화연구』 56집, 고려대 민족문화연구원, 2011.

「중국학의 궤적과 비판적 중국 연구」 : 『대동문화연구』 80집, 성균관대 대동문화연구원, 2012.

2부 ■■■

「유길준의 국한문체 기획과 문화의 전환」 : 『우리어문』 43집, 우리어문학회, 2012.

「미디어 아카데미아, 『개벽』과 식민지 민간학술」 : 『상허학보』 36집, 상허학회, 2012.

「식민지 아카데미즘과 '조선문학사' 인식의 지정학적 의미」 : 『한국학연구』 32집, 인하대 한국학연구소, 2013.

「시카타 히로시의 조선시대 '인구·가족' 연구에 대한 재검토」 : 『한국사학보』 52집, 고려사학회, 2013.

「『창작과비평』이라는 네트워크와 한국(인문)학의 안식록적·정치적 기약」 : 『상허학보』 36집, 상허학회, 2012.

3부 ■■■

「동아시아 근대 이행기의 유학과 경제」 : 『다산과 현대』 4·5호(합본), 연세대 강진다산실학연구원, 2012

「19세기를 바라보는 시각」 : 『역사비평』 101호, 역사비평사, 2012.

「실학 연구의 맥락, 맥락 밖의 실학」 : 『민족문화논총』 50집, 영남대 민족문화연구소, 2012

「정체와 문체, 대한민국임시정부의 언어정치학으로 본 근대 동아시아 지성의 교류」 : 『사림』 45집, 수선사학회, 2013.

「'문화 연구'의 정치성과 역사성」 : 『민족문화연구』 53집, 고려대 민족문화연구원, 2010.

※ 「동아시아 냉전·분단체제의 형성과 해체」는 이 책에 처음 실리는 글이다.

필자 소개

임형택 현재 성균관대학교 명예교수이다. 저서로는 『한국문학사의 시각』, 『실사구시의 한국학』, 『한국문학의 체계와 논리』, 『문명의식과 실학』, 『한국학의 동아시아적 지평』 등이 있으며, 편역서로 『이조시대의 서사시』, 『우리 고전을 찾아서』, 『한문서사의 영토』 등이 있다. 도남국문학상, 만해문학상, 단재상, 다산학술상, 인촌상 학술부분 등을 수상하였다.

정근식 현재 서울대학교 사회학과 교수이며 평의원회 의장 및 아시아연구소동북아센터 실장이다. 저작으로 『학생운동의 시대』(공저), 『コリアン・ディアスポラと東アジア社会』(공저), 『식민지 유산, 국가형성, 민주주의』(공저), 『(탈)냉전과 한국의 민주주의』(편저) 등이 있다.

정종현 현재 성균관대학교 동아시아학술원 연구교수이며 한국문학, 문화론을 연구하고 있다. 저서로는 『동양론과 식민지 조선문학』, 『제국의 기억과 1940년대 한국문학의 연속과 비연속』이 있으며, 엮은 책으로는 『신남철 문장선집』 1·2 등이 있다.

이혜령 현재 성균관대학교 동아시아학술원 교수이다. 언어·서사·검열을 중심으로 식민지를 연구했고, 해방 이후의 민족주의 형성에도 관심이 있다. 저작으로 『한국 근대소설과 섹슈얼리티의 서사학』, 『친일파인 자의 이름』, 『사상지리로서의 냉전의 형성과 검열』 등이 있다.

백영서 현재 연세대학교 사학과 교수이며, 중국 현대사를 연구하고 있다. 저작으로 『중국현대대학문화연구─정체성 위기와 사회변혁』, 『동아시아의 귀환─중국의 근대성을 묻는다』, 『思想東亞─韓半島視角的歷史與實踐』, 『핵심현장에서 동아시아를 다시 묻다─공생사회를 위한 실천과제』 등이 있다.

임상석 현재 부산대학교 점필재연구소 교수이며, 한국문학과 한국의 고전번역을 연구하고 있다. 『20세기 국한문체의 형성과정』, 『동아시아, 근대를 번역하다』(공저), 『한국 고전번역학의 구성과 모색』(공저), 『시문독본』(최남선 한국학총서 11) 등을 출간했다.

한기형 현재 성균관대학교 동아시아학술원 교수로 한국근대문학을 연구하고 있다. 『한국 근대소설사의 시각』, 『흔들리는 언어들』(공저), 『1919년 3월 1일에 묻다』(공저), 『식민지 검열─제도·텍스트·실천』(공저), 『염상섭 문장전집』 등이 있다.

류준필 현재 인하대학교 한국학연구소 교수로 한국문학과 동아시아 근대 학술을 연구하고 있다. 저서로 『동아시아의 자국학과 자국문학사 인식』, 『흔들리는 언어들』(공저), 『동아시아한국학의 분화와 계보』(공저), 『동아시아한국학의 형성』(공저) 등이 있다.

손병규 현재 성균관대학교 동아시아학술원 교수로 조선시대 재정사와 호적과 족보를 이용한 인구사 연구를 병행하고 있다. 저서로 『호적, 1606~1923 호구기록으로 본 조선의 문화사』, 『조선왕조 재정시스템의 재발견』 등이 있다.

김현주 현재 연세대학교 국어국문학과 교수로 근대적 지식과 글쓰기, 사회문화적 실천의 상호 작용에 대해 연구하고 있다. 저서로 『이광수와 문화의 기획』, 『한국 근대 산문의 계보학』, 『사회의 발견―식민지기 '사회'에 대한 이론과 상상, 그리고 실천(1910~1925)』 등이 있다.

미야지마 히로시 현재 성균관대학교 동아시아학술원 석좌특임교수이다. 전통시대 한국과 동아시아 제 문제에 대한 비판적 시각을 견지하고 있다. 저작으로 『미야지마 히로시―나의 한국사공부』, 『일본의 역사관을 비판한다』, 『양반』 등이 있다.

배항섭 현재 성균관대학교 동아시아학술원 교수로 19세기 동아시아 역사에 관심을 가지고 공부하고 있다. 저작으로 『조선 후기 민중운동과 동학농민전쟁의 발발』, 『19세기 조선의 군사 제도』, 『19세기 지배질서의 변화와 정치문화의 변용』, 『'근대 이행기'의 민중의식―'근대'와 '반근대'의 너머』 등이 있다.

김진균 현재 성균관대학교 인문학연구원 리서치펠로우로 근대와 식민지 시기의 한문학을 연구하고 있다. 저작으로 『한문학과 근대전환기』, 『조선 후기 한문학과 중국문학』(공저), 『식민지 시기 한시자료집』(공저), 『19세기 필기류 소재 지식정보의 양상』(공저) 등이 있다.

황호덕 현재 성균관대학교 국어국문학과, 동아시아학과 교수로 한국 근현대비평사을 연구하고 있다. 저작으로 『벌레와 제국』, 『프랑켄 마르크스』, 『근대 네이션과 그 표상들』, 『개념과 역사, 근대 한국의 이중어사전』 1 · 2(이상현, 공저) 등이 있다.

박헌호 현재 고려대학교 민족문화연구원 교수로 한국 근대소설사와 정신사를 연구하고 있다. 저서로 『식민지 근대성과 소설의 양식』, 『한국인의 애독작품―향토적 서정소설의 미학』, 『1919년 3월 1일에 묻다』(공저), 『작가의 탄생과 근대문학의 재생산 제도』(공저) 등이 있다.